Levin Schücking

Ausgewählte Romane

Neuntes Bändchen

SALZWASSER
VERLAG

Levin Schücking

Ausgewählte Romane

Neuntes Bändchen

Unveränderter Nachdruck der Originalausgabe von 1864.

1. Auflage 2022 | ISBN: 978-3-75259-607-6

Verlag: Salzwasser Verlag GmbH, Zeilweg 44, 60439 Frankfurt, Deutschland
Vertretungsberechtigt: E. Roepke, Zeilweg 44, 60439 Frankfurt, Deutschland
Druck: Books on Demand GmbH, In de Tarpen 42, 22848 Norderstedt, Deutschland

Gisbert Freiherrn Vincke

zugeeignet.

Ausgewählte Romane

von

Levin Schücking.

Neuntes Bändchen.

Leipzig

1864.

Die Ritterbürtigen.

Roman

von

Levin Schücking.

Zweite durchaus umgearbeitete Auflage.

Erster Theil.

Leipzig

1864.

Ich sende Dir dies Buch als eine Freundesgabe aus der Heimat, in deren Mitte es Dich zurückversetzen möge. Zwar wirst Du mir sagen, daß, was ich hier geschildert, nicht die Heimat sei, in der wir die letzten Jahre zusammen durchlebt haben, durch das Band gemeinsamer Bestrebungen verkettet. Du hast recht. Zwischen der Zeit, in welcher ich den ersten skizzenhaften Entwurf dieses Buches schrieb, und heute liegt fast ein Vierteljahrhundert. Seitdem haben sich große Wandlungen vollzogen, die Gesichtskreise haben sich erweitert und es ist viel Helle und Licht gefallen in die alten Dunkel unserer Eichenwälder. Ist, von diesem Lichte beleuchtet, mein Sittengemälde werthlos geworden? Ich hoffe es nicht, und lasse Dich darüber entscheiden, ob die Farben noch frisch und die Composition noch lebendig und die Charaktere noch wahr erscheinen, obwol die Gestalten und Zustände, welche ich schilderte, wie ich sie damals in mich aufnahm, jetzt längst andern Platz gemacht haben, zusammt den politischen und allgemeinen Verhältnissen, von denen sie bedingt wurden!

Dein

Sassenberg, im Juli 1864.

L. S.

Inhalt.

Erstes Kapitel.

Der Verfolgte.

Der Landmann hatte seine reifen Saaten niedergemäht, und die weiten Stoppelfelder lagen da wie ein gelber Teppich ausgebreitet für die nahenden Schritte des Herbstes; der Himmel aber spannte noch sein sommerlichstes Blau über eine stille Landschaft aus, welche in anmuthiger Abwechselung von Eichenwäldern, mit Wallhecken umzäunten Aeckern und kleinen Heidestrecken gebildet wurde.

Der Boden war hügelig und die ganze Gegend übersäet mit einzelnen Gehöften, die sich an den schützenden Rückhalt eines Waldes oder einer Hügelwand lehnten. Zur Linken in einem Thalgrunde sah man die Thürme einer kleinen Stadt aus Obsthainen und reicher grüner Vegetation emporragen und rechts in größerer Ferne, ebenso warm umwaldet und von dichten Wipfeln beschützt, die Essen und Dächer eines ansehnlichen herrschaftlichen Gutes. Die Stelle, von der man diese Punkte der freundlichen Landschaft übersah, war am Saume eines Gehölzes, das eine ziemlich bedeutende Höhe bedeckte und durch welches die Landstraße nach dem Städtchen sich hinzog.

In diesem Gehölze saß auf einem gefällten Baumstamme, nahe der Straße, ein hausirender Jude, eine lange, dürre und gebeugte Gestalt. Ein schmuziger weißer Pudel lag zwischen seinen Füßen und zerrte spielend an den Lederriemen eines Bündels, während der Jude mit der Spitze seines Wanderstockes das gelbe Laub aufspießte, das zu seinen Füßen lag.

Cartouche, willst du liegen still und lassen in Ruh' meinen Sack! sagte er jetzt, einen Schlag mit dem Stocke nach dem Hunde führend. Geh' und freu' dich, daß du bist ein Pudel und nicht ein armer Jud'; wirst du doch nur halb geschoren als Pudel, und wärst du ein armer Jud', so wärst du geschoren ganz! Bist du doch nur der Hund von dem armen, von dem braven, von dem redlichen Isaak; aber der Isaak ist der Hund von der reichen, von der stolzen, von der großmächtigen Gräfin! Darum bist du gewesen klug, daß du bist geworden ein Hund, und dein Herr ist gewesen dumm, daß er ist geworden ein Jud'. O Isaak, was hast du gethan, daß du hast verdient dein Schicksal? Bist du nicht ein guter Mensch? Bist du nicht freundlich und höflich gegen jedermann? Hilfst du nicht, wo du helfen kannst? Mit Band, mit Seife, mit Kämmen und Nadeln und mit Ellenwaaren, die nicht verschießen, und mit Mittelchen wider die Krankheiten, besser als ein Arzt von den Goim? Hilfst du nicht den Aermsten so gut wie den Reichen, und ist es auch nur ein armer Heuermann, ein Taglöhner oder ein Schäfer, so will haben geliehen von dir einen Thaler preußisch Courant — als er dir gibt ein kleines Pfand und den Zins per Monat einen Silbergroschen. — Isaak, du hilfst ihm mit dem Thaler! Ja, Isaak, du bist ein redlicher und ein seelenguter Mensch — aber du wirst nicht belohnt für das Gute, wo du verrichtest über das ganze Land. Schinden und plagen mußt du dich für dein Häufsein Kinder daheim, und hast du dich geschunden und geplagt, dann bekommst du ein klein Stück Geld und einen großen Fußtritt. Da ist die Frau Gräfin, für die du mußt sein klug und rennen über Land und machen Meschores; das ist eine Dame, gar reich und fürnehm und geachtet, und fährt in der Kalesche mit vier Pferden Extrapost. Und warum? Weil ihr Vater war ein Graf und ihr Großvater war ein Graf und ihr Urgroßvater war ein Graf, und so weiter hinauf. Du, Isaak, bist arm und mußt laufen zu Fuß und wirst geschimpft und getreten — und warum? Weil dein Vater war ein Jud' und dein Großvater war ein Jud' und dein Urgroßvater war ein Jud' und so weiter hinauf! Und soll mich Gott strafen, wo nicht meine Väter, die haben gewohnt im Lande Kanaan, sind gewesen länger Juden, als die Quernheim sind gewesen Grafen!

Der Hund Isaak's fing in diesem Augenblick an zu bellen und zugleich wurden Hufschläge vernehmbar und das Schnauben von Pferden, die zur Rechten des Juden, am Saume des Gehölzes her, sich nahten; bald darauf ließen die lichten Zwischenräume der Stämme erkennen, daß der Kommenden zwei und daß es eine stattliche junge Dame war, die vorausritt, während ein Reitknecht in Livree folgte.

Nachdem sie leicht und sicher über den Graben weggesetzt hatte, der sie von dem Heerwege trennte, hielt sie an und gab ihrem Diener einen Befehl, worauf dieser langsam ihr voraus den Hügel hinunterritt, in der Richtung nach dem vorhin erwähnten in der Nähe liegenden Gute zu. Sie selbst schien sich noch eine Weile allein an dem Anblick der ausgedehnten Landschaft weiden zu wollen, welche jetzt offen im hellen Abendsonnenscheine vor ihr lag.

Der jüdische Krämer betrachtete sie mit Wohlgefallen. Und in der That bildete sie, von seinem Standpunkte aus gesehen, eine liebliche und malerische Erscheinung. Sie hielt am Eingange des Waldes, wo über die einlaufende Chaussee eine Art Thorwölbung von den laubreichen Aesten geschlagen worden; und während sich so ein dunkler Rahmen aus Zweigen und Blätterfülle um sie zog, legte die Sonne volle, farbige Gluten auf den Horizont, der den Hintergrund des Bildes füllte. Auf diesem Grunde zeichnete sich klar und scharf die Gestalt ab, die voll Anmuth über dem Sattel ruhte, das Haupt mit stolzer Nackenbewegung hebend, die rechte Hand mit der Gerte auf die Mähne des Thiers legend. Von ihrem Gesicht war, wegen des blendenden Sonnenscheins, nichts sichtbar als die Linien des Profils, welches, regelmäßig und fein geschnitten, eine längliche Form des Antlitzes zeigte. In ihrer Haltung und in ihrem Wesen lag etwas Muthiges, ja fast Hochmüthiges; sie sandte ihre Blicke über das Land vor ihr aus, so selbstbewußt und klar, als ob diese Blicke eben so viele Zauber seien, welche das ganze Gefilde ihrer Schönheit unterwerfen oder ihrem Geiste dienstbar machen müßten. Wäre der schöne Goldfuchs arabischen Blutes unter ihr nur der unerlaßliche weiße Zelter gewesen — man hätte sie für die holde Fee Romantik halten können, welche aus der Verborgenheit dieser dunkeln Waldesgründe hervorgekommen, um in stiller abendlicher Stunde die ihrem Zauber untreu gewordenen Sterblichen aufs neue durch ihre Erscheinung zu verführen.

Sie wandte nach einer Weile ihr Pferd und ritt, wie vergessend, daß sie ihren Diener hatte voransreiten lassen und daß sie allein sei, auf der Chaussee in das Gehölz, um an der andern Seite desselben, da wo die Heerstraße es verließ, ebenfalls das warme Glühen der Landschaft, die voll und tief gefärbten Gründe, die duftigen Tinten der fernen Höhen zu bewundern. Sie fühlte sich gefesselt von dieser stillen, anspruchslosen Schönheit ihres Heimatlandes, die doch tief zu ihrem Herzen zu sprechen schien. Ihr Weg führte sie an dem ruhenden Hebräer vorüber. Der Jude rief ihr halblaut und unterwürfig einen Gruß zu, als sie neben ihm war. Ihr Pferd scheute, aber die Reiterin zügelte es leicht und hielt an.

Seid Ihr es, Isaak Koppel?

Ja, ich bin es, gnädiges Fräulein, antwortete er, und sich erhebend, um der Dame so nahe zu treten, als die Scheu vor ihrem Thier es erlaubte, setzte er hinzu: So allein sind Sie hier auf dem scheuen Pferde, Fräulein, was könnte es geben für ein Malheur, wenn Sie fielen herunter, und blieben hängen im Bügel und würden geschleift auf der Chaussee und schlügen mit dem Kopf an die Haufen Bruchsteine ...

Die junge Dame lächelte.

Dagegen habe ich ein vortreffliches Mittel, Isaak; ich sitze fest im Sattel und führe die Zügel recht. Auch ist Hendrick nicht weit; ich habe ihn langsam vorausreiten lassen, weil sein Pferd nicht gewohnt ist, hinter dem meinigen zu bleiben; da stören mich denn seine Stallmeisterkünste hinter mir, wenn ich ruhig einen Blick auf die Natur werfen will.

Ach, Fräulein, Sie sind noch jung, daß Sie werfen Blicke auf die Natur, versetzte Isaak; wenn Sie werden sein älter, werden Sie merken, daß der Mensch hat Natur genug an sich selber!

Das mag sein, Isaak, versetzte die junge Dame lächelnd.

Fräulein, fuhr Isaak fort, wenn Sie mir wollen erlauben, nebenher zu treten — ich hätte etwas Wichtiges dem gnädigen Fräulein zu erzählen!

Was habt Ihr mir zu sagen, Isaak? Ich danke Euch für Eure Gesellschaft, da ich allein bleiben will. So sprecht!

Man kann es nicht brechen übers Knie, wie einen dürren Zweig!

Brecht es immerhin! Was wollt Ihr?

Der Jude holte mit einem eigenthümlichen, greinenden Verziehen seiner gelben, tiefgefurchten Gesichtszüge zwei Goldstücke aus seiner Westentasche hervor und, indem er sie auf die flache Hand legte, die er der Reiterin entgegenstreckte, sagte er:

Nun so will ich's übers Knie brechen und sagen kurz: Geben Sie mir das Doppelte von dem und ich erzähle Ihnen, weshalb die Frau Gräfin von Quernheim ist in Ihrem Schlosse und was sie vorhat zu thun, und was das gnädige Fräulein davon angeht. Es ist nicht Habsucht von mir, daß ich so spreche; ich möchte nicht sein ein untreuer Mann, nicht um vieles! Und Sie wissen selbst, ob der Isaak ist ein Ohrenbläser! Aber als ich Sie habe gesehen so fröhlich und stolz auf dem schönen Goldfuchs halten, da ist mir's warm geworden ums Herz und ich habe gesagt: Isaak, sprich erst mit dem Fräulein und sieh', was sich machen läßt mit ihr! Der Mensch muß leben, Fräulein, und das Geld ist das Ende von jedem Dinge und von jedem Geschäfte. Wollen Sie mir zahlen die vier Louisdor? Bei Gott, es ist mehr für Sie werth, was ich Ihnen sagen kann, als lumpige vier Louisdor.

Die Dame sah den Juden erstaunt an und hörte ihm mit großer Spannung zu; als er aber geendigt, wandte sie sich mit kalter Verachtung ab, und mit den Worten: Ihr seid ein Schuft, Isaak! ritt sie langsam weiter in den Wald hinein.

Der Jude warf sein Bündel auf den Rücken und sah ihr mit einem schielen, grimmigen Blicke nach, während er murmelte: Nun, so reit', stolze Jesabel, reit' in dein Verderben; ich hab's gut mit dir gemeint, aber es ist nicht meine Schuld, wenn dir's geht an Hals und Kragen. Ihr seid ein Schuft, Isaak, hat sie gesagt; o das hat schon mancher gesagt, und ich hab' ihm dafür untergeschlagen ein Bein, wo ich's habe gekonnt, und wo ich's habe nicht gekonnt, da habe ich's vergeben und vergessen, denn ich bin ein herzensguter und ein redlicher Mensch, und lass' mir gefallen, was ich nicht kann ändern; aber du wirst bestraft werden, hochmüthige Jesabel, für den Schuft, wie noch niemand ist worden bestraft, nicht im Lande Juda's noch im Lande der Goim! . . . .

Die Reiterin schien im nächsten Augenblick den Juden und sein Anerbieten vergessen und nur noch Sinn zu haben für das stille Leben des Waldes, das sie jetzt umgab. In träumerischer Versunkenheit gab sie diesem Reize sich hin. Die Sonnenstrahlen, denen es gelang, durch das Laubdach zu dringen, legten helle Flecken auf das Moos, dessen saftiges Grün den Boden überzog, oder spielten mit den noch dunklern Epheublättern, welche Stämme und Aeste umrankten; hier und da sank ein gelbes Blatt mit leisem Gesurre nieder; eine Drossel pfiff mit hastigem Flügelschlag davon, den Zweig der Stechpalme zurückschnellend, der sie getragen hatte. Dies und das tiefe Gurren der Ringeltaube, das sachte Knarren der Aeste im Abendwinde, oder das Schwirren einer Phaläne mit silberglänzenden Flügeln, waren die einzigen Laute, welche die Stille zuweilen unterbrachen und wie Töne eines versteckten und unsichtbaren Webens der Natur hinter den grünen Hüllen des Sichtbaren hervordrangen. Es ist ein Mysterium, ein verhülltes Allerheiligstes in jedem Walde, ein innerer Punkt, wo die webende und schaffende Macht sich zu bergen scheint, der solch ein Hain wie ein grüner Tempel über den grauen und moosigen Säulen der Stämme auferbaut ist. Darum lockt uns der Wald und hält uns gefangen;

und nirgends hat die Natur eine vernehmlichere Sprache für uns als hier, wo sie doch wieder mit ihren ewigen Räthseln so dicht an uns herantritt.

Unsere einsame Dame war bald an die Stelle gelangt, wo die Landstraße rechts ab aus dem Walde hinausbog, um in sanftem Abhange durch Wiesen- und Gartengründe in das tief unten liegende Städtchen zu führen. Hier wollte sie wenden und desselben Weges, den sie gekommen, durch das Gehölz heimkehren, als plötzlich etwas ihre Blicke fesselte und sie an die Stelle bannte. Sie sah aus dem altergrauen Thurmthor des Ortes einen Reiter in gestreckter Carrière des Weges nach dem Walde zu dahersprengen. Eine Weile darauf kamen zwei andere Reiter, welche den ersten zu verfolgen schienen; es waren berittene Gensdarmen, die ihre Thiere zur äußersten Anstrengung spornten. War nun das Pferd des Verfolgten ermüdet oder war es ein schlechter Läufer — es verlor immer mehr Raum, die Häscher gewannen mit jedem Augenblick. Sie kamen näher und näher. Die Zuschauerin erkannte in dem Verfolgten einen großgebauten und elegant gekleideten jungen Mann. Obwol er ihr natürlich fremd war und die Lage, in welcher er so plötzlich vor ihren Augen auftauchte, nicht geeignet sein konnte, ein günstiges Vorurtheil für ihn zu erwecken, so zog doch das natürliche Gefühl, das immer mit dem Flüchtigen, dem Verfolgten ist, in demselben Augenblicke alle ihre Theilnahme auf seine Seite. Ihr Herz schlug rascher bei dem spannenden Schauspiel — da, fast im selben Augenblick, waren Verfolger und Verfolgter hinter einem Gebüsch verschwunden, das am Wege stand und den freien Ueberblick über denselben unterbrach.

Sie haben ihn eingeholt, er ist verloren! rief die Dame mismuthig aus, und gab ihrem Pferde einen Schlag mit der Gerte, um näher heranzueilen und die nun folgende Scene mit anzuschauen. Aber tief aufathmend sah sie im nächsten Moment, daß sie sich geirrt hatte.

Nein, nein, sagte sie lebhaft für sich, da ist der Kopf seines Pferdes wieder — er gewinnt Terrain — brav, brav!

Dieser letztere Ausruf bezog sich auf einen Satz, den der Verfolgte sein Pferd über den Weggraben machen ließ, in der Absicht, in gerader Richtung über eine Wiese zu sprengen, um welche der Weg in einer bedeutenden Krümmung herumlief. Die Gensdarmen schienen diesen Satz nicht zu wagen oder dazu weniger taugliche Pferde zu haben. Sie mußten den Umweg machen und dadurch gelang es dem Verfolgten mit einem Vorsprung von etwa drei bis vier Minuten oben am Walde anzukommen; hier strauchelte aber sein Pferd, stürzte ermattet zusammen und erhob sich nur mit Mühe und heftigem Keuchen wieder.

Die Dame warf einen prüfenden Blick auf den Flüchtling: sein großes Auge sah mit einer gewissen stolzen Heiterkeit nach seinen Verfolgern um; das heftig geröthete Gesicht hatte edle Züge und einen Ausdruck von ungetrübter Jugendlichkeit. Er trug einen Reitanzug von feinem grünen Tuch und modernstem Schnitt. Der Verfolgte war von seinem erschöpften Pferde abgestiegen und erwartete neben ihm stehend die Ankunft der Gensdarmen.

Diese waren nach wenigen Augenblicken bei ihm; sie sprangen ebenfalls von ihren Pferden herab.

Herr, schrie der eine von ihnen den Flüchtling an ... was soll das heißen — wissen Sie, daß wir Sie hätten niederschießen können!

Wir werden Ihnen Handschellen anlegen, wenn Sie ...

Bleiben Sie ruhig, meine Herren, versetzte der Fremde leicht die Farbe wechselnd bei dieser Anrede und mit einer stolzen

Hoheit, welche seine Verfolger abzuhalten schien, sofort Anstalt zur Ausführung ihrer Drohung zu machen — Sie werden mich ruhig anhören. Ich habe mich allerdings der Arretirung entziehen wollen, aber nur, weil ich nicht glaube, daß Sie ein Recht haben, mich deshalb in ein Gefängniß zu werfen, weil ich meinen Paß nicht bei mir habe.

Sie haben verweigert, ihn zu zeigen, Sie haben sich der Obrigkeit widersetzt ...

Ich habe nur den Versuch gemacht, ihr auszuweichen ...

Keine Späße, Herr! schnarrte der eine der beiden Gesetzeswächter.

Nun dann im Ernst, wenn der Umstand, daß ich keinen Paß habe, mich gesetzlich verpflichtet, vor Ihrem Bürgermeister oder Landrath zu erscheinen, um mich auszuweisen, oder eine Ordnungsstrafe zu zahlen, so will ich zu ihm gehen, aber ich will nicht wie ein Verbrecher vor ihn geführt werden.

Sie haben hier nichts zu wollen, Sie haben Ordre zu pariren, oder ...

Hier haben Sie eine Caution, daß ich auf jede in geziemender Weise mir zukommende Ladung vor Ihrer Obrigkeit erscheinen werde. In diesem Taschenbuch sind vier- bis fünfhundert Thaler in Banknoten; ich meine, das wird Ihnen genügen ...

Fünfhundert Thaler? sagte der eine der Gensdarmen, indem er die dargebotene Brieftasche nahm ...

Wer sind Sie denn? fragte der andere verwundert.

Das habe ich Ihnen bereits gesagt, und Sie haben es nicht glauben wollen ... Sie finden meine Karte in der Brieftasche.

Nun wohl denn, wir werden Ihre Brieftasche beim Landrath deponiren, und Sie haben sie dort abzuholen, wobei Sie sich dann wegen Ihrer Person ausweisen und wegen dieser Flucht verdefendiren können — wir werden die Sache anzeigen ..., vorläufig können Sie gehen!

Ich danke für die gnädige Erlaubniß, und damit Gott befohlen, versetzte der Flüchtling ironisch.

Der Fremde wandte sich und ließ die beiden Männer des Gesetzes wieder in ihre Sättel steigen.

Er selbst fand es für gut, sein erschöpftes Thier am Zügel weiter zu führen. Kaum jedoch hatte er zwei Schritte gemacht, als er mit einem leisen Aufschrei des Schmerzes stehen blieb, während er zugleich überrascht die Erscheinung der Dame zu Pferde anblickte, die unterdeß dicht herangekommen war und einen Theil der Unterredung mit angehört haben mußte.

Einen Augenblick lang flogen prüfend seine Blicke über die schöne fesselnde Erscheinung, die eben ihr Pferd wandete, um heimzureiten; dann sagte er mit einem leichten Erröthen:

Mein gnädiges Fräulein, es ist zwar gegen die Gesetze der Ritterlichkeit, daß ein Mann von einer Dame einen Dienst verlangt, statt umgekehrt, ihn ihr zu bieten; allein es gibt Lagen, in denen man wohl oder übel sich dareinfinden muß, Ausnahmen zu machen.

Welchen Dienst wünschen Sie von mir? unterbrach ihn die Dame, die ihr Pferd angehalten hatte und frei und offen ihr schönes Auge dem seinen begegnen ließ.

Daß Sie, fuhr der Fremde lächelnd fort, die Gnade hätten, mir mein Pferd zu halten, während ich aufzusteigen versuche ... ist es unbescheiden, wenn ein ehrlicher Reitersmann so viel vom andern verlangt? Sie sehen mich verwundert an ... es ist eben weil ich meinen Knöchel verrenkt oder verstaucht habe, vorhin, als das Thier zusammenstürzte ...

Sie sind so arg verletzt?

Ich fühle wenigstens, daß ich beide Hände nöthig habe, um

wieder in den Sattel zu kommen — und mein Brauner ist beim Aufsitzen ein wenig unruhig ...

Geben Sie mir die Zügel, sagte die Dame, ihren Goldfuchs dicht neben die rechte Seite des Braunen drängend und die Zügel des letztern nehmend.

Der Fremde schwang sich jetzt, offenbar einen heftigen Schmerz, den ihm die Anstrengung verursachte, verbeißend, in den Sattel.

Werden Sie mit dem ganz erschöpften Thiere bis in Ihr Nachtquartier gelangen? fragte die Dame nun, mit einem Ausdruck großer Theilnahme ... ich fürchte, Sie kommen nicht weit damit!

Wie weit ist es bis nach Flursheim? versetzte der junge Mann.

Fast zwei Meilen noch.

Zwei Meilen! rief der Fremde mit einem Seufzer aus .... das ist allerdings viel für einen müden Gaul und einen verrenkten Reiter und eine leere Tasche ... ich war ja so leichtsinnig, meine ganze Baarschaft als Pfand hinzugeben ... das nächste mal werde ich meinen Paß nicht wieder bei meinem Gepäck zurücklassen ...

Die Dame richtete noch einmal wie prüfend einen Blick auf ihn; dann sagte sie:

Wollen Sie in meinem Hause übernachten, so wird es Ihnen offen stehen!

Das ist sehr huldvoll von Ihnen, mein gnädiges Fräulein, versetzte der Fremde; ich kann nicht anders, als Ihr Anerbieten mit Dank annehmen.

Wenn Sie diesen Waldweg hinter sich haben, so werden Sie es links in der Thalniederung vor sich sehen, fuhr die Dame fort.

Damit winkte sie dem jungen Manne einen kühlen Gruß

zu, und indem sie ihr Pferd wandte, trabte sie davon, dem jenseitigen Ausgang des Waldes zu.

Das ist um so liebenswürdiger und edler von dieser schönen Dame gehandelt, sagte sich der Fremde, als sie mich offenbar für einen Ellenritter oder Weinreisenden hält, der wegen Mangels ordentlicher Legitimationspapiere mit der Polizei in Verwickelungen gerathen. Wer mag das blendend schöne Fräulein sein ... ich bin sehr neugierig das zu erfahren!

Dann ritt er langsam fürder, der Reiterin nach, welche ihr Goldfuchs rasch davongetragen, und sah, als er die Waldhöhe hinter sich hatte, in geringer Entfernung in einer Thalniederung vor sich das Haus liegen, dessen Gastlichkeit die Dame ihm angeboten hatte. Nach zehn Minuten und er erreichte die Allee von Eichen, welche von dem Heerwege ab und zu dem Gebäude führte, das in malerischen Umrissen bald nahe vor ihm auftauchte. Es war ein dicht zusammengeschobenes Ganze, bestehend aus Thürmen und alten Bautheilen, deren Grundmauern noch in der Kindheit der Maurerkunst aus unbehauenen Felssteinen aufgeschichtet schienen, und aus einer im rechten Winkel sich anschließenden neuern Partie, einem Flügel mit großen Spiegelfenstern, die umrahmt waren mit reichen Steinmetzarbeiten aus der Zeit des Spanischen Erbfolgekriegs. Ein breiter Wassergraben voll hohen Schilfs an den Rändern umgab das wettergraue Schloß, das nur Einen Zugang zu haben schien, und zwar über eine gemauerte Brücke, welche durch ein Gitterthor, das sich mittendarauf befand, geschlossen werden konnte, und auf einen innern Hof führte.

Betrat man von der Brücke her diesen Hof, so hatte man zur rechten Hand den feudalen alten Bau, der nach dem Hofe hinaus zwei Stockwerke und zwei Reihen übereinander gestellter rundbogiger Arkaden zeigte; an der innern Seite der Pfeiler und an den Wänden dieser Arkaden, sowie über den Thüren, die von dort in das Innere des alten Baues führten, waren überall große und merkwürdige Geweihe von Dam- und Edelwild angebracht.

Vor sich dagegen hatte man, von der Brücke herkommend, den neuern Flügel des Gebäudes, in welchen eine hohe Steintreppe mit Doppelflucht führte.

Der Fremde sah sich, auf dem Hofe angelangt, vergebens nach einem dienstbaren Geiste um; aber niemand kam, mit Ausnahme eines Jagdhundes, der sich unter den Arcaden aus einer offenen Thür stürzte, bellte und dann schnuppernd um den Fremden herumschlich; außer ihm schienen nur die krächzend um die Schlote fahrenden Dohlen das große Gebäude zu bewohnen.

Der Reiter konnte voraussetzen, daß die junge Dame ihm irgendein dienendes Individuum zusenden würde; er band unterdeß sein Pferd an einen Mauerring, stieg langsam schreitend und ein wenig hinkend die Portaltreppe empor und trat durch die offene Thür ins Innere; er sah einen breiten und niedern Gang vor sich, eine Art wüster Halle, in der die Dielen unter seinen Schritten aufklappten; rechts und links Thüren und dazwischen große Bilder in schwarzen Rahmen, alte Porträts, wie es schien, denn um etwas deutlich zu erkennen, herrschte zu tiefe Dämmerung, fast Nacht in dem Raume. Am entgegengesetzten Ende war ein Fenster; der Fremde schaute durch dasselbe hinaus und sah, daß es eine Glasthür war, die auf einen Balkon führte. Er öffnete sie; der Balkon lief, von einer steinernen Rampe geschützt, den alten Theil des Schlosses über dem Graben entlang, und der Fremde schritt darauf an einer Reihe dunkler Fenster hin weiter, bis eine vorspringende Mauerecke kam und den Weg abschnitt. Vor ihm, jenseit des Grabens, lagen große Gärten mit Taxushecken und mythologischen Steinfiguren; drüben, hinter den Gärten, erhob sich mit dunkeln Wipfeln der Wald, in den Alleen geschlagen waren. Ein grosses Wiesenstück trennte die Gärten von dem Wald, in den es sich hineindehnte wie eine grüne Bucht. Auf diesem offenen Grunde waren einige Hirsche sichtbar, die hier ungestört und unbefehdet schienen weiden zu können.

Während der Fremde stand und die Aussicht überblickte, welche sich ihm so auf der Rückseite des Schlosses bot, und über sein Abenteuer nachdachte, senkte sich immer mehr der Abend herab und im Schatten des hohen Gebäudes, auf dem Balkon, wo er sich befand, fing eine tiefe Dämmerung zu herrschen an. Er wollte zurückgehen des Weges, den er gekommen, als hinter ihm ein Geräusch hörbar wurde. Er blickte um sich und sah ein Mädchen, eine Zofe dem Anschein nach, mit einem Lichte in der Hand in das Zimmer treten, dessen Fenster unmittelbar hinter ihm lag. Sie stellte das Licht auf einen Tisch, zog einen Brief aus ihrem Kleide hervor, und nachdem sie an das Fenster herangetreten war und es geöffnet hatte, sagte sie:

Sind Sie schon da, gnädiger Herr? Wie kommen Sie hierher? Sie sollen baldmöglichst wieder abreisen, die Gräfin kann Sie nicht sehen, aber hier ist ein Billet von ihr. Sie hat mir befohlen, Acht zu geben, wenn Sie kämen. Sie möchten sich keinen Augenblick aufhalten!

Der Fremde nahm das Billet, die Zofe verschwand mit ihrem Lichte.

Also eine Gräfin! und schon so lange wieder hier, daß sie mir diese Zeilen hat schreiben können! Unbegreiflich! Unmöglich! sagte er.

Er erbrach das Billet und las mühsam beim letzten Schein der immer tiefer einbrechenden Dämmerung die folgenden, in einer männlich kräftigen kühnen Handschrift geschriebenen Worte:

Lieber Heydenreich, verlassen Sie augenblicklich Blankenau wieder, bis Sie neue Weisungen von mir erhalten. Es war alles zu dem, was wir verabredet, vorbereitet, in Arnstein war man darauf eingerichtet, Sie zu empfangen, auch der Pfarrer Lehmann ist dahingeschickt — da tritt mir das Unglück in Gestalt Finkenberg's mitten in den Kreis wohlgeordneter Maßregeln. Wie sieht dieser Mensch aus! Er ist heruntergekommen, daß ich mich schäme, wenn ich an den Aufzug denke, in welchem er vor mich trat. Er muß erst fortgeschafft sein, damit wir die Hände freihaben, und keinenfalls werden Sie ihm hier begegnen wollen. Seien Sie darum nicht beunruhigt, ich lasse Ihre Zukünftige unterdeß nicht aus dem Auge, bis es Zeit ist, unsere energische Maßregel gegen sie durchzusetzen. Finkenberg ist krank und schwach, und ich denke, ich werde ihn so beseitigen, daß wir für immer Ruhe vor ihm haben. Von B. sind die besten Nachrichten eingelaufen; Minister von R. ist vollständig bekehrt und voll des besten Willens, den entscheidenden Schritt zu thun. Adieu, lieber Heydenreich, Ihre

A. Gr. zu O.

Das sind Hieroglyphen! — sehr seltsame und sehr verdächtige! sagte der Fremde; welches Misverständniß spielt das in meine Hände? Er wandte das Blatt: An Baron Heydenreich von Tondern, lautete die Adresse.

Der junge Mann steckte das räthselhafte Billet zu sich, mit dem Vorsatz, es der jungen Dame zu übergeben, und dann schlenderte er den Weg, den er gekommen, zurück, in den Schloßhof. Hier fand er jetzt einen Diener, der eben sein Pferd von dem Ring gelöst hatte, und sich nun suchend nach dem Herrn umblickte.

Als der Knecht den Fremden mit hinkendem Schritt aus dem Portal treten sah, sagte er:

Ach, da sind Sie ja .... ich soll das Pferd versorgen und Sie in ein Fremdenzimmer führen, hat das gnädige Fräulein befohlen, und ich soll fragen, ob ich einen Arzt holen soll, wegen Ihres Fußes...

Ich denke, den Arzt werden wir nicht nöthig haben, versetzte der junge Mann ... was zunächst nur nöthig, das ist, daß wir, der Braune da und ich, untergebracht werden, um ein wenig ruhen zu können.

Der Diener brachte das Pferd in eins der Stallgebäude und bald kehrte er zurück, um den Fremden durch das Portal, welches dieser bereits einmal betreten, wieder ins Innere des Gebäudes zu führen. Hier öffnete er eine Thür zur Linken des breiten Flurganges, und der Fremde befand sich in einem ziemlich wohnlich eingerichteten Zimmer, in welchem der Diener zwei Wachskerzen auf Silberleuchtern von alterthümlich gewundener Form anzündete. Ein Sofa fehlte, aber ein massiver, umfangreicher Großvaterstuhl war da, in welchem der junge Mann sich ausstreckte, und mit der ruhigen Sicherheit eines Mannes, der an solche Dienstleistungen gewöhnt ist, sich von dem Diener den Stiefel von dem verletzten Fuße abziehen ließ. Nachdem er dann den Knöchel untersucht und sich kaltes Wasser bringen lassen, um einer beginnenden Geschwulst entgegenzuwirken, sagte er:

Geht jetzt zu dem gnädigen Fräulein hinüber, und sagt, ich ließe um die Gnade bitten, ihr aufwarten zu dürfen.

Der Diener entfernte sich, und kam nach einer Pause zurück.

Ich soll den Herrn hinüberführen, sagte er ... wenn Ihnen anders das Gehen nicht zu beschwerlich fällt ...

Der Fremde war nach einiger Anstrengung bald wieder in seinem Stiefel und bereit, dem Diener zu folgen.

Geht nun voran, mein Freund, es wird zwar ohne ein wenig Schmerz nicht abgehen, aber wir werden schon ans Ziel kommen.

Der Diener nahm einen der Leuchter und schritt voraus aus dem Zimmer in einen Seitengang hinein, dann durch mehrere düstere und hohe Wohnungen, bis er endlich eine Thür öffnete, die in ein mittelgroßes, durch eine Lampe matt erleuchtetes Gemach führte, in welchem das gnädige Fräulein ganz allein in einem Sessel an dem runden Tisch in der Mitte des Raumes saß, beschäftigt, in einem alten Quartanten voller Holzschnitte zu blättern. Als der Fremde mit einer leichten Verbeugung und mit dem sichern Wesen eines Mannes, dessen Lebenselement die gesellschaftlichen Formen sind, ihr nahe trat, erhob sie ihre ruhigen prüfenden Blicke zu ihm, und begegnete einem Paar schöner, dunkler, ausdrucksvoller Augen; sie sah das leichtgebräunte Antlitz eines jungen Mannes von großer Schönheit vor sich; die Stirn hoch, die Nase leicht gebogen, die feine Lippe von einem noch jugendlichen dunkeln Bart überschattet; man konnte diese Züge nicht sehen, ohne zu denken, wie gut ihnen ein ritterlicher Helm stehen würde.

Das Schloßfräulein lud ihn mit einem Winke der Hand ein, sich auf den Stuhl zu setzen, den der Diener herbeischob — der Fremde ließ sich nieder und warf dabei einen Blick auf die Umgebung, in der er sich befand. Das Zimmer war reich mit Stuccaturarbeiten geziert, grünseidene Tapeten von etwas veraltetem Geschmack bedeckten die Wände, und Medaillons mit den Profilköpfen berühmter Musiker der guten alten Zeit, Grétry's, Rameau's u. s. w., umgeben von Abbildungen zierlich gruppirter Musikinstrumente, waren künstlich in jede Bahn des Seidenstoffes eingewebt. Ebenso zeigten die Formen der Möbel von einer vergangenen Periode des Geschmacks. Vergoldungen, geschweifte Linien, Schnitzarbeit fehlte an keinem dieser Bestandtheile einer zu ihrer Zeit üppigen und kostbaren Einrichtung.

Mehr als diese Gegenstände jedoch fesselte die Gestalt der Dame die Blicke des Fremden. Sie hatte dunkles Haar, das in langen, von der Abendluft, aus der sie kam, feucht gewordenen und heruntergezogenen Locken neben den Wangen niederhing; ein schlichtes, schwarzsammtenes Häubchen mit schwarzen Blonden besetzt und von dem alterthümlichen Schnitt, wie ihn mittelalterliche Bilder sittsamer Burgfräulein zeigen, deckte jetzt statt des Reithuts ihre Scheitel; das faltige, langhin fließende Kleid von grauer Seide war oben bis an eine kleine weiße Krause, die den Hals umschloß, zugeknöpft und legte sich eng an die wie von Meisterhänden gezeichnete Büste mit dem stolz getragenen Nacken.

Die Dame schien die Anrede des Fremden zu erwarten, und dieser im Anschauen der Erscheinung vor ihm, die ihm jetzt noch schöner vorkam als vorhin, ein wenig von der Sicherheit zu verlieren, mit der er eingetreten war. Er erröthete wenigstens, als er das Wort nahm und mit bewegter Stimme sagte:

Es ist doppelt gütig von Ihnen, mein gnädiges Fräulein, daß Sie sich nicht nur eines obdachlosen Wanderers annehmen, sondern ihm auch noch verstatten, Ihnen dafür seinen Dank zu Füßen zu legen. Doppelt gütig, weil ich am Ende doch unter ein wenig seltsamen und Verdacht erweckenden Umständen vor Ihnen aufgetaucht bin ...

Das sind Sie in der That, versetzte die Dame ernst und ein wenig kühl ... aber Sie erschienen mir auch sehr hülflos mit Ihrem abgehetzten Pferde und Ihrem verletzten Fuß;

wollen Sie mir jetzt sagen, was Ihnen die Verfolgung zuzog?

Es war kein Verbrechen, mein gnädiges Fräulein — ich habe nie etwas gethan, was den Augen der Obrigkeit verborgen zu bleiben braucht — und wenn ich mich vor ihr ventre à terre flüchtete, so war dies eigentlich eine Handlung leichtsinnigen Uebermuths und der Ueberschätzung meiner Kräfte oder vielmehr der meines Pferdes. Zuerst aber verstatten Sie mir, mich Ihnen vorzustellen — ich darf hoffen, daß Sie in meinem Namen eine Garantie polizeilicher Ungefährlichkeit erblicken: ich bin der Graf Schlettendorf.

Ah, sagte die Dame mit großer Lebhaftigkeit, Sie sind Valerian Schlettendorf? Ich hörte, daß man Sie erwarte.

Er verbeugte sich.

Mein entfernter Vetter also! Seien Sie herzlich willkommen. Die Schlettendorf sind mit uns, nach den hiesigen Begriffen, sogar ziemlich nahe verwandt.

So weiß ich Sie doch wenigstens mit einem: meine gnädigste Cousine! anzureden.

Ich verstehe Ihren Wink, ich heiße Theophanie von Blankenar, versetzte sie lächelnd.

Der junge Mann machte wieder eine tiefe Verbeugung.

Dann sind wir nicht allein Vetter und Cousine in einem unberechenbaren Grade, sagte er, sondern, was besser ist, alte Bekannte; ich erinnere mich, Sie als Kind mit Ihrem Herrn Vater in Schlettendorf gesehen zu haben und ich weiß vortrefflich, daß wir zusammen uns mit einem jungen Fuchs die Zeit vertrieben haben, dessen glücklicher Besitzer ich damals war; es war ein scheußliches Thier und der Abscheu des ganzen Hauses, was ihn nicht hinderte uns sehr zu ergötzen.

Also so ganz haben Sie Menschen und Sachen in der Heimat

denn doch nicht vergessen, antwortete das Fräulein, und ich sehe, setzte sie lächelnd hinzu, Sie werden sich vortrefflich in den hier herrschenden Ton finden . . .

Woran sehen Sie das?

An der liebenswürdigen Galanterie, womit Sie mir gestehen, daß die Erinnerung an mich bei Ihnen unaufhörlich mit dem Bilde eines so abscheulichen Spielgesellen verknüpft ist.

O, Sie sind boshaft, meine gnädige Cousine; wenn Sie so fortfahren, werde ich mich gar nicht in die neue Heimat finden, denn ich komme mit der Vorstellung, in das wahre Land der Gutmüthigkeit zu gerathen!

Gutmüthigkeit! Da täuschen Sie sich sehr! Wir sind eigentlich hier ein Volk von sanften Wütherichen! Das werden Sie aber noch früh genug inne werden; bleiben Sie fürs erste nur bei Ihren gutmüthigen Vorstellungen — nur treiben Sie das Vertrauen nicht so weit wieder, mit Füchsen zu spielen, deren es noch immer hier gibt!

Valerian fiel es auf, daß die junge Dame dies mit einem gewissen Ernste sagte, ja mit einer gewissen Bitterkeit sogar, als ob sich ein verletztes Gefühl oder gar eine schmerzliche Erfahrung in ihren Worten Luft machte. Gleich darauf aber fuhr sie mit größter Heiterkeit fort:

Nun aber sagen Sie mir um Gottes willen, Graf Valerian, was hetzt denn die Gensdamerie hinter Sie? Aber behalten Sie ruhig Ihren Platz, ich werde mich nur ein wenig in den Schatten setzen, weil das Licht meine Augen belästigt.

Sie war aufgestanden, um sich in einen Fauteuil, der auf einer Erhöhung in der Fensternische hinter einem Blumentisch stand, zu setzen.

Der junge Mann zauderte nicht, jetzt vor allen Dingen zuerst einen Umstand aufzuklären, der ein zweifelhaftes Licht auf ihn hatte werfen müssen. Er war desto eifriger, dies zu thun, weil er sich gestehen mußte, daß die neugefundene Cousine einen immer bedeutendern Eindruck auf ihn machte, der nur noch gefährlicher für ihn wurde durch das milde Dämmerlicht, in welchem sie in der Fensternische vor ihm saß; denn das Licht der Lampe reichte nur geschwächt bis zu ihr hin und verlieh ihr jenen eigenthümlichen Reiz, den die Schönheit übt, wenn sie sich halb verhüllt und sich von unsern Augen suchen läßt. Trotz ihres erhöhten Sitzes ragte nur der obere Theil ihrer Gestalt über dem reichbesetzten Blumentisch empor, der zwischen ihr und Valerian stand. So saß sie, sie selbst die blühendste unter diesen Blumen, wie eine Rosenkönigin auf ihrem Thron, über dem sich zur Umrahmung des lieblichen Bildes die befranseten Falten der schweren seidenen Vorhänge des Fensters drapirten. Sie hörte ihm anscheinend voll Spannung zu.

Es ist nichts weiter als ein seltsames Misverständniß, sagte er, was mich mit der Gerechtigkeit auf einen gespannten Fuß gesetzt hat. Ich habe die vorige Nacht auf Mildenfurth, dem Gute meines Vetters Maximilian Rauschenloo, zugebracht, am heutigen Morgen setzte ich meine Reise auf einem Pferde Rauschenloo's fort, da es von Mildenfurth ziemlich weit bis zur nächsten Poststation ist, und ich nicht abwarten wollte, bis von dieser Pferde für meinen Reisewagen hergeschafft waren. Ich ließ demnach meinen Wagen und meine Leute in Mildenfurth mit der Weisung zurück, so rasch als möglich nachzukommen und mich spätestens in Flursheim einzuholen, und ritt allein voraus. Ich will nicht verhehlen, daß die Ungeduld, meine künftige Residenz wiederzusehen, das Ihrige gethan, um mich eilen zu lassen; für einen nachgeborenen Sohn, der sich früher die Herrlichkeit nicht träumen ließ, welche ihn jetzt erwartet, werden Sie das natürlich finden. Wohlbehalten bringt mich nun mein brauner

Reiseklepper bis nach dem nahen Städtchen Birkenheim; als ich hier über den Marktplatz reite und mich nach dem Weg erkundige, stürzen zwei Gensdarmen aus einem Wirthshause, und, indem sie die Zügel meines Pferdes ergreifen, verlangen sie meinen Paß zu sehen. Ich Unglücklicher aber hatte keinen; mein Kammerdiener pflegt ihn bei sich zu führen, ich hatte vergessen, ihn mir geben zu lassen. Ich nenne nun den Menschen meinen Namen, um sie zu beruhigen, aber zu meiner großen Ueberraschung fährt mich der eine an: Das ist eine Lüge, mein Herr, Sie sind nicht, wofür Sie sich ausgeben, wir wissen sehr wohl, wer Sie sind! . . . . .

Und wer bin ich denn?

Die Frage war gewiß sehr natürlich, und doch mußte sie etwas überaus Gesetzwidriges haben, denn ich wurde sehr hart darauf mit den Worten angelassen: . . . . .

Herr!! Sie haben keine Rechenschaft von mich zu fordern, sondern Sie haben sie mich zu geben, und da Sie das nicht können, und keinen Paß nicht haben, so sind Sie arretirt . . . .

Gegen diese polizeiliche Logik ließ sich nun freilich nichts einwenden; zu gutem Glück aber fiel mir das ermunternde Beispiel des Junkers Eppelin von Gailingen ein, den die Nürnberger nicht hingen, bevor sie ihn hatten; das Polizeigefängniß des guten Städtchens mochte allerdings nicht im entferntesten an die Schauer nürnberger Thurmverließe reichen, doch war ich besorgt, daß es ein sehr unangenehmer Aufenthalt sein und daß eine darin zugebrachte Nacht zu den Situationen im Leben gehören könne, denen man besser aus dem Wege geht, da später die glänzendste Ehrenerklärung sie nicht ungeschehen macht. Ich warf deshalb mein Pferd mit einer Heftigkeit herum, die mich freimachte, und ließ es im nächsten Augenblick alle Kräfte seiner Sehnen anstrengen. Weil meine Verfolger erst zu ihren eigenen

Thieren laufen und aufsteigen mußten, hatte ich einen hübschen Vorsprung; zu meinem Schrecken aber sah ich die Berghöhe vor dem Städtchen, die mein von der Reise ermüdetes Pferd um den Sieg brachte — und ich hätte nun doch einmal das Brot der Gefangenschaft essen müssen, wenn mir nicht der rettende Gedanke gekommen wäre, meine sämmtliche Baarschaft als Caution für mein Erscheinen vor der gestrengen Obrigkeit anzubieten.

Das ist eine seltsame Geschichte, sagte Fräulein von Blankenar; ich kann mir nicht denken, daß man immer so rücksichtslos gegen einen anständigen Fremden verfahren sollte, aus dem einfachen Grunde, daß er keinen Paß besitzt; mancherlei allerdings müssen wir uns hier ja auf unserm eigenen Grund und Boden gefallen lassen, aber . . . .

Es scheint in der That, fiel Valerian ein, daß hier ein besonderer Umstand mich verdächtigte . . .

Vielleicht hielt man Sie für einen politischen Flüchtling . . .

Es mag sein, versetzte Valerian . . . und es wird sich ja aufhellen!

Ich bin gespannt darauf, hub die junge Dame wieder an, wie Sie sich in Ihr patriarchalisches Vaterland finden werden. Sie werden hier in eine Gesellschaft eintreten, deren Anschauungen und Sitten wesentlich von dem verschieden sind, was bisher Sie umgeben haben mag — eine Gesellschaft, deren Physiognomie ganz ungewöhnliche Züge darbietet, und auf welcher Licht und Schatten so kräftig aufgetragen, so contrastirend nebeneinandergesetzt sind, daß sie einem Fremden ein ganz eigenthümliches Schauspiel sein müssen.

Das heißt mit einem Worte, fiel Valerian ein, Sie stellen mir ein Leben zwischen lauter Originalen in Aussicht.

Damit wäre ein Lob dieser Gesellschaft ausgesprochen, welches ich ihr nicht so unbedingt ertheilen will. Die Originalität ist ein; ich kann es nicht anders ausdrücken, bouillonnement des Geistes über dem Feuer lebhafter Empfindung, also eigentlich etwas höchst Achtbares, und es ist ein höchst trauriges Zeugniß für eine Zeit, wenn die Originale ihr ausgehen. Das letztere ist nun freilich hier nicht im entferntesten der Fall, aber neben den Originalen werden Sie sehr viel Menschen finden, die diesen Namen nicht verdienen, obwol sie gewöhnlich sind auf ungewöhnliche Weise. Die Verhältnisse, welche unserer Gesellschaft ihre Physiognomie geben, werden Sie sich von Männern schildern lassen müssen; denn es ist einem jungen Mädchen nicht gegeben, dieselben ganz zu überschauen und zu beurtheilen; über die Personen dürfen wir schon eher ein Wort fallen lassen —

Und deshalb wäre es höchst liebenswürdig von meiner verehrten Cousine, wenn sie ihren Neuling von Vetter in den Charakter der Personen etwas einweihen wollte! unterbrach Valerian ihre Worte.

Wenn Sie auf mein Geplauder etwas geben wollen . . . sehr gern, versetzte Theo von Blankenar. Um nicht unserm eigenen Blut und Fleisch unrecht zu thun, fuhr sie dann fort, muß man sich der Stellung erinnern, welche wir früher im Lande einnahmen. Unsere Heimat war nicht allein das uralte Erbe unserer Väter, sondern noch vor einer kurzen Reihe von Jahren waren wir alle etwas wie Herren und Meister desselben, und die jüngsten unter uns sind mit einer Art fürstlicher Anwartschaft geboren. Wir hatten eine Art geistlichen Dogenthums, das wir einem aus unserer Mitte übertrugen. Unsere werthen Großohm-Fürstbischöfe und Onkel-Domherren haben ihre Herrscherpflichten im Geiste ihrer Zeit erfüllt, nicht schlechter, eher besser; ja, man kann sagen, daß der Krummstab mit seinem gothischen Silberlaub, dies Symbol des grünenden Aaronstabes, in der Phantasie der Bevölkerungen, die einst sich ihm beugten, als ein Wahrzeichen der Milde und des Wohlstandes fortlebt. Die unterste Schichte der Bevölkerung hat er nicht von ihren Lasten zu entheben gewußt; aber sie hat sich nicht so schwer gedrückt gefühlt als in den andern Ländern, wo der Scepter regierte, und sie hat sich immer noch wohl gefühlt, im Vergleich zu Ländern, wo nagende Sorge und Elend das Erbtheil des Helotenthums geworden, welches jedem Jahrhundert nun einmal eigen.

Das ist wol unzweifelhaft, fiel Valerian ein, und ich glaube mit Ihnen, daß wir jener guten alten Zeit uns nicht gerade zu schämen brauchen. Die Geschichte hat in nothwendiger Entwickelung uns den Krummstab genommen, den ehemals jeder Vater im Geiste neben seinem in der Wiege liegenden Sohne erblicken konnte; aber wir haben uns nicht gerade vorzuwerfen, daß wir eine solche Entthronung nicht besser verdient, daß eine gerechte Vergeltung uns für unsere Sünden heimgesucht habe. Die Macht der Ereignisse, welche uns unsere Rechte nahm, hat uns nicht einmal gezwungen, uns demüthig höhern Ideen zu beugen, denen wir zum Opfer gefallen wären. Das Staatsleben, welches an die Stelle des von uns geleiteten trat, war im Gegentheil an ideellem Gehalt dem letztern nicht gewachsen — sicherlich nicht von unserm Standpunkte aus, die wir doch alle ein gewisses Ghibellinenthum im Grunde der Seele tragen. So viel ist gewiß, daß wir von diesem neuen Staatsleben uns plötzlich beiseite geschoben sahen, daß es uns in seinem bureaukratischen Mechanismus keinen Platz des Wirkens, der Theilnahme an den allgemeinen Angelegenheiten einräumte.

Und daß, unterbrach hier Theo den Redenden, daß wir uns oft noch obendrein schlecht behandeln lassen mußten von Menschen, deren Anmaßlichkeit und ganzes Auftreten in einem halb ärgerlichen, halb lächerlichen Contraste mit der ererbten soliden ruhigen Weise der Landeseinwohner standen. — Das sind nun freilich alte abgethane Geschichten; aber sie sind von großem Einfluß auf die Stellung unsers Standes inmitten der neuen Verhältnisse gewesen. Auf der einen Seite das Gefühl der Verletzung unsers Rechts, durch die bloße Gewalt ohne höhere Nothwendigkeit; auf der andern der Charakter der neuen Verwaltung, von deren Werkzeugen uns Sitte, religiöses Bekenntniß, alles Mögliche trennte; was blieb uns übrig, als uns zurückzuziehen und auf unsern Gütern in strenger Abgeschlossenheit und im Cultus unserer Traditionen zu verharren? Man muß uns zugestehen, daß wir uns da mit Würde und Ergebung in unser Schicksal gefunden haben. Man wird niemand unter uns eine thörichte Widersetzlichkeit wider die neue Ordnung der Dinge vorwerfen können; alle und jede Conspiration ist uns fern geblieben. Wir haben ein großes Beispiel der Uneigennützigkeit gegeben, als die neue Gesetzgebung der Fremdherrschaft die Majorate aufhob, und wir dennoch einstimmig der Väter Erbrecht folgten. Aber die neue Gesellschaft, welche sich um uns bildete und die aufgezogen wurde in der Verachtung des Begriffs des Standes, auf dem doch unsere ganze Welt aufgebaut war, glaubte sich berechtigt, uns zu verspotten, weil wir nicht augenblicklich diesen Begriff hatten fahren lassen, sondern ihn eifersüchtig festhielten. Mit dem Marquis de Carabas und Don Ranudo glaubte man das wichtigste Element des alten Staatslebens zur Ruhe gebracht: die kurzsichtigen Menschen, die sich erst mit den Waffen des heutigen Liberalismus alle möglichen Rechte und Freiheiten werden erringen und dann mit einem einzigen Bataillon Soldaten sammt und sonders wieder nehmen lassen müssen, um einzusehen, wieviel Macht und Lebensdauer politische Rechte haben, wenn man sie der großen unterschiedlosen Masse verleiht!

Meine verehrte Cousine ist eine tiefblickende Politikerin! fiel lächelnd Valerian ein — ich darf ihr jedoch nicht verhehlen, daß ich von dem, was sie heutigen Liberalismus nennt, etwas angesteckt bin.

So wollen wir darüber keine Debatte eröffnen, antwortete Theo leicht erröthend, ich berühre das alles ja ohnehin nur, um zu den Personen zu kommen, mit denen Sie von nun an leben müssen. Wie gesagt, diesen blieb bei der neuen Ordnung der Dinge nichts übrig als sich abzuschließen. Ein öffentliches Leben gab es von nun an für sie nicht mehr; die Lage des Landes hielt sie dem großen Weltverkehr ohnehin fern. Auf ihre Güter, wo sie noch immer Einfluß genug auf ihre Umgebung besaßen, um sich in den Illusionen des alten Herrenrechts wiegen zu können, folgte ihnen ein ungedemüthigtes Selbstbewußtsein. Die Vergleichung zwischen den Zuständen zu „ihrer Zeit" und denen, die gefolgt waren, hatte nichts, was jenes Selbstgefühl bescheiden machen konnte. Was wunder, daß sich ihr Leben in der Abgeschiedenheit eigenthümlich gestaltete! Wozu sich Zwang auferlegen? Sie waren reich. Der Contrast zwischen ihrer Art zu sein und der der übrigen Welt hielt sie nicht in Schranken. Ihre Thatkraft, der die Verhältnisse keine andere, bessere Beschäftigung boten, suchte sich eigenthümliche Ziele. Sie gaben sich fessellos ihren Neigungen hin, um so unbefangener, als ihnen natürlich jene Bildung fehlen mußte, die der Verkehr in der großen Strömung des Weltlebens verleiht, und in der Abgeschiedenheit sich ihre Interessen auf einen erschreckend engen Kreis beschränken mußten.

Jene Neigungen, denen man sich hingab, werden nun mitunter wol sehr absonderlicher Art sein, schaltete Valerian ein.

Das müssen Sie zum Theil auch auf die Rechnung unsers angestammten Blutes schieben. Wir sind ein eigenthümliches Volk, das schwer zu behandeln ist. Wir sind ruhige conservative

Naturen, aufrichtig, treu, kernhaft, zuverlässig, von Ostentation und dem Wunsche scheinen zu wollen, was wir nicht sind, frei. Aber wir sind auch ohne viel Wohlwollen und ohne Nachgiebigkeit, hart, unumgänglich und engherzig, und unter unsern blonden Schädeln birgt sich eine Dosis zornigen Eigensinns, der nicht blos durch passiven Widerstand unüberwindlich werden kann, sondern der auch thätig sich in der Neigung zu gewaltsamen Handlungen offenbart, die früher wol nirgends so häufig waren wie gerade unter uns. Sie werden erschrecken, Graf Valerian, wenn Sie inne werden, mit wieviel tyrannischer Härte bei uns zu Lande zuweilen das Familienregiment geführt wird; mit welchen harten Zwangsmaßregeln man den Widerstand wider die patriarchalisch geübte Autorität des Vaters, des Mannes zu brechen weiß!

Und wissen Sie, unterbrach hier Valerian die Redende sehr lebhaft, daß mir vorhin etwas in die Hände gerathen ist, das in seltsamer Weise bestätigt, was Sie da eben von der Neigung zu gewaltsamen Handlungen sagen?

Nun — was wäre das?

Als ich vorhin hier auf dem Hofe anlangte, fand ich niemand, an den ich mich wenden konnte. So schritt ich aufs gerathewohl in das Hauptportal Ihres Schlosses, kam an der andern Seite durch eine Fensterthür auf einen Balkon, der an der Rückseite des Bauwerks die ganze Reihe der Fenster entlang läuft; eine Weile stehe ich dort, als sich hinter mir Licht zeigt und eins der Fenster öffnet, und als ich mich dahin wende, wird mir aus dem Zimmer durch einen dienenden Geist dieses Billet hier gereicht. Da ich, mit einiger Bewunderung, wie Sie so schnell bereits mir schreiben können, doch mich erdreistete anzunehmen, die Zeilen kämen von Ihnen, so drängte es mich zu sehr, ihren Inhalt kennen zu lernen, um erst lange die Adresse zu betrachten;

ich las das Billet, und betroffen von seinem Inhalt, entdeckte ich nun erst, daß es für mich nicht bestimmt war. Wollen Sie es an sich nehmen und es dem zurückstellen, der es schrieb?

Der Graf überreichte das Billet, welches er erhalten, der jungen Dame.

Diese nahm und las es. Die Worte, welche das Papier enthielt, entlockten ihr einen leisen Aufschrei des Schreckens; sie starrte einen Augenblick mit geöffneten Lippen den jungen Mann an, als ob sie etwa von ihm noch eine Auskunft über das Gelesene verlangen wolle; dann ließ sie das Papier auf den Boden fallen und barg ihr von Leichenblässe überzogenes Gesicht in den Händen.

Um Gottes willen! rief Graf Valerian aus — was ist das — warum machen diese Zeilen einen so unheilvollen Eindruck auf Sie? Sollten etwa Sie selbst ... es ist da in dem Billet von einer gewaltsamen Maßregel die Rede ... Fräulein von Blankenar, kann in irgendeiner Lage ein Mann, der Ihretwegen jeder Gefahr trotzen würde, der mit Gut und Blut sich in Ihre Dienste stellt, etwas für Sie thun, so ...

Theophanie wies ihn lebhaft mit der Hand ab, stand auf und eilte, nachdem sie das Billet vom Boden aufgerafft hatte, in ein anderes Zimmer fort.

Valerian wagte natürlich nicht, ihr zu folgen; er war in hohem Grade erschrocken ... nur ein großer Schmerz oder die plötzliche Entdeckung einer großen Gefahr konnten dies seltsame Benehmen erklären; hatte er Theo, ohne es zu wissen und zu wollen, etwas in die Hände gespielt, wofür sie ihm ihr Leben lang dankbar sein mußte? Er machte sich jetzt Vorwürfe, daß er in neugieriger Spannung das Billet nur flüchtig und rasch überflogen, ohne sich genauer den Inhalt einzuprägen.

Er fühlte, daß ihm eigentlich nichts übrig geblieben als zu

gehen, aber es fesselte ihn etwas an den Raum, in dem er sich befand. War es die Hoffnung, Theophanie wieder eintreten zu sehen, von ihr Aufklärungen zu bekommen, der Wunsch, ihr seine Theilnahme auszudrücken und das Bedürfniß, für seine Sorge um sie eine Beruhigung zu erhalten ... genug, er blieb; er legte sich, nachdem seine erste Aufregung vorüber war, in seinen Lehnstuhl zurück, schloß halb die Augen und beschäftigte sich damit, das Bild Theophaniens, wie sie eben noch vor ihm gestanden, sich auszumalen und mit seiner Einbildungskraft wieder an die Stelle zu zaubern, die sie vor wenigen Augenblicken verlassen hatte. Dann begann er allen seinen Scharfsinn aufzubieten, um irgendeine wahrscheinlich lautende Deutung dessen zu finden, was er sich aus dem verhängnißvoll in seine Hände gekommenen Billet erinnerte; es war darin gesagt, daß man eine Gewaltthat, also vielleicht eine Entführung vertagen müsse, die beabsichtigt worden; sollte diese Theo zum Gegenstand gehabt haben? Ein Mädchen, so selbstbewußt, so unabhängig in ihrem Urtheil, so entschlossen in ihrem Handeln? Welcher Gedanke! Auf welchen Widerstand mußte man da nicht gefaßt sein — welcher Mittel sicher, ihn zu besiegen! Und doch konnte es nicht anders sein, nach dem Eindruck zu schließen, den das Billet auf Theo gemacht hatte! — Daneben sann Valerian innerlich bewegt über die Mittel nach, wie es ihm gelingen könne, das Vertrauen der Dame zu gewinnen, der er mit allen Kräften und von ganzer Seele verlangte ein hülfreicher Beistand zu werden, wo irgendeine Gefahr sie bedrohe. Graf Valerian saß eine Weile so; in dem großen Schlosse erstarb nach und nach jeder Ton; der letzte schlurfende Schritt eines dienstbaren Geistes in den langen, hallenden Corridors war verstummt; draußen, jenseit der Schloßgräben, ließ sich das Rauschen der Baumwipfel im nächtlichen Windhauch vernehmen und auf den Gräben selbst tönte leise das unartikulirte Stimmentauschen der Enten durch das Geflüster des Schiffs. Valerian, ermüdet und zerschlagen wie er war, sah endlich Formen und Gedanken vor seinen Augen in ein traumhaftes Durcheinander verschwimmen; die Jugend machte ihr Anrecht geltend; sein von allem heute Erlebten vor kurzem noch so bewegtes Herz schlug in immer ruhigern Pulsen; er schloß die Augen, nickte eine Weile, dann entschlummerte er.

Er mochte ziemlich lange so in seinem Lehnstuhl gelegen haben, bis er über dem Schlag einer Pendule erwachte. Das Licht in der von der Decke niederhangenden Lampe brannte so düster, als sei es dem Verlöschen nahe. Valerian strich sich mit der Hand über die Augen, erhob sich und wollte gehen. Da hörte er Schritte nahen, die Thür des Vorzimmers öffnete sich, nachdem leise angeklopft worden war, und Valerian sah einen Mann über die Schwelle treten, der über die Mitte des Lebens hinaus war, denn sein Haar wies die ersten Spuren des Ergrauens auf; seine offenen, gewinnenden Züge drückten eine Art ängstlicher Spannung aus; seine Blicke richteten sich unsicher und fragend auf Valerian.

Um die Erscheinung dieses Mannes zu so später Stunde in der Wohnung des Fräuleins von Blankenar zu erklären, müssen wir zum Anfang unserer Erzählung zurückgehen.

Zweites Kapitel.

Das Haus des Arztes.

Isaak Koppel, der Hausirjude, von dessen Unterredung mit Theo von Blankenar wir Zeugen waren, hatte aus der Ferne das Abenteuer Valerian's mit den Gensdarmen betrachtet und dann eine kurze Unterhaltung mit diesen angeknüpft, als sie zurückkehrend an ihm vorüberkamen. Darauf war er mit seinem Pudel lässig schlendernd weiter gewandelt. Das Städtchen im Thale hatte er nach etwa zehn Minuten erreicht. Er schritt ohne sich aufzuhalten durch den ganzen Ort, auf dessen Straßen seine hohe, magere, schlotterige Gestalt wiederholt von den Gassenbuben mit Lärm und Geschrei begrüßt wurde. Es lag ein denkwürdiger Mangel an Folgerichtigkeit in der Aufnahme, welche ihm von seiten des jungen Publikums zutheil wurde; einige nacktbeinige Mitglieder desselben drängten sich ihm in den Weg, streckten die Hände empor, und drückten sehr deutlich ihren Willen aus, für frei Geleit durch die Gassen der Stadt von ihm eine Kopfsteuer an Knallerbsen, Pfennigpfeifen oder andern ähnlichen Werthgegenständen zu erheben; als er keine Miene machte, den Tribut zu zahlen, verlegten sie sich auf schmeichelnde Bitten, und als auch diese keinen Erfolg hatten, warfen sie mit Steinen nach ihm und seinem Pudel. Isaak kümmerte sich weder um das eine noch um das andere, nur beschleunigte er seine Schritte. Doch war es Abend geworden, als er das entgegengesetzte Thor des Städtchens erreicht hatte, und die Sterne traten am klaren Himmel hervor. Isaak wandte sich links durch Gärten, bis er an eine Stelle kam, wo der Fahrweg, dem er folgte, sich mit einem andern kreuzte, und wo sich ein freier Rasenplatz befand, auf dessen Mitte ein großes steinernes Crucifix errichtet war, vor welchem einige Bänke zum Knien für Betende standen. Hier ließ er den Sack von seinem Rücken gleiten, hockte auf eine der Bänke nieder und begann den Inhalt seiner Bürde zu durchwühlen. Nach einer Weile schien er gefunden zu haben, was er suchte; es waren zwei gläserne Phiolen, beide mit farbigen Flüssigkeiten gefüllt. Der Jude schüttelte sie und hob sie empor, um nach dem Inhalte zu sehen; dann barg er sie in der Brusttasche und stützte nachdenklich die Stirn auf seine flache Hand.

Der Mond hatte sich erhoben und übergoß mit einem weißbläulichen Licht das Crucifix, welches gespenstische Arme zum Abendhimmel ausstreckte, während der Körper des gemordeten Dulders in dem kalten Lichte Leben bekommen zu haben schien. Der Jude, der unten kauerte, die dürftige, langgestreckte Gestalt im erhandelten Frack, welcher Handgelenk und Hände in unmäßiger Länge hervortreten ließ, saß dagegen so regungslos da, als sei er eine aus Stein gebildete Gestalt.

Isaak Koppel, der lange, dürre Jude von Wehm, wie man ihn auch in der Gegend, wo jedes Kind ihn kannte, nach seinem Geburtsort bezeichnete „der herzensgute, redliche Mensch," hätte übrigens nicht erst im Mondschein sich unter einem Crucifix hinzukauern gebraucht, um auf manche einen unheimlichen Eindruck zu machen. Er wurde von den Bauern und ihrer Nachkommenschaft geneckt, gehöhnt, gefoppt, wo er sich blicken ließ; aber auch von vielen gefürchtet, und bei den meisten hörte der höhnende Ton auf und machte einem völlig verschiedenen Platz, sobald die öffentliche Unterhaltung vor Zeugen sich in eine geheime Zwiesprache verwandelte. Isaak Koppel machte Geschäfte aller Art; er lieh auf Pfänder und auf Credit und war sehr thätig, wenn für die Unterbringung von gewilddiebten Hasen, von geschmuggeltem Kaffee oder was immer sonst das Tageslicht nicht recht vertrug, seine Verwendung in Anspruch genommen wurde; Käufer und Verkäufer aber fühlten dann gar bald nachher, daß Isaak Koppel ein Mann sei, der ihr Geheimniß besaß und der nicht gewillt, diesen Umstand unausgebeutet zu lassen. Geld auf Wucherzinsen herzuleihen war Isaak mit doppeltem Vergnügen bereit, wenn ein Bauer ihn darum anging, um hinter dem Rücken seiner Frau eine Spiel- oder Branntweinschuld im Wirthshause zu bezahlen. Niemals aber war er bereitwilliger zu dienen, als wenn schwärmerische junge Schulzensöhne hinter dem Rücken ihrer hartherzigen Alten ihn als postillon d'amour gebrauchen, oder wenn etwa schmachtende Landschönheiten ein Liebeszeichen in die Stadt zu den als Soldaten eingestellten geheimen Gegenständen ihrer Sehnsucht befördert haben wollten. Wie es nicht anders möglich war, hatte der schlaue Hebräer dadurch nach und nach eine gewisse Macht ringsum auf dem Lande erlangt. Es gab Hunderte von Herzen, die vor ihm zagten; Hunderte von Armen, über die er gebieten konnte; hätte Isaak Koppel politischen Ehrgeiz besessen und wäre das allgemeine Stimmrecht in der Periode dieses Jahrhunderts, in welcher er blühte, eingeführt gewesen, er hätte die Stimmen einer zahlreichen Clientel von Urwählern auf sein Haupt vereinigen und sich am Ende gar unter die Gesetzgeber des Volks stellen können.

Aber die Sphäre, in welcher sich Isaak's erfinderischer Geist bewegte, ist damit nicht umschrieben. Sie war weiter gesteckt. Seine Thätigkeit richtete sich auch auf höhere Gegenstände. Die Landleute schrieben ihm gewisse räthselhafte Kenntnisse zu: er war ein gesuchter Vieharzt, er verstand aus den Linien der Hand wahrzusagen, und wenn die Genauigkeit und Unfehlbarkeit seiner Prophezeiungen auch Gegenstand großen Streits in der Gegend blieb, so hatte er desto unleugbarer zwei andere ungewöhnliche Eigenschaften. Isaak besaß nämlich ein fabelhaftes Gedächtniß, sodaß er jeden Vers des Alten Testaments herzusagen wußte, sobald man ihm das erste Wort nannte; und dann einen noch unbegreiflichern Zahlensinn. Man konnte eine Hand voll Bohnen vor ihm auf den Tisch legen und im nächsten Augenblick hatte Isaak Koppel ihre richtige Zahl gesagt. Eine Heerde Rinder hatte nur aufzutauchen vor seinem Auge, und Isaak sprach im Nu aus, wie viel ihrer waren. Uebrigens liebte Isaak, einen unheimlichen Eindruck zu machen. Er umgab sich gern mit Geheimnissen, schon aus angeborener Neigung, wenn es ihm auch nicht bei seinem Erwerbszweige von wesentlichem Förderniß gewesen wäre; und er unterließ nie, jedes Ding mit viel größerer Wichtigkeit und Feierlichkeit zu beginnen, als sich am Ende nöthig zeigte, besonders aber dann, wenn es dienen konnte, andere zu ängstigen und zu schrecken.

Die Glocken schlugen im Städtchen und der Jude stand auf; er wanderte nun längs des halbverschütteten Stadtgrabens her, bis er die hintere Umzäunung eines Gartens erreichte, an dessen jenseitigem Ende ein einstöckiges Haus sein rothes Ziegeldach aus den Wipfeln der Obstbäume emporhob, die es gegen Südwest hin dicht umstanden. Der Jude übersprang den Zaun, schritt durch die Gartenpfade und näherte sich vorsichtig einem der Fenster, aus dem Licht schimmerte. Leise bog er die üppigen

Weinreben zur Seite, welche die untern Scheiben übersponnen hatten, und versuchte trotz der Gardinen, die im Innern niedergelassen waren, einen Blick in das Zimmer zu gewinnen.

Es gelang ihm; eine Ecke des weißen Musselinvorhangs hatte sich in eine Falte umgeschlagen und gab den spähenden Blicken Isaak's Raum. Es war ein Zimmer von mittler Größe und bescheidener, aber sehr wohnlicher Einrichtung; in der einen Ecke stand ein Fortepiano mit einer Krystallvase darauf, welche einen verblühten und vollständig abgewelkten Strauß von Blumen trug, gleich als ob man sie da vergessen, oder als ob die Hand fehle, welche sie mit neuen zu ersetzen pflegte. Vor dem Fenster, durch das Isaak schaute, war ein kleines Gitterwerk aus braunem Holz aufgestellt, welches von üppigem Epheu durchflochten war und den Platz am Fenster von dem übrigen Raum zu einem kleinen Boudoir abtrennte, in welchem ein Lehnstuhl und ein Nähtischchen standen. Eine halbvollendete Straminstickerei lag auf dem letztern, aber sie mußte den Tag über nicht berührt worden sein, denn auf dem weißen Stramin und der Fläche des hellpolirten Tisches von Kirschbaumholz lagen zahlreiche schwarze Körner, die der Canarienvogel, welcher in einem grünen Drahtkäfig von der Gardinenstange niederhing, aus seinem Futterglas herabgeworfen hatte. Auch waren trotz jener Zeichen, daß hier ein weibliches Wesen wohnte und waltete, nur zwei Männer in dem Raum, ein älterer und ein junger, der in der Mitte der zwanziger stehen mochte; dieser schritt in größter Unruhe in dem Gemache auf und ab, rang die Hände, stierte eine Weile einen Fleck auf dem Boden an und warf sich dann plötzlich wie in völliger Rathlosigkeit an die Brust des andern, ältern Mannes; dieser aber schien für ihn keinen Trost zu haben; er machte sich los von dem jungen Manne und setzte sich wie theilnahmlos in einen Lehnstuhl, wo er sein Gesicht still in seinen beiden Händen barg.

Der Jude schien sich eine Zeit lang am Anblicke der beiden von Sorge und Schmerz niedergedrückten Männer zu weiden. Dann schritt er um das Haus, bis er an die der Straße zugekehrte Seite desselben kam und zog die Klingel.

Ich muß den Herrn Physikus sprechen, sagte er der öffnenden Magd und drängte sich ihr sogleich nach in das Zimmer, in welches sie eintrat, um ihn zu melden.

Hier bin ich schon, Herr Physikus; guten Abend! der Isaak Koppel ist's, der kommt; guten Abend, Herr Doctor, wie geht es, Herr Doctor?

O mein Gott, endlich, endlich kommt Ihr? sagte der jüngere Mann, den Isaak mit Doctor angeredet hatte.

Ums Himmels willen, wo seid Ihr geblieben, Isaak? fragte der ältere, der Physikus oder Gerichtsarzt der kleinen Stadt. Um Mittag wolltet Ihr hier sein — jetzt ist es Abend — wir haben in Euern Wohnort gesandt, aber niemand wußte dort, wo Ihr Euch umtriebt!

Nein, ein armer Jud' muß sich tummeln über Land, daß er verdient sein Stückchen Brot für sich und die Kinder. Ich bin ein gutherziger Mensch, Herr Physikus, und muß helfen viele Leut' — haben der Herr Physikus, gewartet auf mich, nun, was macht's? Es ist um so besser — würde er doch nicht haben gewartet mit Schmerzen, hätte nicht mein Mittelchen gewirkt und hätte der Isaak nicht Wunder gethan, wo der gelehrte Herr Physikus nicht mehr hat helfen können seinem eignen leiblichen Kinde.

Um Mittag, habt Ihr gesagt, müßte die Kranke die zweite Arznei erhalten, fiel der Doctor ein; jetzt ist es Abend, Isaak —

Nein, nein, was Mittag, was Abend — laßt den Isaak nur machen seine Cur — also hat gewirkt das Tränkchen, was sie hat genommen gestern um diese Stund'? Herr Physikus, hat es gewirkt?

Freilich hat es gewirkt, auf die wunderbarste Weise. Aber seit Mittag ist die Kranke zurückgesunken in einen Zustand der beängstigendsten Apathie. Und da Ihr gesagt hattet, daß sie um Mittag die zweite Dosis erhalten müsse, waren wir der Verzweiflung nahe, daß Ihr ausbliebt.

Hab' ich gesagt um Mittag, so hab' ich mich versprochen, Herr Physikus — soll mich Gott strafen, als es nicht ist ein Verspruch, was kann leicht passiren einem armen blöden Manschel, der da steht vor einem gelehrten und berühmten Manne, wie der Herr Physikus — die Kranke muß nehmen den zweiten Trank jetzt, vierundzwanzig Stunden nach dem ersten!

Mit Euerm Versprechen habt Ihr uns aber einen halben Tag lang auf die Folter gespannt! rief der jüngere Arzt heftig aus.

Der Jude war unterdeß in einen Alkoven getreten, welcher sich neben dem Zimmer befand, nur durch einen grünen Vorhang davon getrennt. Eine junge Frau lag hier auf dem Krankenbett. Sie lag mit halbgeschlossenen Augen, wie besinnungslos; das feingeschnittene Gesicht war tief eingefallen und die langen, schwarzen Wimpern der Augenlider hoben sich auf der leichenhaften Bläße der Haut doppelt stark hervor; die Stirn netzten dicke Tropfen Schweißes und die auf der Decke ruhenden Hände waren weiß wie Marmor.

Isaak nahm eine dieser Hände und beobachtete aufmerksam den Puls. Dann sagte er, indem seine Blicke sich fest und stechend auf den Gerichtsarzt hefteten:

Herr Physikus, so wahr ich Isaak heiße, ich will Ihre

Tochter heilen von der Krankheit, welche ich schon oftmals und noch im vergangenen Winter geheilt habe mit meinem Tranke. Sie wissen, wie krank die Margareth Helling war!

Ich weiß es, antwortete der Arzt; meine Kunst scheiterte damals an ihr; ich gab sie auf, und Ihr, Ihr habt sie gerettet!

Der Jude zog seine Phiolen heraus, und hielt sie gegen das Licht.

In einem dieser Gläschen ist Leben für Ihr Kind, Herr Physikus. Mein Vater hat das Mittel mit sich gebracht, als er gekommen ist aus Smyrna, mit 'nem englischen Schiff nach Triest und so ins Land hinein; und er hat mir das Mittel vermacht und hat zu mir gesprochen auf seinem Todesbett: Ich hinterlasse dir kein Geld, Isaak, hat er gesagt, und keine Schätze, aber ich hinterlasse dir die Mittel, so sich vererbt haben in unserm Stamm, seit er wandert unter den Gojim; eins gegen das heiße Fieber und das andere gegen die Zehrung. Als du willst heilen das heiße Fieber, so gibst du ein zuerst den einen Trank und den andern genau nach vierundzwanzig Stunden. Jetzt, Herr Physikus, ich habe gegeben Ihrer Tochter den ersten Trank vor vierundzwanzig Stunden; es ist Zeit, daß sie nimmt den zweiten. Darum thue ich fragen den Herrn Physikus — soll ich ihr geben den Trank?

Wozu fragt Ihr denn, Isaak; fiel der jüngere Mann ein. Wenn Ihr meine arme Frau retten könnt, so ...

Herr Doctor, unterbrach ihn der Jude, thun Sie mir den Gefallen und gehn Sie einen Augenblick hinaus, daß ich mag reden unter vier Augen mit dem Herrn Physikus — gehen Sie hinaus, Herr Doctor.

Der junge Arzt sah überrascht den Hebräer an; was konnte er anders thun, als ihm willfahren? Er entfernte sich schweigend, nachdem er seinem Schwiegervater einen Blick zugeworfen hatte, als wollte er ihm den Schutz seines jungen Weibes anbefehlen.

Herr Physikus, begann Isaak, als der junge Mann das Zimmer verlassen hatte, wie nennen Sie die Krankheit, als hat Ihre Tochter?

Es ist ein Nervenfieber, Isaak.

Ist das ansteckend, ein Nervenfieber, Herr Physikus?

Ohne Zweifel.

Es ist ansteckend ohne Zweifel. Also ist es möglich, Herr Physikus, daß morgen der arme Isaak Koppel ist angesteckt mit das Fieber, und im Bett und muß sterben, und seine Frau und Kinder stehn umher und zerraufen ihr Haar und streuen Asche auf ihr Haupt, denn der Isaak ist ein redlicher gutherziger Mensch und hat Gutes gethan an seiner Frau und seinen Kindern, mit Speise und Trank, mit dem Worte Gottes und warmem Wollenzeug im Winter und allem ihrem Bedürfniß sein Leben lang, als da steht geschrieben: wenn der Rabe von Geloah nicht ernährt seine Brut, wer ernährt sie denn?

Ich verstehe, Isaak — macht nicht so viel der Worte, sondern geht ans Werk; an einem reichlichen Lohn soll es Euch nicht fehlen für die Mühe und die Gefahr, von der Ihr redet.

Reichlicher Lohn! Mein — wie können Sie reden von reichlichem Lohn! bin ich ein habgieriger Mensch? Herr Physikus, Sie kränken das Herz von 'nem redlichen Mann!

Was wollt Ihr denn, Isaak?

Nichts, als daß der Herr Physikus verspricht, mir zu thun einen ganz kleinen Gefallen; nichts, als daß er macht mit mir einen kleinen Gang, noch heut am Abend. Es ist eine halbe Stunde oder dreiviertel; nein, es ist nicht weiter als eine halbe, wenn wir gehn durch die Wiesen.

Wohin soll ich mit Euch gehen?

Das ist meine Sache, Herr Physikus. Jetzt will ich geben das Mittelchen Ihrer Tochter; aber vorher verspricht mir der Herr Physikus, daß er aus Erkenntlichkeit will gehen mit mir diese Nacht und mir folgen, wohin ich ihn führe, und will da thun, was man verlangt von ihm und schwören auf sein Bibelbuch, daß er kein Wort will sagen von allem, was er sieht, in keines Menschen Ohr, so da lebt oder noch leben wird!

Jude! was verlangst du von mir? für wen hältst du mich? fuhr der Arzt auf.

Gott, Gerechter, ich will dem Herrn Physikus die kranke Tochter heilen, dafür soll er mir heilen auch einen Kranken: was kann billiger sein? Aug' um Aug'! Soll ich mich verschwören, daß ihm nichts Uebles wird geschehen? daß man nicht will krümmen ein Haar auf seinem Haupt? daß man nichts wird verlangen, was er nicht leicht und ohne Müh' thun könnte? Soll ich mich verschwören?

Der Arzt blickte den Juden an mit dem Ausdruck der äußersten Ueberraschung.

Können Sie doch leicht sagen ja, wenn Sie glauben, mein Mittel ist unnütz, fuhr Isaak fort. Aber wenn Sie durch einen bloßen Gang, nur ein halb Stündchen weit, ihre Tochter vom Tode retten können und thun es nicht, Herr Amtsphysikus, sind Sie dann ein guter Vater, ein rechtlicher Mann, ein frommer Christ, Herr Amtsphysikus Pauli? Ich sage Ihnen, wenn mein Mittel nicht schleunig zu Hülfe kommt und Sie mir nicht sind zu Willen, so stirbt Ihre Tochter und Ihr Schwiegersohn grämt sich dahin, wie ein welkes Blatt, bis der Herbstwind es fortweht, und Ihr Haus wird stehen verödet und die Trübsal wird Sie heimsuchen, wie sie heimsuchte Job, und Sie sind für immer ein geschlagener Mann, Herr Amtsphysikus Johann Wilhelm Pauli!

Der Arzt sprang auf, sah den Juden mit durchbohrendem Blick an und trat dann an das Bett seines sterbenden Kindes; er fühlte nach dem Puls, legte die Hand auf das fiebernd klopfende Herz der Kranken, dann wandte er sich und sagte: Zahlt dir das Mittel, das du hast, denn nichts, gar nichts anderes ... keine noch so hohe Summe ... ich bin nicht reich, aber was ich habe ...

Der Jude hatte unterdeß aufmerksam die Kranke beobachtet. Jetzt, als der Arzt die Vorhänge des Alkovens wieder hatte zufallen lassen, schien er bei sich zu überlegen. Es war ein Augenblick fürchterlicher Spannung für den Gerichtsarzt.

Geld? versetzte endlich Isaak. Hättet Ihr mich aufgenommen wie einen, der da kommt, das Heil zu bringen, und geglaubt an mein Mittel, so wäre ich vielleicht zufrieden gewesen mit Geld; so aber habt Ihr mich all die Tage vorher hinausgewiesen mit Hohn: „geh!“ hat der eine gesagt, „scher' dich hinaus!“ der andere, bis es gekommen ist zum Aeußersten und kein Rath mehr gewesen in euern Köpfen noch in euern Töpfen! Das will ich mir nicht lassen bezahlen mit Geld, sondern ich will für meine Hülfe jetzt die Gewogenheit und Freundschaft des Herrn Amtsphysikus Johann Wilhelm Pauli in Birkenheim und daß er mir soll nie mehr in seinem Leben sagen dürfen: Geh' hinaus, Jude, scher' dich fort, Isaak! wie man sagt zu einem Pudel.

Aber um des Himmels willen, wohin denn soll ich dir folgen, Isaak?

Sie sollen mir folgen in jeder Nacht, wenn ich es verlange, und wenn's auch nur wäre, um meinen Hund zu curiren. Was nehmen Sie Anstand? Glauben Sie doch nicht an meine

Mittel! — Es ist sieben Uhr jetzt, ich will das Elixir der Kranken eingeben: wenn sie nach zwei Stunden besser ist und hat die Krisis überstanden, sind Sie mir pflichtig zu folgen. Nun? sagen Sie ja oder nein — die Zeit drängt — soll ich oder soll ich nicht?

Das ist eine fürchterliche Bedingung! rief der Arzt bleich und mit bebender Lippe aus ... es ist ja, als sollt' ich dem Teufel meine Seele verkaufen!

Es geht um Leben und Tod! sagte der Jude.

In Gottes Namen denn, rette mein Kind und thu' mit mir, was du willst, Jude, versetzte der Gerichtsarzt tonlos.

In Isaak's Auge blitzte ein Strahl boshafter Freude; er ergriff die Bibel, die auf dem Nachttisch vor dem Bett der Kranken lag, schlug sie auf, und, indem er sie dem Arzt hinhielt, sagte er leise: Schwören Sie mir, wenn ich Ihr Kind heile, mir zu folgen, wann ich will, wohin ich will, und zu thun, was man von Ihnen verlangt und was Sie thun können, als der Physikus vom Gericht ... Schwören Sie, zu schweigen gegen Freund und Kind, gegen Weib oder Mann, über alles, was Sie werden sehen oder hören?

Der Arzt legte die Rechte auf das Buch und sagte erbebend: Ich schwöre dir das, Isaak, wenn du mein Kind rettest!

Der junge Mann kam ungeduldig wieder herein; Isaak warf schnell das Buch zur Seite und trat ans Bett der Kranken, deren Puls er nochmals fühlte. Dann begann er ihre Schläfe und ihre Fußsohlen zu reiben, wobei er mystische Worte murmelte, und als die junge Frau darauf tiefer zu athmen und mit den Augenlidern zu zwinkern begann, flößte er ihr zwei Eßlöffel von seinem Elixir ein.

Zehn Minuten vergingen, während deren der Jude gespannt fortwährend den Puls der Kranken gefaßt hielt. Dann wandte er sich zum Arzte und sagte: Herr Amtsphysikus, fühlen Sie ihr den Puls. Wie geht der Puls? Fühlen Sie auch an die Haut!

Die Kranke ward unruhig; sie warf sich auf die andere Seite, öffnete und schloß die Augen und mit zurückkehrendem Bewußtsein verlangte sie zu trinken.

Isaak wusch ihre Stirn mit Wasser, aber er verbot, ihr zu trinken zu geben.

Wie geht der Puls, Herr Amtsphysikus?

Dieser antwortete nicht, sein Schwiegersohn aber trat hinzu und sagte nach kurzer Untersuchung: Der Puls wird kräftiger, stärker ... und die Haut wird feucht ...

Nach einer halben Stunde ließ die Unruhe der Kranken nach; sie dehnte sich lang aus, athmete tief aus der Brust, als ob sie eine Art Wohlbehagens fühle, und mit den Worten: Bist du da, Eugen? machte sie eine Armbewegung, um ihrem Manne die Hand zu reichen, ließ diese darauf müde niedersinken, wandte den Kopf und schlummerte ein.

Der Schlummer wurde tiefer und ruhiger mit jeder Minute.

Es ist offenbar, daß die Krisis eintritt, sagte mit athemlosem Flüstern der junge Mann zu dem Gerichtsarzt!

Es ist in der That wunderbar, versetzte dieser.

Nach Verlauf von einer Stunde, die den drei Männern in ihrer ängstlichen Spannung unbeachtet verflogen, sagte der junge Arzt, der von Zeit zu Zeit ging, um die Athemzüge seiner Frau zu beobachten und ihren Pulsschlag zu prüfen, mit einer lauten Aufwallung von Freude, die er nicht mehr unterdrücken konnte: Die Krisis nimmt den besten Verlauf, sie übersteht's! sie wird gerettet!

Die Züge des ältern Mannes belebten sich und seine Blicke

glänzten freudig; dann blieben sie mit eigenthümlichem Ausdruck, in dem Unruhe und Angst die Freude dämpften, auf dem Juden haften.

Herr Amtsphysikus, sagte dieser, mit Verlaub, was hat Ihnen wol das Studiren gekostet? Ich habe einen Buben, den ich nicht will lassen studiren; darum möcht' ich wissen, was es mag kosten, daß ich auch weiß, wieviel ich erspare an dem Jungen. Gewiß wol zweitausend Thaler, Herr Amtsphysikus. Hab' ich recht? Zweitausend Thaler! und ebenso viel hat's dort dem Doctor gekostet, also zusammen viertausend Thaler; es ist viel Geld, viertausend Thaler, viel, viel Geld! Aber es ist auch schön, wenn man ist ein berühmter Mann und kann curiren alle Krankheiten auf Erden, und ist ein fürnehmer Herr vom Gericht, so wie der Herr Amtsphysikus Johann Wilhelm Pauli in Birkenheim.

Der Arzt antwortete auf den Hohn des Juden nicht und dieser fuhr fort: Jetzt ist's beinahe neun Uhr und ich habe mein Wort gelöst; ... ich hab' es gelöst, Herr Amtsphysikus, oder hab' ich nicht? ... gut, so will ich gehn mit Verlaub in die Küche und lassen mir geben zu essen, denn mich hungert. Wenn die Frau Doctorin erwacht, muß sie noch einen Eßlöffel voll von der Medicin nehmen. Nach einem Viertelstündchen frag' ich wieder zu, Herr Amtsphysikus.

Isaak ging. Nach einer halben Stunde erwachte die Kranke, sie war bei völligem Bewußtsein.

Eugen, Eugen, wie ist mir wohl! sagte sie. Ich habe wilde, wüste Träume gehabt; ich bin sehr matt davon, Eugen; aber meine Brust ist frei ... es ist mir so wohl!

Man gab ihr von dem Tranke; dann nahm sie die Hand ihres Vaters, küßte sie und flüsterte: Wärst du nicht bei mir gewesen mit deiner Kunst, mein liebes Väterchen, ich wäre gewiß gestorben, so weh und schlimm war mir! — Eugen wird eifersüchtig, setzte sie lächelnd hinzu: Eugen, bist du eifersüchtig auf des Vaters Heiltränke, die mich gerettet haben?

Eugen beugte sich mit freudeglänzenden Augen über sie, und verwies ihr das Sprechen, während der Physikus sich schmerzlich getroffen abwandte. Sie fiel, nachdem sie einige Augenblicke mit den Fingern ihres jungen Mannes getändelt hatte, wieder in einen Schlaf, der nach und nach so ruhig wurde, daß den beiden Aerzten kein Zweifel mehr blieb: die junge Frau war gerettet durch das Geheimmittel des Hebräers.

Die Glocken der Stadt summten ein Viertel nach neun Uhr. Der Jude steckte den Kopf durch die Thür; der Doctor flüsterte ihm in froher Hast entgegen: Isaak, sie ist viel, viel besser! Aber dieser achtete nicht darauf, sondern sagte:

Herr Amtsphysikus Johann Wilhelm Pauli, auf ein Wort!

Der Gerichtsarzt schauderte zusammen, als das lange markirte Gesicht mit den schielenden Blicken wieder vor ihm auftauchte; doch sagte er gefaßt und entschlossen zu seinem Schwiegersohn: Mir thut Ruhe noth; wachen Sie, Eugen, bis ich komme und Sie ablöse. Dann verließ er sachte das Krankenzimmer.

Wohin nun? Was willst du von mir? fragte er draußen den Juden.

Nehmen Sie Hut und Stock und nehmen Sie auch Ihr Amtssiegel und Stempelpapier, Herr Physikus. Vergessen Sie auch nicht den Mantel, daß Sie sich nicht verkälten, denn es ist eine kühle Nacht.

Der Gerichtsarzt that schweigend, wie der Jude verlangte. Dann verließen beide durch eine Hinterthür das Haus. Isaak Koppel schlug eilig einen Fußsteig ein, der von der Stadt wegführte. In seinen Mantel gehüllt folgte ihm der Arzt, eine kräftige Gestalt, von seinen Jahren noch ungebeugt. Beide gingen so schweigend wie ihre vom Mondlicht in riesigen Verhältnissen auf die Wiesengründe hingezeichneten Schatten. Aufquellende weiße Nebelbänke, durch welche sie der Fußweg führte, bildeten flatternd und ziehend ihre Begleiter.

Nach kurzer Zeit nahm der Arzt wahr, daß er sich in der Umgebung des Schlosses Blankenar befinde, und in der That sah er bald darauf das altersgraue Gebäude, im Mondenscheine doppelt groß und imponirend, sich mit seinen Giebeln und Thürmchen und riesigen weißen Essen am Nachthimmel abzeichnen. An den Gärten, die zu Blankenar gehörten, und dann am Rande des Grabens herschreitend, erreichten sie bald die Seite des Schlosses, welche den einzigen Zugang über die gemauerte Brücke darbot. Auf der Mitte dieser Brücke war ein Gitterthor angebracht und eben als der Jude und Pauli sie betraten, war eine dunkle Gestalt jenseit des Gitters beschäftigt, dieses zu schließen.

He, guter Freund, laßt offen! laßt offen, rief Isaak aus und beflügelte seinen Schritt.

Seid Ihr's, Herr Reitknecht, sagte er dann — lassen Sie offen, Herr Reitknecht — lassen Sie offen das Thor, es kommt noch ein Gast für Haus Blankenar, es kommt noch ein Gast ...

Und wen habt Ihr denn da, Isaak? versetzte Hendrick, der Bediente, den wir bisjetzt als den einzigen dienenden Geist in dem großen Gebäude bemerkten.

Es ist der Herr Amtsphysikus Pauli, Hendrick, gab Isaak flüsternd zur Antwort — der Herr Amtsphysikus, so sich hat verspätet bei einem Kranken auf dem Lande und ist nun geworden marode vom Laufen und caput, daß er nicht kann thun einen Schritt mehr vor den andern. Hab' ich gesagt zu ihm: Pauli, hab' ich gesagt, ich kenne die Frau Gräfin da drinnen im Schloß, und ich will Sie bringen zu der Frau Gräfin, daß

Sie sollen haben ein Nachtquartier, so schön wie Sie's mögen verlangen, ohne zu laufen bis himmter nach Birkenheim in die Stadt. Und so wollen wir gehn zur Frau Gräfin ins Schloß, Hendrick, und ich will machen mein Wort für den Herrn Amtsphysikus, weil er ist mein guter Freund und ...

Da braucht Ihr nicht zu gehn zur Gräfin, Jude, unterbrach Hendrick den Redestrom Isaak's ... ein Nachtquartier ist für den Herrn Doctor auf Blankenar schon zu bekommen, ohne daß Ihr Euch darum zu bemühen braucht. Dann sich an den Arzt wendend, fuhr er fort: Sie kommen just eben recht, Herr Doctor, das gnädige Fräulein hat schon davon geredet, daß Sie vielleicht geholt werden müßten ...

Zu Fräulein von Blankenar? Ist sie krank? fragte der Arzt.

Nein, das Fräulein nicht — es ist ein Herr, der bei ihr ist, und der sich den Fuß verletzt hat. Wollen Sie mir folgen, Herr Doctor, er ist drüben im Zimmer des gnädigen Fräuleins.

Ich bin gern bereit, Euch zu folgen, versetzte der Arzt, wenn Isaak ...? er wandte sich an diesen, ohne die begonnene Frage zu enden.

Herr Amtsphysikus Pauli, fiel Isaak lebhaft ein, ich muß Sie bringen zuerst zur Frau Gräfin — ich kann nicht warten, bis Sie kommen zurück von dem Fremden und seinem verwundeten Fuß — soll ich stehn hier in der Nacht und warten und frieren zu Tod ...

I, was braucht denn Ihr zu warten, sagte Hendrick, geht doch Eures Wegs, — ich sorge schon für den Doctor.

Kommen Sie, Herr Amtsphysikus, kommen Sie, fiel Isaak in steigender Aufregung ein, indem er vorwärts und an Hendrick vorüberschritt — folgen Sie mir, ich bringe Sie zur Frau Gräfin ...

Ei, vertrackter Jude, rief hier Hendrick aus, hast du hier

dreinzureden und zu commandiren? Mach', daß du heimkommst — ich sage dir ja, daß der fremde Herr den Doctor nöthig hat und daß ich ihn schon führen werde; und was das Nachtquartier angeht ...

Kommen Sie, Physikus, rief Isaak mit vor Zorn kreischender Stimme und indem er weiter schritt.

Ist der Jude verrückt, sagte Hendrick, indem er seine schwere Faust auf Isaak's Schulter fallen ließ, und die gebrechliche Gestalt mehrere Schritte weit zurück dem Gitterthore wieder zuschob.

Hendrick, auf Eure Gefahr, schrie Isaak — die Frau Gräfin ...

Ich mach' mir so viel aus der Frau Gräfin wie aus dir, frecher Jude, sagte Hendrick, trotzig; mir hat sie nichts zu befehlen. Pack' dich, sag' ich dir, oder ...

Und mit diesen Worten hatte Hendrick den Hebräer bis über die Schwelle des Gitterthors auf der Brücke zurückgeschoben, dann gab er ihm einen Stoß, der Isaak bis jenseit des halbaufstehenden Gitters schleuderte und schloß dieses.

Gute Nacht, Isaak, spottete Hendrick dabei, kommt wohl heim, alter Mauschel ... es wird Euch wol unterwegs irgendeine alte Hexe auf ihrem Ziegenbock begegnen, von der laßt Euch hinten aufnehmen — dann habt Ihr's bequemer bis nach Birkenheim ... Nur mir nach, Herr Doctor, wandte er sich dann an diesen.

Der Arzt athmete erleichtert auf, als er auf diese Weise sich aus den Händen des jetzt fluchend draußen stehenden Hebräers befreit sah und folgte Hendrick mit um so größerer Bereitwilligkeit in den von Theophanie von Blankenar bewohnten Theil des alten Gebäudes.

Als beide darin verschwunden waren, stieß Isaak einen gotteslästerlichen Fluch aus, dann zog er einen Schlüssel aus der Tasche und machte mit demselben, indem er an den Stangen des Gitters hin- und herstrich, das Geräusch des Feilens. Nach kurzer Zeit öffnete sich eine Seitenthür unter den Arcaden im Schloßhof und eine weibliche Gestalt kam vorsichtig spähend auf ihn zugeschritten:

Seid Ihr's, Isaak?

Ja, macht auf!

Ihr kommt allein?

So öffnet doch nur und führt mich zu Eurer Gräfin! Werd' ich's schon sagen zu ihr, weshalb ich komme allein!

Das Gitter wurde geöffnet, Isaak schlüpfte in den Hof und folgte der Zofe, die ihn durch das Nebenpförtchen unter den Arcaden in das Innere des Schlosses führte.

Hendrick geleitete unterdeß den Arzt durch einen Corridor und öffnete ihm dann die Flügelthür, die zu den Gemächern seiner jungen Gebieterin führte. Wir sehen, wie er hier eintrat, als Valerian von Schlettendorf soeben aus dem Schlummer erwacht war.

Er machte diesem eine Verbengung und sagte:

Ich bin der Arzt aus dem nächsten Städtchen, ich glaube, Sie bedürfen meiner!

Der Arzt? Ach, man hat einen Arzt für mich geholt? In der That, das war nicht der Mühe werth; mein Herr, ich bedaure aufs tiefste, daß man Sie um Ihre Nachtruhe gebracht hat!

Aber Ihre Verletzung, mein Herr ...

Eine bloße Verstauchung, welche ich durch einen Sturz erhielt — das Schlimmste bei der Sache war der erste Schmerz ...

Der Arzt, der durch die Vorgänge des Abends zu sehr aus allem gewohnten Gleise seiner Gedanken geworfen war, als daß er bisjetzt noch vermocht hätte sich ganz zu fassen, prüfte wie mechanisch den Puls Valerian's.

Valerian lächelte. Aus dem Puls werden Sie's nicht fühlen, ob's eine Verrenkung oder gar ein Beinbruch oder nur eine Verstauchung ist! sagte er; dann aber das bekümmerte Gesicht des Mannes sehend, machte er sich Vorwürfe über diese Unart und fuhr im freundlichsten Tone fort: Im Ernst, eine ärztliche Behandlung wird nicht nöthig sein — ich habe schon kaltes Wasser angewendet und das hat geholfen — ich fühle kaum einen Schmerz mehr!

Der Arzt wollte antworten, als die Thür zum Zimmer Theo's sich öffnete und plötzlich das Edelfräulein mit einem Lichte in der Hand auf die Schwelle trat; eine von der frühern durchaus veränderte Erscheinung, und in der That ein ergreifendes, tieferschütterndes Bild. Ihre Züge waren bleich und gespannt, ihr reiches Haar hing in vollen dichten Locken um ihre Schultern und lag rabenschwarz auf dem weißen Nachtgewande, welches sie mit dem frühern Anzug vertauscht hatte. Aus ihrem Auge leuchtete etwas, das von der innern Flamme eines großen oder eines schwärmerischen Entschlusses sprach. Hatte sie früher Valerian eine stille harmlose Liebenswürdigkeit gezeigt, so war sie jetzt imponirend, groß, fast drohend durch diesen Ausdruck, in welchem zugleich alles Gebieterische lag, das die Leidenschaft hat. — Valerian, den sie gar nicht mehr zu bemerken schien, sagte sich, daß er nie ein weibliches Wesen von solcher Schönheit gesehen, und diese Schönheit traf ihn wie ein Blitz, er fiel zündend in seine Seele!

Pauli! sind Sie da? Kommen Sie zu mir! sagte das Fräulein mit einem viel tiefern Tone, als ihr metallreiches Organ vorhin gehabt hatte, und mit einem heftigen Vibriren der Stimme.

Der Arzt folgte ihr in ihr Zimmer und als die Thür sich hinter beiden geschlossen hatte, sah Valerian sich nochmals allein.

Er wußte nicht, sollte er sich entfernen oder nicht ... er fühlte sich wie an die Stelle gefesselt, und obwol er sich zehnmal sagte: welches Recht hast du, dies zu fordern? war es ihm doch, als habe er Ansprüche, hier ins Vertrauen und zur Hülfe gezogen zu werden. In seiner Bewegung trat er an die Brüstung eines Fensters und öffnete es, um frische Luft zu schöpfen. Es lag tiefer Schatten auf dem Schloßgraben an dieser Seite, da der Mond, schon im Sinken begriffen, hinter den Dächern des Gebäudes stand. Kein lebendes Wesen war zu entdecken als zwei Schwäne, die am jenseitigen Ufer in dem hohen Schilf ihr Nachtquartier genommen hatten, und doch — waren es die Thiere, welche so flüsterten: — es war ein Geräusch hörbar wie von leisen Stimmen. Valerian spähte die Mauer unten entlang, soweit er, möglichst vorgebeugt, sie in den Bereich seines Auges ziehen konnte; hinter einem Vorsprung glaubte er die Umrisse eines halben Kahns hervortreten zu sehen, von dort her klang jetzt deutlicher das Stimmengeflüster; er hörte Ruderschläge — es war, als ob eine schwere Last ins Wasser klatsche — ein leise unterdrückter Schrei zittere — ein Lachen folge.

Valerian schauderte und zog sich zurück; es wurde ihm furchtbar unheimlich in diesem stillen, öden, bei Tageslicht wie in Todesschweigen begrabenen Schlosse Blankenar, in dem ein unsichtbares, lautloses Treiben und Leben zu erstehen schien, wenn es sich hüllen konnte in den Mantel der alles verschleiernden Nacht.

Da wurde plötzlich seine Aufmerksamkeit nach einer andern Seite hin abgezogen. Die Thür zum Zimmer des Edelfräuleins wurde rasch aufgestoßen und der Arzt trat mit dem Ausruf: Nimmermehr, Theophanie! auf die Schwelle, als ob er im Begriff sei, zu fliehen.

Pauli, bleiben Sie, hören Sie! tönte gebieterisch die Stimme der jungen Dame.

Der Arzt wandte sich zu ihr zurück, ohne seine Hand von dem Schloß der geöffneten Thür zurückzuziehen. Theophanie eilte ihm nach und sich auf beide Knie vor ihm niederwerfend, sagte sie: Pauli, Pauli — um alles, was Ihnen heilig ist, helfen Sie mir, bei der ewigen Barmherzigkeit — o thun Sie es, sonst sterbe ich — ja bei Gott, Sie treiben mich zum Selbstmord, wenn Sie sich weigern ...

Um Jesu Christi willen, was beginnen Sie, stehn Sie auf, Theo ... rief der Arzt, rathlos bei dieser stürmischen Heftigkeit ... o mein Gott, so mag es denn drum sein ...

Das Edelfräulein erhob sich.

Sie wollen schreiben? rief sie mit etwas wie einem Ton plötzlicher Freude aus.

Kann ich denn anders? der Himmel möge es mir verzeihen ... und Ihnen, die Sie mich zwingen!

So kommen Sie, kommen Sie herein.

Sie ergriff seinen Arm und zog ihn in ihr Zimmer zurück. Die Thür schloß sich hinter ihnen.

Nach zehn Minuten etwa kam der Arzt zurück. Er schritt durch das Vorzimmer, ohne Valerian zu gewahren, den der Schatten der Fensternische verbarg, in welchem er Zeuge des eben beschriebenen Auftrittes geworden. Der Arzt trat rascher und entschiedener auf, als er gekommen war; und wie er durch den Raum dahinwandelte, schien sein Schritt sich mehr und mehr zu beflügeln, als ob er so rasch wie möglich einen Ort zu verlassen strebe, an den sich von nun an für sein ganzes Leben eine fürchterliche Erinnerung knüpfen werde.

Valerian blieb nichts übrig, als sich auch zu entfernen; er durfte unmöglich einen Augenblick länger allein in den Zimmern des Edelfräuleins bleiben, und er machte sich Vorwürfe, daß er so lange geblieben, bis man seine Gegenwart vergessen und er unfreiwillig ein Horcher geworden. So schmerzlich es ihm war, ohne ein letztes Wort sich von dem Fräulein zu trennen, wagte er doch nicht, sie in ihrer jetzigen Stimmung auf sich aufmerksam zu machen, umsoweniger, da sie wahrscheinlich dadurch beschämt und bestürzt geworden wäre. So tappte er möglichst geräuschlos den Weg zu dem ihm angewiesenen Zimmer zurück, das er erleuchtet und ganz vorbereitet für seine Nachtruhe erblickte — eine Ruhe, die er trotz aller Ermüdung doch vor Tagesgrauen nicht fand.

Drittes Kapitel.

Gräfin Allgunde.

Während Valerian sich in das ihm angewiesene Gastzimmer zur Ruhe zurückzieht, betreten wir einen andern Theil des Schlosses von Blankenar; es ist eine Zimmerreihe in dem ältesten Flügel des Gebäudes; der Vorsaal ist gewölbt, die Mauern zeigen sich so breit, daß jede Fensternische ein kleines Gemach für sich bildet, und der Schmuck der Zimmer hat wie der Geschmack der Einrichtung einen ernsten, fast düstern Charakter. Alte Schränke von kunstreich geschnitztem Eichenholz stehen an den Wänden, dazwischen Sofas und Stühle, deren Polster mit verschossener und vor Alter ausgefaserter Seidenstickerei bedeckt sind. In dem größten dieser Zimmer, dessen karge Erhellung zwei Wachslichter auf Leuchtern von alter schwerfälliger Silberarbeit bewirken, ist in einem weiten Kamin ein Feuer angezündet, das rothe Scheine spielend und flackernd auf eine Reihe von Ahnenbildern wirft. Diese dunkeln Ritterfiguren in Costümen aus allen Zeitaltern thun das Ihrige, um den unheimlichen

Eindruck, den das weite und tiefe Zimmer macht, zu erhöhen. Wenn der rothe Flammenschein auf die Gesichter dieser Männer verschollener Tage fährt, treten bleiche markirte Züge hervor, die in dem Augenblick einen unheimlichen Ausdruck von Leben und Bewegung annehmen. Es ist, als sei eine verzerrende, zuckende Anstrengung durch ihre Züge gefahren, sich wieder einen Augenblick des Odems und des Lebens zu bemächtigen, das seit Jahrhunderten in ihnen erloschen ist.

Obwol zwei Personen in dem Raume anwesend sind, herrscht doch eine durch nichts als das Lodern der Scheite im Kamin unterbrochene Stille. Ein leises Knarren und Rollen, als wenn fernab unter dumpf nachhallenden Thorgewölben Räder rollten; dazwischen Seufzen und langgedehntes, gurgelndes Aechzen sind die leisen Stimmen, die aus dem Schos der Flammen hervor das gespenstige Gesichterschneiden der todten Ritter begleiten.

Ein melancholisches Spiel, was die Flammen treiben! sagte der eine der Anwesenden nach einer langen Pause ... und dein Boudoir hier ist eine greulich ungemüthliche wüste Kammer! Du sitzest dem Ueberflusse im Schose, Allgunde, aber ich muß gestehen, du hast nicht verstanden, es dir bequem darin zu machen.

Die Angeredete antwortete nicht; sie ging schweigend in dem Zimmer auf und ab; es schien, als ob sie die Worte gar nicht vernommen und den Sprechenden, der in einem Lehnstuhl vor dem Feuer saß, ganz vergessen habe. Der letztere aber mochte um jeden Preis das Schweigen brechen wollen.

Erst jetzt ist mir wohl, seit ich meine Füße an das Feuer strecken kann; es war so feuchtkalt vorhin in diesen Zimmern. Kommt je die Sonne hinein?

Was legen Sie sich nicht zu Bett, Herr von Finkenberg? Sie sind krank, sehr krank, antwortete die Dame.

Ich krank, Allgunde? O nein — ein wenig angegriffen blos; ich mag nicht zu Bett gehen.

Ich meine, Zeit wär's für Sie!

Ich kann nicht schlafen, Allgunde, wenn ich mit dir unter Einem Dache bin!

Nicht? und weshalb nicht? fragte jetzt näher tretend, die Dame.

Der Mann im Lehnstuhl sagte leise, halb spöttisch:

Es regt mich so auf . . . der Gedanke.

Die Dame wandte sich verächtlich achselzuckend ab und setzte ihre Wanderung im Zimmer auf und nieder fort. Sie war eine ziemlich kräftig gebaute Gestalt im mittlern Lebensalter und über mittler Größe, mit einem kleinen Anflug von Embonpoint; ihre Züge mochten ehemals schön gewesen sein, jetzt waren sie es nicht mehr, denn entweder hatten Nachtwachen und Gedankenarbeit ihnen die Frische genommen, oder Leidenschaften und innere Kämpfe sie zu tief gefurcht und ausgeprägt. Noch besaß sie eine Art wilder und imponirender Schönheit, wenn man blos ihr kräftig gezeichnetes, von dichten, dunkeln Locken umschattetes Profil sah; von vorn gesehen aber war ihr Gesicht unangenehm durch einen eigenthümlich bohrenden und stieren Blick der wasserblauen Augen. Unter dem Kreise ihrer Bekannten hieß es, Gräfin Allgunde habe etwas vom „bösen Blick", und man vermied es, kleine Kinder in ihre Nähe zu bringen.

Sie war gekleidet in einen weiten Ueberrock von dunkelm Chaly und trug ein kleines Spitzenhäubchen von zierlicher Arbeit mit Schleifen von der Farbe des Kleides. Ihre Haltung und ihr Wesen zeigte die vollkommene Dame der großen Welt. Nach Ausweis des Grafenkalenders war sie genau siebenunddreißig Jahre und neun Monate alt. Man hätte sie leicht für vierzig Jahre alt halten können.

Nachdem sie eine Weile das Zimmer nach allen Richtungen hin durchmessen, ließ sie eine Taschenuhr repetiren. Es war halb zehn.

Der Jude bleibt lange! flüsterte sie für sich.

Allgunde, hob der Mann im Lehnstuhl nach einer Pause in ernstem Tone wieder an, ich bin müde; die Kraft zu hoffen ist mir gebrochen und die Elasticität meines Geistes, der einst jung war und sich nicht niederwerfen ließ, ist dahin!

Sie sind fünfunddreißig Jahre, Herr von Finkenberg. Sind Sie bei dem Alter ein Greis, so werden Sie es doch wol nicht als einen Grund des Mitleidens und der Theilnahme geltend machen wollen.

Allgunde, sende mich nicht über die See; ich bange vor der See; es ist mir, ja eine Ahnung sagt mir, daß ich ertrinken werde.

Thorheit!

Du siehst, wie ich leide; mein Körper ist morsch und hinfällig; was zwingst du mich, die Luft einer andern Zone zu athmen, die mir tödlich werden kann?

Ich zwinge Sie zu nichts anderm, Herr von Finkenberg, als dazu, sich eine anständige Existenz durch Fleiß und Arbeit zu schaffen, und in einem Lande, wo dies für Sie noch möglich ist; hier können sie anständigerweise nicht mehr bleiben. Auch abgesehen von allem andern, was mich wünschen läßt, ein Meer zwischen uns beiden zu sehen, ist es vom höchsten Interesse für uns alle im Lande, gerade jetzt keinen Standesgenossen unter uns zu haben, welcher ein übles Licht auf die ganze Genossenschaft wirft. Sie waren Ihr Leben lang bemüht, alle die albernen Beschuldigungen zu rechtfertigen, welche gegen unsern Stand gerichtet werden. Was Sie früher waren, davon schweigen wir! Hier wurden Sie ein Bild des liederlichen Stall- und Jagdjunkerthums, wie es in schlechten modernen Büchern geschildert wird. Jetzt sind Sie zu Ende mit der Kraft und mit dem Gelde; gehetzt von Ihren Wechselschulden, Ihren Verpflichtungen auf Ehrenwort, von drohendem Gesindel, das Ihnen auf dem Nacken sitzt, kommen Sie zu mir; ich soll retten. — Ei, glauben Sie, wir wären so thöricht, diese Gelegenheit nicht zu ergreifen, um Ihrer als eines Schandflecks für uns los zu werden?

Sag' doch nicht wir, Allgunde; es ist ja doch nur dein Wille, mich fortzuschaffen; die andern alle ließen mich gern, wo ich bin. Sackenrode schrieb mir vor einem Jahr etwa —

Sackenrode ist eben ein Narr, und scheut sich, dir das zu sagen, was ich dir sage, versetzte heftig die Gräfin. — Doch das ist eins, fuhr sie gemäßigter fort; es bleibt bei meiner Bestimmung!

Der Mann am Kamin hatte sich während der Unterredung aufgerichtet; jetzt sank er mit einem Seufzer matt in die Kissen zurück. Sein bleiches Gesicht bekam einen Ausdruck vollständiger Willenlosigkeit und Schlaffheit; es war blaß, die eingefallenen Wangen zeigten allein eine fieberhafte fleckige Röthe und die ganze eingesunkene Gestalt verrieth eine untergrabene Gesundheit; bei alledem und trotz der Schlemmerzüge um seinen Mund hatte sein Gesicht etwas Vornehmes und Spuren einer etwas weibischen, doch großen Schönheit; er sah aus, wie der letzte eines berühmten, aber durch eine Unzahl von Generationen immer mehr entnervten, kraft- und saftlos gewordenen Geschlechts.

Gräfin Allgunde setzte sich an einen runden Tisch nieder und blätterte in den Papieren ihres darauf liegenden Portefeuille. Finkenberg unterbrach sie nach einer Weile mit der Frage:

Was soll dir nur mein Todtenschein nützen, Allgunde; du wirst ja doch nie etwas von unsrer Verbindung gestehen wollen; wozu also der Beweis, daß sie aufgehoben ist?

Ich habe seit gestern Abend Ihre Fragen zu beantworten gehabt, Herr von Finkenberg; Sie werden mich verbinden, wenn Sie mir einen Augenblick Ruhe vergönnen. Mein Entschluß steht fest: mit dem Paß, den ich mir für einen von meines Vaters Jägern habe geben lassen, reisen Sie nach den Vereinigten Staaten ab; zur Reise sind Ihnen tausend Thaler ausgesetzt. Ihren Paß und Ihre sämmtlichen Papiere haben Sie mir ausgeliefert; sie sind dort im Kamin in Flammen aufgegangen; Sie haben nun hier keine Heimat, keinen Namen, kein Recht mehr zu existiren; kommen Sie je wieder, so werde ich dafür sorgen, daß Ihre Gläubiger früh genug in Kenntniß gesetzt werden, um Ihre Person in Sicherheit bringen lassen zu können. Ich denke, Sie wüßten nun alles. Wenn ich noch einen Gerichtsarzt zu holen Auftrag gab, um mir ein Zeugniß ausstellen, daß Sie gestorben seien, so habe ich meine besondern Gründe dazu.

Uebrigens, setzte sie hinzu, sehen Sie daran, daß ich zu einer solchen Handlung mich herablasse, wie viel mir daran liegt, glauben zu machen, Sie seien ausgestrichen aus der Reihe der Lebenden. Nehmen Sie daraus ab, mit welchem energischen Eifer ich suchen müßte, Sie unschädlich zu machen, wenn ich je von Ihrer Rückkunft hörte.

O dies harte fürchterliche Weib! rief der Mann im Lehnstuhl halb zornig, halb verzweifelnd aus.

Nur noch eins, hub er dann zag nach einer Pause wieder an: Kann ich nicht als Jäger, wie ich in dem Passe stehe, den du mir gabst, hier bleiben? Könnte ich dir nicht dann vielleicht durch meine Feder nützen? Ich habe Verbindungen mit Schriftstellern — du hast ja einst selbst den eleganten Stil, die ironische Schärfe meiner Schriften anerkannt. Du ließest meinen Kenntnissen Gerechtigkeit widerfahren —

Zusammengelesene Brocken!

Freilich, damals liebtest du mich, Allgunde!

O schweigen Sie. Sie sind unwürdig genug, mich daran zu erinnern! — Nein, Herr von Finkenberg, zum Schriftsteller für die gute Sache können wir Sie nicht mehr gebrauchen. Sie haben sich das erste mal, wo man Ihrer Feder so viel vertraute, schlecht genug aus der Sache gezogen. Sie sollten ein mattes stümperhaftes Buch voll der gewöhnlichen, platten und gottlosen Angriffe gegen den Adel und seine historische Berechtigung, gegen Thron und Altar schreiben und dann durch ein zweites gediegenes und glänzendes Werk voll siegender Beweiskraft das erste widerlegen. Man wollte endlich alle die zerstreuten, überall auftauchenden Gemeinplätze beieinandersehen, um sie dann auf einmal vernichten zu können. Der ganze Adel war auf Ihr zweites Werk gespannt, man erwartete einen glänzenden Sieg vor der öffentlichen Meinung — und was ist daraus geworden?

Das Auge Finkenberg's belebte sich, ein schadenfrohes Lächeln schlich über seine Züge und die Erinnerung an diese Begebenheit schien ihm selbst noch eine Befriedigung zu gewähren.

Ja, sagte er, es wurde anders, als man erwartete; der ersten Schrift rühmten die Leute schlagende Schärfe, Witz und gründliche Beweisführung nach; es macht mich lachen, wenn ich an Mainhövel denke, wie erschrockene Gesichter er machte, so oft ich ihm daraus vorlas: Um Gottes willen, Finkenberg, du schreibst viel zu gut, viel zu gründlich, nicht so gründlich, nicht so scharf, Finkenberg! ... Die Gegenschrift fiel freilich matt aus! aber war es meine Schuld, war die Sache selbst dabei für nichts?

In diesem Augenblick hörte man in der Entfernung eine Thür öffnen; es nahten sich Schritte, leise, als ob sie vermeiden wollten, das Echo der gewölbten Gänge zu wecken.

Ein Kammermädchen trat ein und meldete den Juden Isaak Koppel.

Die Gräfin stand auf und ging dem Juden entgegen.

Allein? Wo ist der Arzt? fragte sie unwillig, als Isaak eintrat.

Verzeihen Sie, gnädigste Gräfin —

Also es war doch leere Prahlerei, als du dich hoch und theuer verschworst, du würdest den Gerichtsarzt herbeischaffen, der zu allem bereit, was man von ihm verlangte?

Verzeihen Sie, bei Gott, es ist nicht meine Schuld, so wahr ich lebe! Hatt' ich ihn doch schon hier, schon auf der Brücke! Da ist der Hendrick, der Reitknecht von dem Fräulein, gekommen und hat ihn mit sich geführt, Gott weiß, ich sag' Ihnen, der Mensch war wie toll! Herr Hendrick, Herr Reitknecht! habe ich gerufen ... ich muß den Doctor zur gnädigsten Frau Gräfin führen ... aber wer nicht gehört hat, ist der Hendrick gewesen.

Der Reitknecht meiner Cousine? seltsam! Sie klingelte; ihr Mädchen trat wieder ein.

Ist jemand krank bei meiner Cousine? fragte die Gräfin.

Nein, Ew. Gnaden, versetzte die Zofe, aber der Hendrick hat erzählt, es sei ein junger Herr ins Schloß gekommen, der zu Nacht als Gast bleiben werde ...

Ein junger Herr? Und das erfahre ich erst jetzt? Und zu dem ist der Arzt gebracht worden? Aergerlicher Querstreich! Wer ist es denn? Ein junger Mann, den Theo, ohne mich zu fragen, als Gast im Hause aufnimmt?

Es ist ein Fremder, gräfliche Gnaden, Hendrick hat ihn nie gesehen!

Das ist seltsam! Die Gräfin winkte mit der Hand und das Mädchen entfernte sich wieder.

Frau Gräfin, flüsterte Isaak — ich kann sagen, wer es ist . . .

Du?

Es ist der Graf Schlettendorf!

Schlettendorf?

Er kam heut Abend in Birkenheim an, die Gensdarmen haben ihn wollen verhaften, aber er hat genommen vor ihnen die Flucht auf seinem Pferd, und dann haben sie ihn verfolgt und haben ihn eingeholt auf der Chaussee . . . und danach haben sie ihn lassen ziehen, weil er ihnen hat ausgeliefert sein Taschenbuch als Caution . . . und dann hat er geredet mit dem gnädigen Fräulein . . . was ist gewesen da zu Pferd —

Mit meiner Nichte?

Und das gnädige Fräulein wird ihn haben gebeten zu übernachten im Schloß, fuhr Isaak fort; es wird sein der junge Herr, von dem hat gesprochen soeben die Mamsell hier.

Und woher weißt du, daß es Graf Schlettendorf ist?

Mein, hab' ich doch geredet mit den Gensdarmen und haben sie doch gesagt, daß er hätt' angegeben, er heiße Schlettendorf . . .

Gräfin Allgunde runzelte zornig ihre Brauen bei diesem Bericht. Die Begegnung Theo's mit Valerian schien ihre Misstimmung um ein Bedeutendes zu steigern. Sie befahl dem Juden, draußen am Wege nach Birkenheim Wacht zu halten, ob nicht der Arzt heimkehrend an ihm vorüberkomme und ihn dann unfehlbar zu ihr zu führen.

Isaak Koppel verbeugte sich tief und greinte mit dem boshaftesten Gesicht von der Welt: Alles zu Ew. Gnaden Befehl! Bei Tage bin ich auf den Beinen von morgens früh bis zum Abend und kann Wache halten allein auf dem Felde, wenn es ist dunkle Nacht. Für Ew. Gnaden thut der Isaak alles. Ein armer Mauschel hat kein Recht auf Müdigkeit auf dem Weg, kein Recht zu frieren im Regen und Kälte, er hat nicht mal Recht, sich zu fürchten in der Nacht — wenn er ist im Dienst einer gnädigsten Frau Gräfin. Schlafen Sie wohl, Frau Gräfin! Auch der Herr da im Lehnstuhl: Schlafen Sie wohl, Ew. Gnaden!

Der Jude ging mit tiefen Bücklingen. Statt das Schloß zu verlassen und nach dem Befehl der Gräfin Wache zu halten, schlich er, unten im Hofe angekommen, im Schatten der Mauern zum Pferdestall, kroch hier in einen Haufen Strohbündel und fiel nach wenig Augenblicken in einen festen Schlaf.

Nach Isaak's Entfernung durchmaß die Gräfin Allgunde lange Zeit, wie es schien mit verdrießlichen Gedanken beschäftigt, den Raum ihres Zimmers. So mochte eine halbe Stunde vergehen. Die Gräfin wollte eben einen Leuchter nehmen, um sich zur Ruhe zu begeben, als sich eine kleine, einem Wandschrank ähnlich sehende Thür in der links vom Kamin liegenden Ecke des Gemachs von innen öffnete und ein Mann heraustrat, der im ersten Augenblick verwundert auf den im Lehnstuhl schlummernden Finkenberg blickte und dann sich der Gräfin näherte.

Mein Gott, Sie hier, Heydenreich Tondern? Sie haben ja mein Billet! weshalb kommen Sie? redete diese erschrocken ihn an.

Ich ein Billet, gnädige Gräfin? Nichts hab' ich!

Der neu Eingetretene, den die Gräfin Allgunde Heydenreich Tondern nannte, war ein Mann kaum in mittlern Jahren und von einer kleinen, gedrungenen Figur; er hatte blonde Haare, einen röthlichen Bart und eine gebogene ziemlich dicke Nase. Seine Augen waren schmal geschlitzt, der Teint gelb mit wenig Röthe, und sein Gesicht glich einem jener vielen runden Blondköpfe, denen man im Leben begegnet und deren

Ausdruck man im ersten Augenblick für flache Unbedeutendheit zu nehmen geneigt ist. Bei näherer Betrachtung aber gewahrte man in Tondern's Gesicht einen listigen, lauernden Blick, der ebenso viel Intelligenz verrieth wie die flache Stirn Eigensinn. Unter dem bis zum Halse zugeknöpften schwarzen Ueberrock verriethen sich die Umrisse eines Hirschfängers

Er blickte wieder auf den Mann am Kamin und rief:

Gütiger Himmel, wie kommt Finkenberg hierher?

Nun, er kam, antwortete die Gräfin, gestern am Mittag; wie aus den Wolken gefallen stand er vor mir! Jetzt gilt's vor allem andern ihn los werden, ehe wir an etwas anderes denken können. Ich schrieb Ihnen das; bekamen Sie nicht am Abend mein Billet? das Mädchen will es Ihnen in der Dämmerung auf dem Balkon gegeben haben.

Nichts hab' ich bekommen! ich —

Sprechen Sie leise!

Finkenberg schläft.

Ja, aber ich traue ihm nicht; er verstellt sich vielleicht!

Ich bin seit einer Stunde auf meinem Posten, mein Wagen hält seitwärts neben den Gärten und für ein Relais ist gesorgt, fuhr der Baron Heydenreich leise flüsternd fort; aber ich sah das verabredete Zeichen, das Licht am Fenster nicht erscheinen, und mir fiel auf, daß nach neun Uhr zwei fremde Männer kamen, welche durch das Brückenthor nacheinander eingelassen wurden. Als alles still geworden, legte ich mich mit meinem Kahn und meinen Leuten vor die kleine Thür mit der Waschplatte unten am Graben, wie verabredet war; die Thür war offen, aber ich fand nicht die Zofe, die mich dort mit Ihren Weisungen versehen sollte, Gräfin; auch fiel mir auf, daß hinter Theo's Fenster noch Licht glänzte.

Schlettendorf ist bei ihr!

Der? Bei Theo? So spät noch? Wann ist er gekommen?

O, es ist eine höchst ärgerliche Geschichte, die ich Ihnen später erzählen will; es thut mir äußerst leid, daß Sie sich in dieser Nacht haben umsonst getäuschten Erwartungen und einer solchen Geduldprobe aussetzen müssen. Das Kammermädchen, das Sie erwarten und Ihnen mein Billet geben sollte, wollte Sie schon in der Dämmerung auf dem großen Balkon getroffen haben. Wenn meine Zeilen nur nicht in Schleitendorf's Hände gefallen sind!

Wär' ich nur eher, statt unten auf Ihre Befehle zu harren, zu Ihnen heraufgekommen!

Die Gräfin klingelte und verhörte ihre Dienerin in Bezug auf das ihr anvertraute Billet; es schien allerdings in die Hände Valerian's abgeliefert zu sein. Allgunde von Quernheim schickte ihre Dienerin sodann rasch fort, mit ihrem Zorne gegen das Mädchen ringend, den sie in Gegenwart Heydenreich's nicht mochte ausbrechen lassen wollen.

Und nun erzählen Sie mir, wie Schlettendorf zu Theo gekommen ist?

Wenn Sie nicht zu müde sind ...

Die Gräfin ließ sich auf einen alten hochlehnigen Sessel nieder und deutete auf einen danebenstehenden Stuhl, den Baron Heydenreich einnahm, indem er leise versicherte — er sprach bei Damen immer leise und zutraulich gemüthvoll — nicht eine Spur von Müdigkeit zu empfinden.

Desto besser, sagte die Gräfin und schickte sich an zu erzählen, als sie aufgeschreckt wurde durch den stürmischen Eintritt eines Jägers, der auf demselben Wege in das Zimmer kam, welchen Baron Heydenreich benutzt hatte und der dem letztern einige Worte ins Ohr flüsterte.

Wär's möglich! sagte dieser aufspringend; mein Diener behauptet, soeben haben zwei weibliche Gestalten in dunkeln Mänteln das Schloß verlassen und seien dem Walde zugeschritten. Er will Theo in der einen erkannt haben....

Theo? unmöglich!

Ich könnte einen Eid darauf leisten, sagte der Jäger; niemand hat diesen elastischen, straffen Gang wie das gnädige Fräulein.... die andere wird ihr Mädchen gewesen sein!

Wenn das wäre, rief die Gräfin von Quernheim, so soll sogleich das ganze Gesinde meiner Cousine nach in den Park. Nehmen Sie das Licht, Heydenreich, und folgen Sie mir!

Sie nahm eins der Lichter und schritt voran, um sich in die Wohngemächer Theo's zu begeben. Ja, ja, sagte sie auf dem Wege zu Heydenreich, mein Billet an Sie ist in die unrechten Hände gekommen! Aber welche Idee! Allein in Nacht und Nebel davonzulaufen! Welche grenzenlose Ueberspannung.... welche Thorheit! Doch sie wird hoffentlich eingeholt sein, ehe sie sich den Schnupfen in dem nassen Thau holen kann! Hier ist die Thür zu ihrem Wohnzimmer! Warten Sie, bis ich zurückkomme.

Finkenberg war unterdeß allein in der Dunkelheit zurückgeblieben. Er richtete sich auf und lauschte. Immer besser! sagte er dann mit einem boshaften Lächeln sich die Hände reibend — dies alles ist ja ganz wundervoll — wahrhaftig mir kommt das Glück — im Schlafe!

Viertes Kapitel.

Im Vaterhause.

Valerian erwachte am andern Morgen durch das Geräusch, welches Hendrick machte, indem er bei ihm eintrat.

Verzeihen Sie, daß ich hereinkomme, sagte er; aber es ist schon so spät, daß ich dachte, ich müßte nach dem Herrn sehen ...

Du hast wohl daran gethan, wenn es spät ist ...

Wenn Ihr ... soll ich dem Herrn beim Ankleiden behülflich sein?

Nicht nöthig ... ich werde dir dankbar sein, wenn du mein Pferd satteln läßt — es ist doch wohlauf?

Es ist im besten Stande, und hat sich ganz erholt.

Desto besser — und ich glaube, setzte Valerian hinzu, indem er seinen Fuß ausstreckte und dessen Beweglichkeit prüfte, man kann dasselbe, Gottlob! von meinem Bein sagen; die Bewegung schmerzt noch ein wenig, aber das ist alles!

So will ich das Frühstück hereinbringen, und dann das Pferd satteln.

Thu' das, mein Freund ... und was deine Herrin, das gnädige Fräulein angeht — so werde ich so früh ...

Das gnädige Fräulein, fiel Hendrick sich abwendend ein, hat mir befohlen, dem Herrn zu sagen, daß sie ihn heute nicht sehen könne und glückliche Reise wünschen lasse.

Valerian warf einen prüfenden Blick auf den Bedienten — der Mensch sprach mit einer eigenthümlichen Unsicherheit oder innern Bewegung diese Worte, indem er sich der Thür zuwandte.

Ist das Fräulein wohl? Hat sie wirklich an mich gedacht?

Nun, gewiß, Herr!

Hendrick war schon davongeeilt, als sei er froh, das Gespräch abkürzen zu können.

Valerian vollendete seinen Anzug, stillte rasch an dem Frühstück, welches Hendrick brachte, seinen geschärften Appetit, und ging dann, sich zu Pferde zu setzen, und seine Weiterreise anzutreten. Der Schloßhof war, als er ihn verließ, einsam und leer. Hendrick blickte dem Forteilenden eine Weile mit trüben Mienen nach und ging dann sehr langsam und lässig in das Haus zurück.

Im nächsten Flecken, den Valerian nach einer halben Stunde erreicht hatte, sah er seine Reiseequipage vor einem Wirthshause halten, wo der Kutscher seine Pferde fütterte. Der Kammerdiener erkundigte sich bei dem Wirth mit besorgter Miene nach seinem Herrn; der Hospes, der ein [illegible] an die alte Linde neben der Thür gelehnt stand, versicherte, nichts von dem Herrn Grafen gesehen zu haben, und der Kutscher fluchte und verschwur sich, er fahre keinen Schritt weiter, bevor der Kammerdiener ihm Zeugen stelle, daß sein Herr durch den Ort gekommen, da er den Befehl habe, ihn hier aufzunehmen. Beide wurden nicht wenig überrascht, als ihr

Herr, der seiner Bestimmung nach in eben diesem Wirthshaus die Nacht zugebracht haben mußte, zu Pferde neben ihnen auftauchte, und ihre bekümmerten Seelen aufs vollständigste beruhigte.

Valerian warf sich jetzt in seinen bequemen Wagen und nach einigen Stunden Fahrens durch eine Gegend, die noch große Strecken öden Heidelandes zeigte, kam er um die Mittagsstunde auf seiner Herrschaft an, wo ihn der festlichste Empfang erwartete. Mit Kränzen hatte man die Thore von Haus Schlettendorf umwunden, der Schulmeister hatte ein Gedicht gemacht, welches des Verwalters niedlichstes Töchterlein declamirte, und die Schulkinder sangen mit ihren blechernen Stimmchen eine Anzahl Verse darüber ab, wie ersprießlich ein tugendhafter Wandel auf Erden und wie angenehm die Erringung der ewigen Seligkeit sei, was sehr rührend anzuhören war.

Valerian wurde in der That von dieser Feier seiner Ankunft gerührt; er hatte ein weiches kindliches Gemüth bewahrt, das der Mehlthau, welchen die Atmosphäre der großen Welt, wie man sagt, auf alle Blüten des Gefühls tröpfeln soll, wenigstens nicht zu trüben vermocht hatte. Seine Seele war frisch und gesund, wie eine im Mairegen gebadete junge Lerche.

Als er seinen Beamten für ihre Glückwünsche bewegt gedankt und sie bis zur Mittagstafel entlassen hatte, und nun endlich allein sich in dem großen Ahnensaale des Schlosses in den Sessel seines Vaters niederließ, an einer Stelle, wo er nach drei Richtungen hinaus das Auge schweifen lassen konnte, ohne das Ende seines Gebiets abzusehen, überschlich ihn ein wehmüthiges, seltsames Gefühl. Dann fragte er sich, woher diese Wehmuth, die ihn überschlichen in dem Augenblick, in welchem er stolz als Herr und Gebieter den Ehrensitz eingenommen, von dem herab sein Vater seine Herrschaft geübt über Land und

Leute? Er sollte ja selbst jetzt fühlen, wie süß es ist, befehlen und jedem Einfall, jedem Wunsche sich hingeben zu können, ohne auf Widerstand zu stoßen, und von Menschen umgeben zu sein, die nichts wollen als — gehorchen!

Valerian war der zweitgeborene Sohn des vorletzten Besitzers dieser Herrschaft, des bei seiner Vermählung mit einer Prinzessin von Anglure in den Reichsgrafenstand erhobenen Paul Valerian Schlettendorf; der älteste Sohn desselben war ein paar Jahre nach seiner Verheirathung durch ein Unglück ums Leben gekommen; er hatte sich auf der Jagd erschossen oder war erschossen worden, aus Unvorsichtigkeit — vorsätzlich — man war nicht recht dahintergekommen; denn der einzige Zeuge des Unglücks, der Büchsenspanner des Grafen, hatte sich aus dem Staube gemacht. Valerian's verunglückter Bruder hinterließ einen Sohn, einen starken und gesunden Knaben. Jener hatte deshalb kaum je an die Möglichkeit gedacht, daß er einst in den Besitz der Familiengüter treten könnte, und deshalb hatte Valerian sich selbst eine Stellung im Leben zu erringen gesucht. Große Schritte dazu waren bisjetzt freilich noch nicht gemacht worden. Er hatte seine Studienzeit in ziemlich lebhafter Theilnahme an den Fröhlichkeiten des Studententhums verlebt, aber doch dabei mit großem Ernst sich den Studien hingegeben, zu denen ein lebhafter Bildungsdrang ihn führte. Dann war er auf Reisen gegangen; er hatte England, Frankreich, Spanien gesehen; er hatte einen Winter in Neapel zugebracht. Eines schönen Morgens, als er hier just beschäftigt war, seine Koffer zu packen, um heimzureisen und Staatsdienstaspirant zu werden, erhielt er einen schwarzgesiegelten Brief: es war ein Schreiben von dem Vormunde seines Neffen, daß dieser Knabe, der kleine Stammherr, für den seit zwei Jahren, seit dem Tode des Grafen Paul Valerian, welcher seinem verunglückten Sohne bald ins Grab gefolgt war, die Güter verwaltet wurden, am Scharlachfieber gestorben sei und daß Valerian als Erbe jeden Tag in den Besitz der Güter treten könne.

Valerian eilte in seine Heimat zurück; er hatte sie als blutjunger Mensch verlassen und da sein Vater sich während seiner letzten Lebensjahre in Nizza aufhielt, wo Valerian, wenn Ferien die Studienzeit unterbrachen, ihm Gesellschaft leisten mußte, so kam es, daß dieser jetzt in acht Jahren seine Heimat nicht mehr gesehen hatte und ihr völlig entfremdet war. Selbst unter den Physiognomien, die sich bei seiner Ankunft auf Schlettendorf um ihn her drängten, waren ihm die meisten fremd, und ein Gefühl von Oede und Einsamkeit überschlich ihn deshalb, als er allein in dem großen Ahnensaal seines Schlosses sich befand und die lebendige Erinnerung an seinen dahingegangenen Vater und seinen armen, in der Blüte der Jahre abgerufenen Bruder vor seine Seele trat. Seine Wimper wurde feucht. Um seiner tiefen Bewegung zu entgehen, durchwandelte er die nächsten Zimmer. Sie waren alle noch, wie er sie kannte, wie sie Zeugen seiner kindlichen Spiele gewesen. Derselbe schwerfällige Luxus der Einrichtung, nur etwas vergilbter, etwas verblaßter; die Gemächer nicht so riesig hoch, die Spiegel nicht so kolossal, wie sie ihm in der Erinnerung vorgeschwebt, aber derselbe Duft, der ehemals darin geweht, und in dem Eckzimmer seiner Mutter das Pastellbild mit ihren Zügen, ganz wie er sie so oft sich selbst ausgemalt . . . diese schönen und geistvollen Züge der edlen Frau, welche, die Tochter eines Herzogs, seinen Vater geliebt hatte, als dieser noch ein armer namenloser Mann gewesen war. Valerian kniete auf einem Stuhl vor diesem Bilde; ohne zu beten, mußte er dem Drange von frommen und religiösen Gedanken nachgeben, die ihn vor dem Bilde seiner Mutter erfaßten und die tief in das Innerste seiner Seele griffen.

Dann schritt er weiter, durch alle Zimmer des ganzen großen Geschosses. Kein menschliches Wesen in irgend einem derselben! Ueberall eine Todtenstille und keine andere Bewegung als das Flattern eines verblichenen Vorhangs, wenn das Oeffnen und Schließen der hohen Flügelthüren die Zugluft hereinließ, oder der Flügelschlag einer kecken Schwalbe, welche in die zum Lüften geöffneten Fenster hineinschoß.

Diese Stille und diese Einsamkeit, die ihn nach den Aufregungen einer langen Reise plötzlich umgaben, hatten etwas Erdrückendes für Valerian. Die Gestalten seines Vaters und seiner Mutter, die er sich in diese Räume träumte, milderten den Eindruck nicht; sie erhöhten ihn nur — und so träumte er sich eine dritte Gestalt hinein, eine Gestalt, die lebensfrisch unter den Lebenden weilte und die mit einer eigenthümlichen Magie seine Gedanken an sich riß, und deren Bild vor seinen Schritten daherwandelte.

Valerian träumte sich Theo in diese Räume; aber ohne sich zu gestehen, daß er sie neben sich hinein ersehne, denn sie stand vor den Augen seines Gemüths wie etwas so Schönes und Ideales in jener unnahbaren Glorie, mit welcher eine erwachende Neigung umkleidet, daß es ihm fern lag, irdische Wünsche ihr gegenüber sich auszusprechen.

Sein Kammerdiener kam und meldete ihm, daß die Tafel angerichtet sei. Als er sich hinunterbegab, kam ihm der Verwalter mit einem Brief entgegen, den ein reitender Bote soeben gebracht habe. Das Schreiben enthielt eine Einladung, am dritten Tage nach Surenburg, einem kaum eine halbe Tagereise entfernten Gute, zu kommen, wo man sich sehne, den Vetter kennen zu lernen und ihn mehreren, dann zufällig anwesenden Freunden vorzustellen. Es war unterzeichnet: Heinrich, Freiherr von Mainhövel.

Vetter Mainhövel schreibt eine ausgezeichnet schöne Hand! bemerkte Valerian.

Nicht er, versetzte der Verwalter: er ist blind.

Blind? seit wann?

O, seit sechs Jahren etwa; seine nächtlichen Arbeiten haben ihm die Augen ruinirt.

Welches Unglück bei seinem Thätigkeitstrieb! rief Valerian aus, der sich des Freiherrn von Mainhövel erinnerte und seinen Vater viel von ihm hatte sprechen hören.

Freilich, sagte der Verwalter, auch soll er sehr übeln Stimmungen ausgesetzt sein und nur im Umgang mit der Gräfin Quernheim Trost finden. Sie ist sehr oft auf Surenburg.

Wer ist die Gräfin Quernheim?

Gräfin Allgunde von Quernheim, sagte der Verwalter, ist eine Dame, welche viel Einfluß bei dem ganzen Adel hat und für sehr gescheit gehalten wird, weshalb alle, die mit ihr in Berührung kommen, ihr ein großes Uebergewicht einräumen, und sie bei vielen Dingen zu Rath gezogen wird. Man thut dann aber auch wohl, ihnen Rath zu befolgen, sonst ...

Wird sie ungnädig?

Nun ja, so sagt man ... doch mag es freilich, wenn man sie ein wenig fürchtet, vielleicht nicht so sehr ihrem Charakter, als dem Geheimnißvollen, was manches in ihrem Leben umgibt, zuzuschreiben sein.

Geheimnißvollen? fragte Valerian, der bei Tische den Verwalter auf den Platz neben sich zog.

So ist es, versetzte dieser; man begreift den großen Einfluß nicht, den sie zu besitzen scheint — selbst in den höchsten Regionen, und man fragt sich, wohin die vielfachen Reisen führen können, welche sie macht, oft ohne ihr eigentliches Ziel anzugeben.

Ist sie so unabhängig?

Sie hat ein großes Vermögen von ihrer Mutter ererbt und bezieht die Einkünfte einer Stiftspräbende. In dem Stift soll sie nun oft vorgeben, sie reise zu ihrem Vater, und bei ihrem Vater, sie reise in ihr Stift, und doch ist sie dann weder in diesem, noch bei jenem — das heißt, wie man sich erzählt ...

Aber wo ist sie dann?

Der Verwalter, der sich offenbar mit einer gewissen Zurückhaltung aussprach, zuckte die Achseln. — In diesem Augenblick, sagte er, ist sie in Blankenar. Sie ist Vormünderin und Erzieherin des Fräuleins von Blankenar, der reichsten Erbin im Lande.

In Blankenar? fuhr Valerian auf.

Nicht mehr, sagte ein anderer Gast, der Rentmeister — die Gräfin ist diesen Morgen in der Frühe in Sutenburg angekommen, wie ich vorhin von dem Boten hörte, welcher das Schreiben von daher brachte.

Valerian durfte also hoffen, sie in den nächsten Tagen zu treffen. Er war nun um so gespannter auf ihre Bekanntschaft, als nach dieser Mittheilung sie es gewesen zu sein schien, von welcher die Zeilen ausgegangen, die einen so erschütternden Eindruck auf Theo gemacht hatten. Valerian erinnerte sich der Unterschrift: A. D.

Den Nachmittag brachte Valerian zu, indem er mit Verwalter und Rentmeister einen Theil seines Gutes durchritt; als er in der Dämmerung heimkehrte, wurde ihm gemeldet, daß ein Fremder ihn zu sprechen wünsche. Eine schlanke schmächtige Figur in abgetragenem Anzuge trat ein; eine schlecht verhehlte Dürftigkeit zeigte sich überhaupt in seinem Aeußern; es war eine etwas stark vom Leben mitgenommene Persönlichkeit.

Er wünschte von Valerian die Stelle eines Jägers, Waldaufsehers oder der Art, und zeigte einen Paß vor, in welchem er als Jäger Willibald Gentz, bislang im Dienste des Grafen Ozernheim, Vaters der Gräfin Allgunde, verzeichnet stand.

Als Valerian ihm sagte, er müsse sich an den Rentmeister wenden, da er selbst nicht wisse, ob eine solche Stelle in seinen Diensten zu besetzen sei, versetzte er:

Ich bin nur mit Mühe bis hierher gekommen, da ich krank bin, und würde nicht weiter gehen können ....

Sie sind krank? fragte Valerian .... das ist eine schlechte Empfehlung für einen Dienst, in dem man nur rüstige, kräftige Leute brauchen kann.

Sie sehen also, daß ich mich sehr erschöpft und leidend fühlen muß, sonst würde ich es dem Herrn Grafen nicht eingestehen.

Das ist richtig, versetzte Valerian, mit Theilnahme den großen blassen Menschen vor ihm betrachtend.

Aber ich bin nur leidend und krank, weil ich ohne Zuflucht und schwer von Sorgen gedrückt mich herumtreiben muß, um einen neuen Dienst zu bekommen; wenn diese Sorge von mir genommen ....

Und weshalb ward Ihnen so schwer, einen neuen Dienst zu bekommen? Weshalb haben Sie den bisherigen verloren?

Ich hatte das Unglück, versetzte der Fremde, der sich auffallend gewählt und gut ausdrückte und das Benehmen eines durchaus gebildeten Mannes zeigte, — ich hatte das Unglück, die Ungnade der Gräfin Allgunde, ganz ohne mein Verschulden, auf mich zu ziehen und deshalb wird es mir so schwer, in einem andern Hause ein Unterkommen zu finden.

Valerian blickte ihn überrascht an.

Also ... weil Sie die Ungnade der Gräfin Allgunde auf sich zogen ...? sagte er gedehnt, betroffen über diese Bestätigung der Mittheilungen seines Verwalters von dem Einfluß der Gräfin Allgunde. — Nun für mich, fuhr er dann mit einem stolzen Zurückwerfen des Hauptes fort, ist das kein Grund, Sie zurückzuweisen, wenn Sie tüchtig und zuverlässig sind. Fürs erste können Sie in meinem Hause bleiben, bis Sie sich hergestellt fühlen. Ich werde mit dem Rentmeister darüber reden, ob ich Sie dann verwenden kann.

Er nickte mit dem Kopf, um die Audienz zu beenden und klingelte einem Diener, dem er Befehl gab, für den Fremden zu sorgen. Dieser entfernte sich mit einer Verbeugung, die er mit all der Sicherheit und Gewandtheit eines Mannes von Welt machte.

Valerian ahnte nicht, daß er mit demselben Mann, dem er ein Obdach gab, bereits eine Nacht unter Einem Dache zugebracht hatte. Der Fremde war niemand anderes als derselbe Mann, den Allgunde von Quernheim Herr von Finkenberg nannte und auf dessen völliges Verschwinden aus der Gegend sie so eifrig bestanden. Er hatte in der Frühe, von niemand beobachtet, Schloß Blankenar verlassen — kurze Zeit, nachdem Gräfin Allgunde von dort zu ihrem Freunde dem Freiherrn von Meinhövel gefahren war.

Fünftes Kapitel.

Der Freiherr von Mainhövel.

Wir bedauern, dem Leser nicht das Eintönige der Wanderschaft ersparen zu können, welche wir ihn mit uns antreten hießen, und die durch lauter feudalistisch bethürmte, altersgraue, wall- und grabenbeschützte Adelssitze führt; eine ganze Galerie architektonischer Schönheiten und Unschönheiten aus allen Zeitaltern, von der Zeit des Dreißigjährigen Krieges bis auf die Tage neumodischer Phantasielosigkeit und Sterilität.

Keins von diesen Schlössern ist so großartig, so vollendet künstlerisch entworfen und aufgeführt wie das Haus Surenburg, der Sitz der Freiherrn Heinrich von Mainhövel; aber dennoch bietet keins dem Beschauer so traurigen Anblick. Nicht allein, daß die Umgebungen dieses mit korinthischen Säulen und mit verschwenderisch reichen Ornamenten geschmückten, in den edelsten Verhältnissen aufgeführten Prachthauses die äußerste Vernachlässigung zeigen; daß der Hof von Holz- und Düngerhaufen eingenommen wird, daß Wäsche auf Staket und Gitter zum Trocknen aushängt — der Bau ist obendrein nicht vollendet, die Fensteröffnungen des dritten Geschosses sind mit Bretern gegen das Wetter zugenagelt; ein geschmackloses provisorisches Ziegeldach ist an die Stelle gesetzt, die Attiken schützen und Kupferplatten decken sollten. Das Ganze macht dadurch den trübsten Eindruck. Und so nicht minder das Innere. Hier sind große Corridore, weite und hohe Säle, Flügelthüren von reichster Schnitzarbeit, Decken, die mit dem feinsten Stucco prangen. Aber die geweißten Wände sind kahl und die ungeheuern Säle leer und öde. Sie sind noch mehr: da wo die Familie haust — eine äußerst lärmende, äußerst unbändige, äußerst ungenirte mit fünf großen Hunden und einem jungen Ziegenbock in gemeinsamer Oekonomie lebende Generation von kleinen Baronen und Baroninnen von Mainhövel — da sind die Zimmer schmuzig, die Möbel zerrissen und zerschlagen; überall treten die Spuren und Anzeichen von vollständiger Anarchie und Auflösung der patriarchalischen Ordnung der Familie hervor.

Die Frau von Mainhövel, die waltende Hausfrau, eine sehr respectable Matrone in einem dunkelgrünen Kleide von Biberzeug, sucht in einem großen Zimmer des Erdgeschosses umsonst unter dem sich tummelnden jungen Volke von hochaufgeschossenen Burschen und rothwangigen, von insolenter Gesundheit strotzenden Dirnen Ruhe und Stille zu erzielen. Bitten und Ermahnungen bleiben vergebens. So greift sie endlich zum letzten Mittel. Erschöpft hört man sie durch das Schreien und Toben die Drohung rufen:

Wenn du nicht gleich aufhörst, Karlchen, kommst du einen Tag lang zum Vater hinauf!

Diese Drohung hat augenblicklichen Erfolg; Karlchen muckst nicht mehr.

Setz' dich jetzt endlich und nimm deinen Strickstrumpf,

Lorchen, ich sag' dir's oder du mußt morgen beim Vater bleiben!

Lorchen fährt zusammen und setzt sich hin so still und sittig, als ob sie nicht fünf zählen könnte, die ungestüme wilde Katze.

Der Vater, der Freiherr Heinrich von Mainhövel, mit dessen Namen man so die Kinder stillt, wie einst sarazenische Mütter mit dem des löwenherzigen Königs, wohnt von der übrigen Familie getrennt im ersten Stocke in einigen anständig meublirten und sorgfältiger gehaltenen, doch immer noch wüsten Zimmern, in deren Umgebung eine fortwährende Todtenstille herrschen muß. Eins seiner Kinder hat abwechselnd je für einen Tag die Pflicht, ihm Gesellschaft zu leisten und zur Hand zu sein. Diese Art von Adjutantur fällt gewöhnlich der kleinen Herbertine zu, von welcher wir sogleich sprechen werden.

Herr von Mainhövel war eine große, baumstarke, doch vom Alter etwas gebeugte Gestalt; seit seinem Unglück war er magerer geworden und sein Haar um ein Bedeutendes mehr ergraut. Da er die Gewohnheit hatte, es über den Ohren nach vorn in die Höhe zu kämmen, so stand es, straff und borstig wie es war, gleich zwei Fledermausohren über seiner runzelvollen Stirn empor, die auffallend hochgewölbt und beinahe bis zum Wirbel nackt war. Weil er am unheilbaren Staare litt, entstellten seine Augen, wenn auch todt und farblos, doch den Gesammteindruck seiner breiten, derben und ungewöhnlichen Züge nicht, die etwas vom Bauern und etwas vom Michel Angelo hatten und jedenfalls eine bedeutende und kräftige Individualität ankündigten. Seit seiner Erblindung hatte er nie ein Schermesser seinem Kinn nahe kommen lassen, und so erhöhte ein kurzer weißer Bart die Seltsamkeit seiner Erscheinung. Er trug beständig einen blauen bis an den Hals zugeknöpften Schnürrock.

Der Freiherr von Mainhövel hatte von Jugend auf eine leidenschaftliche Vorliebe für die Wissenschaften, die man früher die exacten nannte, gezeigt und ein ganz ungewöhnliches Talent dafür entwickelt. Er war nicht allein der gründlichste Mathematiker, der kenntnißreichste und genialste Dilettant, der sich je mit Physik und Chemie beschäftigte; er kannte selbst bis ins kleinste Detail alle Vortheile und Handgriffe der Mechaniker und Instrumentenmacher und war als der geschickteste und genialste Architekt des Landes bekannt. Er hatte eine Rechenmaschine der allersinnreichsten Art erfunden, er hatte Formeln der höhern Mathematik entdeckt, welche die Wissenschaft wahrhaft bereicherten und ihm ein Dutzend Diplome gelehrter Gesellschaften einbrachten; er hatte — weniger glücklich — jahrelang dem Perpetuum-mobile nachgesonnen. Dem Leben, dem Genusse, der Erholung oder den Seinigen war von seiner der Wissenschaft gewidmeten Existenz nicht viel geblieben: er hatte studirt, vom Morgen bis zum Abend, vom Abend bis tief in die Nacht. Und darüber war er endlich erblindet, und seine Gedanken ließen sich jetzt auf Logarithmen reduciren, aus seinen Gefühlen ließen sich Kubikwurzeln ziehen und an der Stelle des Herzens schien in diesem eisernen Maschinenmanne eine unbekannte Größe, die noch gefunden werden muß, das X, zu sitzen.

Während seiner Studien war eine Menge architektonischer Ideen in ihm aufgestiegen, deren Ausführung ihm am Herzen lag und wozu doch keiner seiner bauenden Bekannten, welche um seine Rathschläge baten, sich verstehen wollte, da sie seltsam, befremdlich oder nicht ausführbar schienen. Und versucht mußten sie doch werden! Was blieb dem Freiherrn von Mainhövel anders übrig, als selbst zu bauen? Zwar war das Herrenhaus von Surenburg ein ganz anständiges, vor noch nicht vielen Generationen errichtetes Bauwerk; zwar war der Freiherr von

Mainhövel durch alle seine Rechnungen nicht eben reicher geworden; trotzdem aber begann er eines schönen Tages die Pläne zu einem Neubau zu entwerfen — die bloßen Pläne, die ihm ja nichts kosteten, die ihn ja zu nichts zwangen. Er zeichnete und tuschte, nun, sann hin und her, legte Maßstäbe an und schrieb Bogen voll Notizen; und als endlich die Pläne fertig waren, gab er wieder eines schönen Tages in kurz abgebrochenen Worten seinem Rentmeister einen Befehl, worauf nach wenigen Tagen ein höchst lebhaftes Treiben und Arbeiten begann, das den Hof von Sunnburg um und um kehrte. Bevor noch Frau von Mainhövel sicher erfahren, was denn eigentlich im Werke sei, sah sie eines Morgens zu ihrem großen Erstaunen, wie man ihr das Dach über dem Kopf abbrach und Ziegel und Latten in den Hof schmetterte, ohne die geringste Schonung dieser achtbaren Bestandtheile ihres Erb- und Stammhauses, das sie ihrem Gemahle zugebracht hatte. Dieser beruhigte sie damit, daß ihr nun eine weit bequemere Wohnung werden solle, und zum Theil hielt Herr von Mainhövel hierin Wort; er veranstaltete bei dem Neubau Bequemlichkeiten und Erleichterungen in Küche und Keller, in jedem Eckchen der Wohnzimmer für seine Frau, wie es nur die erfinderischste Liebe gekonnt zu haben schien. Und doch hatte er schwerlich ein einzig Wort der Theilnahme oder der Liebe für sie gehabt während der ganzen Zeit, in welcher er so emsig dem höchsten Luxus häuslicher Bequemlichkeit für sie nachsann. Zweckmäßige und angenehme Einrichtungen beschäftigten aber den Bauherrn nicht allein; hauptsächlich galt es ihm, seine Erfindungen ins Werk gesetzt zu sehen, und so füllte er den Neubau mit wundersamen Dingen aller Art an. Da gab es Thüren, welche nach beiden Seiten hin geöffnet wurden; ein elektromagnetischer Telegraph führte aus einem Eckzimmer des Schlosses in das entfernteste an der entgegengesetzten Seite; ein Druck auf unsichtbare Federn öffnete Theile der Lambris, hinter denen geheime Treppen zum Vorschein kamen; zwei durch eine Wand getrennte Bettalkoven ruhten auf einer beweglichen Scheibe; wenn abends einer derselben von einer Dame, oder der andere von einem Herrn eingenommen und wenn während ihres Schlafs die Maschinerie leise in Bewegung gesetzt worden war, so fand der Herr beim Erwachen am Morgen höchst befremdenderweise ein rothes Zimmer vor seinem Alkoven, wo er abends ein blaues gesehen, und in den Bestandtheilen einer Damentoilette höchst auffallende Beweise, daß entweder er oder diese spolia opima der Weiblichkeit nicht hierhin gehörten; während die Dame sich höchlichst skandalisirt fühlen mußte, in dem Raum vor ihr Beweise zu entdecken, wie ungenirt ein Herr es sich bei ihr bequem gemacht haben müsse.

Das alles und noch viele andere Dinge enthielt der Pracht- und Kunstbau des Freiherrn von Mainhövel, der gewiß weit und breit zu verdientem Ruhm gekommen sein würde, wäre nicht ein höchst verdrießlicher Umstand eingetreten, der ihm weniger die Spitze abbrach, als verhinderte, sie ihm aufzusetzen.

Dieser Umstand war kein anderer, als daß der Rentmeister eines Tages mit zager Stimme dem Freiherrn die zwei winzigen Wörtchen aussprach, welche die größte Macht auf Erden haben, welche Reiche stürzen und welche Könige in Fesseln legen.

Der Rentmeister sagte: Kein Geld!

In der That war der beste Theil des Sutenburg'schen Vermögens verbaut. Man mußte einhalten und die unvollendeten höhern Theile des Schlosses so gut wie möglich gegen das Wetter zu schützen suchen. Nur für die Zimmer des Hausherrn konnte eine gewissermaßen anständige Einrichtung erzielt werden;

seine Gemahlin aber mußte darauf verzichten und saß nun zwischen allen ihren sinnreichen Bequemlichkeitsanstalten ohne nur den Luxus von Vorhängen und Tapeten zu haben, und umgeben von altem verkommenen Mobiliar aus dem abgebrochenen Hause.

Herr von Mainhövel ruhte eben in einem Fauteuil am Frühstückstisch. Neben ihm stand Herbertine, die unter ihren Geschwistern aussah wie eine Rose unter Kartoffelblüten. Sie war hoch aufgeschossen, ihr rundes Gesichtchen war zart wie eine Pfirsichblüte und nichts glich dem sanften weichen Ausdruck ihres Auges, wenn sie die Lider mit den auffallend langen schwarzen Wimpern aufschlug.

Ihr Vater, der in allen Dingen hartnäckig jede Hülfeleistung ablehnte, die er nur irgend entbehren zu können meinte, suchte sich beim Essen so gut zu helfen, wie es ihm möglich war. Herbertine hatte eine kleine Silbergabel aus einem Besteck genommen, welches ihr Pathengeschenk war, und suchte damit leise dem Vater die Bissen unter die Gabel zu schieben, damit er sie leichter finde. Er durfte das nicht merken; die Kleine mußte die größte Vorsicht anwenden, daß seine Gabel nicht zufällig auf die ihre stoße, weil er dann mit der Behauptung, sie nasche von seinem Teller, nach ihr geschlagen haben würde. Sie war deshalb fortwährend in einer fast athemlosen Beklemmung. Als er fertig war, wurde der Tisch weggenommen; Herbertine gab dem Vater eine Schnur in die Hand, welche an einem Nagel in der Mitte des Bodens befestigt war, und der Freiherr von Mainhövel begann nun seinen gewöhnlichen Spaziergang, indem er sich an dieser Schnur fortwährend im Kreise herumführte, bald nach links, bald nach rechts hin abwechselnd. Herbertine stand in einer Ecke, an eine prächtige und ganz vollständige alte Ritterrüstung gelehnt, welche der erfinderische Sinn ihres Vaters so geschlossen und hergerichtet hatte, daß sie im Winter als Ofen benutzt werden konnte. Der ehrenfeste alte Degen, der einst in Fehden und im Turniere wacker seinen Gegnern eingeheizt haben mochte, mußte sich jetzt von seinem pfiffigen Sprossen selbst einheizen lassen und stand schwarz und grimmig da wie ein unübertreffliches Symbol der Umbildung des Ritterthums in die Industrie des neunzehnten Jahrhunderts.

Das Kind richtete träumerisch sinnend seine dunkeln Augen auf den schweigenden, immerfort seine Kreise beschreibenden Mann, der oft halbe Nächte lang so umherging, daß man weithin im öden Schlosse seine Schritte hörte. Herbertine konnte dann nie ein Auge schließen; der wie ein Pendelschlag gleichmäßige Schritt hielt sie stundenlang wach; sie faltete ihre Händchen, und oft betete sie für den blinden Vater, ohne zu wissen, um was sie für ihn bitten sollte. Ihre Geschwister, sahen wir, scheuten es wie die härteste Strafe, wenn sie hinauf mußten, um dem Vater Gesellschaft zu leisten; Herbertine zog es zu ihm, sie entsagte den lärmenden Spielen der andern und ging hinauf, des Vaters Thun und Treiben anzusehen. Auch war er etwas freundlicher für sie als für die andern, doch nicht viel. Sie träumte sich eine ganze Märchenwelt, ein Zauberreich in die Gedanken und in das innere Leben ihres wortkargen Vaters hinein; sie schaute zu seinen leblosen Augen auf, als ob sie, zum ersten mal in ein Schauspielhaus geführt, den Vorhang schaue, hinter welchem eine ganze Feenwelt sich bewege. So, ahnte sie, müsse hinter den getrübten Spiegeln unter der Riesenstirn des alten Mannes eine ganze fabelhafte Welt von Herrlichkeit verborgen sein und jeden Augenblick dürfe sie erwarten, daß er nun endlich, endlich den schweigsamen Mund öffne und sie überschütte mit allem seinem Wissen von verborgenen und geheimnißvollen Dingen, mit allen seinen Künsten, die sie geneigt war, für nicht viel weniger als wahrhaftige Zauberei zu halten.

Als der Freiherr von Mainhövel eine Zeit lang seinen Spaziergang im Zimmer gemacht hatte, wurde an die Thür geklopft. Er ließ seine Schnur fallen und eilte zu öffnen. Da Herbertine sah, daß er die Richtung verfehlte, hüpfte sie ihm blitzschnell voraus und, sich auf den Zehen so hochaufreckend, wie ihr nur immer möglich war, hielt sie ihr schmales Händchen an die Stelle neben der Thür, wo sie voraussah, daß der Vater mit der Stirn anlaufen würde. Ihn warnen hätte sie nicht gedurft; überzeugt sich nicht irren zu können, würde er in seinem zornigen Mistrauen behauptet haben, sie wolle ihn irreführen.

Als der Freiherr die Thür geöffnet hatte, trat die Gräfin von Quernheim in sein Zimmer. Zugleich wurden draußen im Hof rasselnde Wagenräder und die Hufschläge ankommender Reiter vernehmbar.

Ich bin's, lieber Mainhövel, sagte die Gräfin Allgunde ... wie geht es Ihnen?

Er streckte ihr die Rechte entgegen.

Nun, wie soll mir's gehen; so etwa wie einem armen Mönch, den man eingemauert hat, oder wenn Sie einen frömmern Vergleich wollen, — wie dem Teufel im Weihwasserbecken! Aber reden wir nicht davon. Gut, daß Sie kommen; es ist mir lieb, daß ich mich mit Ihnen besprechen kann, ehe die wilde Bande bei mir einbricht. Ich höre eben an dem Lärm auf dem Hofe, daß sie da sind.

Allgunde hatte sich unterdeß zu Herbertine niedergebeugt, und das Kind auf die Stirn geküßt.

Geh' jetzt, mein Töchterchen, sagte sie, und sag' der Mama, ich würde hernach zu ihr hinunterkommen.

Herbertine entfernte sich und Allgunde nahm auf dem Sofa Platz, während der blinde Freiherr sich in einen am Fenster stehenden Lehnstuhl niederließ.

Ich habe gute Nachrichten aus der Hauptstadt; der Minister ist endlich so vernünftig gewesen, einzusehen, daß es sein eigenes Interesse ist, unsere Interessen zu fördern, und gibt die besten Zusagen ...

In der That? Ich hätte es nicht geglaubt! fiel Mainhövel ein. Ich habe immer im stillen gelächelt über die Zuversicht, die Sie in Ihren Verhandlungen mit ihm hegten. Diese Menschen sind so einfältig! Wenn man sie bei der Arbeit sieht, so meint man, sie betrachten als ihre Hauptlebensaufgabe den alten Oxenstierna oder Uxenscherna, wie der Schwede sagt, nicht Lügen zu strafen ...

Nun, fiel Allgunde ein, R. ist nicht gerade einfältig. Er hat mich sehr wohl begriffen, als ich ihm die Solidarität und völlige Gemeinsamkeit unserer Interessen und derer seiner Heimatgenossen dargelegt habe.

Desto besser dann, sagte Mainhövel; und nun?

Und nun, mein' ich, wäre der Augenblick gekommen, wo Sie, Mainhövel, einmal recht offen mit den andern redeten. Wo Sie ihnen unser Programm vorlegten und mit ihnen besprächen; wo wir aus dem Stadium allgemeiner und unbestimmter frommer Wünsche dazu übergingen, feste Ziele ins Auge zu fassen, für deren Erreichung jeder einzeln seine ganze Macht und seinen ganzen Einfluß einsetzt. Sie müssen es ja einsehen — mit dem quietistischen Weiterleben, jeder auf seinem Hofe, ist es zu Ende. Wenn wir so fortfahren, ist in einem Zeitraum von zehn oder zwanzig Jahren unsere ganze Stellung dahin. Wir werden arm sein, im Vergleich zum ersten besten Industriellen, einflußlos neben dem ersten besten Beamten und das große Wort im öffentlichen

Leben wird dann der Lungenaristokrat führen. Glauben Sie mir, dahin kommt es. Daß wir uns mit dem Klerus aufs beste stellen, wird uns auf die Dauer nicht viel helfen. Er ist klug, und wird es schon eines Tages inne werden, daß — sprechen wir uns offen darüber aus, unsere Frömmigkeit sehr oft ein ziemlich egoistisches Unterfutter hat. Sobald er unser nicht mehr bedarf, wird er uns uns selbst überlassen.

Das ist alles sehr wahr, versetzte Mainhövel ... aber so quietistisch stille gesessen haben wir denn doch nicht, wie Sie sagen, Allgunde. Es ist doch viel geschehen — es ist auf dem Gebiete der Wissenschaft doch ein reges Leben entfaltet worden, um die Welt zu gesunden Ansichten über historisches Staatsleben zurückzuführen; wir haben unsere Zeitschrift, welche eine so geistreiche Philosophie des Positiven entwickelt, wie sie nicht besser gewünscht werden kann; wir haben über die Grundlagen unserer Verfassung ...

Ach, was hilft uns das alles, fiel Allgunde ein, — das ist sehr schön und herzstärkend für alle die zu lesen, welche auf unserm Standpunkt stehen — aber Propaganda und praktische Resultate erhalten wir nicht dadurch. Es ist viel unnütz gelehrtes und schwärmerisches Zeug dabei, das unsern Gegnern nur Waffen in die Hände gibt und woran sie ihren Spott knüpfen. Ich mag die Gelehrten nicht, und danke für die Welt, wie sie sie uns einrichten wollen. Die Gelehrten und die Bücherschreiber haben die Welt verdorben ... ging es nach meinem Sinn, würden sie alle miteinander fortgejagt!

Sie denken wol an Finkenberg's mislungene Versuche im Bücherschreiben? fiel hier Mainhövel ein wenig kaustisch ein, daß Sie so heftig werden ...

Oder, fuhr Allgunde eifrig fort, ohne diese Bemerkung des boshaften blinden Mannes zu beachten, oder es dürfte wenigstens kein Buch mehr ausgegeben werden, das nicht das Generalvicariat censirt und approbirt hätte! Aber lassen wir das, kommen wir zur Sache, zu unsern nächsten praktischen Aufgaben. Da ist zu allererst die Allmacht der Büreaukratie, die überall unsern Interessen entgegentritt, die alles gesunde Volksleben unterdrückt, die eine instinctive Antipathie wider alle großen Bildungen der Geschichte und alles historische Recht hat, und ihre eigene Schreiberallmacht, ihre Tintenomnipotenz an die Stelle setzt, zu brechen. Das erste, was geschehen muß, ist, daß einer aus unsern Standesgenossen die Stelle des obersten Beamten der Provinz einnimmt; und das zweite ist, daß wir die obern Bezirksbehörden, die den Haupttheil der Regierungsmaschine darstellen, aus der Staatsorganisation ganz beseitigen und ersetzen durch permanente Ausschüsse der Provinziallandtage ...

Ja, ja, sagte Mainhövel — darin stimmen wir überein, wenn wir auch abweichen in dem Maß unserer Hoffnungen, das Ziel zu erreichen.

Und als ein drittes folgt daraus, fuhr Allgunde fort, daß wir eifersüchtig auf die Bewahrung des Uebergewichts unsers Standes auf den Provinziallandtagen wachen, daß wir sie beleben und sie keinenfalls durch einen großen allgemeinen Landtag der Monarchie verdrängen lassen dürfen.

Ach, erwiderte Mainhövel — damit hat es in unserm Reiche gute Wege. Viel eher fürcht' ich, daß wir gleich beim ersten Punkte unsers Programms auf ein ärgerliches Hinderniß stoßen: wer soll die Stelle einnehmen? ... Es sind verzweifelt viel gute Menschen und schlechte Musikanten unter uns.

A bah, entgegnete Allgunde, das sagen Sie, Mainhövel, weil Sie keine Mathematik gelernt haben, und weil Ihnen ein

Mensch, der die Kugelschnitte nicht versteht, ein für das zeitliche und ewige Leben verlorener Mann scheint!

Sie haben überhaupt nichts gelernt! fiel Meinhövel mürrisch ein.

Aber es sind genug Köpfe unter uns, die das Zeug zum Staatsmann haben ...

Die Egeria ist wol da, bemerkte, das Gesicht mit den ausdruckslosen Augen zu Allgunde erhebend, der Freiherr ... aber die Numa möchten doch rar sein unter uns. Wen haben Sie z. B.?

Schlettendorf!

Nun ja, ich weiß — auf den setzen Sie alle Hoffnungen ... ich bin sehr gespannt, ihn kennen zu lernen.

Allgunde war im Begriff zu antworten, als die Thür sich öffnete und Herbertine hereinschlüpfte.

Ich bin's, Papa, sagte sie mit ihrem hellen Stimmchen, und dann sich zu Allgunde wendend, fuhr sie fort:

Ich soll dich von der Mama fragen, Tante Allgunde, ob du jetzt zu ihr kommen wolltest, die Herren, die unten sind, möchten zum Papa hinauf und lassen fragen, ob sie kommen dürften.

Gleich, gleich komme ich, ich habe mit deinem Vater nur noch ein paar Worte zu reden ... geh', mein kleiner Engel!

Herbertine trippelte davon, und eilte wieder in das Wohnzimmer zu kommen, wo es eben sehr lebhaft zuging, denn eine Menge Cavaliere waren da unten und unter ihnen der fremde Vetter Schlettendorf, der sich eben sehr lange mit Herbertine unterhalten und durch seine Freundlichkeit ihr ganzes Herz erobert hatte, sodaß sie eifersüchtig eilte, den Platz zwischen seinen Knien wieder einzunehmen, den sie eben, während er mit den

Kindern gesprochen, behauptet hatte; denn die andern waren ja auch da, die ganze kleine Bande — nachdem man sie anfangs dem Besuch zu Ehren fortgesandt, war inmitten der besten Unterhaltung zwischen Frau von Mainhövel und ihren Gästen plötzlich eine Seitenthür aufgeflogen, und über eine kurze Zwischentreppe war ein zappelndes Knäuel ins Zimmer gekollert, das aus einer kleinen Heerde kugelrunder Buben und einer erschrecklich magern Dogge bestand, die aufbellte, heulte und um sich schnappte, während die Jungen schrien, lachten und sich überschlugen — wobei Frau von Mainhövel umsonst versuchte, der lästigen Ungebundenheit ihrer ungewaschenen Blondköpfe Einhalt zu thun.

Herbertine also eilte, ihren Ehrenplatz wieder zu erobern, als sie auf der Treppe einem hohen, blassen magern Mann in Jägerlivree begegnete, der hastig und sacht, als ob er nicht gesehen zu werden wünsche, die Stiege emporschritt.

Sie blickte ihm befremdet nach, wie er aufwärts eilte in den zweiten Stock — aber in dem Gedanken, er gehöre zu einem der Fremden und wolle in die obern Gastzimmer, wandte sie sich wieder, und lief die Stiege hinab, um ihre Botschaft auszurichten.

Der Mann in Jägertracht war Finkenberg. Er stieg die Treppe zu dem zweiten Stockwerk empor; hier ging er leise und vorsichtig einen Gang entlang, an dessen Ende er eine schmale und niedrige Thür öffnete. Hinter ihr lief eine zierliche Wendelstiege aus Gußeisen in das dritte noch unvollendete Stockwerk empor. Finkenberg stand nach einigen raschen Sprüngen oben in einem wüsten Raume, in den Regen und Wind durch die mangelhaft vernagelten Fensteröffnungen hineinschlug, Schutthaufen den ungedielten Boden deckten und das Schilfrohr von dem noch ungegipsten Plafond niederhing. Ein schmaler dunkler Gang führte aus diesem Raume bis an eine die ganze Breite des Ganges einnehmende Thür aus schwerem, altergebräuntem Eichenholz, die mit Reihen von breitköpfigen Nägeln beschlagen und augenscheinlich aus einem andern ältern Gebäude als zweckdienlich hierhin versetzt war.

Finkenberg fand die Thür verschlossen. Er zählte nun die Nägelköpfe, welche die mittlere Reihe von oben nach unten bildeten, und als er den dreizehnten gefunden, drückte er mit dem Absatz seines Stiefels heftig dagegen. Die Thür sprang auf und hinter derselben zeigte sich ein runder Versteck, eine Art gemauerten Cylinders, der durch ein Glasdach von oben her erleuchtet wurde. Die eine Hälfte war von einer steinernen Bank eingenommen, auf welcher eine ägyptische Göttin thronte, die ein Schloß vor dem Munde trug und deshalb das Schweigen zu bedeuten schien. Sie war in großen Dimensionen mit ziemlicher Unbekümmertheit um eine künstlerische Vollkommenheit plump aus Holz gehauen. Ihr gegenüber war ein in Stein nachgebildetes Menschenohr in der Mauer angebracht. Finkenberg legte an dieses steinerne Ohr das seinige.

Es war eine Ohr Art des Dionys. Die Decke des Zimmers, welches der Freiherr von Mainhövel bewohnte, war nach einer Kegelschnittlinie gewölbt und nach akustischen Grundsätzen angelegt, sodaß sie den Schall jedes leisesten im Zimmer gesprochenen Wortes in zwei Röhren leitete, die von den zwei Brennpunkten der Deckenwölbungen ausgingen und den Schall nach oben führten, wo sie in dem „Ohre des Dionys" zusammenliefen.

Sie ist im eifrigsten Gespräch mit ihm! flüsterte Finkenberg lauschend.

Ha .... Schlettendorf soll die Stütze aller ihrer Hoffnungen werden! Schlettendorf ist der Mann, der nicht allein den innern Kern, sondern auch die Form hat; er hat Witz und Beredsamkeit; er imponirt durch den äußern Adel, das Aristokratische seiner Erscheinung; er ist reich genug, um alle Mittel anwenden zu können!

Der alte Mainhövel zweifelt an seinem guten Willen — fuhr Finkenberg in seinem Selbstgespräch fort — bei Gott, ich zweifle auch daran!

Wie sie lebhaft wird — Briefe aus Paris — Neapel — Schlettendorf wird nicht geahnt haben, daß sie ihn mit Spionerien und Aufpassereien umgarnt und verfolgt hat bis nach Paris und Neapel! Welche Macht und welche hochfliegenden Plane hat dieses Weib!

Ah — man soll seinen Ehrgeiz lödern! Standesherr ist er schon — also kann man ihm eine Fürstenkrone in Aussicht stellen — am Ende macht sie noch einen König aus Schlettendorf und sich zur Königin! Der ist alles möglich!

Finkenberg hob sich aus seiner etwas gebückten Stellung.

Ob sie gar nicht von Theo anfangen wird? sagte er; ich möchte zu gern erfahren, was sie eigentlich neulich des Nachts beabsichtigte und auf welchem Wege Fuchs Heydenreich Theo entführen sollte. Denn daß es sich darum handelte, war augenscheinlich.

Er lehnte wieder sein Ohr an die Oeffnung. Sie geht, sagte er, nachdem er eine Weile schweigend gehorcht — die Junker kommen von unten herauf; Mainhövel wird nun seine Orakelsprüche von sich ausgehen lassen, als sei er die incarnirte Klugheit selber, und doch hat sie ihm jedes Wort vorgeschrieben! Ob ich bleibe? Soll ich den Stimmen der Weisheit lauschen, die jetzt zu Tage kommen wird?

Finkenberg stand noch eine Zeit lang zögernd, dann fuhr er plötzlich heftig zusammen.

Er hörte die eiserne Wendelstiege knirschen; er hörte Schritte; er hörte es hinter sich in dem wüsten Vorderraume, über die Schutthaufen schlürfen — er war gefangen!

Nein — da stand die ägyptische Göttin — sie ließ sich wenden, ein Druck an ihrer linken Ferse machte sie zur Seite fahren und wenn man hinter ihr in eine Mauernische geschlüpft war, fuhr sie zurück, sodaß sie den Versteckten barg, der über ihre Schulter spähend nun den Lauscher belauschen konnte. Es hatte eine Zeit gegeben, in welcher Finkenberg in alle diese Geheimnisse eingeweiht worden, mit dem rückhaltlosesten Vertrauen; wo er von der, welche er eben selbst behorcht hatte, an diese Stelle gesandt worden, um für sie andere zu belauschen!

Er drückte an der bezeichneten Stelle der Figur; das Räderwerk darin schien gerostet und rasselte — aber ein Stoß mit der Hand half nach — der Ertappte stand schon auf der Steinbank neben der aufgähnenden Mauerspalte — da ballte er zornig die Hände, indem er ausrief:

Nein, ich will nicht fliehen vor diesem Weibe! Ich bin in meinem Rechte ihr gegenüber, ich will ihr Trotz bieten, ich will ihr meinen Fluch ins Gesicht werfen . . . mag sie dann beginnen, was sie will!

Trotz dieser Aufwallung von Heroismus, wandelte Finkenberg etwas wie ein Zittern an, als er im Begriffe, seinen Versteck zu verlassen, am Ende des schmalen Ganges die Gestalt der Gräfin Allgunde von Quernheim vor sich auftauchen sah.

Er schritt ihr entgegen.

Was will Er hier? fragte sie, indem sie überrascht zurücktrat.

Mit einer tiefen Verbeugung und erzwungenem Lächeln versetzte Finkenberg:

Ihnen Platz machen!

Adelgunde erkannte ihn an dem Ton der Stimme; die Jägerkleidung und die Dämmerung, welche in dem kleinen Gange herrschte, hatte ihn bis jetzt ihr unkenntlich gemacht. Ueber ihr Gesicht flog eine helle Röthe des Zorns.

Sie hier? Finkenberg! rief sie aus.

Ich bin's, Frau Gräfin!

Und in dem Rock? Nun, setzte sie mit schneidendem Hohn hinzu — wenn Sie ein Bedienter geworden sind, so betragen Sie sich wenigstens wie ein ordentlicher Bedienter und schleichen in fremden Häusern nicht an Orten umher, wo Sie nichts zu suchen haben ... sonst wird man Sie mit Schande fortjagen ...

Mit einem vernichtenden Blicke wollte sie an ihm vorübergehen. Da sagte er:

Mir hat niemand zu befehlen als der Graf Schlettendorf, in dessen Büchsenspanner Sie mich verwandelt sehen.

Schlettendorf! entfuhr ihr, und leichenblaß blieb sie stehen.

Würde man bei ihm irgendeine Intrigue gegen mich anzetteln, nur ein Wort sagen, nur durch einen Hauch feindselige Absichten gegen mich verrathen, so würde ich den Grafen in die Chronique-scandaleuse von Quernheim einweihen, wo ich — setzte Finkenberg bitter lachend hinzu — mehrere Jahre Jäger war. Verstehen Sie mich wohl! ich war Jäger in Quernheim, meine gnädigste Gräfin; ich habe es schriftlich — Sie selbst gaben es mir schwarz auf weiß .... und ich kenne auch eine Dame von daher, die es mir sehr gern bestätigen wird, wenn die Rede darauf kommen sollte. Nicht wahr?

Finkenberg — Sie, Sie wollen mir drohen! trotzdem, daß Sie vernichtet sind — daß Sie jetzt zu den Stallknechten und Lakaien gehören?

O, ich bin nicht ganz vernichtet, unterbrach Finkenberg das

stolze Weib, das sich ihm gebieterisch entgegengestellt hatte — ich habe immer noch einige Stränge an meinem Bogen und einer davon ist stark genug, um eine hübsche Schlinge daraus zu machen, wenn man Verlangen trüge, eine wilde Katze zu fangen. Aber ich will Sie der Gegenwart eines zu Stallknechten und Lakaien gehörenden Lästigen entheben. Leben Sie wohl, Frau Gräfin!

Er verbeugte sich tief und ging.

Blaß, zitternd vor Bewegung, vor Zorn und vielleicht auch vor Schrecken schritt die Gräfin Quernheim weiter und setzte sich zu den Füßen der ägyptischen Göttin nieder, um Athem zu schöpfen ...

Herr von Mainhövel hatte unterdeß eine Anzahl seiner Vettern und Standesgenossen bei sich empfangen. Wenn irgend gemeinsame Angelegenheiten zu berathen waren, so pflegte man bei ihm zusammenzukommen, weil man durch seine Rathschläge sich lenken zu lassen gewohnt war, er selbst aber nicht mehr aus seinem Schloß und seinen Zimmern fortzubringen war. Da Herr von Mainhövel jedoch auf das engste sich mit der Gräfin von Quernheim befreundet hatte und nichts ohne ihre Zustimmung entschied, so waren die leitenden Ideen, welche in diesen Zusammenkünften den Ausschlag gaben, meist ursprünglich das Eigenthum der genannten Dame, welche, wie wir sahen, wie eine Art Jungfrau von Orleans des Stammes ihm die Oriflamme vortrug zum Kampf um seine Rechte.

Nach den ersten Begrüßungen setzte und gruppirte man sich zusammen. Obwol die Versammelten dem höchsten Stande angehörten und ohne Ausnahme mit Glücksgütern reich gesegnet waren, so hatte doch keiner von ihnen einen Titel, einen Orden oder einen Kammerherrnschlüssel, oder etwas, das auf irgendeine

Verbindung mit dem Hof und der Staatsregierung hingedeutet hätte. Alte ererbte Titel dagegen, wie Erbmarschall oder Erbjägermeister u. s. w., waren genug vorhanden. Die meisten der Herren griffen zu den Tabackspfeifen, die ein Bedienter umherreichte. Herr von Mainhövel nahm Valerian bei der Hand und zog ihn neben sich auf ein Sofa. Um sie herum bildete sich eine Gruppe, welche aus einem großen und starken, etwas vernachlässigt und ungebürstet aussehenden Herrn in den dreißigen — er wurde Sackenrode genannt — ferner einer untersetzten Figur, die Valerian's Aufmerksamkeit besonders auf sich ziehen mußte, da sie ihm als Baron Heydenreich von Tandern vorgestellt wurde, und einigen andern waldbärtigen und in grüne Jagdröcke gekleideten Herren bestand.

Das Gespräch bewegte sich in einem Kreise von ziemlich gleichgültigen Dingen für andere Sterbliche, die aber hier ein großes Interesse in Anspruch zu nehmen schienen. Da sie Valerian theilnahmlos ließen, so konnte er seiner Neigung folgen und sich stiller Beobachtung hingeben, um das Terrain kennen zu lernen, auf dem er sich von nun an und in alle Zukunft bewegen sollte.

Die zunächst um ihn Sitzenden waren mit kleinen Neuigkeiten aus dem Kreise der Verwandtschaft beschäftigt. Er hörte nur die Namen Georg, Karl, Herbert, Max, Joseph, Clemens u. s. w. aussprechen und zu jedem ein kleines Prädicat hinzufügen: Georg hat den Schnupfen, Max kommt übermorgen und Clemens ist in der Stadt. Die so sprechenden Herren schien offenbares Behagen daran zu finden, sich in den einfachsten grammatikalischen Satzbildungen zu üben.

Eine andere Gruppe hatte den Namen Max, Karl und Joseph die Namen Ocean, l'Eclair, Hydaspes, Marius und

Sulla substituirt, und unterhielt sich von den Eigenschaften der Inhaber dieser stolz klingenden Benennungen, welche nichts weniger als berühmte Vollblutpferde bezeichneten; und der Koller des Sulla oder die Erkältung des Eclair schien diese Herren mit derselben tiefen Theilnahme zu erfüllen, womit die andere Gruppe die Nachricht von Georg's Schnupfen und Murens Ankunft aufnahm.

Drei andere Männer, die in einer Fensternische standen, hörte Valerian dagegen ernstere Gegenstände bereden.

Sie sprachen über Güterzersplitterung und die unseligen Folgen derselben. Einer sprach sich entschieden für die Einführung der strengsten Untheilbarkeit aller Höfe aus, und wollte auch für die kleinsten Besitzungen das Recht der Fideicommiß-Stiftung eingeführt wissen. Er hatte augenscheinlich über die Geschichte der Agrarverfassung eingehende Studien gemacht, und mit selbstthätigem Denken die Fragen der National-Oekonomie ergründet. So vertheidigte er das Zusammenhalten großer bäuerlicher Landbesitze mit Nachdruck und schlagenden Gründen. Nachdem er mit großer Sachkenntniß und vielem gesunden Verstande seine Ansichten entwickelt hatte, lenkten andere das Gespräch auf eine verarmte, aber den meisten näher oder ferner verwandte Adelsfamilie; es wurde beschlossen, derselben alle ihre Schulden zu bezahlen, dafür aber ihre Güter in Verwaltung zu nehmen, bis die unverzinslich vorgestreckten Gelder aus den Einkünften amortisirt seien. Der Familie wurde unterdeß eine kleine Jahresrente ausgesetzt, bis sie wieder in ungetrübten Besitz ihres vormaligen Wohlstandes treten könne. Funfzigtausend Thaler waren von den Anwesenden nach fünf Minuten zu diesem Behufe in eine Liste eingezeichnet.

Valerian's Achtung vor seinen Standesgenossen war im Anfange, als er einen Theil derselben auf die geistloseste Weise mit so nichtigen Dingen hatte beschäftigt gesehen, sehr herabgedrückt worden. Jetzt stieg sie wieder, besonders als er Zeuge wurde, mit welcher großartigen Leichtigkeit die wichtigsten Geschäfte von ihnen behandelt wurden, und zu welch großen Aufopferungen das Gefühl der Standesehre und der esprit de corps sie befähigte.

Höchlichst interessirte ihn Herr von Mainhövel, der jetzt das Wort nahm und in kurz abgebrochenen Andeutungen zuerst von einem schon vor längerer Zeit entworfenen Plane sprach, eine neue Ritterakademie zu gründen. Er verbreitete sich dabei über allgemeinere Fragen hinsichtlich der Stellung des Adels überhaupt und seiner zunächstliegenden Bestrebungen. Dann setzte er auseinander, welche Resulte von einer Adelsschule zu erwarten seien, wo man besonders die von den andern Schulen vernachlässigte äußere Bildung der jungen Leute erziele, um ihnen vollständige Sicherheit und Gewandtheit und jene feine, weltmännische Sitte zu geben, die einst der Stolz des Adels und sein Privilegium war und die so viel zur Erhaltung des äußern Nimbus beiträgt. Am Ende seiner Rede fragte Herr von Mainhövel Valerian um seine Meinung über dies alles.

Mir scheint, sagte Valerian, wenn ich anders mir erlauben darf, hier das Wort zu nehmen, da ich mit den besondern Verhältnissen unsers Landes noch so unbekannt bin — mir scheint manches sehr wahr, anderes aber auf ein falsches Ziel sich zu richten. Das Streben des Adels heutiger Zeit kommt mir vor wie künstlich verschlossen für eine höchst banale, höchst abgedroschene Behauptung, die doch so wichtig, so wahr für unsere Richtungen, so vernichtend wahr ist!

Nun und die ist? hieß es in dem Kreise, der sich um Valerian bildete.

keine sonst, als daß die Zeit eine andere geworden. Ich will mich ganz unumwunden aussprechen und werde Ihnen dankbar sein, wenn Sie mich falscher Auffassungen überweisen. Ich urtheile so: Sonst hatte die Autorität das Volk und den Staat in ihrer Gewalt. Sie herrschte, gehalten von gewissen Ideen; dem Glauben an das Vorzugsrecht der bloßen Geburt unter anderm. Dieser Glaube gab dem Adel neben und in der Autorität eine so große Wichtigkeit. Der Adel war ein integrirender Theil der herrschenden Staatsgewalt. Er füllte alle höchsten Stellen aus; er befehligte die Armeen; früher hatte er ja allein die bewaffnete Macht, die ultima ratio regum, gebildet. Der Adel herrschte und genoß, das Volk diente.

Dies wurde anders, indem die Thatsache der gleichen Bildung alle gebildeten Stände in der Wirklichkeit gleichmachte, die Gerechtigkeit aber alle mit gleichen Rechten ausstattete.

Jetzt herrscht nicht mehr die erschütterte Autorität, nein, jetzt herrscht die Regierung; eine auf andere Basen ruhende Gewalt. Wie die Autorität von Ideen gehalten wurde, so stützt sich die Regierung auf Grundsätze ... des Gehorsams, der Ordnung, der gegenseitig zu garantirenden Sicherheit und der Ruhe. Ihre Stützen sind nun natürlich die Männer des Gehorsams, der Ordnung, der Ruhe, d. h. die Beamten und das Militär.

In dieser jetzigen, stark befestigten Ordnung der Dinge, die durch Centralisation und klug organisirten Zusammengriff aller Räder der Staatsmaschine, ferner durch den conservativen Willen der großen Mehrheit des Volks wie unauflöslich geworden, sucht der Adel eine ganz anomale Stellung, er sucht seinen frühern Einfluß, seine historische Macht im Staate der Autorität wieder zu erlangen.

Um ein Beispiel zu gebrauchen, er sucht da, wo er einmal geschwommen hat, jetzt wieder zu schwimmen, ohne zu sehen, daß das Wasser abgelaufen ist; daß der See, in welchem er früher plätscherte, jetzt von fleißigen kleinen Leuten als Ackergrund bebaut wird ...

Was soll denn der Adel thun und wonach streben? Soll er sich von dem Lauf der Dinge auf die Seite schieben und zum Krautjunkerthum verdammen lassen? fragte Herr von Tondern.

Bewahre Gott, versetzte Valerian, dessen anfängliche Verlegenheit, seine Stimme so allein in dieser Gesellschaft perorïren zu hören, nach und nach der begeisterten Wärme wich, womit sein Gegenstand ihn erfüllte. Nein, sagte er, er ist allerdings berufen, eine andere Macht im Staate einzunehmen. Er ist berufen zu einer großen Wirksamkeit, zu einer neuen Herrschaft sogar ...

Nun, mehr verlangen wir ja nicht! sagte lächelnd Herr von Mainhövel.

In der That, fiel ein anderer Vetter tief aufathmend ein; mir war schon bange, wo das alles hinaus solle!

Nur zu, nur zu, sagte Herr von Mainhövel gespannt.

Der Adel und seine Rechte wurden beseitigt durch die zur Bildung gekommenen untern Stände. Mögen Sie diese Bildung und die Aufklärung unserer Zeit eine gute oder schlechte nennen, ich will darüber nicht streiten. Ich verstehe darunter den Umschwung der Meinungen und Ansichten über göttliche und menschliche Dinge, welcher sich im vorigen Jahrhundert bewerkstelligte. Dieser Umschwung hat das Staatsleben umgestaltet, uns verdrängt und statt der hinter der Bildung einer neuen Zeit zurückgebliebenen Adelsherrschaft die Regierungsmaschine, d. h. die Bureaukratie, herrschend gemacht. Nun wohl, wurden wir gedrängt, drängen wir ebenso wieder; schlug man uns mit der neuen Bildung, schlagen wir mit eben dieser

Waffe wieder. Denn wie früher wir es waren, so ist jetzt im Lauf der Jahre die Regierung und die Bureaukratie hinter der Bildung der Gegenwart zurückgeblieben. Ja, sie ist im offenen Kampfe mit ihr. Die Bildung der Gegenwart will freiestes, constitutionelles Staatsbürgerleben. Die Bureaukratie, verknöchert in ihrem Bevormundungssystem, verweigert es zu gewähren. Die Bildung der Gegenwart will freie Presse, Associationen, Achtung der persönlichen Sicherheit, vollste Glaubensfreiheit u. s. w. Die nach Willkür strebende Regierung und Bureaukratie ist die Feindin dieser Forderungen. Nun wohl, bemächtigen wir uns dieser Forderungen, jener Bildung; stellen wir uns an ihre Spitze! Sie hat uns einst ausgetrieben, im Bunde mit ihr kehren wir zurück und wir werden aufs neue eine gewaltige Macht. Der erste Schritt dazu muß aber nothwendigerweise eine Concession an die Bildung sein, Aufgeben der Idee, wir wären durch die Geburt allein besser als andere Leute! Um den vordersten Rang unter den Factoren des Staatslebens einzunehmen, um die wahren Fürsten des Reichs zu werden, dünken wir uns nichts anderes auf unsern Herrschaften zu sein als der erste Bauer, wie schon der edle Reichsfreiherr von Stein uns mahnte!

Einige Ausrufe des Zweifels und der Verwunderung unterbrachen den Redner.

Dieser fuhr, unbeirrt dadurch, fort:

Nun ja, ist es nicht eine, schon wider allen Anstand, alle Höflichkeit verstoßende Manier von uns, daß wir gegen andere Menschen thun, als haben wir ein Recht, etwas Höheres, Edleres zu sein als sie? Geben wir um Gottes willen diese fixe Idee auf; ein Mensch ist ursprünglich so gut wie der andere, und wie man sagt, jeder ist seines Glückes Schmied, muß man auch sagen: jeder ist seines Adels Schmied. Diese Wahrheit ist für den Unbefangenen so nothwendig und klar wie das Sonnenlicht, und wie das Sonnenlicht dringt sie in jede Ecke und wird sich Bahn brechen, wo sie irgend im Dunkel eines confusen Kopfes noch nicht aufgegangen ist.

Wo ein Mensch Geist, edle Unabhängigkeit, reinen Willen und Verdienste irgendeiner Art hat, da ist Adel, nicht Seelenadel allein, nein, auch der gesellschaftliche Adel. Ist das nicht wahr? Ist Thorwaldsen oder Peter Cornelius oder Goethe ein weniger vornehmer adelicher Mann als der Fürst von X oder Y.? Sie, meine Herren, haben zu viel gesunden Sinn, als daß Sie es leugnen werden!

Diese gütige Voraussetzung wurde nicht ganz gerechtfertigt; mehrere nachdrückliche Protestationen machten sich laut.

Nein? Und doch möchte ich mein Leben an das Bestreben setzen, Sie zur Anerkennung dieser Behauptung zu vermögen. Ich will Ihnen nicht zumuthen, mit geldstolzer Flachheit, mit der sich empordrängenden und spreizenden Halbgebildetheit sich einzulassen, oder auch mit ehrenwerther Tüchtigkeit, wo ihr die Form fehlt und der Kern sich in roher, abstoßender Schale birgt, sich auf du und du zu setzen. Dem Menschen, der gleichen Ranges und ebenbürtig mit der Aristokratie sein, der einen Theil derselben bilden will, soll zu innerm Verdienst auch die Form nicht fehlen. Wie in der Kunst, ist auch beim Menschen die Form die Hälfte.

Aber ich denke mir nicht allein von der Zeit geboten, sondern unabweisliche Forderung der Politik, daß wir die Vorurtheile des Geburtsranges, die Exclusivität, die Aufrechthaltung des Stammbaum- und Stiftsfähigkeitswesens, mit Einem Worte die Idee der Kaste den andern Ständen gegenüber fallen lassen.

Es ist ganz natürlich, daß die andern Stände durch unsere verletzenden Ansprüche auf Besser- und Mehrseinwollen gereizt sind. Verhehlen wir uns dies nicht. Man sieht schadenfroh unsere Niederlagen, man hemmt uns, wo man kann, man strebt, uns jeden Fuß breit Landes streitig zu machen. Ich erinnere nur an die Provinzialstände; wie eifrig sucht man unserm Uebergewicht in denselben vorzubeugen!

Dies lähmt unsere Macht; denn eine Macht ist in der modernen Welt nur noch, was einen Theil der öffentlichen Meinung als Stütze hinter sich hat.

Werfen wir deshalb jene Vourtheile von uns. Wollen wir nichts sein, als was wir sind, unabhängige Grundherren, durch die Größe unsers Besitzes und durch unsere Bildung, durch die Großartigkeit, womit wir die Dinge überschauen können, und unsern Eifer für die wahren Interessen der Humanität und des Volks ausgezeichnet.

Haben wir so aufgehört, die öffentliche Meinung zu verletzen, so wird sie uns zuströmen und uns mit einer ungeheuern Macht bekleiden. Es ist ein großer Trieb im Menschen, sich in die Clientel Mächtiger zu begeben. Benutzen wir ihn. Die Regierung hält das Volk in Ordnung, aber sie hat kein Ohr für das Gemüth, für die Poesie und das innere Leben der Nation; bemächtigen wir uns dieses Gebiets. Vertreten, schützen wir es, machen es geltend, wo die Bureaukratie es unterdrückt. O, Sie sollten sehen, zu welcher Macht im Staate uns das erheben würde.

Denn unser großer Vortheil ist ja der, daß ein großes Gefühl der Gemeinsamkeit unserer Interessen uns zusammenhält, daß wir eine große compacte Masse bilden, die mit dem ersten wichtigsten Machtelement der Gegenwart, dem Besitz, ausgerüstet ist — wie thöricht, dies ungeheure Machtelement vollständig zu neutralisiren, indem wir es an Ziele verschleudern, die nun einmal nicht mehr zu erreichen sind, statt es an die Ziele zu setzen, welchen die ganze Welt der Bildung nachringt.

Sind wir denn nicht Angelsachsen? Sind wir denn nicht die Stammesvettern jener Aristokratie, die in England im Staat und in der Gesellschaft den höchsten Einfluß übt? Weshalb thun wir es nicht hier? Es käme nur darauf an, daß wir die Schranken der Kaste aufhöben. Daß wir nicht im bloßen Namen, sondern im Verdienst die Aristokratie suchen. Daß wir dem Bewußtsein der Gegenwart nicht mit einem speciellen Baronenbewußtsein entgegentreten; daß wir den großen Namen, welche in Kunst, Wissenschaft und Literatur die Nation auf ihre geistige Höhe erhoben haben, nicht ganz absonderliche Größen gegenüberstellen, die jenseit unserer Grenzen niemand kennt, und den befreienden Gedanken eines Kant oder Fichte nicht länger die confuse Weisheit von allerlei mystischen Spintisir-Philosophen wie der Schuster von Görlitz vorziehen und nicht länger der geistreichen Vorstellung huldigen, die Dichter, welche der Jesuitenorden hervorgebracht, überragten alles, was Protestanten wie Shakspeare, Goethe und Lessing je zu Stande gebracht. Daß wir mit Einem Wort nicht länger die ganze unmeßliche Welt der Bildung, die wie ein wogender Ocean auf uns einbricht, für Schaum halten, der sich an dem festen Felsen unsers Standesbewußtseins brechen muß und wird, um dann unschädlich wieder abzulaufen. Es hat doch eigentlich am Ende etwas Lächerliches, der ganzen unermeßlichen Welt der modernen Thatsachen, Ideen, Entdeckungen, Hervorbringungen in Kunst und Literatur, die wir zu erfassen, zu verfolgen zu geistesträge sind, ein persönliches Würdegefühl entgegenzusetzen und es damit wie abgethan zu betrachten! . . . .

Ich glaube, sagte ein schmächtiger und blässer Jüngling mit sehr hellblondem, dünnem Haar, der augenscheinlich durch Valerian's Wärme zu so viel Muth gebracht wurde, seine Herzensmeinung an den Tag zu legen — ich glaube, daß daran viel Wahres ist. Wie hat nicht unser Einfluß sich gehoben, seitdem wir in dem kölnischen Zerwürfnisse männlich und nachdrucksvoll die populäre Meinung dieses Landes vertraten?

Gewiß, rief Valerian aus, gewiß! Da hat es sich gezeigt, welche Bedeutung wir haben an der Spitze der öffentlichen Meinung. Mein Gott, welche Kräfte stehen uns nicht zu Gebote! Welcher materielle Reichthum, den wir nur halb ausbeuten, welche Intelligenz, die wir nicht zum Viertheil in unsern Köpfen ausbilden, welche unabhängige, edle, kernhafte, zum Wirken im größten Kreise geschaffene Naturen sind nicht unter uns!

Wenn man das alles, was Sie gesagt haben, zusammenfaßt, nahm der Freiherr von Maitzhövel kopfschüttelnd das Wort, so heißt es: thut euere theuersten Güter, euere historischen Erinnerungen, euere geheiligten Prärogative von euch, werdet wie Philipp Egalité, schmeichelt der Tagesmeinung, kauft der Volksgunst nach und laßt euch am Ende von dieser — guillotiniren!

Nein, nein, Sie mißverstehen mich vollständig, rief Valerian eifrig aus.

Wir können alle uns theuer gewordenen Erinnerungen behalten. Wir sollen nur den Wahn fahren lassen, daß sich aus Erinnerungen eine Zukunft bilden lasse. Wir sollen nur nicht die Zeit in ihrem Laufe festhalten wollen, um ihr, gestützt auf historische Ansprüche, das abzutrotzen, was sie uns nahm.

Der Tagesmeinung brauchen wir nicht zu schmeicheln. Ich will weder Radicals, Socialisten, Communisten aus dem Adel machen, noch ihm einmal wie der flache Liberalismus zurufen: zieh' dich in deine Kohlgärten zurück, bau' deinen Acker und halte dich nicht durch deine Geburt und deinen Besitz für berechtigt, im Staate eine Rolle zu spielen!

Der Adel ist berufen, eine Rolle zu spielen, aber eine ganz andere als die, welche er jetzt im ganzen spielt.

Das ist meine Meinung vom Adel; wie Sie sehen, beruht sie ganz auf meiner Achtung vor den tüchtigen, oft bei großer Roheit doch so reichbegabten, treuen, gesinnungstarken Naturen, welche unsern Adel bilden, und meinem Respect vor so vielen wahrhaft vornehmen und edeln Individualitäten, die darunter hervorragen; während viele freilich mit läppischen Nichtsnutzigkeiten ihre Tage vergeuden.

Valerian wischte sich die Stirn. Die Anwesenden zertheilten sich in mehrere Gruppen; nach der anfänglichen Stille, welche auf Valerian's Worte gefolgt war, erhob sich nach und nach immer lauter werdendes Hin- und Herreden.

Das ist nichts für uns Alte, erscholl dazwischen laut die Stimme des Herrn von Mainhövel. Mögt' ihr Jungen sehen, wie ihr mit dem Volke auskommt; wir verstehen uns nicht auf Reden zu Gunsten der freien Presse und des constitutionellen Schwindels und solche Dinge. Larifari! Ich werde, solange ich lebe, dafür sorgen, daß die Wappen von Mainhövel und Surenburg rein und unbefleckt bleiben und so über meiner Gruft aufgehängt werden. Dann mögt ihr sehen, was weiter kommt.

Valerian verdrossen diese Worte nicht; von einem Charakter, wie Mainhövel, konnte er sie nicht anders erwarten und er begnügte sich mit der Hoffnung, in manchem Kopf den Keim weitern Nachdenkens zurückgelassen zu haben. So trat er schweigend in eine Fensterbrüstung, gefolgt von manchen Blicken aus mistrauisch ihn beobachtenden Augen.

Er hörte eine helle Stimme draußen im Hofe und eine

Gruppe zog seine Aufmerksamkeit auf sich. Zwei elegante Reitpferde wurden auf- und abgeführt von einem jungen Reitknecht in knappanliegender, blauer Livree, der eine auffallende Erscheinung bildete. Er hatte eine frauenhaft zierliche Figur und obwol sein Teint sonnverbrannt war, so zeigten doch seine feinen Züge etwas Vornehmes und eine für einen Pferdebuben auffallend sanftmüthige, schüchterne Physiognomie. Sein hübscher Mund hatte kirschrothe Lippen und die schönsten blonden Locken hingen um seinen Kopf — aber naß und schwer, denn es war ein trüber Tag mit feinem von Zeit zu Zeit niederrieselnden Sprühregen. Der arme Schelm schien sich in der klatschnassen und knappen Livree sehr unbehaglich zu fühlen; er zitterte vor Frost, aber obwol der Regen fortwährend leise niederschauerte, so hielt er doch draußen im Hofe aus, ohne seine Thiere, wie die Reitknechte der andern Herren, in die Ställe zu bringen.

In dem Augenblicke, wo Valerian aus dem Fenster sah, kam Herbertine aus dem Schlosse gesprungen, eilte auf den jungen Burschen zu und warf sich in seine Arme. Der Reitknecht küßte das kleine Fräulein, ohne sich irgend Gêne anzuthun, nach Herzenslust ab, und nachdem beide einige Worte gewechselt hatten, lief Herbertine ins Haus zurück, um rasch mit einem Mantel für ihren Freund wiederzukommen.

Das Räthsel, welches in diesem Betragen beider für Valerian lag, wurde ihm bald gelöst; in der nächsten Fensternische hörte er einen der anwesenden Herren zu einem andern sagen:

Gott im Himmel, da steht ja Sasseneck's Frau unten im Hofe!

Als Reitknecht! Was das nun wieder für ein Einfall ist! Mitten im Regen!

Das arme Geschöpf wird noch draufgehen bei seiner Behandlung und seinen Erziehungsexperimenten!

Man erzählt sogar, fuhr der erste fort, er habe ihr im vorigen Winter eines Abends angekündigt, sie müsse die Nacht auf den Aepfeln schlafen, damit sie nicht erfrören!

O es ist fabelhaft; aber es empört mich!

Gehen wir, sie hereinzuführen; wird er unwirsch darüber, so bin ich ganz in der Laune, mit ihm Streit anzufangen!

Die beiden Herren gingen. Die andern, schien es, sahen darin ein Zeichen zum allgemeinen Aufbruch, und so verabschiedeten sie sich, um unten bei der Frau von Mainhövel ein Gabelfrühstück einzunehmen, das ihrer harrte. Herr von Mainhövel hielt sie nicht zurück, um die Unterhaltung noch auf diejenigen Angelegenheiten zu bringen, welche Allgunde Quernheim ihm soufflirt hatte ... er fühlte, daß dazu heute nicht der Tag sei — Valerian Schlettendorf hatte die Stimmung dazu verdorben!

Sechstes Kapitel.

Der gezähmte Löwe.

Als sie fort waren, kam Herbertine hereingesprungen: Vater, es ist ein Mann da, der einen großen Brief nur dir allein geben will, sagte sie.

Ein junger Bauer kam hinter ihr ins Zimmer und legte ein Schreiben in die Hand des Freiherrn von Mainhövel; dann wandte er sich und ging.

Wart! soll bleiben!

Der Bauer gehorchte nicht, sondern entfernte sich.

Vater, er ist taub, sagte Herbertine; er antwortet auf keine Frage, woher er ist, oder wer ihn geschickt hat.

Taub? so mag er laufen; da lies den Brief, Herbertine.

Herbertine öffnete das Schreiben und las mit ihrem Glockenstimmchen die folgenden Zeilen:

„Ew. Hochwohlgeboren sehe ich mich in die unangenehme Nothwendigkeit versetzt, als Arzt der Freiin Theo von Blankenar die folgende Mittheilung zu machen.

„Vorgestern Morgen, als ich von jemand aus ihrer jetzigen Umgebung zu ihr gerufen wurde, fand ich dieselbe in einer krankhaften nervösen Aufregung, in die sich bald die unverkennbaren Symptome einer ausbrechenden Geistesstörung mischten, welche denn auch in den zwei folgenden Tagen immer entschiedener hervortrat. In ihren Paroxysmen wähnt sich Ihre Mündel verfolgt von mehrern Personen, welche sie namhaft macht, hauptsächlich vom Baron Tondern, von der Gräfin Quernheim und von Ihnen, Herr von Mainhövel, ihrem Vormunde; sie phantasirt, diese Personen lechzten nach ihrem Blute, und den erstgenannten ehrenwerthen Herrn bezeichnet sie mit dem Namen: „der Schakal, welcher der Löwin folgt, um von ihr zum Raube geführt zu werden", während Sie, Herr Baron, von ihr mit dem Namen der steinerne Comthur oder der gefesselte Simson bezeichnet werden, den Gott in die Hand eines Weibes gegeben, welches ihn um seinen Kopf bringe."

Herbertine ließ, zitternd vor dem Wuthausbruch, den sie nach solchen Ausdrücken für unvermeidlich zu halten berechtigt war, das Blatt aus den Händen fallen.

Weiter, weiter! rief Herr von Mainhövel mit dem Fuße stampfend. Das Kind fuhr fort:

„Ich will die andern Eigenschaften, welche sie in ihren Paroxysmen Ihnen und ihren andern Verwandten beilegt, die Gegenstände ihrer Furcht und krankhaften Angst hier nicht weiter aufzählen, sondern führe nur dies an, um Ihnen anzudeuten, wie hier einer jener Fälle von Geistesstörung vorliegt, die leider so häufig sind — die fixe Idee des Verfolgtwerdens durch die nächststehenden Verwandten.

„Unter diesen Umständen habe ich für gut befunden, sie da zu lassen, wohin sie sich im ersten Anfalle ihrer Krankheit begeben hat und wo sie sich vor den Verfolgungen ihrer Verwandten geborgen hält. Es kommt zunächst alles darauf an, sie in diesem Glauben zu belassen. Ruhe thut ihr vor allem noth und ihr jetziger Aufenthalt in einer Landwohnung ist für ihren Zustand ganz geeignet. Für ihre Heilung wende ich natürlich alles an, was in meinen Kräften steht, und ich habe die beste Hoffnung auf Erfolg, wenn keinerlei Störung in den regelmäßigen Gang der Cur eingreifen wird. Aus diesem Grunde muß ich als Arzt der Kranken jegliche Nachforschung nach derselben verbitten; träte in ihrer jetzigen Aufregung irgendeiner ihrer Verwandten oder eine der Personen gar, von denen sie sich verfolgt glaubt, gegenüber, so könnte ihr Zustand sich unberechenbar verschlimmern.

Indem ich mir gehorsamst erlaube, auf alles dies Ew. Hochwohlgeboren aufmerksam zu machen, und meinen ärztlichen Rath, die Freiin Theo ganz meiner ungestörten Behandlung zu überlassen, nachdrücklichst wiederhole — über den Stand der Krankheit werde ich von Zeit zu Zeit zu berichten die Ehre haben — verharre ich u. s. w.

Dr. J. W. Pauli,
Amtsphysikus zu Birkenheim."

Der Freiherr von Mainhövel nahm den Brief und zerknitterte ihn in großer Aufregung.

Die Schnur! rief er laut aus, die Schnur!

Herbertine griff danach mit krampfhafter Hast und legte die Schnur in ihres Vaters Hand. Dann drückte sie sich zag und scheu in ihr Eckchen hinter dem Ofenritter.

Herr von Mainhövel rannte unterdeß an seiner Schnur im Kreise herum mit vor Zorn verzerrten Zügen; er ächzte unter der Last seiner Wuth, die seine Lippen blau färbte und über seine Stirn tiefe, düstere Falten gefurcht hatte. Da diese Furchen von der Nasenwurzel ausgehend sich fächer- oder radienartig nach allen Seiten hin über die gewaltige Stirn ausbreiteten, so hatte er einen ganz seltsamen und dämonischen Ausdruck in solchen

Augenblicken; und auch ein stärkeres, entschlossenenes Gemüth als die arme Kleine, die sich duckte wie ein Huhn unter dem Auge des Falken, würde beim Anblick einer Leidenschaft erschrocken sein, wie sie in den wildverzerrten Zügen des blinden Freiherrn sich malte.

Gräfin Allgunde! Gräfin Quernheim! rief er nach einer Weile; lass' sie bitten um die Gnade, mir einen Augenblick Gehör zu schenken!

Herbertine schoß zum Zimmer hinaus.

Unten in einem so ordentlich wie möglich hergerichteten Gesellschaftszimmer, wohin Herbertine die Treppe hinabflog, saß die Gräfin Allgunde von Quernheim neben Valerian von Schlettendorf beim Gabelfrühstück. Sie sprach sehr lebhaft mit ihrem Nachbar und ihr Gesicht trug den Stempel großer innerer Bewegung. Auch Valerian's helle Züge waren geröthet, er war sehr aufgeregt worden im Gespräche mit seiner neuen Bekanntschaft.

Gräfin Allgunde erhob sich auf der Stelle, als Herbertine ihr die Botschaft, mit der sie athemlos dahergestürmt kam, ins Ohr geflüstert hatte. Das Kind folgte ihr; aber im Corridor, an der Treppe nach oben, blieb es stehen und horchte, wie die Gräfin hinaufstieg, leichten und elastischen Schrittes oben dahineilte, als ob ein besonderes Gefühl von Entschlossenheit sie hebe und verjugendliche, und dann ins Zimmer des Freiherrn eintrat.

Herbertine ließ nun das geröthete, emporgerichtete Köpfchen sinken und ein Strom von Thränen schoß aus ihren lichten, freundlichen Augen.

Was ist Ihnen, kleines Fräulein? sagte eine Stimme mit sanftem Tone hinter ihr, während eine Hand sich auf ihre Schulter legte.

Herbertine wandte sich um. Ein Jäger stand hinter ihr,

der aus einem Seitengange getreten war, es war derselbe, der ihr schon vorhin auf der Treppe begegnete.

Ich weiß nicht, ob ich dich kenne oder nicht? fragte die Kleine, ihn überrascht ansehend.

Freilich kennen Sie mich, ich habe Sie oft auf dem Arm getragen, als Sie noch kleiner waren, versetzte Finkenberg.

Ja, ich erinnere mich, antwortete Herbertine, ihre Thränen abwischend und mit fragenden unsichern Blicken zu seinen Zügen aufsehend. Du bist Sackenrode's Jäger, nicht wahr?

Ja, ja, ganz recht, Sackenrode's Jäger, Florian! sagte Finkenberg lächelnd. Aber jetzt sagen Sie mir, was Ihnen ist, weshalb Sie so weinten, Fräulein!

O mein Vater war so zornig; ich fürchtete mich!

Ihr Vater zornig? Und weshalb?

Weil die Cousine Theo wahnsinnig geworden ist! Denke dir, der Doctor Pauli hat's geschrieben.

Wahnsinnig? Gott im Himmel! und wo ist sie?

Der Doctor Pauli will nicht, daß man sich danach erkundige; sie ist auf dem Lande. Sie hat Parox — Parox — ich weiß nicht, wie es heißt, aber es lautet ganz schauerlich!

Schrecklich! Aber wo auf dem Lande ist sie? sagte Finkenberg.

Hör', Florian, unterbrach ihn Herbertine, ich weiß nicht, ob mir der Vater nicht drohen wird, er werde mich schlagen, wenn ich ein Wort von dem Briefe erzähle. Das thut er manchmal, wenn ich ihm Briefe gelesen habe. Deshalb sag' nichts davon; willst du?

Ja, Fräulein, wenn Sie nichts von mir sagen wollen, daß Sie mich hier gesehen haben und mir dies erzählten.

Das Kind nickte mit dem Kopfe und ging, indem es, den

Finger an die Lippen drückend, fortwährend über die Schulter auf den andern Theilnehmer der kleinen Verschwörung blickte.

Unterdeß stand die Gräfin von Quernheim im Zimmer des Freiherrn von Mainhövel, der ihr Eintreten geflissentlich nicht beachtet hatte und fortfuhr, im Kreise herumzulaufen. Allgunde beobachtete schweigend die Gestalt des zornigen Barons, der, von Zeit zu Zeit einen dumpfen Laut ausstoßend, rastlos wie ein wunder Bär sich umtrieb. Dann flog ein moquantes triumphirendes Lächeln über ihr Gesicht; endlich sagte sie mit sanft lispelnder Stimme:

Mein lieber Mainhövel, Sie haben mir etwas zu sagen?

In der holdseligen, süßen Freundlichkeit, womit sie diese Worte aussprach, in der sorglosen Heiterkeit, womit sie dem Grimm des Barons gegenübertrat, lag für diesen etwas so Erbitterndes, daß er trotz aller seiner guten Erziehung und Ritterlichkeit es nicht vermochte, den Fluch zu unterdrücken, der auf seinen Lippen lag.

Zum Teufel, ja — ich habe Ihnen etwas zu sagen!

Bär! sagte die Gräfin für sich; wart', du sollst mir tanzen! — Soll ich Sie zu Ihrem Sofa führen, lieber Freund? fragte sie.

Herr von Mainhövel bekam regelmäßig einen Anfall von Raserei, wenn ihn jemand durch ein solches Anerbieten von Hülfleistung an sein Gebrechen erinnerte.

Nein, ich danke ganz unterthänig, Gräfin Allgunde, ganz unterthänig, rief er aus, mit einer Stentorstimme, daß die Fensterscheiben klirrten. Da, setzte er hinzu, da lesen Sie, diesen Brief lesen Sie!

Gräfin von Quernheim las den zerknitterten Brief, den Mainhövel ihr reichte.

Eh bien, sagte sie, nachdem sie das Papier rasch überblickt, was soll ich damit? Ich hoffe nicht, daß Sie sich dadurch haben erschrecken lassen. Es wird niemand so de but en blanc wahnsinnig. Einer von Theo's tollen Einfällen, eine Komödie, was weiter!

Eine Komödie? Pauli ist ein Ehrenmann. Ich kenne Pauli. Pauli gibt sich zu keiner Komödie her! Was da steht, ist wahr; es ist furchtbar wahr! Das Kind wahnsinnig! Das ist Ihr Werk, Quernheim! Hätten's wissen können! Es liegt ihr im Blut. Der alte Blankenar war auch ein Narr! Mit seiner weißen Frau! Glaubte, er hätte die weiße Frau geheirathet! Hätten's wissen können, Quernheim! Sie tragen die Schuld! Sie haben sie geängstigt und gepeinigt — ja, ja, gequält haben Sie das arme Geschöpf! O ich kenne Sie, Gräfin Quernheim. Sollte den Schleicher, den Heydenreich heirathen! Mag ihn nicht — hat recht, daß sie den Kerl nicht mag! Ich mag ihn auch nicht! Nun ist sie wahnsinnig drüber geworden — mein Mündel ist wahnsinnig! Es ist ein Skandal im ganzen Lande. Ich habe dem alten Pinsel von Blankenar mein Ehrenwort verpfändet, für sein Kind sorgen zu wollen, und nun hab' ich es in Ihre Hände gegeben, Quernheim! Sie haben sie wahnsinnig gemacht . . . der Teufel mög' es Ihnen vergelten! Keinen Schritt sollen Sie mehr nach Blankenar setzen, ich dulde es nicht; ich bin der Vormund, nicht Sie! Verstanden? Keinen Schritt mehr! Ich bin Ihnen sehr für Ihre bisherige Freundschaft dankbar, Frau Gräfin; aus etwas weiterer Ferne gewährt, wird sie mir aber angenehmer sein! Ich glaube, Sie waren lange nicht in Ihrem Stifte, Frau Gräfin — vergessen Sie den Weg dahin nicht!

Ich gehe, ich gehe, Herr von Mainhövel, wenn ich Ihnen

plötzlich lästig geworden hin. Nur erlauben Sie mir ein paar Worte noch über diese Sache. Was denken Sie jetzt zu thun?

Jetzt? Was Pauli will!

Allerdings das Zweckmäßigste, da ich nicht sehe, wie es Ihnen auch möglich wäre, etwas anderes zu thun. Wo sollen Sie sie suchen? Doch ist es für Sie unangenehm, eine Tolle in einer ganz fremden Umgebung Dinge ausplaudern lassen zu müssen, die nichts zur Erhöhung Ihres Ansehens beitragen werden, Herr von Mainhövel!

Ich hoffe, Sie wird so viel von der Frau Gräfin von Quernheim zu erzählen haben, daß sie keine Zeit behält, viel von mir zu sprechen. Und wenn auch, ich fürchte nicht, was eine Unkluge phantasirt! Ich biete der übeln Nachrede keine schwache Seite, Gott sei Dank!

Aber es wird ein höchst skandalöses Aufsehen machen, wenn es heißt, Theo sei krank und sei bei fremden Menschen, statt von ihren Verwandten, bei ihrem Vormunde gepflegt zu werden.

Hm! sie ist in der Pflege ihres Arztes! versetzte Mainhövel. Es ist doch schon des Skandals genug — Flucht — Wahnsinn — in meiner Familie — o wenn ich wüßte, setzte er zähneknirschend hinzu, wie viel davon auf Ihre Rechnung kommt, Quernheim!

Nun, sagte diese sorglos, setzen Sie getrost alles auf meine Rechnung. Ich wollte Theo zur Heirath mit Heydenreich zwingen; da sie Widerstand leistete, wollte ich sie nach Arnstein entführen lassen. Sie hat, scheint es, durch einen Zufall Kenntniß von diesem Plan bekommen; sie war immer ein schwärmerisches, heftiges, zu äußersten Maßregeln geneigtes Geschöpf, mag leicht sein, daß sie aus Angst vor meinen Plänen entfloh und, wenn Sie wollen, auch den Verstand verlor!

Also Sie hämmerten mir diese Nägel zu meinem Sarge — o Quernheim — Quernheim — weichen Sie mir aus — fort, gehen Sie fort — fliehen Sie — denn bei Gott — ich könnte mich an Ihnen vergreifen! ... ich könnte Sie erdrosseln!

Der Blinde war schrecklich in seinem Zorne; er richtete sich hoch auf und stand da wie ein Athlet, aber wie ein Athlet, dem die Sehnen durchschnitten. Er öffnete und ballte fortwährend beide Hände, und seine Worte waren zuletzt nur noch ein schauerliches Aechzen aus tiefer Brust.

Gräfin Quernheim hatte sich auf das Sofa gesetzt; sie beobachtete mit äußerster Seelenruhe, aber mit großer Aufmerksamkeit das lebhafte Mienenspiel im Gesichte ihres theuern, alten Freundes Mainhövel.

Sie haben genug gewüthet, sagte sie dann; in der That, es ist genug; lassen Sie uns jetzt vernünftig über die Sache sprechen. Ich wäre längst schon auf Ihre freundliche Andeutung von vorhin gegangen, wenn es mir nicht so darum zu thun wäre, Ihre Ehre durch diese Geschichte nicht bloßgestellt zu sehen.

Meine Ehre?

Ja, erlauben Sie mir, daß ich Ihnen dies erkläre. Erinnern Sie sich noch der Erbschaft, welche Theo von ihrer Tante Lucie hinterlassen wurde? Es war darunter ein baares Kapital von 21000 Thaler. Nicht wahr?

Nun ja, ja, ja .... Was weiter?

Das Geld wurde Ihnen in Blankenar ausgezahlt.

Ich ließ es dort unter Theo's Hut, wohlverwahrt, in ihrem feuerfesten Archive — hier wurde gebaut — viel Volk den ganzen Tag — war nicht so sicher hier!

Man sah an der Hast, womit der Freiherr auf diesen Gegenstand einging, daß er beunruhigt wurde.

Ganz recht, sagte die Gräfin; auch waren Sie mit Ihrem

Baue so beschäftigt, daß Sie mich baten, statt Ihrer, da ich doch gerade in die Stadt zu reisen hatte, Metalliques für die 21000 Thlr. bei meinem Bankier zu bestellen.

Ja, ja, fiel Herr von Mainhövel ein, und drei Wochen nachher kamen Sie von Blankenar zu mir und brachten mir einen Gruß von Theo mit der Botschaft, die Metalliques seien eingetroffen, Theo wünsche sie aber zu behalten und die Zinsen als Nadelgeld zu ziehen.

Und seitdem haben Sie der Obervormundschaft in Ihren jährlichen Rechnungsablagen aufgeschrieben:

„item 20991 Thaler und 13 Silbergroschen Pr. Ct. oder 31150 fl. C. M., angelegt in 31 Stück österreichischen, mit 5 vom 100 verzinslichen und zu 100½ Procent angekauften Metalliques-Obligationen; macht an Zinsen jährlich 1550 Gulden, verwendet als Spiel- und Nadelgelder der Minorennen."

So ist's, so ist's! rief Mainhövel aus.

Nein, so ist's nicht, lieber Mainhövel, es ist ganz anders! sagte mit lispelnder Freundlichkeit Allgunde, indem sie langsam ihre Worte accentuirte, wie um die Bitterkeit dieser Nachricht von ihrem lieben Freunde tropfenweise kosten zu lassen. Sie fuhr fort:

Als Theo das Geld baar daliegen hatte, war Heydenweich und ich bei ihr. Sie hatten mich einige Tage vorher zur Vertrauten Ihrer Geldverlegenheit gemacht, die eine Folge Ihres unsinnigen Bauens war. Alle Ihre Güter waren verhypothecirt; Ihrer Frau ererbtes Silber sollte als Unterpfand verschrieben werden. Ich konnte Ihnen nicht helfen, lieber Freund; die andern, die es gekonnt hätten, wollten es nicht, denn alle waren in hohem Grade unwillig darüber, daß Sie sich so unverantwortlich ruinirten. Ich sprach Theo davon. Sie wurde sehr beunruhigt durch Ihre Noth. Sie sagte:

Da ist nun endlich einer unter uns, der eine geistige, eine künstlerische Richtung verfolgt, der etwas Höheres kennt, als Pferde, Hunde und Stallfütterung, und nun muß der gerade an dem erbärmlichen Gelde scheitern! Wie weh' mag das seiner Seele thun, so gelähmt zu werden, da er just all seinem Studiren und Arbeiten und der Emsigkeit langer Jahre ein künstlerisch schönes Denkmal aufrichten möchte, die einzige Freude, die er im Leben hat!

Gott segne das gute Mädchen! sagte Herr von Mainhövel.

Er war eine solche Anerkennung unter seinen Standesgenossen nicht gewohnt; man lachte ihn aus mit seinen Liebhabereien, seinen Wunderlichkeiten, seiner grünbibernen Gattin und seinen verwahrlosten Buben. Ueber Theo's Worte wäre er vielleicht — zum ersten male seit vielen Jahren — weich geworden, wenn nicht der Gedanke an Pauli's Brief dazwischengefahren und wenn ihn die Spannung auf Adgundens weitere Eröffnungen dazu hätte kommen lassen.

Theo fragte uns, fuhr die Gräfin fort, ob sie nicht etwas thun könne, der Geldnoth ihres Vormundes abzuhelfen? Wir machten ihr begreiflich, daß Sie nie von Ihrer Mündel Geld nehmen würden und dürften, ohne vollständige Sicherheit zu geben, wie das Gesetz sie für Pupillen fordert. Aber ich rieth ihr, das Kapital von der Tante Lucie-Heydenreich einzuhändigen, daß er es Ihnen anbiete, als von ihm kommend. Dies geschah. Sie nahmen das Geld ohne Arg von Heydenreich an und gaben dagegen eine Handschrift mit dem Versprechen regelmäßiger Zinszahlungen, die bisjetzt, im Vorbeigehen bemerkt, nicht sehr regelmäßig gezahlt wurden. Das Geld aber wurde nun in Ihren Bau gesteckt, zu jedermanns Vergnügen und Genugthuung; Ihre Werkleute freuten sich, daß ihre Löhne bezahlt wurden, Sie freuten sich, daß Ihr Schloß emporstieg; Theo, daß sie die ungeahnte Schöpferin dieser Freude, und wir, das heißt ich und Heydenreich, daß — nun daß wir durch unsern Rath so viel zu dieser allgemeinen Freude beigetragen — fügte Allgunde lachend hinzu.

Und die Papiere, die Metalliques? rief Mainhövel aus.

Die Papiere existiren nicht! Theo weiß nichts von ihnen. Sobald sie großjährig und Ihre Vormundschaft zu Ende, wollten wir drei Ihnen erklären, daß die Summe, welche Heydenreich Ihnen vorschoß, Theo's Eigenthum sei und von Ihnen dieser letztern gutgeschrieben werden müsse, wogegen Heydenreich Ihnen den Handschein zurückgegeben hätte. Theo's Aengstlichkeit, was sie nun aber sagen solle, wenn von Ihnen eine andere Bestimmung über das Kapital getroffen und danach gefragt werde, beschwichtigte ich mit dem Versprechen, dafür sorgen zu wollen, daß weiter nicht davon die Rede sei. Sie hatten mir ja just Ihre Absicht mitgetheilt, Staatspapiere dafür ankaufen zu wollen und mich um deren Besorgung gebeten. Darauf hatte ich diesen Plan, Sie zu verpflichten, lieber Freund, bauen können. Uebersehen Sie jetzt das Ganze, lieber Mainhövel? Sehen Sie ein, daß wir, daß Sie besonders Heydenreich nicht vor den Kopf stoßen dürfen? Wenn er nun erklärte, nichts von der Sache zu wissen? die einzige schriftliche Spur des Geschäftes ist in seiner Hand. Wo sind dann Theo's 21000 Thaler geblieben? Der Herr Vormund hat sie unterschlagen und in seinen unsinnigen Bau gesteckt! wird es heißen.

Aber Sie — Sie müßten Zeugniß ablegen — schwören — stammelte Mainhövel.

Lieber Mainhövel, wer wird mir als einer Dame verdenken, wenn ich von einer so verdrießlichen Sache nichts begreife! Ueberhaupt kommt es ja auch auf das Wie der Sache nicht an. Das Gericht wird fragen: hier sind seit sieben Jahren alljährlich 31000 Gulden in die Rechnungsablage gesetzt. Wo sind sie?

Die Antwort ist: nicht da!

Das Gericht wird fragen: was ist statt dessen da, welche Hypothek, Bürgschaft oder Faustpfand?

Die Antwort ist: keine!

Das Gericht wird fragen: Freiin Theo von Blankenar, haben Sie seit sieben Jahren die Zinsen von 31000 Gulden zu 5 Procent als Nadelgeld bezogen, wie hier von Ihrem Vormunde in die jährliche Rechnungsablage gesetzt worden? Antworten Sie genau, Sie müssen beschwören, was Sie sagen!

Die Antwort ist: nein!

Eh bien, lieber Freund? Und wenn nun Heydenreich noch die Perfidie beginge, von der Sache überall geflissentlich zu sprechen, daß das Gericht besonders aufmerksam gemacht würde? Wie dann? Sehen Sie nun, daß ich nur als Ihre wahre Freundin den Sturm Ihres Zorns habe über mich daherbrausen lassen, ohne mit der Indignation, die Sie verdient hätten, zu gehen und Sie ungewarnt in Ihr Verderben rennen zu lassen? Denn, lieber Freund, Theo ist in einem Jahr mündig und dann kommt der Tag der letzten großen Rechnung für Sie! Dann kommt es darauf an, zu beweisen, daß Sie dem Eide treu geblieben sind, den Sie bei Uebernahme der Vormundschaft leisteten!

Der Freiherr von Mainhövel glich in diesem Augenblicke wirklich dem „steinernen Comthur“. Sein Gesicht war wie Marmor von rothblauen Adern durchschlängelt, seine trockenen, grauen Augen drängten sich aus ihren blutig unterlaufenen Rändern hervor, und über seine Stirn lagen wie dunkle Furchen die fächerartigen Runzeln, welche die Entrüstung hineinpflügte.

Teufel, Teufel im Weiberrock! knirschte er. Die Schnur,

die Schnur! rief er dann aufs neue, und da niemand da war, sie ihm zu geben, haschte er krampfhaft auf dem Boden danach. Endlich fand er sie und stürmte nun wie rasend daran auf und ab.

Allgunde von Quernheim legte sich in die Sofaecke zurück und sandte die stechenden Pfeile ihrer Blicke dem unglücklichen Opfer ihrer Intrigue nach.

Sie saß eine Weile wie ruhig sich weidend an dem Schauspiel, das sie vor sich hatte. Dann stand sie auf und sagte, ihren Shawl um sich ziehend:

Aber nun genug; ich muß eilen, sonst seh' ich Schlettendorf nicht mehr, denn ich höre unten den Lärm des Aufbruchs. Haben Sie keine Angst, lieber Mainhövel; es soll alles beim alten bleiben. Heydenreich heirathet Theo, bei der es wirklich Zeit wird, daß sie einen vernünftigen Mann bekommt, der ihren vielen tollen Launen und Kindereien ein Ende macht. Am Hochzeittage händigt er Ihnen die 31 Stück österreichischer Papiere auf so lange, bis die Rechnungsablage vorüber ist, aus, wogegen Sie ihm nur seinen Handschein in eine notarielle Verschreibung verwandeln lassen. Nicht wahr? Für das Uebrige lassen Sie mich sorgen. Theo bleibt nach wie vor, Ihrer vormundschaftlichen Bestimmung gemäß, an meine Aufsicht und Leitung gebunden, wie sie es von Jugend auf gewesen ist. Wo sie jetzt ist — das überlassen Sie mir zu entdecken, und ebenso überlassen Sie mir die Heilung von ihrer Krankheit, an die ich fürs erste nicht glauben werde. Adieu, mein lieber Mainhövel, leben Sie wohl und vergessen Sie Ihre Freunde nicht. Lassen Sie sich diesen Abend wieder aus Ihrem alten Freund, dem Simplicissimus vorlesen, es wird Sie erheitern und zerstreuen. Adieu!

Sie ging langsam, mit der Haltung ruhiger Ueberlegenheit, zum Zimmer hinaus.

Als die Nacht dieses Tages gekommen war, konnte Herbertine in ihrem Korbbettchen kein Auge zuthun. Die Schläge der großen Schloßglocke riefen zwölf — ein — zwei Uhr durch die Nacht, daß es ehern in den öden Corridoren widerhallte; aber immer noch mußte sie den schweren Fußtritten lauschen, die aus dem Zimmer ihres blinden Vaters herübertönten.

Siebentes Kapitel.

Ein harter Schädel.

Am andern Tage kam ein Bote nach Schlettendorf und brachte Valerian einen Brief von der Gräfin von Quernheim. Finkenberg trat ins Zimmer, während sein junger Gebieter das Schreiben las und sah au den Mienen desselben, daß ihn der Inhalt außerordentlich in Anspruch nahm.

Das alles ist klug und geistreich genug! flüsterte Valerian vor sich hin. Welche Schärfe der Auffassung bei einer Frau, welche Aufrichtigkeit im Geständniß der Motive ihres Strebens! — Aber ihr verruchter Plan gegen die arme Theo Blankenar! — Valerian versank in Nachdenken, bis sein Blick auf seinen Büchsenspanner fiel. — Ah, Gentz, was willst du?

Um die Erlaubniß bitten, nach Birkenheim gehen zu dürfen, wo ich den Dr. Pauli wegen meiner Gesundheit um Rath fragen möchte.

Ja, geh' und laß dir vom Rentmeister den Namen des Advocaten, der für Schlettendorf bestellt ist, sagen. Er soll zu mir herauskommen, da mir eine Menge verdrießlicher Händel und

Zänkereien von den Gutseingesessenen gemacht werden. Du kannst dir ein Pferd geben lassen. Adieu.

Finkenberg ließ ein Pferd satteln und machte sich rüstig auf den Weg nach Birkenheim; es war auffallend, wie er seit den paar Tagen, die er jetzt in Schletterdorf war, sich gekräftigt und gehoben fühlte.

Die blasirte, vom Leben in ihrer Kraft und Blüte gebrochene Seele dieses Mannes wurde von einem Gedanken und einem Entschluß aufrecht erhalten, der ihn mit einer fast jugendlichen Elasticität erfüllte.

Er wollte sich rächen an der Gräfin Allgunde von Quernheim.

Sie hatte ihn verwundet an allen empfindlichsten Stellen, wo der Mensch zu treffen ist; sie hatte ihn behandelt wie einen Ausgestoßenen, einen Rechtlosen; sie hatte ihn nicht allein von sich gewiesen, wie jeder Verpflichtung gegen ihn bar und ledig; sie hatte ihn noch obendrein wie aus der Reihe der Lebenden ausstreichen, sie hatte seine Existenz zertreten, ihn vertilgen wollen.

Er war in das tiefste Elend gesunken; er hatte es selbst verschuldet, das leugnete er nicht. Aber sie sollte durch sein Elend und seine Krankheit gerührt worden sein, das durfte er fordern von ihr — von ihr am ersten unter allen Wesen auf Erden.

Sie war unerbittlich geblieben; er hatte mit siechem Körper, mit versagenden Kräften sich, während sie beschäftigt gewesen, Befehle zu Theo's Verfolgung zu geben, vor ihr flüchten müssen, vor ihr, die noch schlimmer war als seine Krankheit und seine Armuth.

Nun wohl denn, Krieg bis auf Leben und Tod! schwur er mit einem tollen Fluche. Tiefer, wie du mich verwundet, sollst du getroffen werden! Meine Kraft reicht nicht aus gegen die deine, das weiß ich; deshalb will ich gegen dich senden, was das Stärkste auf Erden ist. Ich will die Flamme, die nicht zu verlöschen, den Sturm, der keine Rast kennt in seinem niederschmetternden Gange, ich will die Leidenschaft gegen dich empören! Der Anker deiner Hoffnung soll in dem Sturm wie mürbes Glas zerbrechen und in der Brust, an der du hast ruhen wollen, sollst du die Schlange finden, deren Gift dich tödtet. Du sollst Haß ernten, wo du Liebe säest; beim Teufel, du müßtest kein Weib sein, wenn dir das nicht tief und tödlich genug in die Seele schnitte!

Als er am Nachmittage in Birkenheim angekommen die Wohnung des Doctors betrat, fand er den Juden Isaak Koppel, den er in jener Nacht in Blankenar gesehen hatte, in eifriger Unterredung mit dem Gerichtsarzt. Sie standen im Wohnzimmer Paull's am offenen Fenster, und als Finkenberg durch den Garten schritt, der das freundliche kleine Haus von der Straße schied, hörte er den Arzt sagen:

Ich habe Euch mit Angst und Zagen erwartet, Isaak, all diese Nächte lang, daß Ihr wiederkommen würdet, um mich dahin zu führen, wohin Ihr damals abgehalten würdet mich zu bringen, und wo mich sicher nichts Gutes erwartete!

Nein, mein, Herr Amtsphysikus, es thut mir leid, daß Sie sich ängstigten und war nicht der Mühe werth; es war ein Kranker da und einen kleinen Schein sollten Sie schreiben, das war alles! Jetzt will ich machen einen neuen Pact mit Ihnen, Herr!

Ihr seid wie der Satan mit Euern Pacten!

Isaak lächelte wie geschmeichelt und versetzte: Diesmal ist's nicht so schlimm; ich will Sie loslassen und kein Recht mehr auf Sie haben, Herr Amtsphysikus, und Ihr Schwur soll sein so gut wie nicht gethan, wenn Sie mir sagen, wo ist das Fräulein von Blankenar?

Wo sie ist? ja, wo ist sie? rief der Arzt lebhaft aus — dann setzte er hinzu, indem sein gebräuntes Gesicht von einer leichten Röthe überflogen wurde: das kann ich Euch nicht sagen, Isaak.

Aber bedenken Sie, Herr Amtsphysikus —

Es ist gegen — gegen mein Gewissen — ich kann und darf es nicht! unterbrach ihn der Arzt.

Dem Juden war das rasche Auffahren des Arztes und sein Erröthen darauf nicht entgangen. Der letztere hatte so ehrliche, offene Gesichtszüge, daß sie wie ein heller Spiegel dessen waren, was hinter ihnen vorging, und Isaak hatte mit blinzelnden Augen die Züge scharf beobachtet, als er seine Frage stellte.

Er ließ das Gespräch augenblicklich fallen und fragte nach der jungen Frau, seiner Patientin.

Sie ist wohlauf, dank' Euch, sie ist fast völlig genesen, Isaak, versetzte der Gerichtsarzt.

In diesem Augenblick trat Finkenberg ein. Der Jude ging, nachdem er noch mit einem bedeutungsvollen Lächeln gesagt hatte: Für diese Nacht schlafen Sie wohl, Herr Amtsphysikus; vielleicht klopfe ich später mal wieder an, aber es ist ungewiß, wann.

Als Isaak gegangen war, begann Finkenberg unter dem Vorwande, daß seine Herrschaft ihn gesendet habe, um sich nach Theo von Blankenar zu erkundigen, seinerseits, den Arzt zu sondiren. Obwol er nicht hätte hoffen können, von diesem in der ersten Unterredung mit einem Geheimniß betraut zu werden, so konnte er doch aus Herbertinens Worten — für ihn die einzige Quelle des Ereignisses — nicht erwarten, daß Pauli die Sache als Geheimniß behandeln werde, daß er freundlicher und besorgter Theilnahme den Aufenthalt des Fräuleins verbergen werde. Uebrigens hätte er mit allem, was er besaß, mit einem Jahre seines Lebens, eine sichere Nachricht über Theo's jetzigen Aufenthalt erkaufen mögen. Was er seit jener Nacht in Blankenar bisjetzt erlauscht und erfahren hatte, ließ ihn das Folgende übersehen:

Allgunde von Quernheim hatte Valerian zu ihrem Freunde und zu ihrem Werkzeuge, zu ihrem Organ der Oeffentlichkeit gegenüber und zum Vertreter aller ihrer Plane ausersehen. Was diese Plane waren, darum kümmerte sich Finkenberg nicht; es waren weitaussehende Dinge, welche sie verfolgte und die sie durch hundert verschiedene an den entlegensten Orten angezettelte Intriguen zu erreichen strebte. Die Hauptidee, das Ziel des Ganzen, war eine durchgreifende Aenderung der Stellung des Adels zur Gegenwart, eine Reformation seiner gesammten Verhältnisse, eine Erweiterung aller seiner Prärogative.

Gräfin Allgunde Quernheim hatte manchen kleinen Erfolg in diesem Streben gefeiert; sie war ein Weib und als Weib immer geneigter, mit und durch Personen, ihre Neigungen und ihre Charaktereigenthümlichkeiten, zu wirken, als durch Gründe. Der Mann zieht vor, mit Gründen und durch die Sache selbst zu wirken; das Weib durch Personen, und das ist ihre Stärke und ihr Vortheil.

Trotzdem fühlte sie, daß es ihr zu allen entscheidenden Schritten an einem Gehülfen fehle, der sich an die Spitze stelle. Sie suchte umsonst nach einer Intelligenz überwiegender Art in ihrem Kreise. Ein Mann, genial und energisch zugleich, das war es, was ihr fehlte.

In dieser Verlegenheit hatte sie ihre Blicke auf Valerian geworfen. Er war schon frühe, noch als Knabe, in den Ruf einer gewissen Genialität gekommen. Seine Geistesfähigkeiten hatten sich aufs glänzendste entwickelt. Er überflügelte weit alle seine Studiengenossen. Seine junge Seele war voll Enthusiasmus; und wie voll von hinreißender Liebenswürdigkeit und wärmstem Wohlwollen für alle, für hoch und niedrig er sein konnte, ebenso stolz konnte er sein, ebenso unbändig mit wahren Waghälsen von Gedanken die Welt der heutigen Gesellschaft und Staatsform umfliegen. Einen gewissen Muthwillen, eine Geneigtheit in ihm, Entschlüsse zu rasch zu fassen und auszuführen, sah sie nicht ungern. Dachte sie doch sich selbst stets als leitenden, zurückhaltenden Verstand hinter ihm. Valerian war der rechte Mann für Allgunde von Quernheim; sie hatte ihn schon in weitester Ferne mit ihren Netzen umsponnen, sie hatte schon Beschlag auf ihn gelegt, ehe er noch ins Land gekommen war. Sie hatte ihn erwartet mit der stürmischen Ungeduld, womit ein zwanzigjähriges junges Mädchen ihren Geliebten, mit der herzklopfenden Spannung, womit eine Mutter ihren aus der Fremde zurückkehrenden Sohn erwartet.

Allgunde von Quernheim hing an ihren politischen Idealen mit der stürmischen Leidenschaft eines liebenden Mädchens, mit der zähen, nicht auszulöschenden Liebe einer Mutter.

Diesen Mann nun, auf den Allgunde von Quernheim alle ihre Hoffnungen gesetzt, hatte Finkenberg zum Werkzeuge seiner Rache ausersehen.

Sie hatte Theo erzogen; aber infolge ihrer Behandlung war Theo entflohen, war sie wahnsinnig geworden. Zu dieser Unglücklichen wollte Finkenberg Valerian führen; er zweifelte nicht, daß ihre Schönheit auf ihn einen tiefen Eindruck machen werde; daß desto gewaltiger die Nachricht ihn erschüttern werde: sieh', dies Wesen hat die gefühllose Herrschsucht, die Grausamkeit des Weibes, welches du Freundin nennst, zum Wahnsinn getrieben!

Er wollte dann die Erzählung dessen hinzufügen, was er selbst von diesem Weibe erduldet, und endlich, wenn das Rechtsgefühl in der Brust des lebhaften jungen Mannes aufs höchste erbittert, ihn fragen: Willst du jetzt mir beistehen, mich zu rächen? Willst du das Werkzeug der Strafe werden, welche sie treffen soll?

Ja! sagte Finkenberg sich, er wird es, sein Herz ist leicht hingerissen, es ist voll Edelmuth und schlägt für jeden Unterdrückten. — Wenn er Theo wiedersieht, wird er sie lieben, und er wird sich ebenso verwundet fühlen durch das, was Allgunde an diesem Mädchen gethan, als ich empört bin durch das, was sie an mir gethan!

Finkenberg ahnte nicht, wie sehr ihm schon eine erste Begegnung Valerian's mit Theo in die Hände gearbeitet hatte. Wo aber, das fragte sich nun zuerst, wo war Theo?

Der Arzt wollte es nicht sagen; Finkenberg's ganze ungewöhnliche Schlauheit, die er im Gespräche mit ihm aufwandte, brachte es nicht dahin, daß er nur durch den leisesten Wink sein Geheimniß verrieth. — Wußte er es am Ende selbst nicht? Jedenfalls schien der Mann sehr bekümmert und beunruhigt über das Schicksal Theo's, und in einer Weise unsicher, wie es ein Arzt, der seinen Patienten unlängst gesehen hat, nicht zu sein pflegt.

Finkenberg beschloß nun nach Blankenar zu reiten. Von dort aus war sie geflohen, hatte man sie verfolgt — freilich fruchtlos; aber es war möglich, daß man doch irgendeine Spur aufgefunden, deren eifrige Verfolgung zu einem Resultate leitete.

Als er in Blankenar ankam und zuerst bei Hendrick nach Theo sich erkundigte, wurde er von diesem an ein Krankenbett geführt.

Da, der muß es wissen, sagte Hendrick, nachdem er Finkenberg in das kleine Dachkämmerchen geführt, welches der Kranke bewohnte. Seht zu, ob er gegen Euch seinen verstockten Mund aufthut. Gegen andere thut er's nicht. Die Gräfin hat ihn schon bei Kopf und Beinen fassen lassen, als ob er in den Schloßgraben geworfen werden sollte, aber die Zähne hat er gewiesen wie ein bissiger Köter! He, ist's nicht wahr, Peggy? Wollt Ihr jetzt sprechen, Peggy?

Der Angeredete war ein bejahrter Irländer, den Theo's Vater einst vor Jahren als Groom aus England mitgebracht und dessen braunes Gesicht mit den pfiffigen, schmalen Augen und der keck aufgestülpten Nase jetzt trotzig aus den Kissen hervorsah. Peggy trug ein Tuch um den Kopf. Er hatte einen zerschlagenen Schädel und infolge dessen ein ziemlich heftiges Wundfieber.

Woher habt Ihr die Wunde, Peggy? fragte Finkenberg.

O es ist ein Teufelskerl, der da, rief Hendrick; ich sag' Euch, zehn Wunden für eine könnt' er bekommen haben und genug auf Lebenszeit, ohne daß man's ein Wunder hätte nennen dürfen. Da hinter dem Park, wo die Bauerschaft anfängt, ist eine hohe Wallhecke. Es ist nicht leicht hinüberzukommen, wenn man nicht durch den Schlagbaum kann, der den Weg sperrt von hier in die Bauerschaft. Wie wir nun so in der Dunkelheit durch den Wald laufen und das Fräulein suchen, wie's die Frau Gräfin befohlen hatte, sehen Sie, da erblickt einer von uns jemand oben auf dem Schlagbaum sitzend; es war tiefe Nacht unter den Eichbäumen und es waren etliche bei uns, die wichen zurück und wollten nicht mehr voran. Er saß da und machte allerlei Grimassen, so und so!

Hendrick unterbrach sich hier, indem er mit seinen Armen arbeitete, als seien es die langen ausgereckten Glieder eines Telegraphen.

Nun, fuhr er fort, das war nicht spaßhaft anzusehen, so in der Nacht, wenn es dunkel ist und man nicht weiß, wen man vor sich hat. Der liebe Herrgott hat allerlei Kostgänger und nicht jeder Fuß braucht festen Grund zum Gehen. Aber einige waren bei uns, die rückten vor und der Jäger vom Baron Heydenreich Tondern war an der Spitze. Er duckte sich und kroch an der Erde und wollte den Schwarzen auf dem Schlagbaum bei den Beinen herunterziehen — da, hui! ein Hieb und krach! hat er eins an den Schädel!

Peggy wies lachend die weißen Zähne und deutete triumphirend auf einen Eichenknittel, den er als Trophäe über seinem Bette aufgehangen hatte.

Nun begann die Schlägerei, fuhr Hendrick fort; es war ein Mordspectakel, Rufen, Hauen, Umsichschlagen, daß die Blätter von den Zweigen stoben; der Irländer wehrte sich wie ein Löwe, und da nach und nach alle zusammenkamen, welche noch im Walde waren und suchten — man konnte das Halloh und Rufen weithin hören in der Nacht — da waren auch ein paar darunter, die standen dem Peggy bei und nun gab's ein Wesen, als ob alle Waldteufel aneinandergerathen wären.

Dem Peggy aber haben sie den Kopf eingeschlagen? fragte Finkenberg.

Ja, sagte Peggy, und sie haben's gut vorgehabt, meiner Seel', aber über den Schlagbaum sind sie doch nicht gekommen, he, Hendrick! ist's nicht wahr?

Ja, das ist wahr, und das Fräulein war fort über dem Spaß! Ihr seid ein Juwel von einem Kerl, Peggy!

Mit dieser Versicherung ließ Hendrick Peggy und seinen Besuch allein. Finkenberg versuchte nun alle Mittel, aus Peggy etwas über Theo's Flucht und Aufenthalt herauszubringen.

Aber Peggy's einzige Antwort auf alle Kreuz- und Querfragen war, daß er höhnisch lächelnd seine weißen Zähne wies, nachdem er anfangs gestanden, daß er das Fräulein mit ihrer Zofe bis in die Bauerschaft hinter dem Park begleitet und dort einem ehemaligen Diener, einem treuen, alten Burschen, zu weiterm Schutz auf ihrer Wanderung übergeben.

Verfluchter Pavian mit deinem ewigen Grinsen! rief Finkenberg endlich mit dem Fuße stampfend aus. Wo ist sie? Bei Gott, ich muß es wissen!

Achtes Kapitel.

Haus Quernheim.

Valerian's hatte sich seit einigen Tagen eine innere Unruhe bemächtigt, deren Grund er sich nicht gestand, so bestimmt er sich auch sagen konnte, von welchem Augenblicke an sie über ihn gekommen ... von dem nämlich, in welchem er Theo's Gemüthskrankheit und ihr Verschwinden vernommen hatte.

In dieser Unruhe entschloß er sich, der dringenden Einladung der Gräfin Allgunde zu folgen, welche er mündlich in Surenburg und seitdem in ihrem Briefe schriftlich von ihr erhalten hatte; er ritt an einem schönen Herbstmorgen nach Quernheim hinüber und kam vor Mittag in der Eichenallee an, welche zu dem Edelhofe führte.

Haus Querrnheim war ein nicht eben großer und stattlicher, aber ein malerischer Bau: es vertrat drei geschichtliche Epochen, seine drei Theile waren wie Monumente dreier völlig verschiedener Abschnitte der Geschichte des adelichen Lebens der Vergangenheit.

Zuerst rechts der dicke runde Thurm mit Zinnen und Pfefferbüchsen, mit Schießscharten und kleinen Kreuzstöcken, die nur in der obern Hälfte mit kleinen runden Glasscheiben ausgefüllt waren, in der untern von hölzernen Klappen geschlossen wurden. Er war ein Denkmal der ältesten Zeit, wo noch eine ganze Adelsfamilie in solch einem Thurm zusammengedrängt saß; wo die Glasscheibe im Fenster noch ein Luxus für sie war; wo sie vom kargen Zins und magern Rauchhuhn weniger armseliger Grundholden lebte, und für den Rest auf das angewiesen war, was das saure Stegreifhandwerk aufbrachte; wo diese vielfach aus unfreien Leuten hervorgegangenen und jetzt noch oft von ihren Dynasten verhandelten und vertauschten Ministerialen als ein Krebsschaden des Landes betrachtet wurden, die man, wenn eine geordnete Gewalt sie bei ihrem Räuberhandwerk einfing, köpfte, hing und rädeerte ... ein bedauernswerthes Geschlecht armer Junker, das in den Ställen schlief, mit Schlägen aufgezogen und für die Führung der schweren Waffen und Rüstungen dressirt wurde und dann ein trübseliges Leben in Sturm und Wetter lebte.

Und dann an der andern Seite des Hofes die zierliche, in gothischem Stil gebaute Kapelle, über deren Portal in Sandstein ausgehauen die Kreuzigung Christi zu sehen war und rechts und links daneben die Donatoren, ein Edelherr und eine Edelfrau aus dem Hause derer von Quernheim, hinter jeder Gestalt in perspectivischer Verjüngung eine kleine Reihe Quernheim'scher Sprossen, die Junkerlein hinter dem ritterlichen Papa, die Fräulein hinter der gestrengen Mama. Sie vertreten die Zeit, wo das Stegreifleben und das Heckenreiterthum geordnetern Zuständen Raum gemacht hat; wo durch das merkwürdige Aussterben zahlloser Ministerialenfamilien an die überlebenden durch Erbschaft ein größerer Besitz übergegangen ist; wo die gestrengen Ritter zum Landtag aufgeboten werden und der Einfluß derselben bereits ein Uebergewicht übt, gegen das nur noch das mächtige und selbstbewußte Bürgerthum sich zu stemmen wagte, während der alte freie Bauer leibeigen und mundtodt ist.

Und dann in der Mitte, von beiden Bauten eingeschlossen, der Mansardenbau im Rococostil . . . welch lebendigere Erinnerung kann es geben an die Zeit der höchsten Blüte des Adelsregiments, wo die Aristokratie allein lebte, genoß, galt und herrschte, und nicht nur die Güter der Erde besaß, sondern auch alle Bildung, alle geistige Bewegung der Zeit für sich vorweggenommen hatte!

Valerian warf einen prüfenden Blick auf das malerische Herrenhaus, in welchem Allgunde von Quernheim wohnte, und dann gab er sein Pferd einem herankommenden Knecht und betrat über eine niedere Treppe mit steinerner Rampe das Innere. Auf dem Flur glotzten ihn die gläsernen Augen hölzerner Edelwildköpfe an; rechts und links standen ein paar kleiner metallener Geschütze auf zierlich beschlagenen Laffetten aufgefahren. Als er rechts eine Thür öffnete, blickte er in das Speisezimmer, in welchem ein Diener beschäftigt war; während dieser ging, ihn anzumelden, besah er die offen stehende „Schenke", den großen mit zwei Flügelthüren aus gebohntem Eichenholz versehenen Wandschrank für das Silbergeschirr — er betrachtete den Reichthum an kunstreich gearbeiteten Pokalen und Schalen und Rubingläsern und venetianischen Flügelgläsern und alten geschliffenen Humpen, der hier aufgehäuft war — ein ganzer Schatz in den Augen eines Alterthümlers!

Der Diener kam zurück und geleitete Valerian in das Zimmer Allgundens, das dem Speisesaal gegenüber im ersten Stock lag. Es hatte eine sehr einfache Einrichtung; gemalte Wappenscheiben vor den Fenstern vertraten die Vorhänge, Bücher und Papiere auf den Tischen die Nähsachen und Stickereien, welche sonst in Damengemächern auf den Fleiß weiblicher Hände deuten, und an den Wänden zeigten sich durcheinander Kupferstiche und ein paar neuere Lithographien in schwarzen Rahmen, die mindestens ein gebildetes Kunsturtheil in der Bewohnerin dieses Zimmers nicht voraussetzen ließen — die Kunst war eine Region, welche Allgunden von Quernheim bisjetzt verschlossen geblieben ... was sie davon in ihrem Leben gesehen, hatte weder ihr Gemüth berührt noch ihrem Urtheil Anhaltspunkte gegeben.

So war auch das alte Klavier, welches im Hintergrund stand, vielleicht seit zehn Jahren nicht mehr geöffnet worden. Es waren große Folio- und Quartbände statt der Notenhefte auf das unglückliche Instrument gepackt, meist Wappenbücher, ererbte Manuscripte historischen Inhalts und ein paar lateinische Classiker. Allgunde verstand und las latein.

Sie trat Valerian mit großer Freundlichkeit entgegen und reichte ihm die Hand.

Endlich kommen Sie, mein Freund, sagte sie mit fast zärtlichem Vorwurf. Setzen Sie sich in den Sessel dort mir gegenüber und erzählen Sie mir, was Sie begonnen haben, seit wir uns nicht sahen!

Ich fürchte, es würde Sie wenig anziehen, was ich begonnen habe seitdem ... es waren ziemlich trockene Verhandlungen mit meinen Beamten und juristischen Rathgebern ...

Und doch sollen Sie mir es erzählen ... Sie sollen mich als Ihre Freundin betrachten, und als solche will ich auch das kennen, was Sie belästigt ...

Nun wohl, Sie wissen, daß, als mein Großvater, der Herzog von Anglure, starb, und mein Vater sein kleines längst mediatisirtes Fürstenthum erbte, die Regierung meinem Vater die standesherrlichen Rechte verlieh.

Ich weiß, fiel Allgunde ein. Die Rechte des hohen Adels konnte er nicht erhalten, weil die Schlettendorf nicht zum hohen

Adel gehören, aber man mußte ihm die der Standesherrlichkeit anhaftenden realen Rechte lassen.

So ist es, sagte Valerian; diese Rechte aber, höre ich, ist die Staatsgewalt nicht gewillt, auch auf mich übergehen zu lassen.

Ich kann es mir denken, fiel Allgunde ein ... macht man uns doch Schwierigkeiten, wo man es kann. Neigung zu kleinlichem Versagen ist ja das Charakteristische der Bureaukratie ...

Ich würde mir nun, fuhr Valerian fort, aus dem Verluste der allgemeinen Landestrauer, wenn ich einmal zu meinen Vätern heimgehe, nicht viel machen; die Steuerfreiheit und die Polizeigewalt sind Privilegien, die es vielleicht edler wäre, aus höhern Gesichtspunkten freiwillig aufzugeben ... aber es widerstrebt mir, sie mir nehmen zu lassen, wenn sie mein Recht sind ...

Gewiß, gewiß, sagte Allgunde lebhaft — ein adelicher Sinn läßt sich sein Recht nicht antasten, und ich meine, es sind der Rechte genug genommen! Aber denken Sie wirklich, setzte sie hinzu, so ... so modern, daß Sie freiwillig Vorrechte aufgeben könnten, deren Erhaltung so wesentlich Ihre Stellung bedingt?

Weshalb nicht, wenn sie dem Ganzen schaden, wenn sie im Widerspruch mit dem Princip sind ... z. B. die Steuerfreiheit? Und was meine Stellung betrifft, so muß ich Ihnen gestehen, in meiner Natur liegt eigentlich eine größere Neigung, mir selber eine Stellung zu erkämpfen, als eine mir fertig entgegengebrachte zu vertheidigen ...

Sie sind eigentlich ein Demokrat, Graf Valerian, sagte Allgunde nach einer Pause nachdenklich und ihn forschend anblickend.

Valerian lachte.

Meinen Sie? fragte er. Sie thun mir unrecht, Gräfin.

Ein Demokrat bin ich nicht. Ein Demokrat will allgemeine Gleichheit, ein Molluskenthum der Gesellschaft, die Völker in einen großen unterschiedlosen Brei aufgelöst. Ich, das hören Sie ja, möchte eine Stellung in der Welt einnehmen, und das ist doch ein sehr aristokratischer Ehrgeiz! Aber ich möchte diese Stellung mir verdienen, mir erobern, nicht wie einen Lotteriegewinn aus den Händen des blinden Schicksals geschenkt erhalten. Ich bin mit einem Wort kein großer Verehrer der Geburtsaristokratie, sondern nach meiner Anschauung liegt das Heil nur in der Aristokratie des Geistes, der Intelligenz, des Verdienstes!

Allgunde antwortete auch auf diese Worte nicht gleich; sie schienen ihr zu denken zu geben.

Das sind Ideen, die Sie aus der Fremde mitgebracht haben, entgegnete sie dann; plötzlich und wider Verhoffen in ein reiches Erbe gesetzt, wissen Sie dieses große Erbe und die Stellung, die es Ihnen gibt, noch nicht zu schätzen, weil Sie es nicht übersehen. Nur wenige Monate und Ihre Ansichten werden sich ändern. Leben und verkehren Sie erst eine Weile unter uns, lernen Sie Ihre Standesgenossen hier kennen ...

Und meine Ueberzeugungen werden sich ändern? Ich zweifle, Gräfin. Ich habe von meinen Standesgenossen genug gesehen, um annehmen zu dürfen, daß sie großen Einfluß nicht auf mich haben werden.

Sie mögen Sie allerdings mitunter ein wenig geistesträge, theilnahmlos den Fragen der Zeit und der Bildung verschlossen finden ...

So finde ich sie in der That, fiel Valerian ein — und ich habe noch eben eine Betrachtung über sie angestellt, als ich in Ihrem Speisesaal vor Ihrer Schenke stand ...

Vor der Schenke?

Nun ja — da haben Sie Sachen von unermeßlichem antiquarischen Werth aufgestellt, die von Ihren Vorfahren vor hundert oder zweihundert Jahren angesammelt sind. Ich zweifle nicht, daß sich auf Ihren Speichern, den Mäusen und der Fäulniß ausgesetzt, treffliche Oelgemälde befinden. Bedeutende Kunstschätze hängen in all diesen Edelhöfen, verstäubt und verräuchert; alte Musikinstrumente liegen zerbrochen in den Plunderkammern; lauter Beweise, daß die Vorfahren ein Geschlecht waren, in dem ein geistiges Leben und Streben und künstlerische Interessen vorhanden waren: und heute sind so viele von uns hier für alles das vollständig todt! Und das ist jämmerlich! Wenn die Aristokratie todt und stumpf ist für die Wissenschaft und die Kunst, wer soll sie dann hegen und wozu ist eine solche Aristokratie überhaupt da — was soll sie!

In gewisser Beziehung mag Ihr Tadel da recht haben, entgegnete Allgunde; aber desto nöthiger ist auch, das werden Sie anerkennen, daß diesen Leuten ein Anstoß, eine Bewegung gegeben werde, daß man ihre Kräfte wach ruft und in eine bestimmte Richtung lenkt. Wirken Sie mit mir dahin; lassen Sie unsere Freundschaft fruchtbar und folgenreich werden gerade in dieser Beziehung. Sie haben eben gesagt, Graf Valerian, daß Sie lieber eine Stellung sich selber schaffen möchten, als eine gemachte geschenkt erhalten. Ist das Ihr Ernst?

Ganz gewiß ist es das!

Dann um so besser. Es ist Ihnen die Gelegenheit gegeben, sich eine große, einflußreiche Stellung neben der, die Ihnen die Geburt gab, zu machen; eine Macht zu erwerben, die unendlich wohlthätig werden, die schaffen, regeneriren, neu beleben kann . . .

Sie machen mich neugierig!

Die Stelle eines Statthalters unserer Provinz ist erledigt . . . Sie müssen sie sich übertragen lassen, Valerian!

Ich ... Sie denken nicht daran!

So sehr, daß alle einleitenden Schritte dazu geschehen sind ... die Minister verhandeln darüber ...

Was sagen Sie mir da? Ich junger, unerfahrener Mensch!

Es haben jüngere Leute, wenn die Geburt sie auf eine solche Höhe stellte, Königreiche regiert. Sie, mein fürstlicher Graf, brauchen sich um eine solche Stelle nur zu bewerben und wenn wir alle diese Bewerbung unterstützen ...

Valerian schüttelte den Kopf.

Man wird sich hüten, sagte er lächelnd.

Nun, Sie werden sehen! Fürs erste, fuhr Allgunde eifrig fort, bitte ich Sie, in Ihrer Angelegenheit wegen Ihrer standesherrlichen Rechte keine Schritte zu thun, welche Sie in einen Conflict mit der Regierung brächten; haben Sie jene Stellung erhalten, so können Sie sich später selbst helfen ...

Einen Streit mit der Regierung zu beginnen ist durchaus nicht meine Absicht!

Desto besser ...

Valerian sah nachdenklich zu Boden.

Sie werden sehen, daß ich nicht ohne Einfluß in B. bin, fuhr die Gräfin fort.

Er antwortete nicht.

Sie gehen mit sich zu Rathe? fragte sie.

In der That ... versetzte er nach einer Pause. Sie haben mich so überrascht mit dieser Eröffnung ... lassen Sie mich darüber nachdenken, wir sprechen ein anderes mal davon ... bis dahin aber setzen Sie keine große Hoffnungen auf mich.

Wie Sie wollen!

Sagen Sie mir jetzt, hub Valerian wieder an, wie geht es Theophanie Blankenar?

Allgunde warf einen forschenden Seitenblick auf ihn — es war ihr nicht entgangen, daß Valerian's Worte bei dieser Frage einen gewissen Ton der Verlegenheit gehabt hatten.

Nun, sie ist gemüthskrank ... unter der Behandlung ihres Arztes! versetzte sie dann kurz und scharf.

Und wo ist sie?

Ich weiß es nicht!

Sollten Sie wirklich nicht wissen, wo Ihre Nichte ist?

Nein ... Mainhövel ist ihr Vormund, Pauli ihr Arzt ... die müssen es wissen!

Und Sie wissen auch nicht, welcher Art ihre Gemüthskrankheit ist?

Ich kann Ihnen nichts Bestimmtes darüber sagen; nach Pauli's Bericht an Mainhövel glaubt sie sich von ihren Verwandten verfolgt ...

Gräfin Allgunde, sagte Valerian mit treuherziger Offenheit, Sie haben mich eben Ihren Freund genannt — geben Sie mir das Recht eines Freundes, Sie offen zu fragen: Sind sie ganz ohne Schuld an diesem Zustande Theo's? Was war es mit der Entführung, die gegen sie beabsichtigt wurde, und worüber Theophanie so furchtbar erschrak?

Allgunde warf einen stechenden Blick aus ihren stahlscharfen hellen Augen auf Valerian.

Sind Sie davon unterrichtet? sagte sie.

Durch den Zufall!

Und ist Ihr Interesse für dies leidenschaftliche Geschöpf, das meinen besten Absichten stets den zähesten Eigensinn entgegensetzte, so groß, daß Sie von meiner Freundschaft durchaus eine Aufklärung verlangen?

Ich verlange von der Freundschaft, die Sie mir entgegenbringen, nichts weiter, als was dieselbe mir freiwillig gewährt.

Nun, so nehmen Sie an, daß die Sache nicht mein Geheimniß allein ist.

Das ist genug, um mich nicht weiter forschen zu lassen!

Ich danke Ihnen, Valerian. In der That, forschen Sie nicht weiter, bei niemand, nirgends ... Sie werden mich dadurch verpflichten. Geben Sie mir die Hand darauf!

Valerian legte widerstrebend seine Rechte in die dargebotene Hand ... widerstrebend und zugleich unzufrieden mit sich, in dem Gefühl, daß er von dem Wesen und dem Geist dieser Frau sich beherrschen zu lassen beginne. Er beendete deshalb die Unterredung, indem er aufstand und den Wunsch äußerte, sich dem Grafen Quernheim vorzustellen.

Allgunde erhob sich, um ihn zu ihrem Vater zu geleiten.

Graf Quernheim empfing den Gast seiner Tochter mit überströmender Höflichkeit; er verwickelte ihn in ein langes Gespräch über Jagdangelegenheiten und dann führte er ihn hinaus, um ihm seine Hunde zu zeigen und dann — da es bis zur Dinerstunde immer noch Zeit war, ins nahe Holz, um ihm eine neue sinnreiche Einrichtung an einem Fuchseisen zu zeigen; und da Allgunden, wie es schien, diese Einrichtung hinreichend bekannt war, so zog sie vor, die Herren den Weg in den Wald allein machen zu lassen und ins Haus zurückzugehen, um dort die Heimkunft derselben abzuwarten.

Sie ging, das stolze Haupt ein wenig gesenkt und nachdenklich über den Hof, der Treppe zu. Sie verhehlte sich nicht, daß „ihr Freund“ nicht ganz das war, was sie in ihm erwartet hatte, daß ein fremder Geist in ihn gefahren, daß, wie sich ja auch in Surenburg schon gezeigt, allerlei moderne Schwärmereien sich seiner bemächtigt hatten. Aber Allgunde fürchtete diese Schwärmereien nicht sehr; hatte ihn die Fremde der unverfälschten reinen Väterlehre abwendig gemacht, so, sagte sie sich, werde die Heimat ihn schon zurückführen; das Glaubensbekenntniß eines vogelfreien jungen Mannes, der in der Welt umherreist und sich zu amusiren sucht, ist nicht das eines großen Grundbesitzers und Standesherrn; die Umstände und die Umgebungen verändern die Anschauungen, und zudem war sie, war Allgunde ja da, um dieser Sinnesänderung rasch nachzuhelfen ... Die stolze Gräfin traute sich jede Gewalt und jeden Einfluß über solch eine Männerseele zu, in der sie im allgemeinen nur ein schwaches und von der Klugheit einer Frau leicht zu lenkendes, zu unterjochendes Wesen sah.

Als sie die Thür ihres Zimmers öffnete, sah sie mit einem leisen Erschrecken eine fremde Männergestalt an ihrem Schreibtische stehen. Unwillig rief sie aus:

Wer ist da ... Ihr, Isaak ... Ihr hier?

Der Isaak, gnädigste Gräfin.

Und wer hat Euch erlaubt, so allein ...?

Gott Gerechter, hatt' ich doch Eile zu kommen zu Euer Gnaden — und so bin ich gegangen hinein, und da ich die gnädigste Gräfin nicht traf, so hab' ich gewollt auf sie warten ...

Und unterdeß meine Papiere da durchmustern, fiel Allgunde zornig ein.

Soll mich strafen der lebendige Gott Abraham's, Isaak's und Jakob's ...

Schon gut, schon gut ... was bringt Ihr und was habt Ihr gehört? Wo ist meine Cousine?

Ich weiß es nicht, Euer Gnaden; niemand weiß es und der Gerichtsarzt, fürcht' ich, weiß es selber nicht!

Pauli weiß es nicht? Das ist unglaublich! Ist sie ihm vielleicht ebenso entflohen wie mir?

Isaak zuckte die Achseln.

Es ist wunderbar, sagte er; aber es ist nirgends aufzufinden eine Spur.

Dies ist zum Verzweifeln, rief Allgunde, heftig in ihrem Zimmer auf- und abgehend; noch immer keine Spur von diesem verwegenen, ungebändigten Geschöpf! Ich habe geschrieben an alle ihre und meine Verwandte, ich habe ihren Reitknecht einer Art Folter unterwerfen lassen und bisjetzt ist mir noch nicht die entfernteste Andeutung kundgeworden, nur nach welcher Seite hin sie zu suchen ist! Sie muß jede Heerstraße, jeden Ort vermieden haben mit einer Vorsicht wie ein fliehender Verbrecher.

Ich will bei Pauli einen letzten Versuch machen, sagte der Jude; geben Sie mir den Brief des Physikus, vielleicht wird er gesprächiger, wenn er dies Document sieht in meiner Hand. Daß das gnädige Fräulein ihm entflohen sein sollte, glaube ich nicht; weshalb hätte er dann geschwiegen über ihren Aufenthalt bis zu solcher zweiten Flucht? Das Ganze hängt anders zusammen. Geben Sie mir den Brief und ich will sehen, was ich kann thun, es zu bringen heraus!

Da ist der Brief, antwortete die Gräfin, indem sie das von Mainhövel zerknitterte Schreiben Pauli's aus ihrem Portefeuille nahm. Ihr dürft' es zeigen, Isaak; ich werde ja doch nicht verhindern können, daß man erfährt, meine Cousine Theo sei übergeschnappt und entlaufen; ja, es ist mir gleichgültig, Isaak, ob man es sich erzählt!

Ich verstehe, sagte der Hebräer listig lächelnd, ich verstehe, Euer Gnaden können hierüber ganz ruhig sein, man wird es sich erzählen und man wird vielleicht gehen so weit, noch mehr zu erzählen, als sich in der That hat zugetragen. Denn die Menschen haben darin einen seltsamen Geschmack, und ich habe nie erlebt, daß sie mit einer Geschichte gewesen wären zufrieden, so wie sie ist vorgefallen.

Jetzt geht, Isaak, und thut Euer Möglichstes; ich will, ich muß wissen, wo sie ist, ich habe keine Ruhe bis dahin, einen andern Gedanken zu fassen! Und doch ist mehr zu thun! Auch für Euch, Jude. Da ist ein Jäger beim Grafen Schlettendorf; derselbe, für den ich den Arzt damals hergeschafft haben wollte und den Ihr auf einer Reise begleiten solltet —

Der Hebräer machte ein pfiffiges Gesicht und nickte mit dem Kopfe.

Allgunde widerte diese freche Miene des Einverständnisses an; sie wandte sich ab und schloß kurz:

Doch von dem später; Baron Tondern wird mit Euch darüber sprechen. Macht Euch jetzt auf den Weg und denkt, daß ich so lange, bis Ihr mir eine gute Botschaft bringt, wie auf der Folter bin. Da ist Geld für Euch. Nun marsch!

Isaak Koppel steckte die Goldstücke zu sich, die sie ihm reichte, und entfernte sich mit großer Hast und langen eilfertigen Schritten. Als er jedoch aus dem Gesichtskreise der Bewohner von Quernheim war, mäßigte er seinen Gang und wandelte mit behaglicher Muße den Weg zurück, den er gekommen.

Valerian und Graf Quernheim kamen in diesem Augenblick aus dem Holze zurück, und traten in Allgundens Zimmer, um sie in den Speisesaal zu führen, wo eben angerichtet wurde.

Neuntes Kapitel.

Unterbrochenes Stilleben.

Es war nicht weit mehr vom Abend, als Isaak in Birkenheim wieder ankam. Die Sonne vergoldete die Fensterscheiben in dem kleinen Landhause des Arztes, welches, so angeglüht, doppelt freundlich und einladend in seinem Gartengrunde unter den reichen Wipfeln wohlgepflegter Obstbäume dalag. Man konnte nichts Idyllischeres sehen. Das Haus war aus rothen Ziegelsteinen erbaut, aber Gesims und Ecken, wie die Einfassungen der Fenster und Thüren bestanden aus feinem, weißem Sandstein; darüber legte sich ein dichtes Gewebe von Weinreben, deren zarte, höchste Ranken bis zu den grünen Jalousien der Mansardenfenster hinaufklommen, hinter welchen Eugen's, des jüngern Arztes, Wohnung sich befand. Unten rechts war das Familienzimmer; die schräg einfallenden Sonnenstrahlen malten im Innern den Schatten der Weinblätter auf die gegenüberstehende Wand, welche eine einfache, blaue Tapete bedeckte. Farbige Kupferstiche, die Tell's Apfelschuß und sonstige Thaten aus der helvetischen Geschichte darstellten, hingen umher; nur über dem Sofa prangte ein Oelgemälde, das Bild der verstorbenen

Mutter Sophiens, von dieser mit einem vollen Kranze umgeben. In diesem Raume saß die Familie des Arztes zusammen, eine jener friedlichruhigen Nachmittagstunden genießend, wie man sie nur auf dem Lande kennt. Man war vom Spaziergang zurückgekommen, unterdeß hatte der Bote aus der Stadt Briefe und Zeitungen und Journale aus dem Lesekreise gebracht; man las vor, man politisirte, selbst Sophie, die fast ganz genesen am Fenster saß, hatte ihr Nähzeug fallen lassen und beugte das noch blasse Gesicht über die Blätter eines fünfviertel Jahr alten Modejournals. Der Sonnenschein legte die schönsten, goldensten Lichter auf ihren blonden Lockenkopf und sie ahnte nicht, daß ihr feines Profil, ihre zarte und zierliche Gestalt, die etwas von einer Blume an sich hatte, etwas so sanft Aufgeschwungenes und Graziöses wie eine Märchenblume, aus der ein Elfenhaupt steigt — sie ahnte nicht, daß sie selbst ein unendlich reizenderes und lieblicheres Bild war als all die langweiligen, sich spreizenden Gänschen, welche auf den Modekupfern ihren Neid und ihre Bewunderung erregten.

Es klopfte. Isaak Koppel war es, der eintrat.

Ha, Isaak Koppel, rief Sophie ihm fröhlich entgegen, laßt Ihr Euch endlich sehen? Es hat mich verlangt, Euch zu sprechen, denn ich weiß jetzt, was ich Euch verdanke; es ist viel und mehr, als wir Euch lohnen können. Nehmt einen Stuhl, Isaak.

Nein, nein, versetzte der Hebräer, was will das sagen? Sieht einer den andern in Noth, daß er nicht mehr weiß, wo aus noch ein und kann sich jetzt selbst nicht mehr helfen, und hat doch sonst aller Welt geholfen — nun, da springt man ihm bei, sei's Jude oder Christ!

Was ist Euer Begehren, Isaak? fragte der Gerichtsarzt, der dies Gespräch nicht fortgesponnen sehen mochte.

Isaak Koppel zog eine schmuzige Lederbrieftasche heraus und suchte in dem Wust von Papieren, welcher sich darin befand.

Eugen — sagte unterdeß leise die junge Frau ihrem Manne ins Ohr, den sie herbeigewinkt hatte — Eugen, ihr seid so wenig freundlich und dankbar gegen den Juden, er hat mir doch das Leben gerettet, wie ihr selbst es sagt.

Eugen zuckte die Achseln; ich weiß nicht, was dein Vater mit ihm hat, antwortete er ebenso leise; aber er versichert mich, wir könnten über die Belohnung Isaak's ruhig sein; dieser Jude habe seinen Lohn vollständig dahin. Jedenfalls ist er eine so widerliche Creatur wie irgendeine seit den Tagen Shylock's!

Isaak Koppel hatte unterdeß den Brief hervorgezogen, den er suchte, das Schreiben Pauli's an Theo's Vormund, den Freiherrn von Mainhövel.

Herr Amtsphysikus, kennen Sie dieses Papier?

Wie kommt der Brief in Eure Hände?

Auf ehrlichem Wege! Es soll Ihnen nur zeigen, daß ich bin eingeweiht in alles; auch ist es nicht in meinem eigenen Namen, daß ich jetzt, mit diesem Briefe in der Hand, noch einmal frage: Herr Amtsphysikus, antworten Sie mir, wo ist das Fräulein von Blankenar?

Der Gerichtsarzt war offenbar sehr erschrocken, doch antwortete er mit Entrüstung:

Ich habe Euch gestern schon die Frage beantwortet; glaubt Ihr, ein Mann habe heute eine andere Antwort, als er gestern gehabt?

Nein, Herr Amtsphysikus, werden Sie nicht zürnig! Haben Sie doch hier geschrieben, daß Sie's wissen! Weshalb wissen Sie's nun nicht? Wo ist nun die Wahrheit, wo ist die Lüge? Nein, ich glaube die Lüge ist hier — hier, hier!

Der Jude schlug mit spöttischem Gesicht wiederholt seine flache Hand auf das Papier.

Und dies ist ein amtliches Schreiben, fuhr er fort; ein ärztliches Zeugniß, ein Document — mit Ihrem Amtssiegel ist es zugemacht!

Isaak, unterbrach hier Eugen das Gespräch des Hebräers mit seinem Schwiegervater, nehmt Euch in Acht; wär's nicht um der Hülfe willen, die Ihr für meine Frau hattet, so würde ich Euch schon jetzt zur Thür hinausgeworfen haben!

Herr Doctor, versetzte Isaak Koppel mit seinem boshaftesten Greinen, Ihnen zu Vergnügen thu' ich alles! Wenn es Ihnen eine Freude ist, so zeig' ich Ihnen, wie's einer dahin gebracht hat, durch vielfältige Uebung sich selbst zur Thür hinauswerfen zu können. Soll ich? Nur ein Wort und ich thu's! Ich habe doch noch zu thun in Birkenheim: da ist der Herr Landrichter, mit dem hab' ich zu sprechen; es ist jemand, der hat ein falsch Zeugniß ausgestellt; er hat seinen Diensteid gebrochen; er hat seinen amtlichen Charakter gebrauchen lassen, um einen Vormund, einen armen blinden alten Mann, hintergehen zu helfen! Dies ist eine schändliche Geschichte, nicht wahr, Herr Doctor? Nun, ich will gehen und ihn anzeigen; der Herr Landrichter soll zur Untersuchung schreiten! Ja, ich will gehen, auf der Stelle. Oder soll ich nicht gehen, Herr Amtsphysikus Johann Wilhelm Pauli?

Der Gerichtsarzt faltete die Hände und in Angst und Rathlosigkeit den Juden anblickend, sagte er:

Du hast mich damals in dieses Unglück hineingeführt! Gott verzeihe dir's! Es war eine fürchterliche Prüfung! Ich bin erlegen!

Er starrte in stummer Verzweiflung auf den Boden; dann hob er das Gesicht empor und gefaßter fuhr er fort:

Was willst du jetzt noch? Wolltest du mich verderben, so wärst du nicht erst zu mir gekommen und hättest dich mit deinem Briefe in mein und meines Sohnes Hand gegeben! Also, was willst du von mir?

In Eurer Hand bin ich nicht, sagte Isaak, der sich aus seiner gewöhnlichen gebeugten Stellung trotzig aufrichtete; denn gesetzt, Ihr nähmt mir den Brief — es sind Augen genug da, die ihn gesehen, Hände genug, die sich zum Zeugniß erheben würden wider Euch.

Die junge Frau war unterdeß aufgestanden und zu der Gruppe der Sprechenden getreten, wo sie ihr erschrockenes Gesicht an die Schulter ihres Vaters lehnte.

Isaak, Isaak, rief sie jetzt voll Angst aus; was bedeutet alles dieses und was wollt Ihr von meinem Vater?

Ich will wissen von ihm, wo ist das Fräulein; weiter will ich nichts, aber dieses will ich! Binnen heut und sieben Tagen wird der Herr Amtsphysikus Johann Wilhelm Pauli es mir angeben, oder ich mache Gebrauch von dem, was ich habe in Händen. Suchen Sie genau und sorgfältig, Herr Amtsphysikus. Bisjetzt ist keine Spur von ihr gewesen zu entdecken. Von allen ihren Verwandten und Freunden hat niemand eine Ahnung, wo sie mag sein. Aber steht nicht geschrieben in Ihrer Bibel: wer sucht, der wird finden? In unserer steht es nicht, obwol es ist ein schöner Spruch; und tröstlich für Sie, Herr Amtsphysikus. Leben Sie wohl — bis über sieben Tage, da werd' ich wiederkommen und werde haben meine Freude und Verwunderung, wie der alte Herr noch so geschickt ist, die Fährte aufzuspüren von so schönem Wild! Diesen Brief werden Sie dann zurückbekommen. Nun hab' ich angebracht mein Gewerb und damit Gott befohlen, Herr Amtsphysikus! Leben Sie wohl, Herr Doctor; guten Abend, Frau Doctorin!

Aber um Gottes willen, Isaak! rief ihm der Gerichtsarzt nach ... ich weiß ja nicht das Mindeste ... wohin, nach welcher Seite ...

Suchen Sie! Es ist niemand da, der irgend mehr davon weiß als Sie; freilich gibt es auch niemand, der mehr davon wissen muß!

Der Jude ging mit diesen Worten und ließ die Familie des Arztes zurück in der verzweiflungsvollsten Niedergeschlagenheit; das stille Glück dieser harmlosen Menschen hatten seine Worte und Drohungen verwandelt in eine Bekümmerniß und Angst, die um so qualvoller war, als das angestrengteste Sinnen nirgends einen Schimmer von Hoffnung entdeckte, die Forderung des Juden so rasch erfüllen zu können.

Thun wir wenigstens das Unserige, sagte endlich Eugen aufstehend, und das Uebrige stellen wir Gott anheim!

Zehntes Kapitel.

Der Bauernhof.

Unsere Erzählung hatte als Schauplatz bis jetzt einen Landstrich, welcher meist sehr fruchtbar und von emsiger Cultur fast überall dem Ackerbau dienstbar gemacht ist, oder durch den üppigen Wuchs seiner Gehölze sich auszeichnet, in denen die Eiche ihren königlichen Vorrang behauptet. Nach Norden hin verändert sich dieser Charakter. Die Gegend ist nicht mehr überdeckt von den zerstreuten Ansiedlern, wie in der Region der Hofesverfassung, sondern die Bewohner haben angefangen in geschlossene Gesellschaften zusammenzurücken, die mit einem grünen Gürtel Ackerlandes, den man „Esch" nennt, umgeben, Oasen der Heide bilden. Die hohen, das ganze Land wie mit einem Netz überziehenden Wallhecken sieht man seltener werden, die fruchttragenden „Kämpe" der Heide weichen; alles wird dürftiger, das Land und die Menschen; ehemalige große Waldungen sind zu Krüppelholz verkümmert; die Hügelwellungen verflachen, die Tannenwälder vermehren sich und weil in gleichem Maße das Laubholz seltener wird, schwindet der Eindruck von Wärme und Heimlichkeit, den das südlicher gelegene Land macht.

Neben der Heide liegt weit ausgedehntes Moor, in den vordern Strecken zum Torfstich benutzt, dahinter, so weit das Auge trägt, von den Saaten des röthlichen Sarazenenkorns, des Buchweizens bedeckt, um dessen weiße Blüten Myriaden Bienen summen.

Auf einem Hügel, in einer solchen Landschaft, der wie eine Warte weithin den ganzen Umkreis beherrscht, das Moor, die Heide und an der dem Moore entgegengesetzten Seite einen Wiesengrund, hinter dem sich ein Buchenwald erhebt, ist ein Denkmal eigener Art aufgethürmt. Es sind riesige Steinblöcke, der kolossalste auf drei andere gelegt, während minder große im Kreise umherliegen; die „Hünensteine“ nennt das Volk sie, und versichert, sie seien von Riesen geschichtet; darunter wohne in irdenen Töpfen das Geschlecht der „Uhlken“ oder Zwerge. Wenn man nachgräbt, wird man kaum je ein solches irdenes Gefäß finden, wol aber Geräthe, die auf Opferhandlungen deuten. Dagegen birgt die Heide unter kleinern Hügeln viele Aschenurnen aus grauem und braunem Thon.

Der Weg schlängelt sich in vielen Krümmungen, wie seines Zieles selber nicht recht sicher, über die Fläche und läuft an den Steinen hin; selten nur sieht man ihn belebt durch eine Gruppe Fußgänger, welche mit weißen Säcken und einer Sense auf dem Rücken aus Holland heimkehren, wo sie bei der Ernte Dienste gethan; oder durch einen langsam daherziehenden Wagen, mit Kühen bespannt, neben denen der Knecht in Holzschuhen einhertritt und wollene Socken breidet oder strickt. Es ist ein ödes, ödes Land! Der Schäfer selbst, welcher seine Heidschnucken weidet und trotz der Sommerwärme seinen weißen Mantel nicht abgelegt hat, den er seltsamerweise mit demselben Worte, womit ihn Schotten und die Beduinen Afrikas nennen, als „Haiken“ bezeichnet, läßt seine Augen mit einer Leblosigkeit über die Gegend schweifen, als ob sie gar nicht verdiene, durch einen Blick jener Augen, die schon Tacitus „truces et caerulei“ nennt, beehrt zu werden.

Auf dem höchsten der beschriebenen Steine sitzt ein weibliches Wesen in rothem Umschlagetuch mit blonden, wehenden Locken, die Hand, in der sie einen kleinen Zweig hält, ausstreckend, als ob sie in die Ferne deute. Ihr Angesicht ist sehr blaß und wird blässer noch durch die rothe Hülle, welche hell in den Strahlen der Nachmittagssonne flammt. Kein Laut ist auf der Heide wach; der Wind bewegt die honigduftenden Blüten des Heidekrautes und die schräg fallenden Sonnenstrahlen haben lange, goldene Scheine über den Boden geworfen. Wer ist die rothe Gestalt, die sich so scharf am hellblauen Himmel abzeichnet, die auf dem hohen Steine sitzt und mit ihrem Zweig — es ist der heilige Mistelzweig — in die weite Ferne winkt? Wie eine Drude ist sie

> Die im Abendstrahl
> Mit Run' und Spruch umwandelte das Thal,
> Indeß ihr goldnes Haar im Winde wallte.

Treten wir näher hinzu; diese blassen Züge sind uns bekannt, aber auch der ältliche Mann ist es, welcher jetzt erst sichtbar wird, da er sich hinter den Steinen auf einen Haufen Heideplaggen gesetzt hat, die hier neben verkohlten Resten eines Hirtenfeuers liegen.

Dort, dort kommen sie! sagt die junge Drude oben, mit dem Mistelzweige winkend. Sie hält die Hand über ihre Augen, deren Lider sich durch die Länge ihrer feinen Wimpern auszeichnen. So späht sie in die Ferne, nach dem Walde jenseit der Wiesenniederung, welche die Heide begrenzt.

Nein — ach nein, sagt sie dann wie schmerzlich enttäuscht — es scheint mir jetzt ein Bauer und eine Frau!

Sie ließ ihre Hand sinken und zog ihren Shawl fester um ihre jugendlichen, anmuthigen Formen.

Gott gebe, daß sie kommen! seufzte der Mann unten. Sieh', ich bin aufs äußerste getrieben; ich kann, ich kann nicht mehr! Gott steh' mir bei — aber ich verlasse alles, alles, was ich habe, euch und das Grab deiner Mutter, Heimat und Herd! Dies ist der letzte Abend, Sophie! Wenn Eugen jetzt fruchtlos zurückkehrt, bin ich zu Grunde gerichtet; ich bin mehr, ich bin geschändet, gebrandmarkt vor der Welt!

O Vater, er kommt gewiß, gewiß heute mit guter Nachricht!

Auch Sophiens Herz war voll Kummers und ihre Kräfte waren ermattet; sie hatte an den Steinen zu rasten verlangt, unterdeß Eugen, gefolgt von Isaak, der sie begleitete, vorausgeschritten war, um allein das Ziel der Wanderung zu erreichen, das nicht mehr weit sein konnte. Doch obwol Sophie eine Centnerlast auf dem Herzen fühlte und in einen Strom von Thränen hätte ausbrechen mögen, hielt sie sich gewaltsam zurück und erheuchelte eine Zuversicht, welche sie nicht hatte. Trotzdem aber war ihre Anstrengung, den Kummer des alten Mannes zu erleichtern, vergeblich; er war überwältigt und es fehlte nur noch ein leiser Anstoß, um ihn ganz fassungslos zu machen wie ein Kind. Weiche Nachgiebigkeit war ein Hauptzug seines Charakters. Die Seinigen verehrten und liebten ihn desto mehr, jeder, der ihn kannte, achtete die edeln Eigenschaften seines Gemüths; die ärmern Kranken beteten ihn an — aber für Lebenslagen wie seine gegenwärtige fehlte es ihm an Elasticität und geistiger Klarheit, wie an Entschlossenheit.

Pauli hatte jetzt mit Eugen das halbe Land durchforscht und

durchsucht — sie waren unermüdlich gewesen; aber vergebens, immer wieder vergebens — oft glaubte man, Spuren entdeckt zu haben; die beiden Aerzte verfolgten sie voll Eifers — und immer wieder hatten sie sich in ein Nichts aufgelöst! Zuletzt schien endlich eine sichere Spur entdeckt; ein Pferdehändler, der aus dem Norden kam und in Birkenheim von des Gerichtsarztes Nachforschungen hörte, wollte eine geheimnißvolle Dame auf einem Bauerhofe entdeckt haben, wo er ein Fohlen erhandelt hatte. Seine Angaben machten dem Gerichtsarzt und seinem Schwiegersohn so viel Muth, daß sie die junge Frau mitnahmen, die sich während der Abwesenheit der Ihrigen nur noch mehr härmte und erklärt hatte, daß sie es daheim in der Einsamkeit und der Spannung nicht mehr aushalte.

Auch der Jude, dessen Ungeduld sich immer gesteigerter gezeigt, hatte sich ihnen angeschlossen — er war gestern in ihrem Nachtquartier plötzlich zu ihnen gekommen.

Aber je näher man dem Ziele gekommen, desto ängstlicher war Pauli geworden. Jetzt saß er muthlos und gebrochen am Steine, denn längst war die Zeit vorüber, in welcher die beiden Männer hätten zurück sein können, wenn sie glücklich gewesen.

Sophie hob wieder ihre Hand an die Stirn und schaute dem Wege nach.

Ich sehe jemand aus dem Walde kommen, sagte sie. Aber nein — es ist nur Einer, der kommt!

O, sie kommen nicht — sie finden nichts — du sollst sehen, Sophie — und dieser Jude ist unerbittlich — er wird mich von dannen treiben wie einen elenden Heimatlosen in die weite Welt!

Väterchen, sprich nicht so! Sei ruhig, ich bitte dich; sie finden sie gewiß ... sieh', ich glaube, daß der dort aus dem Walde Kommende der Jude ist.

Pauli erhob sich und blickte dahin aus. Nach einer längern Pause erkannte auch er in dem Nahenden die Gestalt Isaak Koppel's. Sie eilten ihm entgegen.

Der Jude kam näher und näher. Sophie spähte ängstlich nach dem Ausdruck seiner Mienen. Sie verriethen nichts. Schiele Blicke und stereotypes Lächeln wie immer.

Er stand vor ihnen.

Nun, Isaak? fragte die junge Frau — dem Arzt war der Athem zum Sprechen ausgegangen vor Bewegung.

Herr Amtsphysikus Pauli, sagte der Jude, ich habe Sie suchen lassen jetzt vierzehn Tage lang und habe Geduld gehabt. Gestern Abend, als ich zu Ihnen kam, haben Sie mir gesagt, Sie wüßten nun ganz gewiß, wo das Fräulein wäre und ich bin selber mitgegangen, um zu sehen, ob es so sei —

Sie ist nicht da?! rief die junge Frau aus.

Nein, nein, nein! sagte Isaak, und meine Geduld ist zu Ende, und ich gehe, und Sie werden es erfahren, Herr Amtsphysikus, wohin ich gehe!

O Gott! und Eugen, wo ist Eugen? rief ihm Sophie nach.

Der Jude antwortete nicht, sondern ging mit langen Schritten über die Heide davon, während seine hagere gebeugte Gestalt, ins Riesenhafte ausgezerrt, als Schatten neben ihm über das Heidekraut schoß wie die Spukgestalt eines bösen Dämons.

Die beiden Zurückbleibenden starrten sich eine Weile sprachlos an; dann warf sich Sophie auf die Knie nieder, und indem sie ihr Gesicht an den Knien ihres Vaters barg, weinte sie heftig und krampfhaft schluchzend.

Der Gerichtsarzt faltete die Hände und blickte starr auf den Boden.

Nach einer Weile erhob sich Sophie und indem sie die

Arme um ihres Vaters Hals schlang und ihre Wange an seine Schulter drückte, sagte sie:

Ich kann nicht glauben, daß der Jude seine Drohung ausführt; es kann ihm ja gar nichts nützen und nur Schaden bringen, es muß ihn im ganzen Lande verhaßt machen ... Wenn nur Eugen käme!

Ho! ho! tönte in diesem Augenblicke aus weitester Ferne ein Ruf.

Horch, sagte sie, das ist Eugen — ja, das ist er — niemand anders — er läuft — er hat sein Tuch an seinen Stock geknüpft und winkt damit — Gott, wenn er bessere Botschaft brächte!

Der Arzt athmete auf; nachdem er sich sanft von seiner Tochter freigemacht hatte, eilte er mit der Rüstigkeit eines jungen Mannes seinem Schwiegersohne entgegen. Sophie folgte langsamer; sie konnte vor Herzklopfen nicht voran, jeder Schlag bei jedem Schritt war ein Schmerz für sie.

Als sie die beiden Männer erreichte, die beim Zusammentreffen sich umarmt hatten, war Eugen schon mitten im Erzählen.

Der abscheuliche Jude! sagte er; als die jätende alte Frau, die ich mit einem Geldstück bestochen hatte, anfing von dem Fräulein zu erzählen, daß sie auf dem Hofe sei und mir zeigen wollte, wo sie wohne, rief Isaak: Ach, es ist wieder nichts, Geschwätz alter Weiber! und davonrannte er, daß die langen Schöße seines Fracks im Zuge flatterten.

Isaak, Isaak! rief jetzt der Gerichtsarzt mit aller Anstrengung seiner Lungen.

Isaak war zu weit, um es hören zu können, oder wollte es nicht hören.

Es ist klar, sagte Pauli, er weiß jetzt, was er wissen wollte und will mir doch den Brief vorenthalten, den er auszuliefern versprach, wenn ich ihm Theo auffinde!

Der Schurke! rief zornig der junge Mann und schoß davon, eilig den Weg verfolgend, den der Jude genommen hatte.

Sophie hatte neue Kräfte bekommen durch die Aufregung, in welche die Freude sie versetzt. Der Arzt wollte Theo sehen und so gingen beide, die Tochter am Arm ihres Vaters langsam über die Heide voraus, dann durch die Wiesen der Buchenwaldung zu, aus der Isaak und Eugen gekommen waren.

Als sie sich mitten in diesem Gehölz befanden, das aus prächtigen Stämmen bestand, zwischen welche überall die Lichter des Horizonts hereinfielen, holte Eugen sie ein.

Er übergab seinem Schwiegervater ein Papier, das dieser mit großer Befriedigung in kleine Stücke zerriß.

Gott, wie siehst du aus, Eugen! rief Sophie.

Der junge Mann war athemlos und mit Schweiß bedeckt, er hatte eine Contusion an der Schläfe und die Schleife seines Halstuches saß im Nacken, statt über der Brust.

Ich habe so eilen müssen, um Isaak einzuholen, versetzte er, sich die Stirn wischend.

Und was sagte er?

Nun, er sah seinen Irrthum ein und gab mir den Brief!

In das Ohr seines Schwiegervaters flüsterte er lächelnd:

Der Jude weigerte sich und wollte mir entfliehen. Da habe ich ihn durchgebläut wie einen bösen, bissigen Hund — Sie können sicher sein, daß er uns von nun an in Ruhe läßt.

Gott gebe es! seufzte der Arzt.

Als die Wanderer am Ende des Buchenwaldes angekommen waren, sahen sie zuerst eine ausgedehnte Fläche Ackerlandes vor sich und jenseit derselben ein Gehölz von Eichen, das wie zum

Schutze unten von einem dichten Gürtel junger Lärchen- und Edeltannen und halbwüchsigen Laubholzes mancherlei Art umgeben war. Darüberher, von den Zweigen der altersgrauen Stämme beschattet, ragten einige Dächer, halb aus Stroh, halb aus Ziegeln bestehend. Die Wanderer standen nach einiger Zeit vor dem größten dieser Häuser; es war das Bauerhaus, während die andern Dächer die der Speicher und der kleinern Wohnungen der Heuerleute waren; denn in dieser Gegend ist der seit uralter Zeit unfreie Hofbesitzer doch eine Art Gutsherr, der über ein halb Dutzend Unterthanenfamilien herrscht, die ihm Zins und Dienste aller Art schulden und jenen Namen führen. Das niedrige, aber große und aus festem Eichenholz gezimmerte Hofhaus, in dessen kleinen Fensterscheiben die sinkende Sonne brannte, lag zwischen dem Eichkamp, dem Obsthof und dem Garten, an dessen Ende man ein kleines, schmuckes Gebäude sah, ein Gartenhaus mit Mansardendach und Freitreppe davor. Auf dieser Treppe, auf einer Gartenbank, saß Theo.

Sie hatte eine weibliche Arbeit, womit sie sich beschäftigte, im Schose und saß so, daß sie den Kommenden den Rücken zukehrte.

Diese gingen durch eine offene Staketpforte in den Garten und hatten sich Theo unbemerkt bis auf etwa dreißig Schritt genähert, als aus dem Innern des Häuschens ein Mädchen hervorgeeilt kam und das Fräulein auf die Nahenden aufmerksam machte.

Theo sprang auf und schien im ersten Augenblick furchtsam in das Gartenhaus sich zurückziehen zu wollen; als sie aber den Arzt erkannte, ging sie ihm freundlich entgegen und hieß ihn und die Seinigen willkommen.

Sind wir Ihnen wirklich willkommen? fragte der Arzt, der

mit einer gewissen Sorglichkeit Theo's Wesen und Betragen musterte, als ob er nach irgendeinem Zuge spähe, der, wie er auf der einen Seite seine Befürchtungen gerechtfertigt haben würde, auf der andern etwas von Gewissenserleichterung für ihn haben mußte.

Sie sind mir wirklich willkommen, Pauli, sagte sie; es hat mich sehr verlangt, Sie zu sehen und Sie über mich zu beruhigen. Es freut mich, daß Sie und Ihre liebe Tochter bis in meine stille Einsamkeit gedrungen sind; dies poetische Stückchen Verschollenheit hier hat mich so glücklich gemacht! Freilich, es ist nun verrathen und entdeckt, aber das thut nichts — ich hoffe ohnehin, es nach einigen Tagen verlassen zu können, um zu meiner Tante in O. zu reisen. Aber Sie sind blaß, Sophie, und angegriffen — wie kommt das?

Sophie erzählte, wie krank sie gewesen, und Theo ruhte nun nicht eher, bis sie ihr mit Kissen einen bequemen Sitz zum Ausruhen auf ihrer hölzernen Bank hergerichtet hatte; dann ließ sie einen Tisch aus dem Gartenhaus tragen und sandte ihr Mädchen fort, um Erfrischungen herbeizuholen.

Wenn Sie sich erquickt haben, sagte Theo, führe ich Sie umher in meinem kleinen, stillen Reich. Sie sollen es sehen, wie wohl es hier dem Herzen werden muß, wie stark und gesund alles Empfinden und Denken, wenn man so unausgesetzt mit der Natur allein ist! Das ist eine Cur, Pauli, den ganzen Tag Waldgeruch und Heideblütenduft einziehen!

O, wovon reden Sie mir, Fräulein Theo .... Bin ich nicht auch ein Kind eines solchen Bauerhofes?

Nicht wahr, es ist eine Freude, unter diesem naturwüchsigen, derben Geschlecht zu sein? Beim Anblick meines Bauern hier muß ich jedesmal lachen aus Vergnügen an dem Gesellen! Das ist eine Ehrlichkeit, eine Schlauheit, eine Thätigkeit und

Arbeitskraft — und eine halsstarrige, eiserne Verstocktheit gegen alles, was man an fremden Dingen ihm hineinschmuggeln will in seinen Kreis von Gedanken und Vorstellungen — o es ist eine Lust, solch eine gesunde Natur zu beobachten!

Theo ruhte nicht, bis sie ihren Gästen, sobald sie sich ausgeruht, die ganze freundliche Oase gezeigt hatte, welche der Bauerhof mit seinen fruchtbaren Gründen bildete. Mit einem wahren Heroismus kletterte sie über Wallhecke und Steg und ließ ihre fröhliche Stimme in den Eichkämpen so laut und hell erschallen, als ob sie die lustigen Buchfinken beschämen wollte, die über ihr in den Zweigen lärmten. Sie streichelte den glatten, wohlgenährten Milchkühen auf dem Brachfeld den Hals, und den blonden Buben, der dafür sorgen mußte, daß diese sich nicht ins junge Holz verliefen, schien sie besonders in Protection genommen zu haben. Um ihr zu beweisen, daß er ein dankbares Gemüth sei, kam er ihr entgegengesprungen, eine aus Binsen geflochtene kunstreiche Form auf dem Kopfe, die eine Mütze, eine Krone oder auch einen Trichter symbolisch vorstellen konnte; und als schwachen Beweis seiner Huldigung überreichte er ihr nichts weniger als eine eben aus der Rinde eines Vogelbeerzweigs verfertigte Pfeife, die einen so durchdringend gellenden Ton gab, wie nur je eine im Wald laut geworden. Dann sprang er verschämt über sein Wagniß auf eine Wallhecke und seine Bausbacken waren doppelt so roth wie gewöhnlich, als er dort durch den Hagebuchenstrauch auf die Fremden niederlugte.

Nun müssen Sie noch mit mir die jungen Fohlen sehen — aber nein — die arme Sophie kann nicht mehr — trösten Sie sich, Sophie, Sie sollen nichts mehr zu sehen brauchen — kommen Sie, ich führe Sie ins Haus. Theo nahm Sophie unter den Arm und führte die Ermüdete heim, der in der That all der Herrlichkeit, welche sie bewundern mußte, zuviel geworden und die in diesem Augenblicke trotz aller Zärtlichkeit für diese Väter des Waldes, diese grauen Könige mit der Eichenkrone, welche sie umgaben, doch alle gern dahingegeben hätte für einen aus ihrem Holze gezimmerten Stuhl.

Das Haus hatte ganz den altväterlichen Charakter, den in diesem ganzen Striche Deutschlands die Bauerhöfe bewahrt haben. Ein großes Einfahrtsthor führt auf die Tenne, wo zuerst an beiden Seiten die Ställe für die Pferde sich befinden; dann rechts und links hinter hölzernen Ständern Ställe für zwei Reihen Rinder. Die alte Sitte läßt die Tenne zusammt diesen Stallungen unabgetrennt von der weiten, geräumigen Küche, welche mit sehr kleinen Kieseln gepflastert ist; der Herd liegt unter einem ungeheuern mit Tellerreihen, Palmbüscheln u. s. w. gezierten „Busen" oder Kamin, von der hintern Wand etwas entfernt, sodaß man um das Feuer gehen kann und hinter demselben der Armsessel des Bauers, wie des Hofbesitzers Ehrenname ist, oder der des Ehrengastes Platz hat. Links und rechts unter den niedern, aber hoch über dem Boden angebrachten Fenstern, welche die Küche erhellen, stehen Bänke und Tische, in derselben Reihe mit den Rinderställen, aber durch vorspringende Wände, in denen zugleich die Schlafstellen angebracht sind, davon abgeschieden. Hohe Schränke mit Glasthüren an der Wand seitwärts von dem Herd enthalten den Reichthum des Porzellans und bessern Geschirrs, darüber Kronen aus Flittergold und künstlichen Blumen, die bei der Hochzeit die Bäuerin und ihre Brautjungfern geschmückt haben. Auch einige jener seltsamen Geschenke sieht man hier, welche die jungen Leute am Vorabend des heiligen Dreikönigsfestes ins Haus bringen, ein ererbter Brauch noch unerkundeter Bedeutung. Es sind Lindenstäbe, aber mit dem Schabmesser so lange bearbeitet, bis ein Theil des weichen Holzes in krausen Locken umherhängt und sie, mit Querstäbchen oben versehen, das Ansehen von Docken bekommen. Dann werden sie mit Flittergold geschmückt und Obst und Kuchen werden an den Querstäbchen und oben auf die Spitze befestigt, in welcher Gestalt man sie feierlich als „Tunschere" Freunden und Nachbarn bringt und mit einem Spruche überreicht.

Es war sieben Uhr geworden und die Bewohner des Bauerhofes versammelten sich zum Abendessen. Theo und ihre Gäste setzten sich zu ihnen, das Edelfräulein zu oberst neben dem Bauer, der die Angekommenen herzlichst bewillkommnet hatte und Anstalten treffen ließ, sie die Nacht gastlich zu beherbergen; ein Zimmer für Besuche von Fremden war immer bereit, und als zweites war die Aufkammer leicht hergerichtet.

Die Familie des Bauern bestand aus diesem selbst, seiner Frau und zwei Söhnen, von denen nach alter Sitte der jüngere das Erbe bekommen sollte, während der ältere studirt hatte und geistlich geworden war. Er war zum Besuche von der nächsten Pfarre gekommen. Unten am Tische saßen Knechte und Mägde; bei jenen war auch der Bauerbursche, welcher Herrn von Mainhövel den Brief des Arztes gebracht und dabei sich taub gestellt hatte; zu unterst hatte ein Bettler Platz bekommen und ihm gegenüber ein verschrumpftes, steinaltes Mütterchen, deren rechte Hand lahm war. Es war eine geheimnißvolle Alraunengestalt. Man erzählte sich, die „Hexenlene" sei immer so alt gewesen und so verschrumpft, und des Bauern Vater, der nun längst todt war, habe sie in seiner frühesten Jugend schon gerade so gekannt, wie sie jetzt aussehe; niemand aber wußte, woher sie eigentlich und wie auf den Hof gekommen. Sie sprach selten und was sie sagte, war oft nur halbverständliches Gemurmel, doch wußte sie mit diesem Gemurmel allerhand sympathetische Curen zu machen. Man kümmerte sich wenig um sie, wie sie es auch um die andern wenig that, bei denen sie immer die

Absicht einer Neckerei voraussetzte. So lebte sie z. B. des festen Glaubens, daß es eine recht einfältige Neckerei sein solle, wenn man ihr sagte, daß kein deutscher Kaiser und kein Fürstbischof mehr das Land regiere, sondern ein König, dessen rechtliche und physische Existenz Hexenlene entschieden in Abrede stellte.

Nach dem Abendessen nahm Theo die junge Frau unter den Arm und ging mit ihr hinaus an den hohen Buchsbaumsäumen der Gartenbeete entlang zu ihrem Sitz auf der Treppe des Pavillons. Hier setzten sie sich nieder und Theo erzählte Sophie von ihrer Flucht und wie sie so kühn von ihrem Mädchen und einem treuen, ehemaligen Diener begleitet die weite Strecke zu Fuß zurückgelegt. Der Bauer aber ließ Tisch und Stühle unter einen Birnbaum hinausbringen und die Männer setzten sich dort rauchend und plaudernd nieder, um den herrlichen, milden Herbstabend zu genießen. Ab und zu kam ein Knecht oder eine Magd zum Herrn, um wegen der morgigen Arbeit etwas zu erfragen. Einer kam und sagte:

Der Herr von Rischoving läßt anfragen, ob er nicht bis morgen oder übermorgen ein paar Kannen Milch leihen könne, seine beste Kuh sei krank geworden.

Gebt sie ihm in Gottes Namen, versetzte der Bauer, und laßt ihm sagen, mit dem Wiedergeben habe es keine Eile.

Wer ist der Herr von Rischoving? fragte der junge Arzt.

Unser Gutsnachbar hier, antwortete der Bauer und, setzte er lächelnd hinzu, ein gar fürnehmer Herr; den sollten Sie sehen, wenn er Sonntags in die Dorfkirche fährt. Er ist dann in einen alten, ganz rothen Rock mit Goldtressen gekleidet, von dem niemand im Lande mehr weiß, was für eine Uniform er vorstellt; seine Frau trägt einen Schlender von grüner Seide und eine haushohe Toque und so fahren sie in einem Staatswagen aus dem Siebenjährigen Kriege einher, von zwei Gäulen gezogen, denen schon der alte Ziethen die Knochen mürbe geritten haben mag.

Halten sie so fest an der guten alten Zeit?

Nun ja, aber es hat auch seinen Grund. Kein Ziegel auf dem Dache ist mehr der ihrige und aus hundert Löchern ihrer Wirthschaft guckt die bittere Noth. Aber weil sie den rothen Rock und grünen Schlender anhaben und sich Reichsfreiherr von Rischoving und feste Säule des Domstifts Mühlenkirchen betituln lassen, so blicken sie tief auf uns gemeine Leute nieder, welche lieber sicher zu Fuß in die Kirche gehen, als Hals und Leben in einer verzweifelten Kutsche mit den stocksteifen Gäulen riskiren. Nun, jeder von uns hat seinen Sparren und es muß auch so sein, damit ein Mensch am andern sein Vergnügen haben kann; und das kann ich sagen, wenn der Herr von Rischoving nicht solch ein seltsamer alter Herr wäre, es würde weniger gelacht und gespaßt in unserm Kirchspiel, als es jetzt geschieht. Darum habe ich auch nichts dagegen, wenn er einmal einen Topf Milch zu leihen kommt, der nie wiedergebracht wird.

Ihr denkt wol, daß sie ehemals Eure Gutsherrschaft waren, Schulze, sagte Pauli, und seid ihnen doch immer noch ein wenig anhänglich, wenn die Leibeigenschaft auch jetzt von euch genommen ist, wo ihr längst alle freie Leute seid.

Anhänglichkeit? versetzte der Bauer kopfschüttelnd, das ist doch eben nicht der Fall. An die alten Verhältnisse denkt niemand mehr von uns. Alte Leute freilich ... die wissen noch davon zu erzählen, wie sie auf dem Hofe Rischoving haben fronen und dienen müssen und wie eine strenge alte gnädige Frau dagewesen ist, die die Säumigen hat in einen spanischen Kragen spannen oder gar ins Halseisen schließen lassen. Anhänglichkeit ist aber just nicht viel mehr vorhanden. Es denkt jeder, die Leute sind Narren, daß sie sich nicht nach der Decke strecken und nicht ihren verschuldeten Acker selbst bebauen und ihre magern Kühe selber melken, statt es trägen Knechten und schlampigen Mägden zu überlassen. Man legt ihnen weiter nichts in den Weg, aber man zuckt die Achseln und sagt: wollt ihr einen Sparren haben, so zahlt auch, was er euch kostet, und so sieht man gleichgültig, wie die Wirthschaft mit jedem Jahre mehr zurückgeht, und wird sich nicht wundern, wenn sie eines schönen Morgens an ihrem eigenen Dünkel zu Grunde gegangen sind.

Nun, Vater, sagte der junge Geistliche, so haben sie doch den Trost, daß sie sich treu geblieben und eben an ihrer Idee, das will sagen an ihrem Sparren, wie Ihr's nennt, zu Grunde gegangen sind.

Das haben sie, sagte der Vater des jungen Geistlichen lächelnd, da er diese Worte für einen Spott nahm.

Dem Geistlichen aber war es ernst mit seiner Rede. Er war auf die Schulen gesandt worden, kannte größere Städte und hatte als katholischer Priester manchen tiefern Blick in Verhältnisse und Zustände werfen können. Er wußte, wie sehr jede Abhängigkeit im Leben depravirt, und darum war er aufs Land zurückgekommen, ein Anhänger jedes Standes, dessen Mitglieder als unabhängige Männer das Glück haben, sich treu bleiben und eine feste Gesinnung beharrlich in sich nähren zu können. Er begann eine warme Vertheidigung der Kaste, zu welcher Herr von Rischoving gehörte.

Damals, Vater, sagte er unter anderm im Laufe des Gespräches, als ihr hier französisch waret und der Bonaparte alles Lehen und alles Majorat im Lande aufgehoben hatte — wer hat da ein Beispiel von edler, uneigennütziger Gesinnung gegeben wie der Adel? Haben nicht alle nachgeborenen Söhne und Töchter, soviel ihrer sind, auf das Recht der Erbtheilung verzichtet — haben sie nicht zu dem ältesten Sohne gesagt: wir haben von den 20000 oder 30000 Thalern, die du jährlich einnimmst, die Hälfte oder ein Viertel — je nach ihrer Anzahl — zu fordern; aber behalte du deine Renten und gib uns unsere 600 bis 800 Thlr. jährlich, wie es in unsern alten Abkommen angeordnet ist! Wir wollen keinen Nutzen, den uns der Umsturz aller Gesetze durch einen fremden Eroberer bringt. Haben sie nicht so gesprochen?

Nun ja, aus eitel Hochmuth, sagte der Bauer. Das ist ein großes Verdienst!

Nein, Vater, das versteht Ihr nicht; es ist ein Kern und eine Tüchtigkeit in diesem Stande, daß es im ganzen am besten ist, ihn unangetastet zu lassen. Ebenso wie man Euch unangetastet lassen soll als freien Schulzen auf Euerm Hofe, mit allen Euern Rechten und Euern ererbten Vorurtheilen; Ihr seid eine der festen Säulen des Gemeinwesens und die Adelichen sind's auch!

Aber die Krautjunker, die Fuchsjäger, die Jockeiclubstifter, alle die Menschen, welche den Mangel an Verdienst, Bildung, Tugend durch desto größer geschwollenen Hochmuth ersetzen — fiel der junge Arzt ein —

O, die überlass' ich gern allen möglichen modernen Theorien, sagte der Geistliche, und wenn aus denen unsere heutigen Weltverbesserer etwas Vernünftiges machen, so will ich freilich gern gestehen, daß diese Männer sind, die ebenso viel Dank wie Bewunderung verdienen.

Ueberlaßt sie dem stillen Gange der Zeit, welche ihnen ihre Demüthigung nicht vorenthalten wird, sagte der Amtsphysikus. Wenn man auch sonst nichts glaubt — Eins steht unerschütterlich fest in der Geschichte, das ist, daß jeder Hochmuth seine

Strafe findet. Der Hochmuth, der in unsern Tagen die ganze mühselige, blutige Arbeit der letzten Hälfte des vorigen Jahrhunderts besiegt und ihre Resultate ausgelöscht wähnt; der die schmerzlichen für das Wohl der Menschheit und den Dienst der Wahrheit ringenden Gedankenkämpfe dieses Zeitraums höhnt und verspottet, der die glühende Begeisterung seiner großen Denker und Dichter für Rechte und Würde einer gefesselten Welt eitel Kinderei nennt; der die großen Stichworte jener Tage, Humanität und Aufklärung, und Freiheit vom Vorurtheil und gleiches Recht für alle, nun als Feldrufe längst verschollen meint — o auch der Hochmuth wird der Züchtigung verfallen; und ich glaube, die Geschichte bindet ein Ruthenbündel aus Skorpionen für ihn!

Der junge Geistliche erhob sich; seine Züge waren leicht erblaßt. Er wandte sich ab und schritt, wie nachlässig schlendernd, aber sich immer mehr entfernend, auf dem Bauerhofe auf und ab.

Ich habe Euern Sohn nicht verletzen wollen, sagte der ältere Arzt zu dem Bauer.

Gewiß wollten wir das nicht, sagte der jüngere, aber es ist kein Wunder, wenn es uns hier an dem friedlichen und wunderbar schönen Abende, vom Odem der Natur angehaucht, warm ums Herz wird. Das Auge blickt aus der Mitte so naturgemäßer Zustände desto schärfer und klarer auf den Unsinn der Gegenwart und erbitterter wird man über all die Nachteulen, welche dem ohnehin so schwachen Lämpchen der Vernunft, das den Menschen angezündet ist, nachstellen!

Der junge Mann stand auf und ging dem Geistlichen nach; auch der ältere Arzt erhob sich und suchte seine Tochter Sophie auf, welche er dann ins Haus schickte, um sich zur Ruhe zu legen, damit die Abendluft ihr nicht schade. Als Sophie fort war und Theo und der Arzt allein sich gegenüberstanden, sagte der letztere:

Nun, Fräulein Theo, darf Ihr Arzt sich jetzt ein paar Fragen erlauben?

Wenn er hübsch discret bleibt! lächelte sie.

Gewiß, ich kenne ja mein stutziges Edelfräulein, das über jedes Wort unwirsch den Kopf aufwirft und ein wahrer kleiner Tyrann ist, aus lauter spröder Hoffart! Also — Sie waren ganz wohl seither und alle Aufregungen jener Nacht, Ihrer Flucht haben Ihnen nicht geschadet?

Theo nickte mit dem Kopfe und setzte dann hinzu: Ich war körperlich ganz wohl, lieber Pauli!

Es war eine schreckliche Scene, die jener Nacht! rief Pauli aus. Welche Angst habe ich um Sie erduldet! Die Leidenschaft, mit der Sie darauf bestanden, ich solle jene für Ihre Verwandten beleidigenden Ausdrücke niederschreiben, war fürchterlich! Welche Schuld haben Ihre Vormünder gegen Sie begangen?

Doctorchen, ist das noch innerhalb der Discretion?

Theo, sagte der Arzt ernst, wenn Sie wüßten, was ich durch Sie und was ich um Ihretwillen gelitten habe, so würden Sie mir mehr Vertrauen schenken. Ich verdiene es um Sie!

Schnell gerührt legte Theo ihren Arm in den des Arztes und stützte sich darauf, wie um ihm zu zeigen, daß sie in ihm einen väterlichen, sie haltenden und führenden Freund sehen wolle.

O glauben Sie mir, sagte sie, ich weiß wohl, welche große, unverantwortliche, nie zu tilgende Schuld ich Ihnen gegenüber auf mich geladen habe!

Sie gingen beide eine Zeit lang schweigend nebeneinander her.

Sie sagten uns bei unserm Kommen, hub der Arzt wieder an, daß Sie nicht länger des Geheimnisses bedürfen, welches Ihre Anwesenheit hier umgibt und welches Sie solange unangetastet zu erhalten gewußt haben.

Ja, ich erwarte täglich eine Botschaft, welche mir erlauben wird, mich zu meiner Tante in O. zu begeben. Es kam für mich darauf an, mich der Gewalt der Cousine Quernheim, welche bis jetzt, wie Sie wissen, eine vormundschaftliche Macht über mich ausgeübt hat, zu entziehen. Der Brief, den ich Sie schreiben ließ, lieber Pauli, sollte nicht allein mich vor Allgundens Nachforschungen sichern, die ich freilich allen Grund hatte, zu fürchten; er sollte noch mehr thun — er sollte mich retten vor Ansprüchen auf meine Hand, welche gegen meinen Willen einem Manne gegeben worden sind, den ich verabscheue, der aber mit eiserner Hartnäckigkeit seine Absichten durchzusetzen weiß und der, mit der Cousine Quernheim verbündet, allmächtig ist. Gab es ein anderes Mittel, ihn zurücktreten zu machen, als wenn er mich verrückt glaubte? Diesen Hof, dessen Besitzer von meinem Vater einst zur größten Dankbarkeit verpflichtet wurde, hatte ich als Kind einmal gesehen. Ich kannte jenes kleine Gartenhaus dort, das von einem frühern Eigenthümer des Hofes zu seinem Landaufenthalt hier gebaut worden ist; ich wußte, ich konnte hier eines Asyls für den ersten Augenblick sicher sein. Aber das genügte nicht, auf längere Zeit konnte nur der Glaube, ich sei aus der Reihe vernunftbegabter Wesen ganz ausgestrichen, sondern zu freiwilligem Verzicht auf mich bewegen und mich vor Nachstellungen retten, die ich fürchtete wie den Tod. Ja, es galt mein Leben — sonst wahrlich, Pauli, hätte ich Sie nicht zu einer Unwahrheit gezwungen, die ich mir ewig vorwerfen werde und — setzte sie stockend nach einer Pause hinzu — die ich hier jetzt doch auch ziemlich schmerzlich büße!

Theo wandte ihr Gesicht ab, als sie so sprach, und der Arzt wagte nicht, sie nach der Erklärung dieser Worte zu fragen.

Beide gingen einigemal stumm den Gartenpfad auf und ab. Dann sagte Theo mit einer Stimme, welche dem Arzte eine gewisse Beklommenheit zu verrathen schien:

Erinnern Sie sich des jungen Mannes, der an jenem Abend in meinem Vorzimmer war? Sie beschäftigten sich, glaube ich, mit seiner Verletzung; war sie bedeutend?

Durchaus nicht. Meine Hülfe war ganz überflüssig und wurde von ihm zurückgewiesen. Auch ist Graf Schlettendorf, soviel ich höre, ganz wohl und gesund und beschäftigt sich damit, der Gräfin Allgunde von Quernheim die Cur zu machen. Sie sollen in wenig Tagen erstaunlich warme Freunde geworden sein, wie mir erzählt wurde.

Theo fuhr ein Stich ins Herz bei diesen Worten Pauli's; er fühlte das Gewicht ihrer Gestalt sich schwer auf seinen Arm legen. Die Dämmerung des Abends verhinderte ihn zu bemerken, daß sie todtenblaß geworden.

Es wird kühl, Sie schaudern zusammen, Fräulein Theo; soll ich Sie in Ihren Pavillon führen?

Theo antwortete nicht. Sie bückte sich nieder, um eine Resedablüte zu erraffen, und sagte:

Man spricht wol viel von meiner Krankheit, nicht wahr? Sie ist wol in aller Munde und die Menschen machen spöttische Glossen über das Ende, welches Theo's Unabhängigkeitsgefühl, ihr Unwille, sich von tausend jämmerlichen Rücksichten binden zu lassen, und ihre Ueberspanntheit, wie man es nannte, genommen hat?

O pfui, wer wäre so gottverlassen, über ein solches Unglück zu spotten!

Gute Nacht, Pauli — sagen Sie Sophie von mir gute Nacht — sagte Theo, ließ den Arm des Arztes fahren und ging mit sichern, stolzen Schritten, wie jemand, der sich beobachtet weiß, ihrem Pavillon zu.

Als sie das Innere desselben erreicht und die Thür verschlossen hatte, warf sie sich auf ihr in der Ecke stehendes kleines Feldbett und, indem sie ihr Gesicht in die weißen Linnen drückte, ließ sie den Thränen freien Lauf, die ihren Augen entströmten. So lag sie lange, die Hand auf das Herz gedrückt, das heftige Schmerzen durchwühlten. Dann setzte sie sich aufrecht auf den Rand des Bettes; der Mond war unterdeß aufgegangen und warf eine Fülle seines blaugelben Lichtes in das Gemach. Seine Schimmer spielten hell und weich mit den Falten von Theo's weißer Musselinrobe; ihr Gesicht, das umrahmt war von den langniederhängenden Ringellocken, hatte eine gespenstische Bläße in dieser Beleuchtung. Der Schmerz, der ihm sein Gepräge aufgedrückt hatte, machte es dem Marmorantlitz der Statue einer verzweifelnden Göttin ähnlich.

Sie sprang endlich auf und schritt langsam auf und nieder.

Auch er, auch er ist zu ihr übergegangen! rief sie aus, und es waren die Lügen eines Dämons, jene Ahnungen und Träume, die alle meine Gedanken, meine ganze Seele mit all ihrer Qual und Noth auf ihn verwiesen! Gott, wie viel war diese Hoffnung mir in diesen Tagen der Verlassenheit! Und ich — ich bin nichts — nichts für ihn als eine Wahnsinnige — ein verrücktes Weib!

Herr im Himmel, fuhr sie fort, welche Marter, die mich für meine Lüge straft! Daran, — daran hatte ich nicht gedacht! Warum mußten erst, als ich mich hier sicher fühlte, meine Gedanken zu Valerian zurückkehren! Und er — welches Bild wird er sich von mir machen? Mit wirren, zügellosen Blicken werde ich vor ihm stehen — haarflatternd, toll verzerrt, grauenhafte Worte ausstoßend; eine häßliche Megäre, deren Erscheinung sich wie ein Alp erstickend in seine Träume legt; ein Scheusal, das er mit Widerwillen aus seinem Gedankenkreise stößt — Gott — o Gott!

Theo war eine kräftige, in großen Zügen angelegte Natur, die in unverkümmerter und freier Entwickelung sich ausgebildet hatte, denn Gräfin Allgunde hatte ihr freilich in einzelnen Dingen gebieterisch ihren Willen auferlegt, im ganzen aber sie meist sich selbst überlassen und ihr gestattet zu thun und zu treiben, was ihr lebhafter Sinn ihr eingab. Allgunde war keine Gouvernantennatur. Das Kind, dessen Erziehung ihr anvertraut war, überließ sie seinem guten Naturell. Charaktere, die sich so entwickelten, Herzen, in denen das Gefühl und der Enthusiasmus gehemmt und unterdrückt wurden, sind rasch, plötzlich von der Leidenschaft ergriffen. Sie ist die Sonne, die in solchen Charakteren immer mit einem plötzlichen Aufflammen emporsteigt und sie dann ganz und ausschließlich erfüllt.

Sie rang die Hände, sie hob die Arme wie in Verzweiflung über den Kopf empor und rief aus:

O ich möchte sterben, sterben, sterben!

Dann bedeckte sie die Augen mit ihren verschränkten Händen und drückte die Stirn heftig an die Wand, an einer Stelle, über welcher ein aus Elfenbein geschnitztes Crucifix hing.

Währenddessen stand ein großer, in einen Mantel gehüllter Mann hinter dem Pavillon Theo's auf einer Erhöhung, welche von zerbrochenen Ziegelsteinen, Schutt und Trümmern aller Art, die man hierhin, ans Ende des Gartens, zu bringen pflegte, gebildet war, an den Stamm eines alten, absterbenden Birnbaums gelehnt.

Der Mann beobachtete von diesem Stamme verdeckt die Bewegungen Theo's, welche er, da das Mondlicht sie erhellte, von seinem Standpunkt aus deutlich wahrnahm. Nach dem letzten Ausrufe des Edelfräuleins zog er die Falten seines Mantels um sich und mit dem Ausrufe: „Sie ist doch wahnsinnig!" sprang er die Erhöhung hinab und verschwand dann hinter den Stämmen des Eichkamps, der den Garten umgab.

Elftes Kapitel.

Ein Gespräch unter vier Augen und ein Attentat.

Wir verließen Finkenberg vor dem Bette Peggy's in Blankenar stehend und völlig daran verzweifelnd, die Verstocktheit des Burschen zu erweichen. Drohungen, Geldversprechungen, Bitten, alles war wirkungslos an diesem Menschen niedergeglitten, der hart schien wie das Holz eines seiner heimatlichen Shelelaghs. Finkenberg hatte seiner Ungeduld und seinem Unmuth in einem zornigen Ausruf Luft gemacht und wollte sich zum Gehen wenden, als laut an die Thür des Dachkämmerchens geklopft wurde, in welchem er sich befand.

Auf Peggy's Herein! trat ein junger Bauer in die Kammer, grüßte Peggy, warf einen kleinen Reisesack vom Rücken und setzte sich in eine Ecke, ohne zu sprechen.

Peggy, der bisjetzt ein großes Behagen an Finkenberg's Verlegenheit gezeigt hatte, indem er trotzig die Zähne wies, wurde nun plötzlich ernsthaft und, nachdem er einigemal sich heftig geräuspert hatte, sagte er zu dem Bauer:

Es ist nichts mit dem Heukauf, Hermann; der Jude Koppel will es uns einen Gulden wolfeiler lassen, die tausend Pfund!

Der Bauer sah auf; Finkenberg bemerkte, daß sein Blick Verwunderung ausdrückte und daß Peggy ihm darauf mit blinzelnden Augen einen Wink zu geben suchte.

Der Bauer verstand ihn; er versetzte:

Nun macht nur Euer Geschäft mit dem Herrn da ab, wir wollen dann später sehen, ob wir nicht noch einig werden.

Nachdem Finkenberg noch einen prüfenden Blick auf den eben Gekommenen geworfen und wahrgenommen hatte, daß er die Spuren einer längern Wanderung an sich trage, verließ er Peggy. Draußen aber, vor dem Schlosse, wartete er auf den Bauer; er hatte genug gesehen, um zu wissen, daß dieser Mensch ein Geheimniß mit Peggy theile. Es war höchst wahrscheinlich, daß er ein Bote Theo's sei, die sich durch ihn von ihrem zuverlässigen Diener Nachrichten verschaffen oder Sachen holen lassen wollte, deren sie in ihrem Versteck bedurfte.

Der Bauer verließ nach einer Weile das Schloß. Finkenberg bemerkte, daß sein Reisesack gefüllter war, als er bei seinem Kommen gewesen; auch fiel ihm jetzt ein, daß er dieselbe Gestalt am Tage vorher, als er mit seinem Herrn in Surenburg gewesen, dort mit einem Briefe ankommen gesehen hatte; kurze Zeit nachher hatte ihm dann Herbertine von Theo's Flucht erzählt.

Der Bauer wanderte auf Fußwegen in nördlicher Richtung von Blankenar rüstig dahin. Finkenberg wurde es bald müde, ihm ungesehen in der Entfernung zu folgen; er hatte heute schon einen bedeutenden Weg zurückgelegt und durfte zudem sich nicht zu weit von Schlettendorf entfernen, das er noch an demselben Abend wieder erreichen mußte. Ein rasches Pferd aus Balerian's Ställen stand freilich in Blankenar, aber sein morscher, angegriffener Körper verbot ihm zu große Anstrengungen.

In dieser Verlegenheit sah er zu seiner Freude einen Scherenschleifer, der mit Weib und Kind und dem vor seinen Karren gespannten Hunde an einer Wallhecke kauerte. Niemand Besseres konnte für seinen Plan gefunden werden als solch ein heimatloser, durch die Art seines Erwerbs auf Schlauheit und List angewiesener Mensch. Finkenberg gab ihm ein Geldstück und setzte ihm auseinander, was er zu erfahren wünschte; der Scherenschleifer machte sich, mit Hinterlassung von Weib und Kind und Habe stracks auf die Sohlen, dem jungen Bauer nach und Finkenberg konnte ruhig heimkehren.

Am dritten Tage, in der frühesten Dämmerung des Morgens, wurde unter einem bestimmten Fenster des Schlosses zu Schlettendorf das von Finkenberg mit dem wandernden Sohne der Heide verabredete Zeichen gegeben. Finkenberg kam bald darauf heraus und fand unter einer nahen Gruppe von Platanen den Vagabunden, der dem Bauernburschen unablässig gefolgt und von ihm richtig ans Ziel geführt worden war. Finkenberg erhielt vollständige Auskunft und da Graf Valerian ihm am vorigen Tage angekündigt hatte, daß er nächstens nach der Hauptstadt reisen werde, um dort mehrere Tage zu verweilen, so beschloß Finkenberg, diesen Zeitraum, der ihn zum Herrn über sich selbst machte, zu benutzen, um das Edelfräulein in ihrem Zufluchtsorte aufzusuchen. Er wünschte jetzt vor allen Dingen zuerst eine Unterredung mit ihr. Der Scherenschleifer hatte ihn nämlich versichert, nach seinen Erkundigungen bei den Nachbarn des Bauerhofes, auf dem Theo weilte, sei von einem Irrsinn des Fräuleins bei allen, welche um ihre Anwesenheit gewußt, gar nicht die Rede gewesen. Finkenberg vermuthete nun, daß irgendeine neue Intrigue seiner Feindin bei der Behauptung vom Wahnsinn Theo's im Spiele sei. Um dem auf den Grund zu kommen, wollte er Theo selbst sehen und sprechen.

Vierzehn Tage fast vergingen, ehe er es möglich fand, seinen Vorsatz auszuführen. An dem Abend des Tages, welcher auch den Arzt und die Seinigen in Theo's Nähe brachte, langte er, auf Nebenpfaden ungesehen sich nähernd, auf dem Hofe an. Schon dämmerte es; am Bauerhause zwischen Garten und Baumhof sah er die Männer unter dem Birnbaum sitzen, Theo und die Frau des jungen Arztes wandelten den Garten hinunter, zwei liebliche, schlanke Gestalten, die zarte, hellblonde junge Frau sich wie schüchtern schmiegend an die dunkellockige Schönheit des Fräuleins, deren edle Umrisse mehr Fülle und deren stolzer Gang eine eigenthümlich energische und kräftige Elasticität in Bewegung und Wesen verriethen.

Finkenberg wartete, bis der Garten verlassen war und Theo sich in ihren Pavillon zurückgezogen hatte. Wir sahen ihn danach den Beobachter des Fräuleins machen, in einem Augenblick, wo sie sich vor jedem Menschenauge geborgen hielt.

In Gedanken versunken ging er sodann noch eine lange Zeit in dem Eichkamp auf- und ab. Es wurde stiller und stiller auf dem Gehöfte; nur zuweilen noch tönten Stimmen von den Häusern der zerstreut wohnenden Heuerleute herüber, die Abendgrüße scheidender Besucher; dazwischen das kurze Bellen eines Schäferhundes und ganz aus der Ferne herübertönend das langgezogene „Heloe, loe!“ der Buben am Hirtenfeuer auf der Heide, ein Gesang von eigenthümlicher Melodie, die Anklänge an heidnische, uralte Weisen und an geheimnißvolle Anrufungen dunkler Gottheiten zu enthalten scheint. Die Nachtvögel begannen zu flattern und streiften mit ihren langen, spitzen Schwingen die niedern Zweige, daß sie lange nachschaukelten. Der Schrei einer Eule tönte aus der Ferne: Komm' mit! komm' mit! wie das Volk ihn deutet.

Finkenberg fuhr aus seinen Gedanken empor und besann sich, daß er vor allen Dingen zuerst jetzt ein Nachtlager aufzusuchen habe.

Durch die Baumstämme schimmerte ein Licht, welches aus einem der Heuerhäuser leuchtete. Finkenberg richtete seine Schritte dahin; als er eine Strecke gegangen, tauchte eine kleine, gnomenhafte Gestalt neben ihm empor; sie schien hinter einem Stechpalmstrauch gekauert zu haben und sprach leise vor sich hin. Es war Hexenlene, welche im Mondschein Kräuter sammelte. Finkenberg war eine furchtsame Natur und erschrocken schritt er an dem kleinen, murmelnden Ungethüm vorüber.

Als er das Haus erreicht hatte — eine ziemlich geräumige, mit einem Strohdach versehene und aus Fachwerk erbaute Bauerhütte — beschloß er zuerst einen prüfenden Blick in das Innere zu werfen, ehe er anklopfe. Die Fenster waren niedrig genug, um bequem hindurchschauen zu können. Ein Torffeuer und eine kleine Lampe, in der ein Binsendocht brannte, erhellten den Raum. Eine Frau im rothen Friesrock nahm aus dem braungebohnten Schrank eine Branntweinflasche und zwei kleine Gläser. Zwei Männer von nicht viel Zutrauen einflößendem Aeußern hatten einen runden Tisch an das Feuer geschoben und saßen zu beiden Seiten desselben, ihre Sohlen gegen die Torfflamme wendend und sich wie ermüdet auf den Stühlen streckend. Es waren keine Bauern, schien es, denn sie trugen Kittel und Mützen, wie sie die Bauern jener Gegend nicht kennen; und da sie ziemlich widerwärtige Physiognomien hatten und reisenden Roßtäuschern oder Leuten verwandter Berufsarten ähnlicher sahen, als jemand, der mit ihnen unter Einem Dache zu schlafen vorhatte, lieb sein konnte, so beschloß Finkenberg, sich in ein anderes Haus zu begeben und dort ein Obdach nebst einem ausreichenden Haufen Strohes zum Nachtlager zu suchen. So wandelte er wieder in den Wald hinein, in der Richtung nach zwei andern Heuerhäusern zu, die etwa anderthalb Büchsenschuß weit entfernt liegen mochten und in deren Innerm sich jetzt auch kleine rothe Lichter entzündet hatten. Ein Fußpfad schien dorthin zu führen, senkte sich aber bald und lief am Ufer eines schmalen Baches durch niedriges Unterholz weiter. Finkenberg hatte sich noch nicht funfzig Schritt in das kleine Thal vertieft, als er über sich Stimmen hörte. Er schlich sachte voran und erblickte bald die Sprechenden. Ueber ihm, an dem kleinen Hang, der von dem Niveau des Gehölzes in das Thälchen des Waldbachs sich niedersenkte, unter einer mächtigen, uralten Buche, stand eine hölzerne Bank und zwei Männer schienen an diesem stillen Platze sich so in ihre Gedanken und wechselseitigen Mittheilungen vertieft zu haben, daß sie darüber das Heimkehren vergessen hatten.

Glauben Sie das nicht, sagte der eine, der sein Kinn in die flache Hand stützte und in sinnender Stellung dasaß: sie hat eine große Zukunft die Kirche, schon allein deshalb, weil sie durch die Stellung der Weltgewalten zueinander ein politisches Princip vertritt, weil es ihr gelungen ist, in den Kreis der modernen Politik, aus dem sie verdrängt war —

Wieder einzutreten?

That sie das nicht?

Ich glaube kaum, daß man das behaupten kann. Sie vertritt keine lebenskräftige Idee in der modernen Politik.

Der junge Geistliche — denn der war es, welcher mit dem jüngern Arzte ein vorhin abgebrochenes Gespräch fortsetzte — schwieg eine Zeit lang, dann sagte er: ich muß freilich zugeben, daß die Kirche ihre Hauptmacht verloren hat, nämlich die Wissenschaft, die Kenntniß von menschlichen und göttlichen Dingen, welche sie ausschließlich das ganze Mittelalter hindurch besaß. Die Wissenschaft ist jetzt in weltlichen Händen und nicht allein, daß die Kirche sie verloren hat, sie ist eine Feindin der Kirche geworden. — Aber die Idee fehlt ihr gewiß nicht . . . die Idee der Autorität, die Idee der christlichen Humanität . . .

Ich meine, fiel der Arzt ein, daß wenn man mit unbefangenem Auge Ihre Partei, oder sagen wir lieber gleich die Kirche betrachtet, so drängt sich dem Blick die Wahrnehmung auf, daß zwischen den unermeßlichen Mitteln der Kirche und ihren Erfolgen ein unsaglich großes Misverhältniß herrsche.

Die Kirche hat für sich allen Zauber, den der Glaube an eine göttliche Autorität auf alle Völker übt. Sie hat für sich das tiefinnige Seelenbedürfniß der Menschen. Sie hat für sich die Tradition der Hingabe der Nationen.

Sie hat einen Mittelpunkt der Einheit für, wie sie sagt, 200 Millionen, obwol freilich von diesen Millionen, die man so oft anführt, die Millionen, welche anders glauben als die Partei, zu streichen wären. Ihr Organismus ist der consequenteste, weiseste, durch Jahrhunderte voll Stürmen erprobteste, der sich denken läßt.

Sie umschließt eine Schatzkammer von tiefen und großen Gedanken, von Elementen hinreißender Empfindungen und kühner Seelenflüge in den Werken ihrer großen Redner und den Lehren ihrer heiligen Väter; in den Traditionen ihrer Wunder und in den Erinnerungen an ihre Kämpfer, ihre Blutzeugen, in den Legenden ihrer Märtyrer, ihrer Asceten.

Sie hat eine Fülle von Mitteln, in das Leben des Ganzen und der einzelnen bestimmend einzugreifen. Sie hat eine Million von Dienern, die an selbstverleugnender Ergebenheit für die Zwecke des Ganzen, an sich unterwerfender Willenlosigkeit alle Diener übertreffen, welche von andern Institutionen gewonnen werden können.

Diese Diener sind überall; sie sind in jeder Stadt, auf jedem Dorf. Sie sind in den Mittelpunkten der Civilisation und in der Steppe wilder Völkerstämme.

Sie tragen ihr schwarzes Gewand über die Marktplätze unserer Hauptstädte und tragen es mit gottvertrauender Unerschrockenheit durch die Dörfer der Tungusen und die Lagerstätten indianischer Stämme des neuen Continents; das Wort ihres Obern sendet sie in schweigendem Gehorsam in die Cordilleren, in die Steppen Tibets, an die Katarakte des Nils — in den Tod für die Kirche!

Diesen Dienern ist das Herz derer geöffnet, deren Seelen sie leiten sollen. Sie nennen ihre Gemeinden ihre Schafe, sich ihre Hirten; sie blicken in ihr Inneres, sie sehen unter ihren Mahnungen die Leidenschaften der Männer sich beugen und die Schwächen der Frauen sich erheben: sie lenken den Menschen an den Fäden, welche die unzerreißbarsten sind, an den Fäden, die sein Inneres binden, an den Empfindungen seiner Jugend, die ihn verknüpfen mit dem verlorenen Paradies seiner Kindheit.

Sie sind ein großes mächtiges Heer; ihre Feldzeichen stehen festgepflanzt als himmelanstrebende Thürme; ihre Zelte sind die Wunder der Baukunst; der Menschengeist hat sich erschöpft, sie prächtig und erhaben zu machen; die Blüte des Seelenlebens der Völker, die Kunst hat zu allen Zeiten den schönsten Schmuck nur für sie gehabt; ihre Musik sind die ehernen Klänge, die am mächtigsten das Menschenherz bewegen, deren rollende Tonwogen sich begegnen mit den rollenden Tonwogen der nächsten Thürme und so einen großen über alle Lande dahinhallenden Triumphgesang bilden, den eine todesernste Macht über das Leben erhebt.

Eine todesernste Macht, die Kirche.

Aus dem Leben der Gegenwart, aus dem Charakter des Jahrhunderts ist ein Element geschwunden, welches doch ein Seelenbedürfniß der Menschheit ist. Auch die Zeit, welche Gott verloren hat, dürstet nach Gott und sucht seine Spur im Erhabenen. Das Erhabene hat die Magie, welche in der Abspiegelung des Unendlichen liegt. Es gibt nur noch Eine Erscheinung auf Erden, welche sich sonnt in dieser Abspiegelung, welche das Element des Erhabenen in sich schließt.

Es ist die Kirche!

Doch genug von dem, was die Mittel der Kirche sind: ich brauche sie nicht weiter aufzuzählen, denn Sie gewiß werden mir nicht widersprechen, wenn ich sage: diese Mittel sind groß, sie sind überwältigend groß, sie sind unermeßlich!

Aber, was, das frag' ich jetzt, was sind dagegen in dem großen Kampfe des Lebens um Macht und erweitertes Dasein, in dem Kampfe, der nun einmal das Erbtheil der einzelnen wie der Institute ist, der Kirche Erfolge? Was erreicht sie mit ihren Mitteln?

Sie sieht den Geist der Völker auf dem Wege der Freiheit ihr widersprechen. Sie sieht sich beiseite geschoben von der eigentlichen Entwickelung des modernen Lebens. Der geistige Aufschwung, das eigentliche Geistesleben der civilisirten Nationen, das sich in der Philosophie, der Kunst, der Wissenschaft bewegt, schafft, baut, erfindet, es hat mit der Kirche keine oder wenig Berührungspunkte. Es ist unkirchlich oder antikirchlich. Der Geist der Gegenwart ist oppositionell, er ist kritisch, er ist gleichgültig — die Kirche hat keine Gemeinschaft mit ihm. Die Kirche hat trotz aller ihrer Anstrengungen nichts, gar nichts wieder erringen können von all ihrem unermeßlichen seit 1802 ihr geraubten Grundbesitz. Die Kirche kann jetzt, hier unter uns, in diesem Winkel des Landes ihre Candidaten als Abgeordnete zum Provinziallandtag durchbringen. Sie kann in unserm tiefen Friedenszustande ihre kleinen Anliegen wie Parität, Einfluß auf den Unterricht u. s. w. fördern ... aber seht euch um, was sie vermag, sobald der Sturm durchs Land weht. Sobald das Meer des Volksgeistes ins Wogen geräth! Dann nichts! Laßt eine neue mächtige Bewegung die Geister erfassen, laßt es gären in Deutschland, laßt ein großes revolutionäres Parlament zusammentreten — und ihr werdet sehen, wo das bleibt, was ihr die katholische Fraction nennt.

Die Kirche kann nicht einmal ihr höchstes Oberhaupt, das sie mit dem Zauber einer göttlichen Autorität, fast mit dem Dogma der Unfehlbarkeit umkleidet hat, schützen vor Beraubung, Schmähung, Armuth. Der oberste Pontifex der katholischen Welt sitzt auf den Trümmern seiner Weltmacht, auf den Ruinen der ewigen Weltstadt, weinend, klagend wie der Hohepriester Israels auf den Trümmern des zerstörten Zion.

Wunderbare Nemesis der Geschichte! Einst waren zwei große Säulen der sittlichen Weltordnung, die zwei Grundpfeiler der Civilisation, des christlichen Lebens der abendländischen Völker: das Papstthum und das Kaiserthum. Sie standen lange in Frieden nebeneinander. Aber endlich kreuzten sich die zwei Schwerter, das geistliche und das weltliche, und ein Kampf begann, der acht Jahrhunderte gedauert hat. Die Kirche hat diesen Kampf mit Unerbittlichkeit geführt; noch während des Dreißigjährigen Krieges, als das Kaiserthum die letzten Anstrengungen machte, seine alten Lebensbedingungen wieder zu erringen, sah es das Papstthum, für dessen Dogmen es kämpfte, hindernd, feindlich auf seinem Wege; noch im vorigen Jahrhundert, als die größte protestantische Macht Deutschlands das Kaiserthum untergrub, belebte dieselbe besorgte Eifersucht gegen die Machtstellung des Kaiserthums das Papstthum. Nun, das Kaiserthum ist gesunken, gedemüthigt, zerstört, zu Boden getreten — und ein halbes Jahrhundert später zeigt uns das Papstthum gedemüthigt, in Gefangenschaft, in Noth — zeigt uns die Nemesis.

Es sind innerhalb der Kirche Stimmen laut geworden, welche ihr zuriefen: schließen wir uns den Ideen des Jahrhunderts an; öffnen wir uns der geistigen Strömung der Zeit, befehden wir nicht länger den Aufschwung, den die Geister zur größern Freiheit des religiösen Denkens nehmen. Aber gesetzt auch, eine solche Aufnahme des liberalen Princips in das der unbedingten Autorität wäre möglich, würde es der Kirche ihre verlorene Macht wiedergeben? Nein! Es würde sie vielleicht vor größern Verlusten, vor Niederlagen retten. Aber eine vermiedene Niederlage ist kein Sieg, ist keine Eroberung.

Um Eroberungen zu machen, gibt es nur Ein Mittel: für eine große Idee, für eine jener Ideen, denen die Zukunft gehört, für eine Idee, welche zu einem Füllhorn der Wohlfahrt für die Völker werden wird, zu kämpfen: irgendein großes Wort auf seine Fahnen zu schreiben, das die Gemüther der Menschen nach sich reißt, das einen Heerbann von Hunderttausenden um diese Fahnen ruft, aus dem Boden stampft!

Und eine solche Idee, sie liegt so nahe dem Wege der Kirche, so nahe vor den Füßen der wandelnden. Sühnt das, was ihr begangen. Hebt aus dem Staube auf, was ihr stürzen halfet. Setzt alle eure Macht dafür ein, der Welt den Grundpfeiler der sittlichen Ordnung, die große ewige Bürgschaft des Völkerfriedens wieder zu erringen — mit Einem Wort, schreibt auf eure Fahnen das Kaiserthum, das deutsche Kaiserthum, die Oberhoheit des Imperatorenthums, wie der große Karl, wie die Ottonen, wie die Hohenstaufen es übten, die unerschütterliche Schirmherrschaft für die Kirche.

Strebt nach diesem Ziele, auf welchem Pfade ihr wollt: die Kirche kann sich fügen in alle politischen Formen, in die absolute Gewalt wie in die demagogische Republik; fragt euch, welches der Weg sein wird, den die Geschichte Deutschlands nehmen wird: ist er so schwer zu erkennen? Ist es so schwer zu sehen, wohin die Logik ihrer Situation die deutschen Stämme führen wird? Nun wohl, seid die Propheten der kommenden Geschicke: sagt sie euch klar und offen voraus, und danach richtet euer Thun ein: danach sucht euch den Pfad aus, der euch derjenige scheint, welcher am schnellsten zum Ziele führt. Und auf ihn führt die Gemüther, die ihr leitet, beeinflußt, deren Denken und Fühlen ihr regelt. Lehrt sie beten, daß Gott dies traurige, Deutschland in Ohnmacht erhaltende Interregnum ende; lehrt sie das alte: Domine fac salvum Imperatorem nostrum; seid unermüdlich für eure Idee, seid kühn, seid groß durch sie — zeigt den Völkern im Papstthum den Bewahrer unsers geschändeten Nationalheiligthums, der alten Krone Karl's des Großen.

Ihr könnt nur euern Zweck erreichen oder scheitern auf dem Wege zu ihm. Scheitert ihr — nun, dann habt ihr immer noch einen Sieg erfochten: ihr habt euch inniger mit dem Volke verbunden. Ihr habt eine Fülle von Elementen, die bisher euch feindlich waren, gewonnen, indem ihr euch als auf der Höhe der Wünsche der Nation stehend bewährtet. Siegt ihr, dann habt ihr mitgewirkt, die via sacra zu bereiten, auf der segenbringend die Zukunft einherschreitet, ein Reich des Friedens um sich breitend von der Eider und dem Belt bis zur fernsten Spitze Siciliens! —

Das ist meine Meinung von dem, was die Kirche thun sollte, von dem politischen Programm, das sie sich stellen sollte, wenn sie überhaupt eine politische Stellung einnehmen will.

Der Geistliche schwieg auf diese Rede des jungen Arztes.

Nach einer Weile sagte er: Es ist gewiß vieles, sehr vieles wahr von dem allen. Allein, wenn ich offen meine Meinung sagen darf ...

Weshalb sollten Sie sie nicht sagen?

Dann gesteh' ich Ihnen, daß ich es sehr jugendlich schwärmerisch finde!

Weshalb?

Weil es mir zeigt, daß Sie den Punkt, wo die Schwäche der heutigen Kirche liegt, gar nicht kennen; Sie würden sonst nicht glauben, daß die Kirche von dieser Schwäche geheilt wäre, sobald sie sich dessen bemächtigt, was Sie eine neue Idee nennen, während ich es nur eine praktische und ... gefährliche Tendenz nenne.

Weshalb gefährlich?

Weil sie die Kirche verweltlicht.

Ich will auch die Kirche nicht verweltlicht sehen. Je mehr sie sich entweltlicht, desto mehr wird sie starres, die Zeit und die Menschen nicht kennendes und von sich entfremdendes Mönchsthum. Aber jene Schwäche ... wo liegt sie?

Sie liegt ... ich darf Ihnen rückhaltlos meine Gedanken anvertrauen? ... sie liegt in der Unfehlbarkeit des Papstes, die uns bedroht ... in dem Geiste starren Byzantinerthums, das damit über uns einbricht; in der Dienstbarkeit der Bischöfe, der Sklaverei des niedern Geistlichen, die daraus herfließt, in der ganzen Reaction der Kirche von heute gegen ihre eigenen größten freiesten Geister ... aber darüber wäre vieles, vieles zu sagen und ... es will Abend werden! Lassen Sie uns heimkehren!

Beide erhoben sich.

In diesem Augenblick vernahmen Sie einen Schrei, der aus

dem Theile des Waldes tönte, welcher jenseit des Baches vor ihnen lag. Ein zweiter, schwächerer wurde vernommen, dann war alles still; nicht lange darauf aber sahen sie auf dem Fußwege, welcher unter ihnen durch Gestrüpp den Bach entlang lief, zwei Gestalten vorüberrennen, in äußerster Hast und als ob die Rettung ihres Lebens von der Schnelligkeit ihrer Füße abhänge. Es waren, schien es, ein paar handfeste Gesellen, in Blusen und Mützen.

Die beiden jungen Männer eilten nun der Stelle des Waldes zu, woher der Schrei gedrungen. Als sie etwa einen halben Büchsenschuß weit gegangen waren, trafen sie hier auf einen unheimlichen und erschreckenden Anblick. Am Fuße einer hohen Weißtanne, zwischen zwei mächtigen, weitauslaufenden Wurzelrücken lag oder saß vielmehr ein Mann in dunkler Jägerkleidung; der Oberkörper war gegen den Stamm gelehnt, an welchem auch das leichenblasse, von Blut überströmte Antlitz zurückgefallen war. Die Arme hingen schlaff zur Seite. Auf einer der Baumwurzeln kauerte, zu einem kleinen Häuflein zusammengeduckt, ein altes Weib und murmelte Sprüche, während sie mit dem Zeigefinger der rechten Hand kleine Kreuze auf den Schläfen des Blutrünstigen machte. Das Mondlicht fiel voll und glänzend durch die Aeste oben und sein blauer Schimmer auf dem Antlitz des verwundeten Mannes machte den Anblick noch schreckhafter. Die hohen Tannen, die umherstanden, schienen ihre ausgestreckten, gesenkten Arme wie im Frösteln des Schauders ob solcher That hangen zu lassen und eine harmlose, zitternde Pappel zwischen ihnen alle Arme zum Nachthimmel ausstrecken zu wollen, zum Schwur, daß sie unschuldig an solchen Freveln der Menschen.

Das Weib, das neben dem Jäger hockte, war die alte Lene. Nachdem ihre sympathetischen Formeln den Erfolg gehabt hatten, daß das Blut nicht mehr aus der großen Kopfwunde rieselte, und während der junge Arzt darauf sein Sacktuch zu einem raschen Verband anwandte, suchte der Geistliche eine zusammenhängende Erzählung aus der Alten herauszubringen. Der Verwundete war, schien es nach ihren Angaben, im Wald hin- und hergegangen; sie habe sich nicht um ihn gekümmert und just etwas Tausendgüldenkraut hinter einem Busch Schafgarben ausgekratzt, da habe sie einen Schrei gehört und sei herzugelaufen. Der Jäger habe an der Erde gelegen, zwei Männer, gegen welche er sich mit seinem Hirschfänger vertheidigt und die mit Knitteln nach ihm geschlagen, seien, als sie gekommen, davongestürzt, doch mußten sie ihm arg zugesetzt haben, denn er sei gleich darauf zusammengesunken und sie habe nun seinen Oberkörper gegen den Baum gestützt und ihn besprochen.

Es schien, daß die Frevler vor der Erscheinung der Hexenlene einen so heillosen Schrecken bekommen, daß sie davongerannt waren, ohne ihre schändliche Absicht ganz auszuführen. Der Verwundete lebte, er schlug die Augen auf und stammelte etwas, das man nicht verstand. Die Männer nahmen ihn sodann unter beide Arme und so gelang es, ihn in den Bauerhof zu bringen. Hier wurde alles gethan, was ihm Linderung verschaffen konnte. Als der Gerichtsarzt, welcher aus seinem Bett geholt worden war, ihn nach seinem Namen fragte, gab er mit schwacher Stimme zur Antwort:

Jäger Gentz, in Diensten des Grafen von Schlettendorf.

Berichtigung.

Seite 191, Zeile 17 v. o., statt: verweltlicht, lies: entweltlicht

Ausgewählte Romane

von

Levin Schücking.

Zehntes Bändchen.

Leipzig:

1864.

Die Ritterbürtigen.

Roman

von

Levin Schücking.

Zweite durchaus umgearbeitete Auflage.

Zweiter Theil.

Leipzig:

1864.

Inhalt.

Zwölftes Kapitel.

Im adelichen Club.

In der Landeshauptstadt waren, durch eine äußere Veranlassung zusammengeführt, viele der Familien anwesend, welche sonst die schöne Jahreszeit oder das, was man unter unserm Himmelsstrich so zu nennen pflegt, auf ihren Landgütern zubringen. Die zwei „Ladies Patronesses" des adelichen Clubs hatten nun Einladungen zu einer Abendgesellschaft ergehen lassen, die im Clublocal gehalten wurde. Man versammelte sich in einem Hotel entre cour et jardin, von düsterm Ansehen, das die ganze sorglose Nachlässigkeit und den völligen Mangel an Schönheitssinn verrieth, womit man damals in unserm Lande gewohnt war, seine Wohnungen und Anlagen, und so oft auch seine reichen ererbten Kunstschätze verkommen und verderben zu lassen. In einigen hohen Gemächern, bei deren eben nicht glänzender Einrichtung alte und neue Zeit hergespendet haben, bewegen sich die Gestalten, welche wir in Surenburg kennen lernten, nebst mehrern andern, und eine Anzahl juwelenfunkelnder Damen. Die Gesellschaft ist durchaus ungemischt; kein Tropfen, der nicht reinstes stiftsmäßiges Vollblut wäre, nicht das geringste plebeje Element ist da, welches einen trüben Hauch oder Schatten auf die glänzende Reinheit dieser Versammlung werfen könnte; der Odem eines Roturiers hat nie die lautere Atmosphäre dieser Gemächer inficirt; ein großer und genialer Künstler, ein die Welt bewegender Denker würde vergeblich um die Gunst buhlen, ein Mitglied dieses Clubs zu werden, und wollte eine parlamentarische oder literarische Berühmtheit aus dem Bürgerstande oder nicht reinen, guten Adel sich hier eindrängen, so würde man ihm sehr deutlich klar zu machen wissen, daß hier der berühmteste Name, und wäre er von europäischem Ruf, nicht gilt gegen Namen wie von Sasseneck, von Ellerbruck, von Estinghausen, von Hovelberg, von Sackenrode, von Dudenrode und von Eggenrode!

Doch würde man sich sehr täuschen, wenn man in diesen Gesellschaften noch die alte, frivole nnd sorglose Genußsucht, die alte lockere Grazie der Umgangsformen heimisch glaubte, die vor etwa hundert Jahren hier geherrscht haben mag. Die Manieren haben ihre fade Zierlichkeit, die Reden ihre französische Eleganz und die Herzen ihren leichtsinnigen Schlag verloren. In der That, ein Jahrhundert hat die Physiognomie dieser Gesellschaft bedeutend verändert. Früher war man fein und preciös, jetzt nimmt man den ersten besten Ausdruck, der auf die Zunge gleitet und scheut sich nicht, so unbefangen von der Leber weg zu reden, daß es sichtbar, die Welt ist wenigstens natürlicher und wahrer und freier von Affectation geworden. Die Damen lächelten früher sittig in ihren Schos, wenn sie in großen Gesellschaften waren, oder sendeten nur verstohlen ihre kokettirenden Blicke als ein leichtes Plänklervolk kommenden Treffen voraus. Jetzt blicken sie mit einer adelichen Kühnheit umher, weder verschämt noch kokettirend, und indem sie sich ohne Rückhalt der

Unterhaltung hingeben, zeigen sie, daß sie eine weniger verfängliche, weniger agacirende und verführerische Haltung den Männern gegenüber, eine würdigere der Welt gegenüber angenommen haben. Sie sind jetzt weniger die Gegenstände eines erheiternden Zeitvertreibs oder auch eines leidenschaftlichen Spiels für die Männer und mehr die gleichberechtigten, für einen Selbstzweck existirenden Wesen. Was an höherer Bildung in diesen Kreisen anzutreffen ist, liegt meist in ihrer Hut — sie sind sehr oft gebildeter als die Männer. Die jungen Mädchen sind zumeist natürlich, frisch und unbefangen.

Das Charakteristischeste aber, was am meisten diese Gesellschaft, wie sie sich im neunzehnten Jahrhundert zeigt, von der des achtzehnten unterscheidet, ist der geschwundene tolle Muthwille, der Untergang der alten Unbekümmertheit um jede Art von Schranke, sie mochte Namen haben wie sie wollte. Man ist nicht so lebenslustig, so ausgelassen mehr; es drückt doch so manches! Der lichte Genius der Zeit, der allen edeln Ringern das verheißende Glänzen seines Blickes, das helle Lächeln seines Mundes zeigt, schreitet durch die Säle dieser Gesellschaft mit zusammengezogenen Brauen und die Denkerfalten seiner Stirn werden hier zu drohenden Runzeln, — und — man hat doch eine Art leiser unbewußter Ahnung, daß dieser Genius vorüberschreitet!

Die Damen, welche meist in Gruppen für sich allein zusammensitzen, sind fast alle schön oder doch hübsch zu nennen, wenigstens zeigen ihre Züge beinahe ohne Ausnahme edle und feine Linien, wie es denn nicht zu leugnen ist, daß die Mehrzahl aller dieser Köpfe das Privilegium der Rasse auf der Stirn trägt. Man sieht an vielen dagegen aber auch die Folge der „Binnenzucht", die halbgeschlossenen müden Lider, die geschwächte

1*

Lebenskraft, die aus matten Augensternen blickt. Noblesse oblige ... auch dazu, die Stiftsfähigkeit zu erhalten, und das ist eine schwerere, unheilvollere Pflicht, als die Welt es ahnt! —

Ein hoher geistlicher Würdenträger, ein imponirender Greis, dessen Züge den gewinnendsten Ausdruck haben, sitzt unter ihnen und ist in eine eifrige Debatte mit seiner Nachbarin, einer magern, ältlichen Dame von außerordentlich ausgebildeter Physiognomie verwickelt, die ihm ihre Ansichten über sein letztes Fastenmandat klar macht und dabei höchst apodiktisch ihn über seine Intentionen belehrt.

Ich versichere Sie, es ist nicht erlaubt, zweimal an Einem Tage Fleischbrühe zu nehmen —

Aber, mein Gott, sagt der Prälat —

Sagen Sie, was Sie wollen, bischöfliche Gnaden, es ist nicht erlaubt!

Aber, Marianne, fällt ihre Nachbarin ihr ins Wort, der Bischof muß es doch am besten wissen!

Ich weiß, was ich weiß, zweimal Fleischbrühe ist verboten, unterbricht sie die Gesetzauslegerin.

Ich bestimme und gebe doch das Fastengesetz selber, sagt lächelnd der Kirchenhirt.

Ach, mit Ihnen ist nicht zu streiten; ich weiß doch, daß mich mein Beichtvater nicht absolvirt, wenn ich zweimal Bouillon nehme, und dabei bleib' ich!

Der Bischof wandte sich lächelnd ab und horchte theilnehmend dem Gespräche zu, welches sich an seiner andern Seite entsponnen hatte. Eine Dame war kürzlich auf der Eisenbahn gefahren und lobte diese Art zu reisen außerordentlich. Viele der andern waren desto mehr dagegen.

Auch einige Männer mischten sich in das Gespräch und ein Paar von ihnen fanden die ganze Erfindung bedenklich und gefährlich und glaubten nicht, daß sich die Sache lange halten werde.

Ein alter Herr, der sich zum Hüter aller Traditionen der verschollenen Höflichkeit der guten alten Zeit aufgeworfen hatte, mischte sich jetzt ins Gespräch.

Die Eisenbahnen sind der Fluch unsers Jahrhunderts, der hervorstechendste Ausdruck unsers Elends, sagte der höfliche Herr. Alles Unglück kommt daher, daß man sich zu nichts mehr die Zeit läßt. Früher machte man bei den passenden Gelegenheiten auch die passenden, dafür bestimmten Redensarten; man machte mit Ruhe, Würde und Feierlichkeit am gehörigen Orte die herkömmlichen Verbeugungen; jeder wußte, worauf er bei jedem Vorkommniß zu zählen hatte, und wenn er nieste, so bekam er von den Anwesenden auch sein freundliches: Zur Gesundheit! gesagt. Nun, Theilnahme erfreut des Menschen Herz und je blasser einer ist, desto lieber hört er: wie blühend sehen Sie aus! Zu dem allen hat man nicht mehr die Zeit; man hat nicht mehr die Zeit dazu, jemand sein ihm zukommendes Compliment zu sagen, und weil keiner dem andern mehr die ihm gebührende Freundlichkeit und sein ihm zukommendes Compliment ausantwortet, ist unser Gesellschaftsverkehr so wenig wohlthuend mehr. Es ist eine Eile und eine Hast in die Welt gekommen, daß alles gesetzte Wesen ein Ende genommen hat, alles Windbeutelei geworden; keiner hat mehr die Zeit, sich zu erinnern, was er andern schuldig ist oder, was er machen will, gut zu machen. Was uns heute der Schreiner abliefert, geht morgen aus dem Leim, und ziehe ich heute ein Paar neue Stiefeln an, so habe ich morgen zerrissene Sohlen. Die Eisenbahnen, welche auch den bedächtigsten Menschen, wenn er reisen will, so hin- und herwerfen, daß ihn der Schwindel packt, die ihm gründlichen Unterricht im Drüberhinfahren, in oberflächlichem, leichtsinnigem

Ansehen und Urtheilen geben, die vollenden die Sache; kurz, der Fluch der jetzigen Welt, das ist die Geschwindigkeit!

Einige nahmen diese Standrede ernsthaft, andere lächelten; ein straffer, magerer Herr, der sich durch seinen gelben Teint auszeichnete und wegen seiner Streitsucht bei seinen Nachbarn in großem Respect stand, rief misvergnügt aus: Und ich sage, es ist just umgekehrt; weil die Welt so grenzenlos oberflächlich und gedankenlos geworden ist und keine sinnige Ruhe mehr kennt, deshalb hat sie sich auf die Geschwindigkeit geworfen und leistet nun das Unglaubliche darin! Warum hat man früher keine Eisenbahnen gebaut? Weil man sie nicht wollte, weil man zu vernünftig dazu war ... Solch ein Ding zu erfinden, das hätte man früher auch schon zu Stande gebracht — es ist ja eine ganz einfache Sache — wenn man nur gewollt hätte ... Wahrhaftig, es sollte mir leidthun, wenn nicht schon mein Urgroßvater so viel Grütze im Kopf gehabt hätte, um solch ein Ding auszuhecken, wovon die Menschen jetzt als von einer neuen Erfindung so viel Wesens machen ... in der That, ich muß darüber lachen!

War dein Urgroßvater denn ein Mechaniker, Gisbert? fragte einer der Umstehenden.

Nein, Sasseneck, aber ein von Lammersum! antwortete der Gefragte stolz.

Sasseneck, unser Bekannter von Surenburg her, ein kräftig gebauter Mann mit breitem rothem Löwenantlitz, zuckte die Achseln.

Dann konnte er sich freilich nicht herablassen, etwas zu erfinden, sagte er.

Am wenigsten neue Erziehungsmethoden! bemerkte mit boshafter Anzüglichkeit Gisbert von Lammersum.

Die Umstehenden lachten, und Sasseneck, der im Augenblick keine Antwort fand, wandte sich mit einem um einige Tinten höher gerötheten Kopfe ab — er näherte sich seiner Frau, die entfernt von der Gruppe allein auf einem Eckdivan saß und ein wenig verschüchtert dreinschaute.

Wie geht es dir, liebe Marie, sagte er, sich neben ihr niederlassend, ... ich denke, wir gehen bald nach Hause; es sind lauter unnatürliche Kerle hier ... wenn man nur ein Glas Grog bekommen könnte! ... lauter verzärtelte Puppen ... und die wollen sich über meine Erziehungsmethode moquiren ... ah, Graf Schlettendorf, das ist Valerian Schlettendorf, Marie — unterhalten Sie meine Frau ein wenig, ich will unterdeß einmal sehen, was ich zum Trinken für uns auftreibe.

Valerian von Schlettendorf hatte sich ziemlich mismuthig und theilnahmlos zwischen den verschiedenen Gruppen umherbewegt. Auch um ihn kümmerte man sich wenig, denn seit seinem ersten Auftreten in dieser Gesellschaft hatte man zwar einen großen Respect vor seinen geistigen Fähigkeiten bekommen, aber man suchte ihn nicht auf. Nicht, daß man bestimmte Vorwürfe gegen ihn ausgesprochen hätte, aber man wurde nicht recht aus ihm klug, man wußte nicht hinter seine eigentliche Gesinnung zu kommen, wie man sich ausdrückte, so unumwunden Valerian sich auch ausgesprochen; vielleicht war es seine ganz andersartige Bildung, die abstieß; kurz, man begegnete ihm mit einer größern Förmlichkeit als andern, mit einem gewissen Mistrauen, welches in ihm wieder eine spöttische Laune erweckte, die dann noch mehr entfremdete. Jetzt war er an die hübsche, ein wenig bleich und leidend aussehende Frau herangetreten, die er in Surenburg im Costüm eines Reitknechts gesehen und die heute in schwere braune Seide gekleidet auf dem Eckdivan saß. Marie

Sasseneck sah ein wenig verlegen und scheu zu ihm auf, dann sagte sie:

Ich höre, Sie sind von weiten Reisen zurückgekommen, Graf Schlettendorf ...

Von weiten Reisen ... ach, was ist heute noch weit? ... außer etwa das Land der Sehnsucht — das bleibt immer gleich weit!

So weit, versetzte sie ernst lächelnd, daß wir hier es gar nicht kennen ... es ist uns, wenn nicht zu weit, viel zu hoch! Erzählen Sie mir etwas von Ihren Reisen ... ich höre so gern erzählen ... und ich möchte so gern, so gern auch einmal reisen! setzte sie mit einem Seufzer hinzu; nur in die weite Welt hinaus — es wäre mir ganz einerlei wohin ... wenn ich nur mein Töchterchen bei mir hätte — und dann fort, fort in die weite, weite Welt ...

Und am Ende kehrten Sie dann nie zu uns zurück?

Möglich wäre das allerdings, erwiderte Marie Sasseneck mit demselben traurigen Lächeln. Aber, setzte sie hinzu, das sind ja nur kindische Wünsche. Der Mensch ist an seine Pflicht gebunden, und eine arme Frau wie ich muß sie sich vergehen lassen! Waren Sie auch in Neapel, Graf Schlettendorf? Ich habe neulich davon in einem Buche gelesen ... das muß ja wunderbar schön sein, die ganze Seele wird einem warm, wenn man davon liest ... das schöne blaue Meer, und die Inseln und der Vesuv ...

Lesen Sie viel, gnädige Frau? fragte Valerian.

Viel — ach, wann bliebe mir die Zeit dazu; Sasseneck will es nicht, daß ich etwas anderes lese, als die trockenen langweiligen Bücher, die er liest, von Rousseau und von Goethe ...

Und Goethe finden Sie trocken?

Ja, Werther's Leiden, wenn man's immer von neuem lesen soll, zehn-, zwanzigmal ...

Valerian lachte.

Dann allerdings ... und Schiller und Lessing?

Von Schiller will Sasseneck nicht, daß ich etwas anderes lese als die Räuber, die er sehr liebt ... es seien lauter tüchtige natürliche Kerle, die darin vorkommen, sagt er; und Lessing ... Lessing ... von dem habe ich ein Bild gesehen, ich glaube es hieß die Hussitenpredigt.

Das ist ein anderer Lessing — ein Maler; es gibt einen Schriftsteller Lessing — haben Sie nie von einem Drama „Nathan der Weise" gehört?

Ach ja ... davon ist uns in der Pension gesagt, daß es ein so abscheuliches, unmoralisches Buch sei ...

In der That? versetzte Valerian mit einem Blick tiefer Theilnahme auf die blasse Frau, die ihn mit ihren großen blauen Augen so rührend aufrichtig bei dem allen anblickte. Diese arme Frau mit ihrem Herzen voll Freiheitssehnsucht und Drang nach dem Schönen und Weiche des Gemüths — in welcher Sklaverei war sie aufgezogen und wurde sie gehalten, und welche Nahrung verstattete man der Seele, die sich in die weite, weite Welt sehnte!

Die Flügelthüren öffneten sich und Gräfin Allgunde von Quernheim trat ein, auf den Arm ihres Vaters gestützt. Das Sprechen, Lachen, Flüstern, von dem die Gesellschaftssäle soeben noch laut widerhallt hatten, hörte im Augenblicke auf; eine allgemeine Stille folgte, denn Gräfin Allgunde konnte nicht auftreten, ohne die Aufmerksamkeit aller, ja mehr als das, eine gewisse achtungsvolle Scheu in Anspruch zu nehmen. Sie war ohne Prätension und in dunkle Stoffe gekleidet. Ein Kleid von schwarzem Moire mit Guipüren besetzt, die es hoch bis zum

Halse hinauf schlossen, rauschte weitfaltig und lang nieder um ihre volle Gestalt. Eine dunkelrothe Sammtschleife war am Halse von einer großen Diamantagraffe gehalten und um das Haar schlang sich eine Rivière von Brillanten. Auf ihrer linken Brust hing das emaillirte achtstrahlige Ordenskreuz ihres Stiftes. Die Patronin des Clubs bewillkommnete sie und man räumte ihr einen Ehrenplatz neben dem Prälaten ein, während ihr Vater, der würdige alte Cavalier, ziemlich unbeachtet sich unter die andern mischte. Valerian bemerkte, wie Allgundens rasche, pfeilscharfe Blicke die Gesellschaft überflogen und ihn aufsuchten; mit einer gewissen Verwunderung sah sie ihn in ein so angelegentliches Gespräch mit Marie Sasseneck vertieft. Valerian setzte dies ihm so interessante Gespräch noch eine Weile fort, und dann, nachdem er das Versprechen abgegeben, Frau von Sasseneck besuchen zu wollen, trat er zur Gräfin.

Sie machen ja sehr angelegentlich der armen Marie den Hof, sagte sie, und doch habe ich Ihnen wichtige Dinge zu sagen. Ich reise Ihretwegen morgen nach B.

Dabei trat sie in eine Fensterbrüstung. Valerian folgte ihr.

Aber ich beschwöre Sie, Gräfin Allgunde, sagte er, bedenken Sie, was Sie thun!

Ich habe alles bedacht, Valerian, alles vorbereitet und alles, was zu überwinden war, geschlichtet. Jetzt gilt es den letzten Schritt thun und dazu reise ich morgen in die Residenz, um den Minister zu sprechen.

So thun Sie, was Sie beschlossen haben, aber lassen Sie mich aus dem Spiele!

Seltsam, sagte Allgunde mit stolzem Lächeln, daß von Ihrer Seite der Widerstand kommen soll! Gehen Sie, seien Sie nicht kindisch! Oder wollen Sie mich im Ernst überreden, daß Sie nicht so viel Ehrgeiz haben, um mit allem Eifer solche Aussichten zu verfolgen?

Ich habe ihn nicht, der Himmel ist mein Zeuge!

O es ist lächerlich! Sie wollen nur gebeten sein, Valerian, das ist alles!

Soll ich Ihnen schwören, daß Sie mir unrecht thun? Ich kann die Stellung nicht ausfüllen, für die Sie mich bestimmen, ich habe weder das Talent, noch die Kenntnisse, noch die Erfahrung dazu; mir fehlt die einfachste Geschäftsroutine, ich würde mich lächerlich machen an allen Ecken und Enden. Dazu bin ich zu stolz. Ich würde eine Verantwortlichkeit auf mich nehmen, deren Last für meine Schultern zu schwer ist. Dazu bin ich zu gewissenhaft! Kurz, ich kann, ich darf und ich will nicht!

Wie oft soll ich es Ihnen sagen, versetzte Allgunde eifrig, daß es alles dessen nicht bedarf; würden Sie nicht über die Talente, die Erfahrungen, die Routine von einem Dutzend Ihnen untergebener Arbeiter zu gebieten haben? Hätten Sie nicht Ihre Räthe und Beamten?

Und, dachte sie, hätten Sie nicht mich?

Valerian schüttelte den Kopf. Wählen Sie einen Würdigern! sagte er.

Wen? versetzte sie mit bitterm Lächeln. Mustern Sie der Reihe nach alle diese Männer; ist einer darunter, welcher, trotzdem daß ihm alle Hülfsmittel zu Gebote standen, um nichts an seiner Ausbildung zu sparen, ist einer nur darunter, von dem die Rede sein könnte bei der Besetzung eines solchen Postens! Nein, Valerian, ich habe auf Sie meine Hoffnung gesetzt und ich weiß auch, fügte sie mit einem stolzen Rückwerfen des Kopfes hinzu, daß Sie mir keinen Strich durch die Rechnung machen werden! Sie wollen mich nur ängstigen mit Ihren vielen

Bedenklichkeiten. Schämen Sie sich; würde je ein Napoleon es bis zum Kaiser gebracht haben, wenn er das Generalspatent mit der Bemerkung: Ich bin zu jung! abgelehnt hätte?

Ich bin aber auch kein Napoleon, sondern nichts als ein unbedeutender, junger Mensch, der weiter keinen Ehrgeiz hat wie den, sich Ihre Huld zu erhalten, meine Gnädigste, sagte lächelnd Valerian. Glauben Sie mir, wäre ich ein halbes Jahr lang in dem Amte, in welches Sie mich so freundlich einzuschieben gedenken, so wären wir die bittersten Feinde — Sie und ich, Allgunde — ja, ja, lächeln Sie nicht so überlegen und spöttisch — es ist so!

Valerian war etwas geärgert, daß Allgunde eine spöttische Miene annahm, als ob es nicht möglich sei, daß irgendjemand sich ihrem Einflusse entziehe und ihr als Feind gegenübertrete. Er wollte sich abwenden, als Heydenreich Tondern an ihnen vorüberging.

Sehen Sie, da ist Tondern; warum wählen Sie nicht Heydenreich Tondern? He, Baron Tondern, es ist 'ne Kappe gefunden und niemandes Kopf paßt hinein. Probiren Sie's doch!

Um Gottes willen, schweigen Sie, Valerian! rief Allgunde, seinen Arm ergreifend.

Wollen Sie Excellenz werden, Tondern? fuhr Valerian fort, ohne sich an Allgundens ängstlichen Ausruf zu kehren.

Heydenreich Tondern war zu ihnen getreten; er ließ einen scharfen, spähenden Blick seiner schmal geschlitzten Augen über Allgundens Züge gleiten; dann blickte er ebenso forschend Valerian an, in dessen Miene nur eine offene, harmlose Unbefangenheit bemerkbar war.

Sie reisen morgen nach B.? fragte er Allgunde, ohne Valerian einer Antwort zu würdigen.

Valerian hörte ihr weiteres Gespräch nicht, da er sich entfernte und in einen andern Saal schritt. Hier wurde gespielt und Valerian trat deshalb in ein halbrundes, elegantes Boudoir, in welchem sich niemand befand und wo es ihn reizte, allein und ungestört seinen Gedanken nachzuhängen. Ein breiter Divan füllte den Halbkreis aus, welchen, dem Fenster gegenüber, das Gemach bildete; hier warf er sich auf die blähenden Polster, von einem großen Ofenschirm, der seiner kunstreichen Stickerei wegen auch den Sommer über diesen Platz zu behaupten schien, verborgen und beschattet.

Er war innerlich freudig gestimmt über die Standhaftigkeit, womit er entschieden eine schimmernde Lockung von sich abgewiesen hatte, obwol er sich nicht verhehlen konnte, wie tief er seine Freundin gekränkt. Allgunde von Quernheim hatte allen ihren Einfluß aufgeboten, um den Hof für die Ertheilung der Stelle, um die sie warb, an einen ihrer Partei und ihrer Standesgenossen zu stimmen. Die Stelle war von der größten Wichtigkeit, es war eine Art Statthalterschaft über ein großes Land; wurde sie einem der Standesgenossen der ehrgeizigen Dame ertheilt, so lag darin ein glänzender Triumph aller ihrer Tendenzen und Richtungen, ein Sieg der ultramontan-kirchlichen und adelichen Interessen, der nur gut benutzt zu werden brauchte, um unberechenbare Vortheile und fernere Erfolge zu verbürgen. Und für die gute Benutzung des Sieges hätte Allgunde von Quernheim zu sorgen gewußt.

Auf Valerian, als den für die Stelle Vorzuschlagenden, war nun, wie wir wissen, Allgunde von Quernheim's und ihrer nächsten Vertrauten Auge gerichtet. Er, mit seiner größern vielseitigern Bildung, dazu Inhaber eines großen Besitzes, hochstehend als Standesherr eines früher zeitweise souveränen Gebiets, von mütterlicher Seite der Enkel eines souveränen Herzogs, war am ersten der Mann, den man der Regierung und dem

Hofe in einem Lichte darstellen konnte, in welchem er als persona grata erscheinen mußte. Er hatte freilich einen großen Fehler, er war zu jung; aber man beschloß, ihn nicht selbst in die Residenz gehen zu lassen, sondern dort durch andere zu wirken. Die Hoffnung auf den Erfolg war groß. Denn man wußte den Sohn des Monarchen, einen geistreichen Mann von vielen Fähigkeiten und poetisch erregbarer Natur, durch romantische Sympathien befangen und alten Namen wie ritterlichem Wesen geneigt; sein entscheidender Einfluß aber traf mit den Bestrebungen unserer Ritterbürtigen, das demokratische Element der Neuzeit niederzudrücken und der Volksentwickelung keine Selbstthümlichkeit zu lassen, einträchtiglich zusammen. Es kam nur darauf an, dies Gemeinsame hervorzuheben, das aber, worüber man im Zwiespalt lag, für den Augenblick möglichst vergessen zu machen. Daß Valerian selbst die Candidatur, für welche man ihn bestimmte, ablehnen könne, daran dachte man nicht; desto größer war die Verwunderung, als er seine Weigerung dennoch unumwunden aussprach, und von diesem Augenblicke an begann er in der Meinung der in die Sache eingeweihten Standesgenossen um ein Bedeutendes zu sinken.

Man erblickte überspannte oder verwerfliche Ansichten in den Gründen, welche sein Widerstreben hervorriefen, und warf ihm nebenbei den Mangel an esprit de corps vor, daß er sich einer Mission entziehen könne, worin er so viel für die Interessen seines Standes zu wirken hoffen dürfe.

Allgunde von Quernheim glaubte nicht an den Ernst der Weigerung. Sie selbst fühlte den Ehrgeiz als eine zu mächtige Leidenschaft, um in einem andern Wesen, zumal in einem Manne, den Mangel daran zu begreifen. Auch glaubte sie Valerian's zu sicher zu sein, als daß er es wagen könne, ihr den

Eckstein zu dem Gebäude zu entreißen, das sie kunstreich und mühsam aufzubauen sich anstrengte.

In der That war es weit weniger der Mangel an Ehrgeiz in Valerian, was ihn die Würde ablehnen ließ, mit der man ihn bekleidet wissen wollte, als eine unerschütterliche Loyalität seines Charakters, welche unübersteigliche Hemmnisse davor aufgeworfen sah. Man wollte ihn jetzt als eine der Regierung ergebene, wenigstens nicht unfügbare Persönlichkeit den höchsten Lenkern der Staatsgeschicke darstellen und sie in ihm ein talentbegabtes, von gutem Willen erfülltes Werkzeug ihrer Absichten und Plane sehen lassen. Und was hatte man eigentlich mit ihm vor? ein Werkzeug von Intentionen und Bestrebungen zu bilden, die denen der Regierung theilweise sehr entschieden zuwiderliefen.

Und dann, sah er nicht eine Flut von Anliegen, Wünschen und Forderungen voraus, deren Erfüllnng alle Vettern und Basen bis zum hundertsten Grad von ihm heischen würden und von denen ihm wahrscheinlich neun Zehntheile als unerfüllbar und unerfüllt die abgewiesenen Bittenden zu tödlichen Feinden machen würden?

Sah er nicht Collisionen der ärgsten Art voraus, auf der einen Seite mit der Regierung, deren schwankendes, überall bevormunden wollendes, in Schreibereien schwelgendes System er völlig misbilligte, und auf der andern Seite mit denen, welchen er seine Ernennung verdanken würde und deren Ansichten und Bestrebungen er im Grunde ebenso wenig theilte?

Ja, wäre es nicht schlecht gewesen, sich von diesen Leuten als ein Werkzeug ihrer Plane befördern zu lassen, um, einmal im Besitz der Macht, ihnen schnurstracks entgegenzuhandeln? Denn dazu, das fühlte er, würde seine Gesinnung ihn zwingen. Sie wollten zurück, er vorwärts; sie wollten ein Mehr adelicher

Prärogative, er sah nur Heil in dem Minder; ihr Motto war: „Adel berechtigt“; das seinige: „Adel verpflichtet“.

Allgunde von Quernheim bedachte dies nicht. Sie hatte, wie alle energischen Charaktere, ein großes Selbstvertrauen auf ihr Urtheil, welches bei ihr oft zum starren Eigensinn wurde. Sie hatte in Valerian den tüchtigsten Träger ihrer Parteizwecke gesehen, sie hatte ihn dazu ausgesucht und nach den ersten Unterredungen mit ihm überall erklärt, daß sie alles das in ihm gefunden, was sie erwartet habe. Um sie noch heftiger an ihm festhalten zu lassen, dazu fehlte nur noch einiger Widerspruch. Nachdem Valerian in Surenburg seine Ansichten ausgesprochen hatte, erhob sich dieser vielfach. Von nun an wurde Valerian ihr Augapfel. Alle ihre Gedanken beschäftigten sich mit ihm und im Gemüthe einer Frau sind die Gedanken nie so völlig von den Regungen des Herzens getrennt, wie sie es beim Manne sein können. Er dagegen hatte bisher vermieden, ihr schroff zu widersprechen, und so ahnte sie nicht und wollte nicht ahnen, daß Valerian gerade das dem ihrigen entgegengesetzte Princip verfolge, daß sie beide eigentlich politische Antipoden seien. Sie hätte sich auch nimmer darüber Rechenschaft gegeben, weil sie diesem Punkte ins Auge zu schauen nicht mehr den Muth gefühlt haben würde. Sie dachte wol daran, daß sich eines Tags eine Kluft zwischen ihnen beiden aufreißen könne, über welche keine Brücke mehr möglich sei; aber sie wehrte den Gedanken daran mit allen Kräften von sich ab. Valerian war ihr zu theuer; er war ihr Stolz, ja sie träumte von Rechten, die sie auf ihn habe. Sie hatte ihm ihre Freundschaft entgegengetragen; sie hatte ihn eingeweiht in die Verhältnisse seiner Heimat und arbeitete an seiner Erhöhung. Nein, sie hatte zu viel Hoffnungen auf ihn gebaut, zu viel Hebel in Bewegung gesetzt, um ihn auf denselben Standpunkt zu bringen, den sie einnahm — fort mit dem Gedanken, daß er sich je als ein Ketzer, ein Widerspenstiger zeigen könne! Lieber gedachte sie der Macht, welche sie so oft siegreich über Andersdenkende entfaltet hatte, und wiegte sich in stolzem Selbstvertrauen.

Valerian hatte eine Weile in seinem Versteck gesessen, als er die Stimme Allgundens und Heydenreich's in eifrigem, aber leisem Zwiegespräch vernahm. Im nächsten Augenblick waren beide in das Boudoir eingetreten; Allgunde warf sich in einen Sessel, der am Fenster stand, und Tondern blieb mit untergeschlagenen Armen, Valerian den Rücken zukehrend, vor ihr stehen.

Ich bin im höchsten Grade erschrocken über diese Nachricht, flüsterte die Gräfin von Quernheim.

Liebe Gräfin, versetzte Tondern sehr ruhig, man kann einen Pfeil abschießen, aber ob er einen Schritt weiter oder kürzer fliegt, das weiß niemand!

Ach, rief mit wegwerfendem Unwillen Allgunde aus — wenn man ein guter Schütz ist, weshalb nicht?

Meine Bursche haben allerdings ein Uebriges gethan; sie sind grob geworden — Mangel an Takt — oder vielmehr zu viel Takt, insofern der Takt geschlagen wird —

Ihre Späße empören mich, Tondern!

Es ist mir freilich auch leid, sagte Tondern einlenkend, aber Sie wissen so gut wie ich, welch miserabler Bursche der lange Finkenberg ist, wie schwachselig er auf den Füßen steht und wie ein tüchtiger Wind ihn umblasen könnte. Was Wunder, daß er fast lebensgefährlich daniedergeworfen wurde, wo ein anderer nichts weiter abbekommen hätte, als die freundliche Warnung, sich aus dem Staube zu machen, welche ja eigentlich nur beabsichtigt wurde.

Ja, das war es, fiel Allgunde ein, man sollte ihn ängstigen, für sein Leben zagen machen, um ihn zu bewegen, die Gegend zu verlassen. An eine solche brutale blutige Mishandlung, an eine gefährliche Verwundung habe ich nicht gedacht. Wenn er nun stürbe, Gott im Himmel, wie fatal!

Nun, nun, er wird nicht sterben und auf meine Bursche kann ich jedenfalls bauen. Mischen sich die Gerichte hinein, so bedarf es nur eines Winkes von mir und sie sind zum Lande hinaus. Wenn ich nur wüßte, ob dieser Finkenberg von Schlettendorf nach Theo ausgesandt worden ist oder nicht?

Darüber seien Sie ruhig, versetzte die Gräfin; Schlettendorf kümmert sich nicht um Theo und Finkenberg muß eigene Plane haben verfolgen wollen, als er meine Cousine aufsuchte. Daß er sie suchte, wußte ich schon lange; er war deshalb früher in Blankenar und hatte eine Unterredung mit dem alten Irländer; der tückische Mensch, der gegen mich so verstockt war, muß gegen ihn offener gewesen sein.

Wenn nur Schlettendorf sich nicht in diese Sache mischt, dann bin ich ruhig! sagte Tondern.

Allgunde von Quernheim schwieg eine Weile.

Heydenreich Tondern wiegte sich unterdessen nachlässig in seinen Hüften. Dann sagte er mit einer erzwungenen Gleichgültigkeit:

Sie gehen morgen nach B. — um die Bestallung für Schlettendorf zu erwirken; habe ich recht gerathen?

Ja, versetzte Allgunde mit großer Entschiedenheit, es ist allerdings der Zweck meiner Reise, für diese Angelegenheit in B. so viel zu wirken, wie ich vermag.

Das ist treulos, ist abscheulich von Ihnen! platzte Heydenreich heraus.

Tondern! sagte Allgunde —

Ja, es ist abscheulich, und ich hätte große Lust, Ihnen einen Strich durch die Rechnung zu machen.

Aber, lieber Heydenreich, ist es denn meine Entscheidung? Die andern alle sind darüber einverstanden, daß Schlettendorf durch seinen Namen, seine Stellung, seine Studien der Passendste sei und durch seinen Charakter am ehesten von allen der Regierung später zu imponiren wissen werde.

So reich wie er werde ich durch die Blankenar'schen Güter am Ende, wenn sie zu den meinen kommen, auch werden; erfahren in den Geschäften, glaub' ich, wäre ich nicht minder als der Gelbschnabel, und der Regierung zu imponiren, bei Gott — an dem dazu nöthigen Eigensinn hat mir's der Himmel auch nicht fehlen lassen —

Aber die andern —

Ach, die andern! — liebe Gräfin Allgunde, Sie wollen mir doch nicht aufheften, daß es hierbei auf die Meinung der andern ankomme? Die tanzen, wie Sie ihnen vorpfeifen!

Sie sind bei den Jesuiten in Freiburg erzogen, Tondern; dadurch haben Sie in B. ein Vorurtheil wider sich, dem wir nicht obsiegen können, versetzte Allgunde.

Wer weiß davon in B.? Niemand!

Sie sind viel zu energisch durchfahrend, zu heftig und schroff, von zu reizbarem Gefühle, um für eine Stellung zu passen, in der die ernstesten und gewaltigsten Conflicte auf Sie eindringen würden, warf nun Allgunde ein.

Ich bin kein Kind, Allgunde, um mich mit solchen Vorwänden abspeisen zu lassen. Nein, nein, Sie haben einen andern Grund, als Sie mir sagen, für Valerian Schlettendorf Ihren Einfluß aufzubieten. Freilich, er ist weit jünger, als ich; seine Wangen sind viel röther und voller, sein dunkles Haar ist viel lockiger, sein Blick viel kühner, seine junge Rittergestalt viel schöner und anmuthiger — und ich Narr besinne mich noch, welche bessern Ansprüche er auf die Stellung haben könne als ich!

Sie sind freilich ein Narr! sagte trocken Allgunde von Quernheim.

Heydenreich Tondern glaubte selbst nicht an den Verdacht, den er in jenen sarkastischen Worten gegen die Beweggründe Allgundens aussprach. Er beabsichtigte nichts anderes damit, als seiner besten, seiner einzigen Freundin in der Welt, denn das war Allgunde, ein paar Tröpfchen Galle zu trinken zu geben, was ihm in seiner jetzigen Stimmung außerordentliches Vergnügen machte. Er kannte die Gräfin genug, um zu wissen, daß, wenn auch der Ehrzeiz nicht immer jede andere Leidenschaft in ihr ausgeschlossen habe, doch keinenfalls Beweggründe, wie er angedeutet hatte, sie beirren konnten, wo es auf eine wichtige politische That ankam. Die Gründe, die Allgunde hatte, Tondern für unpassend zu der fraglichen Stellung zu halten, waren ganz andere und sehr einfache: Baron Heydenreich war ihr nicht begabt genug und nicht ehrlich genug dazu; er war zu listig, zu pfiffig, zu intriguant. In einer bedeutenden Stellung aber, auf einem den Augen aller ausgesetzten Standpunkt gibt es nur eine gute, eine erfolgreiche Politik, nämlich die Ehrlichkeit und die Wahrheit überall da, wo ihr Gegentheil nicht zweckmäßiger ist!

Gräfin von Quernheim wollte nach Heydenreich's letzten Worten aufstehen und ihm den Rücken wenden, aber er ergriff ihren Arm.

Gehen Sie nicht, Allgunde, sagte er ... wir brauchen darum ja nicht gleich wie Todfeinde auseinanderzugehen, wenn wir uns auch offen ins Gesicht sagen, was wir eben denken ...

lassen Sie uns wieder Frieden schließen; ich wäre ein Thor, böte ich nicht die erste Hand dazu, da ich sehe, daß für mich doch alles verloren ist. Als Schlettendorf mir vorhin so leichtsinnig zurief: wollen Sie Excellenz werden? traf mich ein Stich ins Herz, denn würde er diesen Hohn gewagt haben, wenn er nicht seiner Sache gewiß gewesen wäre?

Wie Sie klug sind, Heydenreich! unterbrach ihn Allgunde.

Also, fuhr er fort, die Sache ist für mich verloren, das seh' ich und ich verspreche, mich darein zu fügen — auf die Bedingung hin, daß Sie ernstlich daran denken, ein Versprechen auszulösen, welches mich seit Jahren zu Ihrem treuesten Werkzeug und Diener macht und welches mich seit Monaten von Tag zu Tag auf Erfüllung harren läßt! Verzeihen Sie mir, wenn ich ungeduldig werde; aber geradeheraus, ich bin ungeduldig, sehr ungeduldig, und wenn Sie mich nicht in kürzester Zeit ans Ziel meiner Wünsche gebracht haben — so — nun Sie wissen, wozu ein leidenschaftlich entbrannter Liebhaber fähig ist. Hüten Sie sich!

Heydenreich Tondern sagte diese Worte mit einem anmuthig und leicht sein sollenden, aber so giftig ausfallenden Lächeln, daß Allgunde ihm wie erschrocken ins Wort fiel:

Um Gottes willen, lieber Heydenreich, Sie werden doch ebenso wenig an meinem ernsten Vorsatz, in dieser Sache mein Versprechen halten zu wollen, zweifeln —

Daran zweifle ich keinen Augenblick; Sie haben zu gute Gründe, mich nicht anzuführen, lächelte Tondern.

Noch werden Sie zweifeln an meiner Macht, das auszuführen, was Mainhövel und ich über Theo beschlossen haben. Sie wissen ja, welche Macht über diese das Testament ihres Vaters dem Onkel Mainhövel einräumt. Theo hat uns die Sache auch soviel wie irgend möglich erleichtert. Sie ist wahnsinnig geworden, sagt jedermann; wer wird dann Anstoß daran nehmen, daß wir sie, ohne viel Federlesens zu machen, nach Arnstein bringen lassen, wo wieder Leute genug sind, die ihre Vernunft bezeugen werden, wenn sie später den kirchlichen Act als erzwungen und nichtig angreifen sollte? Sie macht mir viel Kummer, das einfältige Geschöpf; welche Mühe habe ich mir mit ihrer Erziehung gegeben und mit welcher kecken Widerspenstigkeit lohnt mir dieser Trotzkopf alle meine mütterliche Sorge!

Wann denken Sie denn —

Die Reise nach B. kann ich nicht länger aufschieben, es ist durchaus unmöglich. Vierzehn Tage mindestens müssen Sie mir Zeit lassen. Unterdeß mag Theo sich auf ihrem Bauerhofe vor jedes Menschen Auge versteckt wähnen. Es wird ihr eine hübsche Ueberraschung sein, wenn ich eines schönen Morgens vor ihrer ländlichen Sommerresidenz vorfahre! Doch wir werden in der Gesellschaft vermißt werden; kommen Sie!

Eins noch, Allgunde: wenn Finkenberg stirbt?

So schicken Sie mir jedenfalls eine Stafette nach und ergreifen alle nöthigen Maßregeln. Und sorgen Sie ja, daß er bald aus dem Bauerhofe, wohin man ihn brachte, zu Rischovings geschafft werde; es ist mir unangenehm, ihn mit Theo in fortwährender Berührung zu wissen.

Daran dacht' ich längst und schrieb schon an Rischoving.

Aber wo ist Schlettendorf?

Ich weiß nicht, ich sehe ihn nicht; er muß drüben im dritten Saale sein.

Gräfin Allgunde von Quernheim und Tondern verließen das kleine Zimmer.

Valerian erhob sich. Der Wunsch, allein seinen Gedanken nachhängen zu können und von Allgunden und Tondern nicht ins Gespräch gezogen zu werden, hatte ihn anfangs in seinem Winkel festgehalten. Bald war er hier wider seinen Willen der Behorcher einer Unterredung geworden, die augenscheinlich nicht für ihn war. Aufstehen konnte er nicht mehr; er hätte dadurch Tondern eine gar nicht wieder auszulöschende Beschämung und beiden eine Verlegenheit der peinlichsten Art bereitet; so beschloß er, sich ruhig zu verhalten und alle seine Willenskraft aufzubieten, um nicht auf die Unterredung zu hören, sondern seinem frühern Gedankengange zu folgen. Eine Weile gelang ihm dies; er sog wie durstig das Stimmgesurr und Geschwirr, das aus den andern Gemächern drang, in sein Ohr; bald aber begannen die Worte des Zwiegesprächs neben ihm seine Aufmerksamkeit so zu fesseln, daß es mächtiger wurde als sein bestes Wollen, und er lauschen mußte.

Es wurde ihm förmlich wirr im Kopfe, als er sich nun alles das, was die beiden gesprochen hatten, zusammenzureimen und zu enträthseln versuchte.

Sie hatten eine gewaltsame That ausüben lassen an einem Menschen, den sie Finkenberg nannten und der Beziehung zu ihm zu haben schien, obwol er ihn nicht kannte. Nach der Beschreibung, die Tondern von diesem Finkenberg gemacht hatte, mußte er an seinen neuaufgenommenen Jäger denken, dessen Sein und Wesen ihm oft etwas Unverständliches gehabt hatte.

Sie beabsichtigen einen Misbrauch von dem jetzigen Zustande der jungen Freiin von Blankenar zu machen, einen gewaltsamen, frevelhaften Eingriff in ihre persönlichen Rechte; man wollte sie trotz der Geistesstörung, in welche sie, wie alle Welt sagte, verfallen, Heydenreich Tondern antrauen, anders ließen sich die Worte, die er belauscht hatte, nicht deuten; auch konnte

Valerian frühere Vorgänge in seiner Heimat zu gut, um diese Deutung als etwas sehr Unerhörtes oder Unglaubliches zurückzuweisen.

Gräfin Allgunde von Quernheim stand im Begriffe, trotz aller Weigerung Valerian's, sich an den Hof zu begeben und dort die Federn ihrer Intriguen spielen zu lassen, um ihrem Freunde die fragliche amtliche Stellung ertheilt zu sehen.

Diese drei Punkte waren es, die sich von dem Gehörten Valerian zunächst aufdrängten und alle seine Gedanken beschäftigten. Der erste Impuls seines von solchen Anschlägen aufs tiefste empörten Herzens war, sich zum Schützer und Retter der bedrohten und hülflosen Theo aufzuwerfen. Dann verlangte es ihn, augenblicklich Licht über die Identität seines Jägers mit dem Verwundeten zu bekommen, von dem die Rede gewesen und den er Finkenberg hatte nennen hören. Er verließ das kleine Zimmer und trat wieder in die Gesellschaftssäle. Zuerst suchte er Allgunde auf, um ihr durch eine letzte entschiedene Erklärung die Reise nach B. zu ersparen. Sie war nicht mehr da. Ihr Vater hatte sich nach Ruhe gesehnt, um sich für die Reise zu stärken, welche er am andern Tage im Gefolge seiner Tochter anzutreten hatte, ohne sich selber darüber klar zu sein, warum und wozu eigentlich. Er war ein ehrenwerther und herzensguter Mann, der Graf Quernheim; aber seine Seele und seine Männlichkeit war aufgegangen in das stärkere Geistesleben und unterjocht von der größer angelegten Natur seiner Tochter. Immer der erste Bewunderer dessen, was Allgunde sagte, der lauteste Lacher, wenn sie einen Scherz machte, der entschiedenste Anhänger ihrer Meinung, so oft sie eine Meinung äußerte, spielte er keine andere Rolle in der Welt als die des ersten Claqueurs seines Kindes. Selbst ist der Mann! sagte er, wenn irgendein Geschäft zu ordnen war und setzte dann hinzu: deshalb, Allgunde, geh' du hin, die Sache ins Reine zu bringen.

Jetzt hatte Allgunde sich desto nachgiebiger in seinen Wunsch, nach Hause zu kommen, gefügt, als sie nach einigen unbefriedigt durch die Menge schweifenden Blicken annehmen mußte, auch Valerian habe sich verabschiedet. Tondern trieb sich noch in der Gesellschaft umher. Bald lehnte er sich sanft flüsternd über den Stuhl einer Dame, bald trat er zu den Gruppen der Herren, die sich um die Spieltische gesammelt hatten. Er zeigte eine unruhige Beweglichkeit und schien in einer jener Stimmungen zu sein, worin er den Menschen, die ihm nicht schaden und nicht nützen konnten, Wahrheiten zu sagen liebte. Solche kleine Aufrichtigkeiten, die man unschädlichen Leuten ganz harmlos und naiv ins Gesicht sagt, gewinnen uns den Ruf der Offenheit und Ehrlichkeit, war sein Grundsatz; diejenigen, denen wir nichts Derartiges sagen, sind dann überzeugt, wir fänden sie makellos, was sie uns unendlich verbunden macht; und es ist doch auch ein Vergnügen, kleine Maliceen auf die Tröpfe loszulassen, wenn sie im besten Ergötzen schwimmen. In der That, nichts fördert mehr in der Welt, als den Leuten die Wahrheit sagen, wenn es mit dem rechten Takt geschieht!

Valerian trat zu ihm; er stand jetzt in der Mitte einiger Herren, die sich von der Einrichtung unterhielten, womit einer von ihnen seinen Pferdestall ausgestattet hatte.

Hast du den Marmor zu den Krippen aus Sachsen kommen lassen, Sackenrode? fragte einer.

Nein, aus Holland; ich habe auch einen Holländer zu den Stuccaturarbeiten gehabt; die Holländer arbeiten am pünktlichsten und zuverlässigsten. Die Holzarbeiten und die Sofas an den Enden und in der Mitte, dem Springbrunnen gegenüber, sind hier gemacht. Ich frühstücke gewöhnlich da im Stall, setzte Herr von Sackenrode hinzu, indem er eine Prise nahm.

Das gefällt mir, fiel Sasseneck ein ... du ißt mit den Pferden, wie Nabuchodonosor mit den Ochsen ...

Und Nabuchodonosor ist wol Ihr Hauptheiliger, Sasseneck, bemerkte Tondern hier; der ist doch am gründlichsten zur Natur zurückgekehrt!

Nun ja, versetzte Sasseneck, solch ein natürlicher Kerl, der im Nothfall auch einmal mit Gras vorlieb nimmt, ist mir lieber als einer, der es sein Leben lang wachsen hört.

Da hast du's, Tondern! sagte Sackenrode.

Tondern wollte antworten, als Valerian ungeduldig seinen Arm ergriff.

Auf ein Wort, Tondern, sagte er, ihn beiseite ziehend: ich habe eben beschlossen, noch diese Nacht nach Schlettendorf zurückzufahren, und doch ist es durchaus nöthig, daß ich der Gräfin von Quernheim ein paar Worte sagen lasse; wollen Sie nicht der Ueberbringer dieser Worte sein, morgen früh, noch ehe sie nach B. abreist?

Mit großem Vergnügen, versetzte Tondern mit einer auffallend förmlichen Verbeugung, wenn Sie nicht vorziehen, ihr die Worte schriftlich zu übersenden.

Es ist kaum der Mühe werth, sagte Valerian, dem es in seiner jetzigen Stimmung gegen Allgunde unmöglich gewesen wäre, an sie zu schreiben. Auch glaubte er, daß seine Worte durch den Mund eines dritten und grade Tondern's übersandt etwas von einer förmlichen Erklärung bekämen und von Allgunden nicht mehr als eine Ziererei, welche keine ernstliche Berücksichtigung verdiene, genommen werden dürften. Sagen Sie der

Gräfin von Quernheim, fuhr er deshalb fort, daß ich, was den Zweck der beabsichtigten Reise nach B. angehe ...

Tondern war während dieser Worte blaß geworden. Er schoß sprühende Blicke unter seinen halbgeschlossenen Augenlidern her und sagte:

Ich finde es im höchsten Grade auffallend, Herr Graf, daß Sie geruhen, in dieser, gerade in dieser Angelegenheit mich zum Zwischenträger zu machen! Suchen Sie sich einen andern dazu aus und lassen mich mit Ihren Botschaften unbehelligt.

Herr von Tondern, sagte Valerian — Sie reden in einer Weise zu mir ...

Wie Ihr Uebermuth sie verdient, Herr Graf von Schlettendorf! —

Herr von Tondern drehte nach diesen Worten Valerian zornig den Rücken zu und ließ ihn stehen.

Es war sonst nicht die Art und Weise Heydenreich's, entschiedene Grobheiten zu sagen und sich dadurch Feinde oder Gefahren zu bereiten. Aber er war heute in zu übler Stimmung, ein Anfall von Jähzorn hatte den Sieg davongetragen über seine sonstige diplomatische Sanftmuth. Er glaubte, Valerian habe es errathen, daß er selbst Ansprüche auf die Stelle mache, welche für jenen errungen werden sollte, und wolle nun, seines Sieges gewiß, ihn, den leer Ausgehenden, höhnen, indem er ihn zum Boten in dieser Angelegenheit mache. Schon die frühere Frage: Tondern, wollen Sie Excellenz werden? hatte ihn bitter gewurmt.

Valerian war in seiner jetzigen Stimmung gegen Tondern ein Zweikampf mit ihm ganz erwünscht. Er begab sich in sein Quartier, schrieb einen Brief an den Freiherrn von Sackenrode, um ihn zu bitten, das Amt eines Cartelträgers und

Secundanten zu übernehmen, schickte dann eine sehr lakonische, aber desto entschiedenere Erklärung an die Gräfin Quernheim, um ihr die Reise nach B. zu ersparen; und als es 3 Uhr morgens schlug, saß er in seinem Reisewagen, von vier starken Braunen auf dem Wege nach Schlettendorf rasch dahingezogen.

Dreizehntes Kapitel.

Ein Morgen auf dem Lande.

Gentz soll kommen! rief Valerian, als er auf dem Hofe von Schlettendorf aus dem Wagen sprang.

Er ist seit mehrern Tagen abwesend, Herr Graf, antwortete der Rentmeister, der den Schlag geöffnet hatte.

Aber es ist ein Brief von ihm da, den ein Bauerbursche gebracht hat, fiel der Kammerdiener ein, der die Schloßtreppe heruntergesprungen kam.

Valerian ließ sich den Brief holen; eine, wie es schien, zitternde Hand hatte darin folgende Zeilen geschrieben:

Herr Graf! Ich bedaure gezwungen zu sein, Sie inständigst um die Gnade einer Unterredung bitten zu müssen; ich befinde mich auf dem Bauerhofe Ostenwalde, eine halbe Tagereise von Ihnen entfernt; der Ueberbringer dieser Zeilen wird den Führer machen. Eine gefährliche Verwundung läßt mich wünschen, Mittheilungen von Bedeutung, die ich Ihnen zu machen habe, nicht länger hinaussetzen zu dürfen. Ich beginne schon hier mit der, daß ich die Ehre in Anspruch nehmen darf, mich zu zeichnen, Herr Graf, Ihr

gehorsamer Diener
Franz Xaver, Edler von Finkenberg,
sonst Gentz.

Ah! rief Valerian aus — also in der That! Verwalter, lassen Sie die beiden Rappen einspannen. Wo ist der Bauerbursch? Er wird mit mir fahren!

Valerian begab sich rasch mit dem Rentmeister in seine Zimmer, durchflog hier die Briefe, die für ihn angekommen waren, ertheilte einige Befehle und Anordnungen, unterzeichnete ein paar Actenstücke, die der Rentmeister ihm vorlegte und, nachdem er darauf einem verspäteten Mahle einige Ehre erwiesen, warf er sich aufs neue in seine Reisekalesche, die in nördlicher Richtung mit ihm davonrollte. Es war nicht weit mehr vom Abend.

Wir eilen ihm voraus auf den Bauerhof von Ostenwalde, rascher als er den Weg und auch die Nacht zurücklassend, welche ihn noch von seinem Ziele trennen.

Es ist ein klarer und heißer Morgen des beginnenden Herbstes; an der weitgespannten, dunkelblauen Himmelsglocke schwimmt kein einziges Wölkchen und die Luft ist so sonnighell, so rein und geklärt, daß das Auge eine doppelte Sehkraft in diesem Aether gewinnt und jede Blattzacke in den Laubschichten der träumenden Eichenwipfel glaubt unterscheiden zu können. Auch jeder Ton hat hellern Klang und das Schwirren der Libelle, wie sie mit den goldglänzenden Flügeln von Halm zu Halm fährt, klingt doppelt lustig und kräftig. Vor allem machen sich die Erdgrillen den herrlichen Morgen zu Nutze und musiciren vor ihren Löchern, als ob in die tolle Insektenwelt die Wuth der Riesenconcerte gefahren wäre; denn wenigstens einige hundert leidenschaftliche Dilettanten scheinen hier die Geigen zu streichen, um allen Maulwürfen, Erdkrebsen und Roßkäfern auf ewig ihr Nervensystem zu ruiniren. Die Hühner auf dem Bauerhofe haben sich Sand zum Bade aufgekratzt, in den sie sich einwühlen, Flügel und Bein zusammen von sich streckend und die Augen verdrehend, während sie wollüstig den Sand durch ihre Federn rieseln lassen. Eine dieser Damen ist dabei so keck, der nahe bei ihr in der Sonne liegenden wohlgenährten Dogge eine Ladung Sand ins Auge zu schleudern, aber Sultan scheint zu tief versunken in seine Betrachtungen, um mit einem moralisch so tief stehenden und so oberflächlichen Geschöpfe, wie eine Henne ist, Streit anfangen zu mögen. Er wischt mit der breiten Tatze über sein Auge, niest und legt sich dann wieder in die Stellung zurück, welche er für die Betrachtungen, die ihm eine so tiefsinnige Miene geben, am zweckmäßigsten zu halten scheint.

Da stellt sich ein sehr schmaler, zierlich gearbeiteter Schuh auf seinen Hals, ein hellfarbiger Mousselin fällt rauschend über seine Augen und obwol der zierliche Fuß seine weiten Nackenfalten kräftig hin- und herschiebt, so scheint Sultan doch diese etwas auffallende Behandlung eines ruhenden Philosophen in keinerlei Weise beleidigt aufzunehmen. Er erhebt sich und indem er den Schweif sehr lebhaft hin- und herbewegt, blickt er geschmeichelt zu der Eigenthümerin des Fußes auf, welche niemand anders ist als Theo, das Edelfräulein von Blankenar. Sie legt ihre weiche Hand auf seinen Kopf — sie kraut ihm den Schädel — o Philosophie, welch ein eitles, charakterloses, bestechliches Ding bist du! Sultan ist im Augenblick zu einem lächelnden, geschmeichelten Löwen umgewandelt, er hat seine mürrische tiefe Gedankenarbeit dahingegeben für ein Krauen seiner Ohren von den Händen eines schönen Mädchens — er kennt nur Ein Gefühl,

Ein Lebensglück, Eine Existenz mehr, und hingerissen von der Magie freundlicher Blicke, stürzt er mit beiden schweren Vordertatzen an die Brust Theo's.

Pfui, Sultan! Marsch, Schlingel! ruft sie abwehrend und die staubigen Spuren seiner Entzückung von ihrer Robe schlagend. Komm, geh' mit, sagt sie dann und schreitet dem Baumhofe zu.

Hier treibt sich der kleine Kuhhirt umher, der wie Sultan die Speculation, so die Naturforschung auf dem Hofe zu vertreten scheint. Er bohrt mit einem langen Grashalm in jedes Grillenloch und hat einen großen Jubel, wenn das Thier auf diese Aufforderung geschäftig herbeigelaufen kommt, um sich mit großer Gefälligkeit von ihm behufs seiner zoologischen Untersuchungen den Kopf abreißen zu lassen.

Durch die offenen Fenster des Bauerhauses hört man die Uhr zehn schlagen und jetzt beginnt ein großer Lärm auf dem Hofe. Der Kuhhirt springt auf, holt ein großes Horn herbei und beginnt darauf mit einer Macht zu tuten, als ob er, nicht wie Roland die Felsen von Ronceval, aber doch die Hügel seiner kirschrothen Bausbacken sprengen wolle; Hexenlene treibt eine Heerde schnatternder Gänse zusammen, die auf einen Anger im Moor gebracht werden sollen; eine Unzahl von Schafen wälzt sich glockentönend und blökend aus dem Hofen hervor und zieht davon mit so vollem, glückseligem Vertrauen auf eine erleuchtete Leitung, wie nur eine Schar standesherrlich bevormundeter Texasauswanderer sich zu den verheißenen Triften führen lassen kann; und endlich strömen Rinder und Kühe aus den einzelnen Wohnungen der Heuerleute in eine Heerde zusammen und wandern unter der Anführung ihres binsentrichtergekrönten jugendlichen Lenkers den andern nach. Wenige hundert Schritte weit vom Hofe entfernt stocken die Züge der Heerden; die stattliche Rinderaristokratie sieht sich mit plebejischem Schafvieh vermischt und geräth in den Haufen proletarischen Gänsepöbels, der zu nichts gut ist, als Nachkommen zu erzeugen und gerupft zu werden.

Das Hemmniß, welches die buntgemischte Heerde so plötzlich aufstaut, wird gebildet durch einen großen auf vier sehr hohen Rädern sich heranschaukelnden Kasten, der hinten und vorn mit zwei einander gegenüber aufsteigenden, nischenähnlichen Verdecken versehen ist und eine sehr zierliche, einst mit Lack und Vergoldung bedeckte Schnitzarbeit zeigt. Zwei schwermüthig magere Gäule, von denen einer ursprünglich ein Esel gewesen und nur infolge einer besondern Standeserhöhung für sich und seine legitimen Nachkommen zu seinem jetzigen Range und Zwitterdasein, halb Kuh, halb Pferd, befördert zu sein scheint, ziehen den Kasten sacht heran. Ein Herr in einer gepuderten Perrüke mit einem kurzen Zopf bildet den Inhalt der imponirenden Carrosse und wie es scheint, ist der Insitzer ein Mann, dessen Pfade man nicht ungestraft durchkreuzt, wenigstens läßt er über den Schlag gebeugt sehr erbost ein spanisches Rohr auf dem Rücken des unglücklichen Viehes tanzen, das der Zufall in seinen Bereich bringt.

Während diese alterthümliche sonderbare Kutsche sich heranbewegte, schritt Theo, ihr Nahen nicht ahnend, von Sultan gefolgt, in den Baumhof. Hier hatte man unter den großen Birnbaum einen mit Kissen belegten Lehnsessel gebracht und eben kam Finkenberg aus dem Hause dahergeschritten, um sich an der Luft des herrlichen Morgens zu laben. Er war noch auffallend blaß, schien sehr hinfällig und stützte seine wankenden Schritte auf einen Stock, mit dessen Hülfe er langsam weiter schlich. Die eine Seite seines Gesichts war mit Tüchern verbunden. Theo eilte zu ihm und ließ ihn auf ihren Arm sich stützen. So geleitete sie ihn zu seinem Sessel, wo er schmerzhaft lächelnd ihre Hand küßte.

Wie geht es Ihnen heute, Herr von Finkenberg? fragte sie.

Ach, zu Ende mit mir, zu Ende! versetzte der Verwundete mit sehr kläglichem Tone. Hätten nur Paulis uns nicht sobald wieder verlassen!

Pauli hat mehr Kranke, und er versicherte ja, daß Sie seiner nicht mehr bedürften, sonst wär' er nicht gegangen. Wissen Sie, daß ich glaube, Sie stellen sich leidender, als Sie sind, Herr von Finkenberg? Ihre Verwundung ist ja an sich gar nicht gefährlich, nur der Blutverlust und die Nervenerschütterung durch den Schrecken haben Ihnen so zugesetzt. In ein paar Tagen sind Sie hergestellt.

Nun, mög' es so sein, versetzte Finkenberg, wie Ihre Theilnahme für mich es hofft ... diese Theilnahme, welche mich so tief beschämt ...

Was kann sie Beschämendes für Sie haben?

Weil Sie sie vielleicht nicht haben würden, wenn Sie wüßten, was ich gethan ... ich habe Ihnen etwas zu gestehen, das mich drückt und das ich so ungern sage, weil ich voraussetzen muß, daß es mir Ihren Unwillen zuzieht. Doch ist dies der letzte Augenblick, bis zu dem ich es verschieben durfte.

Sie erschrecken mich ... was ist es, was Sie gethan haben?

Ich habe Ihren Aufenthaltsort verrathen — freilich nicht als den Ihrigen, aber jemand wird kommen, mich hier aufzusuchen und dann auch Sie finden!

Nun, mag es sein, versetzte Theo nach einer Pause ruhig und gefaßt; Sie wissen, daß ich im Begriffe stehe, schon morgen nach D. zu meiner Tante zu reisen.

Es ist eine indiscrete Frage, aber erlauben Sie dieselbe der Theilnahme des ergebensten Dieners und Freundes, den Ihnen das Leben nur zuführen kann: weshalb zogen Sie nicht vor, sich gleich zu Ihrer Tante in O. zu begeben, statt hier auf dem Hofe von Ostenwalde eine Zuflucht zu suchen?

Freilich hätte ich das vorgezogen, wenn es möglich gewesen wäre, unvermittelt und unangemeldet mich der guten Tante Crispine vorzustellen. Diese Dame ist in gewissen Beziehungen ein sehr entschiedener und heftiger Charakter und hat ihre vielfachen Eigenheiten. Und glauben Sie, man habe Charaktereigenthümlichkeiten ungestraft in unserer Familie, ohne sich dafür unweigerlich in den Bann und die Gewalt Allgundens von Quernheim gebracht zu sehen? In der That, meine verehrte Cousine Allgunde ist eine Art Lehnsherrin aller Wunderlichkeiten, Schrullen und fixen Ideen auf zwanzig Meilen im Umkreis; denn jede muß ihr Tribut zahlen, jede sich von ihr am Fädchen lenken lassen. Allgunde fürchtete von dem Einfluß der zur Hälfte schwachen, zur andern Hälfte sehr eigensinnigen Tante Crispine in ihren eigenen Bestimmungen über mich gehindert zu werden. Deshalb benutzte sie eine fixe Idee dieser würdigen, alten Dame, um daraus eine unübersteigliche Schranke zwischen der letztern und mir zu machen. Dies war um so leichter zu bewerkstelligen, als ich schon in der Wiege mit allen Antipathien meiner Tante beladen war — denn ich Unselige ließ mich ja, in offenbarer Rebellion gegen alte, ehrwürdige Gebräuche, Theo nennen, während es doch meine heilige Pflicht gewesen wäre, mich mit allen Mitteln, die einem Säugling zu Gebote stehen, gegen jeden andern Namen zu wehren als den: Crispina, welchen meine Tante und Pathin trug. Ja, so lächerlich wie es lautet — vielleicht hätte mein ganzes Leben eine andere Wendung genommen, hätte mein Vater nicht einen Abscheu vor dem Namen Crispine gehabt!

Heißt Ihre Tante nicht gewöhnlicher Tante Stachelbeere? sagte Finkenberg lächelnd.

Ja, entgegnete Theo lächelnd — es ist die Uebersetzung der

plattdeutschen Verstümmelung ihres Namens in Krisbette. Aber wodurch sind Sie in ein solches Familiendetail eingeweiht?

Ein Zufall, versetzte Finkenberg ausweichend.

Also, fuhr Theo fort — aber ich will Ihnen die Eigenheiten, woran meine Cousine Allgunde die Tante in O. erfaßte, um sie mir bis zu unserer jetzigen brieflichen Versöhnung abgeneigt und feindlich gestimmt zu erhalten, später schildern; erlauben Sie mir, daß ich auf die Eröffnung zurückkomme, welche Sie mir machen wollten ...

Ich habe sie Ihnen bereits gemacht, in der Hauptsache wenigstens; man wird hierher kommen, man wird Sie sehen! antwortete Finkenberg.

Wer wird kommen?

Graf Valerian von Schlettendorf!

Theo wechselte die Farbe. Sie fühlte es; um es zu verbergen, stützte sie den Arm auf die Rückenlehne von Finkenberg's Sessel und drückte die Stirn in ihre flache Hand.

Er ist zwar, fürcht' ich, ebenfalls bereits in den Netzen Allgundens von Quernheim, aber ein edler, ritterlicher Mann, fuhr Finkenberg fort, der jedes Vertrauen verdient!

Wann kommt er? fragte Theo und versuchte so viel Gleichgültigkeit wie möglich in den Ton ihrer Stimme zu legen.

Uebermorgen, morgen, heute, in dieser Stunde vielleicht. Wollen Sie ihn sehen?

Theo antwortete nicht.

Ich mußte ihn bitten, fuhr Finkenberg fort, meinetwegen sich dieser Reise zu unterziehen. Daß ich ihn spreche, ehe ich vielleicht auf immer den Mund schließe, ist für mich eine letzte Beruhigung, der einzige Wunsch, der mich ans Leben kettet, und für ihn ist das, was ich ihm sagen werde, von großer Bedeutung; ja es kann für ihn der Schlüssel werden, der ihm die

Räume eines Lebensglückes öffnet, so schön und glänzend, wie ich es ihm wünsche.

Finkenberg hob mit einem Anflug schlauen Lächelns den Kopf auf und blickte über sich empor, um Theo anzusehen. Diese wandte ihr Gesicht ab und ihm nächsten Augenblick ließ sie einen leisen Ausruf der Ueberraschung hören. Finkenberg blickte um sich. Was Theo erschreckt hatte, war die Gestalt eines Fremden, der aus dem Bauerhofe trat und, der Weisung einer Magd folgend, auf die Gruppe unter dem Birnbaum zuschritt.

Theo hatte unrecht, bei dem plötzlichen Auftauchen dieser Erscheinung zu erschrecken; es konnte nichts Freundlicheres geben, als dieses alte Herrchen im grünen Jagdfrack mit goldenen Knöpfen, kurzen Manchesterbeinkleidern und Stiefeln mit gelben Klappen; auch nahte er sich mit sehr höflichen Verbeugungen und so hätte er der gepuderten Perrüke und des Zopfes nicht einmal bedurft, um das vollendete Bild eines wohlgezogenen Landjunkers aus den Tagen Siegfried's von Lindenberg darzustellen. Er hatte ziemlich gutmüthige, wohlwollende Züge; doch deutete die gerade aufsteigende, eckige Stirn auf eine nicht kleine Dosis von Eigensinn und Hochmuth hin.

Es war niemand anders als Herr von Rischoving, der unterdeß mit seinem Gespann auf dem Hofe angelangt war und zum Jäger Gentz geführt zu werden verlangt hatte.

Die Anwesenheit des Fräuleins machte ihn nicht wenig stutzig; er wußte augenscheinlich nicht, ob er in ihrer Gegenwart Finkenberg als Standesgenossen oder als Jäger behandeln solle und versuchte deshalb eine Art mittlerer Höflichkeit gegen ihn in Anwendung zu bringen.

Freilich wurde dadurch der Eifer um desto auffallender, womit Herr von Rischoving eine Einladung an den Kranken, die gastliche Bewirthung und sorgliche Pflege seines Hauses annehmen zu wollen, vorbrachte und unterstützte.

Ich würde es mir nie vergeben können, sagte Herr von Rischoving, wenn so nahe im Bereiche meines Gutes jemand ein solches Unglück zugestoßen wäre und ich hätte es mir nehmen lassen, alles zu seiner Erleichterung zu thun, was in meinen Kräften steht! Meine Gemahlin hegt dieselben Gesinnungen; auch sie wäre untröstlich. Und ich kann Sie versichern, sie ist eine vortreffliche Krankenpflegerin, meine Gemahlin!

Finkenberg blickte überrascht den beredten, alten Herrn an und antwortete keine Silbe. Herr von Rischoving kam hierdurch in noch größere Verlegenheit; und da er obendrein den Bauer kommen sah, dem er als einer Art von Frondeur, als einem eigenwilligen, sarkastischen Gesellen um so weniger geneigt war, die vielen Scheffel Einsaatkorn und die Quantitäten frischer Milch, die er ihm schuldete, mit christlicher Liebe zu verzeihen, so wurde ihm die ganze Mission, zu der man ihn ausgesandt hatte, sehr unangenehm.

Nun, fuhr er fort, werden Sie mich hoffen lassen, daß ich Sie unter meinem Dache —

Ich danke Ihnen, Herr von Rischoving; ich befinde mich hier sehr wohl — und, setzte Finkenberg mit einem bittern Lächeln hinzu, Sie werden sich auch wohler dabei befinden, wenn Sie mich hier lassen. Ich bin ein unangenehmer Kranker: ich leide häufig durch Anfälle einer aufgeregten Phantasie, zu deren Zeugen ich Sie um keinen Preis machen möchte, Herr von Rischoving; wäre ich bei Ihnen — ich würde z. B. glauben, ich wäre in den Gemächern Ihres Schlosses von Feinden und Gefahren umringt; die sorgende Pflege aufopfernder Gastlichkeit würde ich für eingegeben halten durch irgendeinen von meinen Feinden ausgehenden Wink, mich umstrickt zu halten, mich unschädlich zu machen; ich würde jeden Augenblick befürchten, in irgendein Verließ versenkt zu werden und von den Händen treuloser Pagen säh' ich Gift rühren in jeden Trank, den Ihre theilnehmende Freundlichkeit mir reichte! O ich habe schlimme Phantasien, Herr von Rischoving!

Finkenberg hatte bei diesen Worten den alten Herrn starr fixirt. Da dieser nichts als ein aufrichtiges Erstaunen in seinen Mienen zeigte und mit ehrlicher Unbefangenheit darauf antwortete: Nun, so sehen Sie denn in meiner Einladung nichts als den Ausdruck des Wunsches, Ihnen eine Erleichterung bieten zu können, solange Sie leidend sind! so reichte ihm Finkenberg freundlicher werdend die Hand, während der Bauer dazutrat und seinerseits dagegen protestirte, daß man den armen zerschlagenen Herrn seiner gastlichen Pflege entziehe.

Finkenberg hatte die Gründe der Einladung durchschaut. Sie wollen mich in ihre Macht bekommen, sagte er, aber dieser alte Herr mag doch zu loyal sein, als daß sie gewagt hätten, ihm den eigentlichen Zweck seiner verunglückten Mission zu enthüllen. Dafür hat er denn seine diplomatische Aufgabe desto ungeschickter gelöst!

Herr von Rischoving richtete nun einige verbindliche Worte an Theo, aus deren Erscheinung und Anwesenheit auf dem Hofe er augenscheinlich nicht klug zu werden wußte.

Er mochte sich das namenlose, fremde Fräulein, von dem seine Leute gesprochen hatten, anders vorgestellt haben. Theo aber war in diesem Augenblick durchaus nicht geneigt, irgendeine gleichgültige Unterhaltung zu führen. Sie machte sich los und ging. Herr von Rischoving verabschiedete sich nun auch, gefolgt von dem Bauer, der ihn bis an seine Staatscarrosse begleitete; Finkenberg blieb so allein in seinem Lehnsessel unter dem Birnbaum zurück.

Es ist gut, daß der auch noch kommen mußte! sagte er leise für sich; es ist mir eine Warnung. Ich sehe, man wird mir keinen Augenblick Ruhe lassen. Mit der Erbitterung eines bösen Geistes verfolgt man mich. Nicht einmal Zeit, um zu genesen, will man mir lassen; wie ein schädliches Wild soll ich gejagt werden, bis ich erliege oder zum Lande hinaus bin. Gut denn, es gilt mein Leben, wenn ich nicht alles aufbiete. Ich will Schlettendorf alles, alles sagen. Und dann Kampf dir, Allgunde, Kampf auf Leben und Tod!

Vierzehntes Kapitel.

Theo und Valerian.

Theo hatte den Baumhof verlassen und war in den Eichkamp geschritten, nach der Gegend hin, in welcher man vor mehrern Tagen den verwundeten Finkenberg gefunden. Es war hell und licht im Walde von den überall durch das Astgewölbe dringenden Sonnenstrahlen. Nur die Schatten der Baumstämme lagen dunkelstreifig auf dem Boden, auf dem sonst überall heller Schein die braune, vorjährige Laubdecke vergoldete. Die Vögel hatten eine Geschäftigkeit und einen Lärm, als sei Volksversammlung da oben in den Zweigen, und die Elster schrie, krächzte und schlug mit Schwanz und Flügeln so unsinnig dazwischen, als sei sie ein verkanntes Rednergenie, das man nicht zu Worte wolle kommen lassen. Theo achtete nicht auf das ganze lustige Volk, das ihr in allen Tonarten seine besten Lieder vorsang; sie schritt langsam weiter und ließ sich endlich auf jener Bank über dem schmalen Bachthälchen nieder, auf welchem unlängst der junge Arzt und der Priester bis spät in die Nacht hinein ihre Gedanken ausgetauscht hatten.

Ein uralter Baum mit breit ausgeästeter Krone beschattete den Sitz; man hatte eine weite Aussicht hier auf sonnige Wiesengründe, denen der unten rieselnde Bach Nahrung brachte. Theo lehnte sich zurück an den Stamm der Buche hinter ihr und legte ihr Haupt an die Rinde, während ihre Hände verschränkt im Schose ruhten; denn ihr Kopf war schwer vom Widerstreit unverträglicher Gedanken. Es war ein heftiger Kampf verschiedener Gefühle in ihrer Brust gewesen, während sie langsamen Schrittes bis hierhin gewandert. Jetzt beschloß sie, müde und rathlos, wie sie sich fühlte, alle Gedanken von sich abzuweisen und in einem Zustande von traumhafter Apathie, der über sie gekommen, allein dem nächsten und unmittelbarsten Antrieb zu gehorchen, der sie von hier forteilen und Valerian ausweichen hieß. Denn dies war es, um das es sich handelte; sollte sie auf der Stelle abreisen, um nicht mit ihm zusammenzutreffen, oder sollte sie sein Kommen abwarten?

Das Bild des schönen und ritterlichen jungen Mannes, dessen Bekanntschaft sie auf eine so seltsame Weise gemacht hatte, konnte nicht anders, als einen großen Theil der Gedanken in Anspruch nehmen, mit denen sie ihre Einsamkeit ausfüllte. Theo war eine erregbare, feurige, tiefer Leidenschaft fähige Natur; waren die Eindrücke, welche die Außenwelt auf sie machte, immer stark und lebhaft, so war ihre jetzige Lage nur geeignet, den Eindruck, welchen Valerian auf sie gemacht hatte, lebhaft und stark zu erhalten. Es kam nichts, was ihn hätte verdrängen oder vermindern können, denn ihre Tage flossen in einer Abgeschiedenheit dahin, welche die Seele zwingt, durch desto intensivere Gedankenthätigkeit das Leben und die Bewegung zu ersetzen, die außen fehlt und die gesunden, frischen Naturen ein Bedürfniß ist.

So waren ihre Gedanken oft zu ihm zurückgekehrt und den

Gedanken die Empfindungen nachgezogen. Er schien ihr ein Wesen besserer Art als die, welche sie bis jetzt in den Kreisen ihrer Gesellschaft kennen gelernt hatte. Er war der Stern, der ihr aus jener dunkeln Nacht der Angst und der Verzweiflung herüberleuchtete; es war ihr wie eine innere Stimme, eine Offenbarung des ahnenden Herzens, daß sie in ihm einen Freund und einen Bruder, eine Stütze, einen Retter, einen kraftvollen und siegreichen Beschützer finden könne und werde!

Die stolze, in jungfräulicher Herbheit oft gegen Männer zurückstoßende Theo hätte nie sich so tief demüthigen können, irgendeinem ihr bekannten, in allen seinen Gewohnheiten und Ansichten, seinen kleinen Schwächen und Eigenthümlichkeiten bekannten Manne eine solche Rolle des Beschützers und Seelenfreundes in Gedanken einzuräumen.

Nein, ein anderer Mann hätte das nicht zugestanden erhalten. Wenn sie ihn sich bewegen gesehen in dem Kreise, worin die andern Junker ihrer Bekanntschaft sich bewegten, und den sie im höchsten Grade untergeordnet, trivial und eines männlichen Geistes von höherm Gepräge unwürdig fand, so hätte er immerhin ihre Achtung und ihre freundliche Theilnahme erringen können; aber der Nimbus, welchen die Liebe und die Leidenschaft um das Haupt des Seelenfreundes sehen wollen, wäre in der Atmosphäre der Alltäglichkeit zerflossen!

Anders war es Valerian gegenüber. Es verletzte Theo's jungfräulichen Stolz nicht, ihm alle Rechte eines ritterlichen Beschützers, eines Vertrauten einzuräumen, da er ihr fern war, da er nicht mit seiner Persönlichkeit vor ihr stand, nicht als Mann mit den eiteln Ansprüchen eines solchen der jungen Dame gegenübertrat. Es war eine Fülle tiefen Gefühls, eines tiefen Schutz- und Liebebedürfnisses, das sich an seine ferne Gestalt knüpfte, wie an das Ideal, an das sich ihr Leben emporzuranken sehnte. Der Mensch in ihm, wie er seinen Verhältnissen angehörte und wie die Gesellschaft ihn geformt hatte, verschwand ihr, um so eher, da sie ihn als solchen gar nicht kannte; nur die Seele suchte sie in ihm, mit allem tiefen Glühen einer leidenschaftlichen Innerlichkeit, die Seele, wonach die vereinsamte unter ewig fremd bleibenden Menschen erwachsene Theo seit dem Erwachen ihres Bewußtseins alle Stimmen ihres Herzens unablässig hatte rufen gehört.

Nichts tieft innerlich mehr die Charaktere aus und flößt so früh eine ernste Richtung und des reifern Alters Gedankenthätigkeit ein, als die Einsamkeit. Indem sie den Enthusiasmus der jugendlichen Seele mit dem Drang nach geistiger Nahrung, der Innerlichkeit und dem Leben des Gemüths, welche gewöhnlich erst spätere Jahre herbeiführen, verbindet, gibt sie den Menschen einen Anflug von jener edeln Schwärmerei, die, mit großer Geisteskraft gepaart, die Erzeugerin großer Dichtungen, großer Philosopheme und großer Leidenschaften ist. Das letztere war es, was die Einsamkeit in unserer Heldin erzeugt hatte. Denn einsam war Theo gewesen, nicht allein die Reihe von Tagen hindurch, welche sie in stiller Verborgenheit unter den Eichenwipfeln eines entlegenen Bauerhofes zugebracht hatte; nein, fast so lange, wie ihre Erinnerungen zurückreichten, sah sie sich als ein verlassenes Kind durch menschenleere Säle in fremden Schlössern gehen oder träumerisch und sinnend unter den Laubdächern schweigender Parkwaldungen umherschweifen.

Jetzt hatte sie gehört, daß in wenigen Stunden vielleicht Valerian vor ihr stehen werde. An und für sich konnte niemand darin etwas nicht zu Erwartendes, Wunderbares sehen. Theo aber traf es wie ein Blitzstrahl. Es war, als hätte man ihr angekündigt, ein und dasselbe Wesen, das in ihren jüngsten Traum niedergestiegen, stehe vor der Thür; oder der Held eines

Romans, der, vom Dichter mit allen größten Eigenschaften des Geistes und des Gemüths ausgestattet, gerade eben aufs lebhafteste ihre Theilnahme in Anspruch genommen, trete über ihre Schwelle; denn wie einer Welt der Fiction, einem schönen Traume angehörend, schwebte die Gestalt Valerian's vor ihrem Auge.

Jetzt, was sollte sie thun? Sollte sie ihn erwarten und der Seelenerschütterung, die eine Zusammenkunft mit ihm für sie herbeiführen mußte, Trotz bieten? Sollte sie dem innersten, halb unbewußten Verlangen gehorchen — ihn sehen — ihn beobachten — seine Züge sich einprägen? Ja, sie wollte es, aber mußte er sie nicht für ein Wesen halten, dessen Geisteszustand ein mit Abschen und Widerwillen gemischtes Mitleid zu erwecken pflegt? Obwol niemand anderes als sie selbst den Glauben an ihren Irrsinn zu verbreiten gesucht hatte, wie eine Aegide für ihre persönliche Freiheit, so zürnte doch ihr Herz auf Valerian bei diesem Gedanken, daß er so etwas glaube. Er, verlangte dies ungestüme, heftige Herz, hätte es besser wissen, hätte es fühlen, ahnen sollen, daß alles ein Märchen sei. Aber er hatte gewiß ohne Anstand die allgemeine Sage für wahr angenommen, und dann vor ihm zu stehen — nein, das war unmöglich, das konnte sie nicht, das würde sie getödtet haben vor Beschämung! Fort, auf der Stelle hinweg — Valerian mochte es von den Bewohnern des Hofes, von Finkenberg erfahren, daß sie nicht sei, wofür er sie hielt; vielleicht, vielleicht, sagte leise eine halbe Hoffnung in ihr, die sie sich nicht aussprach, vielleicht denkt er dann daran, daß ich ja nicht bis ans Ende der Welt geflohen bin!

Während Theo so in tiefes Sinnen versenkt dasaß, das Haupt an den Stamm des Baumes zurückgelehnt und ihre Blicke durch das Laubdach hinaussendend, als ob sie lesen wolle in der Höhe, die den klaren Spiegel ihrer Augen mit tiefer, weicher Bläue tränkte, war sie Gegenstand der Beobachtung für eben den, welcher so ausschließlich ihr Sinnen und Träumen beschäftigte.

Valerian war die Nacht durchgefahren und als er die Gegend erreicht, die das Ziel seiner Eile war, hatte er den Wagen verlassen, um den Rest des Weges zu Fuß zu machen. Sein Wagen folgte auf dem vielfache Umschweife machenden Fahrwege; ihn hatte der kürzere Fußsteig in das kleine Thal geführt, über dem, oben am Hange, Theo saß. Dichte Gebüsche, die, von dem Bache genährt, hier üppig aufgewachsen waren, verbargen ihn. Er blieb stehen, als er Theo erblickte; seine Augen ruhten auf ihr mit dem Ausdruck großer Spannung. Dann lagerte sich ein Zug tiefer Wehmuth um seinen Mund und indem er, die Arme unterschlagend, sich an den Stamm einer verkrüppelten Weide lehnte, schien er einer Reihe von bittern und peinigenden Empfindungen zum Raube zu werden. Er stand lange so. Ein paar Thränen perlten in seinen Wimpern. Dann ermannte er sich, fuhr mit der flachen Hand über die Augen und sagte leise für sich: Ich bin ein Narr — und ein Kind! Was geht es mich an? Ich werde nie von der Thorheit geheilt werden, wie ein Kind alles haben und besitzen zu wollen, was mich hinreißt! Aber dies Mädchen ist mehr als hinreißend! Sie sieht aus wie eine Heilige, aber eine Heilige in der Ekstase der Liebe und der Schwärmerei! Ich habe eine große Seele flammen sehen in ihrem Auge und diese Flamme hat durch meine Träume gelodert, bald als ob sie mich verzehren wolle, bald als sei sie nur da, um wie ein flammender Gedanke Gottes in ihrer Seele, ein heiliges Opferfeuer, zu brennen und diese Seele zu verzehren. Sie ist ja irre, sie ist wahnsinnig!

Also hier, hier finde ich sie wieder! Soll ich sie anreden?

Nein, ich will nicht. Ich will mir das Bild nicht zerstören, das rein und unverzerrt von ihr in meiner Seele steht und ewig darin stehen wird!

Valerian wollte sich losreißen, aber es hielt ihn eine Fessel an den Fleck, worauf er stand. Er konnte das Auge nicht von ihr wenden. Alle die Gedanken stürmten auf ihn ein, welche jedesmal die immer und immer wiederkehrende Erinnerung an Theo in ihm erweckte, und jetzt mit doppelter Stärke. Die herzzerreißende Trauer um die Verdunkelung eines so edeln und lieblichen Seelengebildes ergriff ihn zuerst, dann suchte er sich daraus loszuringen mit Gründen des Trostes, wie wir sie uns vorsagen, ohne selbst an sie zu glauben:

Eine heilige Ekstase des Geistes ist's, nichts anderes, sagte er; das Gefühl, über die Schranken einer beengten, körperlichen Schwerfälligkeit hinaus zu sein und ein Wühlen in Ideen und Vorstellungen, bei dem der Geist nicht die Reihe und Ordnung der Aufeinanderfolge beobachtet, an welche wir andern Sklaven der arithmetischen Vernunft uns gebunden fühlen. Ist die Seele darum kleiner, der Geist darum ärmer? O kühne, adlerhohe Flüge der fessellosesten Freiheit, wo der Gedanke sich um keine, keine Schranke mehr kümmert, wie beneide ich sie! Wie voll glanzausstrahlender Gestaltungen, wie voll berauschender Empfindungen mögen die Gebiete sein, die du durchschwebst! Der danke Gott, dem er das Auge mit der weichen Binde des Irrsinns verhüllte. Unser Sein ist dunkel, und der Blick ruht auf Dingen und Verhältnissen, auf Leiden und Krankheiten der moralischen Welt, die mehr Verwundendes, ja Herzzerreißendes für uns haben, als wir uns selbst gestehen. Sollen wir nicht den Finger segnen, der den Spiegel unsers Auges umkehrt und ihn wendet nach der Seite unserer innern Welt, die unendlich ist wie das Meer und die Liebe? wo sich ideale Genüsse, überirdische

Bilder, tiefe Entzückungen darbieten, ohne Schranke und ohne Ende? Ist es nicht der Wahnsinn, der die höchsten Menschen, Heilige und Dichter, emporträgt in die Atmosphäre, wo ihre himmlischen Visionen auf- und niederschweben, wo endlich der geheimnißvolle Vorhang sich vor ihren Augen aufrollt, der das Unsagbare verhüllt? — —

Theo erhob sich; sie schritt den Abhang hinunter; noch ein leichter und anmuthiger Sprung und sie stand dicht an dem Strauch, der die Gestalt Valerian's ihren Blicken unsichtbar gemacht hatte. Dieser trat, im ersten Impuls, um nicht als Lauscher von ihr entdeckt zu werden, hastig vor und stand neben ihr, als sie sich eben wandte, um heimkehrend dem Fußsteige zu folgen.

Theo erbleichte; sie stieß einen leisen Schrei aus und bedeckte ihr Gesicht mit den Händen; wankend tappte sie dann mit der Rechten hinter sich, bis sie den Erdabhang berührte und den Arm dagegen stützen konnte. Sie fühlte, sie wäre sonst in Gefahr gewesen, in die Knie zu sinken.

O Gott, habe ich Sie so erschreckt? rief Valerian aus.

In der That, sagte sie nach Athem ringend, sich aufrichtend und die Locken aus dem Gesicht streichend, in der That, ich bin arg erschrocken. Ich ahnte nicht, daß ein menschliches Wesen hier im Walde sein könnte!

Ich werde es mir nie verzeihen —

Es ist thöricht von mir, unterbrach sie ihn, da Ihr Hiersein mich nicht überraschen kann. Sie werden vom Herrn von Finkenberg erwartet; er wird sehr erfreut sein, Sie so bald zu sehen, denn daß Sie mit solcher Eile seinen Wunsch erfüllen würden, hat er, glaub' ich, kaum zu hoffen gewagt. Ich stehe im Begriff, von hier abzureisen, fügte Theo leise hinzu, und vermuthete auch nicht, daß ich Sie noch sehen würde!

Ich komme doch nicht zu rasch oder zu früh? sagte Valerian.

O sicherlich nicht . . . Finkenberg wird Ihnen dankbar sein ... antwortete Theo; ich will Ihnen den Weg zeigen und Sie zu ihm führen.

Sie wandte sich, um zu gehen. Valerian bot ihr den Arm und beide schritten nun in den Wald hinein, dem Hofe zu. Theo's Herz, das fieberhaft geschlagen hatte, fing an, sich zu beruhigen; sie fühlte mehr, als sie mit klarem Gedankengange sich es vorsagte, welches Glück es für ihre innere Ruhe sei, daß er nun doch gekommen und sie gesehen, ehe sie abgereist; wie sie nun werde gehen können mit völliger Sorglosigkeit über die Vorstellungen, welche er sich von dem Zustande ihres Innern machen müsse. Dies war genug, um sie mit einem Gefühle von unendlicher Befriedigung zu erfüllen. Im nächsten Augenblick darauf jedoch begann wieder das tiefste Zagen sich ihrer Seele zu bemeistern; sie fühlte, daß nie ein Augenblick in ihrem ganzen Leben vorgekommen sei, wo ihre Gedanken verworrener, ihre Gefühle chaotischer, ihr ganzes, inneres Leben in wilderer Regellosigkeit gewesen. Nicht im Stande, eine gleichgültige Unterhaltung zu führen, fühlte sie bald den Fluß ihrer Worte vollständig stocken, bald strömte sie dieselben in nervöser Hast, in einer beängstigenden Lebhaftigkeit hervor. Kurz, sie mußte sich gestehen, daß sie nie weniger im Stande gewesen, den Beweis ihrer Verstandesklarheit zu führen als eben jetzt, wo ihr soviel daran gelegen war, es zu thun!

Valerian wurde ängstlich zu Muthe, als er mit ihr durch den Wald dahinschritt. Sollte er sich der Hoffnung hingeben, welche er im ersten Augenblick gefaßt hatte? Er wagte es nicht, wollte es nicht wagen; eine hintennach kommende Täuschung würde ihn zu tief getroffen haben. Und es war in der That etwas in ihrem Wesen in dieser Stunde, was den, der mit einem Vorurtheile vor sie trat, niedergeschlagen machen mußte. Valerian wurde nach und nach einsilbiger. Wie sollte er zu ihr reden? als junger Mann zur fremden Dame? es war unmöglich, er fühlte, daß zwischen ihnen zuviel innigere Beziehungen seien, daß Theo's eigenthümliche Lage, daß sein Verhältniß zu ihr als zu seiner Cousine, seiner Bekannten, die ihn unlängst so zuvorkommend und herzlich aufgenommen, sie auf einen andern Fuß zusammenstelle. Doch, durfte er bei ihrer Gemüthsstimmung davon Gebrauch machen? mußte er nicht fürchten, irgendeine Seite ihres Innern zu berühren, welche schmerzhaft erzittern werde, oder gar an eine fixe Idee zu rühren, wenn er auf frühere Verhältnisse und Dinge zurückkomme? Und dazu kam, daß Valerian gar nicht wagte, irgendein Wort auszusprechen, was darauf hätte hindeuten können, als wolle er Rechte alter Bekanntschaft oder mehr Vertrauen, als man einem Fremden schenkt, in Anspruch nehmen. Er war Theo gegenüber zu scheu dazu; die ganze Situation erfüllte ihn mit einer Verlegenheit, wie er sie noch nie empfunden hatte.

Je schweigsamer Valerian wurde, desto mehr wuchs die Beklommenheit der armen Theo. Auch sie schwieg zuletzt und beiden war es eine augenscheinliche Erleichterung, als sie nun endlich vor Finkenberg standen, der noch immer unter dem Baume im Garten saß. Er wollte sich erheben, aber Valerian drückte ihn in den Sessel nieder und, nachdem er voll Theilnahme ihm beide Hände geschüttelt, konnte er nicht umhin, ihn mit einer Menge Fragen zu bestürmen.

Ja, ja, ich glaube, daß Sie mich nicht so wiederzufinden erwartet haben, versetzte Finkenberg; ich will Ihnen alles erklären, dazu bat ich ja auch um eine Unterredung mit Ihnen. Nur bin ich in diesem Augenblick zu freudig erregt von Ihrem kommen. Meine Nerven sind tüchtig mitgenommen, lassen Sie uns erst eine Zeit lang von gleichgültigen Dingen sprechen!

Valerian unterdrückte seine Neugier und sprach von andern Gegenständen; Finkenberg hörte zerstreut zu, doch suchte er Theo ins Gespräch zu ziehen und ließ nicht ab, bis auch sie wiederholt das Wort genommen hatte. Sein Auge schweifte dann lächelnd von Theo auf Valerian und von diesem zurück auf das Edelfräulein über. Nach einer Weile sprach die letztere die Vermuthung aus, daß ihre Anwesenheit Finkenberg von seinen Mittheilungen an Valerian abhalten könne. Wollte sie aufrichtig sein, so mußte sie gestehen, daß sie schon im ersten Augenblick dies gedacht habe; aber ein gewisser Drang, der stärker war, als ihr Wollen, hatte sie festgehalten. Sie hatte es ja bisjetzt immer noch so recht gründlich ungeschickt angefangen, zu zeigen, daß sie in der That bei völligem Verstande sei, die Aermste — von jeder kommenden Minute hoffte sie eine bessere Gelegenheit — aber die Minuten kamen und gingen und keine machte Theo zufriedener mit sich selbst.

Sie ging — sie verbarg sich in ihren Pavillon, warf sich in einen Sessel und indem sie das Gesicht auf die flache Hand stützte, rollten heiße und schwere Tropfen zwischen ihren schmalen, langgeschnittenen Fingern durch.

Ich habe in der That bis zum Weggehen des Fräuleins gewartet, hob unterdeß Finkenberg an, um Ihnen ...

Um Gottes willen, was ist mit Theo? fragte mit leidenschaftlicher Hast Valerian; ist sie genesen?

Sie hat bis zu diesem Augenblick einen so klaren und gesunden Verstand gehabt, wie Sie und ich uns nur je desselben haben rühmen können, Graf Schlettendorf, sagte Finkenberg. Nur Ihre Erscheinung, setzte er spöttisch lächelnd hinzu, hat, sehe ich, ihn mit einer kleinen Erschütterung bedroht!

Meine Erscheinung? Was wollen Sie damit sagen?

Nun, diese Erscheinung läßt sie eben nicht gleichgültig ...

Ah bah ...

Es ist so, Graf Valerian.

Possen! sagte Valerian, indem er dunkelroth wurde und seine Blicke nicht zu lassen wußte, da er sich außer Stande fühlte, Finkenberg wieder ins Auge zu sehen. Der Mann war ihm durch seine lächelnde Ruhe und seinen spöttischen Ton ganz verhaßt, doch hätte er ihn freilich auch umarmen können für jedes der Worte, welche er eben gesprochen.

Finkenberg ging nun unmittelbar dazu über, von seiner Angelegenheit zu sprechen und Valerian's frühere hastige Fragen zu beantworten. Er begann mit der Geschichte seiner Verwundung; aber obwol er es nicht an Lebendigkeit und Eifer im Vortrage dieses schändlichen und verbrecherischen Anfalls auf sein Leben fehlen ließ, hatte er doch an Valerian nicht ganz den aufmerksamen Zuhörer, den er in ihm zu finden gehofft. Zerstreut ließ der Graf seine Blicke umherschweifen und Finkenberg entging nicht, daß sie wie unwillkührlich die Richtung, in welcher Theo's Gestalt vorhin verschwunden war, weit öfter einschlugen als irgendeine andere.

Endlich unterbrach Valerian den Erzählenden mit einem hastigen Ausruf:

O, einen Augenblick! Ich sehe Fräulein von Blankenar ihren Pavillon verlassen; ich habe ihr, bevor sie abreisen sollte, eine Mittheilung zu machen — nur ein Wort — warten Sie, ich bin im Augenblick wieder da.

Valerian eilte fort und erreichte Theo, welche ihren Pavillon verlassen hatte, als sie eben eine schattige Laube aus dichten, seit langem nicht mehr geschorenen Hagebuchen betrat. Finkenberg schloß unterdeß die Augen und überließ sich wie im Halbschlummer seinen Gedanken; Valerian aber mußte, voll der zartesten Rücksicht für den Leidenden, große Scheu haben, ihn zu stören, denn dieser hörte die Schwarzwälderuhr im Bauerhause elf und Mittag schlagen und noch immer, schien es, hegte Valerian Bedenken, ihn aus seiner Ruhe zu stören und sich endlich alle die Umstände erklären zu lassen, nach denen er doch bei seinem Kommen mit soviel brennender Neugier geforscht hatte. Als Finkenberg die Augen wieder aufschlug und um sich schaute, sah er Valerian und das Fräulein Arm in Arm in der Ferne unter den Eichen auf- und abgehen und immer wieder auf- und abwandeln, als ob sie gar nicht genug des würzigen Waldgeruchs und des hellen Vogelgezwitschers da drüben bekommen könnten.

Funfzehntes Kapitel.

Die Geschichte Finkenberg's.

Es war Abend geworden. Die Sonne warf blendend ihre schrägen Strahlen in den Baumhof hinter dem Bauerhause und ihr Schein spielte in den sanftbewegten Blättern der Laube, worin Valerian am Vormittag Theo aufgesucht hatte. In der Mitte dieses schattigen Verstecks stand ein runder Tisch aus rohem Sandstein und hinter demselben, auf einer Bank, worauf ein Kissen gelegt worden war, ruhte jetzt Finkenberg. Er lehnte sein blasses Haupt an die dunkle Blätterwand hinter ihm und auf dem grünen Grunde erschien es doppelt bleich; seine regelmäßigen und ursprünglich edeln Züge, die das Gepräge eines wilden und von ungezügelter Genußsucht beherrschten Lebens entstellte, waren jetzt durch den Ausdruck von Leiden und Ergebung, den sie trugen, anziehend geworden, und der goldene Schein der Abendsonne verklärte diesen Ausdruck, sodaß Theo, die vor ihm saß, ihr Herz von unbegrenzter Theilnahme für ihn erfüllt fühlte. Ihr gegenüber, zu Finkenberg's Füßen auf der Bank, saß Valerian. Auch sein Auge ruhte voll Theilnahme auf dem Verwundeten; doch schweifte es von Zeit zu Zeit auf Theo hinüber, die, von seinem Blick getroffen, im ersten Augenblick jedesmal erröthend zu Boden sah, dann aber sich ermuthigte, ihre breiten Lider aufschlug und lächelnd ihn wieder anblickte. Man sah, es kostete sie noch einige Ueberwindung, noch ein Zusammennehmen all ihres kleinen Heldenmuths, um offenen Auges die Blicke Valerian's, die voll schwärmerischer Leidenschaftlichkeit waren, auszuhalten, denn sie bohrten sich wie Pfeile in ihr Herz, süße, betäubende, ängstliche Empfindungen weckend.

Finkenberg erzählte. Er gab Valerian in kurzem Umriß ein Bild von seiner ganzen, frühern Existenz.

Ich bin in Böhmen geboren, sagte er, wo mein Vater Beamter war und durch seine Verdienste sich den Adel erwarb. Diese Verdienste hatten für mich die Folge, daß sie mich des unschätzbaren Glücks theilhaftig machten, als Knabe von acht Jahren in die Theresianische Ritterakademie aufgenommen und darin bis zu meinem zweiundzwanzigsten Jahre unentgeltlich erzogen zu werden. Ich weiß nicht, ob Sie die Theresianische Ritterakademie zu Wien und ihre Tendenzen hinreichend kennen, um dies Glück, welches mir widerfuhr, in seinem ganzen Umfang schätzen zu können. Diese Anstalt ist von der großen und erleuchteten Kaiserin Maria Theresia zu den besten Zwecken und im edelsten Sinne errichtet worden. Jetzt aber ist dies große Erziehungshaus nichts anderes als eine Anstalt, worin der Absolutismus seine Werkzeuge schult und seinen Zöglingen, wie jungen Pferden aus den Wildbahnen Litauens, Muth und Feuer so völlig zu brechen weiß, daß sie geduldig den schweren Stangenzaum tragen, dessen Zügel die väterlich sanfte Hand eines gemüthlichen und patriarchalischen Systems regiert. Wer im Theresianum gebildet wurde, ist einer guten Laufbahn im Staatsdienst gewiß; man weiß, von ihm ist nichts zu fürchten. Er wird allezeit zu lebendig die Schwere des Drucks, der auf ihm gelastet hat, im Gedächtniß behalten, um je an eine Empörung wider denselben zu denken. Aber wissen Sie, durch welche Prüfung der Glückliche, der zu diesem neidenswerthen Lose ausersehen ist, zu laufen hat? Er braucht sich nur die Verkrüppelung und Erstickung seiner edelsten, geistigen Kräfte, der schönsten Regungen des Jugendmuths, des Rechtsgefühls, des Unabhängigkeitssinns, kurz alles dessen, was den Mann adelt, gefallen zu lassen und jahrelang bis zum Ekel sich zu sättigen an einer conventionellen Lüge, welche man ihm als Wissenschaft aufzutischen die Schamlosigkeit hat. Mönche, welche böhmische Piaristen genannt werden, sind seine Lehrer und seine Erzieher; und da alle die würdigen, jungen Gottesgelahrten, welche in den theologischen Studien Mangel an Befähigung verrathen, immer noch zur Einweihung in den Piaristenorden zugelassen werden, so begreifen Sie, in welch würdigen Händen die Erziehung der künftigen Staatsmänner eines großen Reichs sich befindet, sowie auch, welchen Unterricht ein Theil derjenigen genossen hat, in deren Händen jetzt die Geschicke dieses Reichs ruhen. Die Bücher, welche hier die Grundlage des Unterrichts bilden, gehen aus jener ruhmwürdigen, um die Wissenschaft so großartige Verdienste erwerbenden Anstalt hervor, welche k. k. Schulbücherverschleiß heißt, und tragen, jedes einzelne Exemplar, den Stempel, nicht des Genies, sondern der hohen obrigkeitlichen Billigung. Ich zweifle, ob man sogar in einer russischen Schulanstalt mit solcher Virtuosität aus der Geschichte eine moralische Erzählung von der Weisheit und den himmlischen Tugenden der Regenten, dem demüthigen und gottgefälligen Gehorsam der Unterthanen und den höllischen Strafen undankbarer Widerspenstigen zu machen und ob man dort über unangenehme Punkte wie Reformation und Revolution mit so viel unerschütterlicher Sicherheit hinüberzuspringen versteht!

Wenn ein junger Mann die Lehrzeit in der Akademie endlich überstanden hat, ohne durch zu hartnäckigen gesunden Sinn sich das Glück der Verweisung zugezogen zu haben, so ist sein materielles Wohl für die Zukunft gewöhnlich gesichert. Bei mir sollte es anders sein. Mich erwartete bei meinem Austritt aus der Anstalt eine Prüfung, der ich leider endlich erlegen bin und dies Erliegen hat dem Rest von Selbstbewußtsein, welchen ich mir aus jener Anstalt gerettet, den letzten Stoß gegeben; ja, ich bin geworden, wozu man mich hat machen wollen — ein Mensch ohne innern Halt, ohne das moralische Mark der Selbstachtung und des männlichen Bewußtseins! Urtheilen Sie nicht zu hart über mich, Graf Schlettendorf — ich klage mich selbst an, ja, ich verschweige nichts, denn es drängt mich, es herauszusagen, wie schlecht ich geworden bin, weil dies die einzige Art ist, wie ich dem innern Bedürfniß der Rache zu genügen vermag, die ich an denen nehmen möchte, welche mich zu dem Menschen erzogen haben, der ich bin.

Finkenberg hielt eine Weile inne; sein Auge schien feucht geworden zu sein, wenigstens erglänzte es heller als vorher. Dann sagte er:

Als ich das Theresianum verlassen hatte, wurde ich ein Spion und ein Verräther an meinen Freunden!

Gütiger Himmel! fuhr Valerian auf.

Theo wandte sich erschrocken und sah Valerian an, als frage sie, ob es möglich sei, daß eine so schwere Selbstanklage im Ernst gemeint sein könnte.

Ja, fuhr Finkenberg fort — zu solch einer ehrenwerthen Beschäftigung hat man mich dressirt und ich habe mich ihr gefügt — wenn auch anfangs Verzweiflung im Herzen, doch gefügt, immer ruhiger und gleichgültiger mich gefügt! — Aber nicht ohne langen Widerstand, nicht ohne erbitterten Kampf mit meinen Versuchern und mit mir selbst! Um Ihnen alles umständlich zu zeigen und deutlich zu machen, was mich in meine neue Laufbahn zwängte, müßte ich Sie tief in die verschlungenen Geheimnisse einer Gesellschaft einweihen, auf welche seit Decennien der Absolutismus und die Polizeiwillkür ihren grenzenlos demoralisirenden Druck ausgeübt haben. Eine Despotie, die offen und brutal zu Tage tritt, wirkt zwar verderblich auf die Sitten des Volks ein, nichts aber höhlt einen so tiefen Abgrund moralischer Verdorbenheit aus als ein absolutistisches System, welches den Schein fürchtet, welches dem Geist der Zeit nicht offen mehr die Stirn zu bieten wagt und, indem es sich einen Mantel umhängt, als habe es die beste Absicht, dem Rufe des Rechts und der Wahrheit zu gehorchen, im Einklang zu bleiben mit dem vorwärts drängenden Gange der Geschichte, doch alle seine alten Rechte im geheimen festzuhalten strebt und zu diesem Zwecke keine Mittel scheut! Dies kann nirgends fühlbarer werden als in der Stadt und in dem Staate, von dem ich rede. Unter anderm herrscht hier jenes fürchterliche System der Spionage, welchem weder das Siegel heilig ist, noch der Familienkreis am häuslichen Herd, so wenig wie verschlossene Thüren und Tische! Zum Werkzeug dieses Systems wurde ich ausersehen; ich wies die ersten Zumuthungen mit Zorn und Abscheu zurück, ich wehrte mich mit Händen und Füßen dagegen, aber meine Verfolger ließen nicht ab; man hatte Eigenschaften in mir entdeckt, die man nicht unbenutzt lassen wollte, und, was noch mehr, man hatte sich von vornherein mit Eröffnungen mir anvertraut, die man unmöglich im Besitze jemandes lassen konnte, den man nicht mit Haut und Haar in seiner Gewalt wußte. So wurde ich denn gelockt, bearbeitet, endlich wahrhaft gehetzt, moralisch gefoltert, bis ich in eine Art Betäubung gerieth.

Zuerst machte man mir Vorstellungen, wie meine Aufgabe

keine andere sein solle, als im Interesse der Ruhe meines Vaterlandes zu wachen, einen Theil des Ruhms zu erringen, welchen meine väterliche Regierung durch ihren unablässigen Kampf gegen die völkerverderblichen, mörderischen und verruchten Grundsätze des Jakobinismus und der Revolution sich tagtäglich verdiene. Als die Vorstellungen nicht fruchteten, ging man zu Drohungen über. Mein Vater war unterdeß gestorben, ohne Vermögen zu hinterlassen; die Meinigen, eine Mutter und zwei jüngere Brüder, hatten auf mich als auf die einzige Stütze ihre letzte Hoffnung gesetzt. Man zeigte sie mir in Elend und Kümmerniß; man drohte, mich selbst ohne Subsistenzmittel zu lassen. Ich sah der Noth, dem Hunger ins Auge, denn ich hatte nichts, und meine Erziehung war nicht geeignet gewesen, mir eine Ausbildung zu geben, die mich unabhängig gemacht hätte.

Doch ich widerstand — widerstand noch immer, wenn ich auch nirgends eine Hülfe und eine Zuflucht sah ... wenn ich auch selbst im Beichtstuhl keine Stärkung und keinen Trost fand — o, ich werde nie die Stunde vergessen, wie ich in meiner Seelenangst dahin flüchtete, wie ich da niederkniete — und wie, nachdem ich ihm mein Leid geklagt, der Mann hinter dem Gegitter zu sprechen begann, wie meine Verfolger sprachen; wie sein Mund sich aufthat zur Predigt gegen die gottlosen Jünger des bösen Zeitgeistes! Wie er mir mit den schwärzesten Farben die Verruchtheit ihrer Plane ausmalte und väterliche Ermahnungen über mich schüttete, nicht eine Gelegenheit zurückzustoßen, welche sich mir biete, den wahren und beglückenden Principien der altgeheiligten Ordnung in Staat und Kirche die wesentlichsten Dienste zu leisten!

Unmöglich! rief Valerian aufspringend aus.

Und doch ist es so, beim heiligsten Schwur! sagte Finkenberg. Ich war hiernach überwältigt, niedergeworfen, fuhr er fort, aber besiegt dennoch nicht. Auch schien man sich fürs erste bei meinen Weigerungen zu beruhigen; man ließ mich als Praktikant an einer untern Behörde eintreten und gab mir ausnahmsweise einen kleinen Gehalt aus mir unbekannten Fonds, den ich hinnahm, unbekümmert um die Gründe dieses Edelmuths, weil ich ihn hinnehmen mußte, um nicht zu verhungern.

Eines Abends saß ich spät noch in meinem Zimmer und vergaß, daß längst jede menschliche Seele sich zur Ruhe gelegt habe, weil eins jener verbotenen Bücher mich beschäftigte, die nirgends mehr verbreitet und gelesen werden als in jenem Lande, wo man gerade am sorglichsten die Grenzen gegen sie hütet. Da hör' ich plötzlich rasche, leichte Schritte über den Gang vor meiner Stube eilen, hastig wird die Thür aufgerissen und athemlos, im leichten, flatternden Nachtkleide, tritt eine junge Dame über meine Schwelle, die, eine reizende, verführerische Erscheinung, wie hergezaubert mitten in dem Kreise der verlockenden Bilder steht, welche meine durch die verbotene Lektüre erhitzte Phantasie heraufbeschworen hatte, um eine stille, dürftige und nackte Kammer damit zu beleben.

Um Gottes willen, lieber Herr, verzeihen Sie mir, sagte die Dame mit allen Spuren des höchsten Schreckens im Gesicht — Sie sind der einzige, der noch wach ist im ganzen Hause, ich sah Licht durch das Schloß Ihrer Thür quillen — meine kleine Schwester hat soeben einen Anfall der Bräune bekommen, das Kind stirbt, wenn nicht in kürzester Frist der Arzt da ist und ihm Hülfe bringt. Ich weiß mir nicht zu helfen — o, wenn Sie zum Arzte gehen wollten!

Ich war im nächsten Augenblick davongesprungen und es gelang mir, in Zeit von einer Viertelstunde den Arzt herbeizuschaffen. Das Kind, ein Mädchen von sechs Jahren, genas infolge der raschen Hülfe; die Schwester desselben, die mit mir im selben Hause, ein Stockwerk unter mir wohnte und sehr elegant eingerichtet war, konnte nicht enden, mir ihre Dankbarkeit auszudrücken; ich meinerseits war willig genug, die so angefangene Bekanntschaft fortzusetzen. Durch ihr Betragen schimmerte eine leise, ermuthigende Koketterie; ich war bald täglicher Gast in ihrem mit allen Ueberflüssigkeiten des Luxus zu einem neidenswerthen Aufenthalt ausgestatteten Besuchzimmer, und obwol ich eigentlich über die Verhältnisse der Dame nicht recht ins Klare kommen konnte, so umstrickte mich doch ihre Anmuth, ihr gewandter Geist und ihre wenn auch oberflächliche, doch die Frauen, die ich je gesprochen hatte, weit überflügelnde Bildung.

Was soll ich Ihnen dies Verhältniß weiter schildern? Ich war ein blutjunger Mensch und ein Neuling, wie nur je ein Klosterschüler es gewesen ist. Daß ich in immer lichtere Flammen gerieth, war natürlich, und daß ich tief und leidenschaftlich liebte, war ebenso natürlich, denn ich hatte nichts auf der Welt, was mich fesselte und bewegte, als diese meine erste Liebe.

Ich weiß nicht, ob ich je eine Erklärung gewagt haben würde, wenn nicht ein Entgegenkommen stattgefunden hätte, welches mich freilich hätte stutzig machen müssen, wäre nicht meine blinde Leidenschaft gewesen. So wagte ich denn eine Erklärung; in heißen und flammenden Worten sprach ich die Tiefe des Gefühls aus, das mich beseelte, und wenn ich je zum Dichter wurde, so war es in diesem stürmischen Augenblicke, in diesem Rausch und Enthusiasmus der ersten Leidenschaft, bei diesem Ergusse eines lange zurückgedrängten, vulkanischen Feuers.

Und nun? fragte Schlettendorf.

Sie lächelte, sie erröthete, sie hielt mich hin, machte Zugeständnisse, Bedingungen, die ich anfangs nicht verstand, und endlich wurde meiner Leidenschaft Erhörung zugesagt, meiner Liebe Erwiderung, wenn — ich mich zu dem Metier hergäbe, wozu man sich nun einmal entschlossen hatte, mich gebrauchen zu wollen.

O der Infamie! rief Valerian entrüstet aus.

Theo stand auf; mit geröthetem Gesichte verließ sie die Laube, um in den Gängen des Gartens eine Weile auf- und abzugehen. Es war, als schämte sie sich für ihr ganzes Geschlecht, und Valerian sagte ein inneres Gefühl, daß es schicklicher für ihn sei, sie allein zu lassen, als ihr zu folgen.

Meine Liebe war gekühlt, fuhr Finkenberg fort, aber nicht meine sinnlich erregte Leidenschaft; diese war es, die mich zum Falle brachte. Ja, setzte er hinzu, in dieser letzten Schlinge wurde ich gefangen; aus dem schönsten, edelsten Erblühen der menschlichen Innerlichkeit, der Liebe, hatte man die Giftfrucht erzogen, die mich verdarb!

Ich war bald enttäuscht und abgekühlt und wandte mich von ihr ab, innerlich vernichtet, apathisch, in materiellen Genüssen den Gedanken ertödtend.

Wer war das Weib? fragte Valerian.

Eine unterhaltene Frau, eins jener Geschöpfe, die fast alle im Solde der Gewalt stehen.

Ich war nun gefangen und als ich einmal in der Bahn, in welche man mich geschoben, einige Schritte gemacht hatte, mischte sich ein gewisser Ehrgeiz, eine gewisse Eitelkeit, die an der entwickelten Schlauheit Behagen fand, in die Sache. Zeit und Gewohnheit begannen den Ekel abzustumpfen, der mich anfangs vor mir selbst erfüllte; die Ausbrüche von Verzweiflung über mich selbst, die zuerst noch oft meine angenommene Apathie unterbrachen, wurden immer seltener, kurz mein besseres Gefühl erstarb mehr und mehr. Man hatte mich in die große Welt eingeführt; die Salons derjenigen Gesellschaftsschichte, welche unmittelbar auf die Crême der Aristokratie folgt, waren mir zum Wirkungskreise angewiesen worden; das Leben in diesen Kreisen gefiel mir und meine wachsende Menschenkenntniß und Erfahrung zeigte mir, daß so manche der Männer, mit denen ich hier in Berührung kam, von einer innerlichen Hohlheit, einer Genußsucht, Frivolität und sklavischen Abhängigkeit der Gesinnung seien, welche einen süßen Trost für meine fortwährende Verrätherei enthielten. Uebrigens weiß ich meine Seele rein von einer Verrätherei, welche jemand ins Unglück gestürzt hätte. In den Eröffnungen und Berichten, die ich meinem Chef zu machen hatte, suchte ich Beweise meiner Combinationsgabe und Intelligenz abzulegen, um im Vertrauen zu bleiben, obwol meine Berichte nie so wesentliche Dinge enthielten, daß sie irgendeinen Unbesonnenen hätten ernstlich compromittiren können. Nein, ich habe niemand ins Unglück gestürzt!

Finkenberg sah Valerian bei diesen Worten wie fragend an, als ob er irgendein billigendes und beruhigendes Wort von ihm erwarte.

Valerian schwieg; er mochte denken: so verriethst du den einen, ohne gegen den andern redlich zu sein!

Theo war zurückgekommen und hatte sich still auf ihren frühern Platz gesetzt. Finkenberg fuhr fort zu erzählen:

Ich hatte drei Jahre diese Dienste geleistet; unterdeß war ich durch die eigene Beobachtung und die Mittheilungen meiner Collegen eingeweiht worden in die verschiedensten Verhältnisse und ich konnte mich einer Menschenkenntniß rühmen, welche wenig Leute meines damaligen Alters besitzen mögen; ich hatte mir alle Formen der feinsten Gesellschaft zu eigen machen können und hatte nachgedacht über alles, was nur irgend den Gegenstand der Unterhaltung unter Gebildeten ausmacht. Der geflissentlich entstellende und unwahre Unterricht, den man mir in der Ritterakademie ertheilt, hatte mich begierig gemacht, die Darstellungen meiner Lehrer mit wahrhaften Schilderungen, wie unbestochene Schriftsteller sie geben, zu vergleichen. Ich hatte einen wahrhaften Heißhunger nach den Büchern erleuchteter und freisinniger Männer und vertieft in solche Werke fühlte ich einen gewissen Rachedurst, den ich gegen die Gleisnerei meiner Lehrer hegte, befriedigt, wenn ich sah, wie auf jeder Blattseite ihre Entstellungssucht und ihr Verrath an der Wahrheit aufs Haupt geschlagen wurden.

So kam es, daß ich in meinem vierundzwanzigsten Jahre ein Mann von vielseitiger, wenn auch nicht sehr tiefgehender, doch bestechender und von allen meinen Bekannten beneideter Bildung geworden. Ich war in der Gesellschaft eine Art Encyklopädie und Orakel; man nannte mich spöttisch den „Philosophen“, aber meine Philosophie war eine „für die Welt“, für die große, frivole Welt der Soiréen und des Gesellschaftstreibens berechnete Weisheit. Sie war eine rücksichtslose Ich-Philosophie, vortrefflich für Herren, um sie als wasserdichten Mantel in Gewissensstürmen, für Damen, um sie als stärkenden Odeur bei Anwandlungen aller Art zu gebrauchen. Kurz, ich war ein glänzendes Gaslicht der Gesellschaft, ein Löwe und — nebenbei Polizeispion.

Es war um diese Zeit, als eine Dame in den Kreis der Gesellschaft eintrat, welche bald große Aufmerksamkeit erregte und endlich auf eine Weise imponirte, wie die frivole Männerwelt, in der ich mich bewegte, sich sonst nicht von Frauen imponiren läßt. Sie war nicht schön und ihre Gestalt hatte nichts, das außergewöhnlich gewesen wäre. Nur ihr Blick war unheimlich fest, scharf und hart; ihre Haltung aber deutete auf eine selbstbewußte Entschlossenheit und das Haupt trug sie so stolz zurückgeworfen, daß es war, als fühle diese Frau — ich nenne sie Frau, weil sie als Stiftsdame auftrat, — einen innern Herrscherberuf in sich über alles, was sie umgab.

Die Menschen der Gesellschaft sind zumeist von einer solchen innern Nichtigkeit, daß sie entweder nicht den Scharfsinn haben, welcher zur Untersuchung von Grund oder Ungrund eines großen Selbstbewußtseins gehört, oder daß sie zu schwach und des eigenen Werthes zu wenig bewußt sind, um Anmaßungen in ihre Schranken zurückweisen zu mögen. Daher kommt es, daß man einer Selbstüberhebung, die nur recht unbefangen auftritt, in der Gesellschaft gewöhnlich alles einräumt, was sie selbst sich zulegt. Die Welt nimmt den Menschen als das, wofür er sich gibt.

Valerian unterbrach den Erzählenden hier: Sollte das, sagte er, nicht ebenso wohl begründet sein in einer ehrenhaften Loyalität der Menschen, die das Selbstbewußtsein wie jede Aeußerung für begründet und wahr hält, solange kein Grund da ist, eine Lüge darin zu sehen?

Ueberhaupt, fügte Theo hinzu, wird es mir schwer, an eine so große, innerliche Verdorbenheit und Fäulniß aller Zustände, wie Sie uns schildern, zu glauben. In Ihrem Geschicke freilich mag hinreichend Ursache gegeben sein, alles von der dunkeln Seite aufzufassen, aber sollte es nicht auch Standpunkte geben, die, wenn nicht alles, doch vieles von dem, was Sie schildern, in besserm Lichte zeigen?

Ich bin mir bewußt, daß ich möglichst mildere; aber streiten wir nicht darüber, versetzte Finkenberg lächelnd, lassen Sie mich fortfahren:

Die Dame, von der ich eben sprach, hatte es also nach kurzer Zeit durchgesetzt, daß sie wie die Königin jedes Kreises betrachtet wurde, in den sie eintrat; eine große Schärfe des Geistes, eine unerbittliche Strenge des Urtheils, dem Witz und Satire zu Gebote standen, eine Kühnheit der Gedanken, die hauptsächlich darin sich zeigte, vor keiner Autorität im Himmel und auf Erden zu zagen — diese Eigenschaften machten sie zu dem, was ihr Ehrgeiz erstrebte, zum Mittelpunkt der Gesellschaft. Alle Frauen waren mehr oder weniger erbittert gegen sie, aber alle Männer huldigten ihr, obwol sie, wie ich sagte, nicht schön war, wenn auch die Blüte der Jugend sie zu einer angenehmen Erscheinung machte.

Ich war der einzige, der ihr nicht huldigte; ich vermied sie, wo es möglich war. Ich fürchtete sie; es war mir, als ob mir Unheil kommen werde von dem Blick dieser bohrenden Reiheraugen, die ich tief in das innere Dunkel meiner Brust dringen fühlte. Es war mir, wenn ich mit ihr sprach, als lange sie mit ihren herben, oft so scharf verurtheilenden Worten heimlich wie mit kalten, eisigen Händen in das trübe Wirrniß meiner Seele hinein. Und dann nach einer Weile hatte ich ein Gefühl, als läge das Geheimniß meiner Schmach offen vor ihren Augen da, als habe sie es heraufgeangelt aus der untersten, verborgensten Ecke meines Herzens, wohin ich es zurückgedrängt, um nicht daran zu denken.

Wie gesagt, ich fürchtete sie, und doch gelang es ihr, auch mich zu unterjochen. Als sie wahrnahm, daß ich sie vermied, begann sie mit mir zu kokettiren — freilich in dem Maße nur, wie es ihr Stolz zugab, doch hinreichend, um meine Eitelkeit ins Spiel zu ziehen. Ein Zauber begann sich für mich in ihre kalten Augen zu legen, daß sie mich, wie die Schlange ihre Beute, anzogen; wenn ich diese Blicke zwischen den Köpfen der andern Damen auf mich gerichtet sah, so war ich gefesselt und in ihren Kreis gebannt. Und doch haßte ich sie eigentlich mit allem Hasse, den ich in meiner gebrochenen Seele aufzubieten hatte; ja ich haßte sie, weil vor ihr allein, vor diesem stolzen, mächtigen, unterjochenden Charakter ich mich niedergedrückt fühlte von der Last meines Bewußtseins. Vor den schlaffen Seelen der andern Männer, vor der flachen Würdelosigkeit ihres Treibens hatte ich ohne Schamerröthen mein Gesicht zu erheben gelernt; die Frauen konnten mir in ihrer sündigen und leeren Aeußerlichkeit keine Achtung einflößen; aber hier war ein Charakter vor mich getreten, an dessen Stärke ich meine eigene Schwäche messen mußte — und der Unterschied überwältigte mich.

Was sie Anziehendes an mir fand — es war das Doppelte: einmal hatte ich ihr Kälte und Abneigung gezeigt und zweitens war ich, neben den Vorzügen des Aeußern, die ich damals hatte, wol der gebildetste der jungen Männer, die sie sah; kurz sie wandte mir ihre Gunst zu und ich erfreute mich derselben in einer Art bitterer, zorniger Glückseligkeit.

Doch würde sich unser Schicksal wol nie so sonderbar verflochten haben, wenn nicht ein Zufall hinzugekommen und die Veranlassung dazu geworden wäre. Der Graf P. hatte ein großes Fest angeordnet, mit welchem er seine Silberne Hochzeit feiern wollte. An die im Parterre seines Hotels liegenden Gesellschaftsräume war zu diesem Zwecke ein Gartensalon gebaut, in welchem soupirt werden sollte. Die reichsten Draperien bedeckten die Wände dieses Salons, die Orangerie hatte einen Wald exotischer Prachtpflanzen hergegeben, um ihn zu schmücken, und tausend Lichter warfen ihre zuckenden Strahlen durch die grüne Blätterwelt des Südens. Die Gesellschaft hatte sich versammelt, so zahlreich, wie es der gastfreie Festgeber nur wünschen konnte. Nachdem mehrere Stunden lang getanzt worden, setzte man sich in jenem Salon zum Mahle nieder. Man schwelgte mit unbekümmertster Sorglosigkeit in all den dargebotenen Genüssen. Man plauderte, lachte, aß Vielliebchen, scherzte und tändelte ... da erhob sich ein plötzliches Getümmel unter den Tafelnden im untern Theile des Raumes; Rufen, Angstschreie folgten, und ein hellrother Flammenschein schoß zischend durch den Raum. Eine Draperie hatte Feuer gefangen, das leichte Musselingewölk unsers Firmaments stand im Augenblick darauf in Flammen und, da der Saal aus trockenen Fichtenbretern aufgeschlagen war, so gerieth das ganze leichte Bauwerk in Brand. Es entstand nun ein unbeschreibliches Drängen dem Ausgange zu; ohnmächtig werdende Damen mußten hinausgetragen werden, die Dienerschaft suchte das Silber und das kostbare Tafelgeräth in Sicherheit zu bringen, und so kam es, daß an der Ausgangsthür eine Verwirrung entstand, welche fürchterlich war. Ich hatte oben im Saal neben meiner Dame gesessen; wir waren unter den letzten des hinausdrängenden Haufens und die Lohe schlug immer lauter prasselnd über unsern Köpfen zusammen.

Ich will nicht leugnen, daß ich einen Vorgeschmack der Todesangst empfand; kalter Schweiß trat auf meine Stirn und ich griff nach der Lehne eines Sessels, um mich daran aufrecht zu halten. Neben mir, mit festem, ruhigem Blicke in das Getümmel vor uns schauend, stand s i e, nur zuweilen einen leisen, zornigen Ruf der Ungeduld ausstoßend. Da wurde plötzlich ein doppelt starkes Prasseln laut, ein heftiges Krachen über uns folgte, eine Planke des Daches löste sich, sank, umflattert von hellohenden, leichten Stoffen, wie ein großer Flammenvogel nieder und schoß knisternd, funkensprühend auf uns herab. Ein Blick nach oben zeigte mir die Gefahr. Ich warf mich zur Seite und war glücklich genug, mit einer Wunde am Knie, worauf die Planke fiel, und mit versengtem Barte, weil mir der brennende Stoff übers Gesicht fuhr, davonzukommen; s i e hatte sich mit Macht nach vorn ins Gedränge gestürzt. So war sie unverletzt und unberührt geblieben, aber sie lag ohnmächtig am Boden.

In diesem Augenblicke kam uns Hülfe; uns zur Seite wurden von außen die Breter des Saales aufgerissen; in einigen Augenblicken war eine weite Oeffnung geschaffen und mit Hülfe eines Lakaien trug ich die Ohnmächtige hinaus in den Garten. Wir legten sie auf eine Gartenbank nieder, wo sie, von der kühlen Nachtluft angeweht, bald wieder zu sich kam. Sie blickte verwundert um sich, erhob sich rasch wie beschämt und verlegen und forderte meinen Arm, um zu ihrem Wagen geführt zu werden. Auf dem Wege durch den Garten und das Hotel ging sie schweigend neben mir her, entließ mich dann mit einer stummen Kopfneigung, stieg ein und rollte davon – ohne ein Wort des Dankes, ohne eine Silbe der Erkundigung, ob ich unverletzt geblieben, oder ob überhaupt jemand Schaden genommen, oder wo nur ihr Vater sei, der sie begleitet hatte.

Am andern Tage erhielt ich eine Einladung von ihr, sie in ihrer Wohnung zu besuchen. Ich hatte sie nie in ihrer Häuslichkeit gesehen; sie bewohnte den ersten Stock eines schönen großen Hauses am Bollwerk, der aber eine höchst einfache und anspruchlose Einrichtung hatte. Hier fand ich sie in Gesellschaft ihres Vaters, der sich bald entfernte, als ich gekommen.

Wie sehen Sie aus, um Gottes willen, rief sie mir entgegen, Ihr Bart ist verbrannt, Ihre Brauen sind weggesengt — und ich glaube, Sie hinken gar!

In der That — ich habe eine kleine Verletzung am Knie bekommen, als ich mich bemühte, Sie aus der Glut zu tragen, versetzte ich.

Sie pius Aeneas! sagte sie spöttisch.

Ich habe doch keinen alten Anchises aus den Flammen getragen!

Freilich nicht!

Eher wie Krëusa mein Götterbild! sagte ich mit einer Verbeugung.

Welch geistreiches Compliment! fiel sie gezwungen lachend ein.

Sie war in einer seltsamen Stimmung, schien es; bald schweigsam und wie gereizt, bald in einen lebhaften Schwung der Gedanken versetzt und außergewöhnlich rasch und heftig redend. Es war etwas Leidenschaftliches in ihrem Wesen, ein verhaltener Groll, oder eine Erbitterung gegen irgendjemand.

Sie ist zu stolz, um gegen einen Mann eine Verpflichtung haben zu mögen, sagte ich mir; sie haßt mich von dem Augenblicke an, in welchem ich stärker war als sie und sie rettete.

Daß sie mich hassen sollte, nachdem bisher in gewisser Weise das Umgekehrte stattgefunden hatte, machte einen seltsamen Eindruck auf mich. Ein Mann kann ein Herz misachten, das sich an ihn hängt, aber er willigt doch schwer darein, es zu verlieren. Und in diesem Augenblicke, wo sie sich, wie ich glaubte, von mir wenden wollte, begann mir dieses weibliche Wesen unendlich begehrenswerth zu erscheinen. Ich fühlte jetzt, wie viel es meiner Eitelkeit gewesen war, vor den Menschen als ihr Günstling auftreten zu können; dies königliche, zum Herrschen wie geborene Weib hatte mich gedemüthigt in meinen eigenen Augen, aber sie konnte mich aufrecht halten in denen aller Welt, hoch über aller Schande empor. So kam es, daß, jemehr sie sich gereizt, ja bitter gegen mich zeigte, mit desto leidenschaftlicher Innigkeit alle Kräfte meiner Seele sich an sie anklammerten.

Sie wurde im Verlaufe des Gespräches immer heftiger; mit

zorniger Erbitterung tadelte sie das Betragen der Männer im Augenblicke der Gefahr, ihren Egoismus, ihre Hast, das eigene jämmerliche Leben zu retten, und die Brutalität einiger derselben, welche schwächere Frauen zurückgestoßen, wie sie am vorigen Abende beobachtet haben wollte. Dann sprach sie überhaupt von den Eigenschaften der Männer und urtheilte mit einer Ironie und Härte über dieselben, welche mir einen Stachel nach dem andern ins Herz drückte, da ich nur zu viele der abgeschossenen Pfeile auf mich gezielt glauben konnte.

Lange schwieg ich; dann fiel ich ihr in die Rede und leidenschaftlich erregt wie ich war, ergriff ich heftig ihren Arm.

Nun kein Wort mehr, Gräfin, rief ich — keins dieser Worte mehr, die mich verletzen sollen . . . ja, ja — was ich Ihnen in die Seele gethan, das weiß der Himmel, aber mit all diesen bittern Ausfällen gegen die Männer zielen Sie auf mich — Sie wollen mich schmerzlich verletzen, mich zum Zorn stacheln . . . zur Verzweiflung bringen — und doch, wenn es einen Mann gibt, der durch Tiefe der Leidenschaft, durch eine nie auszulöschende Glut der Hingebung Sie, gerade Sie belehren wird, daß Sie unrecht haben, daß wir der tiefsten Empfindungen und des edelsten, dauerndsten Gefühls fähig sind, so bin ich es!

So sind Sie es?! rief sie aus.

Ja ich, ich bin es! Und antworten Sie, Gräfin, welches Recht haben Sie, mir gegenüber den Männern alle diese schmählichen Vorwürfe zu machen? Wollen Sie sich rächen an uns, weil Sie gestern zeigten, wie auch Sie nur ein schwaches Weib waren und ohnmächtig niedersanken, während der Mann neben Ihnen aufrecht stehen blieb und der Gefahr ruhig ins Auge schaute — bis er Sie wie ein Kind auf seine Arme nehmen konnte, um Sie davonzutragen? Ich, ich habe Sie aus den

Flammen getragen, ich habe Ihr Leben gerettet und habe es mir gerettet, mir gehören Sie und als mein, als ewiges Eigen fordere ich von Ihnen diese Hand.

O Thor! fuhr die Gräfin auf, indem sie mir heftig ihre Hand entriß, die ich ergriffen hatte, also das gibt dem Manne ein Recht über die Frau, daß ihre Nerven schwächer sind und unter drohender Gefahr einen stärkern Reiz empfinden als die seinen? daß sie ohnmächtig wird, wo er noch genug Kraft und Bewußtsein übrig behält, um ihr einen leicht und bald vollbrachten Dienst zu leisten — das begründet die ganze brutale Kettenfolge von Ansprüchen, die der Mann auf unsere Dienstbarkeit, unsere sklavische Unterwerfung macht?! Und das, meinen Sie, könne mir nur das leiseste, bittere Gefühl machen, daß ich gesehen habe, wie ich nicht stärker bin als andere Frauen auch? Gehen Sie, lassen Sie meine Hand; wenn ich mich ausgesprochen habe über Ihr Geschlecht, so schmeicheln Sie sich nicht, daß Sie und die gestrige Ritterthat, deren Sie sich rühmen, für etwas in meinem Urtheile sind! Aber Sie selbst, sagen Sie, wollen mich eines Bessern belehren? Um Gott, wer sind Sie denn, Sie Kämpe eines Geschlechts, das sich so vieler Tugenden berühmt? Lassen Sie uns einmal näher zusehen. Führen Sie etwas anderes als alle die andern, eine unnütze, innerlich hohle Alltagsexistenz? oder ist jemals der Gedanke in Ihnen aufgestiegen, daß der liebe Gott, wenn er Sie ins Leben setzte, auch ein Ziel und einen Zweck für Sie bestimmt haben muß? Ist Ihnen je eingefallen, sich nach diesem Zweck zu fragen? Haben Sie je einen Schritt zu diesem Ziele gemacht? Oder haben Sie je nur zufällig einen Gedanken erzeugt, von dem Sie sagen können, daß er der Keim irgendeines nützlichen, schönen oder erfreuenden Resultats für die Menschheit geworden? Haben Sie je die Hand erhoben zu einer That, die nur werth wäre, am andern Tage noch ins Gedächtniß der Menschen zurückgerufen zu werden?

Sie können mir darauf antworten, ich verlange Dinge von Ihnen, welche über das Maß der Kräfte gehen, die der Himmel Ihnen nun einmal ertheilte. Zum Denker, zum Helden habe Sie die Natur nicht angelegt, zum Ruhme einer großen That sie nicht vorbestimmt, um die Sterne vom Himmel zu holen seien Ihnen keine Flügel angeboren. Nun wohl denn, so fragen wir einfach nach Ihren Menschenpflichten. Haben Sie je sich einen kleinsten Genuß versagt, um statt dessen einen Darbenden zu erquicken, je eine Stunde Ihrer Nachtruhe darangesetzt, einen geistig Daniedergeschlagenen zu erheben? Kurz, haben Sie je mit eigener Aufopferung etwas Gutes gethan, oder einer Versuchung siegreich widerstanden, oder je das Bewußtsein, daß Sie aus innern Kämpfen größer und reiner hervorgegangen, nähren dürfen? Wenn Sie in diesem Augenblicke stürben, würden Sie da im Jenseits zu Ihrem Vater sagen können: Vater, ich kann getrost meine Stirn vor dem Throne Gottes erheben; ich bin auf dem Pfade gewandelt, den du mir gewiesen, auf dem Pfade der kämpfenden Männlichkeit, die weiß, was sie sich schuldet und was sie als Stütze und Verfechter des Rechts und der Ehre den mitringenden Brüdern zu sein schuldig ist? Würden Sie da zu Ihrer Mutter sagen können: ich habe den Segen rein zu erhalten gewußt, den du auf mein Haupt legtest, als du mich von dir gehen ließest in die weite Welt; ich bin siegreich gewesen in dem Kampfe mit der Welt und du kannst deinem Kinde getrost die Hand reichen, denn es ist rein und wahr und fromm geblieben, wie du es gelehrt hast zu sein! Die Schande hat nie mit ihrem schmuzigen Finger an seine Stirn gerührt und der Verrath ist fern geblieben von seiner Lippe!

Die Gräfin blickte triumphirend auf mich nieder, als sie mit flammendem Antlitze, mit unbeschreiblich eindringlicher Gewalt der Stimme diese Worte sprach.

Ich war nicht erschüttert, nicht zerknirscht, nein, ich war vernichtet. Ich warf mich zu ihren Füßen nieder — o halten Sie ein, halten Sie ein, rief ich aus — Sie wissen nicht, an welche tiefe Wunden Sie rühren, nein, Sie können es nicht wissen, wie entsetzlich Ihre Worte mich treffen!

Nun denn, sagte sie — Sie fühlen also, was ich Sie empfinden lassen wollte, Sie fühlen, wie begründet und heilig die Ansprüche und Rechte sind, welche solch ein Mann wie Sie sich über ein reines und edles Weib zu nehmen befugt glaubt? Und das, weil seine Nerven einer Ohnmacht trotzen, wo sie getroffen zusammensinkt!

Ich war in Thränen ausgebrochen, ich wand mich zu ihren Füßen und krampfhaft schluchzend versuchte ich vergebens noch ein Wort hervorzustammeln.

Sie beugte sich zu mir nieder; sie beobachtete mich anfangs mit einem Ausdruck von kalter Neugier, wie ein Naturforscher die Zuckungen eines galvanisirten Geschöpfes. Dann sprang sie plötzlich wie in stolzem Triumphgefühl auf; sie legte, als ob sie Besitz von einem Sklaven nehme, die Hand auf meine Schulter und so rief sie aus:

Nun ist die Ohnmächtige gerächt! Du wirst dich nie mehr einer größern Seelenstärke vor mir rühmen!

Welch ein fürchterliches Weib! unterbrach Theo hier, ihre Farbe wechselnd, den Erzähler.

Und Sie?! fragte Valerian.

Ich ... ich war und blieb zu Boden geschlagen unter der dämonischen Gewalt dieses Weibes. So, fuhr sie fort, so will ich den Mann: muthig in der Gefahr, mit klugem Ueberblick die Verhältnisse der Welt überschauend, mit all den Kenntnissen und der Bildung, welche nur der Geist des Mannes umfassen kann, ausgerüstet, einer glühenden Leidenschaft fähig — und dann sich schmiegend unter meinen Fuß, gespannt in mein Joch und der Sklave meines Willens!

Sie schwieg und strich mir sanft mit der Hand das Haar aus der Stirn. Dann sagte sie:

Du bist tieferer Empfindung fähig, als ich glaubte. Hier ist meine Hand; jetzt nimm sie, wenn du sie willst!

Ich ergriff ihre Hand; als ich zu ihr aufsah, ruhte ihr Auge groß, rund und forschend auf mir, aber es war kein Zug in ihrem Gesicht, der mich ermuntert hätte, ihr ein Wort der Liebe zu sagen.

Allgunde von Quernheim — daß sie es war, von der ich rede, brauche ich nicht mehr zu sagen — war also meine Braut. Und wir waren ein seltsames, im Grunde schlecht genug zusammenpassendes Paar. Doch fanden wir uns bald in unsere Rollen und während ich mich wegen meiner Eroberung des stolzesten Weibes auf Erden im stillen nicht wenig brüstete, schien sie sich ebenso Glück zu wünschen zu der vertrauten Verbindung mit einem Manne, welcher wie kein anderer sie in alle Mysterien und Verhältnisse der Kaiserstadt einzuweihen vermochte und bei seinem Vertrautsein mit allem stets die Fäden jedes Gewebes anzugeben wußte.

Sie hatte damals schon dieselbe Bahn politischen Ehrgeizes betreten, die sie jetzt so leidenschaftlich verfolgt; und ihr Aufenthalt in Wien hatte den Zweck, die Gesinnungen der Aristokratie dieses Orts und des großen Reichs kennen zu lernen und zu erforschen, in wieweit sich auf dieselben als eine Schutzmacht für die Adelsbestrebungen ihrer Heimat bauen lasse. Doch theils die ganz verschiedenen Verhältnisse des Adels, seine wesentlich bevorrechtete Stellung zur Regierung und zum Hofe, theils der in materiellen Lebensgenuß versunkene Sinn der Klasse, bei welcher Allgunde für ihre kühnen Hoffnungen ein Echo zu finden erwartete, bewogen sie bald, ihren Hoffnungen zu entsagen.

Sie reiste mit ihrem Vater heim und ich folgte ihnen. Unsere Verlobung war nach ihrem Wunsche heimlich geblieben und niemand, auch ihrem Vater nicht, mitgetheilt worden. Als wir auf ihrem Gute ankamen, eröffnete sie mir, daß auch unsere Vermählung eine geheime bleiben müsse; denn erstens gedenke sie nicht die Einkünfte ihrer Stiftspräbende aufzugeben und zweitens — das war wol der Hauptgrund — könne sie nicht einem Manne von „leonischem“ Adel, der keine Ahnen und keinen stiftsfähigen Namen habe, ihre Hand geben, ohne um ihr Ansehen und um alle Achtung bei der ganzen Aristokratie des Landes zu kommen. Ob noch andere Rücksichten sie zu dieser Heimlichkeit bewogen, will ich hier unerörtert lassen; gewiß ist nur, daß ich, völlig von ihr abhängig und ihrem Willen unterthan, mich in alles fügen mußte. So wurde denn unsere Ehe in einer Dorfkirche auf den Gütern des Grafen von Quernheim eingesegnet. Nur der Baron Tondern und dessen grauköpfiger Jäger, der seitdem gestorben ist, waren als Zeugen herbeigezogen; der Geistliche war ein junger Mensch, dem Allgunde die Pfarrstelle durch ihren Vater als Patronatsherrn hatte übertragen lassen und der sich dafür gern der Bedingung, daß die Ceremonie strengstes Geheimniß bleiben müsse, fügte. Er führte uns demnach eines schönen Morgens in seine Kirche, als ob er uns das Innere derselben zeigen wolle, schloß dann die Thür ab, nahm die Trauung vor und erfüllt bis auf diesen Tag Allgundens Bedingung so gut, daß er mir ins Gesicht behauptet, mich nie gesehen zu haben.

Allgunde und ich lebten nun eine Zeit lang in großer Harmonie zusammen; unsere Gemüther waren sich im Grunde zu fremd, aus zu verschiedenem Teig geknetet, als daß es zu Reibungen hätte kommen können; auch, glaube ich, war Allgunde doch zu sehr Weib, um nicht wenigstens einmal und eine Zeit lang in ihrem Leben das Bedürfniß einer gewissen Hingabe zu empfinden. Ihr Vater hatte mir ein Gut abgetreten — dem Namen nach verpachtet — und hier lebte ich, mit den Leichtsinnigern unter den Junkern meiner Bekanntschaft, sie überbietend an Ausgelassenheit und Verschwendung.

Zwei Jahre waren seit unserer Vermählung verflossen, als ich eines Abends, von der Jagd heimkehrend, ein Billet Allgundens fand, welches mich augenblicklich zu ihr beschied. Ich eilte hinüber auf das sehr wenig entfernt liegende Schloß ihres Vaters; als ich in ihr Zimmer trat, kam sie mir bleich, mit entstellten Zügen entgegen. Ihre durchbohrenden Augen schienen in meiner Seele lesen zu wollen.

Finkenberg! sagte sie mit einem unbeschreiblichen Ton des Vorwurfs.

Allgunde! Um des Himmels willen, was ist — was ist geschehen?!

Sie hielt mir mit zitternder Hand einen Brief hin.

Lesen Sie . . . lesen Sie . . . und, beim gerechten Gott, versuchen Sie nicht, mich zu täuschen, wenn dieser Brief die Wahrheit enthält!

Ich nahm den Brief — er war von der Hand Heydenreich Tondern's, meines liebsten, meines besten Freundes — Heydenreich war in Wien, er hatte aus sicherer Quelle erfahren, welche Rolle ich in Wien gespielt habe und mein zärtlicher Freund hatte nichts Eiligeres zu thun gehabt, als meiner Frau dies zu schreiben.

Spion — Verräther also waren Sie, Herr von Finkenberg — brach nun ihr Zorn aus . . . und Sie, Sie, ein Mensch, den der Fluch innerer Ehrlosigkeit zum Wurme in den Staub hätte drücken müssen, Sie wagten es, die Hand der Gräfin Quernheim anzunehmen?!

Meine Zunge hatte der Schrecken gelähmt; kein Wort der Entschuldigung wollte über meine Lippen. Allgunde brauchte nur mich anzusehen, um überzeugt zu werden, daß Heydenreich mir nicht unrecht gethan habe. Dies übermannte sie so sehr, daß sie sich in einen Sessel warf und bitterlich zu weinen begann; es war das erste mal in meinem Leben, daß ich eine Thräne an der Wimper dieser Frau wahrgenommen hatte.

Gehen Sie, sagte sie dann — gehen Sie, wir sind geschieden von diesem Augenblicke an; Sie haben keinen Beweis Ihrer Vermählung mit mir in den Händen und ich werde diese Vermählung von dieser Stunde an als aus dem Grunde des Betrugs nichtig und nicht geschehen betrachten. Sollten Sie Einspruch dagegen erheben, oder irgendeinen Schritt thun, der mich bloßstellen könnte, so wird Ihnen das Gut gekündigt, dessen Einkünfte von nun an Ihre einzige Hülfsquelle sind und das Sie auf einen Pachtcontract hin besitzen. Gehen Sie! Wollte Gott, daß ich niemals gezwungen wäre, Sie wiederzusehen!

Ich ging in der bittersten Verzweiflung, der Stunde fluchend, welche mich ins Leben geworfen hatte, wie in eine stürmische, gefahrvolle Flut, als Spielball von Umständen, die mir über den Kopf wogten und an deren Gewalt sich die moralische Kraft eines stärkern Menschen gebrochen haben würde!

Finkenberg schwieg. Er blickte traurig in die untergehende Sonne, die blutroth am Horizonte hing und mit goldenen Flammen den ganzen Westen überhüllt hatte. Die Wipfel bewegten leis ihre Blätter und ließen sie spielen mit den Farbenstrahlen, von denen sie angeglüht wurden; aber die lebenden Wesen, die jüngst noch so lärmenden Vögel saßen stumm in den Zweigen, wie stille Beter bei der Abendandacht der Natur.

Sechzehntes Kapitel.

Entschlüsse.

Valerian und Theo hingen mit zu athemloser Spannung an Finkenberg's Munde, um ihn lange seinem Hinbrüten zu überlassen, bevor die Geschichte der sonderbaren Ehe der Gäfin Allgunde von Quernheim zu Ende gebracht war.

Von jenem Augenblick an, fuhr Finkenberg zu erzählen fort, war unser Verhältniß aufgelöst; Allgunde war kalt und förmlich gegen mich, wenn dritte zugegen waren; mich allein zu sehen, wußte sie anfangs völlig zu vermeiden, später legte ihr Benehmen, wenn der Zufall uns allein zusammenführte, eine Verachtung an den Tag, die völlig ausreichte, mich ihr voll Bitterkeit und Empörung fern zu halten. Doch verschmähte sie später, wo ich ihr nützlich werden konnte, meine Dienste nicht. Ich wurde zu allerlei kleinen diplomatischen Missionen verwendet, auch meine Feder nahm man zu Zeitungsaufsätzen und Aehnlichem in Anspruch. Dies hörte jedoch bald wieder auf; man begann auf den Grund von ein paar Schriften hin, in welchen ich meiner Ueberzeugung die Ehre gab und das Gegentheil von dem bewies, was ich beweisen sollte, mich von modernen Ideen angesteckt zu glauben. Die Verachtung, mit welcher mich Allgunde von nun an behandelte, erreichte einen völlig unerträglichen Grad. Auch hatte ich, da ich von der Landwirthschaft nichts verstand, nach und nach mein kleines Gut so zerwirthschaftet, daß es nicht mehr zu meinem Auskommen hinreichte; ich schuldete zuletzt mehr, als ich in den nächsten drei Jahren je einzunehmen hoffen durfte. Summen darauf aufnehmen konnte ich nicht, weil es mir nicht gehörte; meine Gläubiger wurden stürmischer. So entschloß ich mich zurückzukehren, woher ich gekommen, und arm, gebeugt und kleinmüthig sah ich bald darauf Wien wieder. Ich hoffte hier für meine frühern Dienste eine Pension oder ein kleines ehrenvolles Amt zu erhalten, wie man mir früher es versprochen hatte, um mich zu ködern; aber je verschwenderischer man damals mit solchen Verheißungen gewesen, desto karger war man jetzt, wo es auf die Erfüllung ankam. Man verlangte Nachweis von mir, daß ich durch Entdeckung irgendeiner staatsgefährlichen Verbindung oder eines andern Anschlags, Complots und heimlichen Betriebs ein wirkliche Gefahr von Regierung, Land oder einzelnen abgewendet habe; ich Aermster aber hatte nichts entdeckt, als etwa, daß man in einem Privatcirkel einen betrunkenen Herrn habe gegen die Weisheit der obersten Censurhofstelle declamiren gehört oder daß ein k. k. Hofrath funfzig Gulden mühsam Erspartes von einem armen Soldaten genommen habe, um ihn frei zu machen, nachdem er schon sechs Jahre über seine Dienstzeit wider Willen und Recht zurückgehalten worden. Derartig waren meine Enthüllungen gewesen. Nachdem ich nun ein halbes Jahr lang von einem Beamten zum andern gewiesen und von einem noch schnöder behandelt worden als vom andern, erhielt ich den Endbescheid, daß, da ich aus meiner Laufbahn längst eigenmächtig ausgeschieden, nichts weiter für mich zu thun stehe.

Dennoch blieb ich in Wien und lebte mehrere Jahre hintereinander dort. Wie — das erlassen Sie mir näher zu beschreiben. Ich war ein glücklicher Spieler. Frühere Bekannte unterstützten mich, weil sie meine Unterhaltung liebten; ich schrieb für Journale und erhaschte zuweilen ein kleines Honorar. Doch mit einemmal versiegten diese Hülfsquellen, als ob ein Dämon schadenfroh seine Hand daraufgelegt habe; Glück und Freunde verließen mich zu derselben Stunde und um das Maß des Elends voll zu machen, wurde ich krank und mußte mich in ein Spital bringen lassen. Kaum ganz genesen, raffte ich mich auf und verließ diesen Ort des Unheils. Jetzt schien es, als ob da, wo man mich früher treulos zurückgewiesen hatte, ein Mitleid für mich erwacht sei; weiß der Himmel, welcher Zufall auf mich aufmerksam gemacht hatte — aber man ging wirklich so weit, mir eine Versorgung als Copist beim F . . . schen Gesandten anzubieten, für welche Wohlthat ich nur vor und nach durch kleine unschuldige Perfidien mich dankbar erweisen sollte, wenn irgendeine Depesche von Wichtigkeit in den Kreis meiner Sehkräfte geriethe.

Ich wies diesen Antrag, der mich förmlich in Wuth versetzte, mit all der Verachtung von mir, welche er verdiente; lieber den Hungertod als einen Schritt zurück in jene abscheuliche Bahn, der Allgunde mich entrissen hatte, indem sie mich fortführte von dem Orte, wo Noth und Gewissenlosigkeit mir die Rolle eines Verräthers aufgedrungen! Und indem ich so ihrer gedachte, welcher ich doch so viel verdankte — trotz aller Mishandlung, wozu sie sich später berechtigt geglaubt hatte — so war es natürlich, daß ich der Hoffnung Raum gab, wenn ich jetzt, vom Leben gebrochen und gedemüthigt zu ihr zurückkehre, so werde sie großmüthig genug denken, um nicht ganz jene heiligen Rechte, die ich auf ihren Beistand habe, zu verleugnen. Sollte nicht ihr

Stolz schon sie bewegen, dachte ich, mir wenigstens das zu gewähren, was ich allein für meinen Lebensrest von ihr verlangen wollte, Ruhe und so viel, um nicht zu darben! Ich machte mich also auf; die Hülfe meiner in Böhmen in beschränkten Umständen verkümmernden Geschwister mußte mich in den Stand setzen, noch einmal die weite Reise zu unternehmen, und so kam ich denn in dieses Land zurück und stand eines Abends in der Dämmerung vor dem Schlosse, worin meine Gemahlin zur Zeit sich aufhielt; es war das Ihre, Fräulein von Blankenar!

Unangemeldet drang ich zu ihr; sie ging im Zimmer auf und ab und schien eine Gedankenreihe zu verfolgen, die viel Befriedigendes für sie haben mußte, denn ich hörte sie leise sprechen, was ihre Gewohnheit ist, wenn etwas sie heiter stimmt.

Bring' Licht, Hermann! sagte sie, als ich eintrat, und stellte sich in eine Fensternische. Dann, als ich ihr folgte und sie sah, daß es nicht der Bediente, der eingetreten, kam sie mir hastig einen Schritt entgegen, blickte mich forschend an — lange, immer bleicher werdend, und dann rief sie mit einem erschütternden Tone aus: Ist's möglich! Finkenberg!

Ich muß gestehen, ich erbebte bis ins Innerste meiner Seele vor der erschütternden Wirkung, die meine Erscheinung auf sie ausübte; denn in dem Tone, womit sie meinen Namen ausrief, lag etwas, das an Verzweiflung grenzte.

Ich erzählte ihr, wie es mir ergangen, und wie die Noth mich jetzt wieder zu ihr treibe, zu ihren Füßen, wie ich ohne Ansprüche zu ihr komme und nichts verlange als Schutz vor Armuth.

Sie hörte zerstreut und in großer Unruhe meiner Erzählung zu; dann fragte sie mit anscheinender Gelassenheit nach meiner Reise, wo ich eingekehrt, wen ich gesprochen, ob man mich erkannt u. s. w. Ich mußte gestehen, erkannt hatte mich niemand wieder von denen, welche mich früher gesehen; das Leben hatte aus einem blühenden jungen Mann einen schwachen und siechen Menschen mit ergrauendem Haar geschaffen; in dürftigem Aufzuge, zu Fuß wandernd, hatte ich es vermieden, von jemand wiedererkannt zu werden, um in der Begegnung mit einem Bekannten aus bessern Tagen keiner Demüthigung ausgesetzt zu sein. Auch hatte ich, um mich noch unkenntlicher zu machen, meinen Bart abnehmen lassen.

Als ich Allgundens Fragen in diesem Sinne beantwortet hatte, änderte sich plötzlich ihr Betragen; statt der anfänglichen Gelassenheit erklärte sie mir in einem Tone, der keinen Widerspruch erträgt, daß es ihr unmöglich sei, einen Menschen um sich zu dulden, der, wenn es ihm einfalle, die Frechheit haben könne, auf alte, längst aufgelöste Verhältnisse zurückzukommen und sie täglich mit neuen Forderungen zu behelligen, sobald sie ihm die erste zugestanden und ihn dadurch ermuthigt habe. Sie kündigte mir an, daß ich augenblicklich wieder die Gegend zu verlassen habe, wozu sie mir die nöthige Summe einhändigen wolle; dann verlangte sie meinen Paß und meine Briefschaften, die ich ihr übergab. Auch sorgte sie dafür, daß niemand von den Domestiken mich sehe als ihr vertrautes Kammermädchen und ein Hausirjude, der spät noch zu ihr kam und mit dem sie eine lange, geheime Unterredung hatte.

Endlich am Tage nach meiner Ankunft kündigte sie mir an, daß ich unter dem Namen und mit dem Passe eines Jägers ihres Vaters nach Amerika reisen solle und daß jener Jude mich bis an den Einschiffungsort begleiten werde.

Vorher wollte sie, um mir die Rückkunft unter meinem rechten Namen und die Verfolgung meiner Ansprüche an sie vollständig unmöglich zu machen, einen Arzt herbeischaffen lassen, der einen Todtenschein ausstellen sollte, dahin lautend, daß ich am Abend nach meiner Ankunft in Blankenar gestorben sei.

Der Arzt aber kam nicht und statt dessen entstand eine ungewöhnliche Verwirrung im Schlosse durch Ihre Flucht, Fräulein Theo —

Ha, also in jener Nacht waren Sie in Blankenar? und darum war Pauli hergerufen?

Ich wollte nicht nach Amerika reisen, fuhr Finkenberg fort, ich fürchtete die Meerfahrt und das fremde Klima für meine untergrabene Gesundheit. Dann hatte Allgundens Härte und Erbarmungslosigkeit mich in einem Grade empört, daß ich nach Rache dürstete an diesem unmenschlichen Weibe. Ich wollte im Lande bleiben, ihr zum Trotz. Ich entfloh, ich schleppte mich bis zu Ihnen, Graf Schlettendorf, und in Ihrem Hause mich erholend konnte ich dem Gedanken der Rache nachhängen, der jetzt allein mich erfüllt und mich aufrecht erhält.

Und nun? fragte Valerian.

Nun sehen Sie mich hier, in dem Zustande, worein mich die unerbittliche Härte meines Weibes versetzt hat. Denn es bleibt mir kein Zweifel übrig, daß diese Wunden meines armen Schädels von ihr geschlagen sind und daß sie nicht ablassen wird, mir Gefahren zu bereiten, solange ich den Boden dieses Landes betrete. Sie hat beschlossen, mich zu entfernen, es koste was es wolle, und ich weiß, daß sie kein Mittel scheut, bis sie ihren Zweck erreicht hat. Ich bin für sie ein lebendiger Vorwurf, eine Mahnung an Stunden, worin sie menschlich, weiblich fühlte, und woran gemahnt zu werden eine tiefe Demüthigung ihres falschen auf männliche Geistesstärke eifersüchtigen Ehrgeizes ist. Mein Dasein steht mithin der Leidenschaft im Wege, von welcher sie jetzt beherrscht wird, und darum will sie es zertreten. Auch bin ich ein lebender Beweis für sie, daß ihre Menschenkenntniß sich einmal bitter getäuscht hat; dieser Beweis, der sie in ihrem unermeßlichen Selbstvertrauen irremacht, ist eine Demüthigung, die sie unmöglich in ihrer Nähe dulden kann. Nun kommt noch hinzu, daß sie zu Ihnen, Graf Schlettendorf, etwas, was man fast eine große und gewaltige Leidenschaft nennen könnte, gefaßt hat ...

Theo wurde bei diesen Worten dunkelroth.

Finkenberg bemerkte es und beeilte sich, rasch fortzufahren: nicht eine Leidenschaft des Herzens, aber eine andere, die in der Brust dieses heftigen Charakters dieselbe Macht und Gewaltsamkeit annehmen kann; die Leidenschaft der Herrschsucht und Ehrbegier, die in Ihnen ein Werkzeug ihres Willens und ihres Sieges sich ausersehen hat. So hat ihre Seele sich an Sie mit derselben Heftigkeit angeklammert, womit eine sich an einen Sohn anklammert, welcher der Träger all ihrer Lebenshoffnungen ist. Und nun trete ich Unseliger dazwischen — ich komme in Ihre Nähe, sodaß sie stets in der Angst sein muß, ich öffne gerade im Augenblick den Mund zu den Mittheilungen, welche Sie nun gehört haben! Wie werden diese Mittheilungen auf den, dem sie vertraut werden, wirken? muß sie sich fragen. Werden sie nicht auf ewig den Einfluß untergraben, den Allgunde ihr Leben lang auf Sie auszuüben hofft? Und muß dies Weib, dem selbst jedes Mittel gerecht ist, nicht befürchten, daß ich obendrein durch Lügen aller Art ihren Charakter noch schwärzer darstelle, als er schon ist, und daß ich sie dadurch für immer in Ihrer Achtung verderbe, Graf Schlettendorf?

Sie sehen, unter diesen Umständen kann ich hier selbst meines Lebens nicht sicher sein. Sie könnten Zweifel an meinen Worten hegen, aber die besten Zeugen sind diese Wunden meines armen Kopfes. Diese Wunden haben mir gezeigt, wie ich mir selbst schuldig sei, alle Rücksichten gegen mein treuloses Weib aus den Augen zu setzen, mich offen auszusprechen und durch ein Geständniß, wie ich es jetzt abgelegt habe, meine Bitte um den mächtigen und ritterlichen Schutz des Grafen Schlettendorf zu begründen.

Valerian sprang auf, reichte Finkenberg die Hand und rief mit edler Wärme aus:

Mein Schutz ist Ihnen gewiß und was in meinen Kräften steht für Sie zu thun, soll geschehen, soll mit Entschlossenheit gethan werden. Denn welche Vorwürfe man auch immer Ihrem frühern Leben machen kann, so berechtigt doch weder dies noch irgendetwas in der Welt zur Grausamkeit und zur Gewaltthat gegen Sie, so ist doch Ihr eigenes Weib nicht Ihre Richterin, so darf doch diese nicht das heilige Band zerreißen, das sie mit ewigen Rechten an ihren Gatten knüpft ... Ich danke Ihnen, Finkenberg, daß Sie mir Gelegenheit gegeben haben, ein Unrecht zu bekämpfen; ich will mit der Gräfin von Quernheim reden und ich glaube, daß ein entrüstetes Wort hier hinreicht, den Schleier von Sophismen zu zerreißen, welchen sie sich um die Augen gebunden haben wird, damit sie das eigene Verbrechen nicht sehe!

Finkenberg lächelte ungläubig, aber er machte keinen Einwurf. Er sah voraus, daß eine Unterredung über diesen Gegenstand Valerian und Allgunde zu bittern Feinden machen werde, und dies war genug ... mehr wollte er nicht!

Thun Sie jetzt, was Ihnen am zweckmäßigsten erscheint, sagte er; ich habe mein Vertrauen, meine Sicherheit und meine letzte Hoffnung in Ihre Hände gelegt! Und nun lassen Sie mich ins Haus gehen; die Abendluft weht kühl herein und ich bin erschöpft.

Valerian wollte ihn führen, aber Finkenberg winkte einen

Arbeiter herbei, auf dessen Arm er sich stützte, und schritt so langsam dem Bauerhause zu.

Es ist geglückt, sagte er leise vor sich hin mit zufriedenem Lächeln; ich habe durch die einfache Wahrheit erreicht, was ich wollte! Jetzt ist einer seiner Arme wider sie erhoben, den andern wird die Leidenschaft nicht säumen zu bewaffnen!

Theo war tief erschüttert durch die tragische Geschichte des unglücklichen Menschen, und zugleich voll des innerlichen Stolzes auf die edle Wärme, welche in Valerian aufgewallt war. Sie legte ihre Rechte auf seine Schulter und indem sie die Wange darauf lehnte, schaute sie mit leuchtenden Augen in die seinen empor. Es durchrieselte ihn ein tiefer, wonniger Schauer, als die schlanke, blühende Gestalt sich so an ihn schmiegte. Er wollte den Arm um sie schlingen, aber er wagte es nicht, sondern saugte sich erst den Muth dazu aus ihren lächelnden Augen; als er es nun endlich über sein verzagtes Herz brachte, das kühne Wagestück, und sie innig an sich drückte, da blickte er ihr so tief, so bedeutsam und schwärmerisch in das rosig aufblühende Gesicht, als solle sie nichts von seiner Keckheit merken, als solle ihr ganzes Denken, Leben und Fühlen von diesem Blick gefangen genommen und gefesselt werden. Aber sie merkte es doch, wenigstens lächelte sie schalkhaft; da erglühte sein Gesicht in dunkler Röthe und als sie es sah, breitete sie beide Arme aus und umklammerte voll leidenschaftlicher Inbrunst seinen Nacken.

Dann riß sie sich aus seiner Umschlingung los und wollte ihm entfliehen ... aber er hielt sie und zog sie neben sich auf die Bank, und da saßen sie nun und begannen zu plaudern und tauschten im Schein des voll heraufwallenden Mondes Gefühle aus, die jetzt so klaren und milden Scheines durch die Herzen zogen, wie das sanfte Auge der Nacht durch die weichen flockigen Wolken wanderte — sie schienen alles um sich her zu vergessen, die späte Stunde, die Nacht, die Welt, und blieben mit einer leidenschaftlichen Hartnäckigkeit dem Platze treu, wo nach und nach rings alles verstummte und einschlummerte. Nur die leisen Stimmen der Nacht mischten sich zuletzt noch in ihre Gespräche, das Rauschen der Blätter im Windhauche, der um die Laube strich, ein ferner Ruf, ein räthselhaftes Schwirren und Geächze — Töne, als sei die ruhende Natur eine Schlummernde, welche halbe, unverständliche Worte im Traume flüstert.

Theo erhob sich endlich; jetzt, jetzt mußt du gehen, mir zu Liebe, Valerian, sagte sie. Mein armes Mädchen hat schon seit zwei Stunden die Nachtlampe in meinem kleinen Pavillon entzündet. Sieh', wie sie gelb durch die Blätter schimmert.

Gute Nacht denn, meine süße Braut! schlafe sanft und sei getrost; wir wissen jetzt, weshalb du geopfert werden solltest; dieser Tondern war gefährlich als Eingeweihter in Allgundens großes Geheimniß, ihre Ehe. Wenn ich sie bewogen habe — und ich zweifle nicht daran, daß ich es werde — diese Ehe anzuerkennen, dann fällt ja die Rücksicht auf Tondern weg, und weshalb sollte man dann noch zwischen dich und mich treten wollen?

O du bist so edelmüthig, Valerian! Du hast in dir keinen Schlüssel zu dem Charakter dieser Frau. Deshalb täuschest du dich in deinen Hoffnungen, mit einigen einfachen und ehrlichen Worten hier alles ins Gerade bringen zu können.

Nein, nein, Theo, sie hat auch edle große Züge neben den dunkeln; an jene will ich mich wenden — und sieh' — ich kann nicht anders jetzt, als Licht und Hoffnung vor mir sehen. Meine Brust ist voll von ihnen; alle Stimmen meines Herzens jubeln, alle meine Gedanken schwärmen im süßen Rausche. Gott segne dich, mein Lieb!

Sie gab sich seinen Liebkosungen hin mit ihrem ganzen

Sein; auch jeden ihm widersprechenden Gedanken ließ sie fahren und was er wollte und hoffte, das wollte und hoffte auch sie und ihr Herz jubelte mit dem seinen in diesen Hoffnungen.

War es Leichtsinn — war es Egoismus — was ihre Herzen so freudig und hoch schlagen und in süßen Hoffnungen eigenen Glückes sich wiegen ließ, kurz nachdem sie eine so erschütternde Geschichte von menschlichem Elend, von menschlicher Schwäche und Verirrung, von Gesunkenheit und Frevel angehört hatten? Nein, es war das Recht der Liebe, das ganze Weh der Erde wie ein Nichtiges und Beschränktes gleich Staub von den Füßen zu schütteln. Es war die ewige Berechtigung der Liebe, das Verkehrte, Dunkle, Vergängliche als das nicht Daseiende auszuschließen aus dem Umfange des eigenen von Harmonie getragenen Daseins. Die Liebe schwebt über die irdische Beengtheit der Verhältnisse, über die Schuld und über jedes Wirrniß, das aus der Schuld entsteht, mit leichten Psycheflügeln fort, so wie die Göttin über den Abgründen der Wogen schwebt, ohne in ihnen unterzusinken; darum heißt sie die Schaumgetragene. — Der Gedanke hat dieses neidenswerthe Recht der Liebe nicht; er muß den Schmerz und die Schuld ins Auge fassen, er muß hinunter in ihre Abgründe, denn er hat die Mission, sie zu versöhnen; aber die Poesie theilt das ewige, süße Recht der Liebe und die Psycheschwingen der schaumgeborenen Göttin.

Siebzehntes Kapitel.

Eine Kriegserklärung.

Auf Wiedersehen — hier unter diesen Eichen, in dieser grünen Verschollenheit, wo ich dich fand, Theo, wie eine Feenkönigin, die der märchenhaften Waldeinsamkeit angehört, hier laß mich dich wiederfinden! sagte Valerian zu Theo, als er am andern Tage Abschied von ihr nahm. Ich meine, wenn ich dich wiedersehe ohne diese grüne liebliche Umrahmung, in der mir die nächsten Tage hindurch dein Bild vorschweben wird, so scheu' ich mich vor dir; so ist etwas Fremdes um dich, etwas Unbekanntes, was mich verlegen macht, was mich nicht gleich wieder ohne Zagen zu dem holden Kern deines Selbst dringen läßt. O, du weißt nicht, fuhr er fort, als sie lächelnd, aber verwundert ihn anblickte, welche verlegene Scheu ich vor dir empfinde; sieh', du bist keine strenge Richterin für mich, nicht wahr?

Theo schüttelte lächelnd ihre Locken, aber sie antwortete nicht anders als durch diese stumme Verneinung und den bittenden Blick ihrer Augen; sie wollte ihn so weiter reden hören, sie hätte ihn um alles in der Welt nicht unterbrechen mögen.

Und doch, fuhr Valerian fort, ist es mir, als müßte mein Mädchen jeden Augenblick den Gedanken bekommen, mir zu sagen: geh', geh', wer bist du, daß ich dich so lieben sollte?

O das ist schlecht von dir, das ist recht schlecht! ereiferte Theo sich; mir fällt so etwas gar nicht ein, und auch dir würde es nicht in den Sinn kommen, wenn du so recht fühltest, wie wir Eins sind und ich nur in dir lebe und du nur in mir leben sollst! Wird denn ein voller Jubelton zur Luft sagen: wer bist du, Luft, daß ich in dir mein Leben ausklingen und in dir zerrinnen soll?

Herz, Herz, sagte Valerian, sie an sich drückend, wenn du wüßtest, wie reizend dir dies zornige Kräuseln deiner Oberlippe steht! Aber sag', wenn du nach jahrelangem Suchen nun endlich im Schose geheimnißvoll rauschender Wälder die blaue Blume der Sehnsucht gefunden hast, wirst du da nicht voll Scheu und bangem Zagen an das süße Wunder treten und wird deine Hand nicht zittern, wenn du sie nach ihm ausstreckst? Wird dir nicht sein, als rauschten oben die laubigen Zweige, als riefe die Amsel vom Fichtenast, als zischelte die Eidechse, die durchs Moos schlüpft: Hüte dich, hüte dich!

Sie schüttelte den Kopf.

Nein, nein, sagte sie, das lautet recht schön und poetisch, was du da sprichst, aber was hat das Herz mit der blauen Blume zu schaffen? Ich bin keine Blume und ich will für dich keine sein! Hörst du? kein Gebilde der Romantik und der Poesie will ich für dich sein, für das du schwärmst, das du anbetest, das du vergötterst, das du trunken mit allen Reizen umkleidest, welche ein Rausch der Phantasie aufzutreiben weiß! Nein, du sollst das nicht, du sollst mich nicht anbeten, nicht für mich schwärmen!

Kleiner Tyrann, rief Valerian lachend aus, was soll ich denn?

Mich lieben, nur lieben, so wie ich bin und Gott mich gemacht hat, ein armes Ding, das nicht leben könnte, wenn sie nicht alles, alles wäre für dein Leben, auch für dein tägliches, trocken prosaisches Leben, für deine Sorgen und deine Freuden, für deine Mühen, deine Schmerzen, deine kleinsten Angelegenheiten!

Und sieh', fuhr sie fort, als er sie innig an sich drückte, wenn du mich vergötterst, dann werde ich nichts sein können für dein eigenes Ich, das doch nur im Ganzen des gewöhnlichen Lebens sich herauskehrt; dann werde ich alles sein für deine Phantasie, nichts für dein Herz, alles für deine Träume, nichts für dich selbst. Und deine Phantasie wird sich kühlen, deine Träume werden verwehen — und was wäre ich dann?!

Unter solchen Gesprächen wandelten beide in den frischen Herbstmorgen hinaus, bis Valerian's Wagen, der ihn fortführen sollte, sie einholte und der Augenblick der Trennung kam. Schon am Abend des dritten Tages wollte Valerian wieder da sein, nachdem er bei Theo's Vormund um die Hand seines Mädchens geworben und mit Allgunde von Quernheim wegen Finkenberg gesprochen. Doch war die Trennung darum nicht weniger schwer und bitter; und als endlich der Wagen dahinrollte, stand Theo noch lange auf einem Hügel unter einer Linde und winkte weinend mit dem Tuche dem Scheidenden nach.

Allgunde von Quernheim hatte infolge der lakonischen Zeilen Valerian's, deren wir oben erwähnten, ihre Reise nach B. aufgeschoben, bis sie zu einer nochmaligen Unterredung mit ihm

Gelegenheit gefunden. Sie befand sich in diesem Augenblicke in Surenburg, denn eine verdrießliche Angelegenheit, welche sie beschäftigte, hatte ihr eine Besprechung mit dem Freiherrn von Mainhövel wünschenswerth erscheinen lassen.

Der blinde Freiherr saß in seinem Armsessel und hatte eben seine Tochter Herbertine, die ihm den Frühstückskaffee eingeschenkt hatte, aus dem Zimmer geschickt; Allgunde von Quernheim ging langsam auf und ab.

Welch fürchterliches Aufsehen, sagte sie, welches Skandal würde daraus erfolgen, wenn man ihr nachgäbe!

Freilich, versetzte Mainhövel, es geht nicht, nein, es geht nicht. Aber empörend behandelt hat er sie, dieser Sasseneck; so handelt kein Edelmann!

Ja, es ist unritterlich und bedroht uns mit einem großen Aergerniß, wenn Marie ihren Vorsatz doch noch ausführt!

Sie wird ihn nicht ausführen, dazu fehlt ihr der Muth! meinte der Freiherr.

Man kann nicht wissen, versetzte Allgunde von Quernheim zweifelnd. Sasseneck ist ein zu toller Mensch. Mit dem, was er seine philosophischen Ideen über die Stellung der Frauen und Erziehung der Kinder nennt, könnte er einen Engel von Frau außer sich bringen. In Sturm und Regen den Reitknecht machen, auf der Jagd durch die schwersten Ackerschollen neben dem Herrn Gemahl herlaufen, um ihm die Weidtasche und das erlegte Wild zu tragen; wer in der Welt wird das aushalten? Sein einziges Kind läßt er draußen auf dem Fensterbret schlafen und nicht allein ohne allen Unterricht aufwachsen — nein, das arme Mädchen läuft als Bauerjunge verkleidet herum und läßt sich als Kegelknabe in der Dorfschenke verwenden. — In der That, ich möchte nicht darauf wetten, daß Marie Sasseneck nicht endlich einen Streich der Verzweiflung machte, um dem allen zu entgehen! Ihr Brief an mich, worin sie meinen Schutz für einen solchen Fall in Anspruch nimmt, lautet sehr entschieden.

Mein Rath ist, sagte Mainhövel, Sie fahren selbst zu Sassenecks hinüber und reden ihm und ihr ins Gewissen! Sagen Sie ihr, welche Einfälle das seien, wegen schlechter Behandlung mir nichts dir nichts seinem Manne durchgehen zu wollen, als ob eine Frau unter irgendeiner Bedingung dazu das Recht habe! Sagen Sie ihr, daß man nicht seiner selbst und um seines Lebensgenusses wegen auf der Welt sei, wenn man einen adelichen Namen trägt. Wozu sind wir denn im letzten Grunde in der Welt? — Wir Männer sind ja eigentlich nur dazu da, als Fideicommißträger unser Gut und unsern Titel unversehrt auf den nächsten Nachkommen zu überliefern, und die Frauen sind nur dazu da, für die Existenz dieser Nachkommen zu sorgen. Das ist die nächste und erste Bestimmung des Edelmanns und der Edelfrau und dieser müssen wir uns fügen. Laß Marie sich an ihrem Kinde Trost holen und vor allem zu verhüten suchen, daß sich kein Aergerniß an den Namen dieses ihres Kindes hefte. Was die Erziehung des Mädchens angeht, so muß er seinen wahnsinnigen Vorsatz, an demselben beobachten zu wollen, was aus einem menschlichen Wesen wird, das ohne allen Unterricht und von allen Begriffen der Bildung fern aufwächst — so muß er diesen Vorsatz aufgeben, man läßt ihm sonst das Kind durch das Pupillencollegium fortnehmen. Aber fortlaufen darf sie nicht — das leidet ihre Standesehre, das leiden wir alle nicht!

Nun ja ... sagte Allgunde von Quernheim tonlos und wie in Gedanken versunken.

Sie dauert mich freilich, ihr Loos ist hart ... sie soll ihn nur gezwungen genommen haben, hob Mainhövel nach einer Pause wieder an.

Wer würde auch freiwillig solch einem Narren seine Hand gegeben haben! rief Allgunde aus.

In diesem Augenblicke trat ein Ackerknecht ein, der gelegentlich als Lakai fungirte, und meldete die Ankunft des Grafen Valerian von Schlettendorf.

Ist willkommen, sagte Mainhövel, indeß die Gräfin von Quernheim überrascht und beunruhigt mit den Worten: Was mag den hierher führen? um ein paar Schritte näher trat. Sie wußte, daß Valerian seit drei Tagen von seinem Gute entfernt sei; wohin aber, hatte sie nicht erfahren können, da er es in Schlettendorf selbst nicht angegeben, und so wähnte sie ihn zum Zusammentreffen mit Heydenreich Tondern abgereist — es war ja sonst nichts denkbar, weshalb er seinen Leuten das Ziel seiner Reise verheimlicht hätte.

Valerian trat ein.

Es freut mich, daß ich Sie hier finde, Gräfin Allgunde, sagte er mit gehaltenem Ernst. Ich komme mit einem Antrag bei Herrn von Mainhövel, auf den dieser nicht gern ohne Ihren Rath antworten wird ... und so ist es ein glückliches Zusammentreffen ...

Mit einem Antrag bei Herrn von Mainhövel kommen Sie? sagte die Gräfin ihn überrascht anblickend.

Ja, versetzte Valerian, sich zu diesem wendend, in Ihrer Hand, mein theurer Freiherr, liegen die Lose meines Schicksals!

Die Lose unsers Schicksals liegen gewöhnlich in der Hand eines Blinden, antwortete der alte Freiherr mit bitterm Scherz.

Aber sprechen Sie, Graf Valerian, worin kann ich Ihnen dienen?

In einer Angelegenheit, bei der gewöhnlich die Beredsamkeit versiegt — im Augenblick, wo man ihrer am nöthigsten bedarf. Deshalb will ich Ihnen kurz und rundheraus es sagen: ich komme zu Ihnen, als dem Vormunde Theo's von Blankenar, deren Verlobter ich bin.

Ha, sagte der Freiherr auffahrend und strich den kurzen, weißen Bart, während die Runzeln seiner gewaltigen Stirn wie ein Vorhang auf- und niederrollten.

Die Gräfin Allgunde sagte kein Wort; sie konnte nicht verhindern, daß ihre Züge blässer wurden, als sie vorher gewesen, aber kein anderes Zeichen verrieth die äußerst unangenehme Ueberraschung, welche in Valerian's Worten für sie enthalten war.

Sie, Herr von Mainhövel, fuhr Valerian fort, sind nach den genauen Vorschriften des Vaters meiner Braut auch noch nach ihrer Volljährigkeit befugt und beauftragt, ihr den Gatten zu wählen. So hat mir Theo berichtet. An eine Heirath ohne Ihre Einwilligung hat der verstorbene Herr von Blankenar den Verlust der Güter zu Gunsten der Grafen von Blankenar in Schlesien geknüpft und außerdem alles mögliche Unheil auf Theo's Haupt herabbeschworen, wenn sie wider Ihren Willen sich vermähle ...

Ja, es ist so, in der That, versetzte Mainhövel. Die Bedingungen des Testaments sind äußerst streng, äußerst streng in dieser Beziehung. Mein alter Freund war untröstlich, daß er keinem Sohne seine Güter hinterlassen konnte. Es ist zum Verzweifeln, sagte er — einem unberathenen, jungen Mädchen solche Besitzungen in Händen lassen zu müssen! Und wenn sie nun verheirathet ist, wer steht dafür, daß es nicht ein galanter Windbeutel, ein fremder Mensch, wie jetzt so viele ins Land schneien, ein Herr von Habenichts, ein Subject ohne Namen und Rang ist, welcher ihr thörichtes Mädchenherz berückt? Ich würde mich im Sarge umdrehen, wenn meine schönen Güter auf diesem Wege in die Hände eines niedrig geborenen Menschen geriethen! Um solchen Befürchtungen nicht zur Beute zu sein, machte denn mein seliger Freund sein Testament.

Und demzufolge sehen Sie mich hier, Herr von Mainhövel, um zu meiner Verbindung von Ihnen die Genehmigung zu erbitten, an welche der väterliche Segen sich knüpft. Sie kennen mich und meine Verhältnisse, und obwol ich nichts Näheres von dem Inhalt des Testaments weiß, nach dessen Vorschriften Sie Theo den Gatten zu wählen haben, so glaube ich doch annehmen zu dürfen, daß ich keine der gefürchteten Eigenschaften besitze, welche Sie eben erwähnten und gegen die jene letztwillige Verfügung gerichtet ist.

In der That, versetzte Mainhövel, ich glaubte ganz in den Intentionen meines seligen Vetters Blankenar zu handeln, wenn ich seine Tochter einem Grafen von Schlettendorf zur Ehe gäbe ...

O wie Sie mich durch dieses Wort glücklich machen, rief Valerian aus, indem er die Hand des Blinden ergriff.

Es käme nur darauf an, sagte Mainhövel verlegen und unschlüssig — ob — Gräfin Allgunde — Sie — ja, Sie waren die Erzieherin Theo's —

Allgunde that nichts, den stotternden Freiherrn, der vor allen Dingen ihre souveräne Willensmeinung zu erfahren wünschte und doch nicht seine Abhängigkeit von ihr verrathen wollte, aus der Verlegenheit zu ziehen.

Sie können deshalb besser als ich beurtheilen, ob Theo zu

unserm verehrten Vetter passen würde? brachte er endlich als eine ostensible Art, die Gefürchtete um ihren entscheidenden Ausspruch anzugehen, heraus.

Sie sagte trocken: O gewiß, wenn nur Herr von Tondern nicht Ihr Wort schon hätte!

Mein Wort? Nicht gerade mein —

Er hat Ihr Wort! unterbrach Allgunde ihn mit großer Ruhe, aber scharfer Betonung. Obwol ich des Grafen Valerian Wünsche nur immer die meinen nennen kann, fuhr sie mit einem gnädigen Blicke zu diesem hinüber fort, so sehe ich doch nicht ab, wie Sie von Ihrem Worte loskommen wollen, lieber Mainhövel!

Aber, fuhr Valerian dazwischen, Theo liebt, Theo will Tondern nicht!

Nun, das ist wol kein Grund, der zuerst in Erwägung kommen dürfte, versetzte der blinde Freiherr; wir sind hierzulande nicht gewohnt, die jungen Mädchen zu fragen, ob sie lieben oder wollen, wenn wir ihnen eine gute und passende Partie ausgesucht haben.

Dann dürfte es hohe Zeit werden, diese Gewohnheit einzuführen, sagte Valerian entrüstet.

Das sind seltsame unpraktische und romantische Ansichten, lieber Graf, mit denen Sie ziemlich allein stehen dürften, versetzte Mainhövel.

Streiten wir uns nicht darüber, fiel Valerian ein; mein Herz ist zu schmerzlich auf die Folter gespannt! Herr von Mainhövel, ich habe noch nicht Ihr letztes Wort, o ich bitte Sie, lassen Sie dies letzte Wort ein freies, ein von allen fremden Einflüssen unabhängiges sein; denken Sie an Theo's Vater, Ihren verstorbenen Freund, und daß Sie seinen Manen für das

Glück, für das Leben seiner Tochter werden Rechenschaft geben müssen! O sprechen Sie frei, nach eigener, bester Erwägung und —

Der Freiherr von Mainhövel wurde zornig über diese Ermahnung; je mehr er fühlen mußte, daß solch eine Aufforderung, unabhängig und unbestochen zu entscheiden, hier an ihrem Platze sei, desto mehr ärgerte sie ihn und deshalb sagte er, während die Runzeln seiner Stirn doppelt rasch und düster ihr rollendes Spiel fortsetzten:

Was ich zu bedenken habe, weiß ich! Ich bedauere, Graf Valerian, den Antrag, der für meine Mündel so ehrenvoll ist, ablehnen zu müssen. Den Grund haben Sie gehört; er ist der einzige. Dies ist mein letztes Wort und Sie werden selbst das Gewicht einer einmal gegebenen Zusage zu gut zu schätzen wissen, um nicht einzusehen, daß es auch mein letztes Wort bleiben wird und muß.

Ich weiß Ihnen freilich nichts mehr einzuwenden, sagte Valerian, der einsah, daß mit den beiden Charakteren, denen er gegenüberstand, ein Vergleich unmöglich sei — aber ich hoffe, Sie erlauben mir, Ihre offene Erklärung mit einer gleich offenen dahin zu erwidern, daß ich Sie bitte, die schlesischen Vettern herbeizurufen, sobald es Ihre Zeit Ihnen erlaubt. Ich hoffe, meine Braut hat hinreichende Willensentschlossenheit und Klarheit des Gemüths, um über die Drohungen eines Testaments sich hinwegzusetzen, welche thöricht und frevelhaft in unbestimmte zukünftige Verhältnisse wie in einen Nebel hineingeschleudert sind. Sie wird sich nicht von einem Fluche getroffen fühlen, den nur der Buchstabe enthält und den der Geist ihres Vaters gewiß nicht über sein Kind ausspricht, wenn es seine Hand dem Stammhalter der Grafen von Schlettendorf reicht!

Wenn Sie es auf Ihr Gewissen nehmen wollen, rief Mainnövel zornig aus, sie dazu zu verführen, wenn Sie sie Verachtung und Auflehnung wider den Willen ihres Vaters lehren wollen ... so ist das Ihre Sache ...

Ich werde das auf mein Gewissen nehmen, unbekümmert um die Ausdrücke, welche Sie für gut finden, auf ein richtiges und pflichtgemäßes Handeln anzuwenden. Denn die ersten Pflichten, welche der Mensch hat, sind die gegen sich selber, und nach meiner Ansicht hat Theo die Pflicht, sich nicht als Sklavin behandeln zu lassen ...

Nun ja, nun ja, das alles ist Ihre Sache — die meine aber ist, die Rechte zu behaupten, die ich über sie habe, und das, mein Herr Graf, werde ich mit allen Mitteln, die mir zu Gebote stehen ...

Gut denn, versetzte Valerian gereizt, so stehen zwei entschiedene Willen gegenüber ...

Nehmen Sie das immerhin an!

Und wir werden sehen, welcher obsiegt!

Valerian machte eine kurze Verbeugung gegen den Blinden, der zornig mit dem Fuße nach seinem Strick am Boden suchte, und nachdem er leise zu Allgunden gesagt hatte: Sie, meine Gnädigste, muß ich dringend um eine Audienz ohne Zeugen bitten, entfernte er sich aus dem Zimmer.

Allgunde von Quernheim, die sich mit keiner Silbe in den Streit der Männer gemischt und ihren blinden Freund ohne Beistand gelassen hatte, stand auf, nahm die Schr und legte sie schweigend in seine Hand und dann folgte sie Valerian und führte ihn in ein kleines Eckzimmer, welches sie gewöhnlich in Surenburg bewohnte. Hier lud sie Valerian ein, auf dem Sofa Platz zu nehmen, setzte sie sich neben ihn und, indem sie seine Hand ergriff, sagte sie mit einer wie es schien sehr herzlichen Theilnahme:

Mein lieber, lieber Freund, wie bedauere ich Sie; o könnte ich etwas thun, um Wünsche, welche Ihnen so theuer zu sein scheinen, erfüllt zu sehen!

Valerian kochte innerlich vor Zorn bei dieser gleisnerischen Anrede, da er ja zu gut gemerkt hatte, daß Mainhövel nur Allgundens Einflüsterungen gehorchte.

Doch that Valerian Allgunden jetzt unrecht. Gleisnerisch war ihr Charakter nicht, und sie mochte in der That bedauern, daß sie gewissermaßen in Tondern's Gewalt sei und diesem Theo, um ihrer eigenen Sicherheit wegen, ausliefern müsse.

Wirklich? fuhr Valerian auf, bedauern Sie mich in der That? Nun, um so mehr Hoffnung habe ich, daß, was ich Ihnen sagen wollte, eine gute Stätte bei Ihnen findet, daß Sie einen Vorschlag annehmen, vermittels dessen alles in das beste Geleise gebracht werden könnte!

Und dieser Vorschlag ist?

Sie lassen für Tondern die Ehrenstelle nachsuchen, welche Sie mir auszuwirken im Begriff stehen, unter der Bedingung, daß er auf Theo, die ihn verabscheut, zu meinen Gunsten verzichtet, wenn von Verzicht geredet werden kann, wo kein Recht ist.

Allgunde schüttelte den Kopf. Das wird Tondern nie thun; wie könnte ihm der Besitz der reichen Blankenar'schen Güter für sich und seine Familie auf ewige Zeiten durch eine auch noch so glänzende Anstellung aufgewogen werden?

Aber, sagte Valerian, seine gereizte Stimmung immer noch soviel wie möglich zurückdrängend, Sie werden doch jetzt, wo ich mit Theo verlobt bin und weiß, daß ihre Gemüthskrankheit nichts anderes war als ein Vorwand, um vor Ihnen und Heydenreich sicher zu sein — Sie werden doch jetzt nicht daran denken, mit Gewalt das arme Mädchen an den Altar zu schleppen? Ich begreife gar nicht, wie Sie sich vorstellen, daß eine Verbindung zwischen Theo und Tondern noch zu Stande kommen sollte?

Allgunde sah ihn groß an.

Diese Gemüthskrankheit ein Vorwand? sagte sie wie äußerst verwundert.

Ich weiß nicht, fuhr sie gleich darauf fort, was Ihnen Theo erzählt haben mag; das weiß ich, daß ich mir eine sehr vergebliche Mühe machen würde, Ihnen Theo's Angaben und Behauptungen zu widerlegen, denn Sie lieben Theo. Aber soviel auch die unnatürliche und unbegreifliche Abneigung dieses Mädchens gegen mich Ihnen kann eingeflüstert haben, so bin ich doch überzeugt, Valerian, daß Ihre Einsicht und damit auch Ihre Freundschaft für mich, die auf einer festern Grundlage als einer Neigung, wie ein junges Mädchen gleich Theo sie Ihnen einflößen kann, die auf der Gemeinsamkeit der Anschauungen, der Bestrebungen ruht, nicht darunter leiden können! Nein, solch eine Neigung kann Ihnen einen Zoll an die Alltäglichkeit abfordern, kann Sie mir und Ihren größern Gedanken für eine Zeit lang entfremden — dann aber kehren Sie ...

Lassen wir das für heute, unterbrach Valerian, den es in tiefster Seele verletzte, von seinem heiligen Gefühl für Theo als von einem „Zoll an die Alltäglichkeit" reden zu hören! Er fuhr fort:

Sie haben meinen ersten Vorschlag nicht zu genehmigen geruht. So hören Sie meinen zweiten. Wie wäre es, wenn Sie die Sache bei der Wurzel anfaßten, indem Sie mir Theo's Hand ließen, dem Zorne Heydenreich Tondern's aber trotzten und allem, was er etwa wider Sie thun kann, kühn die Stirn böten? Gibt es nicht ein Mittel für Sie, sich von diesem Tondern loszumachen und zugleich von Ihrem Gewissen eine schwere und große Last abzuwerfen?

Was wollen Sie damit sagen? fragte Allgunde, die wie elektrisch berührt zusammenzuckte, aber sich hinreichend beherrschte, um ihr Gefühl nicht im mindesten zu verrathen.

Um Ihnen darauf zu antworten, muß ich eine sehr offene Sprache führen ...

Verlange ich etwas anderes?

Allgunde, sagte Valerian, ich habe versprochen, für die Rechte eines Mannes in die Schranken zu treten, der freilich einst ein Unwürdiger war, der tief gesunken ist, der aber heilige Rechte auf Sie besitzt, Rechte, welche Ihr einseitiger Machtspruch ihm nicht nehmen kann! Dieser Mann heißt Finkenberg. Suchen Sie eine friedliche Verständigung, eine Aussöhnung mit ihm ... oder gewähren Sie offen die Ansprüche, welche er macht, und Sie haben den einzigen Zeugen Ihrer Vermählung, den Baron von Tondern, nicht mehr zu scheuen, Sie haben niemand auf Erden mehr zu scheuen. Sie haben dann alle jene geheimen Maßregeln und Intriguen nicht nöthig, die Ihrer unwürdig sind, und während die Ruhe in Ihre Seele zurückkehrt ...

Valerian! Valerian! rief Allgunde aus, kein Wort, ich bitte Sie, keine Silbe weiter ... Das von Ihnen! Habe ich das um Sie verdient! Einem Nichtswürdigen haben Sie Ihr Ohr geschenkt — einem Menschen, dessen Namen Sie nicht in meiner Gegenwart aussprechen würden, wenn Sie ihn kennten! — O feige, kindische Leichtgläubigkeit! Sie sind ein Mann, Valerian, und lassen sich von einem Elenden bethören, statt ihn zu tödten für die Schmach, welche solch Gewürm auf mich häuft?

Sie geben sich dem Zorne hin, statt mich ruhig anzuhören, statt sich kaltblütig zu sagen, daß sich Ihnen eine Vermittelung anbietet, ein Weg, aus einer verzweifelt falschen Lage zu kommen ...

Ich will keine Vermittelung und ich brauche sie nicht ... mit diesem Menschen werde ich allein fertig werden ... seine Drohungen veracht' ich!

Gräfin, Sie haben mich Ihren Freund genannt; als Ihr Freund muß ich Sie warnen; Verachtung und Zorn ...

Ich danke Ihnen für Ihre Warnung; aber ich sage Ihnen, sie ist sehr überflüssig! Was man Ihnen auch vorgelogen haben mag ...

Sind Sie Frau Finkenberg's oder nicht?

Nein! nein, zehnmal nein!

Dann, sagte Valerian achselzuckend, ist freilich eine Meinungsverschiedenheit zwischen uns, daß eine weitere Unterhaltung schwerlich zu irgendeinem Ziele führen wird!

Er erhob sich und wollte gehen.

Valerian! rief sie aus, indem sie ihm nacheilte und seine beiden Hände ergriff. Sie wollen mich verlassen, in dieser Stimmung verlassen, Zorn und Mistrauen und Feindschaft im Herzen — weil Sie zu tief in die Augen eines thörichten, jungen Mädchens geblickt haben, weil ein Verworfener, ein Spion, ein Mensch ohne Treu und Glauben Verleumdungen gegen mich ausgestoßen hat, wollen Sie mich verlassen und sich meinen Feinden zugesellen? O Gott, können Sie so leicht allem dem entsagen, was uns beide zu einem festen Bündnisse hat die Hände reichen lassen? Können Sie die Endziele Ihres Lebens, das Streben des Mannes, der wahrhaft Mann ist, die Plane, welche Ihre jugendlich glühende Seele erfüllten und allein Sie emporhoben über die schale Existenz der andern Männer — können Sie das alles vergessen? Alles, alles, was Sie so eng mit mir verknüpfte, können Sie dahingeben, um das Lächeln eines jungen Mädchens zu erhaschen, um die Aufschneidereien eines Vagabunden anzuhören? Sind Sie ein Mann, schlägt ein Herz in Ihnen, das Ehrgeiz, das Ruhmdurst, das die Hoffnungen einer stolzen Seele kennt?

Valerian schüttelte den Kopf und entzog ihr seine Hände.

Nein, nein, sagte er, alle diese Gedanken, diese Plane, dieser Ehrgeiz, von denen Sie sprechen, nehmen in meiner Seele nicht einen solchen Platz ein, wie Sie vorausgesetzt zu haben scheinen, Gräfin Quernheim. Jedenfalls ist das Rechtsgefühl in mir mächtiger als sie alle ...

O gehen Sie nicht, gehen Sie nicht von mir, Valerian! Scheiden Sie nicht, Haß im Herzen gegen mich — ich habe ihn nicht verdient, Ihren Haß, bei allem, was heilig ist, nicht! O Sie wissen nicht, was Sie mir gewesen sind — wie lange schon mein Auge auf Ihnen geruht hat, wie lange schon und bis wie weit meine Blicke unablässig Ihnen folgten, mit der ängstlichen Sorge einer Mutter, deren Gedanken, Wünsche und Sorgen ohne Unterlaß ihrem Kinde in die Fremde nachziehen. Sehen Sie, ich stehe allein und einsam auf der Welt und habe seit Jahren so allein gestanden; ich habe keinen Freund, keine Freundin, kein Wesen, dem ich ganz vertrauen kann. Und doch habe ich ein Herz wie ein anderes Weib, ich habe ein Herz, das für Leidenschaften, für große; gewaltige Leidenschaften Raum hat. Meine Seele ist geschwellt von dem Drange nach der That, nach Leben, nach Macht und Größe; diesem Drange nach hat sich die Kraft meiner Seele ergossen und in dem aufregenden Treiben einer über die Frauensphäre hinausgehenden Thätigkeit habe ich Ersatz gesucht für Liebe, Freundschaft, mütterliche Zärtlichkeit und wie alle die Regungen heißen, welche die Brust anderer Frauen erfüllen. Aber nie ist die Leere in mir ausgefüllt worden, die jedes weibliche Herz empfindet, das blos für Zwecke lebt, die jenseit der Sphäre des Gemüths liegen. Wirkte und agitirte ich auch für eine großartige und würdige Idee, so machte sich doch in mir die Frau geltend, die statt der bloßen Idee ein persönliches Ziel sehen will, wenn sie sich dauernd begeistern soll. Ich sehnte mich nach einem ebenbürtigen Gehülfen und Erben meiner Plane und meiner Thätigkeit. Sie nun waren die Person, Valerian, welche mir meine Idee vertreten sollte, dieser Gehülfe an meinem Werke, dieser Erbe meiner Hoffnungen. O, Sie können, Sie können sich nicht von mir lossagen, Sie sind der Augapfel meiner Sorge gewesen, der Stern meiner Zukunftsträume, der König auf allen Thronen, welche meine hochfliegenden Gedanken aufbauten. Keine Braut kann ihrem Geliebten mit mehr zitternder Spannung, mehr athemloser Ungeduld entgegensehen, als ich Ihnen entgegensah, als ich in meinen ersten Gesprächen mit Ihnen den Ausdrücken Ihrer innersten Gesinnung lauschte. Nein, nein, Valerian, Sie können sich nicht von mir trennen — es ist nicht möglich, es würde mir das Herz brechen!

Welch seltsamer Widerspruch, antwortete Valerian ... soviel, behaupten Sie, sei ich Ihnen werth, und Sie treten mir mit der kühlsten Entschlossenheit entgegen, wo es sich um mein ganzes Glück handelt! Geben Sie mir Theo und ...

O mein Gott, kann ich es denn? Sind mir die Hände nicht gebunden durch die unseligste Verkettung des Schicksals?

Dann bleibt uns weiter nichts übrig, als daß jeder seines Weges gehe! ... Ja, sagte Valerian mit traurigem Kopfschütteln, so sehr auch dies alles mich erschüttert, ich muß mich trennen von Ihnen und jede fernere Gemeinsamkeit mit Ihnen ablehnen, Gräfin Quernheim. Sie sprechen von Planen, von Gedanken und ehrgeizigen Zwecken, die Sie verfolgen. Ich kann unmöglich theil an diesen Planen nehmen, denn ich habe mich überzeugt, daß Sie für Ihre Zwecke Mittel und Hebel anzuwenden nicht verschmähen, welche ich meiner für unwürdig halte. Und Ihre Gedanken, Ihre Plane selbst, welche sind sie? Hat Ihnen Ihr Scharfsinn nicht gleich gesagt, daß Sie in mir kein Werkzeug dafür suchen durften? Sie haben mich dazu ausersehen, sagen Sie. Ich kann dies nur auf Rechnung einer jener heftigen und stürmischen Frauenphantasien setzen, welche das, was sie sehen wollen, wirklich zu sehen glauben, als sei ihr Wünschen schöpferisch. Ich bin eine Ihrer Capricen, eine Figur, welche Sie sich herausgeputzt mit allen Ihnen angenehmen Eigenschaften. Leider muß ich Sie enttäuschen.

Das thun Sie, versetzte Allgunde tonlos und sich in den nächsten Sessel werfend, wo sie ihre Stirn auf ihre Hand stützte. — Ich sehe, ich habe mich völlig verrechnet, setzte sie bitter hinzu ... völlig! Sie sind nicht größer, nicht besser ...

Als viele andere, fiel Valerian ein, gewiß nicht! Doch bin ich tief durchdrungen von der Nichtigkeit aller der männlichen Existenzen, welche ein Leben führen, ohne eine Idee zu erfassen und die Aufgabe ihres Daseins in der Vertretung derselben zu sehen. Ich habe selbst, längst ehe ich Sie kannte, mir einen Gedanken aus denen, welche die Zeit bewegen, ausgehoben, und für den will ich streiten! Aber zwischen ihm und dem Gedanken, dem Sie dienen, ist keine Gemeinsamkeit, nein, ist vielmehr eine Fehde auf Tod und Leben. Ich war ein so gutmüthiger Thor bis jetzt, diesen Zwiespalt zwischen uns nicht klar auszusprechen. Ich mochte Sie nicht in der Leidenschaftlichkeit Ihrer Freundschaft für mich verletzen, ich war Ihnen dankbar, gab Ihnen nach und schob eine Erklärung hinaus, in der Hoffnung, Ihr eigener Scharfsinn werde Sie nach und nach überzeugen, daß von mir nichts für Ihre Zwecke und Absichten zu erwarten sei. Aber damit Sie sehen, daß Ihre Ansicht, es lasse sich ein

Diplomat aus mir entwickeln, nicht ganz aus der Luft gegriffen war, so will ich Ihnen auch gestehen: ich vermied eine klare Auseinandersetzung und ein Zerwürfniß mit Ihnen, weil ich den Schlüssel zu allem, was Theo betraf, nur bei Ihnen zu finden hoffen konnte.

Sie sind wenigstens sehr aufrichtig! versetzte Allgunde.

Jetzt aber, fuhr Valerian fort, will ich Ihnen mein Glaubensbekenntniß sagen: Sie kämpfen für die todten Rechte einer todten Welt, ich für die Lebendigen und ihre Rechte. Alles das, wofür Sie Ihre Lebenskräfte einsetzen, ist von den Ideen unsrer Zeit gerichtet. Mögen sie irren, diese Ideen, sie sind einmal da und die Ideen eines Jahrhunderts sind die souveränen Richter des Jahrhunderts. Sie dulden nur noch einen Adel der Intelligenz und des Verdienstes, eine Aristokratie des Geistes. Euer Starrsinn aber, der Welt zum Trotz an der Aristokratie des bloßen Namens festhalten zu wollen, wird sich bitter an euch rächen. Er schließt euch hier in diesem Lande wie einen unglückseligen Ueberrest irgendeines von der Civilisation halb aufgeriebenen Wildenstammes, wie ein letztes Häuflein Irokesen oder Chippewäer in seine Jagdgründe ein; hier, wo ihr im Unmuth gegen die Welt unter dem Schatten eurer heiligen Stammbäume zusammenhockt und nichts lernt und nichts vergeßt. Ihr seid unmuthig und zürnt gegen die Regierung, die von oben her euch nicht genugthut, weil sie, auch beim besten Willen, doch an die Stimme der öffentlichen Meinung gebunden ist. Ihr zürnt auf die andern Stände, weil sie spotten oder erbittert sind durch eure Ansprüche und euch zurückdrängen in euern Jagdgrund. Ihr zürnt gegen die öffentliche Meinung, weil sie euch mit euern Ansprüchen niederhält. Ihr zürnt gegen die Intelligenz des Landes, die Presse, die Dichter und die Denker der Nation, weil sie eure natürlichen Feinde sind. Ih zürnt gegen den Fortschritt, weil ihr ewig im Nachtrab seid — kurz, euere Hand ist wider jedermann und jedermanns Hand ist wider euch! — Wenn euere Politik noch einen großen und gesunden Zweck hätte; wenn ihr z. B. strebtet, eine mächtige, durch Intelligenz und großartigere Auffassung der Dinge ebenso wie durch euern Besitz und euern Einfluß auf eure Grundholden einflußreiche Pairskammer zu bilden und so an der Staatsgewalt theilzunehmen! Aber nein, ihr wollt nur die Staatsgewalt euch gegenüber ohnmächtig, den andern Ständen gegenüber möglichst absolut sehen. Das ist euere Politik und Gott soll mich bewahren, je für sie die Hand zu erheben! Nein, Gräfin Quernheim, meine Politik und der Gedanke, für den ich kämpfen will, ist anderer Art. Euer Blick ist in die Vergangenheit gerichtet und zehrt an Erinnerungen; der meinige schaut in die Zukunft, in eine freie Zukunft, in welcher es jedem gestattet sein wird, ein Aristokrat zu sein, und was noch mehr, ein Mann. Und mit dieser Gesinnung bin ich nicht allein ein besserer Politiker, als ihr es seid, sondern auch ein besserer Christ trotz all euerer Kirchlichkeit, all eueres Eifers für Orthodoxie und Klosterpropaganda. Denn die christlichen Gestirne, welche über dem Leben des Menschen hellleuchtend wandeln sollen, das sind die Liebe, die Hoffnung und der Glaube; die Hoffnung aber hat die Blicke in die Zukunft gewendet und eben dahin schaut der Glaube gewordenen Verheißungen entgegen. Nirgends steht geschrieben, daß die Erinnerung, das Haften am Ererbten eine christliche Tugend, oder daß der Krebs unter den Thieren der Apostel des Herrn sei, wie der Adler zum Johannes und der Löwe zum Marcus gehört! Doch genug — Sie sehen, Gräfin Quernheim, unter uns kann von keinerlei Gemeinsamkeit die Rede sein.

Ich sehe, daß der Bescheid, den Sie von Mainhövel erhalten, Sie sehr giftig gemacht hat! versetzte die Gräfin gelassen.

Er verbeugte sich, um zu gehen.

Graf Schlettendorf! rief Allgunde aufspringend — noch ein Wort!

Sie befehlen?

Sie schritt ohne weiter zu sprechen ein paar mal im Zimmer auf und ab. Suchte sie sich Fassung zu erringen? In der That, es schien, als habe sie mit wunderbarer Gewalt über sich nur wenige Augenblicke dazu nöthig . . . sie sagte mit einem Ton des Gleichmuths, als sei eben von den gleichgültigsten Dingen die Rede gewesen:

Man hat Sie in diesen Tagen vermißt. Ich weiß jetzt, daß Sie bei Theo waren, aber niemand konnte daran denken; ich darf Ihnen nicht verhehlen, daß Ihr Verschwinden in demselben Augenblick, wo Baron Tondern einen Ehrenhandel mit Ihnen ausmachen wollte, äußerst auffallend gewesen ist. Unterlassen Sie doch nicht, möglichst bald an Tondern Ihren Secundanten zu schicken; wenn Sie auch, setzte sie lächelnd hinzu, durchaus mein Widerpart sein wollen, so können Sie mich doch nicht hindern, wenn ich nur mit einem unbescholtenen und an seiner Ehre ungekränkten Gegner kämpfen mag!

Gräfin Allgunde sprach diese Worte mit der äußersten Gelassenheit und durch keine Miene eine andere Stimmung verrathend als Ernst und das Gefühl großer Würde.

Ich danke Ihnen für diese Nachricht, sagte Valerian und verließ das Zimmer.

In diesem Augenblicke veränderten sich die Züge der Gräfin plötzlich in höchst auffallender Weise. Ihre Augenbrauen schienen in eine tiefe Falte des Zorns zusammenrollen zu wollen, ihre blaue Unterlippe zitterte und jede Fieber ihres marmorblassen Gesichts zuckte in krampfhafter Aufregung. Es war häßlich geworden, dieses Antlitz, in dem durch die gelbe Farblosigkeit der

Wangen sich dunkelrothe Aederchen schlängelten und über der Stirn strotzende Venen aufliefen, während die großen, starren Augen Blicke schossen, als ob ein paar von kalten, harten Dämonen sich da eingenistet; aber es war auch fürchterlich und erschütternd wie das Antlitz einer Medea. Sie stand eine Weile so, die Blicke auf die Thür gerichtet, als ob sie durch die Breter hindurch dem Feinde folgen und ihn vernichten sollten. Dann stieß sie ein kurzes, zorniges Gelächter aus und sich wendend begann sie wieder sehr langsam in dem Zimmer auf- und abzugehen, halbe Silben oder gebrochene Worte ausstoßend, bis sie endlich in zusammenhängender Rede sagte:

Also du willst Kampf, du willst Krieg mit mir — o du sollst ihn haben, ja, bei Gott, bis auf den Tod! O schändlicher Verrath! fluchwürdiger Elender, für den ich mehr that als für einen Menschen auf der Welt! Schlange, die ich am Busen nährte, schwacher, niedrig gesinnter, jämmerlicher Mensch! Fluch, Fluch, dreimal Fluch der Niederträchtigkeit, die zu Hohem berufen ist und sich ihm entzieht im feigen Drange nach dem Alltäglichen; die diesen Drang, statt ihn offen zu gestehen, mit modernen Weisheitsphrasen und den Gemeinplätzen liberaler Strohköpfe verdecken will! O welch herzloser, undankbarer Mensch! Wie vor einer Mutter sollte er vor mir auf den Knien liegen — Dankesthränen weinen! Aber du sollst mich kennen lernen! Deine Braut, wie du sie nennst, sollst du, ehe wenige Tage verflossen sind, als angetrautes Weib in der Gewalt deines Feindes sehen; dein Freund und Schützling, mein edler Gemahl, soll wie ein durchgepeitschter Hund Gott danken, wenn man ihn losläßt, um sich heulend aus dem Staube machen zu können! Und über dich selbst will ich eine Acht aussprechen, die dich treffen soll wie ein Femspruch. Die Welt soll dich fliehen wie einen Aussätzigen, und wo du die Hand darreichst, soll man sie fortstoßen, als strömte die Pest aus ihren Poren!

In diesem Augenblick schlüpfte Herbertine in das Zimmer und sagte mit allen Spuren des Schreckens in den Mienen:

Gott, wie ist der Vater so zornig! Er läuft an seiner Schnur im Zimmer herum wie ein blutender Eber; er wüthet gegen dich und Tondern und Cousine Theo und alle —

Laß ihn wüthen, unterbrach sie barsch die Gräfin — lauf' und laß augenblicklich meinen Wagen anspannnen — auf der Stelle!

Das arme Kind, das vom Regen in die Traufe gekommen, schoß eilfertig wieder hinaus.

Es kommt alles darauf an, flüsterte dann Allgunde, ihn einige Tage lang irgendwo zurückzuhalten, bis Theo rasch und ohne Aufsehen in unsere Gewalt gebracht ist. Das Duell dient trefflich zu diesem Zweck.

Sie hüllte sich hastig in Ueberwurf und Shawl und als sie in den Wagen stieg, der nach wenigen Minuten bereit stand, befahl sie dem Kutscher:

Nach Haus Rellingstein!

Dies war der Name des Gutes, welches Heydenreich Tondern gehörte.

Achtzehntes Kapitel.

Ein Stamm und seine Blüte.

Als Valerian Surenburg verlassen hatte, begab er sich eiligst nach dem nur wenige Stunden entfernt liegenden Gute, auf welchem Herr von Sackenrode wohnte.

Herr von Sackenrode hatte unterdeß Valerian's Cartelträger bei Tondern gemacht und dieser sich durch seinen Secundanten bereit erklärt, die verlangte Genugthuung zu geben. Daß aber Valerian zur sofortigen Erledigung der Sache die letzten Tage hindurch vermißt worden sei, wie Allgunde gesagt hatte, davon wußte Sackenrode nichts, als jener ihn darum befragte, sobald er vor ihm stand.

Als Waffen wählte nun der Beleidigte Pistolen und bat seinen Freund gleich zu Tondern selbst oder zu seinem Secundanten hinüberzureiten und diesem seinen Wunsch auszudrücken, daß die Sache am andern Morgen abgemacht werde. Valerian war in der höchsten Ungeduld, die verdrießliche Episode beseitigt zu sehen, um zu Theo zurückkehren zu können; er hatte keinen ruhigen Augenblick, bis er wieder an der Seite seiner Braut war, der er seine Rückkehr so bestimmt zugesagt hatte, und die auf diese Rückkehr so gespannt sein mußte.

Sackenrode war ein Pferdenarr und hatte den Adelssparren zu einer immensen Größe in sich ausgebildet; man sah in seinem Hause das freiherrlich Sackenrode'sche Wappen an allen Ecken und Enden; hier war es in die Rücklehne der Sessel und dort auf die Sofakissen, die Pantoffeln der Hausfrau, die Zipfel der Servietten gestickt; dort in die Fensterscheiben gebrannt, in die Ecken der Gemälde gepinselt, in die Halsbänder der Jagdhunde gravirt, die mit silbernen Ketten an die Wände seines Wohnzimmers angeschlossen lagen — sonst aber war er ein gutmüthiger und gefälliger Mensch, und als er Valerian's Unruhe wahrnahm, versprach er alles zu thun, was in seiner Macht stehe.

Während er sich zu Pferde setzte, um nach Haus Rellingstein zu reiten, schrieb Valerian einen Brief an Theo, der sie über sein Ausbleiben an dem bestimmten Tage trösten sollte und die Hoffnung aussprach, daß er einen Tag später werde bei ihr sein können. Den Grund seines Ausbleibens verschwieg er. Doch unterließ er nicht, seine Braut von dem Erfolg seiner Unterredungen mit Mainhövel und mit der Gräfin Allgunde in Kenntniß zu setzen.

Ein Bote ging mit diesem Briefe nach dem Hofe von Ostenwalde hin ab.

Gegen Abend kam Sackenrode zurück; er war unterwegs auf den Secundanten Tondern's gestoßen, der ihn just besuchen wollte und mit einem ähnlichen Auftrage von seinem Freunde versehen war, wie Sackenrode ihn auszurichten beauftragt worden. Auch Tondern hatte eine große Eile, das Duell zu beendigen, gezeigt, und so war festgesetzt worden, daß es am andern Morgen vor sich gehen solle. Als Ort der Zusammenkunft hatte man eine Stelle gewählt, welche zwar ziemlich weit entfernt lag, aber den Vortheil gewährte, daß sie Schutz vor jeder Unterbrechung durch das Nahen irgendeines Menschen bot, und daß, im Falle einer der Streitenden verwundet werden sollte, sich ein stilles und verschwiegenes Obdach zu seiner Pflege in der Nähe befand. Das Stelldichein lag nämlich in dem südlichen und gebirgigen Theile des Landes; hier hatte man ein einsames Thal ausgesucht, in dessen Grunde sich eine Mühle befand, welche dem Freiherrn von Sackenrode zugehörte, während etwa eine Stunde von dem Orte, seitwärts im Gebirge, ein Gut lag, welches dem Grafen von Quernheim eigen war und also einen Rückzugspunkt für Tondern bilden konnte.

Es mochte am andern Tage elf Uhr Vormittag sein, als nach einem ziemlich scharfen Ritte Valerian und Sackenrode, jeder von einem Diener begleitet, an der Mühle ankamen. Tondern und sein Secundant waren noch nicht da. Man mußte sich entschließen zu warten. Gegen drei Uhr Nachmittags kam ein Bote mit einem Briefchen an Sackenrode; Tondern war durch eine plötzlich eintretende Verhinderung, die er nicht näher bezeichnete, vom Kommen abgehalten worden, versprach aber, am andern Morgen bei Zeiten ganz sicherlich eintreffen zu wollen. Trotz seiner Ungeduld, nach dem Hofe zu Ostenwalde zurückzukehren, konnte Valerian nicht umhin, sich in die Verzögerung zu fügen. Sackenrode sah nichts Auffälliges darin, und mit seinem großen Phlegma nahm er die Sache sehr gleichgültig auf. Wir gehen ein wenig auf die Jagd, sagte er, um uns die Zeit zu vertreiben, der Müller hat eine brauchbare Doppelflinte und Ihr Reitknecht kann für mich eine andere aus einem Jägerhause holen, das kaum eine halbe Stunde von hier entfernt ist. Vorstehhunde haben wir zwar nicht, aber die schaden mehr als sie nützen bei der Hasenjagd und Hasen sind die Hauptsache in dieser Gegend ...

Valerian ließ es sich gefallen und nachdem des Müllers alte Doppelflinte mit Steinschlössern herbeigeholt und geladen war, begann man die Jagd, nach der Seite hinaus, wo das Jägerhaus lag, nach welchem der Reitknecht voranschritt. Nach etwa dreiviertel Stunden war der letztere wieder bei seiner Herrschaft und brachte eine zweite Flinte und eine mit allen nöthigen Erfordernissen versehene Jagdtasche, sodaß nun auch Sackenrode sich bewaffnen konnte. Nicht eine Viertelstunde später wurde ein unglückliches Häslein aufgetrieben ... Valerian schoß und fehlte, Sackenrode zielte mit bewundernswürdiger Gemüthsruhe und schoß die Beute zusammen.

Ihre alte Donnerbüchse scheint nichts zu taugen, sagte er, während er den abgeschossenen Lauf neu zu laden begann.

Ich weiß nicht, versetzte lächelnd Valerian ... ich möchte selbst eine alte Donnerbüchse nicht verleumden, wenn ich selbst der Sünder bin ... ich bin kein sehr geübter Jäger und meine Stimmung ist zudem nicht aufs Hasentödten eingerichtet.

Nicht geübt? rief Sackenrode aus ... a bah ... ein ordentlicher Edelmann braucht kein geübter Jäger zu sein und schießt doch gut — das liegt im Blute.

Bei mir, wie es scheint, nicht ... auch mein Vater war kein Jäger und so hat er mir nicht vererben können, was er selbst nicht besaß!

Kein Jäger ... das ist seltsam! rief Sackenrode aus, der eben den Ladestock wieder einschob.

Und doch bei ihm sehr erklärlich, fuhr Valerian fort ... er war als junger Mensch, ohne seine Herkunft zu kennen, bei Büchern aufgewachsen, seiner Zeit ein tüchtiger Jurist geworden und in die Dienste meines Großvaters Anglure getreten; und dann war, durch eine Jagd veranlaßt, ein Ereigniß in sein Leben getreten, welches ihm von nun an alles, was mit der Jagd zusammenhing, fatal machte ... es war das zu einer völligen Idiosynkrasie geworden ... mein Onkel Clemens Schlettendorf wurde nämlich auf einer Hofjagd erschossen ...

Es ist wahr, fiel Sackenrode ein — ich habe meinen Vater davon erzählen hören!

Und, sprach Valerian weiter — da nun mein älterer Bruder ebenfalls durch ein Unglück auf der Jagd umgekommen ist, so begreifen Sie, daß mein Vater die Jagd haßte und meine Leidenschaft für die Sache keine große sein kann.

Valerian ließ sich bei diesen Worten auf den grünen Rain zu Füßen einer moosbewachsenen alten Eiche nieder. Sackenrode folgte seinem Beispiel.

Ich will Sie auch nicht mit mir umherschleppen, wenn Sie kein Vergnügen an der Streiferei finden, sagte er; es ist nur um die Zeit todtzuschlagen. Dieser Tondern hätte auch zur richtigen Stunde da sein können, es ist ungehobelt von ihm, uns so warten zu lassen.

Es ist immer ein Tag gewonnen, für ihn oder für mich, wenn einer von uns fallen sollte, bemerkte Valerian.

Fallen ... so schlimm wird es nicht werden, entgegnete Sackenrode ...

Wer weiß ... ich bin im Unglück seit gestern, versetzte Valerian — man hat Zeiten, wo man in allem Unglück hat und andere, wo alles uns gelingt ... und dann zweifle ich auch nicht an Tondern's herzlichem Wunsch, mich aus seinem Wege zu schaffen.

Ich glaube, daß Sie ihm da unrecht thun; Sie sind der,

welcher gefordert hat, nicht er. Er ist nicht der Mann, der eine Liebhaberei für Todtschießen hat; unter uns, ich halte nicht viel von seiner Courage, und ich wette, er dankt Gott, wenn Ihre Kugel aus dem Lauf und eine beliebige Anzahl Ellen weit an seinem blonden Schlaukopf vorübergepfiffen ist ... seine wird Ihnen wenig Leids anthun! Und mehr wie zwei Kugeln wechseln Sie nicht, dafür sorgen wir Secundanten schon!

Es ist das auch durchaus nicht mein Verlangen, sagte Valerian ... das ganze Duell ist eigentlich eine Thorheit!

Das könnte man so ziemlich von jedem Duell sagen, fiel Sackenrode ein — ein ganz verfluchter, grenzenloser Unsinn — um es vertheidigen zu können, muß man ein Mensch wie Sasseneck sein, der uns „lauter unnatürliche Kerle“ nennen würde, wenn er es hörte.

Sie haben recht, Sackenrode, fuhr Valerian fort, aber in unserm Falle ist es eine doppelte Thorheit. Tondern hat mich beleidigt und mich gezwungen, ihn zu fordern, weil er glaubt, ich dränge mich zu einem Ehrenamt, das er selbst einnehmen möchte. Das ist aber keineswegs der Fall, ich habe sehr entschieden erklärt, daß ich den Ehrgeiz, den andere für mich hatten, nicht im geringsten theile.

Und sollte Tondern ...

Tondern hegt diesen Ehrgeiz!

Das ist sicher thöricht von ihm, sagte Sackenrode, und zeugt von einer großartigen Selbstüberschätzung. Bei Ihnen wäre es etwas anderes — Sie haben eine ganz andere Stellung ...

Mit der ich aber ganz vollkommen zufrieden bin, unterbrach ihn Valerian.

Sackenrode nickte lächelnd.

Ich glaube es Ihnen, sagte er. Sie wären ein Thor, wenn Sie sich einen Wust von Amtsgeschäften auf den Hals lüden. Ein Thor, wer seine Freiheit und Unabhängigkeit dahin und sich in den Dienst einer Regierung, das heißt eines Systems begibt! Ein Edelmann soll frei und unabhängig auf seiner Hufe sitzen, daran erkennt man ihn. Sie haben recht, daß Sie der Quernheim einen Querstrich durch alle ihre Plane gemacht haben — mir hat die Sache nie gefallen. Wenn wir uns in die Bureaukratie mischen, so verkennen wir unsere Stellung und verpfuschen sie. Jetzt sind wir ein unabhängiges, auf sich selbst stehendes Element, dem man immer mehr oder weniger den Hof machen muß, um es zu gewinnen. Beginnen wir, uns in Stellen einfangen zu lassen, so werden wir bald absorbirt sein!

Ich habe noch andere Motive meines Entschlusses gehabt, entgegnete Valerian. Ich hätte mir allerdings vorsagen können, daß eine solche Stellung mir unendlich viele Gelegenheiten gebe, Gutes zu bewirken, Wohlthaten zu erweisen, Uebel abzuwenden und Misbräuche abzustellen u. s. w. Aber ich glaube nicht, daß es die Aufgabe eines Menschen ist, auszugehen, um das Gute zu thun und das Böse zu bekämpfen. Dabei ist immer etwas vom Helden des Cervantes. Ich glaube, daß wir am besten unsere Aufgabe erfüllen, wenn wir durch ruhige Erfüllung der Pflichten unsers Alltaglebens gut zu sein und gut zu thun suchen.

Darin stimme ich Ihnen vollkommen bei, sagte Sackenrode, der seine Hasenjagd völlig zu vergessen schien über dem Vergnügen, Valerian's offene Mittheilungen anzuhören.

Sehen Sie, fuhr dieser fort, ich bin nun einmal durch die Vorsehung zum Eigenthümer eines großen Landbesitzes gemacht, und ich glaube, meine Aufgabe ist, an dieser Stelle zu bleiben, und ohne den Ehrgeiz, andern zeigen zu wollen, was ein Mann in solcher Stellung thun und wirken kann, sie so auszufüllen, wie ich glaube, daß jeder von uns sie ausfüllen müßte. Ich werde meinen Acker bauen, aber auf eine Weise, die meinen Grundholden zeigt, wie man den Acker bauen muß, um ihm weit höhere Erträge abzugewinnen, als sie sie bisher gewannen. Ich werde streben, die Verhältnisse dieser Leute zu heben. Ich werde sie unterstützen, ihnen Versicherungskassen unter sich, für ihre Ernten, ihr Viehbestände schaffen. Ich werde ihre alten Sitten zu erhalten, ihre Bräuche und Feste zu beleben suchen, ich werde vor allem auf ihre Intelligenz zu wirken streben, die in ihren Schulen, in dem dürftigen Lesestoff, der zu ihnen gelangt, so wenig Nahrung findet. Man hält die Menschen, die auf den unmittelbaren Verkehr mit der Natur angewiesen sind und ihr mühsam ihr dürftiges tägliches Brot abringen, für kräftiger, gesünder, für frischere Wesen, als die „gebildeten“ Menschen, als die Städtebewohner seien. Das ist eine Idee wie die von der Schönheit des Wonnemonds, welche die Poeten in Umlauf gesetzt haben. Nichts ist falscher. Es gibt unendlich viel Krankheit, Leiden, Entmuthigung und Todessehnsucht in den Hütten der „Kötter“. Diese Menschen sind weder moralisch noch körperlich kräftiger als die höhern Stände ...

Ja, ja, sagte Sackenrode — sie lassen verzweifelt schnell die Ohren hängen, wenn ihnen etwas zustößt. Moralische Kraft ist schwach bei ihnen entwickelt. Eine Prinzessin genest von einer unglücklichen Liebe, ein Bauermädchen stirbt daran! Und Krankheiten haben sie, daß sich Gott erbarm'! —

Und so, fuhr Valerian fort, ist gerade hier unendlich viel zu thun, um einerseits diesen Leuten durch verbesserte Einrichtungen die Arbeitslast zu erleichtern, andererseits sie zu belehren, daß sie ihre Lebensweise gesünder und vernünftiger einrichten, ihre Kranken richtiger behandeln, sich vom menschlichen Organismus richtigere Vorstellungen machen ...

Ich sehe Sie schon an der Arbeit, einen Gesundheitskatechismus für Ihre Kötter zu schreiben, fiel lachend Sackenrode ein.

Ich werde wenigstens einen Preis auf einen solchen aussetzen, sagte Valerian — doch habe ich diese Einzelheiten nur anführen wollen, um anzudeuten, was ich als meine Aufgabe in meiner Stellung betrachte, und als die Aufgabe jedes Mannes in meiner Lage. Wie gesagt, mir liegt dabei der Ehrgeiz, andern ein Muster zu sein, vollständig fern. Aber durch die That mag mein Beispiel dann zeigen, welche hohe Stellung der Edelmann in der Welt von heute einnehmen kann, ohne der Wiedererlangung von Prärogativen nachjagen zu brauchen, welche doch nun einmal verloren und im Widerstreit mit dem Jahrhundert sind!

Sackenrode machte ein eigenthümliches Gesicht, während er die Worte Valerian's anhörte; halb schien ihn der Eifer des jungen Mannes zu erwärmen, halb schien sich etwas von Spott in die Betrachtungen zu mischen, die dudurch in ihm erregt wurden.

Mein lieber Graf Valerian, sagte er dann, Sie können's versuchen ... werden auch viel Gutes stiften auf die Art ... zweifle nicht daran ... werden aber sehen, wie weit Sie kommen, bis Sie so viel Aerger und Verdruß von dem dummen Volke und denen, welche das Volk lieber dumm sehen, bekommen, daß Sie genug davon haben! Aber wie ist's mit der Jagd?

Die Sonne naht sich dem Untergange und ich denke, wir könnten es bei dem einen Hasen, den Sie so glorreich erlegt haben, bewenden lassen!

Sie haben recht, wenn die Müllerin ihn uns noch für heute braten soll, wird es Zeit, daß wir ihn bei ihr abliefern.

Beide erhoben sich und schlugen den Heimweg ein, lässig schlendernd durch die grüne, wald- und wiesenreiche Hügelgegend. Sackenrode sah mit großer Befriedigung zu den prachtvollen Eichenbeständen eines großen Gehölzes auf, durch das sie ein Fußweg führte.

Es ist eine Lust, diese Bäume anzusehen, sagte er — man könnte eine ganze deutsche Flotte daraus bauen ... es ist möglich, daß sie mir gehören.

Ihnen? Und darüber sind Sie im Unklaren?

Nun ja — wer weiß denn, wo man alle seine Kämpe und Kotten liegen hat! Ich habe drüben im Rheinlande ein großes Gut, das ich noch nie gesehen habe; aber ich will im nächsten Jahre einmal hin ... Lammersum hat mit mir gewettet, daß ich doch nicht dazu käme, es einmal anzusehen, und so muß ich am Ende wol. Er selber aber hat eine schöne Burg mit ausgezeichneten Weinlagen, die er im Rheingau oder daherum besitzt, auch noch nie gesehen. Ich will den Müller fragen, ob diese Eichen mir gehören — der wird es wissen. Das müssen Sie aber dem Adel lassen, mein lieber Schlettendorf, wenn er nicht wäre, wo blieben dann diese unsere wundervollen Eichen, an die uns kein Holzhändler tasten darf, und wo unsere guten gehegten Wildbestände? Am Ende sind wir doch so übel nicht, wie ihr uns machen wollt ... Pfennigfuchser sind wir auch nicht, das wissen unsere Colonen und Heuerleute, die oft nicht den fünften Theil dessen an Pacht zahlen, was ein speculativer Kopf aus ihnen herauspreßte! Nein, ihr thut uns unrecht ...

Ihr ... wen verstehen Sie unter diesem Plural?

Nun, Sie und Sasseneck ...

Sasseneck! rief Valerian überrascht aus.

Nun ja ... dem Sasseneck sind wir nicht derb und urwüchsig genug ... er möchte Bojaren mit langen Bärten und in Bärenfellen aus uns machen, und Ihnen sind wir nicht modern gebildet genug ...

Valerian war sehr betroffen über diese demüthigende Zusammenstellung, wenn sie ihm auch die Ehre ließ, der Gegenpol Sasseneck's zu sein.

Er antwortete nur mit einem spöttischen Lächeln. Das ist das Schicksal der Missionare auf Erden, sagte er sich ... man wirft sie mit den Narren zusammen!

Sehen Sie, fuhr Sackenrode fort, wenn Sie's mir nicht übel nehmen wollen, Sie haben da neulich in Surenburg doch viel Unsinn geschwätzt! Im einzelnen genommen ist mancher seltsame Kostgänger unsers lieben Herrgotts unter uns. Unsere jungen Leute könnten sich auch den Kopf mehr anstrengen, daß sie mehr lernten. Das gebe ich auch zu. Wenn die Frau Gräfin R. ihren einzigen Sohn und Stammherrn vor allen schädlichen und die Gesundheit untergrabenden Einflüssen der Wissenschaften zu behüten strebt und endlich, vom Vormundschaftsgericht gezwungen, ihn aufs Gymnasium zu schicken, ihn mit ihrem mütterlichen Segen und den Abschiedsworten entläßt: „Ich befehle dich nur Eins an, Xaver, daß du mich man nichts lernst!" — so müssen Sie nicht glauben, daß ich das nicht lächerlich finde. Aber wenn Sie so im allgemeinen auf uns einreden, so sage ich Ihnen, Sie haben unrecht! Sie könnten ebenso gut sich hinstellen und unserm ganzen Volksstamm eine Rede halten und ihm sagen, er solle sich bessern! Wir sind nichts als ein Bruchtheil dieses Volksstammes, der erste, vornehmste; wir sind seine Blüte. Was in ihm ist, das ist in uns. Die alten Wehrfester und Colonen hier glauben, eigentlich und ursprünglich seien sie die Herren des Landes, wir seien später, vielleicht mit den Franken gekommene Eindringlinge, die vor ihnen auch wieder weichen müßten. Nehmen wir an, das geschähe, die großen Hofebesitzer, die Schulzen träten an unsere Stelle — glauben Sie nicht, daß diese nach kurzer Zeit ganz dieselben Leute sein würden wie wir heute? Sie würden es sein, und recht respectable Leute, das kann ich Sie versichern. In unserm Volksstamm sind tüchtige, mannhafte, kernige und große Eigenschaften, Eigenschaften, worüber man seine Freude haben kann, daß sie noch in der Welt sind. Jede gute Seite hat ihre grobe Kehrseite, das ist richtig. Ich habe einen Kerl gekannt, der, wegen einer That in Untersuchung, welche ihm vier Jahre Zuchthaus gebracht hätte, sich verrückt stellte und nun dreizehn Jahre lang in Gefängniß und Irrenhaus umhergeschleppt die Simulation durchführte und den untersuchenden gelehrten Herren und Richtern und Aufpassern die Zähne wies; ein Weib, das ihren Mann bedrohte, wenn er noch einmal trunken heimkehre, werde sie nie mehr ein Wort zu ihm sprechen, und, als er am nächsten Sonntag abermals betrunken war, buchstäblich bis an ihr Lebensende kein Wort mehr sagte! ...

Unglaublich! rief Valerian aus.

Aber wahr, und was beweist es? daß, wo es solche Leute gibt, auch bewundernswürdige Ausdauer und heldenmüthige Kraft, unerschütterliche Treue und wunderverrichtende Zähigkeit sein muß. Wenn Sie länger im Lande sind, werden Sie mehr davon zu sagen wissen. Und Sie werden dann vielleicht davon abstehen, viel an uns ändern zu wollen, wenn Sie gesehen haben, daß Sie das, was Sie an uns tadeln, so ziemlich überall im Lande, bei allen seinen Söhnen finden. Meinen Sie, eifriges Bildungsstreben, Herzlichkeit und wohlwollendes Entgegenkommen gegen fremde Elemente, geistige Rührigkeit, freies Gedankenleben, die seien in unserm Bürgerstande weit mehr als bei uns? Sehen Sie sich die Leute einmal an ... ich will ihnen nichts Uebles nachsagen, denn ich komme wenig mit ihnen in Berührung, aber ich glaube, sie sind dieselbe Rasse wie wir auch, und die Rasse ist nicht so schlimm, das glauben Sie mir!

Mag sein, entgegnete Valerian — aber wenn Sie unsern Stand die Blüte des Stammes nennen, so erkennen Sie damit die Pflicht für ihn an, dem Stamm vorzuleuchten und an seiner Spitze die Wege der Humanität zu wandeln.

Ja, sehen Sie, versetzte Sackenrode ein wenig kaustisch, Humanität, das ist für mich ein Wort, für das ich nichts gebe; ich versteh' den Henker, was ihr damit meint ... und was das Vorleuchten angeht, nun, meiner Seel', so leucht' ich ja auch, ich thu' das Mögliche, um die gute alte Klei-Pferderasse wieder in die Höhe zu bringen, die unser Bauer nöthig hat — was können Sie mehr von mir verlangen?

Nichts, sagte Valerian gutmüthig, und weil Sie mir da so vernünftig zugeredet haben, meine jugendlichen Anschauungen zu berichtigen, will ich auch zur Belohnung dafür den Rest des Weges zur Mühle den Hasen tragen.

Da haben Sie ihn, antwortete lachend Sackenrade, denn wenn Sie ihn auch nicht geschossen haben, so werden Sie ihn doch mit verspeisen helfen! —

Nach einer Weile erreichte man die Mühle und Sackenrode begann nun die Zurüstungen, welche man in der Aufkammer für die Nachtruhe der beiden Herren getroffen, zu inspiciren und einen Theil der schweren Federkissen aus dem tiefen in der Wand angebrachten Kasten, in denen sie schlafen sollten, fortwerfen zu lassen.

Valerian ging unterdessen in den Garten hinaus, und setzte sich auf eine Rasenbank, die unter einer Eschengruppe am Bach, den schäumenden Mühlrädern gegenüber, angebracht war.

Er sehnte sich danach, eine Weile allein zu sein und die unruhige Erregung seiner Gedanken und seines ganzen Wesens zu beschwichtigen. Sein Conflict mit Mainhövel, die Scene mit Allgunde, die Aussicht auf ein Pistolenduell am andern Tage, die Unzufriedenheit mit sich, daß er sich in eine Affaire, die ihm immer als eine Thorheit vorkam, eingelassen, und vor allem der Gedanke an Theo's Harren auf ihn — es war genug, um seine Lebensgeister in einer Art Fieber zu erhalten. Das, was Sackenrode ihm vorhin gesagt, hatte deshalb auch weniger Eindruck auf ihn gemacht, als es sonst vielleicht der Fall gewesen wäre. Seine Leidenschaft hatte sich zu sehr seiner bemächtigt, um seine Gedanken nicht abzuwenden von allem dem, was nicht unmittelbar mit ihr zusammenhing, was das Allgemeine betraf. Der Gedanke des Wirkens und Schaffens für das Allgemeine geht unter in dem Egoismus der Liebe. Die Liebe kennt ein anderes Schaffen', l'amour est pour les êtres supérieurs la création morale la plus immense et la plus attachante, sagt ein französischer Autor, aber die Welt, welche sie schafft, liegt ganz umumschlossen von Einem Gemüth und von Einem Herzen.

Als Valerian am folgenden Morgen erwachte und seine ersten Gedanken mit den frischen Grüßen seiner Liebe zu Theo hinüberflogen, da fiel ihm jenes Wort Allgundens ein, welches er sie damals in der Gesellschaft hatte sprechen gehört: Es wird Theo eine hübsche Ueberraschung sein, wenn ich eines schönen Morgens vor ihrer ländlichen Residenz vorfahre! Diese Drohung der unternehmenden und gewaltthätigen Gräfin erfüllte ihn mit großer Beunruhigung. Er sprang auf aus dem dunkeln und dumpfen Bettkasten, welcher für ihn hergerichtet war. Da er wahrnahm, daß Sackenrode noch schlafe — obwol es durchaus nicht mehr früh war, denn die Ermüdung der vorhergehenden Tage hatte Valerian in einen sehr festen und tiefen Schlummer geworfen — so wandelte er in das Freie hinaus, folgte dem Mühlenbache durch ein schattiges Erlen- und Weidengehölz und erklomm dann eine der Anhöhen, welche das Thal umschlossen. Hier war ein alter Mann, der mit freundlicher Gesprächigkeit Valerian anredete, beschäftigt, den hohen Ginster, die gelbblühende Wappenpflanze der Plantagenets, abzuschneiden, um Besen daraus zu binden. Man überblickte auf der sandigen Anhöhe das Mühlenthal und den Weg, den Tondern kommen mußte. Der Hügel war öde und zeigte die dürftigste Vegetation; unter der dünnen Decke von kargen Grashalmen und Sandhafer, welche über den Abhängen lag, trat der sterile Boden vielfältig nackt zu Tage; nur unten im Grunde rieselte der Bach durch Wiesen und üppiges Gehölz. Nach Süden hin war dagegen die Umgebung des Thales romantisch und schön; hier dehnte sich das Waldgebirge aus und hob sich in immer bedeutendere Höhen, die übereinandergelagert den Horizont schlossen. Valerian überblickte das Landschaftsbild, das vor ihm ausgebreitet lag; links und vor ihm, jenseit des grünen Thales zu seinen Füßen, stieg das Gebirge empor; rechts, nach Norden hin, waren ebenfalls Anhöhen, aber keine geschlossene Kette, sondern einzelne Hügel, zwischen denen Schluchten und Pässe Durchblicke gewährten. Durch diese Schluchten sah man die Dorfhütten und die Thurmspitzen und Mauerzinnen der kleinen Städte, die weißgetünchten Gebäude der Rittergüter mit Giebeln und Söllern, welche in der fruchtbaren Ebene über grüne Wiesen und aus dunkeln Hainen ragten. Es lag Wald und Acker und Weide in wohlthuender, malerischer Abwechselung da unten durcheinander und über der ganzen, weiten Fernsicht schwebte der verklärende, duftige Morgennebel des Herbstes, mit dem die Strahlen der Sonne und der goldig helle Aether der höhern Atmosphäre im Kampf zu liegen schienen, während die schönsten blauen Tinten über den Höhen und den fernsten Waldstreifen ausgegossen waren.

Valerian wandte sich, nachdem er eine Weile glänzenden Auges den Zauber der schönen Fernsicht hatte auf sich wirken lassen, welcher eine Reihe frommer und erhebender Gedanken in ihm erweckte. Seines vom Glück der Liebe erfüllten Herzens bemächtigte sich eine Stimmung von weichster Rührung ... O wäre meine Seele so rein und klar wie diese lautere, krystallhelle Morgenluft, die mich umweht! dachte er; bliebe immer mein Herz, mein Muth, meine Treue und mein Glaube so unerschütterlich, so fest, wie diese Berge vor mir ruhen, die duftigen, blauen Wände emporspannend gleich Riesengezelten einer geheimnißvollen Stiftshütte! Ja, sie, sie! rief es dann in ihm, und ein tiefes Gefühl des Glücks zog durch seine Seele, sie wird mich von nun an athmen lassen in der goldreinen Gedankenatmosphäre ihrer Nähe, in ihr Auge werde ich sehen wie in das Allerheiligste einer Stiftshütte, und warnende Stimmen eines Engels werde ich heraushören, wenn ich irren oder fehlen will!

Seine Blicke fielen auf das Mühlenthal zu seinen Füßen. Betroffen wandte er sich ab und setzte sich sinnend auf einen der Steinblöcke, die neben ihm halb aus dem Sande emporragten.

Bin ich denn nicht im Begriffe zu irren und zu fehlen, gerade jetzt? Was führt mich in diesen düstern Mühlengrund da unten? Eine Handlung will ich begehen, die nach meiner innersten Ueberzeugung und wenn ich auf mein Gewissen mich frage, entweder eine Kinderei oder ein Verbrechen ist!

Sein Vorhaben schien ihm in seiner jetzigen Stimmung doppelt nichtig und verkehrt, daß er sich vor sich selber zu schämen anfing.

Und du solltest den Muth nicht haben, zu thun, was deine Ueberzeugung dir gebietet? rief er aus, du solltest auch deinen Zoll geben an die feige Mattherzigkeit deiner Zeit, die kritisch genug ist, alles Verkehrte zu durchschauen und doch den Muth nicht hat, durch eine entschiedene Willensermannung es abzuschütteln? — Die Zeit drängt — Theo ist unbeschützt und allein!

Er sprang auf. He, Alter, rief er dann den Mann im Ginster an, wo ist der nächste Weg für einen Reiter nach Schlettendorf oder, wenn Ihr den Ort nicht kennt, nach der Gegend von Birkenheim?

Valerian wollte über Schlettendorf, von wo aus er Sackenrode die für sich und seinen Bedienten entliehenen Pferde zurückzusenden beabsichtigte, und über Blankenar, wo er Theo's Wagen und Diener nach dem Hofe von Ostenwalde abschicken sollte, zu seiner Braut zurückeilen.

Nach Birkenheim? fragte der Alte und, indem er dicht neben Valerian trat, legte er die Hand an die Stirn und wies mit seiner Sichel in nordöstlicher Richtung nach einer der Schluchten, welche die Bergreihe nach dieser Seite hin durchschnitten.

Dort, sagte er, dort durch die Schlucht; da hindurch führt der Fußweg ins ebene Land; halten Sie sich nur immer an den Mühlbach dort unten, der fließt auch durch die Schlucht, und wenn Sie dann weiter kommen und niemand finden, der Ihnen den Weg zeigt, so steigen Sie nur aufs Arnsteiner Schloß und fragen da nach.

Ich danke Euch, Alter, sagte Valerian und wanderte langsam, wieder unentschlossen werdend, mit sich kämpfend, zur Mühle hinab.

Es drängte ihn gewaltsam, wie eine innere Ahnung trieb es

ihn fort von hier; aber durfte er denn, gerade er, bei der zweifelhaften Stellung, in die er, wie er wohl fühlte, immer mehr bei seinen Standesgenossen gerathen mußte? Konnte er auch jetzt wieder dem Vorurtheil trotzen? ...

Als er im Grunde unten angekommen war, noch ein paar Büchsenschüsse weit von der Mühle, stieß er auf einen Menschen zu Pferde, der zwar keine Livree trug, aber ganz das Ansehen eines Lakaien hatte.

Herr, sagen Sie mir, redete dieser ihn an, wie spät ist es?

Neun Uhr beinahe.

Erst neun? Ich denk', nach meiner Uhr ...

Sollt Ihr jemand hier erwarten?

Der Reiter blickte forschend den Grafen an und antwortete nicht.

Woher kommt Ihr?

Von Rellingstein, versetzte trocken der Gefragte, wandte sein Pferd und ritt sehr langsamen Schrittes denselben Weg zurück, den er gekommen.

Valerian eilte ihm nach; er ergriff die Zügel seines Thieres und sagte in heftigem, befehlendem Tone:

Halt, Bursche! Gib mir Antwort: kommt dein Herr, oder kommt er nicht?

Kommen? wohin?

Hierher!

Ich habe nicht gesehen, daß er Anstalten gemacht hätte, irgendwohin zu kommen!

Und was willst du hier?

Nichts, was Euch beträfe, sagte der Mensch trotzig und sein Pferd spornend.

Valerian hielt den Zügel fest, daß das Thier sich bäumte.

Du kommst nicht von der Stelle, bis du mir Rede stehst, rief er zornig, und winkte seinem Reitknecht, welcher in diesem Augenblicke vor der Mühle sichtbar wurde. Valerian's vornehm befehlende Stimme und der Umstand, daß ein Diener in reicher Livree ihm gehorchte, wirkten auf die berittene Lakaienseele so einschüchternd, daß er nachgab, den Hut zog und sagte:

Nun, lassen Sie mich nur, Ew. Gnaden. Ich soll ja weiter nichts als einen Brief an Herrn von Sackenrode abgeben!

Weshalb reitest du denn zurück? Herr von Sackenrode ist ja in der Mühle?

Der Mensch zog statt zu antworten verlegen seine Uhr hervor ... es wird ja um neun so gut wie um zehn Uhr sein! sagte er dann wie für sich.

Ist das eine Antwort auf meine Frage?

Nein — aber lassen Sie mich jetzt den Brief abgeben, versetzte er, sein Pferd aufs neue wendend.

Ah, rief Valerian aus — also vor zehn Uhr solltest du es nicht ... wir sollten möglichst lange hier hingehalten werden mit Warten auf deinen Herrn ... und dein Herr von Tondern, denkt nicht daran aufzubrechen, um sich endlich hier zu stellen?

Ich weiß nichts davon.

Genug, genug, sagte Valerian; reit' jetzt und mache mit deinem Briefe was du willst, ich sehe, welchen Zweck diese Verzögerung hat. Aber dein Herr hat falsch gerechnet, wenn er mich für einen langmüthigen Thoren hält, der sich mit Ausflüchten hinhalten läßt! — Stephan, sattle die Pferde — augenblicklich — fort! wandte er sich zu seinem Reitknecht, der unterdeß herangekommen war, und eilte dann selbst mit dem Diener zur Mühle zurück.

Herr von Sackenrode schlief noch. Dies war Valerian sehr erwünscht, denn er fürchtete seines Secundanten Einwürfe und

Vorstellungen gegen seine rasche Handlungsweise, und ferner den Zeitverlust, wenn der bequeme, langsame Sackenrode mit ihm hätte heimreiten wollen. Deshalb trug er dem Reitknecht desselben eine kurze Botschaft an seinen Herrn auf, daß er erfahren, wie man ihn nur hinhalten wolle und wie eine äußerst dringende Angelegenheit ihn augenblicklich fortrufe; dann eilte er zu seinem Pferde. Wenige Minuten darauf befand er sich auf dem Wege neben dem Mühlenbache hin und der Schlucht zu, welche der alte Mann Valerian als nächstes Ziel gewiesen hatte, wenn er die Gegend auf dem kürzesten Wege verlassen wolle.

Der Weg wurde immer hübscher und lieblicher. Links rauschte der durch viele Seitenquellen verstärkte Bach um Felsblöcke und über kleine Wehre, schoß dann gurgelnd an gedämmten Ufern kleiner, schmaler Wiesen hin und schäumte gleich darauf eifrig durch die niederhängenden, grünen Zweige eines Erlenwäldchens. Rechts wölbte sich der dichte Wald, der die steilen Bergseiten des Thales bedeckte, mit seinen Aesten zu einem schattigen Dache über dem Reiter. Hier und da lehnte sich eine kleine Hütte an die Hügelwände des Thales, doch waren diese Ansiedelungen selten und, wie es schien, nur von sehr armen Leuten bewohnt; und ebenso klein wie ihre Hütten waren die Flecke Landes, welche sie durch Arbeit der Cultur gewonnen hatten.

Valerian war eine Stunde weit in raschem Trab ungefähr geritten, als er bei einer Beugung, die Bach und Thal machten, plötzlich über sich die Mauern, Thürme und zackigen Giebel eines kleinen, aber in seiner mittelalterlichen Eigenthümlichkeit wohlerhaltenen Schlosses erblickte, das altergrau und imponirend mit schlanken Structuren von einem Bergvorsprung emporstieg.

Das Arnsteiner Schloß, sicherlich, wie der Alte es nannte, dachte er, und dabei erinnerte er sich des Billets, welches durch ein Misverständniß in seine Hände gerieth an jenem Abende, als er in Blankenar gewesen — Schloß Arnstein kam darin vor als Ort, wohin Theo gebracht werden solle.

Er ritt weiter, in Gedanken versunken und besorgt über die Gefahren nachsinnend, welche der heftige und gewaltthätige Charakter Allgundens Theo bereiten könne, solange diese allein sei. Sein Weg lief jetzt höher am Abhange der Bergwände hin; der Bach strömte, sich mehr und mehr zum Fluß erweiternd, tief unten durch Wiesengründe und jenseit derselben, dem Reiter zur Linken, stieg das Arnsteiner Schloß empor. Die malerischen Umrisse desselben hoben sich im hellen Sonnenglühen scharf von dem dunkeln Hintergrunde ab; denn eine dichte Tannenwaldung bedeckte den Berg, auf dessen Vorsprung das Gebäude in leichtem Schwunge seine pfeilschlanken Thurm- und Giebelspitzen emporhielt. Am Fuße der Fichtenwaldung drüben und bis an das Ufer des Gewässers dehnte sich ein Weidegrund aus, der von dem Schlosse bis tief hinein in die ferne Bergschlucht sich erstreckte, welcher der Bach zuströmte; ein Fahrweg schlängelte sich durch diesen Weidegrund vom Schlosse herab ebenfalls der Schlucht zu.

Auf diesem Fahrwege sah man einen Wagen nahen, welcher die Aufmerksamkeit Valerian's fesselte und seine das hübsche Landschaftsbild überschweifenden Blicke bald ausschließlich anzog. Der Wagen, eine gewöhnliche gelbe Reisechaise, bewegte sich nämlich in auffallender Eile vorwärts dem Schlosse zu, und Valerian's scharfes Auge sah bald, daß der Kutscher mit einem ganz unerbittlichen Eifer auf die zwei Pferde lospeitschte, die augenscheinlich überangestrengt und dem Sturze nahe waren. In der Chaise saßen zwei weibliche Gestalten.

Als Valerian, sein Pferd anhaltend, eine Weile die hastige

Fahrt beobachtet hatte, kam plötzlich ein Stillstand hinein; irgend-ein Hemmniß schien sich dem Fortkommen der Eilenden zu widersetzen; war etwas am Wagen zerbrochen, war eines der Pferde stetig geworden — kurz, das Fuhrwerk hielt und kam nicht mehr vom Fleck trotz der mit schonungsloser Kraft geschwungenen Peitsche des Kutschers.

Im nächsten Augenblick sprangen die beiden Frauen aus dem Wagen. Die eine, im dunkeln Kleide und im Strohhute mit wallendem, grünem Schleier eilte ohne Aufenthalt weiter; die andere, die ohne Kopfbekleidung zu sein schien, holte ein paar große Cartons aus dem Wagen, sah sich mehrmals um und folgte dann in raschen Sprüngen der ersten.

Der Kutscher untersuchte währenddessen am Wagen, nahm die Pferde beim Maul, um sie voranzuzerren, ließ nochmals die Peitschenschnur um ihre Ohren schwirren — doch seine Anstrengungen blieben vergebens. Da schien auch er wie von einem panischen Schrecken ergriffen zu werden; er warf die Peitsche und die Zügel fort und lief nun mit derselben Hast davon, welche die Frauen vor ihm an den Tag legten, die er bald eingeholt hatte.

Valerian sah noch, wie er mit den Cartons bepackt wurde; dann verschwanden alle drei Flüchtigen hinter Gebüsch und Hecken, und in dem Hohlweg, der zum Schlosse emporführte.

Was war das? fragte sich Valerian erschrocken, während sein Herz von den heftigsten Schlägen bewegt wurde.

Wer kann das sein, Ew. Gnaden? rief sein Reitknecht aus, neben ihn herankommend.

Valerian antwortete nicht; aber eine fürchterliche Angst bemächtigte sich seiner.

Im nächsten Augenblicke hatte er mit scharfem Stoße seinem

Thiere die Sporen eingesetzt. Die Gefahr des abschüssigen Wegs nicht achtend, sprengte er davon, der Brücke zu, die er in einiger Entfernung unten im Thale wahrnahm. Das zuverlässige Jagdpferd Sackenrode's trug ihn windschnell und sicher hinunter, durch den Weidegrund und über die morsche Brücke und nach kurzer Zeit hielt es keuchend mit ihm vor dem Thore des Schlosses von Arnstein.

Neunzehntes Kapitel.

Die Belagerung.

Unter dem dunkeln, gewölbten Thorwege der Burg Arnstein waren ein von Schweiß triefender kleiner Mann in Livree mit einem offenen, redlichen Gesichte, und ein Knecht beschäftigt, ein altes Fallgitter niederzulassen.

Wer ist die Dame? rief Valerian dem Alten zu, den er an seiner gelben Livree als den Lenker des verlassenen Wagens erkannte.

Machen Sie nur vorwärts, nur schnell, wenn Sie herein wollen, schrien die beiden Beschäftigten ihm zur Antwort zu, denn eben sollte das Gitter niedersinken.

Valerian eilte durch den Thorweg; das schwere Stangenwerk rasselte hinter ihm nieder, daß das dumpfe Gewölbe dröhnte.

Auf dem Hofe war niemand; es war ein enges Fünfeck, dessen zwei größere Seiten von den beiden Flügeln eines zur rechten liegenden Wohngebäudes gebildet wurden; die drei andern Seiten schloß eine hohe mit Schießscharten versehene Mauer, welche von schlanken Thürmen flankirt wurde. In der Mitte des Hofes stand eine uralte, den ganzen kleinen Raum beinahe beschattende Ulme.

Valerian sprang vom Pferde, das der Knecht ihm abzunehmen herankam.

Wer ist die Dame? fragte Valerian noch einmal.

Ich weiß nicht, gehen Sie da nur hinein, versetzte der Mensch, und deutete auf den Eingang in die Burg. Valerian eilte in das Gebäude, dessen wappengekröntes Portal offen stand. Ein großer Flur umfing ihn, an dessen Ende eine Wendelstiege emporführte. Zu seiner Rechten befand sich eine Flügelthür aus dunkler, geschnitzter Holzarbeit. Dahinter wurde Stimmenwechsel laut. Valerian riß die Thür auf und trat in eine große, gewölbte Halle, welche die ganze Tiefe des Gebäudes ausfüllte, denn eine Reihe Fenster ging auf den Hof, eine andere bot an der gegenüberliegenden Seite die Aussicht ins Freie und hier umrahmte jede der tiefen Nischen ein besonderes, sehr anziehendes Landschaftsbild. Die Halle selbst, welche Hirschgeweihe und rostige, an den Wänden umher angebrachte Waffenstücke schmückten, war geweißt und hatte keine andern Möbeln als einen ungeheuern Tisch von braungebohntem Eichenholz und reichgeschnitzte hölzerne Stühle von gleicher Farbe. In den Fensternischen waren an beiden Seiten steinerne Bänke angebracht und auf einer dieser Bänke saß, Athem schöpfend, die Hände müde in den Schos legend, während neben ihr auf dem Boden der Basthut mit grünem Schleier lag, eine blaß und leidend aussehende Frauengestalt. Valerian eilte auf sie zu; Theo war es nicht — er schalt sich jetzt selbst einen Thoren, im ersten Augenblick eine solche Befürchtung gefaßt zu haben, denn wie hätte Theo auf den Gedanken kommen können, hier Schutz zu suchen!

Die blasse Flüchtige war eine ganz andere; es war die feine zierliche Gestalt Marie Sasseneck's, die Valerian vor sich sah.

Mitten in der Halle, zwischen ihren beiden Cartons stand die andere der beiden flüchtigen Frauen, eine Zofe, deren rundes Gesicht durch die Erhitzung und den Eifer, mit welchem sie redete, blutroth geworden war.

Sie unterhandelte mit einem corpulenten kleinen Manne, der vor ihr stand und, wie es schien, in sehr großer Gemüthsbewegung war. Denn er fuhr mit seinen Händen bald in sein dichtes, ergrauendes Haar, bald tief in das Unterste seiner Hosentaschen, bald rang er die Hände, als ob sie eiskalt geworden wären, und streckte sie dann beide wie in Schrecken vor sich hin.

Das ist ja ein wahres Unglück — ein wahres Elend, rief er aus —

Was wollen Sie von Unglück sprechen, schrie dagegen erbost die Zofe; sehen Sie die gnädige Frau an, die ist im Unglück, und nun gehen Sie, Verwalter, und machen Sie, daß die Thore augenblicklich verschlossen werden.

Die Thore schließen? daß ich ein Narr wäre! daß es mich meine Stelle kostete! daß es mir an Hals und Kragen ginge!

Sie sind ein erbärmlicher Mensch, Herr Verwalter mit Ihrer Feigheit, das sag' ich Ihnen! rief die Zofe im höchsten Zorn. Bei Gott, im nächsten Augenblick kann das Unglück da sein — und die gnädige Frau stürzt sich dann lieber durchs Fenster da in den Abgrund hinunter, als daß sie sich von dem gnädigen Herrn wiederholen ließe!

Der Verwalter zitterte vor Bestürzung.

Aber sie ist doch seine Frau, rief er aus — ich kann doch dem Manne nicht die Thür vor der Nase zuschlagen, wenn ich seine Frau in meinem Hause habe — das ist ja wider göttliche und menschliche Gebote!

Gebote hin, Gebote her, antwortete die Zofe, lassen Sie augenblicklich die Zugbrücken aufziehen, die Thore verrammeln, schicken Sie die Knechte auf die Mauern — oder der gnädige Herr ist da, ehe wir die Hand umdrehen und dann geht es uns allen an Hals und Kragen! ... aber vorher, das schwör' ich Ihnen, Verwalter, vorher kratz' ich Ihnen mit diesen meinen Nägeln die Augen aus, Sie elender Mensch Sie!

Aber ich darf und ich will nicht! rief der Verwalter aus, und lief, um der rasenden Zofe zu entgehen, fort ans andere Ende der Halle.

An die Thore, an die Thore, Herr Verwalter, um Gottes Barmherzigkeit willen! schrie das Mädchen hinter ihm dareinfahrend und ihn am Aermel haltend, daß er sie vergebens abzuschütteln versuchte.

Valerian hatte unterdeß sich der Frau von Sasseneck genähert und sie angeredet:

Kann ich Ihnen dienen in dieser Verwickelung, meine gnädige Frau? sagte er; wenn ich Ihnen irgend nützlich sein kann ...

Graf Schlettendorf ... Sie hier ... Sie sind's ... Gott sei Dank, daß mir ein vernünftiger Mensch zu Hülfe kommt ... ich bitte Sie, versetzte flehentlich ihre Hände faltend die Dame, reden Sie diesem eigensinnigen Manne zu, daß er mich gegen meinen Gemahl in Schutz nimmt, dessen Ankunft jeden Augenblick erfolgen kann.

Ihres Gemahls?

Ja ... meines eigenen Mannes. Ich habe mich flüchten müssen vor ihm! Es wurde mir zur Pflicht der Selbsterhaltung, mich der an Wahnsinn streifenden Behandlung meines Mannes zu entziehen. Hier in dieser abgelegenen und stillen Besitzung meines Onkels Quernheim glaubte ich mich für den ersten Augenblick am besten geborgen. Ich bat deshalb meine Cousine Allgunde von Quernheim vor einigen Tagen schriftlich um eine zeitige Benachrichtigung des hiesigen Verwalters und einen Befehl an ihn, daß er mich aufnehme und sicherstelle, bis sie durch ihre Vermittelung die Einwilligung in meine Trennung in einem Familienrathe erwirkt habe.

Und der Verwalter hat einen solchen Befehl nicht bekommen?

Er behauptet: nein!

Und Sie keine Antwort von der Gräfin?

Auch das nicht ... trotzdem führte ich meinen Entschluß aus — heute in der Frühe nahm ich von meinem Kinde Abschied — Marie Sasseneck's Augen füllten sich mit Thränen, als sie dieser Trennung gedachte — und verließ das Haus meines Mannes und jetzt, nach mehrern Stunden unsaglicher Angst hier angekommen, weigert sich der Verwalter, mich gegen die Verfolgung meines Mannes zu schützen, da ihm kein Befehl dazu geworden sei. Und Sasseneck wird nicht zögern mich zu verfolgen! Ich vergehe unterdeß vor namenloser Angst!

Valerian eilte zum Verwalter, der sich fortwährend mit der Zofe herumstritt.

Sie werden nicht wagen, Castellan, sagte er, sich den Befehlen dieser Dame zu widersetzen.

Wer sind Sie? Was wollen Sie? antwortete barsch der Verwalter.

Herr Verwalter, he, Herr Verwalter, ein Wort! rief hier eine heisere Stimme dazwischen. Sie kam vom obern Ende der Halle, und als Valerian hinblickte, sah er einen Hausirjuden, den er bisher nicht wahrgenommen und der sich's da auf zwei Stühlen bequem gemacht hatte; vor ihm stand ein kleiner Tisch mit Resten eines Frühstücks, von denen er einen schmuzigen, weißen Pudel fütterte. Quersack und Stock lagen neben ihm.

Was wollt Ihr, Isaak? fragte der Verwalter.

Der Jude winkte dem Castellan so lange, bis dieser dicht neben ihn trat, und dann flüsterte er ihm zu:

Verderben Sie's nicht mit dem Herrn da, Verwalter, ich sag's Ihnen, ich, der Isaak; der Herr ist ein gar großer Freund von der gnädigen Gräfin und was der sagt, das können Sie thun, als ob's die Gräfin selber gesagt hätte! Der Schlettendorf ist es, der neue Graf!

Ah, das ist was anderes, rief der Castellan aus und zu Valerian gewendet sagte er mit demüthiger Verbeugung:

Ich bin bereit, alles zu thun, Herr Graf, was Sie mir befehlen, werde mich dann aber nicht mehr als selbstverantwortlich betrachten ...

So eilen Sie und sorgen dafür, daß Frau von Sasseneck einen ebenso sichern als bequemen Aufenthalt hier finde. Richten Sie Zimmer für dieselbe her; das Thorgitter ist schon gefallen; lassen Sie auch die Thorflügel schließen.

Der Castellan verbeugte sich abermals und ging; gleich darauf hörte man in einem der Schloßthürme eine helle Glocke angezogen und weithin ihre Klänge über das Thal und in die Bergwaldungen ausstreuen.

Frau von Sasseneck stand auf und nahte sich Valerian schwankenden, langsamen Schrittes. Sie reichte ihm die Hand und sagte:

Ich danke Ihnen, Graf Schlettendorf, ich danke Ihnen wie meinem Lebensretter. Sie begreifen nicht, wie viel Werth ich auf Ihren Dienst legen muß — aber wenn Sie Sasseneck kennten, würden Sie es!

Es freut mich in hohem Grade, gnädige Frau, daß der Zufall mich gerade in diesem Augenblicke hierher führt, wo ich Ihnen von Nutzen sein kann.

Der Himmel hat Sie hierher geschickt.

Der Zufall oder der Himmel, wenn Sie wollen, jedenfalls sollen Sie nichts zu fürchten haben ... Sie stehen unter meinem Schutz ...

Eine Magd trat ein und meldete, daß oben im Hause ein mit bequemerer Einrichtung versehenes Gemach aufgeschlossen sei. Valerian bot der geängstigten Frau den Arm und führte sie die Wendelstiege hinauf dorthin. Es war ein großes Zimmer, das seit langer Zeit nicht mehr bewohnt schien; dunkles Getäfel und kleine, wetterverbrannte Scheiben in vergitterten Fenstern machten es ziemlich unheimlich und düster, doch enthielt es ein Ruhebett für die ermüdeten Glieder der leidenden Frau. Sie legte sich darauf und bat Valerian, in einem Armsessel neben ihr Platz zu nehmen, da sie ihm vieles zu sagen habe.

Zuerst schien ihr am Herzen zu liegen, in seinen Augen ihren Schritt gerechtfertigt zu wissen. Valerian hatte jedoch vom Herrn von Sasseneck und von seinen Eigenthümlichkeiten schon früher genug gehört, um ihr von vornherein die Versicherung geben zu können, daß er ihren Schritt ebenso natürlich als vernünftig und tadellos finde. Diese Versicherung freute sie und sie wagte nun, an Valerian einige Bitten zu richten, zu denen ihre jetzige Lage sie zwang.

Zuerst wünschte sie, daß er ihr einen geschickten Advocaten sende, um ihre Scheidungsklage anzubringen.

Ich fürchte, daß ich vor der Justiz nicht bestehen werde, sagte sie; das Gericht wird mich auffordern, zu meinem Manne zurückzukehren, bis das Urtheil erfolgt ist, sonst wird es mich als bösliche Verlasserin für den schuldigen Theil erklären.

Das mag sein, versetzte Valerian achselzuckend; es ist möglich, daß der Mann Sie in seinem Zorn tödtete, aber das Gesetz kennt in solchen Dingen nicht viel Erbarmen!

Dann bat sie Valerian, zu Allgunden von Quernheim zu

gehen und sie aufzufordern, sich schützend ihrer anzunehmen. Allgunde war eine ihrer nächsten, jedenfalls die einflußreichste und mächtigste ihrer Verwandten. Sie hatte ihr einen flehentlichen, herzzerreißenden Brief geschrieben. Daß das Gemüth eines weiblichen Wesens davon unerschüttert und unberührt geblieben sein sollte, konnte sich die arme Frau nicht möglich denken. Sie schob es daher dem Zufalle, der Nachlässigkeit eines Boten oder einer derartigen Ursache zu, wenn der Castellan von Arnstein noch nicht die nöthigen Befehle zu ihrer Aufnahme erhalten habe.

Valerian konnte zwar nicht die persönliche Verhandlung mit der Gräfin Quernheim zusagen, doch versprach er einen seiner Bekannten zu der letztern zu schicken. Den Advocaten und auch einen Arzt versprach er ebenfalls ohne Verzug herzusenden. Dann wollte er aufstehen und weiter eilen, um die versäumte Stunde einzuholen; aber Frau von Sasseneck, die fortwährend in der höchsten Nervenaufregung war, hielt ihn fest und beschwor ihn, um des Himmels willen bei ihr zu bleiben — wenigstens bis Sasseneck dagewesen und wieder abgezogen sei — wenigstens nur eine Stunde noch, bis sie nur um ein klein Weniges beruhigter sei.

So peinlich diese Verzögerung für Valerian war — er konnte nicht umhin, die Bitten der Dame zu erfüllen.

So saß er denn wie auf Kohlen zu Häupten des Ruhebetts, auf welchem die Märtyrerin des Ehestandes ihre zarte und anmuthige Gestalt ausruhen ließ. Sie erzählte ihm, wie sie ihre Flucht bewerkstelligt habe, in der ersten Dämmerung des Morgens, von der Seite Sasseneck's fort; wie sie ihr einziges Kind geküßt und nicht mehr gewagt, es mitzunehmen, weil sie Sasseneck habe sich räuspern und husten gehört, daß sie mit zitternden Gliedern in Todesschrecken davongeflohen sei.

Valerian sprach ihr Muth ein und in der That beruhigte sie sich allgemach. Nur zuweilen drückte sie die Hände vors Gesicht und rief weinend aus: O mein Kind, o mein Kind!

Unterdeß war es unten im Schloßhofe sehr lebendig geworden. Die Glockentöne hatten aus dem Walde und von den Feldern alles Gesinde zusammengerufen; man hatte mit großer Anstrengung das Fallgitter wieder in die Höhe gebracht und so war der ganze Haufe der Leute, mitten unter ihnen hoch zu Roß Valerian's Reitknecht, der bisjetzt vergeblich um Einlaß gebeten, in die Burg gekommen. Ein halb Dutzend stämmiger Knechte hatte sich unter der Ulme auf eine Bank gesetzt und vor ihnen der gelbe Kutscher Sasseneck's sich aufgepflanzt, ihre verwunderten Fragen, was es denn gebe? mit haarsträubenden Erzählungen von der Aufführung seines Herrn gegen seine arme, gnädige Frau und von den andern Tollheiten des berüchtigten philosophischen Barons beantwortend. Neben ihm stand Isaak Koppel, auf seinen Wanderstab gestützt; schielend greinte er seine schönsten Grimassen — er war augenscheinlich durch alles, was er sah und hörte, im höchsten Grade befriedigt; nur war schwer zu entscheiden, ob ihm die Roheiten des Barons, oder die verwunderten Gesichter der derben Pflüger oder endlich die Wuth, in welche sich der Gelbe hineineiferte, am meisten Vergnügen machten.

Ueber dem Burgthore befand sich eine von Zinnen eingefaßte Plattform, zu der man auf einer kleinen Treppe aus dem zweiten Stock des Schloßgebäudes niederstieg. Vier kleine Geschütze waren oben aufgestellt, die man bei Festen oder der Ankunft der Herrschaft gebrauchte. Hier, obwol die Sonne ziemlich glühend niederbrannte und die Aeste der Ulme nicht drei Fuß breit Schatten auf die erhitzten Steinplatten warfen, ging der Verwalter auf und ab. Ein breiter Strohhut schützte den Obertheil seiner gedrungenen Gestalt vor der Sonne, doch perlten schwere

Tropfen auf seiner Stirn und von Zeit zu Zeit sah man ihn heftig sich Luft zufächeln mit einem rothcarrirten Tuche, das er nach dem Gebrauche jedesmal in die Tiefe seines Hutes vergrub. Rock und Weste hatte er abgeworfen, die Hände auf den Rücken gelegt und ein Schlüsselbund ließ er klirrend, etwas tiefer als die Kammerherren ihre Schlüssel tragen, an einem Lederriemen baumeln.

So auf- und abwandelnd, wie ein Marinekapitän auf seinem Castell, hatte er den doppelten Vortheil, seine Festung überschauen und zugleich das Nahen des Feindes beobachten zu können.

Dieser ließ in der That nicht auf sich warten, denn wenn er auch nicht den Flüchtigen so dicht auf den Fersen war, wie die Angst diese hatte fürchten lassen, so sah man doch einige Zeit, nachdem das Gesinde in das Schloß eingelassen worden, die ersten Anzeichen seines Nahens. Auf dem Wege, welchen die Frau von Sasseneck gekommen, erhob sich nämlich eine große Staubwolke, die sich näher und näher heranwälzte, bis eine Gruppe von Reitern sich daraus entwickelte, welche mit verhängten Zügeln dahersprengten.

Als sie an dem verlassenen Wagen ankamen, den die Pferde unterdeß abseit gezogen hatten, um sich am Gras des Rasens zu weiden, hielten die Reiter einen Augenblick; dann setzte sich der Trupp wieder mit geflügelter Eile in Bewegung.

Um Gottes willen, er kommt, er kommt! rief der Castellan oben mit beklommener Stimme; Wilhelm, Matthis, seht nach dem Thor, seht nach dem Thor, ob alle Riegel vorgeschoben sind ... wär' nur die verdammte Brücke noch aufzuziehen!

Mehrere der Knechte stürzten nach dem Thore, um sich zu vergewissern, daß es es in der That fest verriegelt sei.

Der gelbe Kutscher eilte in das Gebäude, um auf die Plattform zu gelangen.

Der Castellan trippelte auf und ab; die Steine unter seinen Füßen schienen glühend zu sein.

Wo ist denn der Graf? rief er — mag der es auf sich nehmen — was geht's denn mich an — wo ist der Graf, ruft doch den Grafen, daß er hierher kommt!

Ehe einer der Knechte jedoch Valerian rufen konnte, hielt der Baron Sasseneck mit seinem Gefolge von berittenen Jägern, Lakaien und Stallknechten vor dem Thore der Burg.

Der Baron von Sasseneck mit dem enorm großen Kopfe, den eine Fülle von grau werdenden Locken umwallte, während der dichte Bartwuchs das ganze Gesicht mit hellblondem Gekräusel umgab, ist eine Gestalt, welche unsere Leser kennen. Der Mann hatte den Kopf eines Löwen: kleine, dunkle Augen schossen sprühende Blitze und Zorn und Erhitzung hatten seine Züge wie mit Incarnat gefärbt. Er war im grünen Jagdrock und hatte einen Hirschfänger umgeschnallt.

Vor dem Thore angekommen, zog er den Zügel seines schweißtriefenden Fuchses an und blickte zu dem Verwalter auf, welcher, über ihm an den Zinnen stehend, seinen Strohhut abgezogen hatte und sehr viele Bücklinge machte.

Macht auf! schrie der Baron. Meine Frau ist in Arnstein. Dort unten steht ihr Wagen.

Verzeihen Sie, Ew. Gnaden, sagte der Castellan, es ist mir verboten worden.

Aufgemacht oder der Teufel holt Euch!

Gnädiger Herr — wenn ich dürfte —

Das Thor auf, oder ich schieße Euch wie einen Spatz da von der Mauer herunter.

Hoho! versetzte der Castellan in großer Entrüstung über diese Drohung — Herr von Sasseneck, wir sind hier nicht in der Türkei!

Nein, in einem Christenland, rief in diesem Augenblicke der Kutscher der Frau von Sasseneck aus, der unterdeß die Plattform erreicht hatte und an dem die Brustwehr bildenden Mauerkranze kniend, durch eine der Zinnenlücken zu seinem Herrn niederredete:

Nein, in einem Christenlande, Herr von Sasseneck, rief er, und darum machen Sie nur immer rechtsum und gehen, woher Sie gekommen sind, denn hier ist nichts für Sie zu holen!

I Teufel, das ist ja der Franz! rief Sasseneck aus.

Ja, ich bin der Franz, und Sie, Sie sind ein Narr, aber seien Sie's auf Ihre eigene Faust und schämen Sie sich Ihres Sündenlebens, Sie Blaubart Sie, und wenn's recht ginge in der Welt, so wären Sie lange schon unter Curatel gestellt, und wenn's noch rechter ginge, so kriegten Sie alle Tage zum Frühstück Ihre Tracht Prügel für Ihre Verwogenheit — denn Züchtigung muß sein in der Welt, damit Ordnung und Sitte ist, aber nur mit Maß und bei Veranlassung und nicht mit blinder Wuth, wie Sie über unsereins herfallen, und das sage ich Ihnen jetzt ins Gesicht, Sie unsinniger Türke, Sie wüster Heide Sie, der ein schwaches Frauenzimmer, wie die liebe, gnädige Frau ist ...

Der Kutscher wurde hier sehr brüsk in seiner Standrede unterbrochen. Ein Knall erfolgte, eine Kugel pfiff an seiner Nase vorüber und eine Wolke Pulverrauchs schlug ihm ins Gesicht. Herr von Sasseneck hatte zähneknirschend den Anfang der Rede gehört; bald darauf aber wurde er durch die Worte seines ungetreuen und verrätherischen Dieners, der als Hauptgehülfe bei der Flucht seiner Frau thätig gewesen war, so zur Wuth gereizt, daß er ein langes Pistol aus dem Sattelholster zog und es, ehe der Redner oben sich hinter die Brustwehr ducken konnte, auf ihn abschoß.

Die Kugel war durch den lackirten Hut des entrüsteten Alten geschlagen, der aufsprang, einen Augenblick wie versteinert dastand und dann an die andere Seite der Plattform rannte, wo er den Knechten im Hofe zurief:

Er ist ein Mörder, ein Mörder ist er!

Das Attentat auf das Leben des Kutschers schien auf den Castellan wie eine große Ermuthigung zu wirken. Seine Aengstlichkeit wich der Entrüstung über die That; er fühlte sich jetzt in seinem Rechte, wenn er den Eingang seines Schlosses vor einem so gewaltthätigen Menschen vertheidigte, und dies Gefühl gab ihm plötzlich allen Muth zurück.

Herr von Sasseneck, schrie er hinunter, indem er keck seinen Hut aufstülpte und ihn tief in die Stirn drückte, nun wird mir's zu arg; thun Sie mir den Gefallen und ziehen Sie wieder ab, meinetwegen ins Irrenhaus, wohin Sie gehören! Schießen wollen Sie, mit Kugeln auf Christenmenschen schießen? Ei sieh' doch! Soll ich die vier Carronaden hier neben mir laden lassen, daß sie Ihnen und Ihrer wilden Jagd da unten eine Lage Kartätschen auf den Kopf speien?

Herr von Sasseneck war beschäftigt, sein durch den Schuß scheu gewordenes Pferd zu zügeln. Die Unbändigkeit desselben versetzte ihn in noch größere Wuth und als er das Thier mit gewaltigem Druck wieder zum Stehen gebracht hatte, rief er:

Castellan, entweder Er macht das Thor auf —

Lieber unter dem Schutte des Schlosses begraben werden! schrie der Castellan.

Oder ich stürme es mit Gewalt!

Stürmt! schrie der Castellan.

Wer herauskommt, wer es auch sei, den lass' ich niederschießen.

Lassen Sie schießen!

Der Hunger wird euch heraustreiben ...

Das wird im ersten Monat noch nicht der Fall sein, erwiderte voll Hohn der Verwalter.

Der Herr von Sasseneck warf jetzt sein Pferd herum und gab seinen Leuten mehrere Befehle. Infolge derselben sprengte ein Lakai nach seinem Gute zurück; zwei Jäger stiegen von den Pferden und faßten Posto hinter Hollundersträuchen oben zu beiden Seiten des Hohlwegs, der ans Burgthor führte, wo sie mit gespannten Büchsen den Ausgang hüteten und Befehl hatten, durch Schüsse jedermann von dem Verlassen des Schlosses abzuhalten. Zwei Reitknechte wurden sodann als Wachen an den andern Seiten der Burg aufgestellt; Herr von Sasseneck gab jedem eine seiner Reiterpistolen und nachdem er also die Blokade der Feste organisirt hatte, zog er sich in den Schatten einer Gruppe von Lärchentannen zurück, welche nahe am Burgwege auf dem Rasenabhange standen. Hier schien er sein Hauptquartier aufschlagen zu wollen. Denn hierhin führte der ihm zur Disposition gebliebene letzte Diener die Pferde der andern zusammen und hierhin wurde auch der Wagen geholt, der bisjetzt noch immer unten im Thale in der Gewalt der weidenden Gäule geblieben war.

Zwanzigstes Kapitel.

Das Packet Isaak's.

Valerian saß noch im Zimmer der Frau von Sasseneck, als der Knecht, den der Castellan an ihn abgesandt hatte, und die Zofe der Dame zugleich ins Zimmer stürzten, um die Ankunft des Feindes zu melden.

Fürchten Sie nichts, meine gnädige Frau, sagte Valerian; ich bürge Ihnen für Ihre Sicherheit.

In diesem Augenblick fiel der Schuß, den Sasseneck auf seinen Kutscher abfeuerte.

Valerian eilte hinaus und ließ sich auf die Plattform über dem Thore führen. Der Verwalter kam ihm entgegen, während der Kutscher am Rande der Brustwehr nach dem Hofe zu in einer höchst confusen Rede an die Knechte unten begriffen war.

Da sehen Sie, Herr Graf, sagte der Castellan, indem er Valerian den lackirten Hut des Kutschers hinhielt, der tolle Mensch hat eine Kugel hindurchgeschossen. Und jetzt hält er dort unten bei den Lärchentannen und will niemand aus Arnstein lassen, bis der Hunger uns zwingt hinauszukommen. Sehen Sie, dort und dort hat er Schildwachen ausgestellt! Er beabsichtigt eine förmliche Belagerung dieses Schlosses.

Welche Thorheit!

Und, fuhr der Verwalter fort, er hat auch gedroht, Sturm laufen zu wollen auf Arnstein.

Der Mensch ist ein vollständiger Narr, sagte Valerian. Aber man muß gestehen, daß er eine für uns sehr unangenehme Art von Narrheit hat.

Können Sie nicht zum nächsten Gendarmerieposten schicken und den Thoren nach Hause weisen lassen?

Der nächste Posten ist viertehalb Stunden von hier entfernt, Herr Graf; wir sind hier in einem sehr wenig bevölkerten und selten besuchten Gebirgswinkel. Ueberdies hören Sie ja, daß niemand hinausgelassen wird.

Possen! ich werde sogleich selbst fortreiten und ich hoffe, die Blokadeposten des fehdelustigen Barons werden vorziehen, mich ungehindert zu lassen. Ich will Ihnen sodann Entsatz senden, Castellan.

Aber, Herr Graf, Sie setzen sich in der That den Kugeln dieses wahnsinnigen Menschen aus.

Bah! ich fürchte sie nicht! Halten Sie nur wacker Stand, bis ich Ihnen die Hülfe der nächsten Behörden gesendet habe, versetzte Valerian.

Er ging, um sich bei Frau von Sasseneck zu beurlauben. Dieser hatte unterdeß ihre Zofe die wahnsinnigsten Dinge in den Kopf gesetzt, indem sie ihr die Raserei ihres Gemahls schilderte, der, wenn man ihren Versicherungen Glauben beimaß, die ernsthaftesten Anstalten machte, das ganze Schloß mit Feuer und Schwefel zu vertilgen und jeden Bewohner in Stücke zu reißen. Der Schuß auf den Kutscher hatte freilich diese menschenfreundlichen Absichten bestätigt. Frau von Sasseneck war dem Tode nahe vor Angst. Valerian wagte kaum, ihr seine Absicht, nun endlich fortreiten zu wollen, anzukündigen; als er sie nach einer Weile doch kundgethan hatte, umfaßte die arme Frau krampfhaft mit beiden Händen seinen Arm und bat flehentlich, doch nur ein paar Stunden noch, längstens bis zum Einbruche der Nacht zu bleiben, weil ja zu hoffen sei, daß Sasseneck am Abende spätestens abziehen werde.

Ich wäre des Todes, sagte die Frau von Sasseneck, wenn mein einziger Beschützer dieser Castellan wäre, der mir im Anfange so feig seinen Schutz versagte.

Valerian konnte nicht anders, als versprechen, er werde bleiben. Aber er vermochte es nicht, einige Ausrufe des Unmuths über das verdrießliche Abenteuer zu unterdrücken, welches ihm eine unerlaßliche Ritterpflicht auflegte, während die peinigendste Ungeduld ihn zu seiner Braut trieb.

Es war Mittag geworden; der Castellan ließ für die Dame und Valerian ein frugales Mahl, so gut man es in der Verwirrung des Morgens hatte herrichten können, in dem Zimmer der Frau von Sasseneck auftragen. Aber beide genossen wenig und Valerian eilte hinunterzukommen, da er beschlossen hatte, seinen Reitknecht wenigstens an die seiner harrende Theo vorauszusenden. Der Bursche weigerte sich jedoch hartnäckig, den Schüssen zu trotzen, mit denen Sasseneck's Posten drohten, und dazu zwingen wollte und konnte Valerian ihn nicht. Unmuthig ging dieser jetzt im Burghofe auf und ab.

Während seiner Verhandlung mit dem Reitknecht hatte er den Juden in den Ställen umherschleichen gesehen; jetzt trat Isaak mit der ihm eigenen schüchternen Frechheit an Valerian heran und sagte:

Ew. gräfliche Gnaden, ich glaube, Sie kennen mich? Ich bin der Isaak Koppel.

Isaak Koppel ... ja, ja, ich habe von Euch reden hören, denk' ich. Auch seid Ihr es wahrscheinlich, der einen Mann bis zu seiner Einschiffung nach Amerika begleiten sollte, nicht wahr?

Richtig, ganz richtig — ich seh', Ew. gräfliche Gnaden sind in alles eingeweiht, sagte Isaak.

Was wollt Ihr, Isaak?

O, Ew. gräfliche Gnaden, Sie könnten einem armen Juden eine große Wohlthat erweisen, wenn Sie nur beliebten, ein paar Worte zum gestrengen Herrn Castellan zu sprechen.

Was für Worte?

Der Jude zog ein Papier aus der Westentasche und reichte es Valerian.

Hier lesen Sie dies, Herr Graf; wessen Hand ist das?

Das Papier enthielt die Worte:

„An den Castellan und Rentmeister Krauß zu Arnstein.

Dem Handelsmann Isaak Koppel wollen Sie nach Ablieferung eines versiegelten Packets, welches einen Folioband enthält, die Summe von 25 Thalern auszahlen. Das Packet haben Sie in dem für mich reservirten Theile des feuerfesten Archivs niederzulegen. Allgunde, Gräfin zu Quernheim."

Das ist die Handschrift der Gräfin, unzweifelhaft! versetzte Valerian.

Freilich, freilich ist sie's! sagte der Jude, aber der Castellan will es nicht glauben. Diesen Morgen bin ich gekommen und habe mein Packet abliefern wollen und den Zettel vorgewiesen: da hat der Castellan gesagt, für einen Botengang zahle niemand 25 Thaler und er kenne mich schon und ich sei ein Spitzbube und habe die 2 in den Brief hineingeschrieben, es habe gewiß ursprünglich nur 5 dagestanden, und ich bekomme mein Geld nicht!

Valerian betrachtete die Schrift genauer; allerdings stand die

2 der 5 auffallend nahe und dieser Umstand schien den Verdacht des Castellans erweckt zu haben.

Mein Freund, sagte Valerian deshalb, ich bin kein Schriftkundiger und kann mich unmöglich zu Euerm Bürgen bei dem Castellan hergeben.

Der Jude jammerte und flehte; als Valerian aber unerbittlich blieb, sagte er:

Nun dann will ich sehen, ob mein Packet 25 Thaler für die Frau Gräfin werth ist, und will es Ew. gräflichen Gnaden zeigen, daß Sie ein gutes Wort für mich beim Herrn Castellan einlegen, damit ich komme zu meinem Geld, meinem sauer verdienten Geld . . .

Ihr thut am besten, mich ganz aus dem Spiele zu lassen, Isaak Koppel, versetzte Valerian und wandte sich ab.

Er schritt in Gedanken versunken lange auf dem Hofe auf und nieder. Dann ging er wieder zur Frau von Sasseneck hinauf, um sich nach ihrem Befinden zu erkundigen, und als er sie etwa eine Stunde lang durch sein Gespräch zu zerstreuen gesucht hatte, trieb seine Unruhe ihn wieder ins Freie hinaus. Er eilte auf die Plattform über dem Thore, um nach den Bewegungen des Feindes auszuschauen. Aber kein Zeichen deutete an, daß die Belagerer sich zum Abzuge anschickten.

Ich kann unmöglich, unmöglich länger hier bleiben, sagte Valerian sich; es liegt mir eine Last auf der Brust, die mich erstickt; ich habe ein unheimliches Gefühl, eine Ahnung, daß ein Unheil über mir oder Theo schwebt — ich will, ich muß fort! Diese arme Frau — aber ist sie nicht gleich sicher hinter diesen Mauern, ob ich nun bei ihr bin oder nicht?

Es war Abend geworden; die Sonne senkte sich dem Horizont zu und in der zauberhaften Beleuchtung, welche sie dem schönen Thale gab, das Valerian von seinem Söller aus überblickte, bekam das Landschaftsbild einen wunderbaren Reiz. War es diese Aussicht, was die Blicke des jungen Mannes so fesselte, daß er stand und schaute, dann, wie in plötzlichem Entschluß, hastig ein paar Schritte machte und wieder stehen blieb und sinnend schaute?

Es ist unritterlich, sie zu verlassen, flüsterte er, und dann: ich würde mich nur lächerlich machen durch solch eine Beschützerrolle; ich wäre verloren, wenn man erzählte, ich habe um einer entflohenen Frau willen eine Burg gegen eine Belagerung vertheidigt im Jahre 183* — man wird sie die Helena einer Parodie auf den Krieg um Troja nennen, oder mich am Ende den Paris! Bah! was liegt daran! Ich darf als Mann diese Frau nicht der zweifelhaften Tapferkeit und Treue des Castellans anheimgeben — nein, ich darf nicht fort, ehe dieser hirnverbrannte Thor fort ist — aber o Gott im Himmel, Theo, Theo, Theo!

Valerian war versucht, in voller Verzweiflung die Hände zu ringen, als plötzlich ein fernes, hohles Rufen in sein Ohr drang. Er blickte um sich und sah in der Ferne einen Haufen Männer heranziehen, die mit jenem Geschrei ihre Ankunft anzukündigen schienen. Als sie näher kamen, bemerkte Valerian zu seinem nicht geringen Erstaunen, daß sie alle bewaffnet waren; Sensen, Gabeln und Aexte blitzten in den Strahlen der sinkenden Sonne auf und einige trugen Waffen auf ihren Schultern, welche Musketen und Jagdflinten zu sein schienen. Andere Trupps folgten; es war kein Zweifel mehr, das eigentliche Belagerungsheer entwickelte sich aus dem Défilé des Gebirgspasses und die Blokade schien in eine förmliche Berennung übergehen zu sollen. Ein Wagen wurde ihnen mit dem nöthigen Mundvorrath nachgefahren. Als Herr von Sasseneck das Herannahen seiner Getreuen vernahm, sah man ihn sich aus seinem Hauptquartier unter den Lärchentannen erheben und den Ankommenden entgegenreiten. Sie scharten sie im Kreise um ihn, als er sie erreicht hatte; er schien eine Rede zu halten, welche nach dem Erfolge zu urtheilen viel Begeisterndes haben mußte, denn Valerian sah, wie sie die Hüte schwenkten und ein furchtbares Hallorufen erschütterte danach die Luft des ruhigen Herbstabends.

Herr von Sasseneck führte jetzt das Heer seiner Leute — es mochten etwa dreißig Männer, aus lauter Ackerknechten, Untersassen und Hörigen gebildete Kerntruppen sein — vor die feindliche Feste. Sie lagerten sich rundumher, in einzelnen Wachtposten, deren jeder sogleich Anstalten traf, aus Laubästen sich Beiwachthütten zu errichten und die nöthigen Wachtfeuer zu entzünden. Auch wurde zu jedem Posten ein Faß Branntwein getragen und mit lautem Jubel begrüßt.

Vorräthe verschiedener Art jedoch wurden von dem mitgekommenen Wagen im Hauptquartiere des Herrn von Sasseneck abgeladen. Da dieser ehrenwerthe Edelmann die Gewohnheit hatte, gegen die Abendstunde bis zum Ausgehen von Sinn und Gedanken süßen Weines voll zu werden, wobei sein Revierförster ihn nach Kräften durch thätige Theilnahme zu ermuntern pflegte, und den geduldigen Zuhörer für seine philosophischen Ansichten über die Grundlagen der Gesellschaft, über die Stellung der Weiber in derselben, über Erziehung und Unterricht abgab — so war nicht anzunehmen, daß er nach den Aufregungen des heutigen denkwürdigen Tages eine Ausnahme zu machen geneigt sei.

So war Schloß Arnstein vollständig belagert und die laute Lust, die bald anfing, in dem Lager der Feinde zu herrschen, war nicht geeignet, den Muth der Eingeschlossenen zu erhöhen. Doch zagten diese keineswegs. Im Gegentheil entbrannte der Castellan jetzt erst recht in muthigem Zorne. Valerian hatte ihn zu sich auf die Plattform rufen lassen, zeigte dort seinem erstaunten Auge die nahenden Scharen und beide beobachteten dann die weitern Bewegungen des Feindes.

Diese wilde Jagd, dieses tolle Heer! Möge der Teufel sie rädern, diese Kerle! rief der Castellan. Jetzt werden sie sich betrinken und dann werden sie Sturm laufen wollen. Aber sie sollen begrüßt werden!

Der Castellan eilte in den Hof und Valerian beobachtete von seinem Söller herab nicht ohne Theilnahme und Freude den Eifer des Burgvogts, womit dieser jetzt zu einer geregelten Vertheidigung der Veste Maßregeln ergriff. Er ließ den Vorrath an Jagdflinten, der sich im Schlosse befand, an seine Knechte austheilen, ließ die Hälfte der letztern auf den Thürmchen und auf den vorspringenden Mauerecken als Schildwachen aufziehen und begab sich dann wieder auf die Plattform, wo er mit Hülfe des Kutschers und des Reitknechts Valerian's die Carronaden lud.

Seltsam, sagte Valerian lächelnd zu sich selbst, daß alle diese Burschen in einem heiligen Eifer sind und in wahrer Seligkeit schwimmen bei dieser kindischen Belagerung! Ist das Kind noch so mächtig in uns, oder die Freude am Abenteuer? oder ist es die Lust an Kampf und Fehde, die in den Gezähmtesten und Unterdrücktesten von uns zurückbleibt?

Er mußte sich selbst gestehen, daß das Abenteuer anfing, ihm ein ungewöhnliches Interesse einzuflößen. Vielleicht wäre dies Interesse in herzliche Freude an dem tollen Junkerstücklein übergegangen, das hier in dem stillen Gebirgsthale aufgeführt wurde, wo nichts hinderte, sich tief ins Mittelalter zurückzuträumen. Aber leider mußte er sich ebenfalls gestehen, daß er ein Gefangener in der Feste sei; um dies einzusehen, hatte Frau von Sassenecк ihm genug erzählt von der unbezwinglichen Hartnäckigkeit, womit ihr Mann durchführe, was er einmal sich in den Kopf gesetzt habe.

In seiner Trunkenheit wäre er im Stande, Sie niederschießen zu lassen, oder, wenn seine Leute sich dessen weigerten, es selbst zu thun, sagte Frau von Sasseneck; keinenfalls aber dürfen Sie hoffen, daß er Sie durchläßt, wenn er sich vorgenommen hat, durch Absperrung dieses Schlosses darin eine Hungersnoth hervorzubringen. Deshalb ergeben Sie sich getrost darein, in meiner Gesellschaft bleiben zu müssen.

Valerian versuchte es, so gut es gehen wollte, und suchte sich im Gespräch mit der armen, flüchtigen Frau zu zerstreuen. So verfloß der Abend. Plane zum Handeln wurden auf den folgenden Tag verschoben.

Als Valerian darauf durch einen düstern, gewölbten Gang sich zu dem Zimmer begeben wollte, das man als Nachtquartier für ihn hergerichtet hatte, fühlte er sich plötzlich am Aermel gezupft. Er schaute um — Isaak Koppel war es, dessen scharfes, greinendes Gesicht, grell von dem Licht in Valerian's Hand beschienen, doppelt unheimlich aus dem Dunkel eines Mauervorsprungs auftauchte.

Herr Graf, Herr Graf, sagte der Jude mit großer Lebhaftigkeit — ein Wort, etwas Wichtiges — lassen Sie mich mit Ihnen gehen auf Ihr Zimmer!

So kommt! versetzte Valerian und schritt weiter. Der Jude folgte ihm, ein Packet unter dem Arme tragend.

Erlauben Sie, daß ich zuriegeln darf, sagte er, als er die Schwelle des Zimmers übertrat, in das Valerian ihn führte. Dann drehte er hastig im Innern den Schlüssel um.

Ausgewählte Romane

von

Levin Schücking.

Elftes Bändchen.

Leipzig:

1864.

Die Ritterbürtigen.

Roman

von

Levin Schücking.

Zweite durchaus umgearbeitete Auflage.

Dritter Theil.

Leipzig:

1864.

Ausgewählte Romane

von

Levin Schücking.

Elftes Bändchen.

Leipzig

1864.

Inhalt.

Einundzwanzigstes Kapitel.

Die Söhne der Väter.

Die Gräfin Allgunde von Quernheim befand sich in ihrer Wohnung, im Hause ihres Vaters, in jenem hohen Zimmer ohne Vorhänge vor den Fenstern, ohne die hundert kleinen Zierlichkeiten und Bequemlichkeiten, mit denen ein verwöhnter Frauengeschmack sich zu umgeben pflegt, das wir bereits einmal mit Valerian betraten.

Allgunde saß auf ihrem altfränkischen, mit schwarzem Moire überzogenen Kanapee, ein aufgeschlagenes Buch, welches ihrer Hand entglitten war, auf den Knien. Vor ihr, im Zimmer auf- und abwandelnd, bewegte sich Heydenreich Tondern. Ihre Blicke folgten ihm, doch ohne Ausdruck, als ob sie anderm nachsänne.

Nach einer Weile ergriff sie das Buch wieder und blätterte darin. Es war ein einzelner Band eines neuen Romans, der durch Zufall hierher verschlagen war, wo er weit und breit keinen Unglücksgefährten zu finden hoffen durfte — unter Larven die einzig fühlende Brust! Denn Producte der neuern Literatur, wenn sie nicht eine kirchliche Richtung haben, dringen nicht in unsere Welt. In all diesen Edelsitzen und Schlössern gibt es Bibliotheken, oft mit einem reichen Bücherschatz, in welchem selbst die großen Ketzer des philosophischen Jahrhunderts, die Voltaire, Rousseau, Pascal, Montaigne in vergoldeten Franzbänden prangen. Was aber die Geister der Zeit bewegt und was diese schaffen, ist ausgeschlossen. Was die humaner gebildeten Väter angeschafft haben, mag dableiben, wenn auch mit Staub und Spinngeweben bedeckt — aber an die Vermehrung des geistigen Hausschatzes wird nicht gedacht, nicht einmal zur Abwechselung kauft man statt eines zierlichen Schäfers aus Biscuit, der die Flöte bläst, zur Verzierung des Nipptisches das Liederbändchen eines verliebten Poeten.

Dieser Thor! sagte Allgunde von ihrer Lektüre aufblickend, es ist entsetzlich, wie frech diese plebejischen Schmierer werden! Ich muß Ihnen ein paar Stellen vorlesen, Tondern; hören Sie: „Wenn eine Richtung zu Gott, eine religiöse Wiedergeburt sich der Völker bemächtigt hat, so ist es immer der Genius eines großen Mannes, der Flammengeist eines Apostels, der Messias einer Idee gewesen, der die Geister sich nachriß. Heute ist der Apostel der Umkehr die Furcht vor der Revolution. Die Furcht aber macht Sklaven. Sie baut keine ewigen Tempel, sondern — chinesische Mauern!“

Hören Sie noch diese Stelle! Allgunde fuhr fort zu lesen: „Sollte es unserer würdig sein, statt unsere Seele mit Gott verkehren zu lassen, uns vor einem alten Kleidungsstück oder einer andern Reliquie niederzuwerfen? Es wäre ein Frevel, weil Gott nur ein Gott freier Seelen — eines «Volks von Priestern und Königen» — sein will, und nur ein Despot wie Karl XII. auf den Einfall kommen kann, statt seiner selbst den Seinigen einen Stiefel zu schicken, um ihm die «Proskynesis» zu bezeigen."

Sie warf das Buch entrüstet fort.

Nun, vielleicht ist doch mehr Wahres hinter all diesem Geschwätz, als wir geneigt sind, anzunehmen, sagte lächelnd Herr von Tondern.

Wahres? versetzte Allgunde — ja freilich ist viel Wahres dahinter, das wird man einem denkenden Menschen auch nicht ausreden wollen. Aber da liegt das Aergerliche, daß es sich jetzt tagtäglich der Pöbel in die Ohren schreit, für den die Wahrheit nicht gemacht ist.

Nach den Begriffen der guten Gesellschaft sagt aber auch ein Mensch von Erziehung dem andern nicht die Wahrheit ins Gesicht. Wo soll nun die arme Wahrheit bleiben? lächelte Tondern.

Unsere Zeit ist die der absoluten Indiscretion, fuhr Allgunde fort. Was aber diese Romanschriftsteller angeht, so ist bei ihnen nichts als eine jämmerliche, spatzenhafte Eitelkeit. Die gute Gesellschaft des vorigen Jahrhunderts hat schon längst alle die Entdeckungen gemacht, welche unsere Literaten erst heute machen. Die Aristokraten standen damals mit ihren spitzen, rothen Absätzen ruhig auf den Geweben dieser neuen Weisheit, die sie als Teppiche, als Unterlage und Folie ihrer ungestörten Lebensfreuden gebrauchten. Jetzt sind diese Plebejer, diese Dichter und Denker, wie sie sich bescheiden nennen, nach unendlicher Mühe und Anstrengung, vermittels der spitzfindigsten philosophischen Speculationen, endlich auch bei den Resultaten angekommen, die von uns längst mit spielender Leichtigkeit gefunden waren. Und nun dieser Lärm, dieses Brüsten mit der neuen Weisheit, dies Gegacker über die frischen Geisteseier, über jedes eben gelegte Gedänkchen, und sei es auch noch so klein! — Bei einem Manne von Stande und Erziehung versteht es sich von selbst, daß er seine Erfahrungen, seine Anschauungen und auch manches Erlebniß oder Geheimniß habe, welches interessant ist. Aber eben weil es sich von selbst versteht, ist man nicht eitel darauf. Nun sehen Sie aber dies Volk der Affen mit ihrer Indiscretion, ihrer Eitelkeit, wenn sie irgendein Brosamchen aufgegabelt haben.

Vergessen Sie nicht, sagte Heydenreich, daß wir meistentheils ein größeres Interesse bei der Discretion haben als sie.

Im ganzen und im letzten Grunde nicht! versetzte die Gräfin. Wir wollen Aristokraten bleiben und diese andern, sie wollen es werden; je lauter sie sind, desto hitziger wollen sie es werden. Das ist ja die große, unumstößliche Stütze der Aristokratie, ihre ewige Bürgschaft und ihr ursprüngliches Recht, daß jeder Mensch ohne Ausnahme im Grunde seiner Seele Aristokrat ist. Machen Sie den ersten, besten Bauer gesprächig, er wird Ihnen erzählen, daß er irgendeinen Handgriff, einen Vortheil, eine Kenntniß bei der Bestellung seines Ackers voraushabe vor den andern Bauern, daß er in irgendeiner Gemeindeangelegenheit tiefer sehe als die andern, und wenn Sie allen seinen innersten Gedanken in ihren geheimsten Verschlingungen folgen könnten, so würden Sie endlich auf die ausgebildete Ueberzeugung stoßen, es sei eigentlich recht dumm von der ganzen Gemeinde, daß sie nicht allmorgendlich zu Klaus komme und seine Orakelsprüche einhole, wie dies und jenes den Tag über zu beschicken sei, oder daß sie nicht längst ihn, Klausen, zum lebenslänglichen Vorsteher erwählt habe. So sieht es in jedes Menschen Seele aus. Aristokrat ist jeder. Vielleicht ein paar Schwärmer ausgenommen, die sich einige Jahre lang über ihre eigenen Gefühle täuschen. Aber wie lange hat eine Anstalt wie die des Vaters Enfantin zusammengehalten?

Heydenreich antwortete nichts. Er ging eine Zeit lang sinnend auf und ab und dann sagte er:

Es ist mir sehr fatal, daß Theo sich so viel mit diesen modernen Ausgeburten der Presse beschäftigt hat.

Fatal! lächelte bitter Allgunde — ich meine, Sie hätten den Umstand zu benutzen gewußt; haben Sie nicht diese Liebhaberei, wie ihren Unabhängigkeitssinn, ihre Flucht zum Hofe von Ostenwalde gehörig ausgebeutet? Wird sie nicht, dank diesen Andeutungen, für eine femme émancipée gehalten, die von niemand Beistand erwarten darf und bei allen nur noch auf feindliche Gesinnungen stößt?

Wird sie sich darum uns in die Arme werfen? fragte Heydenreich.

Lassen Sie mich machen, lieber Freund, ich kenne Theo; ich weiß, daß meine Nachricht von Valerian's feiger Flucht vor einem Duell einen tiefen Eindruck auf sie machen wird. Und sein Betragen jetzt, wo er sich förmlich verkrochen zu haben scheint!

An sein Verkriechen glaub' ich nicht ... gerade dies Verschwundensein beunruhigt mich in hohem Grade.

Und weshalb? Ich war erschrocken, als Sackenrode erzählte, er sei plötzlich entflohen gewesen; seit ich aber weiß, daß er nicht zu Theo zurückgekehrt ist, wird mir jeden Augenblick klarer, wie viel dadurch für uns gewonnen worden. Ich kann meinen ganzen frühern gewaltsamen Plan fahren lassen und jetzt auf dem friedlichsten Wege von der Welt meine Aufgabe lösen. Nur Finkenberg wird mich eine gewaltsam eingreifende Maßregel kosten.

Mein Herz schlägt nicht eher ruhig, bis Theo hinter diesen Wänden ist! seufzte Heydenreich.

Sie ist es spätestens morgen Abend; Tante Crispine bringt sie. Seien Sie ganz unbesorgt.

Es ist seltsam, sagte Tondern, daß ich mit diesem Schlettendorf so in Conflict gerathen muß. Mein biederer Alter hat mir oft erzählt, wie er und Schlettendorf's Vater, der in seiner Jugend einen andern Namen führte ...

Nun ja, er hieß Paul Bronckhorst!

Wie sie die engstverbundenen Freunde, Freunde auf Tod und Leben gewesen, fuhr Tondern fort.

Es ist seltsam, aber doch wol zu erklären, versetzte Allgunde. Nach dem, was ich von dem Vater Schlettendorf's und dem Ihrigen vernommen, ergänzten sie sich in ihrer Freundschaft — jener war mehr Idealist, dieser mehr Realist ... die Söhne aber haben diese Eigenschaften geerbt und, wie so oft bei ererbten Eigenschaften, mehr das Schlimme als das Gute derselben ...

Mehr die Ausartung, wollen Sie sagen!

Meinethalb ... der Idealismus des alten Schlettendorf ist in dem jungen zur thörichten Schwärmerei geworden — der Realismus Ihres Vaters in Ihnen ...

Nun, in mir? ich bin begierig, was da kommen wird ...

In Ihnen zur einfachen Selbstsucht, lieber Tondern.

Ich danke Ihnen, Allgunde!

Und so, fuhr die Gräfin fort, haben wir in den Söhnen der Väter, die sich ergänzen konnten, Gegensätze, die sich abstoßen müssen! —

In diesem Augenblicke wurde an die Thür geklopft und ehe noch Allgunde herein! gerufen, schauten die scharfen, von Luft und Wetter gerötheten Züge Isaak Koppel's ins Zimmer.

Darf ich? sagte er, an der Thür stehen bleibend.

Ha, Isaak, rief die Gräfin ihm entgegenschreitend. Woher kommst du? Ich habe früher deine Zurückkunft erwartet.

Hab' ich gekonnt?!

Du hast nicht gekonnt? Was hat dich gehindert?

Eine ganz seltsame Geschichte! Ew. gräfliche Gnaden werden's nicht glauben, wenn ich es erzähle.

Die Gräfin zog ihn zur Seite in eine der Fensternischen.

Vor allen Dingen zuerst: Hast du das Packet dem Verwalter abgeliefert? fragte sie hier mit leiser Stimme.

Ja, wie es Ew. Gnaden befohlen haben, versetzte Isaak.

Hat es der Verwalter im Archive niedergelegt?

Soviel ich weiß! Er hat mich nicht hineinsehen lassen ins Archiv.

Gut, sagte Allgunde, und trat aus der Nische hervor. Jetzt erzähle deine seltsame Geschichte.

Allgunde setzte sich wieder und betrachtete aufmerksam den Juden; es schien ihr eine Veränderung in dem Wesen des Hebräers eingetreten zu sein. Sonst war Isaak's Seele voll Frechheit und voll Hohns für jede Creatur, aber seine äußern Manieren waren voll demüthigster Schüchternheit, voll hündischer Unterwerfung, wenn er mit der Gräfin sprach. Heute war das Umgekehrte der Fall. Isaak hatte etwas mürrisch Verwegenes in seinem Wesen, er war frech und laut, aber in seiner Seele schien eine versteckte Aengstlichkeit zu sein, die er maskiren wollte.

Er erzählte die Flucht der Frau von Sasseneck und die Belagerung der Burg Arnstein. Von Leidem hatte Allgunde erfahren und es war ein Familienrath anberaumt worden, um die Angelegenheit der flüchtigen Edelfrau zu schlichten. Was aber die Gräfin nicht wußte, das war, daß auch Valerian in Arnstein sei.

Graf Schlettendorf ist da! rief Allgunde aus, als Isaak diese Mittheilung machte. Jude, ist das wahr oder lügst du?

Schlettendorf! Unmöglich! fuhr Heydenreich auf.

Nun ja, der Graf Schlettendorf, sagte Isaak von einem zum andern schauend.

Wie kam er hin? wann? zugleich mit der Frau von Sassenecks? — wer ist bei ihm? was will er in Arnstein?

Auf diese Fragen, die Isaak bestürmten, wußte er nur zu antworten: Zuerst kam die gnädige Frau und ein paar Minuten darauf waren der Herr Graf auch da; ein Reitknecht ist bei ihm — was er will in Arnstein, weiß ich nicht.

Schienen sie erstaunt, sich einander zu treffen oder nicht?

Ich weiß nicht, ob sie erstaunt gewesen sind! Mein, was weiß ich armer Jud', ob so vornehme Herrschaften erstaunt sind? Aber 'ne große Freude hat die gnädige Frau gehabt und hat den Grafen nicht fortgelassen von sich, das hab' ich gemerkt.

Allgunde fixirte das schmale, dunkle Auge Heydenreich Tondern's, das dämonisch funkelte. Dieser sah schweigend wieder in das ihre. Es war, als ob in beiden ein Gedanke aufgeblitzt sei und jeder dem andern zuschieben wolle, ihn zuerst auszusprechen.

Der Baron Tondern nahm endlich zuerst das Wort: Also war es nicht Feigheit allein, was ihn so schnell verschwinden machte. Es waren andere Angelegenheiten im Hintergrunde.

Frau von Sasseneck auf meinem — auf meines Vaters Gut ein Rendezvous geben, wie finden Sie das? rief Allgunde aus.

Nachdem beide sich sehr entrüstet also ausgesprochen hatten, wandten sie sich voneinander ab, denn keinem wäre es in diesem Augenblick sehr darum zu thun gewesen, dem andern ins Auge zu sehen.

Aber der Jude sah ihnen in die Augen mit seinen schielendsten Blicken und mit bitterm Hohn sagte er für sich: Komödianten! sie betrügen sich selbst — weshalb soll ich sie nicht wieder betrügen? Betrügen und betrogen werden, das ist das menschliche Leben!

Nachdem er dieses philosophische Axiom ausgesprochen hatte, das trefflich in sein System paßte, welches als oberstes Princip den Satz hatte: Ich bin ich und jedes Nichtich ist für mich nichtig und weniger als mein Pudel — wollte er sich entfernen.

Allgunde rief ihn zurück.

Isaak, wenn Sasseneck Arnstein so eng umschlossen hält, wie bist du denn durchgekommen?

Ich? Nun mir wurde die Zeit oben lang und so nahm ich den Augenblick wahr, wo ich den Reitknecht des Herrn Barons von Sasseneck hinter dem Schloß im Obstgarten auf der Wacht sah. Da hat mich ein Knecht durch das Mauerpförtlein gestern Abend ausgelassen und als ich zu dem Reitknecht kam, hab' ich gesagt: Ignaz, lass' mich durch und ich stunde dir bis zu Mittwinter das Geld für die silberne Uhr, so du hast gekauft von mir zu Martini vorm Jahr; es sind 4 Thaler 18 Groschen Courant.

Ich darf nicht, mein Herr schlüg' mich todt, wenn er Euch sähe, Isaak, hat er geantwortet.

Weißt du was, Naz, ich will mich ducken hinter die Sträucher und ich will dir schenken die 18 Groschen von den 4 Thalern ab.

Der Mensch hat sich besonnen und derweil bin ich fortgekrochen auf allen Vieren hinter den Hecken bis an den Wald, und sodann hab' ich genommen reißaus.

Ihr könnt jetzt gehen, Isaak, sagte die Gräfin. Aber bleibt in der Nähe; ich bedarf Eurer vielleicht.

Der Jude verbeugte sich und ging; aber statt in der Nähe zu bleiben, eilte er nach dem Gute Valerian's, wo er dem Rentmeister unter vier Augen ein Papier mit der Unterschrift des Grafen Schlettendorf vorzeigte, das dieser mit einer Summe von 100 Louisdor einlöste. — —

Nun? fragte lächelnd Heydenreich, als Isaak das Zimmer verlassen hatte.

Nun ist nicht zu säumen, rief Allgunde in größter innerer Bewegung; was uns eben klar geworden, wovon wir überzeugt sind, das muß zuerst Ueberzeugung Sasseneck's werden, wenn er es noch nicht wissen sollte. Eilen Sie zu ihm, öffnen Sie ihm die Augen und geben Sie seinem Zorn doppelte Flammen. Sie werden ihm ja einreden können, was Ihnen gefällt. Diese Belagerung darf er mehrere Tage hindurch nicht aufheben und Valerian's Abenteuer muß so ruchbar werden wie immer möglich; für jenes sorgen Sie — fort, Heydenreich, aufs Pferd, fort!

Heydenreich küßte ihre Hand und eilte davon.

Allgunde schritt eine Weile aufgeregt in dem Zimmer umher; dann blieb sie stehen und versank in ein tiefes Sinnen. Endlich setzte sie sich an ihren Schreibtisch. Hier suchte sie lange unter dem Papiervorrath und wählte zuletzt ein sehr feines und dünnes Blatt, auf welches sie die folgenden Zeilen schrieb:

„Lieber Herr Pfarrer Lehmann!

Obwol ich weiß, wie treu und sorglich Sie das einzige Document meines Verhältnisses zu F. vor jedermanns Auge hüten, so habe ich doch mit einiger Besorgniß daran gedacht, daß eine Entwendung desselben im Grunde sehr leicht wäre. Man braucht nur in einer schönen, mondhellen Nacht eine Scheibe des Sakristeifensters einzustoßen, um dasselbe bequem von außen öffnen zu können, und dann muß jedem zuerst der große Schrank in die Augen stechen. Ich möchte wetten, er läßt sich mit Leichtigkeit aufsprengen — das kleine Schloß würde einem dünnen Taschenmesser weichen, fürcht' ich! Dies ist mir in der vorigen Nacht durch den Kopf gegangen. Es ist Ihr Interesse fast so gut wie das meine, daß man jenes Buch nicht finde, deshalb ersuche ich Sie, einen bessern Aufbewahrungsort ausfindig zu machen — etwa in Ihrem Schlafzimmer oder wo Sie meinen — denn, um Ihnen nichts zu verhehlen, man hat mir unlängst gedroht: es gebe etwas, um eine Schlinge für mich daraus zu machen — also seien wir vorsichtig!

Ihre ergebene
Allgunde, Gräfin O."

Die Gräfin datirte dieses Schreiben um zwei Tage später als das laufende Datum war.

Sie erhob sich und indem sie mit großem Hohne sagte: Ja, eine Schlinge soll daraus gemacht werden! verschloß sie das Blatt sorgfältig in einem ihrer Portefeuilles.

Zweiundzwanzigstes Kapitel.

Ein Duell.

Es war um die fünfte Nachmittagsstunde, als Heydenreich Tondern nach scharfem Ritte vor Arnstein ankam. Schon von fern hatte er die Belagerungsanstalten wahrgenommen; einzelne Posten, die auf- und abschilderten, Beiwachthütten, große qualmende Feuer mit Töpfen daran, und unter dem Wäldchen von Lärchentannen das weißschimmernde Hauptquartier des Heerführers. Herr von Sasseneck hatte sich alle Erfordernisse eines comfortablen Zeltaufenthalts von seinem Gute kommen lassen; Leinwand, die, an den Baumstämmen und Aesten des Wäldchens befestigt, ein geräumiges rundes Zelt mit hoher Spitze bildete; Geräthe mancherlei Art; dann ein Feldbett und eine Garnitur Kanapeekissen, welche auf dem Boden des Zeltes zu einem bequemen Divan aufgeschichtet waren. Auf diesem ruhte der kriegerische Baron. Er rauchte aus einer sehr langen Pfeife mit breiter Bernsteinspitze; vor ihm lag ein Bret, auf welchem ein Becher und mehrere geleerte Flaschen neben einer noch unberührten standen. Ein Schrank mit kalter Küche, auf welchem Waffen, als Pistolen, eine Kugelbüchse und eine Doppelflinte, dann Sporen, Reitpeitsche und ein Exemplar von „Werther's Leiden" und von Rousseau's „Emile" lagen, stand im Hintergrunde. Auf das Feldbett war der grüne Jagdrock mit goldenen Knöpfen hingeworfen, denn Baron Sasseneck hielt es seiner feldherrlichen Würde für unnachtheilig, wenn er geheime Conferenzen mit seiner trostreichen Freundin, der Flasche, in Hemdärmeln abhielt.

Er warf sich unmuthig hin und her.

Wenn ich meine Marie nur nicht so grenzenlos liebte! seufzte er. O Marie, wie konntest du mir dieses thun — hab' ich das um dich verdient?

Er faltete die Hände zusammen und legte sie über das emporgezogene Knie. In dieser Stellung sah er mit einem Gefühl von großer Wehmuth in den blauen Dampf, den sein Meerschaumkopf reichlicher als je emporwirbeln ließ. Plötzlich wurde die Zeltwand zurückgeschlagen und hereintrat, von der Eile seines Ritts erhitzt und bestäubt, Heydenreich Tondern.

Die Augen des Barons Sasseneck verdüsterten sich sehr merklich. Er hob sich halb aus seiner ruhenden Stellung auf und rief aus:

Tondern! Was wollen Sie?

Guten Tag, Sasseneck! wie geht's? wie weit sind Sie?

Was wollen Sie, Tondern?

Ich habe Ihnen etwas zu sagen, lieber Sasseneck!

Daß ich ein Narr sei! Daß alles über mich lache! rief, mit argwöhnischen Blicken die Züge Tondern's beobachtend, Sasseneck aus. Ich kann mir's denken. Sie brauchen mir das nicht zu sagen. Ueberhaupt ist's nicht nöthig, daß sich irgendjemand in diese meine Affaire mische. Ich bin am liebsten allein hier, Tondern.

Aber, bester Freund —

Ihr könnt alle und insgesammt gar nicht über die Sache urtheilen, weil ihr weder Mariens Charakter noch meine Liebe zu ihr kennt!

Tondern hatte sich vorgenommen, mit der ernstesten und gelassensten Miene von der Welt jede Aeußerung Sasseneck's aufzunehmen, um den Argwohn desselben, der ihm hinreichend bekannt war, nicht zu erregen. Doch konnte er nicht umhin, mit schlecht unterdrücktem Lachen auszurufen:

Ihre Liebe zu ihr?!

Nun ja, meine Liebe zu ihr! Was ist da zu lachen? Würde ich jetzt fast drei Tage und zwei Nächte hindurch hier unter Gottes freiem Himmel liegen wie ein Narr und warten, bis sie zu mir zurückkommt? Meinen Sie, es wäre eine Freude, dies vermaledeite Nest zu belagern? O Marie, Marie! rief er aus und rannte im Zelt umher, mit den Händen in der Luft fechtend. Ich werde noch rasend, ich werde rasend, ich halte es nicht aus — o mein Weib, mein Weib!

Wenn Sie Marie so liebten, wie konnten Sie dann so — so heftig und streng gegen sie sein?

Ich heftig? — gegen Marie heftig? Mein Freund, das ist nichts als die Verleumdung der Welt, die Fabel böser Zungen. Ich bin der sanftmüthigste Gatte auf Gottes Erdboden. Erzogen habe ich sie — ja, das ist wahr, aber mit väterlicher Sorge. Sie war ein junges Ding, als ich sie nahm und konnte nichts — gar nichts, keine Trense von einer Stange unterscheiden; und sollte sie eine Büchse laden, so konnte ich sicher sein, daß sie zuerst die Kugel und dann das Pulver hineinthat. Sie fürchtete jeden rauhen Wind und jammerte, wenn sie fror, wie ein verzärteltes Kind. Ich mußte ihre ganze Erziehung machen, das sah ich gleich, und ich habe es redlich und nach bestem Wissen und Können gethan; sie schießt eine Becassine im Fluge und als mein Falber neulich

Bauchgrimmen bekam, hat sie ihn in Schweiß geritten — das Thier war wie begossen.

Ja, es sind schöne Dienstleistungen, die Sie von Ihrer armen Frau verlangten!

Dienstleistungen? Das verstehen Sie nicht, Tondern! Sie verstehen mein philosophisches System über die Rückkehr des verweichlichten, verbildeten Culturmenschen zur Natur nicht. Der erste Schritt dazu ist die Abhärtung, die Kräftigung des Körpers. Der Mensch ist nur dann ein ganzer freier Mensch, wenn er gegen äußere Einflüsse gefestet, wenn die Natur mit ihren Erscheinungen nicht mehr seine Feindin ist, die er fürchtet!

Herr von Sassenecк hatte unterdeß die volle Flasche angebrochen, die am Boden vor ihm stand, und goß die Hälfte ihres Inhalts in seinen Becher, den er leerte, ohne Tondern davon zu bieten.

Der Wein schien der schwärmerischen Weiche seiner Empfindungen keinen Eintrag zu thun, im Gegentheil sie nur zu erhöhen. Er ergriff das Buch, welches auf dem Schranke lag — „Werther's Leiden", verhängnißvoll zwischen Pistolen und Kugeln gruppirt — und indem er mit der flachen Hand daraufschlug, rief er aus:

Sehen Sie, Tondern, das ist ein Buch! darin steht es beschrieben — so fühlt es ein Mann, der liebt! Wissen Sie nichts Näheres über den Menschen, der es geschrieben hat, diesen Goethe; ich halte ihn für einen echten Cavalier!

Tondern war nicht allzu sehr geneigt, auf eine literarische Erörterung über die Verdienste des Werther einzugehen.

Hören Sie, Sassenecк, ich bin Ihr Freund, und ehe ich gehe — was sogleich geschehen soll, da ich sehe, daß ich Ihnen hier zur Last bin — will ich nur noch ein Mißverständniß beseitigen, eine falsche Meinung, die Sie von mir, von allen Ihren Bekannten hegen. Sie sind mistrauisch. Sie —

Das bin ich, fiel Sasseneck ein; Mistrauen ist der Anfang der Weisheit, initium sapientiae, die Spitze der praktischen Philosophie, das Resultat des Menschenstudiums!

Sie glauben, fuhr Tondern fort, wir tadelten Sie und fänden die Maßregeln, welche Sie genommen haben, um Ihre Frau zu sich zurückkehren zu sehen, unpassend oder gar lächerlich.

Bin allerdings so gescheit, das von euch klugen Leuten vorauszusetzen. Ihr leidet alle an Ueberbildung! Es ist kein einziger frischer gesunder Kerl mehr unter euch! . . . lauter unnatürliche Kerle!

Sie irren sich, Sasseneck! Was Ihr Verhältniß zu Ihrer Frau angeht, so hat keiner ein Recht, sich darum zu kümmern; und was die Beharrlichkeit angeht, womit Sie sich hier vor Arnstein festgesetzt haben, so sagt jeder: Sasseneck ist ein Charakter von Muth und Energie und, wo er sich in seinem Rechte fühlt wie hier, da kann man ihn immer das beste und einfachste Mittel ergreifen sehen. Man macht Wetten darauf, Sasseneck, daß Sie es durchsetzen. Jetzt will ich gehen. Guten Abend, Sasseneck!

Ah! rief Herr von Sasseneck überrascht aus. Sind Sie in der That so vernünftig? Hätt's nicht gedacht! Sie hatten sonst immer was über mich und Marie zu munkeln und zu moquiren! Aber wohin wollen Sie, Tondern? Sie wollen doch nicht fort?

Ich bin Ihnen lästig, Sasseneck.

Nein, beileibe nicht! Bleiben Sie, Tondern. Kommen Sie, hierher, setzen Sie sich. Trinken Sie mit mir ein paar Flaschen aus. Wollen Sie eine Pfeife haben?

Nun, wenn Sie wollen, so bleib' ich!

Tondern nahm eine von den Pfeifen, die in einer Ecke lehnten, zündete sie an und setzte sich neben Sasseneck auf die Sofakissen. Des letztern Kopf war sehr roth geworden und er verfiel nach einer Weile in ein flüsterndes Monologisiren, von dem Tondern so viel wie möglich zu erlauschen strebte.

Sie ist behext! Sagten Sie eben so, Sasseneck?

Ja, man muß es ihr angethan haben — wie sollte sie es anders haben übers Herz bringen können, mir diesen Schmerz zuzufügen? Meine Marie — ach, sie hatte mich so lieb! — süße Marie — o ich kenne dich nicht mehr!

Sie ist freilich behext, Sasseneck, und mich wundert es, daß ich bis jetzt noch nicht den Namen des Hexenmeisters von Ihnen habe aussprechen hören!

Sasseneck blickte fragend und erstaunt Tondern an.

Was, Tondern?

Sie werden doch wissen, wer der Hexenmeister ist?

Ich verstehe Sie nicht!

Sie sollten nicht wissen, wer Ihre Frau berückt hat und mit ihr durchgegangen ist?

Durchgegangen? Mit meiner Frau? Hoho?

Sasseneck hob sich allmählich immer höher von seinem Sitz empor, indem seine kleinen dunkeln Augen kreisrund wurden.

Nun ja! Wissen Sie in der That nichts davon oder stellen Sie sich nur so? Ihre Frau würde doch nicht ohne Hülfe, Verführung und ohne auf Schutz rechnen zu können, einen solchen unerhörten und verzweifelten Schritt gewagt haben?

Nein! Das ist wahr! Aber weiter, Tondern, sagen Sie mir alles!

Was soll ich Ihnen sagen? Mir ist die ganze Angelegenheit

fremd und wenn Sie niemand in Verdacht haben, so will ich auch nicht —

Mensch, heraus, rund heraus mit der Sprache! schrie Sasseneck, indem er Tondern heftig am Kragen faßte.

So lassen Sie mich doch nur!

Tondern schüttelte ihn ab und fuhr dann fort:

Das wissen Sie doch, daß Valerian Schlettendorf oben ist?

Valerian — Schlettendorf — oben?

Der Ihrer Frau neulich abends im Club so die Cour machte?

Die Cour machte?

Sasseneck stand jetzt aufrecht da — die Pfeife war seinen Händen entglitten — seine Augen waren weit vorgequollen und leuchteten wahrhaft unheimlich; die gewöhnliche Röthe seines Gesichts war einer gelblichen, lederfarbenen Blässe gewichen. Die Geister des Weines schienen ausgetrieben von dem Hauche eines mächtigern, stürmisch heranwehenden Geistes, dem Zorne.

Aber Sasseneck schien selbst zu zagen vor dem Sturmhauch einer Windsbraut von Wuth, die er nahen fühlte. Er hielt gewaltsam an sich, er preßte die Arme über die Brust zusammen und sagte: Das ist nicht wahr, das ist nicht möglich — Valerian Schlettendorf da oben — mit meiner Frau? — Nein! Tondern, Tondern, Gott vergeb' es Ihnen!

Was soll mir Gott vergeben? sagte Heydenreich ruhig.

Der Freiherr von Sasseneck warf sich wieder auf seinen Divan zurück und strich mit allen zehn Fingern die üppige Fülle ergrauender Locken, die sein kriegerisches Haupt umwallten, in die Höhe. Dicke Schweißtropfen traten auf seine Stirn; in seine Wangen schoß die alte dunkle Röthe zurück.

Plötzlich fuhr er wieder empor; er warf seinen Jagdrock über die Schultern, schnallte seinen Hirschfänger um und nachdem er zwei Doppelterzerole in den Gürt gesteckt hatte, stürzte er zum Zelte hinaus und eilte den Weg zum Schlosse empor.

Ich will wissen, was dran ist! rief er aus, und keuchte mit unglaublicher Schnelligkeit den steilen Pfad hinauf.

Tondern folgte ihm langsamer und voll lächelnder Ruhe, die Entwickelung der Sache erwartend.

Um die Zeit, wo Tondern in das Zelt des Freiherrn von Sasseneck getreten war, hatte Valerian's Ungeduld, sich immer noch in den Mauern der kleinen Feste eingeschlossen zu sehen, den höchsten Grad erreicht. Um so mehr, als er jetzt Gründe hatte, die ihn doppelt stark drängten, wieder in den Besitz seiner Freiheit zu kommen.

Am ersten Abend, den er in Arnstein hatte zubringen müssen, sahen wir ihn auf dem Wege zu seinem Schlafgemach von Isaak aufgehalten. Er nahm den Juden mit sich in das große und dunkle Zimmer, in dem er die Nacht zubringen sollte und in dem ein altfränkisches Himmelbett, hoch aufgethürmt und mit schweren Damastvorhängen versehen, seiner harrte. Am andern Ende des Gemachs befand sich ein weit vorspringender Kamin mit einem Oelgemälde darüber, das eine Parforcejagd darstellte; alte, von Zeit und Staub geschwärzte Porträts von sehr ernst und feierlich aussehenden Herren in Halskrausen und schwarzsammtnen Wämsern und von Damen, welche dreimal so hohe Toupets hatten, wie die Breite ihrer Wespentaille war, hingen an den Wänden. Sonst war das Gemach durchaus schmucklos, die Mauern geweißt und der Boden mit Backsteinfliesen belegt.

Valerian stellte seinen gewundenen, zinnernen Leuchter auf den Tisch in der Mitte dieses Zimmers. Isaak hatte unterdessen die Thür verschlossen.

Was ist's, Isaak Koppel? Was habt Ihr da? fragte Valerian, indem er seine Hand auf den Tisch stützte und erwartungsvoll auf den tiefgeblickt vor ihn tretenden Juden niederblickte.

Es ist was ganz Besonderes, Herr Graf! Sie sind der beste Freund der Gräfin von Quernheim — aber, ob Sie das wissen, was hier in diesem Buche steht —

Valerian wollte antworten — aber er unterließ es, zu stolz, über seine Freundschaft oder Nichtfreundschaft mit irgendjemand an den Juden ein Wort zu verlieren.

Isaak hatte unterdeß einen Folioband aus einer Enveloppe genommen, die Spuren aufgerissener Versiegelung an sich trug. Er legte das Buch auf den Tisch, hielt es jedoch mit beiden Händen fest.

Herr Graf, sagte er, ich wollte haben meine volle Bezahlung, meine 25 Thaler; ich wollte Ihnen zeigen das Buch und Sie sollten dem Herrn Verwalter sagen, daß er wohlthue, wenn er nicht lange Umstände mache — schütteln Sie nicht den Kopf, Herr Graf, Sie werden mir noch mehr Geld verschaffen als 25 Thaler, mehr als 50, mehr als 100 Thaler!

Ich wollte, Ihr ließt mich ungeschoren mit eurer Geldangelegenheit, sagte unwillig werdend Valerian.

Ungeschoren, Herr Graf, ungeschoren mit dem Geld? Soll ich mich fortscheren mit dem Buch und tragen hinaus unter die Leute? Soll ich Lärm machen und Schimpf und Schande über Ihre Freundin bringen, Herr Graf? Gut dann, ich will gehen! Der Herr Graf wollen ja ungeschoren bleiben mit der Geldangelegenheit!

Isaak machte Miene, die Enveloppe über sein großes Buch wieder zusammenzuschlagen.

So faßt Euch kurz und sprecht: was ist mit dem Buche?

Wenn es die Gräfin angeht ... was soll dann ich damit zu schaffen haben? ... sagte Valerian.

Die Gräfin? Nun ja, es geht an die Gräfin. Es geht an die Gräfin sehr! Aber wenn ich nun mein', ich kann machen ein Geschäft mit dem Buch? Ein Geschäft mit Ihnen besser als mit jemand sonst? Wenn ich nun mein', Sie werden von mir kaufen das Buch, und was steht in dem Buch mit mehr Geld als was kann geben die Gräfin ... weiß ich, ob sie nicht spricht: Jude, wenn du weißt, was steht in dem Buch, so bleibt mir nichts übrig, als ich lasse dich todtschlagen durch meine Leute ... Gott Gerechter, es ist nicht zu scherzen mit der Frau Gräfin ... Und weiß ich doch nicht, ob mir der Verwalter nicht morgen das Buch wegnimmt und darin blättert und sein Auge fällt auf das, was steht in dem Buch? ...

Valerian unterbrach ihn: Ich bin schläfrig, Isaak, sagte er, und Eures Geschwätzes vollständig satt. Geht Euer Geheimniß mich nichts an, wie ich Grund habe zu glauben, so packt Euch!

Nun, so sehen Sie selbst, ob es Sie angeht, und ob Sie mir wollen geben Geld für das Buch!

Und Ihr habt keck die Siegel erbrochen, Isaak? sagte verweisend Valerian.

Ja, ich habe sie aufgebrochen; die Frau Gräfin hat so allerlei kleine Verpflichtungen gegen mich, und ich hab's darauf gewagt, versetzte Isaak sehr ruhig, während er in dem Foliobande blätterte und, als er gefunden, was er suchte, das Buch Valerian hinschob.

Da, sagte der Jude, indem er mit seinem dünnen, behaarten Zeigefinger auf das Blatt wies.

Valerian blickte ohne viel Theilnahme hin, während Isaak

aufmerksam den Ausdruck seiner Züge beobachtete. Zu des Juden großer Genugthuung war Valerian plötzlich sehr wach geworden. Er zog das Buch an sich und beugte sich darüber; auf der Seite, welche der Jude aufgeschlagen, waren mehrere Linien gezogen, die verschiedene Rubriken andeuteten, und diese waren von einer kleinen und festen Hand ausgefüllt worden.

Der Gutsbesitzer Franziskus Xaverius von Finkenberg und die Gräfin Edeltrudis Allgunda von und zu Quernheim waren in diese Rubriken eingetragen als Getraute am 13. October 183*. — Als Zeugen hatten unterschrieben Franz Eugen Heydenreich, Freiherr von Tondern, und Peter Johannes Ernesti, Jäger.

Das Buch hatte den Titel: „Das Trauungsregister der Gemeinde Olderndorf, geführt von Philipp Wilhelm Lehmann, Curatus zu Olderndorf.“

Gott im Himmel, rief Valerian aus, nachdem er gelesen und gierigen Auges wieder gelesen — Gott im Himmel, welche Macht, alles zu enden und zu schlichten, legt dieses Document in meine Hand!

Sie selbst, die Gräfin von Quernheim hat Euch dies Buch gegeben, Isaak?

Nein, der Pfarrer in Olderndorf; weil er mir so gar ängstlich auf die Seele gebunden, es ja ohne Verzug hier abzuliefern, hab' ich wohl gemerkt, daß es für ihn oder die Gräfin schon 25 Thaler werth, es in Sicherheit zu wissen! Und nun, Herr Graf, was sagen Sie nun? Darf ich mich noch scheren mit meiner Geldangelegenheit?

Valerian stand einen Augenblick in Nachsinnen verloren; dann hob er die Stirn, die er gesenkt hatte, empor und, die dunkelbraunen Locken zurückschüttelnd, sagte er mit sehr entschiedenem Tone:

Isaak Koppel, Ihr werdet mir das Buch lassen!

Nein, nein, Ew. gräfliche Gnaden — das darf ich nicht, nicht für 50 Louisdor!

So werde ich Euch hundert dafür zahlen lassen!

Hundert? Isaak's Augen leuchteten vor Freude. Er wollte das Gebot rasch annehmen — als ihm die Hoffnung durch den Sinn fuhr, noch mehr für sein Geheimniß bekommen zu können.

Herr Graf, ich darf nicht! sagte er mit vor innerer Bewegung zitternden Lippen.

Ihr werdet nicht glauben, ich feilsche mit Euch! versetzte Valerian stolz, riß ein Blatt aus seinem Portefeuille und schrieb die Anweisung von 100 Louisdor darauf, die er dem Juden übergab.

Geht jetzt! Zeigt das meinem Rentmeister! Geht!

Es lag in der Stimme und dem Wesen Valerian's eine Entschiedenheit, die alle sonstige Frechheit Isaak's niederhielt; gebückt trat er an das offen liegende Buch, überlas noch einmal die aufgeschlagene Seite, überblickte sodann die vorhergehenden, dann die nachfolgenden, welche ebenfalls Eintragungen geschlossener Ehebündnisse enthielten, fuhr sich mit der Hand über die Stirn und verabschiedete sich dann mit seiner hündisch demüthigen Freundlichkeit, die um so widriger war, als gewöhnlich auch etwas vom Zähnefletschen eines Hundes hindurchschimmerte.

Als Isaak draußen war, rieb er sich die Hände und schlug dann sehr heftig den Deckel seines alten Filzhutes ein, als ob es eine Trommel wäre.

Fünfhundert Thaler Gold, fünfhundert Thaler verdient! Jetzt

muß ich hinaus — hinaus muß ich — ich muß mein Geld haben — ich muß die Louisdors haben — fort will ich!

Isaak versetzte bei jedem Wort, das er sprach, dem unglücklichen Filz einen Puff.

Der Castellan darf mich nicht wiedersehen; der Mensch hat mich heute reinweg vergessen mit sammt meinem Packet, aber er darf mich morgen nicht zu Gesicht bekommen, sonst könnte es ihm einfallen, das Packet von mir zu fordern.

Er tappte sich hinunter in den Hof, wo sein Pudel lag und ihn erwartete, zugleich Stock und Quersack seines Herrn hütend. Isaak bemächtigte sich seiner Habe, ließ den Hund dicht hinter sich herschreiten und schlich unbemerkt um das Herrenhaus der Burg herum zu einem kleinen Thore, das in den Baumgarten des Schlosses führte. Ein Knecht hatte oben auf der Mauer, die neben dem Thor zu einer Ecke aussprang, die Wache.

Laßt mich hinaus, Konrad! flüsterte Isaak leise hinauf.

Euch, Jude? Sie werden Euch draußen an einen Ast knüpfen, als Spion!

Laßt sie nur knüpfen; laßt mich hinaus.

Wenn Ihr's wollt, in Gottes Namen; es wird niemand daranliegen, Euch und Euern Pudel hier verköstigen zu dürfen. Wär't Ihr aber ein Christenmensch, so thät' ich Euch warnen; sie sind betrunken da unten und ungerupft kommt Ihr nicht durch!

Konrad, sagt dem Herrn Castellan, ich sei fortgegangen und das Packetchen wollt' ich der Gräfin bringen.

Ja wohl, versetzte der Knecht, der unterdeß eine Leiter hinuntergestiegen war und den Riegel vor dem Thürchen zurückschob.

Isaak schlüpfte froh hinaus und schlich geduckt an den ersten feindlichen Posten heran. Wie er hier durchzukommen wußte, haben wir ihn erzählen gehört. Er nahm dann seinen Weg nach dem Gute der Gräfin Allgunde, wo er am andern Morgen eintraf. Er wollte die Gräfin über das Schicksal des Buches beruhigen, wie er den Castellan von Arnstein über das Packet durch den Knecht hatte beruhigen lassen. So, berechnete er, werde fürs erste von keiner Seite Nachfrage nach dem Buche geschehen und er in Ruhe die Früchte seines Verraths genießen können. Sollte eine Untersuchung stattfinden, dann war er entschlossen, den Grafen Schlettendorf der gewaltsamen Hinwegnahme des Buches zu beschuldigen. Doch war er zu feig, um nicht alles zu thun, solche unangenehme Erörterungen, den Zorn der Gräfin und einen Streit mit einem Mächtigen des Landes, wie der Graf Schlettendorf, solange wie möglich von sich abzuhalten. Deshalb sahen wir ihn vor den Augen der Gräfin von Quernheim erscheinen, wo sein Schuldbewußtsein ihm etwas von seiner gewöhnlichen Sicherheit raubte.

Daß Valerian im Besitz eines so wichtigen Fundes weder in der Nacht noch am folgenden Tage Ruhe fand, ist begreiflich. Bis zum Mittag des zweiten Tages hielt er es aus; als aber der Nachmittag herankam und Stunde nach Stunde verging, ohne daß irgendeine Bewegung unter der Mannschaft des Freiherrn von Sasseneck andeutete, man gedenke endlich abzulassen von dem thörichten Beginnen, da widerstand Valerian nicht länger dem Drange, der ihn hinaus- und forttrieb.

Er befahl seinem Reitknecht, die Pferde zu satteln und ließ den Castellan rufen.

Ich will fort, sagte er diesem, widersprechen Sie mir nicht — es wird niemand wagen, mir den Weg zu verlegen, und ich habe beschlossen, es jedenfalls darauf ankommen zu lassen. Hüten Sie das Schloß, Herr Castellan; fiele die unglückliche Dame, die auf Ihren Schutz vertraut, in die Hände des Wahnsinnigen, welcher sie verfolgt, so wären Sie schuld an dem Unheil, das daraus entstehen könnte. Sie begreifen das. Bleiben Sie deshalb entschlossen, wie Sie jetzt es sind; ehe 24 Stunden verfließen, werden Sie infolge meiner Aufforderung hier eine hinreichende Anzahl Polizeimannschaft einrücken sehen, um diesem Possenspiel ein Ende zu machen.

Der Castellan versprach die tapferste Gegenwehr und Wachsamkeit bis dahin.

Wenn ich fort bin, gehen Sie zu Frau von Sasseneck, setzte Valerian hinzu, und überbringen ihr meine respectvollsten Grüße. Sagen Sie ihr, die unabweisbarste Nothwendigkeit habe mich fortgeführt, und da ich sie in guter Obhut wisse, sei ich davongeeilt, um zugleich das wirksamste Mittel zu Hülfe zu rufen, welches sie aus dieser beängstigenden Lage reißen könne — die Justiz.

Valerian wollte sich nicht persönlich bei Frau von Sasseneck beurlauben, er fürchtete ihre Danksagungen ebenso wol wie ihre Bitten, sie noch nicht zu verlassen, die ihn bis jetzt zu lange schon gefesselt gehalten hatten.

Der Reitknecht führte die gesattelten Pferde vor. Es war ungefähr halb sechs Uhr abends. Valerian bestieg das seine und ließ das Buch des Juden mit Riemen an den Sattel seines Dieners schnallen.

Jetzt, Castellan, lassen Sie das Thor öffnen!

Der Castellan selbst stieg mit einem Knecht eine Wendelstiege unter dem Thore hinauf, um das Fallgitter emporzuziehen; der Kutscher Sasseneck's hatte sich an den Thorflügel gestellt und schob ihn mit Hülfe eines andern Knechts auf; das Gitter hob sich rasselnd in die Höhe und Valerian ritt in kurzem Galop durch das hallende Thorgewölbe. Hinter ihm und seinem

Diener fiel augenblicklich das Gitter nieder, der Thorflügel wieder ins Schloß.

Als Valerian draußen war und mit großem Wohlgefühl ein paarmal tief Odem geschöpft hatte, verhielt er sein Pferd, denn der vom Schlosse hinabführende Hohlweg nahm vor ihm eine steile Wendung.

In diesem Augenblicke hörte er rasche Schritte und heftiges Keuchen vor sich; im nächsten Augenblick stand der Freiherr von Sasseneck neben ihm, der im selben Moment, in welchem Valerian sich aufs Pferd geworfen, aus seinem Zelte gestürzt war, um vom Verwalter eine Unterredung und Auskunft zu verlangen, ob Valerian in der That in Arnstein sei oder nicht!

Valerian selbst vor sich zu sehen, war für den heißblütigen Freiherrn Beweis genug für die genaue Wahrheit alles dessen, was Heydenreich Tondern ihm eingeflüstert hatte.

Sasseneck war bis jetzt durch die Krümmung des Hohlweges vor Valerian's Augen verborgen geblieben. Deshalb trat er vor den Reiter so plötzlich und jäh, als sei er aus dem Boden aufgeschossen.

Valerian's Pferd scheute und er selbst hatte nicht Kaltblütigkeit genug oder nicht hinreichend starke Nerven, um nicht auch eine Anwandlung des plötzlichen Schrecks zu empfinden; denn eine wahre Löwenphysiognomie, die Wuth und Grimm ins Entsetzliche verzerrt hatten, blickte ihn an, während die strotzende Fülle von Locken wie grauschwarze Schlangen um dieses todrohende Antlitz geschüttelt wurden.

Sasseneck sprach etwas, aber Valerian verstand ihn nicht; es waren Töne, die der Rasende dem Ersticken nahe hervorgurgelte und durch einen grellen Aufschrei enden ließ, während dessen er die Zügel des Pferdes ergriff und so heftig daran riß, daß das Thier sich hoch aufbäumte.

Valerian sprang rasch aus dem Sattel und vollkommen ruhig bleibend einer solchen unsinnigen Wuth gegenüber, während ein geringerer Grad von Zorn ihn wahrscheinlich auch erhitzt hätte, trat er dicht vor den Freiherrn von Sasseneck und sagte stolz und langsam:

Wie können Sie es wagen, Herr von Sasseneck, mir in die Zügel zu fallen?

Sasseneck konnte nichts anderes thun, als die geballten Hände erheben und sie dem Gesicht Valerian's drohend nahe bringen.

Sie werden mir Genugthuung geben für Ihre Roheit, wenn Sie wieder im Besitz Ihrer Sinne sind. Jetzt räumen Sie den Weg!

Valerian wollte wieder in den Sattel springen, entschlossen seinen Gegner im Nothfall niederzureiten — da riß ihn Sasseneck gewaltsam am Arm herum und indem er ihm mit bebender Stimme die beiden Doppelterzerole hinhielt, die er aus seinem Gurt gerissen, schrie er:

Wählen ... schießen — schießen! — Ich oder Sie! — nicht lebendig von der Stelle!

In diesem Augenblick trat Heydenreich Tondern um den Vorsprung des Hohlwegs. Als er überblickt hatte, um was es sich handle, rief er Valerian zu:

Nehmen Sie — nehmen Sie — er erschießt Sie sonst hier auf dem Fleck! Denken Sie nicht daran, ihm auszuweichen, wie neulich mir, Graf Schlettendorf!

Valerian nahm eins der Terzerole. Seine Lippen bebten vor Zorn, als er antwortete: Herr von Tondern, ich weiß nicht, ob Ihre Unverschämtheit oder Ihre Treulosigkeit, womit Sie mich und Sackenrode zum besten haben wollten, größer ist! Ich weiche keinem ehrlichen Gegner aus, wie ich Ihnen durch die That beweisen will, obwol dieser Ueberfall weit entfernt ist, den Namen eines ehrlichen Spiels zu verdienen! Vorwärts denn!

Tondern faßte Sasseneck am Arm und führte ihn eine Strecke den Hohlweg hinab, dann links auf einen Grasanger, wo er ihm einen Standpunkt anwies. Zwanzig Schritt davon gab er Valerian seinen Standpunkt, der ihm gefolgt war.

Heydenreich hatte, während er Sasseneck führte, diesem fortwährend ins Ohr geflüstert. Jetzt ging er noch einmal zu ihm zurück:

Fassen Sie sich, Sasseneck, um Gottes willen, Ruhe! Sie sind der beste Schütze im Lande und Sie werden doch niedergeschossen werden, wenn Sie Ihre Wuth nicht bemeistern; ins Teufels Namen, lassen Sie das Zittern!

Licht ist gleich getheilt! rief er dann; ich bin Unparteiischer und Zeuge für beide Theile! Heydenreich nahm zwischen beiden Kämpfern, aber sehr weit zur Seite, sodaß er sich hinlänglich gesichert halten konnte, seine Stelle ein.

Fertig — jeder sechs Schritt vor — avancirt — Feuer!

Die Schüsse fielen fast zu gleicher Zeit und zwar drei. Herr von Sasseneck stieß einen heftigen Fluch aus; er hielt sich nur noch wankend auf den Füßen, dann, ehe Tondern zu ihm gesprungen kam, sank er auf das Gras.

Valerian stand fest und aufrecht da; doch lag Todtenblässe auf seinem Gesicht und Blut rieselte in kleinen Strömen an seinem linken Arm hinunter.

Sie haben beide Läufe auf mich abgefeuert, Herr von Sasseneck, rief er; das thut kein Edelmann, sondern nur ein Schurke. Wahrscheinlich war es das, was unser Unparteiischer Ihnen vorhin zuraunte.

Valerian that hierin beiden unrecht, denn Sasseneck's Wuth

allein hatte ihn, ohne daß er es wußte, beide Hähne zugleich spannen lassen; er hatte krampfhaft gezittert und mit solcher Heftigkeit abgedrückt, daß der Zeigefinger auf den zweiten Drücker geschnellt war.

Trotz aller Wuth, die er gegen Valerian hegte, trotz seiner Schmerzen, da ihm die Kugel seines Gegners eine große Fleischwunde in die Hüfte gerissen hatte, war der Edelmann doch zu mächtig in Sasseneck, um ihn durch jene Worte Valerian's nicht augenblicklich nüchtern werden zu lassen.

Graf Schlettendorf, stöhnte er, sich halb vom Boden erhebend, mich sollen alle höllischen Teufel holen — aber es ist nicht wahr, es ist nicht wahr, Sie lügen —

Kommen Sie, Sasseneck, unterbrach ihn Tondern, da sind Ihre Leute! — Ins Zelt mit ihm, ins Zelt! Und einer von euch, Burschen, sprengt sogleich davon, um einen Arzt herbeizuschaffen.

Tondern richtete diese letztern Worte an einen Haufen der Diener Sasseneck's, die zusammengelaufen waren.

Auch Valerian's Reitknecht war herangekommen; er hatte seine Pferde im Hohlwege an einen Strauch gebunden und nahm seinen Herrn jetzt unter den Arm, um ihn in die Burg zurückzuführen. Valerian's linke Schulter war von einer der Kugeln Sasseneck's getroffen worden. Die Schmerzen waren furchtbar. Nur sehr langsam vermochte er sich zu bewegen; auch begann es vor seinen Augen zu dunkeln. Er fühlte, daß er nicht lange mehr werde auf den Füßen bleiben können. Zum Glück war Thor und Gitter des Schlosses offen; der Castellan hatte von der Thorplattform aus den ganzen Hergang beobachtet und als er Valerian verwundet zurückkehren sah, rasch für ihn zu öffnen befohlen. Als er sich wieder in dem engen Burghofe sah, verließen den Verwundeten die letzten Kräfte. Er ließ sich unter die Ulme führen und legte sich auf die Bank am Stamme derselben nieder.

Das Buch! Sorg' dafür! flüsterte er seinem Reitknecht zu. Nachdem er eine Weile geruht, verlangte er ins Haus getragen zu werden.

Der Reitknecht eilte zurück, um die Pferde und das ihm anvertraute Buch hereinzuholen, während Valerian in das Gemach gebracht wurde, das ihn die letzten Nächte hindurch beherbergt hatte. Hier kam in großer Alteration Frau von Sasseneck zu ihm und that mit weicher, linder Hand alles, was in ihrer Macht stand, um seine Schmerzen zu mindern und seine Wunde gut zu verbinden.

Als der Reitknecht Valerian's den Hohlweg unter dem Burgthore hinabgeschritten war, um die Pferde zu holen, fand er beide Thiere ruhig an der Stelle, wo er sie gelassen. Statt des Buches jedoch, welches hinter dem Sattel des seinigen festgeschnallt worden, sah er nur noch die leeren Riemen niederhängen. Das Buch war fort.

Unterdeß hatte sich Herr von Sasseneck nicht in sein Zelt, sondern in die gelbe Reisechaise seiner Frau bringen lassen. Man mußte eilig Pferde davorspannen und ihn auf sein Gut zurückfahren. Er verlangte mit der Heftigkeit eines gereizten Kindes dahin zurück. In der That konnte er auf solche Weise doppelt so rasch zu ärztlicher Hülfe kommen und auf diese war jetzt all sein Verlangen und Wollen gerichtet. All seine philosophischen Abhärtungstheorien hielten nicht aus, um ihm seinen Gleichmuth zu bewahren. Sein moralischer Muth war dahin ... der körperliche Schmerz fand ihn wehrlos, grenzenlos niedergeschlagen, ohne alle Fassung. Er mußte fort, fort, zum Doctor, und es schien, als ob er der festen Zuversicht sei, wenn nur der Doctor den kleinen Finger an seine Wunde lege, so werde alles Brennen, Reißen und Schneiden darin wie weggeblasen sein.

Die gelbe Reisechaise rollte denn auch mit ihm nach wenigen Minuten davon. Tondern folgte ihr zu Pferde. Was nun aus der Belagerung von Arnstein werden sollte, darüber hatte Sassenecк keine Befehle hinterlassen. Seine Myrmidonen sahen deshalb in seiner Abfahrt das Signal zum Rückzuge, den sie um desto getrösteter antraten, als Proviant und Getränk sich reißend seinem Ende nahte und damit der Romantik dieses lustigen Feldzuges eine bedeutende prosaische Ernüchterung drohte. Deshalb packten sie auf die mitgebrachten Wagen zusammen, was sie hergeschleppt, Kessel und leere Tonnen, Decken und Munition, brachen das Zelt des Freiherrn ab und zogen beim Anfang der Dämmerung in stillen Haufen davon.

Die Belagerung der Burg Arnstein hatte damit ihr Ende erreicht und für ein neues Jahrhundert hatte die jungfräuliche Veste den Ruf ihrer Uneinnehmbarkeit gesichert.

Dreiundzwanzigstes Kapitel.

Die Schlinge.

Mehrere Tage nach den erzählten Ereignissen sind verflossen. Wir finden Theo wieder in einem runden Thurmzimmer des Schlosses zu Quernheim. Es ist früh am Morgen und da ein ziemlich kaltes Nebelwetter eingetreten ist, das den nahenden Herbst mit seinen Schauern ankündet, so hat sich das Edelfräulein in die Nähe des flackernden Kaminfeuers gesetzt. Ihr Arm stützt sich auf die Seitenlehne eines kunstreich geschnitzten Sessels, dessen rohrbeflochtener Rücken mit der steifsten Grandezza der Zeit, welche dies feierliche Möbel geschaffen, gerade aufrecht hoch emporsteigt. Die übrige Ausstattung des Zimmers ist sehr einfach und die Möbeln zeigen jenen garstigen Geschmack, dessen geradlinige und dünnbeinige Dürftigkeit uns an die Zeiten des ersten Kaiserreichs erinnert.

Theo trug einen Morgenüberrock von blaßgrüner Seide, der vorn offen das weiße Unterkleid zeigte und, mit schwarzseidener Schnur um die Taille befestigt, trotz seines Faltenreichthums den ganzen Zauber ihrer vollen und doch schlanken Gestalt verrieth. Sie hielt den Kopf zur Seite gesenkt und ließ die rechte Schläfe auf der innern Fläche ihrer Hand ruhen, während den Arm die Sessellehne stützte. Ihre Augen blickten durch eins der beiden hohen halbrunden Thurmfenster in die trübe Nebelluft hinaus, deren nasses Grau um die gelb und röthlich sich färbenden Wipfel einer Gruppe von wilden Kastanien wogte und wallte. Draußen und im Innern des Schlosses herrschte vollständige Stille; kein Laut war wach, kein Fuß hallte auf den Corridoren, keine Stimme tönte auf den Höfen. Die Stille des Morgens, diese träumerische, um Wipfel, Schloß und Felder wallende Nebelluft hatten eine Art Balsam für Theo, etwas Schmerzbeschwichtigendes. Und sie bedurfte solcher Beschwichtigung. Sie hatte die Nacht in Thränen zugebracht. Ihr Herz war vom tiefsten Weh zerrissen, das in der Brust eines Mädchens von Theo's Charakter Platz findet. Davon war ihr Gesicht so blaß, ihr Auge so feucht schimmernd. Jetzt hatte sie ihre Thränen getrocknet. Nur zuweilen noch bebte ihre Oberlippe, wie ein ausbrechendes Schluchzen verkündend; dann aber fuhr ihre Hand mit dem Tuche zu ihren Augen und nach einem Drucke auf ihre Lider mit den dunkeln langen Wimpern blickten die Augen wieder mit derselben träumerischen Ruhe in den Nebel hinaus. Es war einer jener Tage, wo die äußere Farblosigkeit, Stille und Monotonie der verrinnenden Stunden auch das innere Leben in uns zu einer Art Farblosigkeit herunterstimmt; wo es ist, als sei ein Schleier über die Regungen unsers Herzens geworfen, sodaß sie uns selbst ins Undeutliche verschwimmen. Wir lieben es in solchen Stunden, alle Gedanken und Beschäftigungen unsers Gemüths fahren zu lassen, welche uns an heller und härter gefärbten Tagen in Anspruch nehmen. Wir lassen uns in sanfte und schmeichelnde Traumbilder, in phantastisch aufgebaute Luftschlösser verlocken. Was sonst uns drückt, lichtet sich an solchen verschleierten Tagen; was sonst uns schmerzt, hat einen Theil seiner Schärfe verloren, und zu keiner Stunde ist der Mensch geneigter, den Stimmen einer philosophischen Resignation zu folgen, als gerade dann.

Theo hatte noch in ihrem Zufluchtsorte den Brief Valerian's erhalten, den wir ihn im Hause Sackenrode's an sie schreiben sahen. Er hatte seine Zurückkunft darin um einen Tag später angekündigt, als sie festgesetzt war, ohne den Grund dieses Aufschubs anzugeben. Am Abende nach dem, an welchem Theo diesen Brief bekommen, erwartete sie Valerian unter der Linde auf dem Hügel, von wo aus sie ihm die letzten Grüße nachgewinkt hatte. Er kam nicht; die Dämmerung, die Nacht kam, Valerian kam nicht. Auch am folgenden Tage — auch am Abende kam er nicht. Den dritten Tag brachte Theo in unendlicher Beklommenheit fast ganz auf dem Hügel zu, nach dem Erwarteten ausschauend. Bisjetzt hatte Finkenberg sie zu trösten versucht; er hatte ihr alle Gründe aufgezählt, die, wie er glaubte, Valerian zurückhalten konnten; dann hatte er sie zu beruhigen versucht, wie man ein Kind beruhigt, mit Gründen, an welche er selbst nicht glaubte; endlich aber verstummte er vor den leidenschaftlichen Ausbrüchen der Sorge und Bekümmerniß Theo's.

Das, sagte er sich, muß man den Menschen dieses Landes lassen, es sind starke und heftige Gemüther, sie wissen zu lieben, zu hassen und zu zürnen, wie es in dieser schwachmüthigen Zeit nur noch wenige wissen.

Endlich, am vierten Morgen, hielt eine Kalesche, die mit drei Pferden bespannt war, auf dem Bauerhofe zu Ostenwalde.

Theo eilte herbei. Es war ihre Tante Crispine, die sich aus einer solchen Fülle von aufgepackten Cartons und Hutschachteln entwickelte, daß es aussah, als ob sie die nächste Messe zu beziehen vorhabe.

Tante Crispine umarmte ihre Nichte mit aller Zärtlichkeit, welche sie durch die Sitte ihrer Ahnen und durch das Herkommen unter ihren Standesgenossen bei solchen Gelegenheiten für gerechtfertigt erachtete. Obwol sie es für schauderhaft vulgär hielt, sich, wie Theo gethan, vor den Ihrigen zu flüchten, einen so auffallenden unverantwortlichen Schritt zu unternehmen, und nur erklärlich aus gewissen Ansichten und fixen Ideen Theo's, welchen sie ihre volle Verachtung schenkte, so unterließ sie doch, ein Wort des Tadels zu äußern, um nichts herbeizuführen, was einer Scene ähnlich sehe.

Nachdem sie sich aus ihren Umhüllungen losgeschält und in eigener Person dafür gesorgt hatte, daß vor allen Dingen zuerst ihrem Mops eine gesunde und reine Milch vorgesetzt werde, nahm sie den Arm Theo's und eröffnete dieser, daß sie schon früher gekommen sein würde, um ihre theuere Nichte einem unwürdigen Aufenthalte zu entführen, wenn sie nicht das Resultat einer in dieser Beziehung mit der Cousine Allgunde angeknüpften Verhandlung abzuwarten entschlossen gewesen; denn ohne deren Zustimmung habe sie nichts zu thun gewagt. Jetzt habe sie von der Cousine die besten Nachrichten erhalten; Allgunde schreibe ihr, sie möge doch Theo zurückführen, Herr von Mainhövel und sie selbst, Allgunde, seien nicht abgeneigt, Schlettendorf's Bewerbung in Erwägung zu ziehen, Valerian habe schon beinahe des Vormunds Zusage und erwarte mit ihr Theo in Quernheim, wo ein Familienrath gehalten werden solle, zu dem auch sie selbst, Tante Crispine, freundlichst geladen sei.

Tante Crispine kramte in einem schwarzsammtenen Ridicule

mit mächtigem Silberschloß nach dem Briefe Allgundens, um ihn Theo zu zeigen. Diese stand dunkelroth zitternd vor ihr.

Weshalb hat Valerian mir das nicht geschrieben?

Er? Hat er nicht geschrieben? Ja, ich besinne mich — er ist unpäßlich, schreibt Allgunde. Da lies, liebe Theo!

Krank? O geben Sie her!

Theo las rasch den unterdeß aus dem tiefuntersten Grunde des Sammtbeutels ans Tageslicht geförderten Brief Allgundens.

Theo war durch die Nachricht, daß ihre Cousine Quernheim in ihre Verlobung mit Valerian einwillige, so überrascht worden, daß sie im Anfange nicht recht daran glauben konnte; sie argwöhnte etwas wie eine Schlinge. Hatte doch Valerian ihr geschrieben, daß Mainhövel infolge von Allgundens Wink seine Einwilligung versage. Aber als Theo den Brief Allgundens gelesen hatte, war sie beruhigt. Die Einwilligung war darin ausgesprochen, aber nicht froh und willig, sondern mit großem Widerstreben. In der That nur so, von der Nothwendigkeit gezwungen, von ihrer Freundschaft zu Valerian gedrängt, hatte Allgunde einwilligen können. Theo fühlte jetzt keinen Argwohn mehr, sie war zu glücklich dazu; ihr Herz war in unendlicher Freude aufgeblüht, wie eine Blume, die dem Sonnenstrahl sich öffnet; sie sah nur Sonnenschein und goldenen Morgenduft um sich.

Aber stürmisch verlangte es sie jetzt fort; Valerian war unwohl — er hatte ihr nicht geschrieben, also konnte seine Krankheit nicht unbedeutend sein — ihr hochwallendes Gefühl wich im nächsten Augenblick großer Sorge und so eilte sie rasch davon, um sich zur Abreise zu rüsten, ohne Tante Crispine weiter anzuhören, die eben begonnen hatte, ihrer Nichte recht zärtliche Vorwürfe zu machen. Denn Tante Crispine fühlte sich durch

Theo's Betragen persönlich empfindlich verletzt. Theo hatte sich verlobt, hatte sich sogar leidenschaftlich verliebt, wie es allen Anschein hatte, und Theo hatte die unerhörte Perfidie und Rücksichtslosigkeit gehabt, von alledem Tante Crispinen kein Wörtchen zu sagen, sie nicht beim ersten Schritt auf diesem Wege ins Vertrauen und vor dem letzten ernstlich zu Rathe zu ziehen.

Tante Crispine hatte sich nie viel um Theo gekümmert; seit sie von Allgunden sich hatte aufbinden lassen, Theo lese die Romane der Sand und wolle die Frauen emancipirt wissen, fühlte sie sich entschieden von ihr abgestoßen. Denn unter emancipirten Frauen dachte sich Tante Crispine, verleitet durch eine Caricatur, die ihr der Zufall einmal zu Gesicht gebracht, eine Art ziemlich indecent blickender weiblicher Wesen, welche sich durch einen Männerhut, einen engen Spenser mit schwarzen Oliven und endlich durch die Kürze weitfaltiger, gestreifter Roben von zweifelhafter Anständigkeit auszeichneten. Nun aber schien die Natur Tante Crispinen Veranlassung gegeben zu haben, recht lange, auffallend lange Kleider zu tragen. Vielleicht waren ihre Füße durch Zierlichkeit nicht eben auffällig; doch ist darüber nichts Gewisses zu sagen, obwol es sich dem Auge eines jeden aufdrängen mußte, daß ihrem Gange in auffallendem Maße Ruhe und Anmuth fehlte und daß er etwas Heftiges und Stoßartiges hatte. Dem sei nun wie ihm wolle, Tante Stachelbeere, wie man sie im engsten Familienkreise zu bezeichnen pflegte, erhob sich bei jeder Gelegenheit als eifrigste Vertheidigerin der guten, alten Sitte, eines moralischen und eingezogenen Wandels der Frauen und christlicher Ordnung überhaupt; sie wollte nichts hören von Emancipation und kurzen Röcken und schreibenden Frauen, und in ihrem Geiste versinnbildlichten sich die großen Contraste und socialen Kämpfe der

Gegenwart in Gestalt des kurzen und des langen Rocks; in den Falten des kurzen nisteten die Teufel der Empörung und des Unglaubens, am langen Rock dagegen hielten Autorität und Kirche, Zucht und Sitte. — Nun trug Theo zwar nichts anderes als sehr stattliche Roben, die selbst die Spitzen ihres kleinen Fußes neidisch verbargen; aber Allgunde von Quernheim hatte sie nun einmal bei der Tante Crispine in den Verdacht unchristlicher Ansichten und warmer Anhänglichkeit an die Bestrebungen gebracht, welche den Frauen eine unabhängigere Stellung im Leben und eine unanständigere Tracht geben wollten.

Damit war die Entfremdung zwischen Tante und Nichte bewerkstelligt; Tante Crispine überließ Theo ihrem Schicksale und dem Gutdünken ihrer Erzieherin, der Cousine Allgunde. Trotzdem aber hatte sie es jetzt sehr empfindlich aufgenommen, daß Theo ihr nicht rückhaltlosestes Vertrauen geschenkt bei einer Angelegenheit und in einem Augenblick, wo eine alte Tante doch zweifelsohne so viel zum Heile eines verliebten Mädchens beitragen kann.

Theo hatte unterdeß ihr Mädchen rasch ihre Sachen einpacken heißen und dann nahm sie Abschied von dem Hofe und seinen wackern, tüchtigen Bewohnern, vom Bauern bis zum kleinen Hüter der Kühe und dem gelben Sultan, seinem Freunde, hinab. Alle sahen voll tiefer Rührung der Erscheinung des schönen Edelfräuleins nach, die so viel Anhänglichkeit und Liebe in ihnen zu erwecken gewußt hatte — nichts Gewöhnliches bei dem harten und zähen Geschlecht, dem jedes weichere Gefühl so gut wie jeder feinere Genuß als eine luxuriöse Ueberflüssigkeit vorkommt, die neben andern Ueppigkeiten dem Müßiggänger vorbehalten ist und zu der des Bauern Tagesaufgabe, hartes Ringen mit einer spröden, geizigen Natur, keine Zeit läßt.

Von Finkenberg, der in den letzten Tagen sich bedeutend zu

erholen schien, hatte Theo mit dem Versprechen Abschied genommen, daß sie Valerian mahnen wolle, sobald er könne, ihm Nachrichten zukommen zu lassen. Finkenberg sah mit bekümmertem Gesicht und ängstlichen Zweifeln sie den Hof verlassen, um von der Tante in den Bereich der Gräfin Allgunde zurückgebracht zu werden.

Jetzt also war Theo wieder in diesem Bereich, unter dem Einfluß dieser Frau, und sie hatte es alsbald tief und schmerzlich genug empfunden. Mit einer gehaltenen, milden Freundlichkeit war sie empfangen worden. Die Worte ihres Briefes, die Einwilligung des Vormunds und Valerian's leichte Unpäßlichkeit, die ihn in Schlettendorf zurückhalte, bestätigte Gräfin Allgunde von Quernheim mehr durch schweigendes Geltenlassen, wenn Theo davon sprach, als durch ausdrückliche Worte. Als aber am Abend, nachdem die Tante Crispine mit dem Grafen von Quernheim sich zum Ecarté zusammengesetzt, Theo sich in ihr Zimmer begeben und sich eben niedergesetzt hatte, um an Valerian zu schreiben, da erschien Allgunde bei dem unglücklichen Mädchen und legte feierlich die Hand auf Theo's Arm.

Schreibe nicht, Theo! sagte sie; du weißt nicht, an wen du schreiben willst!

Wenn ich an Valerian schreibe? versetzte erschrocken aufspringend Theo. Das düstere Gesicht der Gräfin, ihre harten, starrenden Augen weissagten ein Unheil.

Allgunde fuhr fort: Du hegst Vorurtheile gegen mich, Theo, die mir nicht unverborgen geblieben sind. Wollte ich dich auf einen Schmerz, der dir bevorsteht, durch besänftigende, lindernde Worte vorbereiten, so müßte ich befürchten, ihm dadurch nur eine größere Schärfe zu geben. Wollte ich dir Tröstungen sagen, wie ein Weib sie für den Schmerz eines andern Weibes hat, so müßte ich befürchten, du würfest meine warmen, innigen

Worte, als seien sie schadenfroher Hohn, zu dem andern ungerechten Hasse, den du in deiner Seele gegen mich aufhäuffst.

Ich hasse Sie nicht, Cousine; Gott weiß es, was man Haß nennt, ist meiner Seele fremd, versetzte Theo ernst und stolz. — Aber, um des Himmels willen, foltern Sie mich nicht länger!

Schreibe nicht an Valerian. Du kennst diesen Menschen nicht, unglückliches Kind!

Ich kenne ihn nicht? Das ist seltsam!

Es ist so ... er betrügt dich!

Allgunde ...

Er ist deiner unwürdig. Er ist ein feiger Mensch und ein Verbrecher!

Allgunde! Allgunde! rief in einer Entrüstung, die sie an allen Gliedern erzittern ließ, das Edelfräulein. Sie haben mir manchen Schmerz bereitet, Sie haben mit manchem Wort mir tief ins Herz geschnitten wie mit giftigen Dolchen — aber hüten Sie sich, Allgunde — ich bin nicht mehr, was ich war, Ihr hülfloses Opfer! Es ist vieles, vieles anders geworden! Hüten Sie sich, Allgunde — hüten Sie sich — ich kenne keinen Haß und suche keine Rache wegen dessen, was Sie mir gethan — aber erheben Sie nicht Ihre Hand wider Valerian — bei Gott, lassen Sie den aus Ihrem falschen Spiel oder —

Thörichtes Kind! sagte mit demselben feierlichen Ernst, nur milder, Allgunde. — Aber wenn du mich nicht anhören willst, so ist es besser, ich gehe!

Was wagen Sie Valerian vorzuwerfen?

Ich habe nichts mit Valerian zu schaffen und zudem glaubst du mir nicht; so gehe ich, um fremden Menschen, um der Dienerschaft zu überlassen, dich über die Tugenden deines Bräutigams aufzuklären.

Sie wollte gehen. Theo hielt sie zurück.

Gehen Sie nicht! Keinen Schritt weiter, ehe Sie nicht alles gesagt haben!

Nun so sag' ich dir denn, daß Valerian vor einem Duell, in das er mit Tondern verwickelt war, feige vom Kampfplatz geflohen ist. So sag' ich dir denn, daß dieser dein Bräutigam, Graf Valerian von Schlettendorf, die Frau von Sasseneck entführt hat und seit beinahe acht Tagen sich mit ihr in Arnstein eingeschlossen hält in feiger Angst vor den Drohungen des erzürnten Mannes. Das Vorgeben seiner Unpäßlichkeit war eine Lüge gegen mich. Daß unter diesen Umständen von deiner Vermählung mit ihm keine Rede sein kann, brauche ich nicht hinzuzusetzen.

Und wäre das ... das alles wahr, wirklich wahr?! rief Theo wie niedergeschmettert aus.

Geh' und frag' meinethalb die Domestiken nach Dingen, die schon allgemein bekannt sind, und die du mir nicht glaubst!

Gerechter Gott, was muß ich hören! Aber das alles ist ja gar nicht möglich ... es kann nicht sein ... wenn Valerian im Stande wäre so zu handeln ... nein, es ist thöricht, es nur zu denken! Wo hätte er denn Marie Sasseneck kennen gelernt, nur gesehen ...

Nun, er hat ihr neulich in unserm Club in der Stadt aufs auffallendste den Hof gemacht ... alle Welt sprach davon ... freilich, wenn man zur Welt hinausläuft und sich vor allen Menschen verbirgt, vernimmt man von solchen Dingen nichts, erwiderte Allgunde.

Theo blickte schweigend zu Boden. Sie hätte Valerian nicht mit der Leidenschaft geliebt, mit welcher sie an ihm hing, wenn sie den Beschuldigungen, die Allgunde gegen ihn ausgesprochen, vollen Glauben beigemessen hätte. Doch hatten diese Beschuldigungen Macht genug, ihre Seele mit tiefer Bangigkeit, mit herzbrechendem Zagen zu erfüllen. Valerian hatte ihr nicht geschrieben, er hatte in seinem ersten Briefe ihr nichts von dem Grunde seines Ausbleibens gesagt; unmöglich konnte ferner Allgunde sich der Gefahr aussetzen, schon am andern Tage vom ersten besten, den Theo befragte, Lügen gestraft zu werden, wenn sie ohne allen Grund ein so auffallendes Factum, wie jene Entführung und Einschließung in Arnstein war, rein aus der Luft gegriffen hätte. — Und war das nicht jedenfalls klar, daß nun doch nicht Mainhövel's Einwilligung erlangt sei und der Segen ihres Vaters Theo vorenthalten bleiben werde, der Segen, den sie nimmer durch einen eigenmächtigen Schritt in Fluch zu verkehren sich entschlossen hätte — trotz Valerian's Zuversicht auf ihre Seelenstärke?

Eine Verleumdung über uns, und sei sie auch die lächerlichste, widersinnigste von der Welt, pflegt schon unsern theuersten Freunden gewöhnlich mehr gläubiges Erstaunen zu verursachen, als sie vollständig vor uns verantworten können. Die Liebe aber ist gar blind und leichtgläubig; sie ist ihrem innersten Wesen nach zaghafter Natur und man kann, ohne ihr großes Unrecht zu thun, sagen, daß es Augenblicke gibt, wo ein Hase ein rechter Held gegen sie ist. Das Symbol einer aufblühenden Mädchenliebe sollte nichts anderes sein als ein zierliches Kränzlein aus Espenlaub.

Es braucht nach allem diesen nicht geschildert zu werden, wie verzweiflungsvoll die Seele Theo's war, wie sie rang, um an dem Vertrauen und der Blindheit der Leidenschaft festgeklammert zu bleiben, dem rettenden Bret, das sie aufrecht halten mußte über dem Abgrunde von Wehe und Verzweiflung, dessen Wogen sie umstürmten.

Sie durchwachte eine schreckliche Nacht. Nur zuweilen legte

der Stolz ihrer Seele eine lindernde Hand auf ihre brennende Stirn. Es wäre für sie, die spröde, so lange der Liebe verschlossene Theo zu niederschmetternd, innerlichst, in allem tiefsten Seelenleben zu vernichtend gewesen, wenn sie alle Leidenschaft des Herzens und den unendlichen Reichthum der Empfindung an einen Nichtswürdigen fortgeworfen hätte. Nein, sie war zu stolz, um solch ungeheuere Erniedrigung in den eigenen Augen möglich glauben zu können. Sie mußte, sie wollte vertrauen, sie betete mit heißester Inbrunst um Vertrauen, und so kam es, daß endlich, gegen Morgen, sich ihr rothgeweintes Auge schloß und ein Gefühl hingebender Zuversicht wie ein Friedensengel zu ihr niederstieg und beruhigend den schmerzlichen, fieberhaften Schlag ihrer Pulse niederdrückte.

Jetzt war es Morgen geworden; sie war gefaßt erwacht und war entschlossen über ihre nächsten Schritte. Nur dem Familienrathe, der heute noch in Quernheim bevorstand, konnte sie sich nicht entziehen. Dann wollte sie nach Blankenar heimkehren und dann ihren treuen Reitknecht nach Schlettendorf schicken.

Die Thür öffnete sich leise und möglichst geräuschlos trat Allgunde wieder ein. Wollte sie sich weiden an dem Eindruck, den ihre Worte am vorigen Abend auf ihr Opfer gemacht? Sie hielt einen Brief in der Hand, der noch ohne Siegel und Adresse war.

Guten Morgen, Theo. Erschrick nicht so! Ich komme nur, um einen kleinen Dienst von dir zu erbitten.

Worin besteht er?

Ich denke mir, daß Herr von Finkenberg in seiner jetzigen Lage in Ostenwalde ohne Hülfsquellen ist, sagte Allgunde so trocken und ruhig, als ob es sich um einen für sie sehr gleichgültigen Gegenstand handle.

Das ist sehr wahrscheinlich! versetzte Theo zerstreut.

Obwol ich keinerlei Verpflichtungen gegen diesen Menschen habe, fuhr Allgunde fort, würde es mir doch beruhigend sein, wenn ich ihn für den Augenblick vor dem Darben sicher wüßte. Ich habe deshalb in dies Briefcouvert eine kleine Summe von Tresorscheinen gelegt und komme zu dir, um dich zu bitten, die Adresse darauf zu machen.

Zu mir? Darf ich fragen, weshalb?

Weil Finkenberg einen Brief, der von meiner Hand adressirt wäre, zurückweisen würde. Er soll glauben, die Sendung komme von dir.

Aber Sie begreifen, Allgunde, daß ich mich nicht mit den Pfauenfedern einer Freigebigkeit schmücken mag, die nicht von mir ausgeht.

Du würdest mir einen großen Gefallen damit gethan haben.

Lassen Sie durch einen der Bedienten oder den Rentmeister die Adresse schreiben!

Soll ich die in meine Beziehungen zu Finkenberg einweihen? Nein, wenn du nicht willst, mag die ganze Sendung unterbleiben.

Das wollte nun Theo auch nicht verschulden, da sie in Allgundens Entschluß ein gutes Werk sah, welches ihr um Finkenberg's wie um dieser selbst willen gleich lieb war.

So geben Sie! sagte sie, nahm den Brief und schrieb die Adresse.

Bitte, setz' hier in diese Ecke: „Absenderin: Theo von Blankenar“.

Aber er kennt meine Hand, sagte Theo, während sie die verlangten Worte schrieb.

Es ist desto sicherer, versetzte Allgunde. Ich danke! Jetzt will ich gehen und siegeln.

Darf ich nicht das auch thun? fiel ihr Theo ins Wort.

O ja, antwortete, stolz über den Argwohn Theo's lächelnd, Allgunde. Du sollst den Brief auch selbst absenden.

Theo siegelte, nachdem sie flüchtig einen Blick in das mit Papiergeld gefüllte Couvert geworfen. Allgunde war indeß hinausgegangen und hatte einen Boten hereingesandt, dem Theo die Sendung übergab. Verliert es nicht, es ist wichtig, setzte sie hinzu, nachdem sie dem Burschen den Weg bezeichnet, den er zu nehmen habe. Sagt, es käme von mir!

Allgunde kam zurück. Sie hatte sich in einem Nebenzimmer aufgehalten, bis der Bote fort war. Mögen sich die Dinge wenden, wie sie wollen, sagte sie hier für sich, Finkenberg sollen alle Wurzeln seiner Existenz abgeschnitten werden. Sie dachte, daß Theo gerade jetzt in einer Gemüthsstimmung sei, worin es leicht, einen Mann in ihren Augen zu verderben. Und wenn in Theo's Augen, war er ja auch in Valerian's Augen auf ewig verloren, wenn diese beiden je wieder zusammenkommen sollten, was Allgunde freilich sehr angelegentlich zu verhindern entschlossen war, was aber doch im Reiche der Möglichkeit lag. Allgunde wollte nach dieser Seite hin für alle Fälle gerüstet sein. Finkenberg mußte untergehen; ehe war keine Ruhe in ihrer Seele.

Was soll aus Finkenberg werden? Was haben Sie vor mit ihm? sagte Theo ziemlich bitter, als Allgunde zurückgekommen und sich ihr schweigend gegenüber an den Kamin gesetzt hatte.

Ich, mit ihm? antwortete Allgunde. Gar nichts — nichts! Ich will ihn nicht hungern lassen — aber mein Almosen gebe ich ihm meinetwegen, aus Rücksichten gegen mich, nicht für ihn!

Doch wol zumeist aus Rücksicht auf das heilige Band —

Es existirt durchaus kein Band zwischen diesem Menschen und mir. Ich habe ihn in Wien gesehen und den Zoll, den jedes weibliche Herz einmal im Leben der Leidenschaft und der Schwärmerei zu zahlen hat, er hat gewußt, ihn mir abzufordern. Er war ein Lügner von Anbeginn; so log er meiner arglosen Jugend gegenüber sich in die Maske hinein, welche ich für das wahre Gesicht eines aufrichtigen Gefühls hielt. Er war dessen nicht fähig. Er war ein Spion, während ich ihn für einen Edelmann hielt.

Ich weiß, sagte Theo; aber er folgte Ihnen hierher und hier hob ihn eine bessere Gesinnung am Beispiele redlicher Männer über seine frühere entwürdigende Existenz empor. Er ist nicht von Haus aus schlecht, es scheinen große Anlagen im Keime in ihm erstickt zu sein. Wer einmal durch heilige Pflichten an ihn gebunden wäre, wie Sie es sind, der könnte einen lohnenden Beruf darin finden, diese Keime unter dem Schutt so vieler zusammengestürzter Lebenshoffnungen —

Theo, Theo! unterbrach hier Allgunde die Sprechende heftig — also auch dir hat dieser Mensch sein Märchen aufgebunden? Also auch du glaubst — gestehe es nur — ja, du glaubst es, das Unwahrscheinlichste, was sich erdenken läßt, was kein anderes Zeugniß für sich hat als die Worte eines Elenden, der die Lüge als Beruf trieb!

Nein, fuhr sie fort, es ist kein Band zwischen ihm und mir, und wäre es, so würde es längst unheilbar zerrissen sein und weder Gott noch die Menschen würden mich überzeugen können, daß ich noch Pflichten gegen ihn hätte! Oder glaubst denn auch du an die Gerechtigkeit des weiblichen Sklaventhums, wie es unsere Gesetze besiegeln, unsere Sitten heiligen? Male dir lebhaft die Situation aus: der Mann liegt anfangs vor dem Weibe auf den Knien, er fleht, er, der Starke, demüthigt sich und davon gerührt, hören wir seine Worte an; sie werden inniger, glühender, sie werden zu einem leidenschaftlichen Liebeswerben, das uns plötzlich in ungeahnte Kreise eines tiefen, wunderbaren Gefühlslebens blicken läßt. Eine Zauberwelt geht vor uns auf, in der Blumen berauschenden Duftes sich verhüllend um die tiefsten, bis zum Schmerz und Krampf gesteigerten Entzückungen der Psyche schlingen, damit die zaghafte Jungfrauenseele nicht zurückbebt vor so viel wollustvollem Wehe. O wie viel lockende Stimmen tönen dann schmeichlerisch, um uns in diese Zauberwelt zu ziehen! Jedes Buch, jedes Wort, jedes Bild wird zum Verführer. Jeder Gedanke in uns ist dann ein Proteus, mag er auch das Antlitz eines grauen Weisen, ja eines Heiligen haben, wenn er in uns auftaucht — nach einer Weile verziehen sich unmerklich seine Umrisse und endlich schaut uns ein süßlächelndes Antlitz an, das flehend: Liebe, Liebe! flüstert.

Theo hörte mit ebenso viel Aufmerksamkeit als Verwunderung ihrer Cousine zu, denn eine ganz neue Seite im Charakter derselben ging ihr auf.

Sollten wir so viel Verführungen widerstehen? fuhr Allgunde fort, ist uns darum dies weiche, vertrauenvolle, poesiegetränkte Frauenherz mit allen seinen edeln und schönen Schwächen gegeben, diese Fähigkeit, ein Leben willig hinzuopfern, unser Sein und Wesen rückhaltlos, ja sogar in stürmischem Entzücken zu verschenken? Können wir bei solcher Versuchung hart und kalt bleiben und den Schleier einer berechnenden, eiteln, egoistischen Tugend über unser Auge ziehen, auf daß uns alle jene Verführungen unsichtbar werden? Nein, kein Weib kann das! Es wäre ein schlechtes Weib, eine öde, dürftige Seele, die es könnte! Pfui über sie! Ein edles Frauengemüth öffnet sich der Liebe wie eine gesunde Rose, wenn der warme Sommerhauch sie trifft. In hellem, jauchzendem Schwunge stürzen wir uns in das Meer, das vor uns in krystallenem Glanze den Himmel spiegelt; den Himmel, der — wir fühlen es jetzt zum ersten mal — in der Brust eines Menschen Raum hat. Jenes helle Jauchzen kann — wir wissen es nicht — das Schwanenlied unsers Selbstbewußtseins sein; aber das wissen wir, daß es das hohe Lied, der Triumphruf der Weiblichkeit ist. So haben wir uns dahingegeben — ganz, mit allem Sein, wie der goldene Sonnenstrahl, der sich in den Diamant gestürzt hat, und nun, nichts mehr für sich, im Edelstein alles Glühen und Farbensprühen weckt.

Allgunde hatte sich erhoben; sie stand, den linken Arm auf den Kaminsims stützend, den rechten lebhaft bewegend. Theo blickte noch immer voll Verwunderung auf ihre Cousine. Sie hatte sie nie so warm und so begeistert reden gehört; hingerissen von ihren Worten fühlte sie selbst eine hohe Röthe ihre Wangen färben.

Und nun, fuhr die Gräfin langsamer sprechend fort, nun mitten in das Gefühl des vollen Glücks hinein der Schlag, der alles, alles vernichtet, der giftige Windhauch, der den Strahl auslöscht, das Meer zu einer dunkeln Flut voll giftiger Ausgeburten der Schmach, der Abscheulichkeit aufstürmt! Nun in dein jubelndes Entzücken hinein die Kunde geworfen: Der Mann, der sich dir zum Gott log, dem du gläubig dich selbst opfertest, in dem du nichts mehr anbetetest als die Gnade, daß er das Opfer deiner Seele und deiner Existenz annahm — der Mann ist — ein Mann, ein treuloser, der, deiner rasch satt, feilen Dirnen nachläuft, deiner spottet bei den Orgien, die er mit andern seines Gelichters hält, der feige ist, der seine Ehrlichkeit den Gewalthabern, seine Seele dem Teufel verkauft hat — der — doch was soll ich weiter meine Lippen beflecken mit den Eigenschaften eines Niederträchtigen!

Und in solcher Lage, da soll ich, was das Gesetz dem Weibe vorschreibt, thun, da soll ich sagen: ich bin eine demüthige Dienerin meines Herrn; da soll ich unterwürfig weiter seine Sklavin sein, wie ich es war in den Stunden seliger Täuschung? Und das kannst auch du behaupten, Theo? du, das stolze, hochherzige Mädchen? du, soeben noch betrogen von einem Verräther, einem Feigen, einem Ehebrecher? du kannst mir das Recht bestreiten, dem Hunde, der mich besudelt, einen Fußtritt zu geben, der ihn lehrt, mir nicht wieder nahe zu kommen?!

Pfui, Theo, ich werde irre an dir! Es gibt freilich Weiber genug, deren moralisches Gefühl so niedrig, deren Entwürdigung so groß ist, daß sie sich beugen. Die aber können nicht wahrhaft geliebt haben, denn es gehört Genie und Geistesgröße zur Liebe. — Ich, ich werde bis zum letzten Hauche meiner flammenden Entrüstung über jede Sklavenseele treu bleiben.

Allgunde von Quernheim verließ das Zimmer.

Theo verbarg ihr Gesicht in der Fläche der Hand. Ihre Augen schwammen in Thränen, ihr Herz im bittersten Leide.

Vierundzwanzigstes Kapitel.

Ein kleines Complot.

Etwa eine Stunde nach der eben mitgetheilten Unterredung trat in das Wohnzimmer Allgundens ein sehr freundlicher, sehr viele Verbeugungen machender Herr ein, von etwa 35 Jahren, groß, mager, mit dünnem, blondem Haar und lächelnden, schmalen Augen vom hellsten Blau. Er trug einen langen schwarzen Ueberrock nnd zeigte im Schnitt der Kleidung wie in seiner Haltung den geistlichen Herrn.

Ew. gräfliche Gnaden haben mich herbeschieden, sagte er mit großer Uuterwürfigkeit in Ton nnd Blick.

Ja, gut daß Sie kommen, Lehmann! versetzte Allgunde ihm entgegengehend. Setzen Sie sich. Ich habe mit Ihnen zu reden.

Sie wissen, Gräfin, welch treuergebenen Diener Sie an mir haben.

Die Gräfin antwortete hierauf nicht, sondern sie nickte freundlich lächelnd und sagte dann: Es wird Sie frenen zu hören, daß das Kirchenbuch, welches ich durch den Juden bei

Ihnen abholen ließ, richtig in Arnstein abgeliefert und dort im Archive niedergelegt worden ist, wo es für uns beide am sichersten.

Am sichersten ... freilich, fiel der Geistliche ein — denn wenn es jemand einfiele, es aus meiner Sakristei herausholen zu wollen, so würde ...

So würde er dazu nicht eben ein Hexenmeister zu sein brauchen, unterbrach ihn Allgunde.

Und daß jemand da ist ... sehr unvermuthet wieder da ist, dem es einfallen könnte, sagte der Pfarrer, ist mir auch nicht unbekannt geblieben.

So brauche ich Ihnen also nicht weiter zu erklären, weshalb ich vorgezogen, das Buch in Arnstein aufbewahren zu lassen, wo sich ein Gewölbe befindet, in das keines Menschen Auge dringen kann, während ich hier, von wo mich so oft dann diese, dann jene Angelegenheit auf mehrere Tage fortruft, Gegenstände von großer Wichtigkeit meinen Möbeln nicht gern anvertraue. Mein Vater z. B. leidet ein wenig an Neugier — und er hat sehr viel Mußestunden!

Ich bin ganz mit Ihnen einverstanden — es war am besten so; ich habe keinen Augenblick geglaubt, daß Sie etwa Mistrauen in mich setzen könnten ...

Von Mistrauen ist nicht die Rede. Ich hatte einen andern Grund, gerade jetzt um das Buch besorgt zu werden ... diesen Grund haben Sie eben ganz richtig angedeutet!

Und es freut mich, daß ich Ihren Wunsch erfüllen konnte, sagte der Pfarrer. Nach unsern Landesgesetzen steht dem Kirchenpatron das Recht zu, die Bücher sich vorlegen zu lassen. Sie haben im Namen Ihres Herrn Vaters dies Kirchenbuch von mir requirirt und ich habe es Ihnen vorgelegt. Wie weit Sie jetzt das Patronatsrecht darüber auszudehnen geruhen, ist nicht mehr meines Amtes zu untersuchen. Wollen Sie irgendein Blatt herausreißen, es ist eine öffentliche Urkunde — aber nicht mir liegt es ob, von meinem Patron Rechenschaft zu fordern, wenn ich auch bei einer etwaigen Visitation die Anzeige zu machen hätte.

Gut, gut, lassen wir das jetzt! Sie haben sich verpflichtet, die Kirchenbücher genau zu führen. Ich habe die Scrupulosität, womit Sie Ihrer Pflicht nachgekommen sind, geachtet und habe Sie schreiben lassen, was Sie wollten. Nur die Geheimhaltung des betreffenden Buchs habe ich mir von Ihnen versprechen lassen —

Der Pfarrer verbeugte sich tief.

Und mich derselben versichert, indem ich Ihr eigenes Interesse daranknüpfte. Wenn ich nun, nachdem viele Jahre verflossen sind, mich noch bewogen finden sollte, den einzigen Beweis eines unbesonnenen Schrittes zu vernichten und so auf ewig ganz unschädlich zu machen, so wird Ihr Gewissen dadurch nicht verletzt werden können, und das meinige zu beruhigen, das gelingt vielleicht, fügte Allgunde lächelnd hinzu, der Beredsamkeit meines Beichtvaters.

Der Pfarrer zuckte die Achseln.

Ich wasche meine Hände, sagte er dann.

Nun aber, Herr Pfarrer, fuhr Allgunde fort, ist das Buch zwar in Sicherheit, aber nicht Ihre Sakristei ...

Meine Sakristei ... Sie wollen sagen?

Brauche ich Ihnen das deutlicher zu machen?

Ach, ich verstehe, versetzte der Geistliche: daß aus der Sakristei nichts mehr zu holen ist, wenn man sich nicht etwa an einem armen Chorhemde vergreifen will, das ahnt man freilich nicht ...

Und deshalb wird man einen Einbruch versuchen ...

Sehr möglich allerdings.

Nicht allein möglich — ich sage Ihnen, es wird geschehen. Seien Sie für alle Fälle bereit. In der dritten, vierten Nacht von heute an — vielleicht noch später wird der Versuch gemacht werden.

Aber, mein Himmel, wie wissen Sie dies, Frau Gräfin, woher —

Das ist mein Geheimniß, antwortete Allgunde.

Hören Sie nur, was ich von Ihnen wünsche. Halten Sie einige handfeste, entschlossene Männer Ihrer Gemeinde, denen Sie vollkommen vertrauen können, bereit.

Die wüßt' ich zu finden!

Wachen Sie mit ihnen. Kommt der Dieb, so seien Sie vorsichtig. Fangen Sie ihn nicht eher, als bis er wirklich durch Aufbrechen und Einsteigen den Versuch des Kirchenraubes gemacht hat und, auf der That ertappt, keinerlei Ausflüchte mehr machen kann. Seien Sie ja besonnen und nicht zu rasch, hören Sie!

Verlassen Sie sich ganz auf mich!

Uebrigens mögen Sie um so ruhiger bei der ganzen Angelegenheit sein, als Sie es mit einem schwachen und furchtsamen Menschen zu thun haben.

Nun, ich denk' mir's ja schon, sagte der Pfarrer. Und dann?

Dann nehmen Sie den Dieb, wenn er gefangen ist, nebst den Männern, die ihn ergriffen, mit sich in Ihr Haus. Lassen Sie die letztern nicht eher gehen, als bis sie bei hellem Morgenlicht den Dieb angeschaut und seine Persönlichkeit sich wohl gemerkt haben.

Wohl! Und darauf?

Darauf entfernen Sie diese Leute, dem Ertappten aber sagen Sie im geheimen, er solle sich sofort dahin begeben, wohin man ihn habe vor einigen Wochen schon senden wollen. Geld dazu habe er empfangen. Bleibe er jedoch noch 24 Stunden lang in dieser Gegend sichtbar, so werde er als Kirchenräuber den Gerichten übergeben. Sodann lassen Sie ihn sich mit so viel Heimlichkeit, wie es irgendmöglich ist, aus Ihrem Dorfe schleichen.

Ich soll ihn wirklich entwischen lassen?

Das ist mein bestimmter Wille!

Es mag freilich das Beste sein ... für Sie wie für ihn.

Allgunde antwortete auf diese Bemerkung nicht, sie fuhr fort:

Sie sehen, mein Auftrag ist nicht gerade schwer. Es kömmt nur darauf an, daß Sie zuverlässige Männer finden, die zu schweigen verstehen. Und Ihre Beichtkinder müssen Sie ja kennen. Geld brauchen Sie nicht zu sparen.

Der Pfarrer sah eine Weile nachdenklich vor sich hin. Dann stand er auf und sagte: Ich will mein Möglichstes thun, Sie ganz zufriedenzustellen!

Kommen Sie dann zu mir, um mir zu berichten, Lehmann. Doch kommen Sie auch, wenn nach sechs bis acht Tagen der Einbruch nicht erfolgt ist. Wie gesagt, zwei Tage haben Sie mindestens noch Zeit, sich vorzubereiten.

Der Pfarrer verbeugte sich, um zu gehen.

Nachher will ich Sie nicht mehr mit all diesen Dingen quälen, sagte Allgunde, dem Geistlichen die Hand reichend. Der

Pfarrer in Hellstein wird täglich schwächer; die Pfründe wird niemand anders zutheil, Lehmann, als Ihnen. Es ist die beste von den Patronatstellen meines Vaters.

Ich danke Ihnen, Frau Gräfin für Ihre Huld. Und dann ... darf ich fragen, wie die andere Angelegenheit ...

Welche meinen Sie?

Ich meine wegen Ihrer Nichte ...

Theo?

Sie sollte getraut werden ... obwol ich mir erlaubte, Ihnen das Misliche und Unverantwortliche der Sache vorzustellen, bestanden Sie doch so heftig darauf ...

Allgunde fiel dem Pfarrer lebhaft ins Wort:

Was diese Angelegenheit angeht, so hoffe ich, Sie nicht bemühen zu brauchen.

Es wird also nichts aus der Vermählung?

Im Gegentheil, Theo wird sich zu diesem Schritte ganz aus freien Stücken entschließen und unser alter Pfarrer hier dürfte sich dann nicht nehmen lassen, die Trauung selbst zu vollziehen.

Dann, antwortete Lehmann, wenn Sie es dahin bringen, gnädigste Gräfin, beuge ich mein Knie aus Bewunderung vor Ihnen. Denn ein Paar Charaktere, welche doch eigentlich mehr geeignet sind, sich wechselseitig abzustoßen und zu fliehen, wie Herr von Tondern und das Fräulein Theo, habe ich nicht kennen gelernt.

O man muß nur den Menschen zu behandeln wissen, versetzte zufrieden lächelnd Allgunde. Es kommt darauf an, bei welchen Handhaben man ihn faßt. In jedem Charakter sind Handhaben, um ihn — so oder so — nach rechts, nach links, nach dieser Seite, nach jener hinzuwenden, wie man will!

— Adieu, Lehmann, bringen Sie mir gute Nachrichten. Auf Wiedersehen!

Als der Pfarrer Lehmann gegangen war, wurde Tondern der Gräfin gemeldet. Sie hatten eine ziemlich heftige Debatte zusammen und als Allgunde sich wieder allein befand, sagte sie nachdenklich und besorgt: Was hat nur dieser Mensch, daß er so rücksichtslos und impertinent gegen mich zu werden wagt?

Fünfundzwanzigstes Kapitel.

Familienrath.

Zu dem angekündigten Familienrath fuhr man nach Surenburg hinüber, um Herrn von Mainhövel nicht auszuschließen, der nie seine vier Wände verließ. Die Anzahl der Zusammengekommenen war ziemlich groß; denn da die Personen, mit welchen sich unsere Erzählung beschäftigt, unter sich durch die verworrensten Verwandtschaftsbande vielfach verschlungen sind, so war nach Surenburg gekommen, was eben in der Nähe gewesen oder was Lust und Neugier genug gehabt hatte, um die Mühen des Weges nicht zu scheuen. Heydenreich Tondern war nicht da; ihn hatte die Angelegenheit der Stelle, welche Valerian ausgeschlagen und die er kühn genug war, nun doch für sich nachzusuchen, in die Hauptstadt des Landes geführt. Auch Saffeneck, den die heutige Verhandlung am meisten berühren sollte, war nicht anwesend; seine Wunde hielt ihn auf seinem Gute zurück.

Theo trat am Arme der Tante Crispine in das Zimmer des Freiherrn von Mainhövel. Als ihren Vormund begrüßte sie ihn mit Ehrerbietung und Freundlichkeit, doch auch mit einiger zaghaften Zurückhaltung, denn sie hatte immer eine gewisse Scheu vor diesem zornigen Manne gefühlt, und jetzt doppelt, weil sie sich bewußt war, ihn gekränkt zu haben.

Sie gedachte des Briefes, den sie durch den Arzt an ihn hatte schreiben lassen.

Auch Mainhövel gedachte desselben; und da er weder vergessen, noch auch sich verstellen konnte, aber die Regeln ritterlichen Anstands gegen eine Dame nicht außer Acht lassen wollte, so zog er vor, Theo gar nicht zu bemerken und aus seinen Gebrechen einen ähnlichen Vortheil zu ziehen, wie ihn Taube so oft aus dem ihren zu ziehen wissen.

Lieber Onkel, sagte Theo, seine großen, knochigen Finger in ihre weichen Hände nehmend, lieber Onkel, es freut mich, daß ich Sie so außerordentlich wohl aussehend finde.

Allerdings, wenn man schon unter dem Kurfürsten Maximilian Franz zusammen Ecarté gespielt hat, wie wir beiden, liebe Crispine, kann man sich auf sein Aussehen etwas zugute thun.

Die Tante Crispine ist eben ans Fenster gegangen, Onkel, sagte Theo erröthend, während Allgunde sarkastisch lächend hinter sie trat.

Ah, Sie sind's, liebe Amalie! Bitte um Verzeihung. Sie haben gute Nachrichten von Ihrem Aeltesten, hoffe ich? Und Märchen ist jetzt auch aus Freiburg zurück, hat man mir gesagt?

Theo wandte sich, leicht die Farbe wechselnd, ab, denn sie verstand jetzt den alten Ritter. In ihre Seele aber kehrte alle die Beklemmung zurück, welche sie so oft in solcher Gesellschaft empfunden hatte, wo sie mitten in einem Walde von Vorurtheilen durch jede unumwundene Meinungsäußerung gegen irgendein traditionelles Dogma zu verstoßen fürchten mußte, das mit um so argwöhnischerer Heftigkeit aufrecht erhalten wurde, je größer der ererbte Unsinn war, welcher sich daraufstützte. Und wahrhaft wunderbar war, wie weit dieser Argwohn durch Verschlingung und Verkettung verschiedenster Verhältnisse hindurch den Personen und Dingen folgte. Theo hatte deshalb seit längerer Zeit die Politik befolgt, in solchen Zusammenkünften gar nicht zu reden und ja nicht irgendeinem Dinge zu nahe zu treten, das im vierten, fünften Verkettungsglied mit einem andern Dinge zusammenhing, welches sich in religiöser oder politischer Beziehung allgemeiner Billigung erfreute; oder um nicht gar ein Ding zu loben, bei dem das Umgekehrte der Fall, das vielleicht mit hochverrätherischen Ansichten über Adel und Kirche im vierzehnten Verwandtschaftsgrade liirt war.

Man setzte sich. Zuerst war in der Angelegenheit Marie Saffeneck's ein Beschluß zu fassen. Es wurde sehr heftig darüber hin- und hergesprochen. Die meisten gaben ihre Rathschläge um so sorgloser vnd vertheidigten sie um so eifriger, als sie das lebhafte Bewußtsein hatten, daß am Ende doch geschehen werde, was Allgunde und Mainhövel meinten und sie also das Vergnügen haben konnten, ihre Weisheit und ihre Beredsamkeit zu entwickeln, ohne am Ende die Verantwortlichkeit für irgendeine durchgeführte Maßregel tragen zu müssen. Einige der jüngern Männer waren für eine Trennung der beiden Ehegatten und für Einleitung des gerichtlichen Verfahrens zu diesem Ende, die meisten aber waren entschieden dagegen. Besonders heftig sprachen sich die Frauen gegen die unglückliche Marie aus; es war, als ob sich jede einzelne durch Marie Saffeneck's Schritt persönlich verletzt und beleidigt gefühlt, so bitter waren sie. Duldete doch so manche von ihnen selbst unter Verhältnissen, die ganz anders waren, wie sie sich es hatte träumen lassen, als sie noch ein illusionenreiches Mädchen war. Doch, sie schwieg und duldete. Durfte sie aber zugeben, daß die Gründe, welche sie dulden und schweigen machten, von einer andern wie Marie Sasseneck außer Acht gelassen würden? Durfte sich eine andere etwas herausnehmen wollen vor ihren Schwestern, durfte sie glücklicher sein wollen? Je schwerer eine Pflicht auf jemand lastet, je mühseliger es ihm wird, sie zu erfüllen, für desto heiliger wird er sie angesehen wissen wollen; und niemand wird eine größere Erbitterung gegen einen alten Gefährten empfinden als der Soldat, dem die Schlacht ein Bein abriß, gegen den Soldaten, der vor der Schlacht davonlief.

So kam es, daß man endlich den einstimmigen Beschluß faßte, erstens durch allgemeine Discretion über die Sache womöglich jeden Skandal zu vermeiden, was allen ihr erstes und vornehmstes Interesse schien. Dann übernahm der Graf Quernheim, als einer der nächsten Verwandten Marie Sasseneck's, sich zu dem beleidigten Gemahl zu begeben und ihm das ernstliche Versprechen einer rücksichtvollen, humanen und vernünftigen Behandlung seiner Frau und einer standesgemäßen Erziehung seines Kindes abzuverlangen. Auf diese Bedingung hin sollte Marie zu ihm zurückgeführt werden. Die geringste Klage aber, welche seine Frau gerechterweise wieder gegen ihn erheben werde, solle eine endliche Trennung zur Folge haben; Graf Quernheim erbot sich, alsdann Marie Sasseneck in seinem Hause aufzunehmen und zu beschützen.

Wenn man bedenkt, welches Vorurtheil die meisten der Anwesenden gegen die unglückliche Frau hegten — dank den Einflüsterungen und offenen Behauptungen Allgundens und Tondern's — so muß dieser Beschluß noch äußerst milde und nachsichtig für die arme Frau genannt werden. Im Anfang hatte man es zwar sehr seltsam gefunden, daß Valerian die junge Frau entführt haben haben sollte, da man ihn kaum je mit ihr zusammen gesehen. Aber man war auch bald darin übereingekommen, daß leidende, stille Frauen einen unerklärlichen Reiz auf die Männer üben und dann, daß die Anziehungskraft eines gefahrvollen Abenteuers oft noch weit größer sei. Jedenfalls lag das noch von niemand widersprochene Factum vor: die beiden jungen Leute, Valerian von Schlettendorf und Sasseneck's entflohene Frau, befanden sich zusammen in einem stillen, romantisch und einsam gelegenen Gebirgsschloß. Das hatte Tondern, hatten alle Leute und Diener Sasseneck's mit eigenen Augen gesehen. Und wenn man es noch nicht geglaubt hätte, so würde man überzeugt worden sein, als Gräfin Allgunde von Quernheim sich von ihrem Vater dessen Brieftasche geben ließ und ein Schreiben des Rentmeisters Krauß zu Arnstein darausnahm, worin dieser seinem Herrn einen gewissenhaften Bericht über die Vorgänge der letzten Tage und die Belagerung des Schlosses erstattete. Allgunde las den Brief; die Frau von Sasseneck, hieß es darin, war zu Wagen nach Arnstein gekommen, gleich darauf zu Pferde der Graf Valerian von Schlettendorf und dieser hatte den Verwalter gedrängt, das Schloß vor dem nachsetzenden Sasseneck zu verrammeln. Dann kamen die Details der Belagerung, endlich das Duell Sasseneck's und Valerian's, infolge dessen letzterer nun verwundet in der Burg liege, von Marie Sasseneck's Händen treulich gepflegt.

Nachdem dieser Brief vorgelesen worden, nahm das Wort der Freiherr von Ittersum, der ein alter Verehrer der Tante Crispine war und bisher sie in angelegentlichem Flüstern von seinen Bewässerungsanstalten für eine neue Fohlenweide unterhalten hatte. Er sprach von der Aufführung Schlettendorf's. Voll Entrüstung verlangte er, daß man Valerian auf empfindliche Weise die Misbilligung seines ehrlosen und schmachvollen Betragens fühlen lasse.

Dieser Mensch hat meine ganze Verachtung! rief er aus.

Ehe er uns allen so laut und anmaßend den Text gelesen über des Adels wahren Beruf, Stellung zur Zeit und was weiß ich alles, hätte er freilich besser gethan, sich selbst als Edelmann zu zeigen, sagte Herr von Mainhövel.

Er führt sein modernes Adelthum ziemlich mittelalterlich ins Leben, fiel ein anderer der Anwesenden lachend ein: mit Frauenentführung, Burgenvertheidigung —

Aber nicht mit Ritterlichkeit! nahm Sackenrode wieder das Wort. Daß er mir meine beiden Pferde bis auf diese Stunde noch nicht zurückgeschickt hat — er kam zu Wagen und ich mußte ihn und seinen Reitknecht beritten machen — davon will ich nichts sagen, obwol er meinen besten Hunter, den Rino hat. Aber mich wie einen Narren zu Tondern zu jagen, dann weit vom Haus ins Gebirge zu schleppen und wenn's nun endlich zum Klappen kommen soll, durchzugehen — das vergebe ich ihm nie! Das Duelliren ist eine Thorheit, und daß er's aufgab, will ich ihm nicht übel deuten; auch war er nicht verpflichtet, länger auf Tondern zu warten, der mir, als ich heimritt, begegnete, und sehr froh schien, daß die Sache auf diese Art abgemacht war. Aber so durchzugehen, ohne nur ein Wort an seinen Secundanten zu verlieren — und das, weil man anderswo zu thun, weil man eine verheirathete Frau ihrem Manne zu entführen hat — wahrhaftig, das ist toll! Aber ich merkt's ihm wohl an, daß er andere Dinge im Kopfe hatte — er war in so merkwürdiger Aufgeregtheit und Unruhe!

Welche Folterqualen Theo während dieser Verhandlungen erduldete, ist nicht zu beschreiben. Doch hatte sie es bis jetzt ausgehalten; sie saß todtenbleich, aber aufrechter, steifer Haltung, die Blicke in den Schos gesenkt, zwischen dem Grafen Quernheim und der Tante Crispine da, von manchem rasch spähenden

Seitenblick ihrer Nachbarn gestreift. Endlich aber fühlte sie sich unfähig, den Zwang länger zu erdulden. Sie empfand einen Drang, sich aus dem Kreise dieser Menschen fort ins Freie zu stürzen, aufzuathmen, einen Schrei des Wehs, der Verzweiflung auszustoßen, daß sie ohnmächtig geworden wäre, hätte sie nicht in raschem Entschluß den nöthigen Muth dazu gefaßt. Herbertine kam ihr dabei zu Hülfe. Das Kind war schüchtern, aber neugierig seiner Cousine Theo, die ja, wie es gehört hatte, wahnsinnig gewesen, immer näher getreten. Endlich hatte die Kleine Muth bekommen und legte die Finger auf Theo's Stuhllehne, halb Zutrauen fassend zu ihrer lieben, alten Freundin, halb ängstlich und bereit, bei der ersten Bewegung Theo's davonzuhuschen.

Herbertine, sagte Theo und ergriff ihre Hand, geh' mit mir, ich will deinen Garten sehen! Herbertine lief erschrocken davon, aber trotz des Erstaunens der Gesellschaft folgte ihr Theo, froh, einen Vorwand gefunden zu haben, einerlei welchen. Als sie die Thür des Saales hinter sich zugezogen, eilte sie dem vorausfliegenden Kinde in den Garten nach und kümmerte sich hier nicht mehr, hinter welcher Hecke Herbertine ihr scheues Persönchen verbarg. Sie warf sich auf eine Gartenbank nieder und während ihr Auge ausdrucklos die vernachlässigte Rückseite von Mainhövel's unvollendetem Prachtbau anstarrte, brachte sie eine der schwersten Stunden ihres Lebens zu.

Mit einbrechender Dämmerung kam Tante Crispine, die nach Allgundens Willen sie so lange sich selbst überlassen, doch sie von Zeit zu Zeit aus der Ferne beobachtet hatte, in den Garten hinab und sagte ihr, daß der Wagen zur Rückfahrt auf sie harre.

Es war, als ob alle Energie das arme Mädchen verlassen

habe und als ob ihre frühere muthige und rasche Entschlossenheit gänzlich gebrochen sei. Sie hatte sich vorgenommen, nach ihrem eigenen Hause zurückzukehren; hatte sie es vergessen oder nicht den Muth mehr, diesen Entschluß kundzuthun? Sie ließ sich, ohne daß sie irgendein Wort sprach, zu dem Wagen führen, der sie mit ihren Verwandten nach Haus Quernheim zurückbrachte.

Hier eilte sie auf ihr Zimmer, verschloß sich darin und weigerte sich, irgendjemand zu sehen.

Erst am andern Tage, gegen Mittag, als Allgundens Stimme mit möglichst sanftem Ruf um Einlaß bat, öffnete sie ihre Thür. Allgunde trat ein. Eine stille Heiterkeit lagerte auf ihrer Stirn; der Mund, der gewöhnlich die schmalen Lippen festgeschlossen hielt, war ein wenig geöffnet, ein Zeichen zufriedener Stimmung bei ihr. Aus Theo's zerknittertem Anzuge sah sie, daß diese die Nacht über unentkleidet geblieben, und rothe, geschwollene Augen zeigten ihr, daß mehr Thränen als Schlaf in diese Augen gekommen. In einem solchen Zustande, angegriffen und heruntergebracht durch Schlaflosigkeit, betäubt durch Schmerz, bis zum Schwindlichwerden hin- und hergeworfen zwischen den streitendsten Empfindungen und verschiedensten, heftigsten Gefühlen — so wollte Allgunde Theo sehen.

Sie streckte ihr die Hand entgegen, Theo aber wandte sich ab, als ob sie es nicht bemerke.

Wie hast du geschlafen, Theo? Du siehst angegriffen aus.

Was kommen Sie mir zu sagen, meine Tante? fragte Theo trocken und abwehrend.

Du bist ein Kind, versetzte Allgunde; aber ich will dir den Willen thun und gehen, da du nicht mit mir reden willst. Nur das wollte ich dir sagen: du kennst mich hinlänglich, um zu wissen, daß ich einen einmal gefaßten Beschluß nicht aufgebe. Du wirst also nicht überrascht sein, wenn ich auf deine Vermählung mit Tondern zurückkomme.

Theo fuhr auf. Nichts davon! sagte sie zornig mit dem kleinen Fuß auf den Boden stampfend.

Höre mich erst aus, Theo. Ich kann dir nicht verhehlen, daß dein excentrisches Betragen, deine so oft rückhaltlos geäußerten freien Ansichten, dein langes Alleinhausen in Blankenar, dein Aufenthalt bei den Bauern endlich dir geschadet haben. Man tadelt dich, man mistraut dir, man spottet deiner sogar, und wenn auch dein Ruf unangetastet ist, so ist er doch nicht mehr ganz das, was der Ruf eines jungen Mädchens sein sollte. Nur Eins kann allem diesen ein Ende machen — nur eine Heirath, und zwar eine kluge, durchaus passende, von jedem als vernünftig anerkannte Heirath. Diese Heirath ist nun von uns allen beschlossen, Mainhövel, dein mit den väterlichen Rechten ausgestatteter Vormund, befiehlt sie dir, und unserer aller Interessen sind dabei mehr oder minder betheiligt. Wir haben, wie du selbst wissen kannst, gemeinschaftlich gefaßte Entschlüsse noch immer durchgesetzt und oft trotz größerer Hindernisse, als der Widerstand eines kindischen Eigensinns ist. Daß du dieser Heirath nicht entgehen kannst, nicht entgehen wirst, siehst du ein —

Noch einmal, nein, nein, nein! rief Theo mit um so größerer Heftigkeit, als sie das ängstigende Gewicht dieser Worte nicht verkannte und aus ihrem eigenen lauten Nein eine Beruhigung für sich selbst ziehen wollte.

Da du nun, fuhr Allgunde ruhig fort, diese deine Bestimmung thörichterweise als ein Unglück betrachtest, so bin ich gekommen, sie dir von einer Seite zu zeigen, welche dich damit versöhnen kann, und ich müßte dein stolzes, reizbares und leidenschaftliches Gemüth nicht kennen, um nicht zu wissen, daß du mich ganz verstehen wirst. Setzen wir uns, damit wir ruhig reden können.

Ich bin sehr neugierig auf diese versöhnende Seite! fiel Theo ein, indem sie auf ihrer Oberlippe ein zorniges Schwellen zeigte.

Es gibt etwas auf Erden, das größer und zäher ist als jedes andere Gefühl, ein wahres Ungeheuer in der moralischen Welt, ein Riese gegen jede Leidenschaft, denn Leidenschaft verflackert und verfliegt, dies Etwas aber bleibt und —

Und das ist?

Die Eitelkeit eines Mannes! — Du warst im Begriff, Theo, einer solchen Eitelkeit zur Beute zu werden, wie so viele unglückliche Frauen vor dir, welche glaubten, die Liebe eines Mannes lächle sie an, während doch nur seine geschmeichelte Eitelkeit sie anlächelte. Valerian kann jetzt in keinem andern Lichte mehr vor dir stehen als in dem eines solchen Mannes. Eitel auf deine leichte — ja, ja, werde immerhin dunkelroth vor Zorn — sehr leichte Eroberung, Theo, hat es seinen Ehrgeiz gelabt, die reichste und begehrteste Erbin im Lande erhascht zu haben, vielleicht auch seine Habsucht, ein Dutzend reicher Güter zu seinen Besitzungen fügen zu können. Daß er dich nicht geliebt hat, beweist dir seine jetzige Aufführung; daß er dich im Gegentheil für ein leicht zu eroberndes, ja, ein leichtsinniges Geschöpf hält, dafür bürgt dir deine unbesonnene, thörichte Flucht, dein rasches Eingehen auf seine Bewerbungen und endlich der Umstand, daß er ein — Mann ist! Nur zu geneigt, immer das Schlechteste von uns zu glauben, weiß ein Mann nie das zu schätzen, was er zu leicht erhält, was er nicht durch langes Mühen und Streben, durch Kampf und qualvolle Ungewißheit hindurch sich erringen muß.

Daß ein Weib sich gerade um so offener, rückhaltloser, rascher hingeben wird, je mehr ihre Leidenschaft tief, wahr und von Gottes Odem durchweht, kurz, je reiner und schöner sie ist — dafür hat ein Mann keinen Schlüssel in sich. Er glaubt es nicht. Für das, was ihm schnell gegeben wird, verliert er schnell die Achtung. Aber nie verliert er die Eitelkeit; und ein erobertes Herz, mag er es noch so geringschätzen, kann ihm immer die empfindlichste Kränkung zufügen, wenn es sich von ihm losreißt und einen Strich durch die Don-Juan-Liste seiner Eitelkeit macht.

Du bist stolz, Theo, und das muß dich heben über die Schmach, die Valerian dir zugefügt hat. Es ist in deine Hand gegeben, dich zu rächen. Entschließe dich zu dieser Rache, die dein jungfräuliches Gefühl fordert. Je rascher du dich entschließest, desto vollständiger deine Rache, desto befriedigter dein Stolz. Gib Heydenreich Tondern die Hand.

Theo schüttelte den Kopf, aber sie rief nicht mehr mit heftigem Eifer dreimal nein! aus.

Heydenreich ist Valerian's Feind!

Theo antwortete nicht; sie hatte die Augen geschlossen und ihren Kopf an die Lehne ihres hohen Armsessels zurückgelegt.

Und noch eins, fuhr Allgunde fort. Heydenreich liebt dich, aber da er deine Abneigung kennt, so hat er sich bereit erklärt, dir als Frau eine sehr unabhängige Stellung zu lassen; du wirst in Blankenar bleiben können und er wird die meiste Zeit auf seinem Gute zubringen; auch sollst du frei über die Einkünfte von Blankenar zu verfügen haben und Herrin deiner Handlungen bleiben; Winteraufenthalt, Badereisen, alles soll von dir abhängen, und Tondern will dich so lange dir selbst überlassen, bis es ihm gelungen ist, dir das Vertrauen einzuflößen, welches seiner aufrichtigen und edeln Neigung bald gelingen muß zu erwecken.

Allgunde erhob sich. Die Arme über der Brust verschlingend, sah sie mit einem Ausdruck, in welchem Stolz, Siegesahnung und triumphirende Bitterkeit sich spiegelten, auf das arme bleiche Mädchen nieder, das mit geschlossenen Augen in ihrem Sessel lag, die Arme matt und kraftlos niedersenkend.

Mit dir komm' ich ans Ziel! sagte sie sich, und laut setzte sie hinzu:

Ich hoffe, du überdenkst und erwägst das wenigstens. Sag' dir dazu, daß Nachgeben nun einmal der Frauen Los und es jedes Menschen Schicksal ist, am Ende zu erkennen, wie das Glück, welches er sich erträumt hat, ihm nicht beschieden war . . . wie wir unser bestes und dauerhaftestes Glück nur im Frieden mit uns selbst und mit unserer Umgebung finden können!

Allgunde wandte sich und ging, langsamen, sachten Schrittes, um das Zimmer zu verlassen.

Allgunde, sagte tonlos Theo, indem sie sich aufrichtete und ihre Stirn in die Fläche ihrer kalten, feuchten Hand legte, welche bleich und blaugeädert wie die einer Kranken war. Allgunde, ich fühle mich unwohl, es ist mir so ängstlich, wenn ich allein bin — es graust mir vor diesem stillen Schlosse, vor diesen Mauern, vor mir selbst. Ich will jemand um mich haben — jemand, dem ich vertraue — senden Sie meinen Wagen nach Birkenheim — ich will Sophie um mich haben — ich lasse sie bitten, mich zu besuchen.

Wer ist Sophie?

Die Tochter des Arztes, Pauli's.

Willst du nicht den Arzt selbst?

Nein, nein! sagte Theo, keinen Arzt, aber Sophie, Sophie will ich sehen!

Nun wohl, ich will nach dieser Sophie senden, wenn du es so sehr wünschest, jemand bei dir zu haben, der nicht deines Standes ist, der also auch nicht mit dir empfinden kann, was deine Lage, deine Ehre, deine Pflichten gegen deinen Namen und dich selbst dir zu thun gebieten ...

Theo antwortete nicht und Allgunde ging, um Theo's Wunsch zu willfahren, doch entschlossen, diese Sophie und ihre Gesinnungen erst auf die Probe zu stellen, ehe sie dieselbe als Gesellschafterin zu Theo führe.

Sechsundzwanzigstes Kapitel.

Ein Entschluß Peggy's.

Wir kennen den Ort Flursheim zwischen Blankenar und Schlettendorf, in dem Valerian damals seinen Wagen und seine Leute fand, als er in Blankenar übernachtet hatte. Es ist eine „Bauerschaft", deren Höfe in buntester Zerstreuung umherliegen. Doch ist in der Mitte eine Gruppe von Häusern enger zusammengerückt, nämlich um den Hügel her, welcher die kleine altersgraue Kirche mit dem stumpfen Glockenthurm trägt. Hier wohnt Pfarrer und Küster und außer dem Schulgebäude befindet sich auch hier, hinter einem breiten, freien Platz, der die Giebelseite des Gebäudes von der durch das Dorf führenden Chaussee trennt, das einzige Wirthshaus im Orte. Es ist ein blankes, aus Fachwerk und Ziegelsteinen aufgeführtes Gebäude und obwol es kein Schild führt, das ausdrücklich zur Einkehr einlüde, so weiß doch jedermann auf fünf Stunden Wegs umher, daß hier ermüdeten Reisenden die beste Labung geboten wird, wie auch zwei kolossale, mit vieler Grandezza auf den Hinterbeinen stehende Schimmel, die auf das Stallthor gemalt sind, andeuten, daß hier Unterkommen für Wagen- und Reitpferd zu finden. So hatten denn auch eines Tages mehrere große Frachtfuhrwerke auf dem freien Platze neben der Chaussee halt gemacht, und außer ihren blaubekittelten Führern erfüllte eine Gruppe von Schulmeistern, die, von einer Lehrerconferenz heimkehrend, hier ausruhten, das Gastzimmer. Vor diesen ländlichen Vertretern der Intelligenz aber stand, sehr lebhaft gesticulirend, unser alter Bekannter, Isaak Koppel, angelegentlich bemüht, durch mannichfache Kunststücke sich der Anwesenden Bewunderung und vielleicht auch, was ihm noch wünschenswerther schien, ein Trinkgeld von ihnen zu erringen. In der That herrschte allgemeines Staunen über Isaak's fabelhaftes Gedächtniß und sein geläufiges Recitiren aller möglichen Bibelkapitel von vorn und zurück, sobald man ihm nur die ersten Worte sagte. Aber auch sein Zähltalent war allen unbegreiflich und schien ihnen ans Wunderbare zu grenzen.

Mein, was hilft es mir? sagte Isaak mit philosophischer Bescheidenheit; was heißt wunderbar! Könnt' ich statt die Groschen und Pfennige mit einem Blick zu zählen, machen daraus Thaler, so wär's wunderbar und wär' mir lieber!

Man sammelte für ihn.

Das sind 64 Pfennig, macht 5⅓ Groschen, sagte er in demselben Moment, als man ihm die gesammelten Stücke Scheidemünze in die Hand drückte — so rasch wie ein Taschenspieler die Volte schlägt.

In diesem Augenblick öffnete sich die Thür und ein Mann in Bluse und Tuchkappe trat ein, der sich zu dem bewundernden Haufen stellte, welcher Isaak umgab.

He, Konrad, seid Ihr's? sagte der Jude, als er ihn gewahrte.

Ah, Isaak, heil und ohne blaues Auge? Haben sie Euch so ungerupft durchgelassen?

Der Jude lächelte pfiffig, dann zog er Konrad beiseite und

nach Bier für ihn rufend, um ihn gesprächig zu machen, fragte er nach dem Schicksal der belagerten Festung, an deren Vertheidigung der Neuangekommene so wachsam theilgenommen.

Dieser erzählte, was seit Isaak's Entfernung in Arnstein vorgefallen.

Was hat der Herr Verwalter gesagt, daß ich bin fortgegangen? forschte Isaak.

Es sei gut, hat er gesagt; jetzt könne die Herrschaft es selbst mit Euch abmachen.

Und nun, fuhr Konrad fort, das rasch geleerte Bierglas niedersetzend, nun muß ich weiter, immer weiter, es ist ein vermaledeit langer Weg!

Wohin wollt Ihr denn so eilig, Konrad?

Nach Birkenheim. Der Graf Schlettendorf ist mit dem Wundarzt nicht zufrieden, den der Verwalter für ihn hat holen lassen. Er ist vor Ungeduld außer sich und will fort von Arnstein und kann nicht wegen seiner Schmerzen. Nun will er so schnell als möglich den Doctor Pauli aus Birkenheim herbeigeschafft haben, weil der ein geschickter Mann sein soll, was Wunden und Schäden angeht.

Den Pauli? den Amtsphysikus Pauli? Ei, den kenn' ich sehr gut, Konrad. Ich geh' jetzt nach Birkenheim und will ihn schon bestellen; den Weg könnt' Ihr sparen, Konrad. Geht heim und sagt, der Doctor komme morgen in der Frühe.

Wollt' Ihr, Isaak? Ist das ein Wort?

Ein Wort! Und ich will ihn selbst herbringen, den Doctor, denn ich habe ein Geschäft übermorgen in Strelsberg, das liegt drei Stunden über Arnstein hinaus, und da mach' ich die Tour mit dem Doctor zugleich. Er ist ein guter Freund von mir, der alte Herr, und ein gar lieber Mann! Ja, ja, Konrad, da könnt' Ihr einen Weg sparen.

Nun, so gebt mir die Hand darauf, daß Ihr Euch sogleich auf die Sohlen macht, Jude! Ich habe Euch einen Gefallen gethan in jener Nacht, als Ihr zum Schloß hinaus wolltet; und jetzt verlass' ich mich darauf, daß Ihr mir keinen Streich spielt.

Seid unbesorgt, Konrad, ich gehe schon. Guten Abend — guten Abend, meine Herren, guten Abend, ihr Leute!

Isaak verabschiedete sich mit diesen Worten von Konrad, von den Schullehrern und von den Fuhrleuten, welche letztere seinen tiefen Bückling gar nicht und seinen Gruß durch ein unverständliches Brummen erwiderten. Seinem weißen Pudel gab dagegen einer von ihnen einen Tritt, der ihn seinem Herrn heulend nachsandte, zur Thür hinaus.

Als Isaak draußen war, nahm er seinen Filzhut ab und, indem er sehr kräftig auf den Deckel desselben einschlug und ihn dann in die Höhe warf, schien er ihm Mittheilungen sehr heitern Inhalts machen zu wollen. In der That thronte der Filz im nächsten Augenblick mit so viel ironischer Lustigkeit und, im wörtlichsten Sinn, Verschlagenheit auf des Hebräers Scheitel, wie nur immer in der Macht eines vielgepufften Deckels steht, auf dem Kopfe eines so unternehmenden Mannes auszudrücken. Isaak wanderte eilfertig nach Birkenheim zu.

Kurze Zeit nachher betraten zwei andere Gäste unser Wirthshaus an der Heerstraße; auch sie waren zu Fuß gekommen und der eine von ihnen, ein langer Mensch, sah sehr bestäubt, sehr müde und sehr angegriffen aus. Er trug einen grünen Jagdrock und ein schwarzseidenes Tuch um den Kopf gebunden. Der andere war ein lustig aussehender Graukopf, eine kurze, gedrungene Figur mit vollem, rundem Gesicht, strotzenden Wangen und einer platten Nase, die sehr keck und sehr unbekümmert in die Welt schaute, wie hochmüthig auf den Schutz zweier kleinen, grauen

Augen ihr zur Seite, die mit einem eigenthümlichen, verschmitzten Lächeln jedem, der sie ansah, zu sagen schienen: Was, wollt ihr lachen über unsern kleinen Schützling, diese rechtschaffene Nase da? Sie ist zwar nicht sehr edel geschnitten, aber sie hat außerordentlich viel Charakter und sie besitzt unsere vollkommene Achtung. Und wenn ihr darüber lachen wollt, bedenkt ihr nicht, daß sie vor euerer den Vortheil voraus hat, schon plattgedrückt zu sein, während bei der euerigen die zwei derben Fäuste, die uns gehorchen, noch ein lohnendes Stück Arbeit zu thun finden? — Auch befanden sich zwei Reihen auffallend weißer und scharfer Zähne, von kampflustig geschwellten Lippen umsäumt, unterhalb der würdevollen Nase, deren Inhaber nebstdem einen starken Eichenknittel in der Hand trug und durch alles dies eine sehr herausfordernde Figur bildete. Seine Kleidung bestand aus einem dunkelblauen Ueberrock, kurzen, gelbledernen Beinkleidern, die in Stulpstiefeln mit Sporen untergingen, und einer blauen Livreemütze, welche mit einem gothischen B. unter einer Freiherrnkrone geschmückt war. So war das Aeußere des Mannes beschaffen, der in Begleitung des müden Blassen in das Wirthshaus trat und zwar augenscheinlich mit dem vollen Bewußtsein, daß, wo er auch immer seine Erscheinung mache, diese nicht ohne Wirkung bleiben könne.

Er sah sich im Wirthszimmer um, ohne irgendjemand zu grüßen, und schritt dann ans Ende des Raumes, wo eine Glasthür in ein zweites, besser möblirtes und für vornehme Gäste oder Festlichkeiten vorbehaltenes Zimmer führte. Dies mußte aufgeschlossen werden und hier, umschwärmt von Tausenden summender Fliegen, nahmen die beiden Wanderer Platz. Der Unternehmende warf seinen Eichenknittel auf den Tisch und der lange Blasse bestellte Wein und Zuckerwasser. Als das Verlangte gebracht war, sagte jener:

Nun lassen Sie sehen, Herr; erst will ich selbst es sehen.

Hier ist der Brief, versetzte der Lange, niemand anderes, als unser Bekannter, Herr von Finkenberg, der so ziemlich geheilt, sich gedrängt gefühlt hatte, den Hof zu Ostenwalde zu verlassen und vorerst nach Schlettendorf zurückzukehren, von wo aus er sich nach Blankenar begeben hatte, um seinen jetzigen Begleiter aufzusuchen. Er hatte ein Portefeuille hervorgezogen und einen Brief in einem Couvert daraus genommen.

Seht, Peggy, sagte er, so sieht der Brief aus; die Adresse lautet an mich und hier in der Ecke steht: Absenderin Theo Blankenar. Auch seht Ihr, daß dies Euerer Herrin Schriftzüge sind.

Ja, ja, das seh' ich! erwiderte Peggy.

Nun schaut; es waren drei Funfzigthalerscheine in diesem Couvert und daneben dies merkwürdige Briefchen! Lest den Brief.

Peggy nahm und las; da er jedoch mit dieser anstrengenden Arbeit nicht recht vom Fleck kam, las Finkenberg, ihm über die Schulter blickend, vor:

„Lieber Herr Pfarrer Lehmann!

Obwol ich weiß, wie treu und sorglich Sie das einzige Document meines Verhältnisses zu F. vor jedermanns Augen hüten, so habe ich doch mit einiger Besorgniß daran gedacht, daß eine Entwendung desselben im Grunde sehr leicht wäre. Man braucht nur in einer schönen mondhellen Nacht eine Scheibe des Sakristeifensters einzustoßen, um dasselbe von außen öffnen zu können, und dann muß jedem zuerst u. s. w., u. s. w.

Es war der Brief der Gräfin Allgunde von Quernheim, worin sie die Leichtigkeit schilderte, mit welcher das berührte Document gestohlen werden könne und der am Ende des ersten Kapitels dieses Theils unserer Geschichte mitgetheilt worden ist.

„Ihre ergebene Allgunde, Gräfin“ schloß Finkenberg die Vorlesung und setzte dann hinzu: Wißt Ihr dies nun anders auszulegen, als ich es Euch gedeutet habe, Peggy? Ist nicht im Gegentheil alles klärlich so, wie ich es mir denke? Im Anfang wußte ich freilich nicht recht, was aus dem Briefe zu machen; der Bursche, der mir ihn brachte, versicherte mich, daß Fräulein Theo ihm selbst denselben übergeben habe, daß sie ihm auch den Weg beschrieben, den er nehmen müsse, und daß sie hinzugesetzt, er solle den Brief ja nicht verlieren, er solle sagen, derselbe käme von ihr. Wie kam aber dieser Brief der Gräfin in die Hände Eures Fräuleins? Warum sandte diese ihn mir und so viel Geld dabei, während sie wußte, daß es mir für den Augenblick nicht fehle?

Ja, das ist seltsam, sagte Peggy kopfschüttelnd.

Ich nahm also einen kurzen Entschluß, fuhr Finkenberg fort, mein Kopf war ja so leidlich wieder zusammengeflickt; so machte ich mich denn auf den Weg und ging zuerst nach Schlettendorf, wo ich den jungen Grafen sprechen wollte. In Schlettendorf wußte man jedoch kaum, was aus dem Grafen geworden sei; ein Jude hatte jedoch dem Rentmeister eine Anweisung auf Geld übergeben, welche zu Arnstein geschrieben worden; da befand sich der Graf, wie der Jude erzählt hatte — weshalb, mit wem, darüber hatte der letztere allerlei confuses Zeug erzählt, das man nicht glaubte. Dagegen hatte man gehört, daß Euer Fräulein in Quernheim sei und daß man große Zurüstungen mache zu ihrer Vermählung mit dem Baron Tondern.

Ja, das hat man auch bei uns erzählt, rief Peggy aus, obwol man es kaum glauben kann; denn so wahr ich athme, Herr, diesen Schleicher Tondern hat mein Fräulein ihr ganzes Leben lang gehaßt!

Aber Ihr seht, Peggy, wie böse und hart die Gräfin von

Quernheim ist; und wie sie Euer unglückliches Fräulein jetzt wieder in Ihrer Gewalt hat, wißt Ihr auch.

Wenn man sie hinge — mit den Füßen nach oben, Herr — sollt' es zu scharf sein, Herr?

Das weiß ich nicht, aber ich weiß, daß man sie erst in der Gewalt haben müßte, um ihr solche Aufmerksamkeiten bezeigen zu können.

Oder ihn, den Tondern?

Ihr könnt' darüber denken, wie Ihr wollt, Peggy; ich werde keinen Streit deswegen mit Euch anfangen.

Das wären sie beim Donner alle beide nicht werth, Herr! fiel Peggy ein und stürzte sein Glas hinunter.

Hört mich weiter, nahm Finkenberg wieder das Wort. Das also habt Ihr selbst gemerkt, daß Euer Fräulein eine Verbindung mit dem Tondern verabscheut; und da sie ein edles und stolzes Wesen ist und nun von dieser faschen —

Klapperschlange mögt Ihr sie nennen, Herr! fiel Peggy eifrig ein; nennt sie dreist so, auf meinen Kopf mag die Sünde kommen!

Da sie von dieser falschen Schlange also gezwungen werden soll und vergewaltigt, so wird es ihr Herz brechen.

Peggy schlug sich mit der Hand auf den Schenkel und fluchte dreißig Schock Teufel zusammen.

Auch könnt' Ihr denken, Peggy, fuhr Finkenberg fort, daß sie jetzt in einer beweinenswerthen Lage und in tödlichem Kummer ist.

Ja, Herr, es ist herzzerreißend!

Aber Ihr begreift nun auch alles, was ich Euch schon gesagt habe. Sie ist in die Hand der schlimmen Gräfin gefallen und da niemand sich ihrer annahm, da der Graf Schlettendorf — vielleicht mit Gewalt zurückgehalten, denn Arnstein ist ein

Quernheim'sches Schloß — sie allein und schutzlos gelassen hat, so ist sie in große Verzweiflung gekommen. Da hat der liebe Gott durch einen Zufall einen Brief in ihre Hände gespielt, welchen ihre Peinigerin an den Pfarrer geschrieben. Sie sieht nun, es gibt eine Stelle, an welcher diese Gräfin Allgunde verwundbar ist; ich bin der Mann, der Gewalt über sie haben wird, wenn ich nur beweisen kann, daß ich das bin, als welcher ich im Kirchenbuch stehe, als ihr angetrauter Gemahl. Sie, das Fräulein, sieht aus dem gefundenen Briefe, daß die Gräfin fürchtet, das Kirchenbuch könne mir in die Hände fallen; also schickt sie mir den Brief zu, nebst vielem Geld. Was soll das anders heißen, als: da, hier findest du genau beschrieben, wo das Buch und wie leicht es zu bekommen ist; hole es nun, sobald wie möglich, und dann komm mir zu Hülfe. Dieser Gräfin, die mich zur Verzweiflung bringt und mich im tiefsten Jammer gefangen hält, schreibe als ihr Mann deine Gesetze vor, rette mich, denn so allein kann ich gerettet werden.

Das ist die Auslegung, welche ich von diesem Briefe und dem Umstande, daß das Fräulein von Blankenar ihn mir zuschickt, gemacht habe, und ich frage Euch nun, Peggy, ob Ihr eine andere und bessere wißt!

Nein, Herr, eine bessere weiß ich nicht!

Also bleibt uns auch nur Eins zu thun übrig. Uns, sage ich, Peggy, denn Ihr seid der Mann, mir zu helfen. An Euch habe ich gleich gedacht. Euch habe ich kennen gelernt als einen Mann, der schweigen kann und der es verdient, eine so gute und so schöne Herrin zu haben; als einen Mann, der Muth und Ehre hat und der viel zu gut weiß, was er sich selbst schuldig ist, um einen so betrübten, filzigen Schlucker, solch einen Ausbund von einem schleichenden Schelm, wie den Tondern, zum Herrn über sich haben zu wollen. Ihr habt Euerm

Fräulein damals hübsch den Rücken gedeckt, Peggy, in jener Nacht, als sie von Blankenar sich entfernte. Jetzt nur noch ein solch Stücklein und Ihr seid der Mann, Peggy, dem sie vielleicht ihr Leben, jedenfalls ihr Lebensglück verdankt. Sie wird es Euch Dank wissen, Peggy! Ihr könnt ein glücklicher und ein reicher Mann werden, Bursche!

Finkenberg schlug ihm hierbei zur Ermunterung auf die Schulter und schenkte dann sein Glas voll.

Es ist alles recht gut, versetzte Peggy, nachdenklich den Kopf auf den Arm stützend, recht gut und richtig, Herr, aber meine Scrupel habe ich doch.

Scrupel? Euere Herrin zu retten aus großer Noth, da habt Ihr Scrupel?

Wenn man das Ding vom rechten Fleck aus ansieht, so ist es doch einem nächtlichen Einbruch verzweifelt ähnlich, und wenn man gar keine Complimente mit ihm machen wollte, so müßte man es Kirchenraub tituliren.

Dummer Schnak! versetzte Finkenberg. Es soll ja hier nichts gestohlen werden. Es handelt sich ja nur darum, ein Document zu bekommen, dessen Vorlegung ich fordern kann und das mir vorenthalten wird.

Geht hin und fordert es, offen und rundheraus!

Warum nicht gar; der Pfarrer schlägt mir höhnisch die Thür vor der Nase zu!

Wendet Euch an die Gerichte, daß sie den Pfarrer auffordern zur Auflegung seines Buchs.

Daß mit Hin- und Wiederschreiben ein halbes Jahr vergehe und endlich noch, wenn der Pfarrer das Trauregister vorlegt, das rechte Blatt herausgenommen wäre ... denn darauf könnten wir sicher gefaßt sein!

Peggy schwieg. Er machte ein sehr bekümmertes Gesicht. Peggy war seiner Herrin bis in den Tod ergeben und nachdem Finkenberg ihm die ganze Angelegenheit vertrauensvoll, aber in solcher Form und Wendung auseinandergesetzt hatte, wie sie für die ehrliche Haut am faßlichsten war, brannte er vor Verlangen, für Theo einen entscheidenden, wenn auch gefährlichen Schritt thun zu können. Aber hier handelte es sich um eine Unternehmung, die ihn stutzig machen mußte. Einbrechen in eine Kirche, um ein Buch daraus zu stehlen — Peggy hatte einen gewaltigen Respect vor großen Büchern, vorzüglich vor solchen, welche er bei Pfarrern oder Gerichtspersonen hatte liegen gesehen; vollgeschrieben mit Hieroglyphen, die ihm wie geheimnißvolle Zauberformeln vorkamen, über deren Wirkungen er weiter nichts sagen konnte, als daß sie noch niemand große Freude bereitet; im Gegentheil, wenn armen Leuten seines Standes irgendein Unheil in seiner Nähe zugestoßen war, so hatte er es regelmäßig aus den großen Büchern herausschlüpfen gesehen. Zehnten und Pachtzins, Pfändung und Haft, und die Bestimmung, welcher Mutter Sohn zu den Soldaten müsse, alles das hatte man aus dem verfluchten Schlangengeäder herausgelesen, welches in den großen Büchern stand. So kam es, daß Peggy mindestens ebenso viel Widerstreben fühlte, seine Hand an ein großes Buch zu legen, als wenn ihm vorgeschlagen worden, einen geweihten Kelch aus der Sakristei zu holen.

Es ist sehr niederschlagend, Herr, sagte er endlich.

Fürchtet Ihr die Gefahr, Peggy?

Nein, aber die Sünde; es ist eine Kirche, Herr, und es ist ein Buch!

Die Sünde! Würde Euere Herrin mir den Brief gesandt,

das heißt, mich aufgefordert haben, es zu thun, wenn sie es für eine Sünde hielte?

Dies Argument schien nicht ohne Wirkung zu bleiben.

Das Buch soll ja nicht gestohlen werden; wenn es seine Dienste geleistet hat, wird es dem Pfarrer zurückgesandt, hob Finkenberg wieder an.

Eine Kirche ist ein geweihter Ort!

Aber eine Sakristei —

Ist auch geweiht; oder ist sie es nicht, Herr?

Ich meine, Peggy, es könnte sich ebenso viel dafür als dawider sagen lassen.

Nun, Herr, so seid Ihr dawider und ich will dafür sein; dann wollen wir ein paar Gänge machen und sehen, was oben bleibt.

Nein, Peggy, das ist nicht der rechte Weg, um über Glaubens- oder Kirchensachen ins Klare zu kommen. Und wenn ich überhaupt ein Mann wäre, der sich im Stande fühlte, auf diese Art über streitige Punkte der Theologie Licht zu verbreiten, so würde ich Euch bei dem ganzen Handel nicht brauchen, sondern das Verdienst für mich selber nehmen.

Wann, glaubt Ihr, müßt's geschehen, Herr? hob Peggy nach einer Pause wieder an.

Je schneller es geschieht, desto sicherer sind wir, daß die schlimme Gräfin noch nichts von dem Verlorensein des Briefes gemerkt und noch keinen zweiten geschrieben hat. Was meint Ihr, wenn's noch diese Nacht geschähe? Wir haben Mondlicht! Was meint Ihr, Mann?

Die Sünde! Es ist ein geweihter Ort! sagte Peggy, seinen Kopf unruhig bald auf den rechten, bald auf den linken Arm stützend.

Hört, Peggy, wenn's denn nun auch eine Sünde wäre —

ich denke, daß schon mehr und vornehmere Leute als Ihr, Mann, auf ein paar Tage Ofenarrest im Fegefeuer es nicht haben ankommen lassen! Ist sie's nicht werth, sie, ein kleinwenig Sündigen? Und hört, Peggy, denkt, sie nähme sich in der Verzweiflung das Leben? Sie ist heftig und entschlossen, und es ist leicht möglich, daß sie lieber ihr Leben opfert als ihren Willen. Wie dann, wenn nun jedenfalls eine Sünde geschehen müßte? Geht Euere Treue nicht so weit, daß Ihr sie für Euere Herrin thätet?

Ihr habt recht, antwortete Peggy. Und so will ich denn sagen, in Gottes Namen; topp, da habt Ihr meine Hand!

Siebenundzwanzigstes Kapitel.

Ein Triumph und eine Niederlage.

Bis die Dämmerung einbrach, blieben die beiden Verschworenen in der Wirthsstube sitzen und Finkenberg unterließ nicht, durch häufiges Einschenken Peggy's Muth in voller Blüte zu halten. Nachdem dieser einmal den Entschluß gefaßt, wuchs seine Sicherheit darin mit jedem Augenblicke, und die Gründe, warum er es ja thun könne ohne alle Gefahr für Leib und Seele, wuchsen nun ordentlich vor ihm aus dem Boden auf.

Finkenberg hörte mit großer Genugthuung seinem Geschwätz zu, dem der ehrliche Ire fortwährend originelle und heitere Wendungen gab, und war endlich ganz einverstanden, als Peggy beim ersten Strahl des aufgehenden Mondes vorschlug, den Weg anzutreten.

Wir haben zwei und eine halbe Stunde zu machen, Herr, und ich muß sagen, wenn wir noch vor zwölf Uhr damit zu Stande kämen, so wäre es mir lieber, als wenn ich nach dieser Stunde dranmüßte.

Und weshalb, Peggy?

Wenn Ihr Euch darüber keine Gedanken macht, so will ich Euch auch nicht daraufbringen. Denn ich sehe nicht ein, daß es Euch bei dieser kühlen Nachtluft von Nutzen sein könnte. Auch habe ich Leute gekannt, die nach Mitternacht über Kirchhöfe gegangen sind und die mir gesagt haben — recht wahrhafte und ehrenwerthe Leute, Herr, und einer ist darunter, auf dessen Worte ich jeden Augenblick einen Schwur thun will, solch ein vernünftiger, würdiger Mann ist er, meiner Mutter Großohm, Herr — nun, meiner Mutter Großohm hat mir gesagt, daß er einmal nach Mitternacht über einen Kirchhof gegangen sei und daß er weder einen Geist in einem weißen Laken am Zaune stehen gesehen, noch von einem hohläugigen Schädel den guten Abend geboten bekommen habe! Und dies ist wahr, Herr, so wahr ich meiner Mutter Sohn bin.

Nachdem Peggy diese unglaubliche Versicherung gegeben, brachen sie auf und bald nachher schritten die beiden Männer über thaufeuchte Wiesen und zwischen dunkeln Wallhecken einher, dem Orte Olderndorf zu.

Wir wollen uns unterdeß nach dem Juden umsehen. Isaak hatte aus zwei Gründen mit solchem Eifer die Bestellung an den Arzt übernommen. Zuerst wollte er in der That noch den Abend nach dem nicht mehr fernen Birkenheim und sodann am andern Tage nach dem Orte, den er dem Knecht nannte und wohin der Weg an Arnstein vorüberführte; nun sah er die schönste Gelegenheit, sich vom Doctor Pauli im Wagen bis nach Arnstein mitnehmen zu lassen. Und zweitens hatte er wieder einmal Aussicht bekommen, den Arzt in Angst versetzen zu können, was ihm um so größere Genugthuung gewährte, als er diesem und seinem ganzen Hause jede mögliche Kränkung zuzufügen seit dem Augenblick geschworen hatte, in welchem der Schwiegersohn Pauli's ihn für seine Perfidie gezüchtigt hatte —

auf der offenen Heide damals, als Isaak dem Gerichtsarzte verheimlichte, daß Theo gefunden sei und als er sich mit dem für Pauli verhängnißvollen Briefe davonmachen wollte. Der Gerichtsarzt war ja noch fortwährend durch ein feierliches Gelöbniß verbunden, des Juden Aufruf und Führung zu folgen, wohin auch dieser ihn bringe. Isaak konnte sich mithin einmal wieder die Befriedigung verschaffen, den alten Herrn in Zagen und Angst zu bringen, wenn auch für nichts und wieder nichts.

Als er in Birkenheim angekommen war, ordnete er zuerst ein Geschäft mit einem seiner Religionsgenossen und, als es dunkel geworden, trat er den Weg zum Hause des Arztes an. Statt anzuklopfen, schlich er um das Haus her, nach der Rückseite desselben, wo ein heller Lichtschein aus dem Wohnzimmer in Garten und Baumhof fiel. Durch die erleuchteten Scheiben sah er den ältern Arzt neben der Studirlampe über ein Buch gebückt, das augenscheinlich seine ganze Geistesthätigkeit in Anspruch nahm. Hätte Isaak näher hinzutreten und über die Schulter des Lesenden blicken können, so würde er gesehen haben, daß es die „Seherin von Prevorst“ war, jenes Buch voll wirrer Geheimnisse, in dessen dämonische Räthselkreise der Geist des Arztes so tief versunken war.

Wie er wird in die Höhe fahren, wenn er mich plötzlich sieht! flüsterte Isaak leise für sich; dann stieß er blitzschnell mit beiden dicht behandschuhten Fäusten eine Scheibe des Fensters ein und steckte im nächsten Augenblick seinen Kopf hindurch. Was er beabsichtigt hatte, geschah. Der Arzt fuhr empor, und als er so unerwartet ein hageres, drohend verzerrtes Gesicht wahrnahm, das ihn angrinste, ergriff den Ueberraschten ein solcher Schrecken, daß er einen leisen Schrei ausstieß und sein ergrauendes Haar sich über dem grünen Schirm sträubte, welchen er bei Licht zum Schutze seiner Augen trug. Isaak weidete sich eine Weile stumm an dem Anblick des erschrockenen Mannes; als aber der Arzt endlich die gehobenen und vorgestreckten Arme sinken ließ und ein paar Schritte gegen das Fenster machte, rief er:

Herr Amtsphysikus Pauli, nehmen Sie's nicht übel; ich wollte sehen, ob Sie zu Hause wären, und wie ich nur den Kopf an die Scheibe drücke, zerbricht sie mit einem male — sie muß schon früher einen Bruch gehabt haben, Herr Amtsphysikus!

Ihr seid es, Jude!

Der Arzt hielt sich an einer Stuhllehne fest und setzte sich dann, um wieder zu Athem zu kommen.

Ich bin es, Herr Amtsphysikus! Ich hoffe nicht, daß Sie erschrocken sind; es würde mir leid thun, Herr Amtsphysikus!

Ich bin erschrocken! In Euerm Gesichte liegt genug Gift und Hohn gegen jedes Menschenkind, um jemand zu erschrecken, wenn er in stiller Stunde, mit seinen Gedanken allein, plötzlich in Euere verzerrten Züge blickt. — Aber sagt, was wollt Ihr, Isaak? Was führt Euch hierher? Wärt Ihr ein anderer Mann, so könntet Ihr in mir einen dankbaren Freund haben; so aber, Isaak, seh' ich Euch lieber gehen als kommen.

Der Geschmack ist verschieden; ich sehe Sie immer gern, Herr Amtsphysikus; es ist ein würdiger Mann, ein gelehrter Mann, der Herr Amtsphysikus Pauli, sag' ich mir dann, und ein gar herablassender Mann; nicht stolz gegen einen armen Juden, wie du bist, Isaak, und nur zu pfeifen brauchst du, Isaak, so kommt der Herr Amtsphysikus Johann Wilhelm Pauli vor lauter Gefälligkeit hervor aus seinem Studirzimmerchen, so gewiß wie eine Grille, wenn man mit dem Halm in ihr Loch bohrt. Und der Herr Amtsphysikus Johann Wilhelm Pauli thut mit dir marschiren bei Nacht wie bei Tag, wohin du ihn willst haben. Hab' ich die Wahrheit gesagt oder nicht, Doctorleben?

Der Gerichtsarzt antwortete nicht, sondern sah mit bekümmertem Blick fragend den Juden an. Dieser fuhr fort, indem er seine heisere Stimme zu tiefem, feierlichem Tone anstrengte:

Herr Amtsphysikus Johann Wilhelm Pauli zu Birkenheim — die Stunde ist gekommen! Halten Sie sich bereit. Ich rufe Sie. Um Mitternacht muß ein Wagen vor Ihrer Thür halten und Sie folgen mir, wohin ich Sie werde führen.

Ha, rief der Arzt, soll dies wieder beginnen? Er fuhr mit der Hand über die Stirn. Dann sagte er mit abwehrender Bewegung des Arms und in entschiedenem Tone: Nein, Jude, an diesem Bande hältst du mich nicht mehr! In Angst und Betäubung habe ich dir etwas gelobt —

Geschworen! auf die Bibel geschworen, Herr Amtsphysikus —

Nun ja, geschworen, was ich nicht schwören durfte. Ich bin entschlossen, es nicht zu halten.

Dem Meineidigen wächst die Hand zum Grabe hinaus —

Mag sie — das Unrecht liegt im Schwur, nicht im Bruch des Eides. Geht fort, Isaak Koppel; ich mag nichts mit Euch zu schaffen haben.

Nun, wenn's denn nicht ist um Ihren Schwur — meinethalb! Aber heraus müssen Sie, der junge Graf Schlettendorf hat einen Schuß in die Schulter bekommen und liegt in Arnstein und verlangt nach Ihrer Hülfe. Deshalb lassen Sie einen Wagen holen und machen Sie sich auf den Weg, denn seine Wunde ist gefährlich.

Das ist etwas anderes, und wenn Ihr die Wahrheit sagt, bin ich augenblicklich bereit.

Ich habe selbst mit dem Herrn Grafen zu sprechen und deshalb werden Sie mich mitnehmen in Ihrem Wagen, Herr Amtsphysikus.

Euch, Isaak? Doch, der Weg ist weit — wenn Ihr wirklich nach Arnstein müßt, in Gottes Namen. Kommt herein und wartet in der Küche.

Isaak folgte der Einladung und der Arzt schickte nach Postpferden, um ohne Zögerung in Begleitung Isaak's den Weg antreten zu können. Als nach einer Stunde etwa die Pferde kamen und alles bereit war, setzte sich Isaak denn auch mit großem Wohlbehagen neben den Arzt in dessen Wagen und fiel bald in einen tiefen Schlaf, während die wachbleibenden Augen des andern oft nach seinen mondbeglänzten, marmorkalt gewordenen und im Schlummer wahrhaft dämonischen Zügen blickten, um sich jedesmal wie von einem tief unheimlichen Anblick rasch wieder abzuwenden.

Es war eine Kriegslist Isaak's, wenn er behauptete, daß er mit Valerian sprechen müsse; er hatte es blos als Vorwand gebraucht, um vom Arzte mitgenommen zu werden und in einer bequemen Chaise fahren zu können — ein Genuß, der ihm nur selten bei seinem unruhigen Umherschweifen auf allen Straßen zutheil wurde.

Als aber beide am andern Tage in den Vormittagsstunden in Arnstein ankamen, ging Isaak dennoch mit dem Arzt in die Burg, theils aus Neugier, theils weil er für seinen Dienst oben ein Frühstück in Anspruch zu nehmen gedachte.

Um dieselbe Zeit ungefähr, in welcher der Gerichtsarzt in Arnstein ankam, wurde in Quernheim der Gräfin Allgunde der Besuch des Freiherrn Heydenreich von Tondern angekündigt.

Sie erhob sich sehr bewegt und voller Spannung, um ihm entgegenzueilen, und ihm die Hand entgegenstreckend rief sie:

Heydenreich! Sie kommen aus der Hauptstadt; was bringen Sie mit?

Sehr gute Nachrichten, Gräfin Allgunde. Ich habe mit den Ministern, namentlich mit R. gesprochen und sie haben mich mit der größten Zuvorkommenheit aufgenommen. Sie haben sämmtlich die Gründe, welche ich entwickelte, um ihnen klar zu machen, daß es nicht nur billig, sondern auch politisch von ihnen sei, wenn sie die erste Stelle in der Provinz einem aus unserer Mitte anvertrauten, eingesehen. Sie werden danach handeln, daran zweifle ich nicht ... und R. insbesondere hat sich über meine Bewerbung sehr verbindlich und fast sicher zusagend geäußert... Die Entscheidung kann auch nicht lange auf sich warten lassen!

Nun so gratulir' ich, Heydenreich. Gott sei gedankt, daß dies soweit durchgesetzt ist!

Ja, Gott sei gedankt, daß ich es durchgesetzt habe, sagte Heydenreich mit einer gewissen Betonung des „Ich“. Er war in der That über dies Resultat doppelt erfreut, weil es erzielt worden, ohne daß Allgunde zu ihrer projectirten Reise in die Residenz gekommen. Er konnte für die Zukunft mit um so größerm Fug ihre Verdienste in dieser Angelegenheit ignoriren und sich einer Dankbarkeit entziehen, die ihm lästig war, einen Einfluß zurückweisen, dem er sich bis jetzt nur mit Ungeduld und Widerstreben, wenn auch mit vollständig täuschender Fügsamkeit unterworfen hatte.

In dem Tone dieses „Ich“ liegt eine zukünftige Kriegserklärung! dachte Allgunde. Doch nur erst die Angelegenheiten der Gegenwart geschlichtet, später ist mir auch eine kleine Intrigue gegen dich nicht unangenehm, setzte sie in Gedanken hinzu.

Allgunde und Heydenreich waren viel zu lange warme und vertraute Freunde gewesen, als daß sich nicht in dem Gemüth beider von verschiedenen Gelegenheiten her eine Menge kleiner Grimmigkeiten und Erbitterungen sollte gesammelt haben, die einmal ausbrechen mußten. Und wäre dies auch nicht der Fall gewesen — jeder von ihnen kannte zu gut die kleinen Schwächen und verwundbaren Stellen des andern, als daß sie hätten aus diesem irdischen Leben scheiden können, ohne sich einmal die Befriedigung zu gönnen, von solcher Kenntniß Gebrauch zu machen, und zwar mit all der liebenswürdigen kleinen Bosheit und jener Schadenfreude, die schon hienieden für einen geplagten Sterblichen Quelle so mancher tröstenden Genugthuung ist.

Ja, fuhr Heydenreich fort, sich neben Allgundens Sofa in einen Lehnsessel werfend, dies Ereigniß freut mich; denn es beweist mir, daß die alten, unverjährbaren Rechte des Adels jetzt mit immer aufgeklärtern und weisern Gesinnungen von unserer früher so mistrauischen Regierung angesehen werden und daß sie immer mehr zur Geltung kommen.

Gott gebe es, sagte Allgunde.

Wir dürfen vertrauensvoll in die Zukunft blicken, versetzte Heydenreich. Denn wir wissen, was wir wollen, wir sind einig über Ausgangs- und Endpunkt, während die Liberalen in ihrer Blindheit alles auf einmal wollen und sich in hundert Parteien zersplittern, mit hundert Meinungen, hundert Tendenzen, hundert Stichwörtern. Ferner haben wir den Gott der Neuzeit in der Tasche — und wir sind Charaktere. Da liegt's, in dieser Eigenschaft liegt unsere Stärke; wir sind Charaktere und so haben wir einen Corporationsgeist in uns erblühen machen können, für den wir zu kämpfen, zu leiden, zu opfern verstehen. Die ganze übrige Welt ist mattherzig, heut' warm und morgen wieder kalt; lügenhaft, großsprecherisch und feig. Mag sie hundert mal auch, wie sie behauptet, in ihrem Kampfe Recht und Wahrheit für sich haben — was hilft es ihr? Da sie mit solchen Waffen nicht zu siegen weiß, verdient sie auch nicht zu siegen.

Wir bilden freilich ein hübsches Heer, sagte lächelnd Allgunde; schon seit man den frühern reichsunmittelbaren Adel, also die ganze mächtige, reiche Klasse der frühern Souveräne oder Halbsouveräne mit uns zusammenwarf und uns allen gemeinsame Interessen gab, hat man eine furchtbare Phalanx aus uns gemacht ... zum Kampfe nach oben wie nach unten!

Zum Kampfe nach unten möcht ich jetzt nur Eine Hülfe in unser Land eingeführt sehen — den großen Orden Loyola's! bemerkte Tondern.

Freilich, ein unendlicher Gewinn! wenn das zu erlangen wäre!

Ich glaubte, Sie möchten die Jesuiten nicht! sagte Heydenreich.

Ich sehe ein, was der Geist, den sie in die Religion bringen, Bedenkliches, Gefährliches hat. Aber daß sie uns dienen, ist mir recht. Doch danke ich es ihnen nicht; denn sie thun es ihrer eigenen Zwecke, nicht unsertwegen.

Die Religion ... lassen wir die beiseite! In den höhern Lebensregionen sind alle andern Fragen ohne Ausnahme vollständig untergegangen in der politischen Frage. Dies ist jetzt noch nicht klar ausgesprochen, obwol es im Bewußtsein der Führer liegt. Alles aber wird bald absorbirt werden von den großen Kategorien der Reform und der Reaction, und eines Tages wird man alle die befreundeten Mächte, die jetzt incognito Liebschaft miteinander treiben, mit wehenden Fahnen sich zuziehen sehen, um eine große Brudermacht zu bilden. Die conservative Macht, welche Wächter der kirchlichen Freiheit Deutschlands sein will, wird endlich in feuriger Wallung dem Katholicismus ihrer

Nachbarmacht im Osten eine zärtliche Liebeserklärung machen und als Zeichen langer, stummer Leidenschaft ihr einige Ritterhelme, einen romantischen Rosenkranz und eine verschärfte Censurinstruction zu Füßen legen. Ja, die Zukunft wird den bunten Wirrwarr der Gegensätze lösen und das Handgemenge unserer Zeit in zwei große, kämpfende Parteien scheiden. Statt daß man jetzt den Kampf vor lauter Streitenden nicht sieht, wird jeder zur Besinnung kommen, warum er ficht und dem Wehen einer großen, alles überragenden Standarte folgen. Auf der einen Seite werden alle Dissenters, Wissenschaft und Philosphie, Kunst und Kritik, Demokratie, constitutionelle Freiheit, Fortschritt, die socialen ~~Träumer~~ u. s. w. sich freundlich zusammenfinden — freilich mit dem stillen Vorbehalt, nach errungenem Sieg weiter miteinander zu reden. Auf der andern Seite werden Papstthum, Katholicismus, protestantische Orthodoxie, Conservatismus, Absolutismus, Adel, Romantik, Jesuiten u. s. w. sich zusammenfinden und mit gleichem Eifer wie mit gleichen Gesinnungen den Kampf führen. Nach dieser großen Evolution drängt die Zeit.

Das, fiel Allgunde ein, würde ein fürchterlicher Kampf des Positiven wider den Nihilismus werden, fürchterlich auch deshalb, weil es dem parteilosen Manne, dem das Sündigen in Ilium und außer Ilium nicht entgeht, nicht mehr erlaubt bleiben würde, seinen eigenen und unabhängigen Standpunkt einzunehmen.

Die Zeit drängt einmal dahin!

Aber das alles mag noch in weiter Ferne liegen, lieber Tondern, sagte Allgunde; es gehört dazu, daß die Menschen den Muth fassen, sich selbst Geständnisse über ihr eigentlichstes Wollen und Streben zu machen. Mit Muth aber sind die Menschen, sind besonders die Richtungen unserer Zeit nicht überflüssig ausgerüstet. Alle suchen eifrig, sich ein Mäntelchen umzuhängen und irgendein hübsch klingendes Wort ihrer eigentlichen Tendenz als Maske vorzubinden. Bis dahin aber, Tondern, was gedenken Sie zunächst zu thun, wenn Sie im Besitze des großen Einflusses sind, welcher für Sie in Aussicht steht?

Soviel wie möglich! Was uns angeht, so werde ich thun, was in meiner Macht ist, das autonomische Statut auf uns hier ausgedehnt zu sehen, welches von unberechenbarer Wichtigkeit für unsere politische Bedeutung werden dürfte, da es uns das Mittel in die Hand gibt, zu verhindern, daß sich je aus unserm eigenen Schose eine Opposition herausbilde, die mit verkehrten Gesinnungen Einfluß und Reichthum verbände. Nämlich durch Uebertragung des Majorats an einen andern, besser denkenden Sohn, wenn der älteste liberale Meinungen annähme.

Der Eisenbahnagitation gedenke ich ein Ende zu machen. Die Regierungen sind fürchterlich kurzsichtig bei ihrem Eisenbahnschwindel! Hier ins patriarchalische Land soll mir keine Locomotive kommen, wenn ich es verhindern kann! Ferner freut es mich, etwas für die Ordnung der bäuerlichen Verhältnisse thun zu können!

Das ist doch nicht ein anderer Ausdruck für den misfällig gewordenen: Wiederherstellung der Leibeigenschaft? warf Allgunde lächelnd ein.

Das nicht ... denn obwol heutzutage am Ende alles geht, so ist das Verhältniß doch zu verhaßt geworden durch das, was dies Institut in andern Ländern war. Bei uns hier war es nicht viel Schlimmeres als ein dem Grundherrn über den Bauer gegebenes Vormundschafts- und Verhütungsrecht, das jetzt die Behörden über die Gemeinden sich nehmen.

Vor allem ist darauf zu wirken, sagte Allgunde, die, mit größerer politischer Genialität, als Heydenreich besaß, auf Ideen und Principfragen ihre Blicke zu richten liebte, vor allem ist darauf zu wirken, daß unser Adel sich immer mehr in seiner jetzigen vom Thron noch so durchaus unabhängigen Lage befestige. Diese gibt uns unsere exceptionelle, dem ganzen übrigen Adel Deutschlands überlegene Stellung und erhält uns unsern Charakter, worin unsere Stärke liegt. Das Charakteristische unserer Regierungen ist die Eifersucht auf jede von ihnen unabhängige, sich selbst genügende Existenz; die ist ihnen ein ewig bleibender Stachel, der sie nicht ruhen läßt; o Sie werden sehen, wie man uns den Hof machen, wie man uns zu gewinnen suchen wird, wenn wir unsere Unabhängigkeit bewahren! Es muß immer eine weite trennende Kluft bleiben zwischen uns und jenem Beamten- und Militär-Adel, der von den Stellen in Staat und Heer lebt, der sie an sich zu reißen sucht ... wir hier müssen uns zu solchen Stellungen nur ausnahmsweise bequemen, zu ihnen herablassen.

Doch ist nicht zu übersehen, daß sie mitunter Einfluß gewähren ...

Nun, dann nimmt man sie eben und sucht Ehrenämter daraus zu machen — womöglich ganz unbesoldete! Und dann würde ich Ihre Hauptaufmerksamkeit lenken, lieber Tondern, auf die Nothwendigkeit, neue Stifter zu errichten, eingezogene wiederherzustellen. Auch für Männer, für unsere nachgeborenen Söhne müßten wir Stifter haben, um sie anders versorgen zu können als im Staatsdienst. Wie oft habe ich zu dem Ende schon an eine Neubelebung des Malteser-Ordens gedacht, der ja immer noch eine gewisse selbstständige Organisation hat. Welche Vertretung für alle Interessen unsers Standes wäre durch einen solchen nur rein stiftsfähigem Blut zugänglichen Orden, eine mit reichem Besitz und mancherlei Instituten der Hospitalität, der Erziehung und dergleichen ausgerüstete Corporation zu gewinnen!

Das steht nun freilich wol im weiten Felde, versetzte Tondern. Aber lassen wir dies alles jetzt, Gräfin; ich komme, um zu fragen, wie es Theo geht und wann ich endlich das Jawort von ihren eigenen Lippen hören werde. Sie begreifen, daß ich jetzt ohne Aufschub zum Ziele kommen muß!

Ja, Heydenreich, Sie sollen es. Theo ist —

In diesem Augenblick wurde Allgunde unterbrochen, indem ein Bedienter hereintrat, um ihr die Ankunft eines Menschen zu melden, der sie allein sprechen wolle.

Die Gräfin verließ das Zimmer.

Nach einer Weile kam die Gräfin Allgunde zurück. Sie war in sehr freudiger Aufregung.

Auch das gelungen! wirklich gelungen! kaum hatte ich es zu hoffen gewagt! rief sie aus.

Was ist gelungen, Allgunde? Darf ich es wissen?

Der kühnste Streich, den ich je gemacht habe, der perfideste freilich auch — aber das Glück hat ihn gekrönt und das Glück ist ein Gottesurtheil, nicht wahr Tondern? Ein wahrhaft unerlaubtes Mittel kommt nie zu einem glücklichen Ziele! Glauben Sie nicht auch?

Nun, wie man's nimmt, versetzte Tondern lächelnd. Man könnte es ein etwas gewagtes Axiom nennen ... ein frommes Gemüth könnte aber auch sagen: Es ist allerdings von der speciell überall eingreifenden und lenkenden Vorsehung nicht zu erwarten, daß sie jemand einen glücklichen Erfolg verleihe, wenn sie mit den Mitteln desselben als sündigen und unerlaubten unzufrieden wäre. Aber nun sagen Sie mir, was ist Ihnen gelungen?

Die Kette zu zerreißen, welche mir am Fuße nachschleppte wie einem entlaufenen Gefangenen; den Alp abzuschütteln, der die Qual meiner Nächte war — kurz, frei zu werden — frei, Tondern — bei Gott, dies ist ein glücklicher Tag!

Allgunde schritt in großer Freude auf und ab und dann ihre Hand auf Tondern's Schulter legend sagte sie:

Auch, lieber Freund, frei von Ihnen!

Nun — Sie haben doch nicht — ?

Was hab' ich nicht? Sprechen Sie es aus!

Tondern sprach es nicht aus, aber er sah sie fragend und erstaunt an.

Wollen Sie sagen: Jemand mit Gewalt fortbringen, etwa einem Seelenkäufer überliefern lassen? Ich glaube fast, daß Sie es sagen wollten. O pfui, Tondern! Nein, das sind nicht meine Wege und Mittel, jemand durch Strauchdiebe und Raufbolde zu Boden schlagen lassen, daß man Angst und Schrecken ausstehen muß, es sei eine Blutschuld begangen!

Werfen Sie mir die alte Geschichte nicht mehr vor; sie war mir selbst fatal genug und nichts weniger als in meinen Absichten liegend. Nur Ihnen gegenüber nahm ich die Sache damals anscheinend leicht, um Ihre Aengstlichkeit nicht zu vermehren! Aber sagen Sie mir endlich, was ist jetzt geschehen?

Finkenberg ist fort; er ist fort für ewig und jeder Versuch ist Tod für ihn, hierher oder nach Deutschland zurückzukehren.

Wie haben Sie das bewerkstelligt?

Ich habe ihn den Versuch machen lassen, in die Kirche in Olderndorf einzubrechen, um das Kirchenbuch zu stehlen, welches das Document unserer Trauung enthält. Der Pfarrer war auf diesen Einbruch gefaßt; man hat den Dieb auf der That ertappt und dann hat man ihm die Bedingung gestellt, sich sofort nach Amerika zu flüchten oder dem nächsten Gericht überliefert und wegen Kirchenraub processirt zu werden. Der Pfarrer schickt mir soeben einige in der Aufregung geschriebene hastige Zeilen. „Der Mann hat tüchtig um sich geschlagen“, schreibt er; dies wundert mich von Finkenberg, doch hat er die Bedingung, auszuwandern, sofort angenommen und davon war ich überzeugt. Er hat sich sodann mit großer Eile aus dem Staube gemacht.

So wünsche ich Ihnen Glück, Allgunde, sagte Tondern, auch, setzte er mit pfiffigem Augenblinzeln hinzu, Glück, daß Sie von mir frei sind!

Sie reichte ihm die Hand.

Je freier wir äußerlich einander gegenüberstehen, Heydenreich, desto verbundener werden wir innerlich sein. Sie müssen es mit mir fühlen, daß von diesem Augenblick an unser Verhältniß in ein neues, wärmeres und schöneres Stadium tritt; jetzt verbindet uns eben nichts mehr als unsere Freundschaft und unsere Gesinnung.

Und deshalb, liebe Gräfin Allgunde, bin ich überzeugt, werden Sie von diesem Augenblick an meine und Theo's Vermählung ganz mit — Tondern bemerkte das ein wenig ironisch — dem wärmern Eifer betreiben, der nun unsere Freundschaft belebt und kittet.

Ich will es, Heydenreich!

Ich bin des Wartens und Aufschiebens müde, sagte Tondern Die Sache muß jetzt endlich erledigt sein, denn ich darf von nun an nicht mehr in allem Denken und Wollen durch die Sorge um den Stand dieser Angelegenheit gestört werden. Ich begreife auch gar nicht, wie da so lange gezögert werden mag ...

Sie werden gewaltig diktatorisch, mein Freund!

Ist es doch, fuhr Tondern fort, seit alters her hierzulande unter uns Sitte gewesen, daß man den jungen Mädchen einen Mann gibt, ohne sie lange um ihr Wollen oder Nichtwollen zu befragen. So sind alle Ehen geschlossen, welche wir kennen, und wenn Sie selbst auch eine Ausnahme gemacht und nach Ihrer Neigung geheirathet haben, so zweifle ich doch, ob Sie dies als ein nachahmenswerthes Beispiel aufstellen mögen. Sind nicht die Frauen, welche wir kennen, alle so glücklich, wie eine Frau glücklich sein soll, nach allen Gesetzen ihrer Natur und der Weltordnung, wonach es nicht gut ist, wenn das Glück einer Frau über ein gewisses Maß hinausgeht?

Das ist eine originelle Behauptung, fiel Allgunde lächelnd ein.

Aber vollständig wahr. Eines schickt sich nicht für alle; wie die Frau nicht so viel Gelehrsamkeit, nicht so viel Thatkraft, nicht so viel Ehrgeiz haben darf wie der Mann, ohne die Grundbedingungen ihres Wesens zu verletzen, so darf sie auch nicht zu viel Glück und Freude haben, damit nicht die harmonische Beschränktheit des ganzen, echt weiblichen Wesens zerstört werde. Das Maß ist die Hauptsache in allen Dingen; eine zu glückliche, fröhliche Frau wird übermüthig, ungehorsam, vergißt ihre an lauter untergeordnete, im Grunde nicht sehr erfreuliche Pflichten gebundene Bestimmung —

Du lieber Gott, welche Theorie! Welcher Philister sind Sie, Heydenreich! unterbrach ihn Allgunde.

Es ist meine Ueberzeugung, versetzte Heydenreich Tondern sehr ernst. Er war zu dieser Episode im Gespräch nur abgeschweift, weil er wußte, daß Allgunde durch nichts innerlich mehr empört wurde als jene philisterhaften Aussprüche der Männer über die untergeordnete Bestimmung der Frauen, worin die Weisheit beschränkter Köpfe sich gefällt.

Ich will mit Ihnen darüber nicht streiten, sagte er, vergnügt, den ersten Eintritt in eine wärmere Freundschaftsphase durch eine so empfindliche, kleine Reizung seiner theuern Freundin feiern zu können — ich will darüber nicht streiten, aber es ist das meine Ansicht und ich glaube, daß unsere Sitten sehr gerechtfertigt sind, indem sie unsere Frauen gegen oder mit ihrem Willen, je nachdem es fällt, ohne sie zu fragen, in Ehebündnisse schieben, wo wir sie im Durchschnitt alle des Grades von Glück genießen sehen, der für eine Frau geziemend und wohlthätig ist. Und nicht allein dieser Umstand oder das Alter rechtfertigt unsere Sitte; auch das moralische Ergebniß. Verletzung der Treue, Scheidung, skandalöser Unfrieden, kommt ebenso wenig je bei uns vor, wie das Gegentheil, eine zu große, anstößige und in besserer Gesellschaft verpönte, widerliche Zärtlichkeit der Ehegatten unter sich.

Reden Sie denn wirklich im Ernste, Tondern? versetzte Allgunde; soll ich in unserer Chronique scandaleuse die große Rubrik „unglückliche Ehen" vor Ihnen aufschlagen?

Ich spreche ganz im Ernste, Allgunde; und was ich sagen wollte, ich begreife nicht, weshalb man mit Theo so viel Federlesens macht!

Dies charakterisirt Sie wieder, Heydenreich; sie hätten noch einige Jahre länger in Freiburg bleiben sollen. Ist der ruhige, friedliche Weg nicht besser als der gewaltsame?

Ich kenne nur Einen guten Weg, den, der rasch ans Ziel führt.

Sie sollen ans Ziel kommen, Sie stehen daran, nahe daran —

Heute ist Donnerstag, sagte Heydenreich; bis heute über acht Tage kann meine Ernennung da sein, dann muß ich ohne Verzug nach unserer Hauptstadt, wo ich beim Einzuge meine junge Frau mitzubringen gedenke. Also richten Sie es so ein, Allgunde, daß spätestens Samstag über acht Tage die Trauung ist, hören Sie! Und bitten Sie auch auf morgen Abend hier eine

Gesellschaft zusammen, welcher wir als Brautpaar vorgestellt werden.

Nun, Sie verfahren sehr gebieterisch, Heydenreich! Sie wissen freilich, daß Sie an mir eine Freundin haben, und diese Zuversicht soll Sie auch nicht trügen. Aber vergessen Sie nicht, daß ich frei bin!

Frei? — ach ja, Sie sind frei von mir! versetzte Tondern.

Welch spöttisches Lächeln haben Sie nur fortwährend heut'? Es verletzt mich! Ja, ich bin frei — denn treten Sie immerhin jetzt gegen mich auf und sagen, ich sei die Frau Finkenberg's — Sie haben keine Beweise mehr; mein sauberer Gemahl ist fort, Ihr Jäger todt, und ich bin entschlossen, zu leugnen; und da man mir im ganzen lieber glaubt als Ihnen, lieber Freund, so wird ein solcher Schritt von Ihrer Seite nur das Resultat haben, Sie lächerlich oder verhaßt zu machen.

Sie vergessen Eins: das Buch!

Ja, wer das Buch hätte — fiel Allgande spöttisch ein.

Und also zeigen könnte, daß Gräfin Allgunde verheirathet ist und dennoch Jahr auf Jahr die Einkünfte ihrer Stiftspräbende bezieht, was im Gesetz als eine schwer strafbare Handlungsweise bezeichnet ist —

Das Kirchenbuch ist an sicherm Orte, Herr von Tondern, unterbrach ihn Allgunde sehr gelassen. Ich habe es durch den Juden in zuverlässige Hände bringen lassen.

Allerdings, versetzte Heydenreich mit dem heute auf seinem Gesicht stereotypen Lächeln. Es ist in sichern Händen!

Was wissen Sie davon?

Es ist in meinen Händen, antwortete er sehr kaltblütig.

In Ihren, Heydenreich!?

Allgunde zitterte und war blaß geworden. Man sah, wie viel Zuversicht ihr die eben noch erneute, warme Freundschaft zwischen ihr und Heydenreich einflößte. Sie war vollständig niedergeschmettert, wie vom Donner gerührt.

Ich habe es, sagte dieser; ich habe es dem Juden abgenommen, welcher es nach Arnstein bringen sollte, setzte er hinzu, Allgundens Angabe, daß sie es dem Juden anvertraut habe, rasch benutzend. Er sagte damit freilich eine Unwahrheit. Sein spähendes Auge hatte das Buch hinter dem Sattel von Valerian's Reitknecht wahrgenommen, damals, als er Valerian und Sasseneck zusammen im Streite traf, nahe vor dem Thore von Arnstein. Der Gegenstand war ihm aufgefallen. Deshalb, als das Duell vorüber, bei welchem Tondern die Dienste eines Zeugen geleistet, und nun der Reitknecht Valerian's seinem verwundeten Herrn zu Hülfe eilte, während Sasseneck von seinen Leuten fortgebracht wurde, war Tondern unbeobachtet zu den verlassenen Pferden getreten und hatte das Buch entwendet, ohne von jemand bemerkt worden zu sein. Denn aller Aufmerksamkeit war auf die beiden Verwundeten gerichtet und niemandes Auge bewachte den Hohlweg zum Schlosse, in welchem die Pferde angebunden standen. Hätte aber Tondern dies Allgunde erzählt, hätte er sie unterrichtet, daß das Geheimniß auch in Valerian's Besitz sei und wahrscheinlich, bevor es zu diesem gekommen, noch von mehrern entdeckt worden, dann wäre es für sie ein vernichtender Schlag, aber die Macht, welche Tondern jetzt noch auf Allgunde üben konnte, wäre gebrochen gewesen. Sie wußte dann, daß es nicht mehr sein Geheimniß allein, was in dem Buche stand.

Aber um Gottes willen, sagte die Gräfin nach einer Weile, während welcher sie nach Fassung gerungen, wie kamen Sie dazu? Erzählen Sie!

Ich begegnete dem Juden; sein Packet und die wichtige geheimnißvolle Miene, mit der er mir über dasselbe den Aufschluß gab, den er geben konnte, fielen mir auf; ein Packet, welches ein großes Buch zu enthalten schien, von Olderndorf nach Arnstein gebracht — ich ahnte etwas, Allgunde, und da ich ja wußte, daß unter Freunden, wie wir, kein Geheimniß zu sein braucht, so nahm ich dem Juden das Packet und untersuchte es —

Das heißt, Sie rissen die Siegel auf!

Ja, ich riß die Siegel auf, und als ich den Inhalt entdeckt hatte, hieß ich Isaak weiter wandern und Ihnen sagen, er habe seinen Auftrag ausgerichtet.

O das ist infam! rief Allgunde. Tondern, das ist ein Bubenstreich; Gott verzeihe es Ihnen!

Tondern lächelte.

Aber, fuhr die Gräfin fort, der Jude war ja in Arnstein?

Er sagte es freilich. Aber Sie haben schwerlich eine Nachricht von dort aus bekommen, daß Isaak sein Packet richtig abgeliefert habe. Oder hätten Sie?

Allgunde antwortete nicht, aber sie dachte daran, daß der Verwalter Krauß in seinem jüngsten Bericht des Packets und des Juden mit keiner Silbe erwähnt hatte. Dies war ihr bis jetzt kein Grund zu Besorgnissen gewesen, weil sie es der Discretion des Verwalters zuschrieb, der wußte, daß seine Berichte nicht allein von der Gräfin, sondern auch vom Grafen, ihrem Vater, und dessen Secretär gelesen wurden.

Sie stand auf und eilte ans Fenster, wo sie eine Weile stehen blieb, um sich ganz zu sammeln. Sie war noch in höchster Aufregung, schwankend zwischen Zorn und Furcht. Ihre Entrüstung gegen Tondern, dessen ganzes schlaues, überlegendes Wesen sie früher so gut zu benutzen gewußt hatte, während sie es seit einiger Zeit zu verabscheuen begann, war jetzt aufs höchste gestiegen. Aber sie konnte sich nicht verhehlen, dieser Mensch begann über sie hinauszuwachsen; für den Augenblick mußte sie sich jedenfalls ihm beugen.

In ihrer Seele aber stieg etwas auf, das sie lange, seit vielen Jahren nicht gefühlt hatte. Die Entrüstung über Tondern weckte in ihr eine Empfindung ähnlicher Art gegen sich selbst. Zuerst war diese Empfindung nichts anderes als Zorn und Unmuth, dann verwandelte der Zorn sich in Abscheu vor all dem Lügen und Intriguiren, in das sie selbst sich eingesponnen hatte und aus dem sie, wie es schien, trotz aller List nicht herauskommen sollte. Aus diesem Abscheu wurde nach und nach ein Gefühl gekränkten Selbstbewußtseins; es ärgerte sie, nicht immer offen und stolzer Stirn ihre Zwecke verfolgt zu haben. Sie empfand keine Reue; dafür hatte Allgunde von Quernheim kein Verständniß und kein Organ in sich; aber sie fühlte das, was in ihrem Gemüth die Reue vertrat, gedemüthigtes Selbstbewußtsein. Und da die meisten von uns ihr moralisches und Rechtsgefühl immer außerordentlich geschärft finden, sobald es sich um Fehler handelt, welche unsere Freunde haben, oder um Fehler, unter denen wir selber leiden, so war es nicht unnatürlich, daß Allgunde plötzlich einen gewaltigen Haß in sich verspürte gegen alle Schleichwege und Heimlichkeiten und sich im stillen schwur, für die Zukunft immer auf ganz andern Wegen zu wandeln als der geliebte Freund, an dem sie in diesem Augenblick sicherlich das größte Wohlgefallen unter allen Menschen auf Erden fand. Es war ihr ein Bedürfniß, sich in irgendeinem großen, innern Gegensatz zu Tondern zu fühlen. — Freilich war sie voll Leidenschaft, voll Ehrgeiz, voll Durst nach Macht und von einem Thätigkeitstrieb belebt, der keine Schranken hatte; und dabei war sie „nichts als ein schwaches Weib“. Es steht also sehr dahin, ob Allgunde solchen Entschlüssen, wie die Entrüstung dieser Stunde sie weckte, treu bleiben wird und kann nach allen innern Bedingungen ihres Wesens. Doch genug, in diesem Augenblick war ihre Seele voll Stolz; wie gehoben von einem Bewußtsein würdigster und edelster Absichten sagte sie, sich wieder zu Tondern wendend:

Herr von Tondern, ich bin entschlossen, allem diesen ein Ende zu machen und von nun an abzustreifen, was mich irgend hindern könnte, überall geradeaus zu gehen. Fort mit all diesen Intriguen! Sie sind meiner unwürdig, und ich versichere Sie, meine Seele, die innerste Werkstätte meiner Gedanken, ist über all dem Treiben um mich her immer so hoch erhaben geblieben wie eine Alpenspitze über den Dünsten des Sumpfs an ihrem Fuße!

Dieser Entschluß macht Ihrem Verstand und Ihrem Gemüth gleichviel Ehre, Allgunde; wir haben aus den Intriguen ein glückliches Resultat gezogen — jetzt fort mit den Schalen ausgepreßter Citronen!

Ich will nicht streiten mit Ihnen! Sprechen Sie geradeheraus, Tondern, Sie haben das Buch, womit soll ich es einlösen?

Mit Theo's Hand und ihren Gütern.

Gut. Ich will die Lösung zahlen, antwortete die Gräfin. Ich will sie augenblicklich zahlen. Noch morgen Abend ist die Trauung. Als beide freiherrlichen Standes bedürfen Sie der Proclamation nicht. Nach der Trauung überliefern Sie mir das Buch und das verhängnißvolle Blatt wandert in die Flammen. Aber noch eine Bedingung stelle ich Ihnen. Sind Sie Statthalter der Provinz geworden, so ist eine Ihrer ersten, Ihrer angelegentlichsten Bestrebungen, unsern Adonis von Arnstein zu ruiniren. Die öffentliche Meinung unserer Standesgenossen hat ihn gebrandmarkt; Ihre Aufgabe bleibt es, ihn politisch zu verdächtigen. Er muß in eine Stellung kommen, wo keine Partei ihm mehr traut. Er würde sonst gefährlich werden; jedenfalls ist er mir lästig, und ich will ihn außerhalb meines Lebenskreises sehen! Also, wollen Sie, Herr von Tondern?

Heydenreich verbeugte sich.

Einen Schwur, ohne Mentalreservation!

Ich leiste ihn, ohne Rückhalt! sagte Tondern, seine Hand in die dargebotene Allgundens legend.

So will ich hinaufgehen zu Theo, um ihr unsere Beschlüsse anzukündigen. Bis morgen Abend! Adieu, Tondern!

Tondern verließ das Zimmer. Allgunde saß noch lange in Gedanken versunken und dann ging sie hinauf in das Thurmzimmer Theo's. Eine Stunde ungefähr mochte sie hier im Gespräch mit dem Edelfräulein zugebracht haben, als sie zurückkam und sich in das Wohngemach ihres Vaters begab, um ihm die Mittheilung zu machen, daß am folgenden Abend um sieben Uhr in der Hauskapelle die Einsegnung Theo's und Heydenreich's von Tondern stattfinden werde.

Achtundzwanzigstes Kapitel.

Auf der Burg Arnstein.

Wir haben früher das geräumige und alterthümliche Gemach beschrieben, welches der Castellan von Arnstein dem Grafen Valerian von Schlettendorf zum Nachtquartier angewiesen hatte. Da die Herbstzeit ungewöhnlich frühe mit stürmischen und feuchtkalten Tagen hereingebrochen war, so hatte man trockene Scheite in dem Kamin aufgehäuft, deren Flammen hoch emporschlugen, aber doch nur eine sehr mäßige Wärme in dem weiten Raume hervorbrachten. Zugleich erleuchteten sie es — denn draußen herrschte schon tiefste Dämmerung — und zwar mit einem grellen und doch unsichern Lichte, welches die Unheimlichkeit dieses unwohnlichen Aufenthaltsorts um nichts verminderte. Von dem brocatenen Himmelbett am entgegengesetzten Ende bis zu dem Kamin war eine Reihe von geflochtenen Matten gelegt, welche einen Pfad über die kalten Fliese des Bodens bildeten. Am Feuer stand ein alter, mit Leder überzogener Armsessel und hier hatte Valerian Platz genommen, bleich, die linke, unbekleidete, aber sorglich verbundene Schulter in den Falten eines Mantels bergend und ausdrucklosen Auges die dunkeln Bilder Quernheimischer Ahnen überschauend. Neben ihm stand ein runder Tisch, auf dem ein paar zerlesene Bücher aus dem Besitze des Verwalters lagen; aber Valerian hatte sie unwillig von sich geschoben, um seinen trüben Gedanken nachzuhängen.

Sein Reitknecht trat ein und brachte Licht.

Ist noch immer der Bote aus Ostenwalde nicht zurück? fragte Valerian.

Nein, gnädiger Herr, und er wird schwerlich heut' Abend noch kommen; es hat sich ein fürchterlicher Sturm draußen erhoben, auf der andern Seite des Schlosses hört man ihn heulen und brausen, als sollte die Welt untergehen.

Es ist zum Verzweifeln, sagte Valerian halb laut, die Stirn in seine Rechte stützend.

Gnädiger Herr, der Jude Isaak Koppel läßt fragen, ob er nicht morgen in aller Frühe fort dürfe; er habe dringende Geschäfte.

Nein, antwortete Valerian, der Jude soll bleiben. Seine lumpigen Geschäfte werden dringend sein! Wenn er Verluste hat, will ich ihn entschädigen. Er soll bleiben, und du, Stephan, bist verantwortlich dafür, daß er nicht entwischt.

Ja wohl, gnädiger Herr!

Ist der Amtsphysikus von dem Kranken unten aus dem Thal zurück?

Noch nicht.

Ich lasse ihn bitten, sogleich zu mir zu kommen, wenn er heimkehrt.

Ja wohl, gnädiger Herr.

Stephan, wenn der Bote von Ostenwalde heut' Abend oder im Laufe der Nacht nicht zurückkommt, mußt du morgen zu Pferde und hinreiten.

Ew. Gnaden vergessen, daß ich gestern die Pferde Herrn von Sackenrode habe zurückbringen müssen.

Ja so! Ist kein Pferd sonst hier oben?

Nichts als die kleinen Ackergäule, Thiere wie Katzen.

Es ist, als ob ein schadenfroher Geist hier Hemmniß auf Hemmniß für mich ersänne. O ich könnte um den Verstand kommen! flüsterte Valerian. Dann mußt du zu Fuß laufen, setzte er zum Reitknecht sich wendend hinzu; mach' dich gefaßt darauf, und jetzt geh'.

Der Reitknecht verließ das Zimmer und Valerian verfiel wieder in seine frühere von Unmuth und Bitterkeit erfüllte Stimmung. Er horchte auf den Sturm, der jetzt auch auf seiner Seite des alten Gebäudes laut wurde und, in einzelnen Stößen um das Gebäude schnaubend, an den Ecken und Zinnen der Burg eine ganze Scala von heulenden, wehklagenden und ächzenden Tönen abspielte.

Da öffnete sich zum zweiten mal die Thür und hereintrat eine schmale, in dem halben Lichte, das den obern Theil des Zimmers erfüllte, doppelt bleich aussehende Frauengestalt. Sie kam mit leisen, raschen Schritten heran. Hinter ihr betrat ein Mann in reifem Alter, dessen Arm sie an der Thür hatte fahren lassen, das Gemach.

Es waren die Frau von Sasseneck und der Gerichtsarzt Pauli.

Valerian versuchte sich zu erheben, aber Frau von Sasseneck legte ihre durchsichtige, weiße Hand auf seine Schulter und sagte:

O bleiben Sie, lieber Graf; unser Doctor schilt, wenn Sie nicht ruhig bleiben!

Der Arzt sah nach dem Verband, fühlte den Puls und schien

mit dem Befinden seines Patienten ganz zufrieden. Valerian's Wunde war in der That nicht an und für sich gefährlich; sie war sehr schmerzlich gewesen, denn die Kugel hatte den Schulterknochen hart gestreift, aber richtige und schnelle ärztliche Hülfe würde sie bald auf den Weg der Heilung gebracht haben. Leider war der spät erst herbeigeschaffte Landwundarzt nicht im Stande gewesen, die Wunde richtig zu behandeln, und Pauli hatte jetzt genug zu thun, die schädlichen Folgen der ersten Behandlung zu entfernen, ehe er an eine rasche Heilung denken durfte. Er hatte vor allen Dingen dem Kranken die größte Ruhe empfohlen.

Es wird sich gut und auch bald machen, hoffe ich, sagte Pauli; nur Geduld müssen Sie haben, nur Geduld, Herr Graf!

Bis jetzt ist verzweifelt wenig davon in mir, Doctor! In der That, es wird mir unbeschreiblich schwer, länger auszuhalten. Ich kann, ich will nicht länger in diesen Mauern bleiben — bis morgen Abend gebe ich Ihnen Zeit, dann —

Still, still, sagte der Arzt; wenn Sie mir nicht gerade so viel Zeit geben, wie ich haben will, kann Ihr Arm gelähmt bleiben für immer!

Was macht Sie nur so leidenschaftlich, so unerklärlich heftig sich von hier wegsehnen? fragte mit einem Ausdruck sanfter Trauer Frau von Sasseneck.

Ich kann es Ihnen nicht erklären, nein, es ist nicht möglich, daß Sie es mit mir fühlen, weshalb es mich gerade hier in einem Quernheim'schen Hause, auf Quernheim'sche Gastfreundschaft angewiesen, doppelt gewaltig forttreibt!

Die Dame und der Arzt hatten sich unterdessen zu Valerian vor das Kamin gesetzt und der Arzt suchte nach Gegenständen andern Gesprächs, um seinen Patienten zu zerstreuen. Er nahm eins von den Büchern vom Tische auf und blätterte darin. Es war eine Reihe zusammengebundener lateinischer und französischer Streitschriften über theologische Gegenstände, meist aus der Zeit des Jansenistenkampfes herstammend.

Gott im Himmel, sagte Pauli, welche Fülle von Scharfsinn und von Unsinn, von Gelehrsamkeit und von Blindheit, von Leidenschaft und von Lebenskraft ist in einem solchen Buche vergendet! Und das alles um einer Weisheit willen, durch welche niemand auf Erden auch nur um einen Schritt weiter gefördert werden kann!

Man sollte glauben, so etwas könne nur in Deutschland zusammengeschrieben werden, sagte Valerian.

Wovon handelt das Buch? fragte Frau von Sasseneck.

Von theologischen Gegenständen, die einst zu einem heftigen Streite führten; es traten nämlich Kirchenlehrer auf, welche die Verwegenheit hatten, an der Unfehlbarkeit des römischen Stuhles und andern frommen Doctrinen Zweifel zu erheben und die theologische Debatte darauf hinzulenken.

Frau von Sasseneck sah den Arzt an, wie zweifelnd, ob er im Ernste oder ironisch spreche.

Mir kommen diese hitzigen, theologischen Streitigkeiten wie das ängstliche Schlürzen eines recht verwickelten gordischen Knotens vor, mit dem die menschliche Vernunft festgebunden werden soll, fuhr der Arzt fort.

Leider ist nur jeder Mensch, der gesunde Sinne hat, ein Alexander einem solchen Knoten gegenüber, meinte Valerian.

Pauli schüttelte den Kopf. Die Alexander scheinen doch etwas selten zu sein in unsern Tagen, bemerkte er. Können Sie sonst erklären, Herr Graf, wie man es wagt, heute, im neunzehnten Jahrhundert es wagt, wieder Dogmen, wie z. B. diese Unfehlbarkeit Roms, lehren zu wollen?

Valerian zuckte die Achsel. Je stärker der Feind andrängt, desto mehr concentrirt er seine Macht, versetzte er. Lassen Sie dem religiösen Bedürfniß der Menschheit eine festgegründete Kirche mit einem persönlichen Vertreter ihrer Herrschaft, mit einer imponirenden Macht an der Spitze, die sie zusammenhält. Die Geschicke werden früh genug sich erfüllen. Der Gang der Geschichte ist ein stetiger und es kann nichts Consequenteres geben als den Geist, in dem sie ihre Bahnen wandelt. Im ganzen — und darum fürchte ich für jene persönliche Macht — ist die Geschichte der Persönlichkeit feind. Es hat, solange die Welt steht, der Kampf nicht aufgehört zwischen dem Geist der Geschichte, welcher den Menschen nur als Werkzeug für allgemeine Ideen will, und dem Menschen, der seine Persönlichkeit oben halten möchte über der Flut einer mächtigen Zeitbewegung, dem kühnen Schwimmer in den Wogen der Ideen, den wir Helden und Genius nennen. In diesem Kampf siegt immer die Geschichte über die Persönlichkeit. Mögen die Zeitgenossen eines großen Mannes auch in schwärmerischer Verehrung noch so sehr überzeugt sein, daß ihr Held dem Jahrhundert eine neue Richtung gegeben, daß er dem Fluß der Geschichte ein neues Bett angewiesen — die folgenden Geschlechter sehen es besser; sie sehen, daß der große Mann nichts war als ein gehorchendes Werkzeug in der Hand eines Mächtigern; daß die Idee nicht entstand, weil er sie aussprach, sondern daß er nur berufen wurde, die Idee auszusprechen, welche der Gang der Geschichte gezeitigt hatte. Ist dies von ihm geschehen, ist ausgesprochen worden, was laut werden sollte — dann rauscht der Strom weiter über ihn und die Ansprüche seiner Persönlichkeit fort. Nur Einer ist ausgenommen, nur vor der Persönlichkeit Einer Erscheinung ist die Flut der Geschichte wie in scheuer Ehrfurcht zurückgewichen und hat kaum gewagt, seinen Fuß zu netzen. Dieer Eine ist Christus.

Und doch hat man auch bei ihm die Persönlichkeit in mythischen Nebel auflösen wollen, sagte der Arzt.

Aber vergebens, fiel Valerian ein. Ja, vergebens. Im übrigen aber läßt sich der Sieg der Geschichte über die Persönlichkeit in allen Richtungen nachweisen. Alles, was im Beginn an eine Persönlichkeit geknüpft war, wird derselben nach und nach entrissen und an die Massen ausgetheilt. Das Licht jeder Idee, das in einem Menschen aufflammt, vertheilt sich in Strahlen, die zu allen strömen. Die Eigenschaften, die ehemals sich nur in einzelnen zeigten, das Talent künstlerischer Hervorbringung, das Monopol der Entdecker wird nach und nach zu einem gemeinsamen Besitzthum der Gebildeten. Die Aristokratie der Künstler stirbt aus, die Demokratie der Dilettanten tritt an ihre Stelle. So ist es auch mit der Macht; das frühere, von der Person des einen Kaisers der Christenheit vertretene Princip des obersten europäischen Schiedsrichterthums ist übergegangen zum hohen Rathe der europäischen Großmächte. In den einzelnen Staaten drängt sich die Gesammtheit in demokratischer Verfassungsform zur Regierung, an die Stelle des frühern absoluten Fürsten, dessen Person der Staat und die Regierung war — der Staat bin ich! Selbst die einzelnen Beamten hat dieser der Persönlichkeit feindliche Geist unserer politischen Entwickelung nicht mehr geduldet und überall ist die Person durch die aus einer Mehrzahl Gleichberechtigter gebildete Behörde verdrängt worden. Von einzelnen zu mehrern, von diesen zu allen — das ist das Ziel der Geschichte.

So müssen Sie also auch die Zukunft des Papstthums bedroht sehen, je mehr seine persönliche Macht gesteigert wird!

In der That, antwortete Valerian, und als treuem Sohn der Kirche und Feinde der reinen Demokratie flößt dies mir Sorge ein. Aber die Thatsache ist nicht zu leugnen, und wenn man sie ins Auge faßt, erblickt man das Ringen meiner Standesgenossen nach persönlichem Vorrechte, nach dem Privilegium, das der Person als solcher anhaften soll, in seiner ganzen Vergeblichkeit. Freilich bleibt dann auch wenig Hoffnung übrig für meine Wünsche, daß sich eine Aristokratie des Geistes, der Intelligenz und des Verdienstes bilde, welcher die Herrschaft in unserer streiterfüllten Welt zufiele. Der Geist macht lebendig, der Buchstabe tödtet, und doch ist der Buchstabe am Ende noch besser als die Zahl. Aber ich fürchte, wir werden die Herrschaft des Buchstabens nur ersetzt sehen durch die Herrschaft der Zahl — die Zahl wird die Welt regieren! Im Grunde dreht sich die Menschheit nur ewig in einem großen Kreise — lassen Sie ihr deshalb den unfehlbaren Mittelpunkt, da doch ein Centrum sein muß! —

Nun kann ich Ihnen nicht mehr folgen! sagte jetzt lächelnd Frau von Sasseneck, die voll Theilnahme bald den einen, bald den andern der Sprechenden angeschaut hatte.

Man sagt von den Frauen, daß sie nicht schweigen können, versetzte Pauli ... aber wenn auf gewisse Dinge die Rede kommt, können wir Männer noch viel weniger schweigen ... selbst in Gegenwart einer Dame und auf die Gefahr hin, sie aufs äußerste zu langweilen.

Zu langweilen? Mich haben Sie nicht gelangweilt; denn obwol ich mein Leben zugebracht habe, ohne viel über diese Gegenstände nachdenken zu können, haben sich doch auch in mir Ueberzeugungen gebildet, welche ich gern von gescheiten Männern bestätigt höre. Es lautet das alles, setzte sie mit einem tiefen Seufzer hinzu, auch so ganz anders, als was mein Mann mir auseinanderzusetzen pflegt ...

Ist er so gnädig, sich überhaupt zu Auseinandersetzungen herabzulassen? fragte Valerian mit einem bittern Lächeln.

O gewiß ... er brauchte nur ein wenig guter Laune zu sein, um mir stundenlang seine Lieblingstheorien zu entwickeln ... ich muß ihm das Zeugniß geben, daß er sich unendliche Mühe gegeben hat, aus mir armem Geschöpfe ein Musterwesen mit allen möglichen Eigenschaften zu machen ... wäre das nicht gewesen, hätte ich dann so viel gelitten!

Sie arme Frau! sagte Valerian, mit tiefer Theilnahme seine Blicke auf ihr ruhen lassend.

Wenn eine Frau von einem rohen Manne, fuhr Marie Sasseneck fort, nicht geliebt, vergessen, verachtet wird, so mag sie immer noch Mittel und Wege finden, ihr Leben erträglich zu gestalten; sie kann sich ihm fern halten, ihm ausweichen; aber wenn eine Frau von einem Manne, der sie auf seine Weise liebt, der sie keinen Augenblick verläßt, der sie nach seinen Theorien erziehen will, verfolgt wird und dabei jeden Augenblick seine Zornausbrüche zu fürchten hat — dann ist sie unglücklich!

Es ist wunderbar, bemerkte Pauli nach einer Weile, welche große Rolle in den Charakteren der Menschen die Vererbung der Eigenschaften spielt, die durch Jahrhunderte einem Geschlecht treu bleiben können. Man hat die Gesetze dieser Vererbung noch sehr wenig zu ergründen versucht, und doch enthalten sie eine merkwürdige Unterstützung der Ansprüche der Aristokratie, die in unsern Tagen so grell wieder hervortreten.

Glauben Sie denn daran? fragte Valerian.

Als Arzt muß ich daran glauben; die offenkundige Thatsache der Vererbung der Krankheiten, namentlich der Geisteskrankheiten, ist von der Wissenschaft anerkannt; jedem Beobachter drängt sich aber auch die Thatsache auf, daß nicht nur die Geisteskrankheiten, sondern auch die Geistesanlagen vererben und daß wir die Geschöpfe, die Sklaven, wenn Sie wollen, des Blutes sind, das uns von unsern Vorfahren überliefert wurde.

Das ist eine fürchterliche Theorie ....

Es wäre allerdings fürchterlich genug, wenn wir neben dem Blut, das wir von den Vätern empfangen, nicht auch von der Natur eine mehr oder minder große Summe von Willenskraft empfangen hätten, um die ererbten Eigenschaften und Instincte überwachen, besiegen zu können. Das geschieht nun leider freilich nicht immer, wie wir an Sasseneck sehen ... diese Sasseneck haben seit je dem Lande die größten Originale geliefert ...

Ich habe von seinem Vater gehört, fiel Valerian ein ... er lebte in einem ganz unzugänzlichen Schlosse in rauhester Gebirgseinsamkeit: in dem Saale, in dem er hauste, hatte er wie eine Santa-Casa ein Glashaus errichten lassen, in dem er sich aufhielt ...

Das ist wahr, fiel Marie Sasseneck ein; er fürchtete den Staub so; und von seinem Glashaus aus verkehrte er mit der Welt, selbst mit seinen Kindern, selbst mit seiner Frau nur schriftlich ...

Und wenn ich Ihnen von den Wunderlichkeiten erzählte, fuhr Pauli fort, worin sich der Großvater erging, der stets in Leder gekleidet war und in seinem Leder sogar die Brautfahrt machte, so würden Sie sicher nicht mehr zweifeln, daß in unsers Herrn von Sasseneck Marotten das Gesetz der Erblichkeit eine seiner geheimnißvollen Wirkungen übt.

Valerian schwieg. Desto offenbarer ist es dann aber, sagte er nach einer Weile, daß dieser Sasseneck ein unheilbarer Thor ist, und daß unsere Freundin hier vor seinen Thorheiten, mögen sie nun ererbte oder nicht, gründlich geschützt werden muß. Lassen Sie mich dafür sorgen, Frau von Sasseneck ... wenn Theo die Meine geworden, dann nehmen Sie mein Haus als Zuflucht an, und ich stehe Ihnen dafür, daß Sie dort Ihre eigene freie Herrin sein werden!

Marie Sasseneck reichte ihm gerührt die Hand.

Unter diesen Gesprächen schwanden die Stunden des Abends hin, rasch und unbemerkt; der Sturm hatte sich allmählich gelegt und statt dessen ergoß sich draußen unaufhörlich heftiger Regen, der leise mit einschläfernder Gewalt an die kleinen, bleigefaßten Scheiben plätscherte.

Es ist spät, sagte Valerian, d. h. spät für einen Patienten wie mich; wäre ich nicht Ihr Patient, ich versichere Sie, Doctor, ich würde diese Nacht und dieses Wetter draußen für treffliches Reisewetter halten, um auf der Stelle davonzureiten.

Immer diese Reisegedanken, Graf! Schlagen Sie sich das aus dem Sinn — unter fünf Tagen mindestens werden Sie nicht das Zimmer verlassen!

Valerian lächelte. Eine tröstliche Aussicht, Doctor! sagte er; vergessen Sie denn, welche Zeit ich Ihnen eingeräumt habe? Länger bleibe ich keine Stunde!

In diesem Augenblicke wurde die Thür aufgerissen und mit größter Hast trat Valerian's Reitknecht herein.

Der Bote ist da, Ew. Gnaden — darf er eintreten?

Ha! rief Valerian und wollte aufspringen, um dem Boten entgegenzueilen. Aber Pauli drückte ihn wieder auf den Sessel nieder.

Ruhig, ruhig, Graf — um Gottes willen, seien Sie ruhig!

Der Bote kam ins Zimmer; es war einer von des Verwalters Knechten, in einen dunkeln Mantel gehüllt, welcher aus jeder Falte einen Strom von Wasser niederrieseln ließ; der ganze Mensch triefte.

Endlich, endlich seid Ihr da! sagte Valerian; gebt, was habt Ihr? Einen Brief?

Nein, Herr, sagte der Knecht, ich habe nichts. Ich bin zuerst nach Ostenwalde gegangen, auf dem Bauerhofe hat man mir gesagt, daß das Fräulein von Blankenar vor ein paar Tagen von einer alten Dame, einer Tante von ihr, abgeholt worden. Darauf bin ich zurückgegangen nach Haus Blankenar; da hat es geheißen, sie sei zur Zeit in Quernheim. Ich bin nun nach Quernheim gewandert und hier ist mir die Antwort geworden, das Fräulein sei da, wolle aber niemand sehen; der Brief, den ich für sie hatte, solle jedoch an sie besorgt werden.

Gott im Himmel, was ist das! rief Valerian aus; sie ist in Quernheim — mit der Tante aus O.! Und Ihr habt sie nicht gesehen, habt keinen Brief für mich?

Nein, antwortete der Bote, man hat mir gesagt, ich solle nur gehen, Antwort werde ich nicht bekommen.

Wer hat das gesagt?

Einer der Bedienten.

Einer der Diener Allgundens! In ihre Hände wird mein Brief gefallen sein — und keine Zeile, kein Wort von Theo! O dies ist schrecklich! Pauli, Pauli, lassen Sie mich fort!

Nein; ich würde Sie im Nothfall mit Gewalt zurückhalten, Graf Schlettendorf.

Marie von Sasseneck legte die Hand auf Valerian's Arm.

Es thut mir in der Seele wehe, Sie so leiden zu sehen, lieber Freund, sagte sie. Und da ich es bin, welche ursprünglich Sie in diese peinliche Lage gebracht hat, so können Sie ermessen, wie brennend mein Verlangen ist, auch etwas wieder für Sie thun zu können. Ich will morgen gehen; mir wird man nicht verwehren, Theo zu sehen.

Gehen? Sie, Frau von Sasseneck, wollten — zu Fuße?

Weshalb nicht? Ich bin eine gute Fußgängerin, meine beiden Domestiken werden mich begleiten.

Aber bedenken Sie — es ist eine kleine Tagereise! — Ich kann es unmöglich gestatten —

Der Wagen, mit dem ich diesen Morgen gekommen bin, ist ja da und steht zu Diensten, fiel Pauli ein.

So werde ich Theo aufsuchen, sagte Marie Sasseneck bestimmt, vor meinem Manne bin ich sicher, solange er an seiner Wunde darniederliegt — ich werde gehen, und Ihr Bote sein, Graf Valerian ...

Dann, sagte Valerian, indem er die Hand Marie Sasseneck's an seine Lippen drückte, kann ich in Ihnen meine Lebensretterin verehren!

Frau von Sasseneck nahm nun sogleich Abschied von Valerian und, nachdem sie wenige Stunden geschlafen hatte, warf sie sich noch vor dem ersten Morgengrauen in den mit des Verwalters Ackerpferden bespannten Wagen des Gerichtsarztes.

Es war für Frau von Sasseneck eine Art Erleichterung, als sie das Schloß Arnstein hinter sich hatte. Denn obwol ihre Dankbarkeit für Valerian sie zurückgehalten, um ihn mit der weiblichen Sorge zu umgeben, welche Leidenden so wohlthuend ist, so war sie doch auch nicht gleichgültig gegen die Auslegungen der Welt und fühlte wohl, daß sie nach ihrem ersten auffallenden Schritt ganz besondere Rücksichten zu nehmen habe. So war es ihr doppelt willkommen gewesen, als sich ihr eine Gelegenheit bot, Valerian verpflichten zu können, ohne länger mit ihm unter Einem Dache, in einem von der Welt abgeschiedenen Gebirgswinkel leben zu müssen.

Neunundzwanzigstes Kapitel.

Eine Schreckensbotschaft.

Valerian fühlte beim Erwachen am folgenden Morgen die wohlthätigen Wirkungen von Pauli's geschickter Behandlung seiner Wunde. Er fühlte sich gestärkt und erfrischt, und das gelinde Wundfieber, das bis jetzt an ihm gezehrt hatte, schien völlig verschwunden. Pauli hatte vorsichtigerweise diejenigen Heilmittel, welche er nach Isaak's Angabe, daß Valerian verwundet sei, als nothwendig voraussetzen konnte, mit sich genommen. Denn in Arnstein waren sie nicht aufzutreiben und bis zur nächsten Apotheke wären viertehalb Stunden Weges gewesen.

Nachdem der Gerichtsarzt ein paar Stunden seinem Patienten Gesellschaft geleistet, nahm er Hut und Stock, um zu einem Kranken in eine der Hütten unten im Thale zu gehen, von dem ihm der Verwalter am vorigen Tage erzählt und den er sofort aus eigenem Antriebe besucht hatte. Die Hütte lag über eine halbe Stunde weit vom Schloß entfernt und als Pauli von seiner Wanderung zurückkam, läutete schon die Schloßglocke zu

Arnstein das Gesinde zum Mittagessen zusammen. Im Schloßhofe fand er zu seinem Erstaunen einen ausgespannten, eleganten Reisewagen stehen, der auf den Schlägen ein kleines, von einer Freiherrnkrone überragtes Wappen zeigte. Es war, im rothen Felde, eine Jungfrau mit blondem, flatterndem Haar in weißem Gewande, eine schwarze Alraunwurzel in der Hand; das war das Wappen der Barone von Blankenar, welches jedermann in der Gegend kannte, denn es knüpften sich mystische Sagen an diese „weiße Jungfrau von Blankenar", welche, wie sie in dem Wappen der Baronin prangte, auch von vielen Dienern des Hauses gesehen worden sein sollte, nächtlich durch die Gemächer und in den Umgebungen des Schlosses wandelnd.

Pauli beeilte seine Schritte, als er den Wagen sah, und trat ins Haus. Auf dem Flur kam eine Magd aus der großen Halle und sagte, drinnen erwarte ihn eine junge Dame. Der Arzt trat in die Halle und sah im obern Theile des Raumes, entfernt von dem Tische des speisenden Gesindes, eine blonde und zierliche junge Frau auf- und abgehen, die bei seinem Eintreten einen leisen, freudigen Ruf ausstieß und auf ihn zueilte. Er erkannte sie.

Sophie! rief er aus; du bist's?!

Er umarmte seine Tochter und dann fragte er:

Aber, theueres Kind, wie kommst du hierher, was ist vorgefallen?

Ich mußte dich sprechen, lieber Vater; aber nicht hier sei es — wir müssen allein sein — nur um Gottes willen, rasch, rasch!

So komm mit mir, nach oben, sagte Pauli, ihr den Arm reichend.

Wie gut, daß du endlich, endlich gekommen!

Wir können auch in den Hof gehen, unter die Ulme, wenn du so hastig bist!

Er führte sie dahin und nachdem Sophie auf der Bank unter dem Baume Platz genommen, sagte er:

Mein Kind, wie siehst du angegriffen aus! Deine Wangen glühen von Erhitzung, sonst, fürcht' ich, würden sie nicht röther sein wie deine vom Wind zerzausten Locken.

Ich habe gelitten, Vater, viel, unaussprechlich viel gelitten. Nicht um meinetwillen oder durch eigenes Leid — nein, in der Seele meiner Freundin, meiner theuern Freundin Theo. O Vater, es gibt auf Erden kein edleres, großherzigeres, von allem Niedern unbefleckteres Wesen als sie; aber es gibt auch kein unglücklicheres Wesen als sie! Wie dankbar bin ich dem Himmel für die Tage, die ich bei ihr verlebt habe, in denen ich, wenn auch wenig, doch etwas Trost für sie hatte und dafür ihre Freundschaft erworben habe, plötzlich, unverdient, wie einen glücklichen Zug aus der Lotterie des Zufalls. Gott, wie voll, wie voll ist mein Herz von Theo! Mein Eugen würde eifersüchtig, wenn er in dies Herz sehen könnte! Aber es ist nicht Zeit dazu, daß ich dir erzähle, in welch starkes, reiches, großes Gemüth ihr Vertrauen mich hat blicken lassen. Die Zeit drängt. Vater, wir müssen für sie handeln, rasch und entschlossen. Ein solches Wesen darf nicht untergehen.

Pauli schlang den Arm um seine Tochter und gerührt sah er ihr in das sanfte, zärtliche Auge, welches von einem Enthusiasmus glänzte, der ihr ganzes Gesicht verklärte.

Kind, wie dein Gesicht glüht; sprich ruhiger, fasse dich! sagte er dabei.

Vater, laß mich, ich bitte dich, warne mich nicht, ich kann nicht ruhiger sein!

So sag', was sollen wir für sie thun?

Ich weiß es nicht, ich weiß nur, daß etwas geschehen muß. Sieh', die Sachen stehen so. Theo liebt den Grafen Schlettendorf. Aber man hat ihr Verdacht gegen ihn eingeflößt, daß er ihr untreu ist, daß er überhaupt ein unwürdiger Mensch; ich glaube nicht daran und sie glaubt es auch nicht; sie vertraut ihm, sie hält an ihm fest mit allen Kräften ihrer Seele und doch hat der Pfeil getroffen und sitzt ihr tief im Herzen und macht sie ganz unaussprechlich unglücklich. Dazu kommt aber, daß sie den Baron Tondern heirathen soll, und obwol sie anfangs die entschiedenste Abneigung gegen ihn gehabt hat, scheinen doch ihre Verwandten ihren Willen endlich vollständig unterjocht zu haben und nun hat sie eingewilligt. Heute Abend um sieben Uhr findet die Trauung in Quernheim statt.

Heute Abend schon?

Ja, und Theo hat gewollt, daß alle ihre Verwandten zugegen seien. Man hat deshalb eingeladen, was auf Stunden umher nur irgend mit der Familie zusammenhängt.

Wie ist es möglich, daß Theo eingewilligt hat, Tondern zu nehmen?

Es hat freilich ein paar sehr heftige Scenen zwischen ihr und ihrer Cousine Allgunde gegeben; aber ich glaube, daß dieses dämonisch begabte Weib gewußt hat, Theo's Seele bis zur Willenlosigkeit zu brechen. Ich bin nur drei Tage lang bei Theo gewesen — wie vorher auf sie gewirkt worden ist, weiß ich nicht; aber allein in diesen drei Tagen hat man genug Politik und Schlauheit, Ueberredung und Drohung, Bitten und Versprechungen auf sie wirken lassen, um den Geist des Festesten zu erweichen.

Warum hat sie in solcher Lage dem Grafen keine Zeile geschickt, kein Lebenszeichen zukommen lassen?

Sie, versetzte Sophie, sie hätte das thun sollen, während er sie unverantwortlicherweise ohne Nachricht von sich ließ, nach einem Zeichen seiner Liebe und Treue dürstend, wie ein Verschmachtender nach einem Wassertropfen dürstet? Nein, lieber Vater, das konnte sie nicht, das litt ihr jungfräulicher Stolz nicht, dazu hatten die Vorwürfe, die in ihrer Gegenwart gegen den Grafen Schlettendorf ausgesprochen wurden, zuviel anscheinend Begründetes! — Nein, Vater, es hat ihr das Herz abstoßen wollen, aber schreiben, ihm zuerst schreiben konnte sie nicht!

Aber er hat ihr geschrieben. Der Brief ist in Quernheim abgegeben.

Sie hat nichts erhalten. O diese Gräfin Allgunde bewacht sie wie ein Argus. Aber höre weiter, mein Vater. Theo hat eingewilligt, heute Abend getraut zu werden; doch ist sie weit entfernt, resignirt ihrem Schicksal entgegenzugehen; und das, was mich mit namenloser Angst erfüllt, was mich unhaltbar hierher zu dir getrieben hat, das ist die Ueberzeugung, daß Theo den Augenblick, der sie zum Weibe Tondern's macht, der sie zwingt, die süßeste Religion ihres Herzens, die Liebe zu Valerian als Verbrechen zu betrachten, daß sie den Augenblick nicht überleben wird!

Sie geht umher, daß es ein Schrecken ist, sie anzusehen; ihr Auge ist thränenlos, ihr Gesicht hat eine gelblich marmorne Blässe und kalte Starrheit, und wenn ich sie so mit einer tiefen Stirnfalte und eisigen Blicken vor sich hinstieren sah, war mir oft wahrhaft unheimlich zu Muthe; es war, als ob der finstere Geist irgendeiner unheilvollen That sich über ihren Brauen festgesetzt; o es war schrecklich, Vater!

Gott halte die Hand über sie; das arme Mädchen!

Es muß etwas geschehen, Vater, es muß etwas gethan werden. Gestern Abend erhielt ich ein Billet von Eugen, worin er mir schrieb, daß du hier bei Schlettendorf seiest. Es war mir, als sei das ein Schicksalswink; so faßte ich meinen Entschluß. Ich sagte Theo nichts, ich bat sie nur, mir für heute ihre Equipage zur Disposition zu stellen und, in meiner Angst nicht den Anbruch des Tages abwartend, warf ich mich lange vor Sonnenaufgang in den Wagen. Und nun, Vater, rathe, hilf! Liebt Valerian sie, ist er ihrer noch würdig, so unterrichte ihn und lass' ihn augenblicklich nach Haus Quernheim eilen — eine andere Hülfe sehe ich nicht ab! — Du zögerst? Wäre es wirklich wahr? Hätte Valerian die Sasseneck entführt?

Einfältige Verleumdung! Er ist Theo so treu wie Gold!

Dem Himmel sei Dank ... o, ich wußt' es ja ...

Aber er hatte ein Duell, er ist an der Schulter verwundet, er kann, er darf nicht fort, es kann sein Leben kosten, versetzte Pauli.

Vater, es kann auch ihr Leben kosten! Also Leben gegen Leben steht auf dem Spiele. Willst du Theo, die Tochter deines Freundes Blankenar, untergehen lassen, um den dir weit fremdern Mann einer vielleicht von deiner Aengstlichkeit vergrößerten Gefahr nicht auszusetzen?

Es ist ohnehin zu spät, sagte Pauli, der in größer Noth und Unentschlossenheit die Hände rang; es ist zu spät, wir können unmöglich vor sieben Uhr in Quernheim sein!

Mag der Kutscher die Pferde bis zum Stürzen antreiben — wir müssen da sein! Geh', geh', Vater, geh' hinauf!

Der Arzt erhob sich und gehorchte dem Willen seiner heftig bewegten, wie eine Rose glühenden Tochter. Während er zu Valerian eilte, rief sie selbst den Kutscher herbei, der sie gebracht hatte, und hieß ihn die Pferde wieder einspannen.

Sie können kaum ihr Futter verzehrt haben, sagte dieser unwillig.

Mensch, wenn Ihr Eure Herrin lieb habt, spannt ein, so

schnell es möglich ist, und dann fahrt, als ob das wilde Heer Euch peitschte; fahrt auf Leben und Tod!

Die sanfte Sophie kannte sich selbst nicht mehr, so aufgeregt war sie. Während ihr Vater oben bei Valerian war, ging sie hastig im Hofe auf und ab; dann eilte sie selbst in die Ställe, zog ihre Handschuhe aus und drückte und riß sich ihre zarten Finger wund an den Schnallen der Pferdezäume, die ihr der Kutscher zu langsam überwarf; mit wahrem Heroismus war sie an die stampfenden Rosse herangetreten, denen sie sonst um alles in der Welt nicht so nahe gekommen wäre.

Unterdeß hatte der Arzt Valerian mitgetheilt, was ihm seine Tochter gesagt. Er hatte sich vorgenommen, ihm aufs schonendste und erst nach gehöriger Vorbereitung zu eröffnen, um was es sich handle; Valerian aber errieth mit einer wunderbaren Schnelligkeit alles aus den wenigen ersten, mit stockender Beklommenheit vom Arzt vorgebrachten Worten. Sein stürmisches Aufwallen war so heftig, so furchtbar leidenschaftlich, daß der Arzt vollends um seine Fassung kam. Mit zitternden Händen half er dem Grafen, sich zu kleiden, bis dessen Reitknecht eintrat und seinem Herrn Beistand leistete, der in zorniger Ungeduld den Aermel vom Rocke riß, weil er sich nicht über den Verband seiner Schulter ziehen ließ, und dann, in einen Mantel gehüllt, die Treppe hinunterstürmte.

Pauli folgte ihm; Gott im Himmel, sagte er, welche furchtbare und unsagliche Schmerzen muß dieser Mann bei diesen heftigen Bewegungen haben! Und ich glaube, er fühlt nicht mehr davon als von den Stichen einer Mücke!

Valerian saß schon im Wagen, als der Kutscher kaum eingespannt hatte. Sophie setzte sich neben ihn, aber ihren Vater bat er zurückzubleiben und hieß auch seinen Reitknecht vom Bock herabsteigen, damit der Wagen nicht mehr als nöthig beschwert werde.

Nun fort! rief er; aber halt, wo ist der Jude? Isaak! Isaak!

Isaak Koppel stand am Fenster in der Schloßhalle. Er kam herbeigeeilt.

Auf den Bock, auf den Bock mit ihm! rief Valerian; der Reitknecht faßte ihn unter den Arm und nach wenigen Secunden thronte Isaak oben auf dem Bocke, wo er sich sehr ängstlich festhielt.

Der Kutscher zischte und im nächsten Augenblick füllte dumpfes Donnerrollen den langen und düstern Thorweg des Schlosses von Arnstein.

Die Pferde Theo's waren ein paar kräftige und gute Renner; es waren braune, ziemlich schwere Thiere mecklenburger Rasse und fest genug gebaut, um Ausdauer zu verheißen. Sie flogen in der That mit dem Wagen davon, als man erst einmal glücklich am Fuße des steilen Schloßberges war. Nach vier Stunden, die man auf Feldwegen zurücklegen mußte, hatte man eine chaussirte Heerstraße; dann war alles gewonnen. Auch befand sich dritthalb Stunden vor Quernheim an dieser Straße ein Posthaus. Vielleicht fügte der Himmel, daß hier angeschirrte Postklepper in Bereitschaft gefunden wurden, wenn die Braunen erlahmten und zu stürzen drohten.

Der Wagen stieß fürchterlich bei dem schnellen Fahren über den unebenen Feldweg. Isaak flog auf seinem hohen Bocke einmal über das andere in die Höhe, und in unendlicher Modulirung entfuhr ihm jedesmal ein anderer Schmerzenslaut.

Mein, Kutscher, mein, die Pferde gehen durch — Gott gerechter, der Wagen fliegt in Stücken auseinander — au waih, Kutscherleben, wir werden kopfunter gehn in den Graben — mein, mein, da ist ein Loch vor uns, ein Loch! schrie Isaak in seiner Angst. Der Kutscher aber schwang schadenfroh und als ob es eine Gefahr, umzustürzen, gerädert zu werden oder den Hals zu brechen, gar nicht gäbe, die Peitsche. Die edeln Thiere aber brausten, wie in tiefster Indignation über die ungewohnten Schläge, durch Morast und Sand mit gleicher Windeseile davon.

Sophie verwandte kein Auge von den Zügen Valerian's, voll ängstlicher Theilnahme den Ausdruck des Schmerzes darauf suchend, den die Stöße des Wagens seiner zerschossenen Schulter machen mußten. Sein Gesicht war marmorblaß, seine Augen, die tiefer in ihre Höhlen gesunken waren als gewöhnlich, glühten von einem so leidenschaftlichen, vulkanischen Feuer, daß die junge Frau ihn gar nicht anzureden wagte. Aber dieser Ausdruck seines Gesichts blieb unbeweglich haftend und Spuren körperlichen Schmerzes verrieth es in keinem Augenblick.

Vier! sagte er, auf seine Uhr blickend — und da ist die Chaussee! Endlich ... endlich!

In der That, sie war wirklich erreicht; ein Ruck noch und die Räder rollten mit lautem Rasseln auf dem festen Pflaster.

Gott sei Dank! rief der Kutscher aus, es wurde mir Angst um meine Braunen.

Ja, Gott sei gelobt! seufzte Isaak; der Gott Israels sei gepriesen, an die Tour werde ich denken! Wenn Ihr jetzt Eure fünf Sinne zusammenhaltet, Kutscherleben, so mag es fügen können der Herr, daß wir kommen an ohne gebrochene Arme, Bein' und Schädel!

Fünf Minuten vor sechs war man am Posthause. Der Kutscher sprang vom Bock, um nach andern Pferden zu fragen. Es standen angeschirrte im Poststall. Aber der Kutscher besah sie unschlüssig; er wußte nicht, sollte er sich weiter auf seine abgehetzten Thiere verlassen oder die frischen Kräfte dieser lendenlahmen Klepper in Anspruch nehmen. Während er so zweifelnd und mistrauisch die knochendürren, kuhhessigen Geschöpfe betrachtete, hörte er plötzlich draußen die gellende Stimme des Juden schreien:

Herr Kutscher, he, hier, wir verbrennen, wir brennen!

Er stürzte zum Stall hinaus; eins der Räder des Wagens stand in dickem Rauch; die eilige Fahrt hatte bis auf diesen Grad Eisen und Holz der Achse erhitzt.

Valerian war in Verzweiflung; der Kutscher aber sah ein warnendes Zeichen darin, daß er seine Braunen behalten solle, denn da er nun durch den Hausknecht die Nabe des Rades und die Achse mit Wasser begießen lassen mußte, konnte er die nothwendig gewordene Zögerung dazu benutzen, seine Pferde verschnaufen zu lassen und ihnen ein Stück stark mit Branntwein getränkten Brots ins Maul zu schieben.

Valerian legte sich, die Augen schließend, in den Wagen zurück, mit dem Entschluß, sich gewaltsam zu betäuben und jeden Gedanken während der nächsten Stunde zu unterdrücken, um nur seiner Sinne und seiner körperlichen Kraft mächtig zu bleiben in der fürchterlichen Spannung dieser nächsten Stunde; denn das Stillhalten des Wagens ließ ihn erst zum Bewußtsein kommen, wie er eigentlich angegriffen und von Schmerzen gebrochen war.

Da zupfte Sophie ihn am Mantel und flüsterte:

Graf Schlettendorf, schauen Sie einmal auf!

Was ist's? fragte Valerian.

Es ist ein Mann aus dem Posthause getreten, der Sie sehr aufmerksam beobachtet und wegen der Dämmerung nicht sicher scheint, ob er Sie erkennt oder nicht. Sehen Sie," dort der Lange! Er wendet sich bald hierher, bald dorthin, um uns zu fixiren.

Valerian beugte sich vor; ich glaube, sagte er, daß dies Finkenberg ist. Bitte, winken Sie ihm.

Sophie winkte und der Fremde trat näher.

Finkenberg! rief Valerian.

Graf Schlettendorf! In der That, Sie sind's! Ich glaubte Sie zu erkennen und war doch in diesem Dunkel meiner Sache nicht gewiß.

Woher kommen Sie? Wohin wollen Sie? Weshalb kamen Sie nicht früher zu mir? Weshalb ließen Sie mich ohne Nachrichten? Steigen Sie ein! Sie fahren mit! So — jetzt sprechen Sie!

Finkenberg hatte schnell den Vorderplatz im Wagen eingenommen und sagte:

Diese Fragen könnte ich nur durch eine lange Erzählung vollständig beantworten. Der Kern davon ist — aber — Finkenberg blickte fragend auf Sophie.

Was zögern Sie? Heraus damit, heraus!

Nun wohl, sagte Finkenberg. Sie blieben fort, Graf Schlettendorf, und da weder Sie noch Nachrichten von Ihnen kamen, wurde mir Angst in Ostenwalde. In Schlettendorf und Blankenar hörte ich seltsame Gerüchte, Sie hätten Frau von Sasseneck entführt und Fräulein Theo werde Tondern heirathen —

Herr des Himmels, rief Valerian, das hat man von mir gesagt —?

Ja, fiel Sophie hier ein, ich muß es Ihnen jetzt gestehen, das ist von Ihnen behauptet worden, Graf, und man hat es so umständlich erzählt, daß es die höchste Wahrscheinlichkeit erhielt ...

Und das hat man Theo erzählt?!

Man hat es ... versetzte Sophie schüchtern wegen der gewaltigen, leidenschaftlichen Entrüstung, die Valerian's Ausruf zeigte ...

So stehe Gott dir bei, Allgunde, Allgunde!

Valerian flüsterte zähneknirschend diese Worte.

O Theo, Theo! jammerte er dann und ein Strom von Thränen schoß über seine Wangen nieder. Es war ihm eine Erleichterung, er konnte plötzlich freier aufathmen.

Und deshalb, fuhr nun Finkenberg fort, hielt ich es für das Beste, für mich und zugleich auch für Theo, das zu thun, was ich selbst thun konnte, ehe ich mich in die Berge vertiefte, um Sie aufzusuchen. Ich glaubte einen Fingerzeig von Freundeshand zu erhalten, welchen Weg ich einschlagen solle, um in den Besitz eines Beweismittels für die Rechtmäßigkeit meiner Ansprüche zu kommen. Ich verfuhr danach — es war ein trotziges Wagniß und ... misglückte! So war ich denn jetzt im Begriff, Sie wieder aufzusuchen, Graf Schlettendorf. Die Nacht wollte ich in diesem Wirthshause hier bleiben und morgen bei Ihnen in Arnstein eintreffen, nicht ohne sehr gespannt auf den Empfang zu sein, den ich finden werde; denn man hat von Ihrem Abenteuer so viel erzählt, daß ich irre an Ihnen geworden war, Herr Graf!

O nichts mehr davon! rief Valerian aus; nur fort, fort!

Die Achse war immer noch erhitzt. Aber Valerian duldete keinen Aufschub länger; ein letzter Eimer Wasser rauschte durch die Speichen und fort rollte der Wagen. Man hatte beinahe zehn Minuten verloren. Es begann zu dunkeln.

Als man endlich durch das Kirchdorf fuhr, in welchem Haus Quernheim eingepfarrt war, schlug es sieben Uhr.

Es ist zu spät, zu spät! stammelte Valerian.

Nur fort, Kutscher, rief Sophie, die Uhren gehen verschieden; auch wird eine solche feierliche Handlung gewöhnlich später vorgenommen, als man vorhatte; allerlei Verzögerungen treten ein!

Mir ahnt das Schlimmste! sagte leise Valerian; dies wird der letzte Abend sein, den einer von uns, Tondern oder ich, erleben!

Noch eine Strecke, eine nicht endende, auch Sophie in einen wahren Fieberzustand versetzende Strecke, und — endlich, endlich schoß der Wagen seitwärts von der Chaussee auf weichen Rasengrund nieder. Man war in der Eichenallee, die zum Schloßhofe von Quernheim führte. Helle Lichter schimmerten durch die dunkeln Zweige; die Thorsäulen des Hofes trugen angezündete Laternen und der Glanz der Lustres fiel aus der Fensterreihe im Corps-de-Logis, hinter denen die größern Gesellschaftsräume sich befanden. Dieses alles erleuchtete den Schloßhof so, daß man die Menge der ausgespannten Equipagen übersehen konnte, welche hier zusammengedrängt standen.

Der Wagen unserer Reisenden hielt vor dem Schlosse, Finkenberg stieg zuerst heraus, Valerian stützte sich auf ihn, sprang auf den Boden und, nachdem er ihm gesagt hatte: Kommen

Sie mit mir, ich bedarf Ihrer, eilte er von Finkenberg's Arm unterstützt in das Gebäude. Sophie folgte ihnen und dieser der Jude.

In dem Augenblick, wo sie die Schwelle der gastlich weitgeöffneten Schloßthür betraten, schlug die Thurmuhr ein Viertel auf acht.

Dreißigstes Kapitel.

Die Trauung.

Seit dem Morgen dieses Tages schon, besonders aber seit dem Eintreffen der erwarteten Gäste war alles in Quernheim in großer Bewegung gewesen. Auf sieben Uhr abends hatte Allgunde die Stunde der Trauung festgesetzt, und Theo, die schweigend der Gräfin Anordnungen freien Lauf ließ, hatte nur auf möglichst große Oeffentlichkeit und Feierlichkeit der Ceremonie bestanden. So war denn die geräumige Hauskapelle, unter eifriger Leitung des Grafen Quernheim selbst, mit Blumengewinden geschmückt, der Altar prangte mit dem schönsten Silberschmuck und für die geladenen Gäste wurde ein Mahl gerüstet, welches die ererbte Sitte schwerer Massenhaftigkeit mit den modernen Vorzügen verfeinerter Kunst vereinigen sollte.

Gräfin Allgunde von Quernheim war während des ganzen Tages in bester und heiterster Stimmung gewesen. Aber gewaltig hatten sich ihre Züge verdüstert, als sie in der ersten Stunde nach Mittag einen bescheidenen und vielgebrauchten Wagen, den zwei plumpe Ackergäule schleppten, auf den Hof kommen und daraus das blasse Gesichtchen Mariens von Safseneck sich vorbeugen sah. Sie stand am Fenster und Tondern hinter ihr, als Frau von Sasseneck ankam.

Dies ist unangenehm, sagte sie, ihre Stirn in Falten ziehend.

Sie kommt uns höchst fatal! versetzte Tondern.

Sie darf Theo vor der Trauung weder sprechen, noch von ihr gesehen werden.

Da ist nichts zu thun, als sie so lange in strengster Hut zu halten; man muß Sie einsperren, wenn's nöthig ist! rieth Heydenreich.

Wollen Sie wieder zur Gewalt greifen? sagte lächelnd Allgunde. Gehen Sie hinaus, sie tritt in die Hausthür, führen Sie Marie zu mir, Tondern.

Tondern ging und nach einer Weile kehrte er mit Frau von Sasseneck in das Zimmer Allgundens zurück.

Marie! du hier?! sagte Allgunde; mein Gott, du bist nicht zu Hause?!

Aber, liebe Allgunde, du weißt ja —

Freilich weiß ich, daß du für gut befunden hast, hinter dem Rücken deines Mannes eine kleine Reise zu deinem Vergnügen zu machen — aber um alles in der Welt willen, was führt dich hierher, jetzt hierher? Ich sage dies nicht, als ob ich nicht immer dich gern hier bei mir sähe — nur daß du jetzt kommst, ist mir so auffallend!

Ich habe mit Theo zu reden, Allgunde.

Mit Theo? Du willst ihr wahrscheinlich eine Botschaft von Schlettendorf zutragen? Nicht wahr? Liebes Kind, du solltest dich vor allem hüten, in solche Verhältnisse dich einzumischen oder gar den Postillon-d'amour für diesen unwiderstehlichen kleinen Don Juan Valerian zu machen! Ich weiß nicht, was er dir gesagt haben mag, aber das kann ich dich versichern, daß Theo von ihm nichts mehr hören mag und hören will, und du dir schlechten Lohn holen würdest, wenn du mit Botschaften von ihm zu ihr kämst. Theo und Tondern werden heut Abend getraut. Du siehst, Marie, zu welch passender Zeit du kommst!

Getraut! Gott im Himmel! So schnell?

Schnell? Ist er nicht seit zwei Jahren ihr Bewerber?

Die nervenschwache Frau zitterte am ganzen Körper, als sie daran dachte, welche Wirkung diese Nachricht auf Valerian üben werde.

Und dennoch, sagte sie sich fassend und mit großer Entschlossenheit, ich muß dennoch Theo sehen und sprechen.

Wenn du willst, Marie, weshalb nicht? Ich will dich bei ihr anmelden lassen.

Allgunde zog eine Klingel.

Aber sag' mal, Marie, fuhr die Gräfin dann fort, warst du zu Hause oder nicht?

Boshafte Frage!

Nein, ich frage ganz im Ernst! Du weißt doch, daß wir Familienrath gehalten und Sasseneck ernstlich von seinen Thorheiten abgemahnt haben, daß mein Vater selbst bei ihm gewesen ist, um ihm Vernunft beizubringen? Daß er das Beste verspricht und dich mit Böllerschüssen und einer glänzenden fête champêtre empfangen will, wenn du nur zurückkehrst? Oder hat dir von allem dem noch niemand gesagt? Und weißt du auch nicht einmal, daß dein Kind so krank ist?

Mein Kind, sagte stammelnd die erschrockene Frau — mein Kind krank — schwer krank?

Nun wie schwer — ob es noch in Todesgefahr oder ob es heute besser — das weiß ich nicht ...

Großer Gott, was ist denn sein Leiden ...

Ein heftiges Scharlachfieber, glaub' ich.

Das Scharlachfieber! rief die erschrockene Frau aus ... das ist entsetzlich. Allgunde, hier ist dann nichts für mich zu thun — ich will fort, ich will zu ihm!

Das ist freilich das Beste, was du thun kannst!

Adieu, Adieu!

Marie schoß zum Zimmer hinaus, die Treppen hinunter und keine fünf Minuten waren vergangen, als der Reisewagen mit den plumpen Kleppern sich in großer Hast zum Schloßthor wieder hinausbewegte.

Ist ihr Kind krank? fragte Tondern.

Ich glaube gehört zu haben, daß es den Schnupfen hat.

Von der sind wir also befreit! sagte Tondern lächelnd die Hände reibend.

Kurze Zeit nachher langten mehrere Wagen vollgepackt mit Freund- und Verwandtschaft an. Einen der ersten füllten der Freiherr Heinrich von Mainhövel nebst Gemahlin und ihre Tochter Herbertine, die zum Lohn für ihre Artigkeit mitgenommen worden, sich an den Hochzeitkuchen gütlich zu thun. Der Freiherr war im ganzen rosiger Laune, denn obwol er Tondern nicht besonders liebte und für Theo ein unglückliches, geknicktes Dasein an der Seite desselben voraussah, so war ihm doch eigentlich sehr wohl, daß diese Partie endlich zu Stande kam und so die Angelegenheit mit den Metalliques-Obligationen, die ihm wie ein Damoklesschwert über dem Haupte schwebte und ihn manche Stunde seiner schlaflosen Nächte gepeinigt hatte, ihre Erledigung finde. Uebrigens aber beschattete eine gewisse Melancholie seine bizarren Züge wie immer, so oft er ins Freie kam. Und obwol dies im Grunde nichts anderes als eine egoistische Trauer, vom Anblick der Natur und ihrer Herrlichkeiten ausgeschlossen zu sein, genannt werden mag, so lag doch etwas darin, was über seinen starren Charakter eine mildere Färbung breitete; es lag etwas mit ihm Versöhnendes in dieser Trauer des alten Mannes, und es war, als ob weichere Empfindungen auch anderer Art da nicht ganz fern sein konnten, wo wenigstens ein Gefühl von einer gewissen Tiefe innern Lebens sprach.

Allgunde empfing den Freiherrn unten an der Thür, reichte ihm ihren Arm und führte ihn in die Gesellschaftszimmer.

Sie beklagen sich sonst über die einfältige Einrichtung der Natur, daß der Mensch Verwandte habe, lieber Mainhövel, sagte sie; ich hoffe, Sie haben heute, wo Ihre besten Freunde einmal die Ehre haben, Sie bei sich zu sehen, nicht ähnliche Seufzer ausgestoßen!

Gewiß nicht, fiel Frau von Mainhövel ein, die an Tondern's Arm hinter ihnen ging; Heinrich ist heute von einer ganz auffallenden Liebenswürdigkeit. Er hat mir, denken Sie, liebe Cousine, erst einmal vorgeworfen, daß mein Schlaganfall von neulich nichts als Folge meiner Paroxysmen von Jähzorn sei und —

Und ich habe erst einmal anhören müssen, daß ich mich nur mit dem unsinnigen Studiren um mein Augenlicht gebracht, so rosiger Laune ist meine liebe Gemahlin, fiel Mainhövel lachend ein.

Diese Vorwürfe sprachen die beiden Ehegatten mit großer Scherzhaftigkeit aus und es war schwer zu sagen, wer von beiden die Sache lustiger finde. Allgunde und Tondern aber waren zu sehr in die Familienverhältnisse von Surenburg eingeweiht, um die Bitterkeit nicht zu fühlen, die bei beiden hindurchklang. Frau von Mainhövel konnte sich in der That nicht zur Ruhe geben, daß ihr Gemahl seine Augen einer so unnützen, müßigen und für einen Edelmann unziemlichen Beschäftigung, wie ihr das Studiren schien, geopfert; sie war fest überzeugt, daß nur hohle

Köpfe den Drang fühlten, sich mit dem unersprießlichen und närrischer Zeuge auszufüllen, das aus den Büchern herausstudirt werde, und daß ein Mensch von Geist und Verstand gar keinen Platz in sich fühlen werde für den gelehrten Wust. Deshalb hegte sie für die Kenntnisse ihres Mannes die tiefste Verachtung und, obwol sie in großer Furcht vor ihm stand, wie alle Genossen des Hauses, war sie doch nicht im Stande, ihre weibliche Natur bis zu dem Grade zu verleugnen, um ihn mit den stillen Ueberzeugungen ihres sinnigen Gemüths zu verschonen. Und seit er ihr Stammhaus und ihr Vermögen hatte daraufgehen lassen, um einen halbvollendeten, kahlen, öden Palast, in dem niemand wohl und behaglich zu Muthe werden konnte, zu erbauen, glich vollends nichts der tiefen, tödlichen Verachtung, womit Frau von Mainhövel auf ein so thörichtes, bemitleidenswürdiges Geschöpf, wie einen Gelehrten und Büchermenschen, herabblickte.

Man war in den Gemächern oben angekommen. Hier, lieber Mainhövel, sagte Allgunde, sollen Sie sitzen; man hat Ihnen hier einen kleinen Thron hergerichtet, auf welchem Sie präsidiren; das Brautpaar sitzt neben Ihnen, zuerst Theo, dann Tondern, dann ich.

Was macht Theo, fragte der Freiherr von Mainhövel. Wo ist sie?

O sie ist sehr wohl auf! versetzte Allgunde. Sie ist mit ihrer Toilette beschäftigt, und ich hoffe, sie wird eine so strahlende und glückliche Braut sein, wie je eine in der Kapelle von Quernheim getraut worden!

In der That war Theo an diesem Tage ruhiger, wohler, gefaßter als an allen jüngstvergangenen. Den Morgen hatte sie ganz allein zugebracht; Heydenreich Tondern war von ihr beschieden worden, sie wolle ihn erst am Abend auf dem Wege zur

Kapelle sehen, und als es Nachmittag geworden, hatte sie zwei jungen Mädchen, ihren Bäschen im fünften oder sechsten Grad, Audienz gegeben, welche die Sorge für ihre Toilette zu übernehmen gekommen waren.

Das Ankleiden einer Braut ist ein so wichtiges und so schwieriges Geschäft, daß sehr begreiflicherweise ein Nachmittag leicht darüber hingeht. Die geschäftigen Bäschen Theo's rührten alle Hände an ihrer Cousine, die Zofen liefen und tummelten sich und doch war der Abend da, ehe man es glaubte. Theo hatte es übrigens den armen Mädchen auch recht sauer gemacht. Denn statt selbst zu helfen und sich zu rühren, saß sie still, in Gedanken versunken da und mit theilnahmloser Gleichgültigkeit ließ sie die jungen Mädchen sich abplagen, daß ihnen die Tropfen auf die Stirn traten, die rothen Wangen erglühten. Theo steckte keine Nadel selber ein. Sie ließ alles mit sich vornehmen wie ein geduldiges Kind, aber auch, als ob sie so hülflos sei wie ein Kind.

Endlich war man fertig. Es schlug sieben.

Gehen wir! sagte Theo.

Ich bitte dich, sieh' dich nur einmal im Spiegel an, liebe Theo, wie du schön bist, versetzte eins der jungen Mädchen, indem sie Theo vor eine Psyche führte.

Theo betrachtete sich in dem Spiegel, die andere Base näherte sich ihr und rückte den Myrtenkranz zurecht.

Ah, laß, laß, Marianne, ich will ihn nicht! sagte Theo wie plötzlich Leben bekommend. Es war das erste Wort, welches die Mädchen während der ganzen Operation aus ihrem Munde gehört hatten; ihre Gedanken schienen sie bisjetzt so in Anspruch genommen zu haben, daß ihr erst die Psyche zeigte, wie sie ein bräutliches Gewand und einen Myrtenkranz trage.

Ich will ihn nicht, sagte Theo, zog die Nadeln heraus und warf den Myrtenkranz zu Boden. Kommt jetzt!

Die jungen Mädchen sahen sich an und waren stumm vor Erstaunen. Aber während die eine den schönen Kranz vom Boden aufhob, war Theo rasch weiter gegangen und schon auf dem Wege zur Kapelle; im Raume vor derselben, einem Parterresalon, fand sie den Bräutigam und die Zeugen, nämlich den Grafen Quernheim und den Freiherrn von Mainhövel, den der Graf führte. Allgunde befand sich schon in der Kapelle, in ihrem Betstuhl neben dem Altar kniend; sie trug ein einfaches, schwarzes Atlaskleid, ihr Stiftskreuz am blauen Bande auf der Brust.

Die Hauskapelle zu Quernheim war geräumig genug, aber sie war an diesem Abende von Menschen dicht angefüllt, die Kopf an Kopf eine undurchdringliche Masse bildeten. Denn nicht allein die geladenen Verwandten, die Diener derselben, die sämmtlichen Leute des Grafen Quernhein waren darin versammelt, sondern auch die Honoratioren des nächsten Kirchdorfes, kleine Beamte, Förster, Rentmeister u. s. w., kurz alles, was die nächste Nachbarschaft bewohnte, hatte sich herzugedrängt; denn alles war voll Theilnahme für das schöne Edelfräulein von Blankenar.

Unter den geladenen Gästen war der Pfarrer von Olderndorf, die Trauung aber sollte der Pfarrer des nächsten Kirchdorfes, der sich dies Recht nicht nehmen ließ, vollziehen.

Eine unruhige Bewegung lief durch die Anwesenden in der Kapelle, als die Stunde schlug; doch dauerte es noch eine geraume Weile, denn im Vorraum hatte Theo mit Tondern und den andern, welche ihr Gefolge bilden sollten, eine heftige Debatte über den Myrtenkranz zu bestehen. Endlich vereinigte man sich dahin, daß eine der Brautführerinnen den Myrtenkranz in der

Hand tragen solle, da Theo sich entschieden weigerte, ihn zu nehmen. Sie wollte nun einmal nicht mit dem Symbol der Bräutlichkeit an Heydenreich's Seite vor den Altar treten. Die Harrenden aber hatten unterdessen Muße gehabt, noch einmal allen Schmuck der Kapelle zu bewundern, mit ihren Blicken den Verschlingungen der weißen Stuckarabesken nachzugehen und sich die Augen von dem Glanzmeer der Lichter blenden zu lassen, die von krystallenen Lustres und zahlreichen Spiegelleuchtern widerstrahlten.

Endlich flogen beide Flügel der Thür auf, welche rechts von den Zuschauern aus den Gemächern der Herrschaft unmittelbar auf das Chor der Kapelle führte.

Theo trat ein; neben ihr eins der jungen Mädchen, das andere führte Tondern, die große und barocke Gestalt des Freiherrn von Mainhövel folgte mit dem Grafen Quernheim, dessen Hand er gefaßt hielt. Allgunde erhob sich in ihrem Betstuhl und ein stolzer, kalter Blick folgte dem Paare an den Altar.

Desto wärmer sprach sich die Bewunderung der Zuschauer aus. Als Theo eintrat, durchlief ein lautes Ah! die Kapelle und trotz aller Spannung auf die heilige Handlung, die jetzt vorgenommen werden sollte, mußte die Bewunderung der Anwesenden sich in vielfachen, leisen Ausrufen Luft machen. Theo war in der That wunderbar schön in diesem Augenblick. Sie schien größer als sonst und ihre Züge hatten einen besondern Ausdruck, den niemand früher in ihnen wahrgenommen, der sie aber unbeschreiblich veredelte und verklärte. Es lag eine auffallende Ruhe, die vergeistigende Ruhe einer großen Entsagung darin, der ein Martyrium keine Schrecken mehr hat . . . Ihre Kleidung war einfach; über einer Robe von schwerem, weißem Atlas trug sie ein Ueberkleid von echten Spitzen, vorn über den Knien aufgeschlagen und von weißen Schleifen gehalten, in deren jeder ein großer Diamant funkelte. Ihr übriger Schmuck bestand ebenfalls aus Diamanten von sehr großem Werth, denn die Erbin von Blankenar hatte den reichsten Familienschmuck im Lande. Ein langer Spitzenschleier wallte um ihre Gestalt. So schritt sie, das dunkle Auge offen, die Wangen leise geröthet, ruhig, wie voll festen Gottvertrauens, wohin man sie führte — zum Altar.

Der Priester im Ornat erwartete sie und als Heydenreich neben Theo niedergekniet war, begann er die Gebete. Theo horchte ihm gespannt zu, während Heydenreich Tondern seinem nichtssagenden blonden Gesicht den Ausdruck möglichster Andacht und Innigkeit zu geben versucht hatte und die Augen niederschlug.

Heydenreich Tondern sprach das Jawort aus. Der Priester wandte sich darauf zu Theo mit der üblichen Frage:

Theophanie Helene von Blankenar, ist es dein freier Wille u. s. w. Als er die Formel ausgesprochen, öffnete Theo die bleichen Lippen ... aber das verhängnißvolle Wort schien sich von diesen Lippen nicht lösen zu wollen ... mit wirren Blicken, wie mit tiefster, hülfeflehender Herzensangst blickte sie um sich, und dann, dann schlug sie plötzlich beide Hände vors Gesicht und aufspringend wie mit einem Aufschrei des Entsetzens rief sie laut aus:

Nein, nein, nein!

Nie kam ein Ruf mehr aus der Tiefe eines gepeinigten Menschenherzens.

Heydenreich Tondern war kniend geblieben und sah zu ihr empor, sprachlos, als ob der Blitz zu seinen Füßen eingeschlagen.

Der Priester blickte betroffen und verwirrt nach dem Betstuhl der Gräfin Allgunde hinüber.

Allgunde war aufgesprungen, zornsprühenden Blickes, wie eine wunde Löwin. Sie verließ ihren Betstuhl und ein paar Schritte zum Altar hin machend sagte sie:

Fahren Sie fort, Herr Pfarrer; die Braut weiß nicht, was sie spricht. Sie ist momentanen Anfällen von Geisteszerrüttung unterworfen. Fahren Sie fort, ich befehle es!

Sie hat Nein gesagt, gnädigste Gräfin, stammelte zitternd der Pfarrer, während Theo, die Hände faltend und tief Athem schöpfend, offenbar nach Fassung rang.

Bis jetzt waren die Anwesenden alle lautlos gewesen, starr vor Ueberraschung und in athemloser Spannung. Da aber von Allgundens Worten das heftige: „Fahren Sie fort!“ auch von den Entferntern vernommen worden, so entstand eine große Bewegung unter dem plebejischen Bestandtheile der Versammlung; hier wurden Geflüster, Murren, ja Rufe der Entrüstung laut, man drängte in gewaltiger Aufregung nach vorn und eine helle Stimme machte sich vor allen andern bemerkbar:

Laßt mich durch, Leute, laßt mich durch, sag' ich, sie werden sie erdrosseln, ich kenn' diesen Teufel im Unterrock. Laßt mich durch, Leute! Fort da und komm' ich an den Galgen drum, ich will durch — Lady, Lady, hier, hier sind wir, ich und ein paar Fäuste, Lady!

Bei dieser Bewegung im Volke hatten die den obern Theil der Kapelle erfüllenden Verwandten und Freunde des Brautpaares schnell einen undurchdringlichen Kreis um den Altar geschlossen, in dessen Mitte Theo, Heydenreich, Allgunde und die Zeugen und Brautführerinnen standen, welche letztere sich erschrocken zu den andern Frauen retteten.

Allgundens Brust wogte so heftig auf und ab, ihr Herz schlug mit so zornigem Ungestüm, daß sie einige Augenblicke lang nicht sprechen konnte und es den Blicken, die sie auf Theo schoß, überließ, all ihren Grimm auszudrücken. Theo's Vormund Mainhövel nahm zuerst das Wort:

Theo, Theo, was ist das! rief er mit drohender Stimme.

Meine Pflicht! antwortete Theo jetzt leise, aber schon gefaßt und bestimmt. Soll ich vor dem Altare, vor dem Priester meines Glaubens eine Lüge aussprechen? Es ist nicht mein freier Wille, was mich hierher führt. Man hat mich beredet und gezwungen.

Das ist nicht wahr! sagte Allgunde.

Weshalb sprachst du nicht eher? Weshalb dies Aergerniß? fuhr Mainhövel fort.

Hab' ich nicht oft genug früher gesprochen? versetzte Theo mit wachsendem Muth ihre Augen erhebend.

Unsinn genug! schrie Mainhövel.

Hab' ich nicht hundertmal Nein! gesagt? fuhr Theo fort; hab' ich nicht geschworen, daß ich nimmermehr diese Ehe eingehen wolle? Hat man darum aufgehört, mich zu foltern? Nein — fuhr sie fort, jetzt mit wiederkehrendem Stolz ihr Auge auf Allgunde richtend, man hat darum nur noch unabläßiger mein Gemüth zu unterjochen und meinen Willen zu tödten versucht, man hat mit Schmerzen meine Seele zu Boden drücken und vernichten wollen, wie sie nur ein böser Dämon ersinnen kann, der die wunden Stellen seines Opfers kennt. Ich danke meinem Schöpfer, daß er mir noch im letzten entscheidenden Augenblick die Kraft gab, wahr zu sein!

Ein heftiger, stechender Blick Allgundens traf, während Theo dies sagte, den Grafen Quernheim; er sollte sprechen, aber er hatte den Kopf verloren. Trotzdem blieb der Blick seiner Tochter unerbittlich auf ihm haften und so sagte er denn, unsteten Auges bald auf Theo, bald auf seine Tochter blickend:

Dies ist in der That eine — eine Bloßstellung meines Hauses, Theo, eine vorbedachte — Allgundens Blick wurde stechender, ihre Miene zorniger — eine raffinirte Bosheit gegen meine edle, unschuldige Tochter und mich — zu wollen, daß der Trauung möglichst große Oeffentlichkeit gegeben werde, daß man jedermann zulasse und dann —

Graf Quernheim, versetzte Theo, ich bedaure Ihretwegen dies alles von Herzen. Wie ich auch handelte — Gott weiß es, ich konnte nicht anders!

Die Gäste, die Vettern und Cousinen vom dritten bis zum zehnten Grade hatten in stummer Entrüstung geschwiegen. Der unerhörte Vorgang machte einen Eindruck, als wenn der Donner zwischen sie geschlagen; all diese harten Gemüther mußten bis auf den tiefsten Grund ihrer Seele erschüttert sein durch die unerhörte Schmach, welche ein solcher Vorgang auf ihre Häupter und Namen wälzte. Da war keins unter diesen Herzen, welches gerührt worden, welches in edler Entrüstung höher geschlagen; keins, das sich gefragt, welch herzzerreißendes Drama von den handelnden Personen dieser Scene vorher mußte hinter den Couliffen aufgeführt worden sein, bevor eine solche Katastrophe die Entwickelung des letzten Acts bringen konnte. Spielten sich doch unter ihren Augen oft genug solche erschütternde Familiendramen voll tragischer Motive und Situationen ab, ohne daß sie eben viel davon merkten oder sich sehr darum kümmerten. In dem, was hier vorfiel, sah man nichts anderes als die unverantwortliche Kühnheit eines emancipationssüchtigen Weibes, das sich durch einen Gewaltstreich der wohlthätigen

Macht seiner rechtmäßigen Autorität entziehen wollte, das diesen Frevel noch obendrein vermehrte, indem es die Schmach wie mit vorbedachter Tücke ganz öffentlich machte.

Es ist eine Beleidigung für uns alle, rief einer der Männer.

Ich habe es immer gesagt, sie ist wirklich wahnsinnig.

Ja, sie hat einen Anfall von Verrücktheit.

Man muß sie unschädlich machen.

Quernheims sollten sie einsperren ...

Bis sie zur Vernunft kommt ...

Mainhövel ist ihr Vormund. Mainhövel muß das thun.

Mainhövel, sprechen Sie ...

So flogen die Stimmen hin und her, hastige, zornige Stimmen, von durchbohrenden und giftigen Blicken auf die arme Theo begleitet, die blaß in der Mitte stand und ängstlich suchend nach einem befreundeten Gesicht spähte. Aber aus allen diesen gerötheten Köpfen, die sie umdrängten, blickte kein Auge, das ihr freundliche Billigung zugewinkt hätte; da war kein Gesicht, auf welchem milde Theilnahme für sie gelegen, keins, das ihr auch nur mit stummem Mienenspiele gesagt hätte: Sei getrost, du thatest recht, Gott wird dich schützen! Sie schlug die Augen zu Boden, faltetete die Hände und seufzte: Gott stehe mir bei!

Theo sah wohl ein, daß die zornigen Menschen, die sie umdrängten, das höchste Interesse dabei hatten, sie für wahnsinnig auszugeben. Nur so konnten sie eine Schmach abwenden, die sonst auf sie gefallen wäre. Ich bin verloren! dachte sie und es überfiel sie ein Zittern, daß sie sich an dem Betstuhl halten mußte, vor dem sie eben gekniet.

Der Freiherr von Mainhövel war aufgefordert worden, zu

sprechen. Der verletzte esprit de corps, die tödlich getroffene Familienehre forderte von ihm ihre Genugthuung.

Graf Quernheim, ich bitte dich, sagte der Freiherr, laß zuerst die Kapelle von allem Volk räumen.

Wird das endlich geschehen, was zuerst hätte geschehen sollen! rief jetzt Tondern aus, der sich mit seiner verbissenen Wuth in die Reihen der übrigen zurückgezogen hatte.

Der Graf Quernheim rief seinen Bedienten den nöthigen Befehl zu. Gleich darauf entstand ein heftiges Gedränge im untern Theile der Kapelle; die Masse der dunkeln Köpfe dort fing an, hin- und herzuschwanken und zu wogen wie ein windbewehtes Aehrenfeld. Zornige Rufe, Schreie der Gedrängten, Drohungen der Bedienten erfüllten den Raum.

In diesem Augenblick, den Allgunde von Quernheim benutzte, um dem Freiherrn von Mainhövel etwas ins Ohr zu flüstern, öffnete sich rasch die Thür, durch welche vorhin das Brautpaar eingetreten war, noch einmal. Unvermuthet, wie plötzlich aus dem Boden aufgewachsen — denn keiner hatte in der Aufregung die Thür sich öffnen sehen, die im Rücken des um Theo gedrängten Kreises lag — stand im nächsten Augenblick ein Mann neben Theo auf der untern Stufe des Altars, den man auf den ersten Blick kaum erkannte, bis ein verwundertes Murmeln von Mund zu Munde lief: Valerian — Schlettendorf — was will der? woher kommt der?

Valerian war todtenblaß, sein glühendes, eingesunkenes Auge schoß Blitze, die jedem Besonnenen den Rath geben mußten, ihm nicht in den Weg zu treten. So stand er neben Theo, einen dunkeln Mantel über die Schulter und um seine Gestalt geworfen, während die rechte Schulter frei war wie der Arm, mit welchem er Theo umschlang und an sich zog, als wolle er sie schützen gegen allen Zorn der Welt. Dicht neben ihn trat Finkenberg, Sophie aber, die sich ängstlich den beiden Männern nachgedrängt hatte, kniete erschöpft, außer Athem vor innerer Bewegung, neben Theo nieder und küßte einmal über das andere ihrer Freundin herabhängende, kalte Hand.

Theo hatte einen Schrei ausgestoßen und halb ohnmächtig, blaß, zitternd, die Hand auf ihr Herz pressend, hing sie jetzt in Valerian's Arm.

Was ist geschehen? rief er mit zorngedämpfter Stimme.

Keiner antwortete. Da schrie dieselbe helle Stimme, die sich früherhin laut gemacht hatte, die Stimme Peggy's, aus dem Volksgedränge unten:

Die Lady hat Nein! gesagt. Jetzt wollen sie sie als verrückt einsperren!

Valerian warf einen flammenden Blick auf Theo, einen Blick, als wolle er sagen: o könnte ich mein Leben und meine Seele dafür als Dank dir hingeben; und sie enger als früher noch umschlingend und sich über sie beugend sagte er mit einem Tone, in welchem sich zu unbeschreiblicher Innigkeit Bewunderung, Liebe und Mitleid gesellten: Meine Theo! Dann erhob er den Blick von ihr und sagte mit lauter Stimme:

Gräfin Allgunde von Quernheim, ich fordere Rechenschaft von Ihnen, denn Sie sind die Triebfeder von allem diesen. Warum haben Sie meine Braut an den Altar geschleppt —

Rechenschaft? Sie? von mir? fiel Allgunde ihm mit erzwungenem Lachen ins Wort — und zwar hier unter dem Dache meines Vaters? in meinem Schlosse?

Jetzt wird die Sache dramatisch! flüsterte hämisch lächelnd Tondern.

Wir wollen in die Zimmer zurückgehen, meine Freunde, rief

der Freiherr von Mainhövel aus. Um Gottes willen, nur den Skandal hier in der Kapelle nicht verlängert!

Nein, rief Valerian, bleiben Sie, die Leute da unten sollen auch bleiben. Ich denke hier ein öffentliches Gericht zu halten. Gräfin von Quernheim, Sie haben an meiner Braut und an mir gehandelt, daß ich keine Schonung mehr kenne. Darum klage ich Sie an, hier am Altar vor Gott und vor dem höchsten Richter auf Erden, der öffentlichen Meinung, dem ich das Urtheil überlasse, klage ich Sie an der Gewaltthat und des Betrugs. Sie haben Ihre Verwandte verkuppeln wollen an den Mitwisser Ihrer Verbrechen als Preis seines Schweigens.

Und diese Verbrechen sind? sagte Allgunde laut und ungebeugt. Ich rathe Ihnen, sie uns nicht schuldig zu bleiben und die Beweise beizubringen, denn Ihre Behauptungen, Graf Schlettendorf, sind ohne Credit im Land, seit man Sie als Entführer und Demagogen kennt.

Allgunde, du vergißt dich, fiel der Graf Quernheim hier seiner Tochter ins Wort und faßte ihren Arm. Diesem Menschen kannst du auf seine Vorwürfe unbeschadet deiner Würde keine Antwort geben! Komm fort! Dann werde ich mit ihm reden!

Lassen Sie mich, Vater, sagte Allgunde, zu sehr außer sich, noch irgendeine Rücksicht zu kennen; ich muß dieser Scene auf der Stelle ein Ende machen.

Gräfin Allgunde von Quernheim, fuhr Valerian fort, mit welchem Recht tragen Sie das Kreuz da auf Ihrer linken Brust? Dies Kreuz ist eine Lüge. Hier steht Ihr Gemahl, Gräfin Allgunde, Ihr von der Kirche Ihnen angetrauter Gemahl; er trägt eine tiefe Narbe an seiner Stirn, das ist eine Erinnerung an Ihre eheliche Zärtlichkeit und Treue . . .

Welche Infamie, diese Beschuldigungen! rief Allgunde aus: wer ist so frech, vor mich zu treten mit so tollen, hirntollen Behauptungen!? Ich würde ihn als Verbrecher ins Zuchthaus liefern lassen, setzte Sie mit einem vernichtenden Blick auf Finkenberg hinzu.

Ich bin es, sagte dieser ruhig.

Sie? — Herr Pfarrer von Olderndorf — ich glaube, Sie kennen diesen Mann — kommen Sie her!

Der Pfarrer von Olderndorf drängte sich auf Allgundens Ruf herbei.

Erinnern Sie sich dieses Menschen?

Der Pfarrer blickte sie fragend und ungewiß an.

Nun, sprechen Sie ohne Furcht; wenn ich nicht irre, ist dieser Mensch ein ertappter Dieb.

Der Pfarrer schüttelte den Kopf.

Nun? nicht? rief Allgunde mit ebenso viel Staunen als Entrüstung.

Der Dieb, sagte der Pfarrer, sich an Allgundens Ohr niederbeugend, ist jenes runde, kecke Gesicht dort mit der aufgeworfenen Nase, das sich in diesem Augenblick niederbeugt, um das Kleid des Edelfräuleins von Blankenar zu küssen. Den fingen wir in der Sakristei. Soll ich ihn laut bezeichnen?

Schweigen Sie! stammelte Allgunde, die jetzt plötzlich ihre Fassung verlor und den Boden unter sich wanken fühlte, als sie sah, daß die List, auf welche sie trotzte, gescheitert sei und alle ihre Zuversicht keine Stütze habe. Sie starrte den Iren an, der Theo in diesem Augenblick seine Huldigungen bemerklich zu machen strebte und stammelte mit zitternder Lippe: Der ist's — der? — Lehmann — der?!

Allgunde, sagte Finkenberg, der Pfarrer, der uns getraut hat, steht hier. Du hast ihn selbst herbeigerufen. Dort ist der Graf Valerian von Schlettendorf, der ...

Der vor Gericht beschwören wird, daß er das pfarramtliche Trauungsdocument über die Ehe dieses Mannes mit der Gräfin Allgunde von Quernheim gesehen hat —

Und hier ist der Handelsmann Isaak Koppel, rief der Jude, der während des Vorigen als aufmerksamer Beobachter in der Kapellenthür stehen geblieben war, mit höhnender Schadenfreude und sich völlig klar darüber, auf welcher Seite sein Vortheil liege ... der Isank Koppel, der das Document auch gesehen hat und das ganze Trauregister der Gemeinde Oldemdorf auswendig weiß von Anfang bis zu Ende! Soll ich's hersagen, meine Herren?

Isaak's greinendes Gesicht drängte sich durch die Menge.

Der Pfarrer von Olderndorf sah ein, daß der Jude, dessen fabelhaftes Gedächtniß bekannt war, mit seinem Zeugniß den Ausschlag geben werde, wenn die Angelegenheit vor die Gerichte komme; er fühlte, daß Allgunde verloren und es für ihn am gescheitesten sei, der Partei beizutreten, welcher sich der Sieg zuneigte. Sein Zeugniß hier öffentlich abgelegt, mußte nämlich den Streit beenden, statt daß er sonst vielleicht wirklich von Finkenberg bei Gericht angebracht worden wäre, was der Pfarrer Gründe hatte, durchaus nicht zu wünschen.

Herr Pfarrer von Olderndorf, nahm Valerian noch einmal das Wort, ich fordere Sie auf, bei Ihrem Amtseid, haben Sie die Gräfin Allgunde von Quernheim und den Herrn von Finkenberg in Ihrer Kirche getraut oder nicht?

Ja, sagte der Pfarrer Lehmann, auf den Befehl der Gräfin, am 13. October 183* um 10 Uhr Vormittag. Herr Baron von Tondern und sein Jäger waren die Zeugen.

Der Gräfin Allgunde leuchtete in diesem Augenblick ein, daß ihre Kühnheit und ihr Trotz sie zu dem Fehler verleitet, sich diesen Verhandlungen zu lange ausgesetzt zu haben.

Sie nahm ihres Vaters Arm.

Sie haben recht, mein Vater, sagte sie mit unterdrücktem Athem, es ist unverantwortlich von mir, mich allen diesen Verleumdungen eines schändlichen Complots auszusetzen!

Sie war blaß, ihre Kraft war gebrochen, ihr Haupt schwindelte. Aber sie hatte auch in diesem Augenblick Selbstbeherrschung genug, um stolzer Stirn und aufrechter Haltung die Kapelle zu verlassen, sich zu stellen, als trage sie in sich alle Bürgschaften eines dereinstigen glänzenden Sieges über ihre Verfolger, als sei die gegenwärtige Niederlage nichts denn die Folie des zukünftigen Triumphs. So blickte sie um sich, so verschwand sie im Innern des Schlosses.

Und doch war sie moralisch vernichtet. Alle Zeugen dieser Scene waren erfüllt von Verachtung gegen sie und brachen ohne Bedenken den Stab über ihre Schuld. Ja sie gingen vielleicht sogar zu weit in dieser Verachtung. Was in Allgunde das, wenn auch vorübergehende, doch darum nicht minder wahre Aufflammen einer Leidenschaft gewesen, ihre Verbindung mit Finkenberg — darin sah man — gewöhnt, sich an materielle Auffassungen zu halten — nichts als niedrige Motive, ohne an eine Veredelung derselben durch tiefere Empfindung zu glauben. Was Berechnung des Ehrgeizes und Adelstolz in Allgunde gewesen, der Entschluß, die Ehe geheimzuhalten, wurde — da man einmal im Zuge war, zu verdammen — als gemeine Habsucht ausgelegt, als Verlangen, die Einkünfte einer Stiftspräbende weiter beziehen zu können. Und als man endlich sich bei Finkenberg nach seiner Wunde erkundigte und dieser Details gab über Allgundens Bestrebungen, ihn aus dem Lande zu schaffen, da erreichte die Entrüstung ihren höchsten Grad. Jene Gewaltthat gegen Finkenberg, die eigentlich mehr Tondern's Werk war, wurde ohne Anstand ihr auch zur Last gelegt; und so war Allgunde ganz und gar und für ewige Zeiten in den Gemüthern aller derer verloren und verurtheilt, welche sie früher beherrscht und geleitet hatte und die ihr vorher huldigten wie einer Königin. Die Plane des Ehrgeizes, welche sie mit der besten Kraft ihres Lebens aufgebaut und verfolgt hatte, lagen in tausend Trümmern wie zerschlagene Scherben vor ihren Füßen. Das Hohngelächter der Schmach übte für ihre Vergehungen eine Rache an ihr aus, die für Charaktere ihrer Art fürchterlicher und vernichtender sein muß als die ganze Scala von Leiden, welche die menschliche Gerechtigkeit über Schuldige, welche ihr verfallen sind, zu verhängen weiß.

Als Allgunde sich mit ihrem Vater entfernt hatte, war es zuerst Tondern, der zu entkommen suchte, ohne gesehen zu werden, denn er fürchtete, nach Allgunden könne die Reihe an ihn kommen und er Gegenstand unangenehmer Eröffnungen von Seiten Valerian's werden. Er drängte sich deshalb nach unten hin, durch das Volk zur Kapelle hinaus und nachdem er seine Diener aufgesucht und anzuspannen befohlen, stieg er in seinen Wagen, wo er sich in eine Ecke drückte, bis die Pferde angelegt waren. In dieser Situation hatte er die beste Gelegenheit, Beobachtungen über den Grad seiner Beliebtheit unter dem Volke anzustellen, denn von allen Gruppen der jetzt aus der Kapelle hervorströmenden und den Schloßhof verlassenden Zuschauer war nicht eine, die nicht laut und rückhaltlos irgendeine Bemerkung über ihn gemacht hätte. Leider waren diese Aussprüche ebenso wenig schmeichelhaft für seinen innern Menschen wie für seine äußere Erscheinung und am allerwenigsten befriedigend für die Ansprüche seines Selbstgefühls auf den Ruf eines klugen und ehrlichen Mannes.

Endlich war der Kutscher fertig und Tondern durfte seinem Herzen Luft machen mit einem furchtbaren Fluche, den er in dem Augenblicke ausstieß, als sein Wagen den Schloßhof von Quernheim verließ.

Unterdessen hatten die andern Gäste alle die Kapelle geräumt und bald darauf rollte eine ganze Reihe von Equipagen der Tondern's nach durch die dunkle Allee, die kaum noch von den heimkehrenden Gruppen heftig gesticulirender und lebhaft sprechender Fußgänger verlassen war. In Quernheim aber erlöschte ein Licht nach dem andern, die Dienerschaft zehrte in verstohlener Hast an dem üppigen Hochzeitmahle und flüsterte sich scheu Bemerkungen über vergangene und Prophezeiungen über zukünftige Dinge zu. Ein paar Stunden, nachdem der letzte Gast sich entfernt hatte, herrschte schon Todtenstille in den Sälen und Corridoren des Schlosses und das ganze Gebäude hob sich mit seinen Giebeln und Thürmen in den Nachthimmel auf, wie ein dunkles Monument über dem Grabe eines großen Schmerzes oder einer großen That, welcher längstverschollene Jahrhunderte ein Mal aufgethürmt haben. Doch umschloß dieser dunkel gethürmte, von der Nacht in gigantische Formen gezogene Bau weder das Grab einer großen That, noch war es ein todter Schmerz, der im untersten Grunde seiner Gewölbe Ruhe und Kühlung gefunden; der Schmerz, der innerhalb dieses düstern Monuments gefühlt wurde, war lebendig, furchtbar, wühlend, eine Hölle voll Qual. Der matte Lichtschimmer, der noch um Mitternacht und bis zum Morgengrauen aus einem Paar verhängter Fenster des Schlosses fiel, verrieth das Flackern einer Lampe, welche von ebenso viel Bewegungen und Symptomen der Verzweiflung Zeuge sein mochte, wie sie nur je der verglimmende Docht in der Gruft einer verurtheilten Vestalin beleuchtete.

Einunddreißigstes Kapitel.

Der Schluß.

In dem Augenblicke, in welchem Allgunde von Quernheim mit ihrem Vater die Kapelle verlassen, hatte Valerian seine Kräfte schwinden gefühlt. Bis dahin war er durch seine Aufregung emporgehalten worden; aber endlich war das äußerste Maß erreicht und er sank kraftlos zusammen — nicht ohnmächtig, doch der Stütze bedürfend und heftig nach freier Luft verlangend.

Finkenberg führte ihn hinaus; auf dem Hofe wurde ihm wohler und er bestand nun darauf, nach Schlettendorf gefahren zu werden. In Quernheim konnte man freilich nicht übernachten! Theo ihrerseits hatte ihren Entschluß gefaßt: sie ließ sich von Peggy ihren Mantel holen und nachdem sie den weißseidenen Brautstaat verhüllt und ihrem Mädchen befohlen, ihr mit den nöthigsten Sachen zu folgen, eilte sie zu Valerian hinaus.

Das Unglück ist daher gekommen, daß wir uns getrennt haben, Valerian, sagte sie. Du sollst mich von nun an nie mehr von deiner Seite lassen! . . . du sollst immer bei mir

bleiben, zum Schutz vor denen, die uns nicht wohlwollen, und zum Schutz ... vor meinen eigenen bösen Gedanken!

Meine ... meine Theo! sagte er sie umschlingend. Du hast recht, nichts, nichts auf Erden soll uns mehr trennen!

Und fliehen wir von hier, gleich, gleich!

Ja, fliehen wir, wiederholte Valerian.

Da ist ja Sophie — sie wird sorgen, daß man für uns einspannt ...

Sophie, die Theo gefolgt war, eilte, alles für eine rasche Abreise zu thun. Theo's Wagen war nach kurzer Zeit bereit. Diese setzte sich neben Valerian hinein; sie ließ seinen fiebernden Kopf an ihrer Brust ausruhen und breitete sorgfältig Shawl und Mantel um ihn. Ihr gegenüber setzten sich Sophie und Finkenberg; so fuhr sie der Kutscher, der, ohne sich lange zu bedenken, ein paar Pferde Quernheim's statt seiner abgetriebenen Braunen eingespannt hatte, langsam nach Schlettendorf.

Valerian bedurfte wenig Zeit, um das Haupt an Theo's Schulter gelehnt, sich von seiner Erschöpfung zu erholen. Sich erhebend und dem Auge Finkenberg's begegnend, sagte er:

Und nun sagen Sie, Finkenberg, woher kamen Sie, welcher gute Geist führte Sie just heute auf meinen Weg ...?

Ach, ich habe Ihnen viel zu erzählen, Graf Schlettendorf, versetzte Finkenberg. Am letzten Tage meines Aufenthalts zu Ostenwalde erhielt ich eine Sendung von Fräulein Theo ...

Sie kam nicht eigentlich von mir, fiel Theo ein ...

Nun doch von Ihnen ... Geld und ein Brief Allgundens an den Pfarrer Lehmann, worin beschrieben wurde, wie leicht es sein würde, sich des Kirchenbuchs zu bemächtigen!

Ich weiß von dem Briefe keine Silbe! rief Theo aus; ich

erhielt von Allgunde ein Convert mit Geld und mußte es an Sie adressiren.

Sie wissen nichts von dem Briefe? Das ist seltsam! Und ich dachte, Sie sendeten mir den Brief, den Ihnen ein Zufall in die Hände gespielt, um mich aufzufordern, das Buch in Besitz zu nehmen!

Ich weiß nichts von allem. Allgunde hieß mich einen Brief mit einer Geldunterstützung für Sie adressiren, weil Sie von ihrer Hand etwas Derartiges zurückweisen würden ...

Gott im Himmel — so war dies ein teuflisches Spiel Allgundens mit mir ... eine abscheuliche Intrigue, ich sollte in eine Schlinge gelockt werden ... ein wahrhaft dämonischer Anschlag! rief Finkenberg aus.

Aber so erzählen Sie doch, was ist denn geschehen? unterbrach ihn Valerian.

Ich erhielt also, fuhr Finkenberg fort, einen Brief Allgundens an den Pfarrer Lehmann, der mich verlocken mußte, einen Einbruch in die Sakristei der Kirche zu Olderndorf zu wagen ... ich wagte ihn in der That. Aber ich that es nicht allein; ich gesellte mir den treuen Peggy zu — der ehrliche Bursche unternahm es, weil er dadurch seiner Herrin zu helfen glaubte ... in dunkler Nacht stieg er durch ein mit leichter Mühe geöffnetes Fenster ein, während ich, von einem Pfeiler der Kirche geborgen, Wache stand. Aber trotz meines Wachestehens wurden wir überrascht, drei oder vier Bauern tauchten wie aus der Erde emporgewachsen plötzlich vor der Sakristei auf — ich ergriff augenblicklich die Flucht und rettete mich — der arme Peggy wurde gefangen, mishandelt, zum Pfarrer geschleppt ... der Pfarrer entließ ihn mit einer Strafpredigt und mit der Drohung, wenn er nicht augenblicklich das Land räume, ihn als Kirchenschänder hängen lassen zu wollen.

Das ist eine merkwürdige Geschichte! rief Valerian aus. Kein Zweifel, daß es eine Schlinge war, welche die Gräfin Ihnen legte! Und was begannen Sie dann?

Ich zog mich nach Schlettendorf zurück; und von dort wollte ich heute Sie in Arnstein aufsuchen ... so trafen wir uns auf dem Wege —

Aber Peggy war ja in der Kapelle? sagte Theo.

Er folgt uns jetzt mit Ihrem Mädchen, fiel Sophie ein ... sie wollten sich in Quernheim einen Wagen zu verschaffen suchen ...

Er hielt sich versteckt, sagte Finkenberg, er hatte sich in den Kopf gesetzt, noch einmal seine Herrin zu sehen und ihren Rath einzuholen, ob er das Land verlassen solle ...

Der arme Mensch!

Spät in der Nacht kam man in Schlettendorf an. Es war fast schon Morgendämmerung, als Valerian endlich zur Ruhe kam. Um die Mittagstunde erst schlug er die Augen auf, nach einem tiefen, stärkenden Schlummer. Seine ersten Blicke trafen Theo, die zu Häupten seines Bettes in einem Lehnstuhl saß.

Theo! rief er aus, ihre Hand an seine Lippen ziehend. Theo, du hier!

Ja, Valerian, sagte sie, die Augen zu Boden schlagend; dies ist mein Platz, solange du krank bist! Vielleicht wird man mich tadeln — aber ich lasse es über mich ergehen — ich betrachte, fügte sie lächelnd hinzu, auch dies dann als eine Buße — denn ich fühle, daß ich etwas abzubüßen habe —

Zu büßen? du, Theo?

Ich habe dir vertraut, Valerian — ja, vertraut bis zum letzten Augenblick, aber ich werfe mir vor, daß ich so tief erschüttert worden bin durch die schweren Anschuldigungen, welche man gegen dich vorbrachte, und daß ich Augenblicke hatte, wo ich irre ward, wo ich dir zürnte! — Mein Schmerz ist meine Sünde! Als ich dich sah, bleich, verwundet und doch, trotz deiner Wunden und Schmerzen, mein Retter, da fühlte ich meine Schuld — vergib mir, Valerian, vergib!

Sie beugte sich über seine Hand nieder und küßte sie. Eine Thräne fiel aus seiner Wimper auf ihre weiße Stirn. Sie sah zu Valerian empor und lächelte und Valerian stockte die Stimme vor tiefer Rührung, wie sie so ihn anblickte; denn er war nie auf Erden dem Blicke eines Auges begegnet, aus dem ihm so innig und so tief die unergründliche Liebe eines Engels angesehen.

Wir stehen hier am Ende unserer Geschichte; es würde überflüssig sein, zu schildern, welche Seligkeit für Theo und Valerian die nächsten Tage brachten, in denen sie, mit wenigen Unterbrechungen sich selbst überlassen, die Erzählungen bestandener Gefahren und Leiden, die Schilderungen ihrer Empfindungen und ihrer innersten Gedanken während der jüngstverflossenen Tage gegeneinander austauschten. Jene Unterbrechungen rührten her von der Anwesenheit Pauli's, der zu Fuß von Arnstein zurückgewandert gekommen und der nun alles aufwandte, um die verzögerte und durch die furchtbare Aufregung sehr erschwerte Heilung Valerian's zu beschleunigen; oder von der Anwesenheit Sophiens, seiner Tochter, die, zum großen Jammer ihres Eugen, Theo hatte versprechen müssen, so lange bei ihr zu bleiben, wie der letztern Anwesenheit in Schlettendorf zur Pflege Valerian's dauerte.

Eine andere Unterbrechung — und gewiß eine auffallende und unerwartete — verursachte ein Besuch des alten, blinden Freiherrn von Mainhövel auf Schlettendorf, der Valerian allein zu sprechen begehrte und eine lange Unterredung mit ihm hatte. Das Resultat mußte für beide sehr befriedigend sein, denn der alte Freiherr trennte sich von Valerian mit wärmern Freundschaftsbetheuerungen, als er seit seiner Jugendzeit vielleicht irgendeinem Menschen auf Erden gemacht hatte. Valerian aber erzählte Theo, als sie wieder zu ihm ins Zimmer trat, zuerst eine ausführliche Geschichte von Metalliques-Obligationen, die er von seinem Bankier kommen lasse müsse, dann aber theilte er ihr gewisse Plane mit, die sie erröthend anhörte und zu denen sie endlich mit einem schüchternen: Wie du es willst! ihre Einwilligung erklärte.

Drei Wochen nachher — so hatte es in diesen Planen gelegen — segnete der Sohn des Bauern zu Ostenwalde Theo und Valerian in der Schloßkapelle von Blankenar zu einem Paare ein. Der Arzt hatte einige Tage vorher Valerian für vollständig geheilt erklärt. Sophie und Eugen waren die Brautführer. Zum Hochzeitmahle waren wenige Gäste geladen worden, und da Valerian bemerkt hatte, daß der Freiherr von Mainhövel noch immer nicht wußte, mit seiner Mündel wieder in das rechte Gleis unbefangenen Verkehrs zu kommen, so bat er ihn, den Ehrenplatz neben der jungen Frau einzunehmen ... den Platz zu seiner Seite wies er dem Vater des biedern, jungen Geistlichen an, dem wackern Bauern von Ostenwalde, der zur Hochzeit hatte mit herüberkommen müssen. Ihm zu Ehren brachte Valerian auch einen herzlichen Toast aus, und zwar mit den Worten: „Den Wahrern alter Rechte und alter Sitte, welche die Kraft des Landes bilden; den freien Grundsassen, die vor der Eroberung dieses Landes durch fränkische Krieger des Landes Herren waren; die dann das neuentstehende Geschlecht von übermüthigen, reisigen Knechten — denn das waren unsere Väter, reisige Knechte der großen Lehnsherren, weiter nichts — sich dienstbar und leibeigen machte; die eine humanere Zeit ihrer alten Freiheit zurückgegeben hat; diesen Wehrfestern, auf welche, als gemeinern Ursprungs, stolz niederzublicken uns weder das Alter unsers Besitzes noch unsere Sitten und unsere Leistungen, noch unsere heutige Stellung und Bedeutung im Leben der Völker erlauben! Mögen wir alle erkennen, der Ritterbürtige wie der Bauer, daß wir Eines Geschlechtes, daß wir, als desselben Bodens Söhne, Brüder sind, und daß wir alle nur Ein Interesse haben, das des Lichts, des Fortschritts und der Humanität!"

Dieser Toast machte eine große Sensation und wurde von manchem der Anwesenden — die sich überhaupt über die gemischte Gesellschaft höchlichst verwunderten — nichts weniger als beifällig aufgenommen. Der Bauer aber dankte Valerian gerührt und fühlte sich nicht wenig in seinem Selbstgefühl gehoben, als sein Sohn ihm den Inhalt von Valerian's Worten erst recht deutlich gemacht hatte.

Am Abende vor dem festlichen Tage, von dem wir eben sprachen, war der Freiherr Heydenreich von Tondern in das Zimmer der Gräfin Allgunde von Quernheim getreten, alle Zeichen großer Aufregung verrathend.

Tondern! rief Allgunde aus, die einsam die Stunden der Dämmerung zu verträumen schien — Tondern, seh' ich Sie einmal wieder!

Ich habe eine Nachricht bekommen —

Die Sie so aufregt? Sie Glücklicher! Sie haben also noch Interessen ...

Hören Sie nur ...

Sie sind etwa ernannt?!

Die Ernennung ist erfolgt — aber einer der vorgeschlagenen Bureaumenschen ist Statthalter der Provinz und nicht ich!

Haben Sie denn noch irgendetwas Gutes erwartet? Konnten Sie wirklich noch hoffen? —

Lesen Sie, was man mir aus B. schreibt.

Die Gräfin nahm den Brief und klingelte, daß Licht gebracht werde. Als sie die Hiobspost gelesen, ließ sie die Hände in den Schos sinken und sah mit einem trostlosen Blick Tondern an.

Ich dachte, daß es so kommen würde. Das Schicksal ist einmal wider uns! sagte sie tonlos.

Was ist nun zu machen? versetzte er und fuhr dann fort:

Man ist sehr aufgebracht gegen uns. Marie Sasseneck, welche ihr toller Gemahl jetzt wie eine Heilige verehrt und die einen förmlichen Contract mit ihm gemacht hat, auf den hin sie es noch ein Jahr lang mit ihm versuchen will, fährt überall umher und erzählt von Haus zu Haus, es sei Verleumdung von Ihnen und mir, daß Schlettendorf sich nicht mit mir habe schlagen wollen und daß er sie, Marie, entführt habe. Ihrem Mann aber hat sie so viel vorgeschwatzt, daß er sich mit mir schießen will, sobald er wieder ganz hergestellt ist, weil ich ihn belogen habe ... daß Valerian seine Frau entführt. Es war freilich auch ein dummer Streich von mir — aber Sie gaben ihn mir ein, Allgunde ...

Natürlich bin ich jetzt der allgemeine Sündenbock, sagte Allgunde mit bitterm Lächeln.

Auch von Schlettendorf habe ich eine neue Herausforderung bekommen, fuhr Tondern fort. Wir haben ein herzlich dummes

Spiel gespielt, Allgunde! Mir thut eine Luftveränderung noth, ich reise morgen auf längere Zeit nach Belgien und Frankreich. Das Schießen —

Wird Ihnen Ihr Beichtvater hoffentlich verbieten! sagte lächelnd Allgunde — ja, ja, reisen Sie! Auch ich treffe Anstalten dazu. Sobald mein Vater die furiose Aebtissin meines Stifts beschwichtigt hat, die mich, weiß Gott mit wie vielen Criminal- und Civilklagen bedroht, gehe ich mit ihm nach Italien.

Und Finkenberg? fragte Tondern.

Da lesen Sie, versetzte Allgunde, indem sie Tondern einen Brief zuschob, der auf ihrem Tische lag; er war von Finkenberg's Hand, an den Grafen Quernheim adressirt und enthielt folgende Zeilen:

Herr Graf! Ich habe erreicht, was ich wollte, die Anerkennung meiner Ehe, die Demüthigung Ihrer Tochter. Weitere Ansprüche mache ich keine. Ich gebe im Gegentheil Ihrer Tochter alle Freiheit, die ich ihr geben kann und entbinde sie aller Verpflichtungen gegen mich, so weit es nur immer in meiner Macht steht. Die Welt bietet Raum genug dar für zwei Menschen, welche dasselbe Verlangen hegen, sich niemals wieder zu begegnen. Ich werde den Rest meines Lebens auf den Gütern des Grafen von Schlettendorf zubringen und in stiller Zurückgezogenheit hoffe ich hier eine Kunst zu erlernen, welche ich bisher nicht verstand ... die, zu vergessen.

Genehmigen Sie u. s. w.

Fr. v. Finkenberg.

Druck von F. A. Brockhaus in Leipzig.

Berichtigung.

Seite 93, Zeile 12 v. o., statt: Trümmer, lies: Träumer.
» 112, » 2 v. o., st.: er, l.: man

CPSIA information can be obtained
at www.ICGtesting.com
Printed in the USA
LVHW100334230422
716647LV00008B/30